Anke Dietrich

Ramses

Horus-im-Nest

Über die Autorin

Schon in jungen Jahren war Anke Dietrich von alten Kulturen fasziniert. Seit 2001 gehört ihre Liebe dem alten Land am Nil mit seiner unglaublichen 3000-jährigen Geschichte, seinen Pharaonen und Göttern, den grandiosen Bauwerken und der Mystik, die dieses Land umgibt, und der sie sich einfach nicht entziehen kann. Entstanden sind daraus zwei Mehrbänder sowie drei Einzelbücher. Bisher veröffentlichte sie die Roman-Trilogie „Die Barke des Re“ sowie den Einzelband „Das Siegel der Totenstadt". Derzeit ist die Autorin dabei, die Ramses-Bände zu überarbeiten und herauszubringen.

Anke Dietrich

RAMSES
HORUS-IM-NEST

Zweiter Teil des Romans

über Ramses II.

V.i.S.d.P.
Autorencentrum.de
Ein Projekt der BlueCat Publishing GbR
Gneisenaustr. 64
10961 Berlin
E-Mail: bluecatmedia@web.de
Tel.: 030 / 61671496

Einbandgestaltung: Hannah Böving
http://www.hannahboeving.com/

ISBN-13: 978-1534896963
ISBN-10: 1534896961

1. Kapitel

Eine schallende Ohrfeige

Die kleine Unterkunft, die Anat zusammen mit ihrer Mutter im königlichen Palast von Memphis bewohnte, glich eher einer Kammer denn einem Gemach, wie es ihrer Mutter zugestanden hätte. Immerhin war Aschtara die Leibdienerin der Großen Königlichen Gemahlin Tuja. Sie legte aber keinerlei Wert auf mehr Platz für ihre Tochter und sich. Aschtara war der Meinung, diese Kammer hätte ausreichend Raum und Bequemlichkeit geboten, als sie noch eine einfache Angestellte war. Warum sollte sich daran nun etwas geändert haben, nur weil sie mit einem Mal der königlichen Gemahlin so nahe stand?

Anat ärgerte sich über diese Engstirnigkeit. Nur ein großes Zimmer, das sowohl als Schlaf- als auch als Wohnraum diente, spartanisch, aber praktisch möbliert. Dabei hätten die Ersparnisse gereicht, um sich ein kleines, schmuckes Haus zu leisten. Ihr war die Kammer oftmals zu klein. Es fehlte ihr an der nötigen Privatsphäre, die sie brauchte, vor allem, seit sie erwachsen war. Sie wollte ihr eigenes kleines Reich, in dem sie von den wachsamen Augen ihrer Mutter unbeobachtet war – nicht wie am heutigen Tag!

Aschtara saß an dem winzigen Tisch, der gerade einmal Platz für zwei Personen bot, und folgte jedem ihrer Schritte mit kritischem Blick, die Stirn unwillig gekräuselt. Dabei forschte sie in ihrem Gesicht, um herauszufinden, warum sie so unruhig war.

»Was läufst du wie ein gefangenes Tier im Käfig umher?«, erkundigte sie sich prompt und reckte ihr Kinn empor.

Verstört blieb Anat stehen und sah sie an. Dann wandte sie ihren Blick in den Park hinaus, der an ihre Unterkunft grenzte und der Dienerschaft vorbehalten war, und schwieg. Was sollte sie auch darauf antworten? Dass sie wahrscheinlich schwanger war?

Vor über einer Woche hätte sich ihre monatliche Reinigung einstellen müssen, doch das Leinen war noch immer sauber und rein – genau wie im Monat zuvor. Anat wusste, was das zu bedeuten hatte. Ihre Mutter hatte mit ihr darüber geredet, nachdem sie ihre erste Reinigung bekommen hatte und von da an selbst Kinder gebären konnte. Doch sie gab die Hoffnung nicht auf. Immerhin hatte sie doch nur einmal – das erste Mal! – mit einem Mann geschlafen! Es ging gar nicht anders; es konnte sich nur um ein Versehen handeln, um einen üblen Streich der Götter, die ihr einen Schreck einjagen wollten, der ihnen, zugegeben, gehörig gelungen war. Doch sie war sich sicher: Schon heute Abend, spätestens aber morgen früh, wäre das Leinen rot verfärbt.

»Was ist los?«, riss sie die Stimme ihrer Mutter aus ihren Grübeleien. Misstrauisch wurde sie von ihr beäugt.

Anfang des Monats war Anat vierzehn Jahre alt geworden und galt somit seit genau einer Nilschwemme als erwachsene Frau. Sie wies die angenehmen Züge der fremdländischen Herkunft ihrer Mutter auf und vereinte diese mit denen ihres kemitischen Vaters. Sie hatte große mandelförmige Augen und eine leicht gebogene Nase. Das dichte, glänzend schwarze Haar fiel ihr bis auf die Schultern. Am liebsten trug sie es offen und verbarg es nicht unter einer Perücke. Mit ihrer schlanken Figur und den knospenden Brüsten, die sich sanft unter dem Leinen ihrer Kleider abzeichneten, war sie eine liebreizende Erscheinung und zog die Blicke der jungen Männer magisch an. Anat aber interessierte sich nicht für deren Gafferei oder ihre anzüglichen Sprüche, noch nicht zumindest. Einzig, wenn sie den Königssohn traf, wurde ihr ganz warm ums Herz. Das allerdings war eine Gefühlsduselei, welche sie sich verbot.

»Hat dich Seine Hoheit wieder verletzt?«, riss ihre Mutter sie erneut aus ihren Überlegungen, und sie erschrak. Sah man ihr jetzt schon ihre Gedanken an der Nasenspitze an?

Schnell schüttelte sie den Kopf. »Nein, Mutter. Prinz Ramses ist nicht mehr so frech, seitdem er ein Mann geworden ist.«

»Was ist es dann, Anat? Rede mit mir! Irgendetwas stimmt nicht mit dir.«

Unruhig trat Anat von einem Fuß auf den anderen. »Ich ...

ich ...«, druckste sie verlegen herum und wagte nicht, ihrer Mutter in die Augen zu schauen.

»Was?«, fragte Aschtara gereizt zurück. Sie verlor allmählich die Geduld. »Wenn du es mir nicht sagst, kann ich dir auch nicht helfen.«

Vielleicht will ich das auch gar nicht, dachte Anat und seufzte leise. »Ich habe schon zum zweiten Mal meine Reinigung nicht bekommen«, platzte sie heraus und spürte, wie ihr die Schamesröte in die Wangen schoss.

»Göttliche Isis!«, stöhnte ihre Mutter auf und richtete flehend den Blick auf die kleine Statue der Göttin, die in einer Wandnische stand. »Weißt du wenigstens, wer der Vater ist?«

Kaum merklich nickte Anat, behielt den Namen aber für sich.

»Gut, dann sage mir, wer der Diener ist, und ich werde auf der Stelle zu ihm gehen und ihm klarmachen, dass er dich zu heiraten hat. Du und dein Kind müssen versorgt sein!« Entschlossen trommelte Aschtara mit den Fingern auf der Platte des Tisches herum.

Entsetzt sah Anat sie an. »D...d...das geht nicht«, stotterte sie und war sich sicher, dass ihr Gesicht inzwischen die Farbe eines überreifen Granatapfels angenommen hatte.

»Und wieso nicht, Anat!« Ihre Mutter rollte mit den Augen. »Er hat dich geschwängert und muss nun für euch beide sorgen. Es sollte ihm bewusst gewesen sein, was passieren kann, wenn er mit dir schläft. Nun soll er für die Folgen auch geradestehen! Also nenne mir seinen Namen!«

Verzweifelt irrten Anats Augen durch den Raum und blieben schließlich zu ihren Füßen haften. »Es ... es war aber kein Diener, Mutter«, gestand sie krächzend und räusperte sich. »Es war Ramses.«

»Was, *der Ramses*?« Mit weit aufgerissenen Augen starrte ihre Mutter sie an und schlug die Hände vor den Mund. »Du sprichst von Seiner Hoheit?« Sie konnte es nicht glauben. »Aber wie ist das denn passiert? Ihr könnt euch doch nicht ausstehen? Hat er dir etwa Gewalt angetan?«

Anat keuchte vor Schreck und verneinte. Zögerlich erzählte sie von ihrem Zusammentreffen mit dem Prinzen im Garten genau an jenem Abend, an welchem Prinzessin Sati getötet worden war, und ihrer Mutter blieb der Mund offen stehen.

Als sie sich wieder gefasst hatte, sagte sie: »Das heißt also, während Prinzessin Sati ins Haus des Todes gebracht wurde, habt ihr euch im Garten miteinander vergnügt?« Sie war sichtlich entsetzt, vor allem aber fassungslos über diese Geschmacklosigkeit, sprang hoch von ihrem Stuhl und schrie: »Vielleicht hat Seine Hoheit Glück und du schenkst ihm eine neue Tochter.« Erbost drehte sie sich um und rauschte hinaus in den Garten.

Verstört blieb Anat zurück.

Warum machte ihre Mutter so einen Aufstand, nur weil sie mit Ramses geschlafen hatte? Gut, der Zeitpunkt war sicher nicht der richtige gewesen, aber es war nun einmal geschehen. Außerdem hatte Ramses mit der Fummelei angefangen, nicht sie, auch wenn es ihr gefallen hatte. Ihre Mutter sollte sich tunlichst zurückhalten. Immerhin konnte auch sie ein Lied davon singen, denn Anat war das Ergebnis einer stürmischen Nacht zwischen ihrer Mutter und dem späteren Pharao Osiris Menpehtire Ramses, also Ramses' Großvater! Ob ihre Großmutter ihrer Mutter ebenfalls hätte Vorwürfe gemacht, hätte sie damals noch gelebt?

»Manchmal verstehe ich sie einfach nicht«, murmelte Anat vergrätzt und schüttelte missbilligend den Kopf. Dann verließ sie ihre Kammer und wandte sich ihren täglichen Pflichten zu.

***

Während der Zeit der Trauer hatte Ramses sich in seinen Gemächern verkrochen und versucht, vor dem Schrein des Amun seinen Trost zu finden. Anat hatte er nur selten zu Gesicht bekommen, und irgendwie war er nicht böse darüber, weil er mit sich und seinen Gefühlen noch nicht ganz im Reinen war.

Als sich an jenem Abend Anat unerwartet zu ihm gesellt hatte, um ihm Trost zu spenden, war das Verlangen einfach über ihn gekommen. Er konnte es sich selbst nicht erklären. Der schmerzliche Verlust seiner Tochter hatte wie ein loderndes Feuer in seinem Innersten gebrannt. Er hatte gewusst, dass es nicht recht sein konnte, sich in jenem Moment zu vergnügen, anstatt zu trauern, doch hatte er es überhaupt bewusst als Vergnügen wahrgenommen? Nein, es war wohl eher ein unkontrollierbarer Trieb gewesen, die jugendliche Neugierde, die sich nicht durch Trauer und Schmerz bezwingen lässt. Und wenn er ehrlich zu sich war, hatte ihm dieser körperliche Kontakt zu Anat einen schönen, wenn auch kurzen Frieden beschert. Er gestand sich sogar ein, dass er sein erstes Mal im Nachhinein als schön empfand. Was aber empfand wohl Anat? Hatte sie aus freien Stücken mit ihm geschlafen, oder hatte sie sich ihm nur nicht verweigert, weil er der Sohn des Pharaos war? Er wusste es nicht, doch so manchen Abend lag er wach in seinem Bett, starrte hinauf zur Decke und grübelte darüber nach.

War das diese besondere Magie, die Männer und Frauen miteinander verband? War es das, wovon auch Maj immer sprach, seitdem er seine ersten sexuellen Erfahrungen gemacht hatte? War es dieses unsagbare Verlangen nach dem anderen Geschlecht, dem die Erwachsenen verfallen schienen?

Ramses wusste auf all diese Fragen keine Antwort, aber seit jener Nacht sehnte er sich nach Anats weichem Schoß. Er wollte ihren jungen, schlanken Körper in den Armen halten, ihren Atem auf seiner Haut spüren, ihre wohlgeformten Brüste liebkosen, den Geschmack ihrer Lippen kosten, ihr duftendes Haar streicheln ... Ach, was war nur mit ihm los? Er konnte sich einfach nicht erklären, was auf einmal mit ihm geschehen war!

Kurz nach Satis Beisetzung traf er sie in einem der vielen luftigen Flure, die den Palast seines Vaters durchkreuzten und die verschiedenen Flügel miteinander verbanden, doch sie ging mit gesenktem Blick wortlos an ihm vorüber und verneigte sich nur.

Er nahm all seinen Mut zusammen. »Wie geht es dir, Anat?«, sprach er sie an.

Gezwungenermaßen blieb sie stehen und wandte sich zu ihm um. »Danke, gut.«

»Wir haben uns nur noch selten gesehen, nachdem ...« Er stockte und senkte nun ebenfalls verlegen den Blick hinab auf die bunten Fliesen des Bodens.

Anat nickte kaum merklich und schwieg. Es entstand eine

kurze Pause, in der nichts weiter zu hören war als die unterdrückten Stimmen aus den angrenzenden Fluren und das Gezwitscher der Vögel im Park.

»Ich weiß nicht, was damals im Garten über mich gekommen ist«, erklärte Ramses nach einer Weile. Seine Stimme klang spröde. Vorsichtig lugte er zu Anat, die noch immer mit gesenktem Kopf vor ihm stand und keine Anstalten machte, sich an der Unterhaltung zu beteiligen. »Ich hoffe, ich habe dir nicht wehgetan.«

»Nein, Hoheit«, erwiderte Anat und strich sich eine Haarsträhne aus dem Gesicht. »Es ist eben geschehen; wir wollten es beide.«

Ramses nickte und seufzte. »Es ... es war das erste Mal, dass ich mit einer Frau zusammen war«, gestand er errötend. »Es hat mir aber gefallen.«

»Auch für mich war es das erste Mal, Hoheit, doch wir sollten es niemals wieder tun.«

Überrascht sah Ramses sie an. »Hat es dir denn nicht gefallen?«

»Schon, aber du bist der Sohn des Pharaos und wirst sicher bald von Seiner Majestät zum Ältesten Königssohn und Thronfolger ernannt werden. Ich aber, ich bin nur eine unbedeutende Dienerin.«

»Das stimmt nicht, Anat«, protestierte Ramses. »Du bist zwar eine Dienerin, doch du bist nicht unbedeutend ...« Er zögerte, und erneut überzog sein Gesicht die Schamesröte. »Zumindest nicht mehr für mich«, fügte er leise hinzu und schluckte nervös. Er trat einen Schritt auf sie zu. »Ich muss immer wieder an diesen Abend denken, Anat, wie wir uns geküsst, gestreichelt und geliebt haben. Und wenn ich dich auch als Knabe stets ärgerte, so bin ich doch nun ein Mann und habe mich geändert.« Sanft berührte er sie an der Schulter, und sie zuckte zusammen. »Ich weiß nicht, was mit mir geschehen ist, doch ...« Er stockte erneut und wagte nicht auszusprechen, was er in seinem Herzen für die Dienerin empfand.

Fragend sah Anat zu ihm auf. »Hoheit, das geht allen jungen Männern so und auch den Mädchen und Frauen, doch wir sollten es dabei belassen und es nicht überbewerten.« Sie sah an ihm vorbei hinüber zu Nachtamun, der außer Hörweite ergeben auf seinen Herrn wartete. »Du wirst irgendwann eine hübsche junge Dame kennenlernen, die du zur Gebieterin deines Hauses machst. Und wenn dich Seine Majestät zum Horus-im-Nest ernennt, bekommst du, wie dein zu den Göttern gegangener Bruder, einen Harim mit den schönsten Mädchen und Frauen des Landes zum Geschenk. Ich dagegen werde mit einem Mann meines Standes zusammenleben und seine Kinder gebären.« Sie seufzte leise. »Es gibt da nämlich jemanden, für den mein Herz voller Liebe schlägt«, log sie und wurde feuerrot im Gesicht.

Diese Enthüllung traf Ramses wie ein Blitz des Großen Gottes Seth. Enttäuscht und traurig musterte er Anat. »Das wusste ich nicht. Bitte verzeih. Ich dachte, du empfindest wie ich.« Er wandte sich um und stakste, gefolgt vom Oberst seiner Leibwache, steifbeinig in Richtung seiner Gemächer. Anats Offenbarung hatte ihn wie eine schallende Ohrfeige getroffen.

Betreten sah Anat ihm hinterher und fühlte sich unendlich schlecht, weil sie ihm diese Lüge aufgetischt hatte. Warum hatte sie ihm nicht einfach die Wahrheit erzählt, dass sie von ihm schwanger war? Er hatte ihr soeben seine Gefühle gestanden, und sie hatte ihn so unendlich enttäuscht.

»Was bin ich nur für ein dummes Schaf!«, schalt sie sich und wischte sich verstohlen eine Träne aus dem Augenwinkel.

Wenn sie ehrlich war, empfand sie genau wie er. Sie mochte Ramses und das nicht erst, seit sie sich im kühlen Gras geliebt hatten. Schon damals, als er sich um Sati zu kümmern begann, hatten sich ihre Gefühle ihm gegenüber verändert. Doch das hatte sie noch nicht einmal ihrer Mutter erzählt, warum also ihm? Hinzu kamen die Schuldgefühle ihm gegenüber.

Anat fragte sich schon seit geraumer Zeit, ob Ramses eigentlich wusste, dass es ihre Schuld gewesen war, dass Sethos ihm zürnte und ihn nicht zum Thronerben erhoben hatte. Mehrfach schon hatte sie es ihm beichten wollen, aber jedes Mal fehlte ihr im letzten Moment dazu der Mut. Ihre Feigheit ärgerte sie.

»Ob er mir seine Zuneigung noch mal gestehen würde, wenn er es wüsste?« Sie bezweifelte es und hätte heulen können.

2. Kapitel

Auf Brautschau

Während Ramses Trübsal blies und Anat ihr Gewissen ob ihrer Notlüge quälte, befand sich das königliche Paar auf einer mehrtägigen Reise in das Faijum. Begleitet wurde es von einer Handvoll Diener, und natürlich durfte das Boot mit den Getreuen des Königs nicht fehlen. Dieses fuhr vorweg, um die Säumigen zur Eile zu gemahnen, schleunigst den Weg für den Pharao freizugeben.

Es war ein wundervoller Tag. Die Luft war angenehm mild, wenn auch ein wenig schwül von der vielen Feuchtigkeit, die dem Boden entwich. Am Morgen hatte es kurz geregnet, und noch immer glitzerten die Tropfen wie Edelsteine in den Zweigen der üppigen Vegetation. Riesige Papyruswälder nahmen nach Norden hin die Sicht. Sie waren die Heimat unzähliger Wasservögel, Krokodile und Nilpferde. Fische, so vielfältig und zahlreich, dass man beinahe die Hand nur auszustrecken brauchte, um sie zu fangen, tummelten sich in dem klaren, kühlen Wasser des Sees, der das Herzstück des Faijums bildete, und den ihn speisenden Kanälen.

So ungefähr muss es im Schönen Westen aussehen, dachte Sethos und ließ den Blick über die ertragreiche Landschaft schweifen.

Das Faijum war ein fruchtbares Gebiet südwestlich von Memphis gelegen. Es befand sich an den Ausläufern der libyschen Berge und war seit jeher ein beliebtes Ausflugsziel der hohen Beamten, die mit Familie und Freunden hier ihre Freizeit verbrachten und dabei auf die Vogeljagd gingen, die Angelschnüre auswarfen oder sich einfach nur auf einer Bootstour vergnügten. In seinem Mittelpunkt befand sich ein riesiger See, der aufgrund seiner Ausmaße *Pa-oim*, das Meer, genannt wurde. Vor über einem halben Jahrhundert hatte Osiris Sesostris II. begonnen, diesen Flecken Erde urbar zu machen. Wie einst der

Gott Ptah machte er das Land bewohnbar, welches während der Zeit der Überschwemmung komplett in den Wassermassen des Nils versank, während es nach dem Rückgang der Fluten sumpfig und nicht nutzbar war. Er legte ein komplettes System von Bewässerungskanälen an und errichtete einen Damm, der die Überschwemmung zurückhielt. Gleichzeitig gewährte fortan eine Schleuse die zielgerichtete Wasserversorgung in den Monaten der Dürre. Unter seinem Nachfolger, Sesostris III., wurde dieses ehrgeizige Projekt fortgeführt, und mit der Zeit entwickelte sich dieser Teil Kemis zu dem fruchtbarsten und ertragreichsten Gebiet der Beiden Länder.

Schon als Knabe war Sethos von dieser großartigen Leistung fasziniert gewesen, von der die Priester in der Schule des Lebenshauses berichtet hatten. Und so erinnerte er sich auch daran, dass es erst Osiris Amenemhet III. zu verdanken war, dass dieses gewaltige Werk vollendet wurde. Zum Dank für den Wohlstand, den dieser Pharao den Bewohnern des Faijums gebracht hatte, stieg er in deren Augen zur Göttlichkeit auf, und Sethos konnte es verstehen.

»Sieh nur, da!«, riss Tuja ihn aus seinen Gedanken und wies auf die aus dem grünen Vegetationsdschungel auftauchenden hellen Mauern eines Heiligtums.

»Das Labyrinth«, antwortete er, und in seiner Stimme schwang eine gehörige Portion Respekt und Ehrfurcht mit.

Der Tempelkomplex schälte sich immer weiter aus dem grünenden und blühenden Dickicht und präsentierte seine ganze Pracht und Erhabenheit. Sein Erbauer war Amenemhet III. gewesen. Er hatte sich mit diesem Landstrich sehr verbunden gefühlt und sich deshalb im Faijum einen gewaltigen Totentempel errichten lassen. Dieser bestand aus Säulenhallen, überdachten Höfen und Kammern, die auch noch in tausendmal tausend Jahren von seinem Wirken zeugen sollten. Sethos hatte diesem Heiligtum bisher noch keinen Besuch abgestattet, und auch dieses Mal war die Zeit dafür nicht eingeplant.

»Irgendwann schaffe ich es noch mal«, murmelte er vor sich hin und kramte die Erläuterungen der Priester aus seinem Gedächtnis hervor.

Die insgesamt zwölf Höfe, hatten sie ihn und seine Mitschüler gelehrt, lagen sich paarweise gegenüber. Sie wurden von unzähligen Gängen durchkreuzt, welche wiederum in zahllose große Hallen und kleinere Räume mündeten. Es sollten insgesamt dreitausend sein, von denen sich die eine Hälfte oberhalb und die andere unterhalb der Erde befand. Das war auch der Grund, warum dieser komplett aus behauenen Steinen und mit kunstvollen Reliefs übersäte Tempel *Labyrinth* genannt wurde. Nach Aussage des unterweisenden Priesters – Sethos sah ganz deutlich dessen geheimnisvolle Miene vor seinem geistigen Auge aufblitzen – war es schier unmöglich, ohne die Hilfe eines Eingeweihten aus den verwinkelten Gängen, Fluren, Kammern und Räumen wieder hinaus ans Tageslicht zu gelangen.

Ein ehrfürchtiger Schauer rann ihm bei der Vorstellung, orientierungslos in diesem Geflecht aus Räumlichkeiten zugrunde zu gehen, den Rücken hinab, und er zuckte zusammen, als Tuja ihn am Arm berührte.

»Da!« Mit einer Kopfbewegung wies sie auf ein im Sonnenlicht funkelndes Pyramidion. »Ich wusste, wenn ich ehrlich bin, gar nicht, dass sich im Innern eine Pyramide befindet«, gestand sie flüsternd und wand sich ihm überrascht zu.

Er schmunzelte nur. »Ja, Osiris Amenemhet, der Dritte dieses Namens, hat nicht nur das hochgesteckte Vorhaben seiner Vorgänger beendet und damit das ertragsreichste Gebiet in den Beiden Ländern geschaffen, er baute sich auch einen der erhabensten Tempel der Millionen Jahre. Nicht nur seine Ausmaße sind faszinierend, von seiner architektonischen Gestaltung ganz zu schweigen«, erklärte er ihr in gedämpftem Ton, sodass niemand außer Tuja seine Worte verstehen konnte. »In seinem Innern gibt es einen künstlichen See, aus dem sich eine beeindruckende Pyramide erhebt. Und in deren Innern führt ein Weg hinunter in den unteren Bereich, in welchem sich die königliche Grabkammer, die Schätze und die mumifizierten Körper der in diesem Landstrich verehrten Krokodile befinden.«

Gebannt hing Tuja an seinen Lippen und sah nun wieder zur Spitze der Pyramide hinauf. »Das war mir alles nicht bekannt«, gestand sie ehrlich ein.

Und mir war das klar, dachte Sethos, behielt es aber für sich. Dieses Wissen wurde nur einer begrenzten Schar von Auserwählten in den Tempelschulen gelehrt. Er war einer von ihnen gewesen.

Majestätisch glitt die Barke am Tempelkomplex vorbei und zerschnitt dabei lautlos die glatte Oberfläche des Kanals, der in den angrenzenden See mündete. Dabei wurden ein paar Wasservögel aufgescheucht, die laut schnatternd in das Dickicht am Ufer stoben.

Es war früher Nachmittag. Respektvoll wichen die Schiffe der Ausflügler aus, wenn sie des Gefolges des Königs ansichtig wurden. Ab und an hallten die Rufe der Schiffsführer über den Kanal. Lobpreisungen auf den Pharao und seine Gemahlin waren zu hören, und ehrfürchtig gebeugte Rücken präsentierten sich Sethos und Tuja an Deck der vorüberziehenden Boote.

Drei Ernten pro Jahr konnte diese Region verzeichnen. Alles, was das Herz begehrte, wurde hier erfolgreich angebaut. Eines davon war Flachs, aus welchem das edle königliche Leinen gewebt wurde. Es stand auf weitläufigen Anbauflächen entlang der Kanäle, sorgsam umhegt von den ansässigen Bauern dieser Region. Sie lebten in kleineren und größeren Dörfern. Es gab aber auch Städte wie Krokodilpolis, wo sich das Hauptheilig-tum des Gottes Sobek befand, der krokodilköpfigen Gottheit des Wassers und der Seen, der Sümpfe und Flüsse. Priester umsorgten in seinen Mauern ausgewählte Exemplare dieser Tierart und brachten ihnen regelmäßig Opfer dar, um die Gottheit freundlich zu stimmen. Und es gab im Faijum den Harim Mer-ur, welchem Sethos und seine Gemahlin einen Besuch abzustatten gedachten.

So wie überall im Land verteilt, war dieser Harim eine große Ansammlung von Wohn- und Arbeitsstätten, die von einer Mauer umgeben war und von den Beamten des Königs überwacht und geleitet wurde. Sie stellte einen Sammelpunkt dar für die Nebenfrauen und Konkubinen des regierenden Königs, aber auch ein paar ältere Damen des bereits zu Osiris gewordenen Pharaos verbrachten dort ihre letzten Tage. Sie lebten und arbeiteten in Mer-ur, zogen hier ihre Kinder auf und widmeten sich ihren ganz privaten Dingen. Sie bevorzugten die Ruhe und Abgeschiedenheit, die ihnen der Harim bot. Hinzu kam das Klima, das den meisten äußerst gut bekam. Dennoch hofften sie, dass irgendwann ihr Herr und Gebieter erschien, um sie zu sehen.

Sethos' Anwesenheit in den Mauern Mer-urs stellte dieses Mal allerdings keine Vergnügungsreise dar. Zusammen mit Tuja gedachte er, für seinen Sohn auf Brautschau zu gehen und ihm die schönsten jungen Frauen für dessen ersten eigenen Harim auszuwählen.

Unwillkürlich erinnerte sich Sethos an jenen Tag vor nunmehr über zwanzig Jahren, als er um die Hand seiner eigenen Frau angehalten hatte.

Er hatte gerade seine achtzehnte Nilschwemme erlebt, als er der dreizehnjährigen Tuja auf einem Fest in Theben begegnet war. Sie, die Tochter eines Befehlshabers der Streitwagentruppen unter Haremhab, war erst kurz zuvor zur Frau gereift, doch ihr Anblick hatte ihm fast den Verstand geraubt. Tuja war zierlich und klein mit einem runden, hübschen Gesicht, in welchem dunkle Augen vor Lebensfreude sprühten. Neugierig hatte sie ihn, den attraktiven jungen Offizier in seiner schmucken Uniform, gemustert, als er sich in einem Gespräch mit ihrem Vater befand. Eigentlich war es nicht üblich, militärisch gekleidet bei einem Fest zu erscheinen. Widrige Umstände hatten es an jenem Tag erforderlich gemacht – zu Sethos' Glück, wie er sich im Nachhinein eingestand. Nachdem er ihren Blick bemerkt und diesen erwidert hatte, hatte sie verschämt die Augen gesenkt, während eine leichte Röte ihre Wangen und den Hals überzog.

Verträumt schmunzelte Sethos bei dieser Erinnerung.

Im darauffolgenden Jahr brachte Tuja bereits ihren ersten Sohn zur Welt. Ein halbes Jahr zuvor hatte er sie zur Herrin über seinen Haushalt ernannt, und sie war ihm nach Memphis gefolgt, wo er zum damaligen Zeitpunkt ein Offiziersamt bekleidete. Anderthalb Jahre später kam Tia zur Welt, und dann folgte ihr zweiter Sohn Ramses, nach dessen Geburt die Ärzte rieten, Tuja solle sich keiner weiteren Schwangerschaft unterziehen. Das könnte sie ihr Leben kosten.

Liebevoll betrachtete Sethos seine Frau, die sich wieder der betörenden Landschaft zugewandt hatte und, wie er, die Ruhe der entspannten Fahrt genoss.

Sie ist noch genauso schön wie damals, stellte er lächelnd fest. Selbst die ersten kleinen Fältchen, die ihre Augenwinkel und ihre Stirn inzwischen zieren, mag ich an ihr.

»Ich liebe dich«, murmelte er, und überrascht drehte sie ihm das Gesicht zu und lächelte ihn an.

»Ich dich auch«, erwiderte sie und nahm zärtlich seine Hand in ihre, um sie zu drücken. Mehr Intimität konnten sie sich nicht leisten. Zu viele Augenpaare waren von den vorübergleitenden Booten auf sie gerichtet. Trotzdem gab sie seine Hand erst wieder frei, als die Barke auf die Zufahrt zum Harim zuhielt.

»Wir legen gleich an, Majestäten«, machte ein Diener das königliche Paar höflich aufmerksam.

Sethos nickte und richtete seinen Blick auf die Damen von Mer-ur. Zusammen mit den Bediensteten sowie den Verwaltern und Beamten hatten sie an den Wasserstufen Aufstellung bezogen, um ihn willkommen zu heißen. Diener eilten herbei, ergriffen die von den Schiffen zugeworfenen Taue und zurrten die Barken fest. Nachdem die Laufplanke ausgelegt worden war, erhob sich Sethos und schritt mit Tuja an der Seite gemächlich von Bord. Eine sich tief verneigende Vorsteherin und ein ebenfalls mit gebeugtem Rücken und auf Kniehöhe vorgestreckten Armen ihm huldigender Oberschreiber erwarteten sie bereits.

»Es ist uns eine große Ehre, Majestät, dich heute hier zusammen mit der Großen Königlichen Gemahlin begrüßen zu dürfen«, hob die korpulente Frau salbungsvoll an, nachdem ihr das Wort erteilt worden war. Die beiden Kinder zu ihrer Linken, ein bildhübscher Knabe und ein ebenso reizendes Mädchen, traten vor und streuten Blütenblätter vor die Füße des Königspaars, während der Oberschreiber das Wort an den Pharao richtete.

»Sei herzlich willkommen, Sohn der Sonne, Mächtiger Stier der Maat, Geliebter des Ptah, Menmaatre Sethos – Leben, Heil und Gesundheit! Wir haben deine Botschaft erhalten und sind überglücklich, dass du unter den jungen Frauen dieses Harims die zukünftige Gemahlin für deinen Sohn, den Prinzen Ramses, auswählen willst.« Unterwürfig verneigte sich der hagere Mann, während Sethos' Blick zur Seite schweifte, wo eine Gruppe junger Mädchen stand, den Blick verschüchtert auf ihre Sandalen geheftet.

O ja, ein wahrer Augenschmaus!, durchfuhr es ihn, denn es handelte sich ausnahmslos um wahre Schönheiten, die der Oberschreiber und die Vorsteherin für würdig befunden hatten. Eine stach besonders hervor. Sie war um einiges größer als die anderen und trug ein eng anliegendes Kleid mit einem hauchdünnen, gefältelten Obergewand, welches unterhalb der Brust mit einer reich verzierten Spange zusammengehalten wurde. Ihre Haut war weiß wie Milch, ihre Wangen vor Aufregung leicht gerötet und ihr Haar üppig und weich fließend wie flüssiges Gold.

Bei Amun, was für ein liebreizendes Geschöpf! Bewundernd hielt Sethos die Luft an. Sie muss fremdländische Wurzeln haben, vermutete er, und wäre eine echte Bereicherung für mein Frauenhaus!

Ein anzügliches Lächeln erhellte kurz sein Gesicht. Dann stieß er die angehaltene Luft wieder aus. Dabei entging ihm nicht Tujas Blick, der tadelnd auf ihm ruhte und ihn daran erinnerte, dass er nicht hier war, um seinen eigenen Harim zu füllen, sondern um für Ramses eine standesgemäße Gemahlin zu wählen. Er räusperte sich und verdrängte diesen verlockenden Gedanken. Dann bedankte er sich bei der Vorsteherin und dem Oberschreiber für das freundliche Willkommen und begab sich in seinen Palast, den er bis zum kommenden Morgen nicht mehr verließ.

Am darauffolgenden Tag zog Sethos sich mit den Beamten von Mer-ur in eine der vielen Amtsstuben zurück, um alle anstehenden Probleme zu erörtern und entsprechende Lösungen zu finden. Tuja inspizierte in der Zwischenzeit mit fachkundigem Blick die Webereien und Vorratslager. Die Königin verschaffte sich einen genauen Überblick über die Güte des hergestellten Leinens, über die Arbeitsbedingungen, unter denen die Frauen es webten, und sie lauschte dem Spiel und dem Gesang der jungen Musikerinnen und Sängerinnen, die sich auf ein Leben in einem der vielen Tempel des Landes vorbereiteten. Einige fanden ihre volle Zustimmung, anderen empfahl sie, ihr Spiel und ihren Gesang zu verbessern; manche jedoch wurden von ihr ermahnt, ihre Zeit nicht sinnlos mit Musizieren oder Singen zu vertrödeln, sondern lieber etwas Nutzvolleres zu tun – sie besaßen absolut kein Talent.

Am zweiten Abend gab Sethos zur Freude aller ein kleines Fest, doch schon kurz nach dem Abendmahl zog er sich mit Tuja in seine Gemächer zurück. Und dann brach am folgenden Morgen endlich die Stunde an, auf welche die jungen Frauen Mer-urs seit Wochen sehnsüchtig und ängstlich zugleich gewartet hatten.

Kurz vor Ende der dritten Tagesstunde sammelten sich die Auserwählten mit bangem Gefühl, aber jeder Menge Hoffnung vor der großen doppelflügligen Tür, die in den Festsaal führte. Nicht mehr lange und sie sollten vor den Pharao und seine Königin treten, die sie kritisch begutachten würden.

»Eigentlich ist es wie auf dem Viehmarkt«, merkte die Blondhaarige geringschätzig an. »Da werden die Viecher auch angeglotzt. Sie werden betatscht, und man starrt ihnen sogar ins Maul.«

»Du musst es ja wissen«, höhnte eine Dralle und schnitt der Blonden ein Gesicht. »Ich stamme aus vornehmen Verhältnissen. Mein Vater bekleidet ein hohes Amt im Tempel des Amun-Re.« Sie reckte ihr Kinn in die Höhe und blickte hoheitsvoll auf ihre Konkurrentin hinab.

Der blonden Tawit schoss das Blut in den Kopf. Sie wollte zu einer lautstarken Antwort ansetzen, besann sich und konterte in ruhigem Ton: »Dein Vater muss dich nicht sehr lieb haben, Tetischeri, wenn er dich von zu Hause fortgeschickt hat.« Sie grinste boshaft. »Oder bist du so verdorben, dass er es für nötig befand, dir im Harim Benehmen beibringen zu lassen?«

Das hatte gesessen. Tetischeri wurde im Gesicht feuerrot und ballte die Fäuste. »Zumindest fließt in meinen Adern kein fremdländisches Blut!«, stieß sie wütend hervor. »Man musste mich nicht erst die Sitten und Gebräuche Kemis lehren, damit ich mich nicht wie eine Barbarin benehme, oder mir einen neuen Namen geben«, höhnte sie und spielte mit Letzterem darauf an, dass Tawits richtiger Name für die Zunge eines in Kemi geborenen Menschen unaussprechlich war. »Seine Majestät wird das bei seiner Wahl sicher berücksichtigen.«

»Papperlapapp!«, mischte sich Naunachte, eine zierliche Sechzehnjährige, in die Auseinandersetzung der beiden Streithähne ein. »Es wäre nicht das erste Mal, dass eine Frau mit fremdländischen Wurzeln als Gemahlin ausgewählt wird. Ich denke aber, keine von euch beiden wird die Hauptgemahlin des Prinzen werden. Dafür kommt nur eine in Betracht.« Naserümpfend nickte sie in Richtung einer zierlichen Vierzehnjährigen, die abseits der anderen stand und sich nicht an den Mutmaßungen, Zankereien und Sticheleien ihrer Geschlechtsgenossinnen beteiligte. »Das da ist unser Prinzesschen.«

Die Blonde und die Dralle rümpften die Nase.

»Das werden wir schon noch sehen«, meinte Tawit im Brustton der Überzeugung. »Sie mag zwar so lieb und klug sein ... Ich aber steche alle durch meine Haarfarbe und Größe aus.« Sie warf ihren Kopf in den Nacken, sodass ihre blonde Mähne hin- und herschwang. »Wie man so hört, soll Ramses auch recht hochgewachsen sein.« Mit diesen Worten ließ sie die beiden Frauen stehen, um sich für den Einmarsch in den Saal einen guten Platz in der vorderen Reihe zu suchen.

»Eingebildete Kuh!«, rief Tetischeri ihr hinterher.

In der Zwischenzeit war die Vorsteherin erschienen und blieb beim Anblick der wild durcheinanderschnatternden und zankenden Mädchen kopfschüttelnd stehen. Entrüstet stemmte sie die Hände in die fülligen Hüften. »Wollt ihr wohl endlich ruhig sein und nicht so herumzappeln!«, schimpfte sie, und erschrocken verstummten die jungen Frauen. »Und hört endlich auf, euch bitterböse Beleidigungen an den Kopf zu werfen! Nehmt euch zusammen! Bald schon tretet ihr vor den Herrn der Beiden Länder. Da sind Gehorsam, Anstand und Demut gefragt«, erinnerte sie sie. »Seine Majestät wird weder ein albernes noch ein gehässiges Gänslein für seinen Sohn auswählen. Sein Blick wird in das Herz einer jeden von euch dringen und es erforschen. Also benehmt euch und nun hinaus! Der Pharao erwartet euch. Und denkt daran: Sprecht nur, wenn ihr gefragt werdet. Habt ihr das verstanden?«

Als Antwort erscholl beleidigtes Gemurmel.

Gehorsam, wenn auch mürrisch, formierten sich die Mädchen und traten mit gesenktem Blick eine nach der anderen durch die sich weit öffnenden Türen in den Saal, wo sie bereits erwartet wurden. Sethos saß entspannt auf seinem Thronsessel, die Hände lässig vor sich auf den Oberschenkeln ruhend, während Tuja, wie stets peinlich genau gekleidet, hoch erhobenen Hauptes neben ihm auf einem etwas niedrigeren Sessel als seinem ausharrte.

In einer Zweierreihe nahmen die Auserwählten vor dem königlichen Podest Aufstellung. Die Vorsteherin trat vor und verneigte sich. Dann winkte sie die erste Kandidatin einen Schritt heran und hob an, sie vorzustellen. Nach nur wenigen Worten wurde sie von Sethos unterbrochen.

»Halte ein!«, gebot er. »Ich denke, jede dieser hübschen Damen hat eine eigene Zunge und beherrscht unsere Sprache. Sollen sie also selbst sagen, wie ihr Name lautet, was sie gelernt haben und welche Fähigkeiten sie besitzen.«

Erstauntes Gemurmel erfüllte den Saal. Verwirrt verneigte sich die Vorsteherin abermals und klatschte in die Hände. »Ihr habt gehört, Mädchen, was Seine Majestät befiehlt. – Nun denn, Tetischeri, beginn!«, wandte sie sich der pummligen Anwärterin mit den hübschen Gesichtszügen zu, die vor Aufregung erst einmal kein Wort herausbekam.

Während eine nach der anderen vortrat, glitt Sethos' Blick prüfend über die versammelte Schar derer, die man für würdig befand, das Bett seines Sohnes zu teilen und seinen Samen zu empfangen. Es waren wirklich hübsche Dinger dabei, stellte er befriedigt fest. Dennoch hatte es ihm besonders die Blondhaarige angetan. Sie stand mit züchtig gesenkten Augen in der vorderen Reihe, doch ab und an hob sie kess ihren Blick und lugte zu ihm und Tuja auf.

Sethos schmunzelte verstohlen. Es gefiel ihm, dass sie den Mut dazu aufbrachte. Alle anderen starrten verängstigt vor sich auf den Boden. In seinen Augen zeugte es von Entschlossenheit und Kraft. Eine Königin stand zwar in der Öffentlichkeit immer im Schatten ihres Gemahls, des Pharaos. Kaum einer seiner Untertanen ahnte allerdings, dass sie neben ihrer Aufgabe, den Herrn der Beiden Länder mit ihrer Magie vor allem Bösen zu bewahren, diesem auch mit ihrem Rat zur Seite stand, und das konnte nur eine starke und gebildete Frau.

Ungeduldig begann er, mit den Fingerspitzen auf seine Schenkel zu trommeln. Wann kam sie endlich an die Reihe? Das dauerte ihm alles viel zu lange! Es interessierte ihn, wie sie hieß und welche Fertigkeiten sie besaß. Konnte sie nähen und weben? Oder lag ihr Talent im Gesang oder dem Beherrschen eines Instruments? Hatte sie womöglich während ihrer Ausbildung im Schreiben, Lesen und Rechnen besondere Begabungen an den Tag gelegt? Er wollte es wissen – jetzt – sofort! Unruhig rutschte er auf seinem Sessel hin und her, sodass Tuja ihn verstohlen von der Seite musterte.

Endlich war die Schönheit mit dem goldenen Haar an der Reihe. Aufmerksam richtete Sethos seinen Falkenblick auf sie, doch als sie aus der Reihe vortrat, stockte ihm der Atem. Was, nein, *wer* war das da hinter ihr?

Etwas lauter als gewollt, schluckte er und riss entzückt die Augen auf. Auch Tuja hatte die junge Frau, nicht älter als dreizehn oder vierzehn Nilschwemmen, bemerkt, die durch das hochgewachsene, blonde Mädchen komplett verdeckt gewesen war.

»Mein Name ist Tawit, Majestät«, hob die Blonde mit honigsüßer Stimme an und verneigte sich artig.

Sethos hörte ihr gar nicht zu. Sein Blick hing gefangen an der zierlichen Person mit den unschuldig gesenkten Lidern, den dichten Wimpern und den fein geschwungenen Brauen. Sie hatte eine leicht gebogene Nase und verführerische rote Lippen. Vor Erregung wurde ihm der Mund ganz trocken. Verzweifelt schluckte er.

»Dieser Anblick!«, murmelte er, von ihrer Schönheit betört. »Wer sie wohl ist?« Ein Blick aus dem Augenwinkel sagte ihm, dass auch Tuja von ihrer Erscheinung ganz hingerissen war.

Endlich war die blonde Frau namens Tawit fertig und stolzierte beleidigt zu ihrem Platz zurück. Ihr schien nicht entgangen zu sein, dass weder er noch Tuja ihr Gehör geschenkt hatten, nachdem die bezaubernde Schönheit hinter ihr sichtbar geworden war.

Wozu auch?, fragte Sethos sich und sah zu seiner Frau, die zustimmend nickte. Die Entscheidung war gefallen. Er gab der Vorsteherin ein Zeichen, dieses Mädchen vortreten zu lassen. Im Anschluss gewährte er auch den restlichen Frauen, sich vorzustellen, doch es ging nur noch darum, ein paar Nebenfrauen auszuwählen. Die zukünftige Gemahlin für seinen Sohn stand fest.

»Ich habe meine Wahl getroffen!«, verkündete er abschließend. Damit war die Brautschau beendet.

Einen Tag später gaben er und Tuja ihre Entscheidung bekannt. Viele der jungen Damen wurden enttäuscht; einige aber packten ihre Truhen und reisten gemeinsam mit dem Königspaar nach Memphis zurück. Neben Nefertari gehörten auch Tawit, Tetischeri und Naunachte dazu.

3. Kapitel

Endlich Horus-im-Nest

Nun war der Tag gekommen, auf den Ramses seit Jahren gewartet, dem er als dummer Knabe förmlich entgegengefiebert hatte. Heute wollte Sethos ihn zum Thronfolger ernennen, doch zu Ramses' Erstaunen blieb das Hochgefühl aus, als er vor den Doppelthron seines Vaters trat. Zu viele schlimme Dinge hatten geschehen müssen, um ihn in diese Position zu bringen. Zuerst war sein Bruder bei einem tragischen Unfall ums Leben gekommen, dann hatte ein Attentat, das ihm galt, einem kleinen Mädchen das Leben gekostet, und schließlich musste der Pharao seinen einstigen Freund und dessen Gemahlin als Mörder zum Tode verurteilen. Ein zu hoher Preis, selbst für den Titel Horus-im-Nest, wie nicht nur Ramses befand.

Wie stets war der Thronsaal zum Bersten gefüllt, als Sethos ihm den Reif mit der aufgerichteten Kobra auf die Perücke setzte. Der Uräus sollte ihn fortan vor allem Bösen bewahren und ihn als zukünftigen Erben des Throns der Beiden Länder legitimieren. Er bekam von seinem Vater das Gespann seines Bruders zum Geschenk, welches Nebu an seinem Todestag gelenkt hatte und das Ramses in Erinnerung an seinen Bruder so gern haben wollte. Obendrein erhielt er seinen eigenen Harim mit denen vom Pharao ausgewählten Frauen.

Als die jungen Damen vor das Thronpodest traten und sich vor der Herrscherfamilie verneigten, stockte Ramses der Atem. Er stand neben dem Thron seines Vaters, der ihn an seine Seite befohlen hatte, und ihm klappte die Kinnlade herunter.

Bei Seths gestutzten Ohren, durchfuhr es ihn, sind die aber schön!

Es waren acht an der Zahl, und sie waren alle in seinem Alter. Zuallererst fiel ihm die Frau mit den blonden Haaren auf. Sie war ungewöhnlich groß, zumindest für eine Frau. Am auffälligsten war ihr Haarschopf, der wie Gold in Res Strahlen leuchtete. Ramses war sprachlos. Sein Vater und er besaßen mit ihrem rotbraunen Haar schon eine recht ungewöhnliche Farbe. Das Haar diese Frau stellte ihres in den Schatten!

Neugierig blickte er der Reihe nach die anderen Mädchen an. Es waren wunderschöne Frauen, eine hübscher als die andere. Selbst die etwas pummligere Dame gefiel ihm ausnehmend gut. Sie war nicht so schlank wie die restlichen Auserwählten. Sie hatte jedoch ein hübsches Gesicht mit einer Stupsnase, die ihr etwas Keckes verlieh.

Ramses Blick wanderte weiter. Jetzt erst fiel ihm das Mädchen auf, das in der Mitte der vorderen Reihe stand. Erneut stockte ihm der Atem. Wieso bemerkte er sie erst jetzt? Wie hatte er so ein liebreizendes Wesen übersehen können? War sie diejenige, mit der er vermählt werden sollte, jene, die seine Eltern für ihn als Hauptgemahlin ausgewählt hatten?

Bei Amun, ihre Anmut raubte ihm fast den Verstand. Sie war so schön! Vergessen war Anat, um deren Willen er sich in der vergangenen Zeit das Herz zermartert hatte. Dieses Geschöpf schien einer Göttin gleich, zierlich und von mittelgroßer Statur. Es hätte ihn nicht verwundert, wenn ihr Körper aus Gold bestünde, dem Fleisch der Ewigwährenden, und ihr Haar aus reinstem Lapislazuli wär. Bei diesem Gedanken musste er schmunzeln. Zumindest wurde ihre Perücke durch einen goldenen Reif mit winzigen Anch-Symbolen aus dem blauen Halbedelstein gehalten, denselben Lebenszeichen, die auch ihre Ohrläppchen zierten. Ihr Kleid war zart gewebt und schlicht, das Gewebe so fein, dass Ramses schon jetzt einen Vorgeschmack auf ihren makellos geformten Körper erhielt.

Was für ein Prachtweib!, resümierte er. Hathor muss bei ihrem Anblick vor Neid erblassen. Es geht nicht anders, sie muss die Auserwählte sein! O bitte Amun, gib sie mir zur Gemahlin! Ich werde sonst nie wieder glücklich sein!

Die Stimme seines Vaters holte ihn in die Gegenwart zurück.

»Das hier sind die jungen Damen, die ich für dich auserwählt habe, mein Sohn. Sie alle stammen aus gutem Hause. Sei ihnen ein liebevoller Gebieter, Ramses, und denke immer an die Worte der Weisen: *Du sollst deine Frau lieben, so wie es sich geziemt. Fülle und bekleide ihren Leib und denke stets daran, dass Salböl ein Heilmittel für ihre Glieder ist. Erfreue ihr Herz, solange du lebst, und sie wird ein fruchtbarer Acker für dich sein.«*

Sethos winkte eines der jungen Mädchen näher heran, und zu Ramses' Entzücken war es jene Dame, welche er so liebreizend fand.

»Das hier ist Nefertari«, stellte Sethos sie vor. »Sie wurde von Kindesbeinen an in Mer-ur erzogen und soll von nun an deine Gemahlin sein. Sei auch ihr ein guter Ehemann, liebe und ehre sie, wie es sich gehört. Eines Tages wirst du auf dem Horusthron sitzen. Dann wird sie dir als deine Große Königliche Gemahlin treu zur Seite stehen.«

Ramses konnte sein Glück kaum fassen. »Nefertari«, hauchte er verzückt. Ohne je ein Wort mit ihr gewechselt zu haben, war er bis über beide Ohren in sie verliebt. Sein Herz pochte vor Freude in seiner Brust, als wolle es den Käfig der Rippen sprengen. Schmetterlinge flatterten in seinem Bauch umher. Sein Hals war trockener als die Wüste.

Dankbar sah er zu seinen Eltern, denen nicht entging, welchen Eindruck Nefertari auf ihn machte. Zumindest deutete er ihre zufrieden schmunzelnden Mienen so. Sein Vater nickte ihm aufmunternd zu, und er stieg die Stufen hinab und trat auf die junge Frau zu, um ihr seine Hand zu reichen. Nefertaris Blick war züchtig gesenkt. Sie verneigte sich vor ihm und ergriff die ihr dargebotene Hand.

»Ich nehme dich hier vor den Augen meines Vaters, des Mächtigen Horus', zu meiner Frau«, proklamierte Ramses und lächelte seiner Gemahlin zärtlich zu, die nun endlich wagte, ihn anzusehen. »Ich werde dich lieben und ehren in diesem und im nächsten Leben«, versprach er feierlich.

Ein zaghaftes Lächeln zeigte sich nun auch auf dem Gesicht seiner Angetrauten. »Ich nehme dich zum Gemahl«, erwiderte sie. Vor Aufregung zitterte ihre Stimme. »Ich gelobe, dir in diesem und im nächsten Leben eine gute und treue Frau zu sein.«

Überglücklich schloss Ramses Nefertari in die Arme und gab ihr vor den Augen des gesamten Hofstaats einen liebevollen Kuss, während Sethos und Tuja einen zufriedenen Blick miteinander tauschen und die Anwesenden zu jubeln begannen und laut die Namen des jungen Paares riefen. Im Anschluss führte

Ramses seine Gemahlin hinauf auf das königliche Podest, während die Gäste auch weiterhin begeistert klatschten, denn nach den tragischen Vorfällen der vergangenen Zeit gab es endlich wieder etwas im Palast zu feiern.

Als der Applaus schließlich nachließ, öffneten sich die Türen zum Thronsaal, und eine nicht enden wollende Prozession von Würdenträgern zog am Podest vorbei, um der königlichen Familie zu huldigen und dem neuen Horus-im-Nest und seiner liebreizenden Gemahlin Geschenke zu bringen. Unzählige Schmuckstücke waren dabei, Gefäße gefüllt mit den kostbarsten Ölen, mit Duftstoffen und Schminken. Vasen mit fremdländischen Mustern wurden neben kunstvoll gearbeiteten Truhen und Kästchen in den Saal geschleppt. Ballen edelster Stoffe stapelten sich vor der Empore, auf welcher der frisch ernannte Thronfolger zusammen mit seiner Gemahlin die Huldigungen entgegennahm. Das schönste und wohl auch spektakulärste Geschenk überreichte jedoch der Vizekönig von Kusch.

Als er vor Ramses und Nefertari trat, um sich zu verneigen, war ein Maunzen und Fauchen zu hören. Kurz darauf kam ein Diener auf ihn zu, der an einer Leine einen kleinen Löwen hinter sich herzerrte, der sich tatkräftig dagegen sträubte, vor den Prinzen geführt zu werden.

»Er ist recht wild, der Kleine«, sagte der Vizekönig und lächelte entschuldigend zu Ramses auf. »Der Strolch muss noch lernen, dass er zu gehorchen hat. In seinem Alter geht das schnell. Fortan wird er dir ein treuer Freund und Gefährte sein.«

Ramses' Augen leuchteten auf. Ein richtiger kleiner Löwe, der ganz allein ihm gehören sollte! Er räusperte sich. »Sei bedankt für dein Geschenk. Ich nenne ihn Der-seine-Feinde-zerfleischt.«

Am Abend gab Sethos zu Ehren seines Sohnes und dessen Gemahlin ein rauschendes Fest, welches bis in den Morgen dauerte. Der Pharao und seine Königin, aber auch viele der älteren Gäste zogen sich bereits nach Mitternacht zurück und überließen den jüngeren Leuten das Feld. Ramses und Nefertari hielt es ebenfalls nicht bis zum Schluss in der Meute der Feierwütigen. Ramses fieberte der ersten Nacht mit seiner Angetrauten entgegen, während Nefertari in diesem Punkt ein wenig mehr Zurückhaltung durchblicken ließ. Ihre Gäste zeigten für ihr frühzeitiges Verschwinden Verständnis.

***

Sethos gewährte den beiden Frischvermählten eine Woche Liebesglück; dann beschloss er, nach Libyen zu ziehen, um einen sich anbahnenden Aufstand der dort ansässigen Wüstenstämme niederzuschmettern, wieder einmal. Sie waren eben unbelehrbar und mussten in regelmäßigen Abständen an die Macht des Herrn der Beiden Länder erinnert werden. Die Späher hatten ihm berichtet, dass es unter den Stammesfürsten zu Unruhen gekommen war, welche die Sicherheit der Beiden Länder gefährdeten. Das konnte er nicht tolerieren. Kurz entschlossen scharte er seine drei Regimenter um sich und zog gen Westen. Und dieses Mal durfte ihn endlich auch Ramses begleiten.

Dieser trug nun als Ältester Königssohn und Horus-im-Nest den Titel des Oberbefehlshabers des Heeres. Eigentlich stellte dieser Feldzug die Erfüllung seiner Wünsche dar, denn bereits als Knabe hatte Ramses seinen Vater auf kriegerischen Unternehmungen begleiten wollen. Nun fiel es ihm plötzlich schwer, sich von Memphis und seiner Gemahlin zu trennen.

Seltsam, dachte er, wie eine begehrenswerte Frau doch das Leben eines Mannes verändern kann, seine Wünsche und seine Ansichten komplett umzukrempeln vermag!

Irgendwie fühlte er sich an die großspurigen Behauptungen seines Freundes Maj erinnert und natürlich an dessen ewigen Prahlereien. Letztlich schien der Sohn des Obersten Baumeisters allerdings recht zu behalten. Auch Ramses war inzwischen den Reizen des weiblichen Geschlechts verfallen. Allein die eine Woche zusammen mit Nefertari hatte ausgereicht, sich ein Leben ohne sie nicht mehr vorstellen zu können. Zu Ramses' Glück verlief der Feldzug ohne große Verzögerungen. Die libyschen Aufrührer konnten schnell in ihre Schranken verwiesen werden, sodass bereits Anfang des *Schemu*, der Jahreszeit der Ernte, die siegreichen Regimenter mit einigen Hundert Gefangenen in die nördliche Residenzstadt zurückkehrten.

Gleich nach dem Eintreffen der Heerscharen begab sich Ramses zu den Gemächern seiner Gemahlin. Er musste sie unbedingt wiedersehen. Er wollte sie in die Arme schließen, sie herzen und küssen, sich mit ihr vereinen, sanft und wild. Er fühlte sich völlig ausgehungert nach ihr. In früheren Zeiten war er nach mehrtägiger Abwesenheit auf direktem Weg in den Kinderflügel geeilt, um seine Sati zu drücken, doch sie weilte nun in Osiris' Reich.

Als er an das kleine Mädchen dachte, wurden seine Augen feucht. Noch immer gab er sich die Schuld an ihrem Tod. Wäre er nur nicht so dumm und auffahrend gewesen, wäre es nicht zu alledem gekommen. Verstohlen wischte er sich mit der flachen Hand über sein Gesicht und verdrängte diese schmerzliche Erinnerung. Es war geschehen und ließ sich nicht mehr rückgängig machen. Das Schicksal wurde von den Göttern vorherbestimmt. Man musste es nehmen, wie es kam.

Er atmete tief durch, verdrängte die Trauer und begann, ein Lied zu summen, während er in den Flur einbog, der ihn an seinem Ende zu seinem Harim führte, und da bemerkte er sie.

Anat stand auf der gegenüberliegenden Seite des von den Laubengängen umschlossenen Gartens und hielt einen Stapel Leinentücher auf dem Arm. Sie stand dort aber nicht allein. Ramses spürte, wie sich Unmut in ihm breitzumachen begann, weil ihr Gesprächspartner ein Diener in seinem Alter war. Sie hatten ihm den Rücken zugewandt, sodass sie ihn nicht bemerkten. Er hingegen vernahm Anats fröhliches Lachen, das so viel Unbekümmertheit verriet, und ihm schwoll der Kamm.

Er hatte gemeint, dass ihn das Liebesglück mit Nefertari und das Gefecht in Libyen Anat hätten vergessen lassen. Nefertari hatte die Lücke in seinem Herzen gänzlich ausgefüllt, die Anat mit ihrem Eingeständnis, in einen anderen verliebt zu sein, gerissen hatte. Und die kriegerischen Aktionen waren Ablenkung genug gewesen, sodass er gar nicht die Zeit gefunden hatte, sich darüber weitere Gedanken zu machen. Als er sie nun aber wiedersah, erwachten erneut die tiefen Gefühle für sie, die er in seinem Herzen begraben hatte, und die unbändige Sehnsucht nach ihrem Körper kehrte in seine Lenden zurück.

Unentschlossen verharrte er und wusste nicht, wie er sich verhalten sollte. Ihr Herz gehörte nach ihren eigenen Worten nicht ihm, dem Prinzen, sondern irgendeinem Diener, dessen Namen er nicht kannte. War das etwa dieser glückliche junge Mann?

Ramses legte den Kopf schräg und musterte den Rücken des Beneidenswerten, während sein Blick sich immer mehr verfinsterte und sein Unmut sich ins Unermessliche steigerte. Seine Hände hatten sich bereits zu Fäusten geballt.

Was bildete sich dieser unbedeutende Mensch bloß ein? Wie konnte er es wagen, ihm, Ramses, dem Nestfalken, Anat einfach wegzunehmen? Er und die Dienerin gehörten zusammen; sie kannten sich schon seit frühesten Kindheitstagen!

Ramses beschloss, zu den beiden zu gehen, um Anat zur Rede zu stellen.

Als er sich ihnen näherte, bemerkte der junge Mann ihn zuerst und verbeugte sich devot. Verwundert drehte sich auch Anat ihm zu und neigte überrascht den Kopf.

Mit finsterer Miene musterte Ramses die zwei.

»Ich will mit dir reden, Anat!«, fuhr er sie schließlich an. Es klang recht barsch. Dann wandte er sich dem Diener zu: »Und du kannst gehen. Ich brauche dich nicht. Verschwinde!«

Verwirrt verneigte sich der Mann erneut und eilte davon. Ramses entging nicht, dass Anat dem Kerl mit ihrem Blick auch noch folgte, bevor sie ihre dunklen, mit Kohol und grünem Lidschatten geschminkten Augen fragend auf ihn richtete.

»Ist das der Mann, für den dein Herz in Liebe schlägt?«, polterte Ramses ungehalten.

Verständnislos riss Anat die Augen auf und hob fragend die fein geschwungenen Brauen. »Ich weiß nicht, wovon du redest, Hoheit?«, erwiderte sie verunsichert und drückte den Stapel Leinentücher vor ihren Bauch.

»Wirklich nicht?«

Sie schüttelte den Kopf.

Ramses blieb misstrauisch und behielt jede ihrer Reaktionen fest im Blick. Anat starrte ihn aus großen Augen unschuldig an und schien tatsächlich keinen blassen Schimmer zu haben, wovon er eigentlich sprach und warum er so erbost war. War sie wirklich so ahnungslos, wie sie tat, oder spielte sie ihm etwas vor?

Warum sollte sie?, meldete sich sein Verstand zu Wort. *Immerhin stocherst du frech in ihrem Leben herum! Es geht dich absolut nichts an, ob dieser Mann ihr Angebeteter ist oder nicht.*

Ramses wurde sich der Peinlichkeit der Situation bewusst, in die er sich gerade gebracht hatte. Sein Verstand hatte recht. Auch wenn er der Kronprinz war, so gab ihm das noch lange nicht das Recht, ohne jeden Grund im Leben einer Dienerin herumzustöbern.

Aber ich habe einen Grund!, protestierte empört sein Herz. *Ich liebe sie!*

Betreten räusperte er sich. »Verzeih, Anat. Ich weiß nicht, welcher Dämon von meiner Zunge Besitz ergriffen hat.« Er wollte sich umdrehen und gehen, als sein Blick auf ihren leicht gewölbten Bauch fiel. Ungläubig stutzte er und sah ihr ins Gesicht. »Was ist denn mit dir passiert? Hast du in der kurzen Zeit, in der ich gegen die Feinde Kemis kämpfte, dem guten Essen so sehr zugesprochen, dass du davon dicker geworden bist?«

Anat konnte nicht mehr an sich halten und lachte schallend, hielt sofort inne und senkte entschuldigend den Blick. »Verzeih, Hoheit, und zu deiner Frage: Nein.« Sie seufzte verlegen. »Ich bekomme ein Kind.«

»Du bekommst ein Kind?« Ramses war wie von Seths Donner gerührt und starrte Anat verdattert an. »Aber wie ist das nur möglich?«

Abermals huschte ein schelmisches Lächeln über Anats anmutiges Gesicht. »Ich dachte, Hoheit, das sei dir bekannt. Mann und Frau verliebt im kühlen Gras ...« Sie biss sich auf die Zunge und errötete. Beinahe hätte sie ihr kleines Geheimnis ausgeplaudert.

Verständnislos hob Ramses die Augenbrauen. Dann begannen die Worte vor seinem inneren Auge Gestalt anzunehmen, wie Anat sich eng umschlungen und splitternackt mit diesem Diener im Gras wälzt ... Die Zornesröte stieg ihm ins Gesicht. »Ist es etwa von ihm?«

»Ich weiß nicht, wen du mit *ihm* meinst, Hoheit, aber ich denke, nein.«

»Lass endlich dieses ewige *Hoheit*«, blaffte Ramses gereizt. Anat hatte es wieder einmal geschafft, ihn auf die Palme zu bringen. »Du warst bisher die Einzige, die mich nie so förmlich angeredet, sondern mich immer nur bei meinem Namen gerufen hat, obwohl sich das für eine Dienerin nicht ziemt.« Wütend funkelte er sie an. »Also war es nun dieser Kerl, der dich geschwängert hat«, er nickte in die Richtung, in welcher der Diener verschwunden war, »oder war er es nicht?«

Anat schluckte. »Nein, Ramses«, flüsterte sie, und ihre Gedanken begannen zu rasen. War jetzt der Zeitpunkt gekommen, dem Prinzen die Wahrheit zu sagen? Sie hob den Blick und sah ihm nachdenklich ins hochrote Gesicht.

Warum war er nur so erregt? Ihre Mutter sagte immer, dass Männer manchmal nicht in der Lage seien, den von ihnen geliebten Frauen ihre Liebe zu gestehen, doch wenn sie bemerkten, dass ein anderer sie ihnen wegzunehmen versuchte, sie so reagierten, wie es Ramses gerade tat.

Also liebte Ramses sie tatsächlich?

Anat war ratlos, bis ihr einfiel, dass er ihr seine Zuneigung bereits gestanden hatte. Und was hatte sie getan? – Sie hatte ihm eine Abfuhr erteilt, obwohl sie ihn so sehr begehrte und zudem sein Kind unter dem Herzen trug.

»Nun gut, Anat«, riss Ramses sie aus ihren Grübeleien. »Du bist mir natürlich keine Rechenschaft schuldig, mit wem du dich vergnügst. Es war anmaßend von mir, dich danach zu befragen. Vergiss einfach, was soeben passiert ist. Ich werde jetzt gehen.« Er drehte sich um und stapfte wütend in Richtung seines Harims.

Verzweifelt blieb Anat zurück. Dann nahm sie all ihren Mut zusammen und lief ihm mit dem Stapel Tücher auf den Armen hinterher. »Warte, Ramses, bitte!«, rief sie und erreichte ihn kurz vor der großen Doppeltür.

»Was gibt es noch?«, fragte er sie über die Schulter. Es klang gereizt. Trotzdem blieb er stehen und drehte sich ihr wieder zu.

»Es ist von dir.«

»Es ist von mir?«

»Ja, Ho... ähm Ramses. Erinnerst du dich noch an jenen Abend, als Sati getötet wurde? An jenem Abend im Garten, da haben wir uns geliebt, und nun bin ich schwanger.«

»Und wer sagt mir, dass das Kind tatsächlich von mir ist und nicht von einem anderen?«, wollte er barsch wissen, und bereute sofort seinen rüden Ton.

Verletzt sah Anat ihm ins Gesicht. »Was denkst du von mir?«, schluchzte sie. »Glaubst du, ich steige mit jedem Mann ins Bett?« Enttäuscht senkte sie den Blick, damit er nicht die Tränen sah, die ihr in die Augen traten.

»Aber warum sagst du mir das erst heute?«, fragte Ramses und blickte verstört auf sie hinab. »Warum nicht schon damals, als ich dir meine Zuneigung gestand? Du sagtest nur, dass dein Herz einem anderen gehört.«

Unfähig zu antworten, zuckte Anat nur mit den Schultern.

Ramses trat auf sie zu, nahm ihr den Stapel Tücher aus den Armen und legte ihn neben sich auf den Boden des Gangs.

Widerstrebend ließ sie es geschehen, bat aber mit leiser Stimme: »Bitte, nicht, mein Prinz. Wenn das Leinen schmutzig wird, werde ich bestraft.«

»Wer sollte es wagen, dich zu bestrafen?«, knurrte Ramses und nahm ihre Hände in seine. »Und ich bin wirklich der Vater deines ungeborenen Kindes?«

Anat seufzte und bejahte leise. »Ich habe es dir nicht gesagt, weil ...«

... ich eine dumme Gans bin!, beendete sie ihren Satz in Gedanken.

Erwartungsvoll sah Ramses sie an.

Also nahm sie all ihren Mut zusammen und fügte hinzu: »Es war eine Lüge, als ich sagte, dass mein Herz für jemanden anderen schlägt, denn es gehört nur dir.«

Für Ramses stieg Re in seiner Barke bis hoch zum Zenit und erhellte die Dunkelheit, die Anats Ablehnung in seinem Herzen hinterlassen hatte. Ein Besuch von Hathor hätte ihm nicht mehr Freuden schenken können wie dieses Geständnis von ihr. Er lächelte beglückt.

»Ich war sehr enttäuscht und unsagbar traurig, als ich meine Gefühle für dich nicht erwidert fand. Dennoch glaubte ich, Nefertari und der Krieg an der Seite meines Vaters könnten mich die Zuneigung zu dir vergessen lassen. Kurzzeitig hat es funktioniert. Trotzdem war es ein Irrglaube, wie sich gerade herausgestellt hat. Denn als ich dich vorhin sah, waren meine Gefühle für dich und meine Liebe zu dir erneut erwacht. Empfindest du wirklich so wie ich?«

Anat nickte, und überglücklich schloss Ramses sie in seine Arme. Er hob sie hoch, und trotz des Kindes – *seines Kindes!* –, das in ihrem Schoße wuchs, war sie so leicht wie eine Feder.

»Dann sollst du ab heute nicht mehr die Dienerin Anat sein, liebe Schwester, sondern ich mache dich zu meiner Zweiten Gemahlin. Nefertari und du, ihr beide werdet mich glücklich machen, und ich werde dasselbe für euch tun.« Er setzte Anat wieder sanft auf den Boden und küsste sie liebevoll auf die Stirn. »Ich werde nachher sofort meinen Schreiber rufen, um die Formalitäten zu regeln, die Nebsumenu im Anschluss deiner Mutter unterbreiten wird. Ich hingegen gehe zu Seiner Majestät und bitte ihn, dass er dich aus seinen Diensten entlässt und dich mir zur Gemahlin gibt.« Zärtlich strich er Anat über die Wange. Wie schön sie doch war. »Und nun gehe in deine Kammer und warte, bis Nebsumenu dich holt, um dich in deine neuen Gemächer zu bringen. Und diese Tücher hier«, er wies mit einer geringschätzigen Kopfbewegung auf den Stapel zu seinen Füßen, »kann jemand anderes für dich wegbringen. In deinem Zustand musst du dich schonen. Immerhin könnte es möglich sein, dass du meinen ersten Sohn und damit den Horus-im-Ei, meinen Nachfolger, unter deinem Herzen trägst.« Er zwinkerte ihr zu, und völlig überrumpelt sah Anat zu ihm auf.

»Ich muss dir noch etwas sagen.« Sie schluckte schwer und schloss betroffen die Augen, da sie nicht länger seinem verliebten Blick standzuhalten vermochte. »Damals nach Nebus Beisetzung in Theben, als du dich mit deinen Freunden im Garten heimlich betrunken hast, das war ich, die dich an Seine Majestät verpfiffen hat.« Wahrheitsgetreu erzählte sie ihm, was vorgefallen war, und Ramses grinste nur.

»Das hatte mir schon gedacht, und ich habe dir längst verziehen, liebe Schwester. Es war meine eigene Überheblichkeit, für die mich der Pharao strafte. Dich trifft absolut keine Schuld.«

Er küsste sie abermals und begab sich froh gelaunt zu Nefertari, um sie in die Arme zu nehmen und ihr von seiner bevorstehenden Heirat mit Anat zu erzählen.

4. Kapitel

NEFERTARI UND ISIS DIE SCHÖNE

Seit ungefähr einem Vierteljahr lebte Nefertari nun schon im Palast von Memphis und langweilte sich fast zu Tode. Ihren Gemahl hatte sie nur eine Woche für sich gehabt; dann war er in den Krieg gezogen und hatte sie in ihren Gemächern allein gelassen. Freundinnen hatte sie hier noch keine. Wenn sie ehrlich zu sich war, gab es auch in Mer-ur niemandem, dem sie blindlings vertraute. Sich anderen anzunähern und mit ihnen ihre Gedanken zu teilen, fiel ihr unendlich schwer. Zu oft war sie enttäuscht worden. Zudem galt sie nach dem Tod des älteren Pharaonensohns als Favoritin für die Position der Ersten Gemahlin des Thronfolgers und wurde deshalb von den gleichaltrigen Mädchen eher als unliebsame Konkurrentin beäugt. Sie war einfach zu schön und zu klug, als dass das Königspaar sie übersehen konnte – und oftmals auch einfach zu naiv, sodass sie nicht die Falschen von den Ehrlichen zu trennen verstand! Immer wieder hatte sie sich von intriganten Freundschaftsangeboten locken lassen und erst zu spät erkannt, dass man sie schamlos auszunutzen suchte, um sie hinterher wie einen heißen Brotfladen fallen zu lassen. Mehr als einmal wurde sie deshalb schwer enttäuscht, lernte mit jeder Enttäuschung hinzu und verschloss ihr Leben und ihr Herz immer geschickter vor ihren Mitschülerinnen. Das wiederum brachte ihr natürlich auch keine Sympathien und damit Freundinnen ein, doch sie konnte getrost auf das zum Teil recht hirnlose Geschnatter und Geläster der anderen Mädchen verzichten.

Sie war die Tochter eines hohen Beamten, der unter Osiris Haremhab als Schreiber der königlichen Kornspeicher in Theben tätig gewesen war. Ihre Mutter hatte im Heiligtum zu Ehren von Amun-Re gesungen. Als ihr Vater starb, war sie noch nicht einmal geboren. Erst gut ein halbes Jahr später brachte ihre Mutter sie in deren Elternhaus in Chenmet-Min zur Welt.

Nach Theben wollte ihre Mutter nicht mehr zurück, und so wuchs Nefertari in dem beschaulichen Örtchen auf, welches neben einem Heiligtum für den Fruchtbarkeitsgott Min sich auf die Herstellung von Textilien spezialisiert hatte.

Riesige Felder, so weit das Auge reichte, säumten beiderseits die Ufer des Nils. Während der Zeit der Überschwemmung ragten die erhöht errichteten Dörfer der Bauern wie kleine Inseln aus den Fluten heraus. Neben Grundnahrungsmitteln wurde Flachs angebaut, aus welchem in den Webereien Stoffe in Hülle und Fülle hergestellt und zu Kleidern und Schurzen weiterverarbeitet wurden. Auch Nefertaris Großeltern waren in der Verwaltung dieser Werkstätten tätig. Als die junge Dynastie mit dem ehemaligen Wesir Ramesse an die Macht gelangte, siedelte Nefertaris Mutter auf Geheiß der königlichen Verwaltung in das Faijum um, wo sie im Harim Mer-ur die Weberinnen anleiten sollte. Damals war Nefertari gerade einmal sieben Nilschwemmen alt. Fortan spielte sich ihr Leben hinter den Mauern des Harims ab.

In der zu Mer-ur dazugehörigen Schule wurden nicht nur die Söhne unterrichtet. Auch die Töchter der zumeist königlichen Damen wurden hier auf ein Leben bei Hofe, womöglich sogar an der Seite des amtierenden oder zukünftigen Regenten vorbereitet. Und Nefertari gehörte als Tochter einer der Aufseherinnen fortan dazu. Dass sie es allerdings schaffen würde, die Erste Gemahlin zu werden und sich somit Hoffnungen auf den Titel der Großen Königlichen Gemahlin machen durfte, hätte damals sicher niemand geahnt. Immerhin floss in ihren Adern kein einziger Tropfen königlichen Blutes.

Schon bald kristallisierte sich heraus, dass Nefertari nicht nur schön, sondern auch klug und lernwillig war. Einzig die heiligen Zeichen bereiteten ihr einige Schwierigkeiten. Sie konnte aber gut mit Zahlen umgehen und bewies Talent, wenn es darum ging, logische Zusammenhänge zu erkennen. Sie konnte weben, singen und musizieren. Ihr Tanz war grazil, und eigentlich wünschte sie sich eine Laufbahn in einem der vielen Tempel des Landes, um den Göttern zu gefallen. Einen liebevollen Mann dazu, ein paar gesunde Kinder, und ihr Glück wäre in ihren Augen perfekt gewesen, aber nicht in denen ihrer ehrgeizigen Mutter. Diese wachte über sie wie eine Glucke über ihr einziges Küken, damit sie sich bloß nicht mit irgendeinem Mann einließ, bevor der Pharao sie gesehen hatte. Immerhin hatte auch sie erkannt, dass Nefertari zu Höherem berufen schien. Die Erfüllung ihres Traumes durfte sie dann nicht mehr erleben. Ein halbes Jahr zuvor holte Osiris sie in sein Reich.

»Hast du einen Wunsch, Hoheit?«, trällerte eine ihrer Dienerinnen, kaum älter als sie selbst, zum wiederholten Mal und riss sie damit aus ihren Gedanken.

Genervt verdrehte Nefertari die Augen. Wie oft sollte sie es ihr denn noch sagen? »Nein, du darfst dich zurückziehen! – Nein, warte!«, hielt sie das junge Ding zurück. »Schicke einen Boten zu meinem Gemahl. Er soll ihn fragen, wann ich mit seinem Besuch rechnen darf.

So richtig mit Ramses verbunden, fühlte sie sich noch nicht, obwohl sie die eine Woche an seiner Seite genossen hatte. Es war nur ein kurzes Beschnuppern gewesen, nicht genug Zeit, um sich wirklich kennenzulernen. Trotzdem vermisste sie ihn und hätte ihn lieber um sich gehabt als die schnatternde Dienerschaft.

Stirnrunzelnd blickte sie ihrer Dienerin hinterher, als diese das Gemach verließ.

Gut sah er ja aus, gingen ihre Überlegungen weiter. Vor allem imponierten ihr seine Größe und das rotbraune Haar, das so ungewöhnlich war. Seine Farbe schimmerte mal feuerrot wie der Horizont, wenn Res Barke in Nuts Rachen versank, dann wieder in einem warmen Braun. Zudem war er sehr zärtlich gewesen, hatte nichts getan, was sie nicht wollte. Er schien gespürt zu haben, dass sie in Liebesdingen noch völlig unerfahren war, und hatte sie zu nichts gedrängt.

Es klopfte, und einer der Wachmänner steckte seinen behelmten Kopf zur Tür hinein.

»Was gibt es?«, fragte sie.

»Seine Hoheit, dein Gemahl, wünscht dich zu sehen«, antwortete der Mann.

Na, so eine Überraschung!, durchfuhr es Nefertari. »Er soll hereinkommen.« Sie zupfte ihr Kleid zurecht und strich sich mit den Händen über ihre Perücke.

Der Kopf des Soldaten verschwand aus ihrem Blickfeld. Dafür öffnete sich die Tür ganz, und Ramses trat in den Empfangssaal ein. Unwillkürlich zauberte sein Erscheinen ein freudiges Lächeln in Nefertaris Gesicht. Sie verneigte sich vor ihm.

»Aber nicht doch, liebe Schwester.« Ramses eilte auf sie zu und nahm sie in die Arme, um sie zu drücken und zu küssen. »Was habe ich dich die letzten Monate vermisst.« Er strahlte ihr verliebt in die Augen.

»Ich dich ebenfalls, mein Gemahl.« Das klang sehr förmlich. Verlegen senkte Nefertari den Blick. Sie hatte sich in ihrer gemeinsamen Woche in seiner Nähe wohlgefühlt. Die lange Zeit der Trennung schien sie ihm nun wieder entfremdet zu haben. Vielleicht lag es auch daran, dass sie zu unerfahren war, was die Beziehung zwischen einem Mann und einer Frau anging. Das verdankte sie ihrer Mutter. Sie biss sich auf die Lippe, nahm all ihren Mut zusammen und legte ihm die Arme um den Hals.

Ich sollte mich daran gewöhnen, dass er nicht ständig bei mir ist, dachte sie und lehnte ihren Kopf an seine Schulter. Ich habe keinen gewöhnlichen Mann geehelicht, sondern den zukünftigen Pharao. Ramses wird nie wie andere Männer nach getaner Arbeit nach Hause kommen, um sich an meinen Kochkünsten zu erfreuen und anschließend mit mir zu turteln. Er ist ein viel beschäftigter Mann. Es wird immer wieder Zeiten geben, in welchen er mich für Tage, Wochen, ja sogar für Monate allein lassen wird. Das ist eben das Los einer Ersten Gemahlin des Horus-im-Nest. Sie seufzte innerlich. Trotzdem bin ich besser dran als die anderen Frauen in seinem Harim, die ihn nur gelegentlich zu Gesicht bekommen. Mit kaum einer wird er eine Bootsfahrt auf dem Nil unternehmen. Kaum einer wird er die großen Pyramiden zeigen oder sich mit ihnen in einer Sänfte durch die Straßen von Heliopolis oder Memphis tragen lassen. Allerdings bleibt ihnen auch der langweiligste Moment in meinem bisherigen kurzen Eheglück verwehrt.

Sie musste schmunzeln, als sie daran dachte, wie Ramses sie an einem milden Morgen in einem Nachen eigenhändig auf den Nil zum Angeln entführt hatte. Sie war froh gewesen, als sie spätnachmittags wieder im Palast ankamen. Trotzdem wollte sie auch diese Stunden nicht missen.

Während sie diese Gedanken beschäftigten, hielt Ramses sie liebevoll in seinen Armen und streichelte ihr sanft über die Perücke und den Rücken.

»Wie ist es dir das vergangene Vierteljahr ergangen?«, fragte er sie, nahm ihre Hand und zog sie mit sich in Richtung ihres Schlafgemachs. »Hast du dich schon eingelebt?«

»Ein bisschen schon«, antwortete Nefertari. »Es ist recht einsam hier.«

»Einsam?« Fragend kräuselte sich Ramses' Stirn.

»Ich kenne hier niemanden. Deine Mutter, die Große Königliche Gemahlin Tuja, hat mich ab und an besucht. Ich muss allerdings gestehen, dass ich jedes Mal froh war, als sie wieder ging.«

Verwirrt blieb Ramses stehen und wandte sich ihr zu. »Warum, Nefertari, fürchtest du dich vor ihr?«

Unschlüssig hob Nefertari die Schultern. »Ein wenig schon. Ihr Blick hat mich förmlich durchleuchtet. Immerfort stellte sie mir Fragen, auf die ich sicher nicht immer die rechte Antwort gab, nehme ich zumindest an.«

»Aber liebe Schwester«, versuchte Ramses sie zu beruhigen, »meine Mutter hat dich gern. Immerhin haben meine Eltern dich ausgewählt, meine Gemahlin zu sein. Das hätten sie niemals getan, wenn sie dich nicht leiden könnten. Ich denke, Tuja will dich auf die große Aufgabe vorbereiten, die dir bevorsteht, wenn ich die Doppelkrone trage. Eine Große Königliche Gemahlin hat viel zu tun.« Er lächelte und gab ihr einen zärtlichen Kuss. »Doch nun komm, Nefertari. Ich habe dir etwas zu sagen und will das Bett mit meiner Ersten Gemahlin teilen.«

Nefertari kicherte. »Wie sich das anhört, *meine Erste Gemahlin*«, äffte sie ihn nach. »Es gibt sonst nur Nebenfrauen, Ramses, oder hat es dir mit einem Mal die blonde Tawit angetan? Hast du vor, sie in den Stand einer Hauptgemahlin zu erheben?«

»Sie nicht, eine andere schon.« Er zwinkerte ihr zu.

Nefertaris gute Laune wurde abrupt gedämpft. Sie waren in ihrem Schlafgemach angekommen und standen vor dem frisch bezogenen Bett. »Also bist du meiner bereits überdrüssig geworden?« Sie zog einen Schmollmund.

Ramses lachte. »Aber nicht doch, liebe Schwester, deiner werde ich nie überdrüssig sein. Ohne dich könnte ich nicht mehr leben. Du bist die Luft, die ich zum Atmen brauche, die Nahrung, um meinen Leib zu stärken, das Wasser, nach dem mich dürstet.« Er blickte ihr verträumt in die Augen. »Die vergangenen Wochen und Monate war ich regelrecht krank vor Sehnsucht nach dir. Ich konnte mich kaum auf meine Aufgaben konzentrieren. Allerdings nahm ich an, die Liebe zu dir hätte eine nur noch schwach glimmende Glut in meinem Herzen gelöscht, aber da habe ich mich gründlich getäuscht.«

Fragend blickte Nefertari zu ihm auf, doch er schien nicht gewillt, mit der Sprache herauszurücken, von wem er redete. Stattdessen löste er die Spange, die ihr Obergewand zusammenhielt, und streifte es ihr von den Schultern. Dann half er ihr aus dem Kleid, bis sie vor ihm stand, wie Chnum sie auf seiner Töpferscheibe erschaffen hatte. Anschließend entledigte er sich seiner Schärpe und ließ sich von ihr sein Hemd über den Kopf streifen. Sie knotete ihm den Schurz auf, bis auch er nackt war.

»Ich liebe dich«, murmelte er in ihr Haar, als er sie in die Arme nahm und sie eng umschlungen auf das nach Lotos duftende Bett glitten. »Und ich begehre dich.«

»Das spüre ich«, prustete sie und strich ihm verlangend über sein Gesäß.

Als sie später erhitzt nebeneinander auf dem zerwühlten Laken lagen, drehte sich Nefertari auf die Seite, stützte ihren Kopf in die Hand und sah ihn forschend an. »Was hast du vorhin gemeint? Gibt es eine weitere Frau, die du zu deiner Hauptgemahlin ernennen willst?«

Ramses bejahte und erzählte ihr von Anat. Und er erzählte ihr alles, behielt nichts für sich, sodass Nefertari erfuhr, dass die beiden sich bereits von frühester Kindheit an kannten und dass Anat und er sich als Kinder nicht hatten ausstehen können.

»Und trotzdem hast du sie geschwängert und bist in sie bis über beide Ohren verliebt«, stellte sie schmunzelnd fest, obwohl es ihr einen leichten Stich versetzte, dass es noch eine andere gab, die er abgöttisch zu lieben schien.

»Würde ich es bestreiten, wäre es eine glatte Lüge«, gab er ehrlich zu und sah ihr verträumt in die Augen. »Auch wenn du Anat noch nicht kennengelernt hast, Nefertari, kannst du dir vorstellen, mit ihr gut auszukommen?«

Nefertari ließ sich mit einer Antwort Zeit.

Es war ihr bewusst gewesen, dass sie den Thronfolger nicht für sich allein haben würde. Schon in der ersten Woche hatte er einige seiner Nebenfrauen beglückt. Nun damit aber direkt konfrontiert zu werden, dass es neben ihr eine weitere Hauptgemahlin geben sollte, war etwas völlig anderes. Auf der anderen Seite blieb sie auch weiterhin die Nummer eins.

Nefertari wurde mit einem Mal bewusst, dass sie in Ramses verliebt sein musste, wenn es sie derart traf, dass er sich eine weitere Gemahlin nahm. Sie seufzte leise. Das war eben der Lauf der Dinge, wenn man mit dem zukünftigen Monarchen verheiratet war. Das hatte ihr ihre Mutter schon eingebläut, und sie behielt recht.

Nachdenklich sah sie ihn an.

Seine Erzählungen hatten ein interessantes Bild von seiner neuen Frau gezeichnet. Es hätte auch eine der Nebenfrauen sein können, womöglich die blonde Tawit, die sich auf die Farbe ihres Haars unglaublich etwas einbildete und zudem sehr ehrgeizig war. Diese Anat schien zwar auch ihren Willen durchsetzen zu wollen; Ramses hatte sie aber nicht als machthungrig dargestellt und vor allem nicht als dummes, schnatterndes Gänslein wie ihre derzeitige Leibdienerin.

Sie muss recht nett sein, dachte Nefertari, und obwohl sie ihr noch nie begegnet war, schien ihr Anat bereits sympathisch und vertraut. Sie lächelte Ramses an. »Ich denke, wir werden gute Freundinnen sein.«

***

Zwei Tage später hatte Sethos für seinen Sohn endlich Zeit und empfing ihn in seinen Gemächern.

»Du willst Anat zu deiner zweiten Hauptfrau machen?«, fragte er stirnrunzelnd, nachdem Ramses ihm alles erzählt hatte. »Sie ist nur eine Dienerin. Ich habe dir einen ganzen Harim mit

Mädchen aus den Familien hoher Beamter geschenkt? Warum suchst du dir nicht da deine zweite Frau?«

»Weil ich keine andere will als Anat«, entgegnete Ramses schlicht. »Ich liebe sie.«

»Ach so?« Verständnislose Überraschung malte sich auf das Ehrfurcht gebietende Gesicht des Pharaos. »Und ich dachte immer, dass ihr euch nicht leiden könnt.«

»Das gehört der Vergangenheit an.« Ramses seufzte. »Ich war damals noch ein Kind, ein dummer, unerfahrener Knabe. Nun bin ich ein Mann und habe meine wahren Gefühle für Anat erkannt.«

Noch immer kräuselte Sethos unwillig die königliche Stirn und musterte misstrauisch seinen Sohn. Dessen plötzlicher Sinneswandel kam ihm seltsam vor. »Und du tust das nicht nur, weil Anat von dir ein Kind erwartet? Du weißt, Ramses, dass du sie deshalb nicht heiraten musst. Wenn ich all jene Frauen zu meinen Gemahlinnen gemacht hätte, die ich geschwängert habe, dann wäre mir deine Mutter gram, und mein Harim würde aus allen Nähten platzen.«

»Nein, Vater, das ist nicht der Grund. Ich liebe Anat, genau wie ich Nefertari liebe. Beide Frauen, so verschieden sie vielleicht auch sein mögen, haben einen festen Platz in meinem Herzen eingenommen.« Ramses' Blick wurde verträumt. »Nefertari ist sanft und wird immer an erster Stelle stehen, doch auch auf die ehemals so kratzbürstige Anat will und werde ich nicht verzichten!« Er sah seinem Vater flehend in die Augen. »Bitte, Majestät, gib mir deine Zustimmung, gib mir Anat zur Frau.«

Verdrießlich starrte Sethos ihn an. »So recht passen tut es mir nicht«, gestand er ehrlich ein. »Ich sehe zwar ein, dass Anat ein liebreizendes Ding geworden ist, welches das Verlangen in den Lenden eines Mannes wecken kann. Sie ist aber nur eine gewöhnliche Dienerin, Ramses! Warum nimmst du dir nicht eine standesgemäße Frau, vielleicht die Hübsche mit dem blonden Haar? Tawit ist, glaube ich, ihr Name.« Ein anzügliches Grinsen umspielte Sethos' Mund. »Wäre sie nicht die Richtige für dich?«

»Nein, Vater, Mächtiger Horus«, widersprach Ramses entschieden. »Sie hat zwar wunderschönes Haar, das wie Gold in der Sonne glänzt, und sie hat mich auch schon im Bett erfreut. Die Richtige als Hauptgemahlin ist sie aber nicht. Sicher, sie bildet sich ein, wegen ihres blonden Haars etwas Besonderes zu sein, aber nicht sie, sondern ich bin etwas Besonderes. Ich bin dein Sohn, Majestät. In meinen Adern fließt das Blut des Gottes. Ich brauche keine besondere Frau. Ich will eine, die ich von ganzem Herzen liebe ... Und diese beiden Geschöpfe heißen Nefertari und Anat.«

»Also gut, mein Sohn«, lenkte Sethos ein. Er sah ein, dass er Ramses nicht umzustimmen vermochte. »Ich werde darüber nachdenken und dich meinen Entschluss in den nächsten Tagen wissen lassen. Bis dahin gedulde dich.«

Damit war für Sethos die Unterhaltung beendet. Er wartete, bis Ramses gegangen war. Dann begab er sich zu Tuja, um mit seiner Frau über das Begehren ihres Sohnes zu reden, und die Große Königsgemahlin schmunzelte und meinte, dass er Ramses seine Zustimmung nicht verweigern sollte.

»Wenn er Anat von ganzem Herzen liebt, dann gib sie ihm zur Frau«, meinte sie. »Du bist zwar der Herr der Beiden Länder, Sethos, du bist aber nicht der Herr über Ramses' Herz.«

Diese Antwort passte Sethos ganz und gar nicht. »Aber sie ist nur eine Dienerin«, erinnerte er sie. »Ich schenke dem Jungen einen Harim der begehrenswertesten jungen Frauen, und was macht er? Er verliebt sich in Anat!«

Tuja lachte, stand auf und setzte sich neben ihn auf das Bett, wo er sich auf der Kante niedergelassen hatte. »Aber, Majestät«, versuchte sie ihn zu beschwichtigen, »man kann seinen Gefühlen doch nicht befehlen. Das weißt du genau. Was hättest du getan, wenn Ramesse dir verboten hätte, mich zur Frau zu nehmen? Hättest du ihm gehorcht?«

»Das ist etwas völlig anderes!«, hielt er trotzig dagegen. »Du bist die Tochter eines angesehenen Streitwagenoffiziers. Anat ist die Tochter einer fremdländischen Dienerin!«

»Ja, Majestät, vergiss bitte nicht, dass sie auch die Tochter deines Vaters ist, eines Pharaos also. Ramesse hat Anat natürlich nicht als Tochter von seinem Leib anerkannt, da sie das Ergebnis einer zufälligen Liebelei zwischen ihm und Aschtara war. In ihren Adern aber fließt sein göttliches Blut. Und selbst wenn es nicht der Fall wäre, solltest du sie unserem Sohn nicht verwehren, wenn er Anat ehrlich und aufrichtig liebt. Und ich denke, dass Ramses das tut.« Tuja legte den Arm um Sethos und schmiegte sich an seine Schulter. »Bitte, Mächtiger Horus, gib sie Ramses zur Frau.«

Sethos brummelte etwas Unverständliches vor sich hin, aber Tuja wusste, dass sie ihn umgestimmt hatte. Sie nahm seinen Kopf in ihre Hände und gab ihm einen liebevollen Kuss auf den Mund.

»Du schaffst es immer wieder, mich von deiner Sichtweise der Dinge zu überzeugen«, knurrte er gespielt verstimmt, nachdem sie seine Lippen wieder freigegeben hatte, und sie lächelte galant.

»Sollte es so nicht auch sein? Die Große Königliche Gemahlin muss dem Herrn der Beiden Länder zur Seite stehen, ihn mit ihrer Magie beschützen und mit ihrem weisen Rat unterstützen, um die Maat in Kemi aufrechtzuerhalten.«

»Wäre diese denn gefährdet, wenn ich dem Thronfolger eine einfache Dienerin verweigere?«

»Schon möglich, Sethos. Es ist der Herzenswunsch unseres Sohns, und den solltest selbst du ihm nicht verwehren. Anat ist ein wohlerzogenes, junges Mädchen, das weiß, wie es sich zu benehmen hat. Sie ist am Königshof aufgewachsen und wird Ramses eine gute Gemahlin sein. Zudem ist sie nicht dumm. Genau wie Nefertari wird sie unserem Sohn mit Rat und Tat zur Seite stehen. Ramses' Wahl hätte schlechter ausfallen können.«

»Also schön, Tuja, dann sei es so. Ramses darf Anat zur Zweiten Gemahlin nehmen!«

***

Anat wartete bereits seit drei Tagen vergebens auf das Erscheinen von Nebsumenu oder eines anderen königlichen Beamten, der sie in die Harimsgemächer des Prinzen führen sollte, und allmählich gab sie die Hoffnung auf. Was hatte sie sich auch eingebildet? Immerhin war sie nur eine Dienerin. Der Pharao wäre von einer Eheschließung zwischen ihr und seinem

Sohn sicher nicht angetan, und seine Königin wohl ebenfalls nicht.

Sie hatte sich mit dieser Enttäuschung bereits abgefunden, als am vierten Tag der Vorsteher der prinzlichen Harimsgemächer Hormin erschien und sie höflich bat, ihm zu folgen. Unter den neugierigen Blicken von Ramses' Nebengemahlinnen, führte er sie durch die Flure des Harims und wies ihr eine weiträumige Zimmerflucht an. Diese lag am Ende des Flügels und befand sich genau neben den Räumlichkeiten der Ersten Gemahlin.

Beinahe ängstlich betrat Anat den Vorraum, wo sie bereits von einer Schar Dienerinnen erwartet wurde, die sich ehrfürchtig vor ihr verneigte. Sie spürte förmlich Hormins Blicke im Rücken, der hinter ihr in den Empfangssaal getreten war und sich sicher fragte, wie eine Bedienstete es geschafft hatte, zur Zweiten Gemahlin aufzusteigen. Oder bildete sie sich das nur ein?

Verschüchtert sah Anat sich um. Der Raum war so weitläufig; hier hätte die Kammer ihrer Mutter mehrfach hineingepasst, und das war erst der Bereich, der zu ihren eigentlichen Gemächern führte! Sie konnte es kaum fassen, dass ihr das alles fortan gehören sollte, dass sie nun eine Herrin war, der andere gehorchen mussten. Die Rollen waren auf einen Schlag vertauscht.

Mit angehaltenem Atem schritt sie durch die Räume, im Schlepptau die schweigsamen Dienerinnen, die sie in jenem Moment an stumme Uschebtis erinnerten, hölzerne Figuren, die den Toten mitgegeben wurden, um für sie die Arbeit im Jenseits zu verrichten. Überall standen erlesene Möbelstücke aus kostbarem Zedernholz herum. Sie waren mit Intarsien aus Glasfluss und Gold geschmückt. Bauchige Krüge mit duftenden Blumen verschönerten die Räume und Flure. Bunte Kissen lagen verstreut auf dem Boden des Wohngemaches und luden zum Verweilen ein. Zwischen den Säulen schwebten Vorhänge so zart wie Spinnenweben und ließen gedämpft das Licht des Nachmittags in ihre neue Wohnstatt ein. Dahinter erstreckte sich eine schattige Parklandschaft.

»Unglaublich!«, wisperte sie und lugte über ihre Schulter.

Die jungen Frauen, die ihr fortan zu Diensten sein sollten,

hielten sich diskret im Hintergrund. Sie hatten den Blick demütig zu Boden gesenkt und erwarteten ihre Befehle. Und mit einem Mal bekam es Anat mit der Angst zu tun.

Sie war jetzt die Gemahlin des Thronfolgers, und eines Tages würde Ramses Pharao sein. Sie hingegen hatte als Tochter einer Dienerin das Licht der Welt erblickt. Könnte sie jemals an seiner Seite bestehen?

Es gibt zum Glück noch Nefertari, machte sie sich Mut. Ramses liebt sie über alles; er wird sie und nicht mich zu seiner Königin ernennen, und das ist auch gut und richtig so.

Doch was ist, wenn ich seinen Sohn unter meinem Herzen trage? Immerhin ist es sein erstes Kind! Es wäre der zukünftige Thronerbe.

Unwillkürlich legte sie die Handflächen auf ihren schwangeren Bauch, während ihr Blick gehetzt durch den Raum glitt. Ramses selbst hatte zu ihr gesagt, dass ein Knabe sein Nachfolger sei.

»Ist etwas nicht in Ordnung, Hoheit?«, erkundigte sich Hormin.

Erschrocken zuckte Anat zusammen. Die Anwesenheit des Harimvorstehers hatte sie fast vergessen. Rasch schüttelte sie den Kopf.

Hoheit! – Wie seltsam das in ihren Ohren klang. Hormin war der oberste Beamte in Ramses' Frauengemächern. Noch vor einer halben Stunde hatte er in der Rangfolge weit über ihr gestanden, und nun katzbuckelte er vor ihr und redete sie so förmlich an.

Zum Glück stand sie mit dem Rücken zu ihm, sodass er ihr Gesicht nicht sehen konnte. Es hätte ihm sicher verraten, welches Gefühlschaos gerade in ihrem Herzen tobte. »Ich möchte jetzt gerne alleine sein.«

Als die letzten Schritte verhallt waren, erkundete sie ihr neues Reich noch einmal, dieses Mal bewusster. Es wies Ausmaße auf, von denen sie nie zu träumen gewagt hätte. Die Unterkunft ihrer Mutter war ihr stets zu klein gewesen. In diesen weitläufigen Gemächern fühlte sie sich regelrecht verloren und hoffte, sich nicht zu verirren.

»Göttliche Isis, das träume ich doch nur!«, wisperte sie und kniff sich in den Arm. Der Schmerz machte ihr bewusst, dass alles der Realität entsprach.

***

Am Abend erschien Ramses in Anats Gemächern und überzeugte sich persönlich davon, dass alles zu ihrer Zufriedenheit und zu ihrem Wohlbefinden war.

Anat hatte sich wieder gefangen, obwohl sie wusste, dass es noch einige Zeit dauern würde, bis sie sich vollständig an die neue Situation gewöhnt hätte. Trotzdem war sie trunken vor Glück, als er vor ihr stand. Sie hatten sich ein paar Tage nicht mehr gesehen.

Schluchzend fiel sie ihm um den Hals. »Ich dachte schon, du hättest mich vergessen.« Tränen der Freude rannen ihr die Wangen hinab und benetzten Ramses' Hemd.

»Aber nein, meine liebe Anat«, erwiderte er und löste sich sacht aus ihrer Umklammerung. »Sethos gewährte mir erst am übernächsten Tag sein Ohr, und ohne seine Zustimmung wollte ich nichts unternehmen.«

»Ich freue mich so«, flüsterte sie, »obwohl ich nach dem Betreten der Räumlichkeiten am liebsten kehrtgemacht und weggelaufen wäre.«

»Aber warum denn, liebe Schwester?« Ramses klang verwirrt. Er schob sie auf Armeslänge von sich und musterte sie. »Du musst dich nicht fürchten. Dein früheres Leben gehört der Vergangenheit an. Nun bist du meine Frau. Es ist völlig egal, dass du die Tochter einer Dienerin bist. Zudem vergiss bitte nicht, deine Mutter ist die Leibdienerin der Königin. Jede hochwohlgeborene Dame würde sonst was dafür geben, diesen Posten zu ergattern.« Er grinste breit und drückte sie wieder an seine Brust. Dabei spürte er ihren schwangeren Bauch. Sie trug sein Kind! »Du bist wunderschön«, wisperte er ihr verliebt ins Ohr. »Du bist so schön wie Isis ...« Ramses stutzte. Er löste sich von Anat und schob sie erneut auf Armeslänge von sich. Zufrieden nickte er. »Ja, du bist in der Tat so schön wie die göttliche Isis«, stellte er freudig fest, »und deshalb nenne ich dich ab heute Isisnofret, *Isis die Schöne*.«

5. Kapitel

GEGENSEITIGES BESCHNUPPERN

Schon am nächsten Morgen stand Nefertari vor den Gemächern der neuen Gemahlin und ließ sich melden. Eigentlich wäre es deren Pflicht gewesen, den Antrittsbesuch bei der Ersten Gemahlin zu führen, aber Nefertari legte auf solche Förmlichkeiten keinerlei Wert. Sie war neugierig, wer die junge Frau war, die Ramses' Herz im Sturm erobert hatte, nachdem beide sich jahrelang nicht hatten ausstehen können.

»Was verschafft mir die Ehre deines Besuches?«, wurde sie freundlich beim Eintreten begrüßt.

»Ich wollte dich willkommen heißen. Unser Gemahl hat mir von dir erzählt, und ich wollte dich kennenlernen.« Ein schelmisches Lächeln huschte über Nefertaris Gesicht. »Ich hoffe, du hast dich schon ein wenig eingelebt, Anat?«

»Anat?« Verwundert blickte Isisnofret sie an. »Weißt du es noch nicht? Ramses gab mir den Namen Isisnofret, weil ich nach seinem Dafürhalten ...«

»... so schön bist wie die Göttin Isis«, vollendete Nefertari ihren Satz und musterte sie. »Er hat damit recht, *Isis die Schöne.*« Die neue Frau gefiel ihr schon jetzt, und sie nahm sich vor, ihr gegenüber nicht so zurückhaltend und abweisend zu sein, wie sie es im Allgemeinen war. Sie brauchte im Palast eine Freundin, die zu ihr stand, der sie blindlings vertrauen durfte. Warum nicht die Zweite Gemahlin. Immerhin teilten sie sich schon den Mann. Warum dann nicht auch ihre Gedanken, Sehnsüchte und Wünsche?

»Wollen wir uns nicht setzen?«, fragte Isisnofret. Noch immer standen sie sich im Empfangsbereich gegenüber.

»Gerne doch.« Nefertari wollte schon auf die Sitzecke zuhalten, die zum Verweilen einlud, aber Isisnofret winkte ab.

»Nicht hier. Das ist mir zu steif und zu förmlich. An meine Gemächer schließt sich ein wundervoller Garten an. Dort findet sich sicher ein schattiges Plätzchen zum Plauschen.« Sie zwinkerte Nefertari zu, denn auch sie hatte bereits befunden, dass die Erste Gemahlin ihrer Freundschaft würdig war.

Nefertari strahlte sie an und trat spontan auf sie zu, um ihre Hände zu nehmen. »Ich denke, wir werden uns gut verstehen.«

Isisnofret lächelte zurück. »Ja, Nefertari, das glaube ich auch, und ich wünsche es mir.« Sie zögerte kurz und sah ihrer neuen Freundin prüfend ins Gesicht. »Wie du sicher weißt, war ich bis gestern noch eine gewöhnliche Dienerin, wohingegen du und die anderen Damen aus Ramses' Harim alle hochwohlgeboren sind.«

Überrascht hob Nefertari die mit Kohol fein nachgezeichneten Augenbrauen. »Nicht alle, meine liebe Freundin.« Sie schmunzelte wissend. »Ich zum Beispiel stamme aus keinem adligen Geschlecht. Ich bin zwar auch keine Bäuerin, doch meine Eltern gehörten auch nicht den alten, ehrenwerten Familien an, die sich seit Jahrhunderten im Glanz der Pharaonen sonnen. Die blonde Frau, die du sicher schon gesehen hast – Tawit ist ihr Name –, stammt aus einem der fremdländischen Hafenstädte am Großen Grün. Sie wurde als kleines Mädchen ihren Eltern entrissen und in den Harim gebracht, um die Sitten der Beiden Länder zu lernen und sie später in ihr Land zu bringen. Nun ist es anders gekommen. Ihr wie Gold schimmerndes Haar kam ihr zugute, sodass sie nun gelegentlich das Bett unseres Gemahls wärmen und irgendwann seinen Nachwuchs austragen darf. Dennoch ist sie nur eine Geisel aus einem fremden Land, welches sich gegen die Macht des Pharaos aufzulehnen wagte. Und so gibt es noch ein paar andere Frauen, die Seine Majestät für den Harim seines Sohnes ausgewählt hat. Keine von ihnen trägt königliches Blut in den Adern, und nur einige stammen aus adligen Familien.«

Isisnofret war im ersten Moment sprachlos über die Offenheit, aber auch die präzise gewählten Worte Nefertaris. Sie machte sich sanft aus ihrem Griff frei und führte sie hinaus in den Garten. Unterwegs rief sie einer ihrer Dienerinnen zu, dass sie für eine Erfrischung sorgen sollte. Dann steuerte sie den Teich an, der von ein paar schattigen Büschen umgeben war und von zwei Palmen gesäumt wurde.

»Hier ist es schön«, meinte sie. »Zumindest empfand ich es gestern Nachmittag so, nachdem ich mein neues Reich erkundet hatte und erst einmal diese vielen Veränderungen verdauen musste.« Sie ließ sich auf einer der bunt gemusterten Matten nieder und angelte nach einem Kissen. »Ich bin zwar im Haushalt des damaligen Wesirs Ramesse aufgewachsen und lebe seit nunmehr fast acht Jahren im Palast. Meine Mutter und ich hatten aber nur eine bescheidene Kammer. So viel Luxus und Freiraum, der ganz allein mir gehört, Personal, das sich um mich und mein Wohlbefinden sorgt ...« Ihr fehlten die Worte. Sie breitete die Arme aus und vollführte eine hilflose Geste.

Auch Nefertari hatte es sich auf einer der Matten gemütlich gemacht. Die Dienerin erschien wieder und balancierte auf einem Tablett eine Schale mit kandierten Früchten sowie einen Krug mit frisch gepresstem Melonensaft und einen mit kühlem Wasser.

»Stelle es einfach hier auf den Boden«, wies Isisnofret sie an. »Du darfst dann gehen. Wir bedienen uns selbst.«

Nachdem die junge Frau außer Hörweite war, sagte Nefertari: »Du wirst dich schnell daran gewöhnen, glaube mir. Plötzlicher Wohlstand mag zwar im ersten Moment überraschend, wenn nicht sogar verstörend sein, man gewöhnt sich recht schnell daran.«

Isisnofret kicherte und griff nach den beiden Bechern. »Da magst du recht haben, Nefertari.« Sie lugte in die beiden Krüge und sah dann fragend zu ihrem Gast. »Melonensaft oder Wasser? Leider hat das Mädchen keinen Wein mitgebracht.«

Nefertari winkte ab. »Es ist noch zu früh für einen Becher Wein. Ich möchte nicht schon am Vormittag meine Sinne benebeln und irgendwann dick und aufgeschwemmt vom vielen Weingenuss sein.«

Isisnofret errötete. Was hatte ihre neue Freundin jetzt wohl für ein Bild von ihr? Sie seufzte leise. »Ich dachte nur ..« Sie stockte.

»Ist schon gut. Sicher bist du es von den Herrschaften im Palast nicht anders gewohnt, und ich will dir auch keine Vorschriften machen. Ich habe in Mer-ur nur so manche hübsche

Frau in kürzester Zeit dem Wein und der Nascherei verfallen sehen, sodass sie mit einem Mal weder attraktiv noch anziehend war.«

Isisnofret nickte. Das konnte sie nur bestätigen. So manche Dame, die Seine Majestät zur Nebenfrau oder Konkubine genommen hatte, kam als schlanke Gazelle im Harim an und war ein oder zwei Jahre später eher einem Nilpferd ähnlich. So wollte sie nicht enden. Sie wollte auch noch in zehn oder zwanzig Jahren für Ramses begehrenswert sein. Ihr Blick fiel auf ihren gewölbten Bauch.

»Wann wird dein Kind geboren?«, fragte Nefertari, die ihrem Blick gefolgt war.

»In ungefähr drei bis vier Monaten, zum Jahreswechsel, und ich bete, dass es nicht an einem der fünf Unglückstage das Licht der Welt erblickt.« Automatisch fasste Isisnofret nach dem schützenden Amulett, welches sie um den Hals trug.

»Weißt du schon, was es wird?«

Sie schüttelte den Kopf, denn sie hatte den Test mit den Getreidekörnern nicht gemacht, obwohl ihre Mutter ihr eindringlich dazu geraten hatte.

»Dann weißt du wenigstens, ob es der Nestfalke ist oder doch nur eine neue Tochter«, hatte sie gemeint, aber Isisnofret hatte sich dagegen gesträubt. Was, wenn der Test die verkehrten Hoffnungen weckte, wenn die Gerste schneller keimte als der Emmer und sie Ramses' Erwartungen schürte, dass sie seinen Sohn unter dem Herzen trug? Immerhin hatte sie mehrfach davon gehört, dass der Getreidetest nicht immer zuverlässig war.

»Du musst es ihm ja nicht auf die Nase binden«, hatte ihre Mutter gemeint und mit den Augen gerollt. »Dass du aus allem ein Problem machen musst.«

»Wieso eigentlich ich?«, hatte Isisnofret zurückgefragt. Nicht sie war es, die vor Neugierde fast platzte, sondern Aschtara. Ihre Mutter konnte es kaum erwarten zu erfahren, ob es eine Tochter oder ein Sohn werden würde; ihr war es relativ egal. Sowohl ein Sohn als auch eine Tochter waren ihr lieb.

»Nein«, antwortete sie, »ich habe den Test nicht gemacht.«

»Richtig so«, bestätigte Nefertari ihre Entscheidung. »Letztlich entscheiden die Götter, ob es ein Junge oder ein Mädchen wird, und Hauptsache ist, das Kind ist gesund.« Sie blickte zwischen den beiden Krügen hin und her. »Ich nehme ein wenig Melonensaft und werde ihn mit Wasser verdünnen.«

Isisnofret prustete los. Noch immer hielt sie die beiden Becher in den Händen, und noch immer waren sie leer. Sie stellte sie ab und füllte sie zu zwei Dritteln mit dem frischen Saft und goss sie mit Wasser auf.

»Möchtest du ein paar kandierte Früchte?« Sie reichte Nefertari einen der Becher und trank ihr zu.

»Warum nicht. Ein bisschen Völlerei sollten wir uns schon gönnen«, erwiderte Nefertari verschmitzt und griff nach einer mit Honig ummantelten Feige. »Du stammst also aus dem Norden«, meinte sie kauend und trank einen Schluck von ihrem verdünnten Saft.

Isisnofret bejahte. »Ich wurde in Memphis geboren, doch meine Vorfahren stammen aus dem Land Kanaan. Selbst meine Mutter erblickte dort noch das Licht der Welt und gelangte kurz darauf als Tochter eines Händlers in das Land am Nil.«

»Dann ist deine Abstammung doch gar nicht so niedrig?«, stellte Nefertari stirnrunzelnd fest.

Wenn du wüsstest, wer mein leiblicher Vater ist, durchfuhr es Isisnofret. Sie hielt den Mund. Ob Ramses vielleicht auch das Nefertari anvertraut hatte? Sie bezweifelte es. Mit solchen Dingen prahlte keiner. Immerhin hatte Osiris Menpehtire Ramses sie nicht als seine Tochter anerkannt.

»Nun ja«, druckste sie herum, »da meine Mutter stets als Dienerin der Herrschaft aufgewartet hat, fühle ich mich mehr als Tochter niederer Herkunft als eine, die edleren Wurzeln entspringt – wenn man das von einem Kaufmann überhaupt behaupten kann.«

Nefertari legte den Kopf schräg und musterte Isisnofret. Nein, sie spielte ihr hier keine unterwürfige Rolle vor. Sie wusste, wo sich ihre ehemalige Stellung befand, und schien eher bescheiden als berechnend zu sein. Irgendwie vermisste sie dennoch die von Ramses so angepriesene Kessheit. Isisnofret machte eher einen ruhigen Eindruck auf sie als den einer Frau, die immer das letzte Wort haben wollte und sich nicht auf der Nase herumtanzen ließ.

Vielleicht muss sie wirklich erst alles verkraften, dachte Nefertari. Von einem Tag auf den anderen ist sie nicht mehr die Dienerin Anat, sondern Ihre Hoheit Isisnofret, die Zweite Gemahlin des Horus-im-Nest. Dieser abrupte Wandel ihres Lebens hätte auch mich aus der Bahn gehauen.

Sie lächelte. »Du gewöhnst dich schon an alles hier, ich meine diese neuen Gegebenheiten, dass du nun eine Herrin bist.« Sie hielt Isisnofret den Becher hin, um sich nachschenken zu lassen. Dann begann sie, über sich zu plaudern. »Ich wurde in Chenmet-Min geboren. Meine Eltern wohnten in Theben und waren ebenfalls *nur* Bürgerliche.« Absichtlich betonte sie das Wörtchen *nur*. »Mein Vater starb, als ich noch nicht einmal geboren war. Meine Mutter gab daraufhin ihr Leben in der südlichen Königsstadt auf und zog zu ihren Eltern aufs Land. Ich bin somit kein Kind der großen Stadt. Erst Chenmet-Min, dann der Harim Mer-ur. Für mich ist Memphis erschreckend. Es ist so riesig und fremd. Ich muss mich erst daran gewöhnen. Ich fühle mich regelrecht verloren. Die vielen Menschen, der Lärm und auch die nicht immer so angenehmen Gerüche. Allein der Hafen und das Viertel der Fischer sollte man meiden, wenn man seiner Nase nicht wehtun will.« Sie schüttelte sich, denn während Ramses ihr die nördliche Königsstadt gezeigt hatte, waren sie auch an diesen beiden Gebieten vorbeigekommen. »Du hingegen hast es nie anders kennengelernt, Isisnofret. Du bist in dieser riesigen Stadt geboren und aufgewachsen. Sie macht dir sicher keine Angst wie mir, dem Kind einer dörflichen Gegend. Du fürchtest dich dafür vor deinem neuen Leben, welches mir als Tochter einer Aufseherin nicht unbekannt ist. Ich schätze, wir werden beide über kurz oder lang unsere Ängste meistern, und wenn nicht, dann helfen wir uns gegenseitig dabei.«

»Danke, Nefertari!« Glücklich strahlte Isisnofret ihre neue Freundin an. »Du hast recht, ich fürchte mich vor meiner neuen Stellung. Noch mehr fürchte ich mich davor, Ramses einen Sohn zu gebären. Sicher hältst du mich jetzt für verrückt, denn ich schätze, jede der Damen im Harim unseres Gemahls träumt nur davon, ihm einen Sohn zu schenken, wenn möglich sogar den allerersten.«

»Den zukünftigen Thronfolger«, warf Nefertari grinsend ein.

Isisnofret bejahte und grinste ebenfalls, bevor sie wieder ernst wurde. »Ich liebe Ramses, den Mann. Ich bin nicht auf die Aufmerksamkeit des zukünftigen Pharaos versessen. Gern überlasse ich dir den Titel der Großen Königlichen Gemahlin, Nefertari. Sei unbesorgt, selbst wenn ich Ramses' Sohn unter meinem Herzen trage, die Position der Königin mache ich dir nicht streitig. Ich verzichte gern auf sie.«

Nefertari fühlte, wie ihre Augen feucht wurden. Sie konnte nicht anders. Sie stellte den Becher ins Gras, erhob sich und trat auf Isisnofret zu, um vor ihr in die Hocke zu gehen und sie in die Arme zu schließen. »Denkst du wirklich, ich bin auf diesen Titel aus? Auch ich kann darauf verzichten, doch ich wurde seit meinem siebenten Lebensjahr darauf vorbereitet, einem hohen Beamten, wenn nicht sogar einem königlichen Spross als Gemahlin zur Seite zu stehen. Seine Majestät erwählte mich schließlich zur Gemahlin seines Sohnes. Glücklicherweise zeigt Ramses sich mit seiner Wahl äußerst zufrieden. Er hätte mich auch ablehnen oder sich widerwillig dem Wunsch seiner Eltern fügen können. Nun erkor er dich, und Sethos und Tuja stimmten dem zu. Sollte nichts Unvorhergesehenes geschehen, werde ich als Erste Gemahlin seine zukünftige Königin sein. Erst nach meinem Tod wirst du in meinen Fußstapfen treten.« Sie gab Isisnofret aus ihren Armen wieder frei.

Auch in Isisnofrets Augen schimmerten Tränen. Sie war überwältigt von dem Vertrauen, das sie nach so kurzer Zeit durch Nefertari erfuhr. Sie hatte befürchtet, die Erste Gemahlin könnte sie als Konkurrentin ansehen. Anlass gab es dafür nicht. In den vergangenen Monaten war kein schlechtes Wort über die Hauptgemahlin an ihre Ohren gedrungen. Da gab es bei Weitem mehr Klatsch und Tratsch über so manche seiner Nebenfrauen. Trotzdem hatte Isisnofret sich unwohl gefühlt, als ihr Nefertari gemeldet worden war, weil sie nicht wusste, wie diese zu ihr stand.

Zum Glück freundlich und unglaublich nett!, dachte sie und strahlte übers ganze Gesicht. O ihr Götter, welch eine schöne Wendung! Sie wollte gerade Nefertari für ihre Offenheit danken, als ihr Haushofmeister, erschien und die Große Königliche Gemahlin Tuja ankündigte.

»Sie wünscht, dich zu sehen«, sagte er und verneigte sich höflich vor ihr und ihrem Gast.

Auch das noch, wäre es Isisnofret beinahe entschlüpft. Zwar diente ihre Mutter seit Jahren der Königin, und Tuja hatte sich ihnen gegenüber niemals schäbig verhalten; dennoch fürchtete sie sich vor der gestrengen Frau.

»Ich werde gehen«, riss Nefertari sie aus ihren Gedanken.

»Das musst du nicht«, meinte Isisnofret. Es klang beinahe flehend. Lass mich doch nicht mit der Königin allein!

Nefertari schien ihre unausgesprochene Bitte zu erahnen. »Sei unbesorgt, liebe Schwester. Ihre Majestät ist dir sicher nicht feind. Sie will nach dir sehen, ob es dir gut ergeht. Das hat sie auch bei mir gemacht, und ich habe es überlebt.« Sie zwinkerte Isisnofret zu, erhob sich und steuerte auf den Eingang der Gemächer zu.

»Hoheit?«, machte der Hausverweser auf sich aufmerksam.

»Ähm, ja natürlich. Ich empfange sie, aber nicht hier. Führe Ihre Majestät in meinen Empfangssaal. Und lass einen Krug Wein, einen mit Wasser sowie eine Schale mit Gebäck servieren.«

Isisnofret sprang auf die Füße und strich sich ihr Kleid zurecht. Dann eilte sie ihrem obersten Diener hinterher und rief nach ihrer Leibdienerin, die im Schlafgemach dabei war, ihre neuen Gewänder in die Truhen einzusortieren.

»Bringe mir geschwind einen Spiegel! Ich muss schauen, ob meine Schminke noch perfekt ist und ich der Königin so unter die Augen treten kann.«

»Du siehst wunderschön aus, meine Herrin«, wagte Senehat sich ein Urteil zu erlauben. Sie war Isisnofret unter all den neuen Gesichtern aufgefallen und hatte die junge Frau spontan zu ihrer persönlichen Dienerin ernannt. »Die Schminke ist nicht verlaufen. Dein Kleid sitzt tadellos. Nur ein paar Strähnen deiner Perücke bedürfen meiner Aufmerksamkeit.« Sie strich die etwas unordentlich liegenden Zöpfe zurecht und betrachtete anschließend zufrieden ihr Werk. »Ja, so ist es gut.« Sie reichte Isisnofret den Kupferspiegel. »Sieh selbst, meine Herrin.«

Schmunzelnd nahm Isisnofret das Metall und betrachtete sich in der blank polierten Oberfläche. Senehat hatte nicht übertrieben. Sie sah hervorragend aus. Auch wenn ihr vor der Begegnung mit Tuja noch mulmiger war als vor der mit Nefertari, so fühlte sie, wie sie ihre beim Aufeinandertreffen mit Nefertari verloren gegangene Selbstsicherheit zurückgewann. Vielleicht lag es daran, dass ihr Nefertari völlig fremd gewesen war. Tuja hingegen kannte sie in gewisser Weise. Sie nahm sich vor, sich einfach so wie immer zu verhalten; dann würde schon nichts passieren.

Sie reichte Senehat den Spiegel zurück und schritt auf die Tür zu, hinter welcher bereits die Große Königliche Gemahlin auf sie wartete.

»Bitte verzeih, Majestät, dass es ein wenig gedauert hat.« Sie verneigte sich tief vor Ramses' Mutter.

»Wie ich sehe, hast du dich bereits mit Nefertari angefreundet«, kam Tuja sofort zur Sache und ließ sie nicht aus den Augen.

»Ja, Majestät, sie kam zu mir, damit wir uns kennenlernen.«

»Warum bleibst du dort stehen?« Fragend hoben sich die exakt mit Kohol nachgezogenen Augenbrauen Tujas. »Ich bin der Gast und sitze bereits. Es sind deine Gemächer. Warum nimmst du nicht ebenfalls Platz?« Sie wies auf einen der freien Stühle.

»Ich habe wohl noch viel zu lernen«, murmelte Isisnofret verlegen vor sich hin und setzte sich.

»Sicher, meine Liebe, und ich gebe zu, dass ich es mir in meinen kühnsten Träumen nicht hätte vorstellen können, dass eines Tages du meine zweite Schwiegertochter wirst.« Beschwichtigend hob Tuja eine Hand, da ihr Isisnofrets Zusammenzucken nicht entging. »Nein, meine Tochter, verstehe mich nicht falsch. Weder Sethos noch ich schämen sich deiner. Du bist uns beiden gleichermaßen lieb.« ... auch wenn ich meinen Mann erst noch davon überzeugen musste, setzte Tuja in Gedanken hinzu und lächelte Isisnofret freundlich an. »Also stelle dein Licht nicht unter den Scheffel. Dass du die Tochter einer Dienerin bist und selbst der Herrschaft zu Diensten warst, gehört der Vergangenheit an. Jetzt bist du die Zweite Gemahlin des Horus-im-Nest.«

»Danke, Majestät.« Isisnofret hob den Blick und sah die Königin erleichtert an. Sie war ja doch nicht so schrecklich und hart, wie sie immer angenommen hatte. Zumindest war sie ihr immer so vorgekommen.

»Du gehörst ab jetzt zur Familie des Gottes. Ich weiß, dass du dich zu benehmen weißt. Du wurdest durch deine Mutter sehr gut erzogen. Dennoch wirst auch du dich – genau wie Nefertari – einigen Unterweisungen unterziehen müssen. Als Hauptgemahlinnen meines Sohnes steht ihr fortan im Zentrum der Öffentlichkeit und habt bestimmte Funktionen zu erfüllen. Nefertari wird natürlich weitaus gefragter sein. Du stehst in ihrem Schatten. Dennoch musst auch du unterrichtet werden, sollte sie einmal unpässlich sein oder die Götter sie zu sich befehlen, sodass fortan du an ihre Stelle trittst.«

»Was, ich als Große Königliche Gemahlin, Majestät?« Isisnofret wurde schwarz vor Augen. Vor Schreck hielt sie sich an den Armlehnen ihres Stuhles fest.

»Aber natürlich, mein Kind. Geht es dir nicht gut? Soll ich den Arzt rufen lassen?«

Isisnofret winkte ab. »Es geht schon wieder.« Sie griff nach dem Krug mit dem Wasser, und in dem Moment fiel ihr ein, dass sie Tuja noch gar nichts angeboten hatte. Ihr schoss die Schamesröte in die Wangen. »Verzeih, Majestät, ich vergaß zu fragen, ob du etwas trinken möchtest.«

Tuja lächelte fein. Sie nahm den Becher in ihre beringte Rechte und hielt ihn in die Höhe. »Das hat bereits deine Dienerin getan.« Sie stellte ihn zurück auf den Tisch und musterte ihre Schwiegertochter, der sie unschwer anmerken konnte, dass sie mit ihrer neuen Stellung noch völlig überfordert war. »Was ist los, Isisnofret? So kenne ich dich nicht.«

Erstaunt blickte Isisnofret sie an. »Du kennst bereits meinen neuen Namen?«

»Aber natürlich, du Dummerchen. Dir sollte bekannt sein, dass der Wesir das Auge und Ohr des Pharaos ist. Nichts entgeht ihm oder seinen Spitzeln. Und wenn mein Mann es weiß, erfahre ich es auch.«

»Aber natürlich, Majestät. Ich war nur so verwundert, weil Nefertari ihn noch nicht kannte.«

Tuja machte eine nicht zu deutende Handbewegung. Dann fuhr sie fort: »Ich bin heute gekommen, um mich nach deinem

Befinden zu erkundigen. Es ist mir bewusst, dass die Veränderungen in deinem Leben sicher nicht so schnell zu verkraften sind. Gestern Morgen erwachtest du als Dienerin Anat, die sich gefälligst vor dem Wesir zu verneigen hat, und zu Bett gingst du als Isisnofret, die Gemahlin des Thronerben, vor der fortan selbst der Wesir den Rücken beugen muss. Ich merke dir deine Unsicherheit an. Ich vermisse deine Selbstsicherheit, mit welcher du meinen Sohn in früheren Tagen fast in den Wahnsinn getrieben hast.« Sie kicherte bei dieser Erinnerung. »Gewöhne dich ein, und sei ohne Furcht, wenn du jemandem gegenüberstehst, vor dem eigentlich du bisher hast katzbuckeln müssen. Ich schätze dich aber so ein, dass du deine Unsicherheit bald überwunden hast. Und vergiss niemals: Du gehörst nun der Familie des Gottes an; also gehören sowohl der Pharao als auch ich, die Große Königliche Gemahlin, sowie Ramses' Schwester und deren Gemahl nun zu deiner engsten Verwandtschaft. Darum schenke uns deine Liebe und dein uneingeschränktes Vertrauen.«

»Das werde ich, Majestät.« Isisnofret war überwältigt. Sie stand auf und trat auf Tuja zu, um vor der Königin auf die Knie zu gehen und ihre Hände zu nehmen. »Du hast mich gut studiert, Majestät. Ich fühle mich in meiner neuen Stellung als Gemahlin deines Sohnes noch nicht richtig wohl. Ich werde mich jedoch daran gewöhnen, das weiß ich, denn ich gebe Ramses nicht wieder her.« Sie lächelte verschmitzt. »Dafür liebe ich ihn zu sehr.«

»Ja, meine liebe Isisnofret, jetzt erkenne ich die Dienerin Anat in dir wieder.« Tuja tätschelte Isisnofrets Wange und erhob sich. »Die Pflichten rufen mich, mein Kind. Sicher wird auch Sethos dich bald zu sehen wünschen. Also verzage nicht und hab keine Furcht vor ihm. Und schone dich. Du erwartest Ramses' erstes Kind.«

Sie nahm Isisnofret, die sich ebenfalls erhoben hatte, in die Arme und drückte ihr einen Kuss auf die Stirn. Dann trat sie an ihr vorbei auf den Ausgang zu und ließ die völlig überrumpelte junge Frau allein. Umgehend begab sie sich zu den Gemächern ihres Mannes, wo sie von Sethos bereits zum Mittagsmahl erwartet wurde.

»Warst du bei unserer neuen Schwiegertochter?«, fragte er und winkte sie an den Tisch heran.

»Ja, Majestät, und Isisnofret war die richtige Wahl.«

***

Das harmonische Miteinander, welches schon nach kurzer Zeit zwischen Nefertari und Isisnofret herrschte, traf für die Atmosphäre im Harim des Thronfolgers leider nicht zu. Insgesamt hatten neben Nefertari weitere sieben Frauen ihre Truhen packen dürfen, um von Mer-ur in den Palast von Memphis umzuziehen, doch schon bei der Verteilung der Zimmer hatte es Streitigkeiten gegeben.

Jedes Gemach war in etwa wie die anderen eingerichtet und hatte sowohl einen Ausgang zum Hauptflur als auch einen hinaus in den Garten, den alle Bewohnerinnen des Harims nutzen durften. Nun lagen jedoch die einen Zimmer auf der Ostseite, sodass deren Besitzerinnen Res Glanz und die damit verbundene Wärme von dessen Erscheinen bis zum späten Vormittag in ihren Räumen und in der angrenzenden Parklandschaft erdulden mussten. Die anderen Räume wiesen nach Westen. Deren Bewohner traf es ab dem frühen Nachmittag, bis Re in Nuts Rachen versank. Nur die beiden Hauptgemahlinnen genossen entspannte Stunden in ihren nach Norden liegenden Zimmerfluchten. Natürlich war es den Frauen in den Ostgemächern nicht verwehrt, in den westlichen Garten zu wechseln und umgekehrt. Dennoch beschwerten sich einige über die Lage ihrer Räumlichkeiten, und Hormin, dem mit seinen erst zweiundzwanzig Jahren die Ehre zuteilgeworden war, fortan Ramses' Harim vorzustehen, musste die Klagen geduldig über sich ergehen lassen und stets dabei so tun, als würde er sich sofort um nichts anderes kümmern, als den Damen ihre Wünsche zu erfüllen. Und nun saß auch noch der zweite Hauptmann von Ramses' Getreuen ihm gegenüber und bat um eine Anstellung für seine noch minderjährige Schwester. Worum sollte er sich sonst noch kümmern? Als hätte er nichts Besseres zu tun!

»Verstehe mich nicht falsch«, hörte er Intef sagen und konzentrierte sich wieder auf ihn. »Mir ist natürlich bewusst, dass

Heket in gut einem Monat erst zwölf Jahre alt wird. Es tut mir auch im Herzen weh, sie ein Jahr früher ihrer Kindheit entreißen zu müssen. Du weißt jedoch, welcher Schicksalsschlag uns getroffen hat. Ich schaffe es nicht allein, uns beide zu ernähren und das winzige Haus instand zu setzen, das uns derzeit als Unterkunft dient.« Verlegen wich Intef Hormins überraschtem Blick aus und starrte zu Boden.

Hormin wusste zwar, dass sämtliches Vermögen, welches Intefs Eltern angehäuft hatten, der Doppelkrone zugefallen war. Dass es dem Hauptmann allerdings so schlecht erging, hätte er nicht vermutet. Immerhin bekleidete er ein angesehenes und sicher gut entlohntes Amt.

»Sie mag erst zwölf sein, Hormin«, fügte Intef hinzu, weil er keine Anstalten machte, zu antworten. »Der Tod unserer Eltern und deren schreckliches Verbrechen haben ihre Kindheit abrupt beendet. Sie ist für ihr Alter schon sehr reif.«

Hormin fühlte sich unbehaglich. Fleißige Dienerinnen wurden natürlich immer benötigt. Kaum eine der Damen hatte bisher eine persönliche Leibdienerin. Die jungen Mädchen waren zur Stelle, wann und wo sie gerade gebraucht wurden. Allerdings erwies es sich als vorteilhafter, wenn die Damen ihre eigene Dienerin besäßen. Das ersparte ihm Scherereien, wenn plötzlich alle Nebenfrauen der Hilfe des Personals bedurften. Bisher hatte noch keine der Harimsdamen, die beiden Hauptgemahlinnen ausgenommen, eine der Angestellten für sich als persönliche Bedienstete verlangt. Ihm war jedoch bewusst, dass es nur noch eine Frage der Zeit sein würde, bis die Erste mit ihrer Forderung nach eigenem Personal vor seiner Amtsstube stand. Doch deshalb die minderjährige Schwester des Hauptmanns von Ramses' Leibwache in die Dienste nehmen?

Nachdenklich strich er sich über sein glatt rasiertes Kinn.

Es wäre natürlich nicht ungewöhnlich. Nicht nur Erwachsene, auch Kinder, sogar weitaus jüngere, standen unter seinem Befehl. Es gab auch welche von höherer Geburt, die im Harim ihren Dienst versahen, aber genau da lag bei Intef und seiner Schwester das Problem. Sie waren die Kinder zweier Schwerverbrecher, die für ihre Tat mit dem Tode und dem Auslöschen ihres Namens sowie ewigem Vergessen betraft worden waren.

»Bitte, Hormin«, riss Intef ihn erneut aus seinen Grübeleien, »ich erniedrige mich vor dir und bitte dich untertänigst: Nimm meine Schwester in deine Dienste. Ich verspreche dir, sie macht dir keine Schwierigkeiten.«

Hormin war hin- und hergerissen. Sollte er nicht zuvor mit Nebsumenu reden? Er stand Ramses' Haushalt vor, zu welchem in gewisser Weise auch der Harim zählte. Sollte er ihm doch die Last der Entscheidung abnehmen und später dafür die Rüge einstecken, wenn sie nicht richtig gewesen war? Andererseits würde er damit Unfähigkeit in seinem Amt beweisen, und das wollte er natürlich ebenfalls nicht.

Er hob den Kopf und sah in Intefs flehendes Gesicht. Beschämt wich er dessen Blick aus. Das war zu viel. »Meinetwegen«, murrte er. »Schicke sie mir morgen zur vierten Stunde des Tages in meine Amtsstube. Ich schau sie mir an und fälle dann eine Entscheidung.«

Ein überglückliches Lächeln huschte über Intefs Gesicht. »Danke, Hormin!« Er stand auf, verneigte sich und ging.

***

»Ich soll im Harim als gewöhnliche Dienerin arbeiten?« Empört stemmte Heket die Hände in die Seiten und funkelte zu ihrem Bruder auf. »Ich bin noch ein Kind, Intef. Unsere Eltern gehörten der Oberschicht an.«

»Du sagst es«, erwiderte Intef. Er klang völlig beherrscht, hatte er mit diesem Gefühlsausbruch doch gerechnet. »Sie *gehörten* der Oberschicht an. Nun sind sie Verfemte, deren Namen niemand mehr aussprechen mag. Mein Lohn reicht nicht aus, um dieses Haus zu halten und für uns beide zu sorgen.«

»*Haus?*«, giftete sie. »Das ist eine Bruchbude. Wenn es mal regnen sollte, läuft das Wasser im Schlafraum durchs Dach.«

»Auch damit hast du recht«, antwortete er ruhig. »Deshalb benötige ich genug Deben, um einen Handwerker entlohnen zu können.«

»Warum machst du es nicht selbst?«

»Weil ich Hauptmann und Krieger bin und kein Baumeister«, gab er zurück und setzte sich auf den Hocker, der in der

Ecke im Küchenhof stand. Dann sah er zu seiner Schwester auf, die, mit einem hölzernen Kochlöffel bewaffnet, ihn wütend anfunkelte. »Was gibt's zu essen?«, wechselte er das Thema.

»Nichts!« Wütend schmiss Heket den Löffel in den Kessel, der über dem Feuer hing, und rauschte zur Tür, und Intef sprang auf und hielt sie am Handgelenk fest. »Lass mich los!«, beschwerte sie sich und wollte sich aus seinem Griff befreien.

»Heket, bitte, sei vernünftig. Ich habe mich vor Hormin regelrecht erniedrigt, um ihn dazu zu bewegen, dich wenigstens in Augenschein zu nehmen. Also höre mir bitte zu und lass uns in Ruhe darüber reden.« Er gab ihren Arm wieder frei. Trotzig sah sie zu ihm auf, lief jedoch nicht fort. »In gut einem Jahr«, fuhr er fort, »wärest du so oder so den Sandalen der Kindheit entwachsen. Die Arbeit im Harim ist eine angesehene Tätigkeit. Vielleicht fällst du einer von Ramses' Nebenfrauen auf, und sie ernennt dich zu ihrer Leibdienerin. Denke doch nur an Aschtara. Einst war sie die Leibdienerin einer adligen Frau, bis deren Mann auf den Horusthron kam. Nun ist sie die Mutter der Zweiten Gemahlin des zukünftigen Gottes.«

Heket horchte auf. Daran hatte sie noch gar nicht gedacht. Eine seit der Verurteilung ihrer Eltern gehegte Hoffnung keimte in ihr auf. Die Tätigkeit im Harim würde sie näher an den Königssohn bringen, an dem sie Rache für den Tod ihrer Eltern nehmen wollte. Davon würde sie ihrem Bruder aber vorerst lieber nichts erzählen. Immerhin war Intef das Zünglein an der Waage gewesen. Er hatte Vater und Mutter ans Messer geliefert. Gut, dass er nicht ahnte, was sie alles wusste.

Reumütig sah sie zu ihm auf. »Also gut, Intef. Wahrscheinlich hast du recht. Wann, sagtest du, werde ich von diesem Hormin erwartet?«

»Morgen, zur vierten Stunde des Tages.« Erleichtert atmete er auf.

Ein Vierteljahr später

6. Kapitel

Mittag mit Dieben

Der Fluss war nur noch ein schmales Band, welches sich von den Katarakten im Süden bis hinunter in den Norden, bis nach Memphis und Heliopolis wand. Erst in anderthalb Wochen käme die große Flut in Abu an, wo schon jetzt die Priester der Satis, der Schutzherrin von Abu und Göttin der Katarakte, mehrmals täglich die neunzig Stufen hinab zum Nil stiegen, um anhand der steinernen Markierungen die Veränderungen der Wasserstandhöhe zu beobachten. Hatte die Flut erst einmal den ersten Katarakt erreicht, wäre sie auch schon bald in Theben.

Ach, wie sehnte sich Nebnefer danach! Wenn der Fluss zu steigen begann, brachten seine Fluten neben dem Leben spendenden Nass auch angenehmere Temperaturen. Inzwischen glühte das Land unter Res gleißender Pracht. Selbst Amuns aus dem Norden kommender Atem brachte jetzt keine Abkühlung mehr.

Nebnefers Blick schweifte über die Anlage zu seinen Füßen. Er saß im Schatten eines Mäuerchens und ließ sich sein Mittag schmecken, das ihm seine liebe Merit am Morgen mit auf den Weg gegeben hatte. Früher hatte sie es ihm kurz vor der Mittagszeit gebracht. Nun, da sich ihre Schwangerschaft im Fortschreiten befand, konnte er das von ihr nicht mehr verlangen, und der Sohn war für solche Aufgaben noch zu klein.

An den Stellen, an welchen die Gärtner mit dem Bewässern nachlässig gewesen waren, war der Boden trocken und rissig. Nur dort, wo er feucht gehalten wurde, hatten Gräser, Blumen und Sträucher noch eine Chance zum Überleben. Die Anlagen im Bezirk des Amun-Re wurden sorgsam umhegt. Gärtner und deren Gehilfen gab es zur Genüge. Wassermangel war der Vegetation in Opet-sut nicht bekannt. Trotzdem ließ sich auch in den Mauern des größten Heiligtums der Beiden Länder die einsetzende Dürre nicht mehr übersehen. Selbst der Wasserpegel des Heiligen Sees war inzwischen auf ein Minimum gefallen.

Zum Glück sind die Brunnen nicht versiegt, dachte Nebnefer und griff nach dem Krug, der neben ihm auf dem Boden stand. Er enthielt kühles, klares Wasser. Er trank und leckte sich zufrieden über die Lippen. Dann stellte er das Gefäß zurück ins Gras und brach ein Stück von dem frisch gebackenen Brot und schob es sich in den Mund.

»Pst, sei leise!«, ließ ihn die gedämpfte Stimme eines Mannes von der anderen Seite der Mauer mit dem Kauen innehalten und lauschen. »Komm, hier sind wir ungestört.«

Wer war das nur? Nebnefer spitzte die Ohren. Die Stimme kam ihm nicht bekannt vor.

»Dein Wort in die Gehörgänge der Götter!«, vernahm er die Stimme eines anderen Kerls und erstarrte. Das war Siptah, der Oberbaumeister, für den er tagtäglich schuftete. Was wollte er denn hier? Ließ er sich nicht jeden Tag in seinem Tragstuhl nach Hause bringen, um bequem die Mittagszeit zu genießen? Wie man so hörte, besaß er seit Kurzem ein Anwesen in der Nähe des Flusses, das recht ansehnliche Ausmaße aufweisen sollte. Natürlich waren das alles nur Gerüchte, welche unter den Steinmetzen die Runde machten, aber bekanntlich war an den meisten ein Fünkchen Wahrheit dran. Zudem erinnerte Nebnefer sich, dass einer der Männer Stein und Bein geschworen hatte, selbst dort in seiner Freizeit tätig gewesen zu sein. Na, der musste es ja dann wissen.

»Was willst du eigentlich von mir?«, zischte sein Vorgesetzter auf der anderen Seite der Mauer.

»Dreimal darfst du raten«, antwortete der unbekannte Mann und kicherte. »Es ist mal wieder an der Zeit, etwas aus dem Schatzhaus des Gottes umzulagern.«

Nebnefer stockte der Atem. Hatte er sich gerade verhört? Wurde hier ein Raubzug geplant oder ging es um unverfänglichere Dinge?

Viel Zeit zum Nachdenken verblieb ihm nicht, denn Siptah entgegnete: »Bist du von Sinnen, Sobekemhab? Noch immer stochert Paser herum, fragt hier, fragt dort, um die Verantwortlichen des ersten Diebeszugs zu ermitteln. Dein Diebstahl ist nämlich nicht unentdeckt geblieben, wenn ich dich daran erinnern darf! Zum Glück weiß er nichts von den anderen«

Von den anderen? Sobekemhab? – Gab es mehr als diesen dreisten Raub von vor acht Jahren, und woher kannte er diesen Namen?

Der Kerl hob zu einer Antwort an, und Nebnefer schloss die Augen und konzentrierte sich auf die Stimme, um sie zu identifizieren.

»Wenn es dich befriedigt, Siptah, dann erinnere mich daran, sooft du willst. Paser kann meinetwegen bis in alle Ewigkeiten seine Anstrengungen daransetzen, die Schuldigen zu ermitteln. Er wird nichts erreichen. Wie du schon sagtest, er weiß noch nicht einmal von anderen Veruntreuungen. Solltest du dich allerdings weigern, mir weiterhin behilflich zu sein, sind seine Nachforschungen schon bald von Erfolg gekrönt.«

Nebnefer sackte in sich zusammen und machte sich so klein wie möglich, obwohl das nicht vonnöten war. Die Männer befanden sich auf der anderen Seite, und die Mauer zwischen ihnen war mit vier Ellen hoch genug, sodass sie nicht einfach über sie hinwegsehen konnten. Zudem war der nächste Durchgang ein gutes Stück von der Stelle entfernt, an welcher er saß. Trotzdem schlotterte er vor Furcht am ganzen Leib, sie könnten ihn bemerken.

Vielleicht sollte ich mich einfach davonstehlen, als hätte ich nichts von ihrer Unterhaltung mitbekommen, überlegte er. Doch was nutzte es ihm. Er wusste nun, wer zu den schändlichen Dieben zählte, nach denen schon seit Jahren gesucht wurde, und es handelte sich bei einem um keinen Geringeren als seinen Vorgesetzten. Die Stimme des anderen Mannes erkannte er nicht. Nicht nur Paser und dessen Vater, der Hohepriester Nebnetjeru, hatten sich an der Aufklärung des Diebstahls von Tempeleigentum schon die Zähne ausgebissen, der bereits zu Zeiten von Osiris Haremhab stattgefunden hatte. Niemandem war es bisher geglückt, die Schuldigen zu ermitteln, und allem Anschein nach gab es noch mehr als nur diesen einen Raub.

»Willst du mir etwa drohen?«, empörte sich gerade Siptah.

»Mitnichten, mein Freund, mitnichten. Es wäre nur, zugegeben, äußerst schade, wenn ich dich als meinen Verbündeten verlieren würde. Immerhin verfügst du über sehr gute Beziehungen zu zwielichtigen Halunken, die für meine Pläne ab und an vonnöten sind.«

»Ha, dann heißt das ja, dass du mich brauchst«, triumphierte der Baumeister, und Nebnefer hätte sich am liebsten die Ohren zugehalten. Er wollte dem Gespräch nicht länger lauschen, getraute sich aber nicht, sich fortzuschleichen aus Angst, ein verräterisches Geräusch dabei zu verursachen.

Was sollte er nur tun? Weiterhin aufmerksam zuhören und sein Wissen später mit jemandem teilen? Aber mit wem? Wem konnte er noch trauen, wenn selbst ein angesehener Oberbaumeister ein gemeiner Dieb und Betrüger war, der zudem über Beziehungen zu zwielichtigen Halunken verfügen sollte?

»Schon«, erwiderte der Mann namens Sobekemhab gelassen. »Was aber nutzt du mir noch, wenn du mir nicht mehr gehorchst? Somit wirst du entbehrlich, und nichts hält mich davon ab, dich zu opfern. Und bilde dir nur nicht ein, dein Wort könnte meines übertrumpfen. Wenn ich dich des Diebstahls bezichtige, wird Paser mir glauben, selbst wenn du tausendmal tausend Schwüre leistet, ich hätte dich zu alledem angestiftet.« Ein gemeines Grinsen drang über die Mauer an Nebnefers Ohren, das ihm einen eiskalten Schauer den Rücken hinablaufen ließ.

»Und du glaubst«, hörte er Siptah höhnen, »die Tatsache, dass du der Oberschreiber im Schatzhaus des Gottes bist, würde Paser nicht darüber nachsinnen lassen, dass auch du Dreck am Stecken hast? Ich weiß nicht, an deiner Stelle würde ich es nicht darauf ankommen lassen. Du hast ungehinderten Zugang zu den Schätzen des Gottes, ich aber nicht.«

Nebnefer schluckte schwer und hielt sich vor Schreck die Hand vor den Mund, weil das Schluckgeräusch in seinen Ohren viel zu laut gewesen war. Er war entsetzt. Der Oberschreiber des Schatzhauses gehörte dazu, ein Mann, welcher dem Zweiten Propheten des Gottes nahe stand! Verzweifelt versuchte er, seine Atmung unter Kontrolle zu bringen. Sein Herz raste. Die beiden Diebe schienen glücklicherweise seine Anwesenheit noch immer nicht bemerkt zu haben.

»Vielleicht hast du recht«, lenkte Sobekemhab versöhnlich

ein. »Wir sitzen im selben Boot und sollten uns nicht gegenseitig drohen oder Anlass zum Misstrauen geben. Trotzdem, die Zeit drängt für einen weiteren Diebeszug. Der Zweite Prophet weilt die kommenden Tage außerhalb, sodass ich ständigen Zugang zum Schatzhaus habe. Die Listen wurden in den vergangenen Monaten gefälscht. Das überschüssige Gut muss dringend raus, denn ich fürchte, die nächste Bestandsaufnahme steht kurz bevor.«

»Na, wenn das so ist«, maulte Siptah. »Warum hast du das nicht gleich gesagt. Ich werde alles veranlassen. Meine Männer stehen rechtzeitig mit ihren Eseln am Treffpunkt bereit. Du musst mir nur sagen, wann.«

Nebnefer hielt die Luft an und spitzte die Ohren, doch anstelle eines Termins hörte er nur das zufriedene Grunzen Sobekemhabs. Dann entfernten sich die beiden Männer, und Nebnefer war wieder allein.

Schweißgebadet verharrte er noch fast eine Viertelstunde auf seinem Platz und wagte nicht, sich zu rühren. Seine Gedanken überschlugen sich. Was sollte er tun? Zum Zweiten Propheten gehen und ihm alles erzählen, oder vielleicht gleich zum Wesir? Und wenn ihm nun keiner Glauben schenkte? Immerhin handelte es sich um zwei ehrenwerte Beamte in den Diensten des Amun-Re! Oder wenn einer den Spieß umdrehen sollte und einfach ihn belasten würde, was wäre dann? Er hatte sich die letzten Jahre abgerackert, um seinen Vorgesetzten zu gefallen. Er hatte es für sich und seine Familie getan. Wenn alles gut für ihn lief, stände schon bald die Beförderung zum Oberaufseher der Steinmetze bevor. Das würde sein und das Leben seiner Familie grundlegend ändern. Allein der Verdienst war bei Weitem üppiger als der eines einfachen Unteraufsehers. Zudem fühlte er sich mit seinen zweiunddreißig Jahren allmählich zu alt, um noch immer der Laufbursche für den Oberbaumeister zu sein.

»Am besten ich tue gar nichts«, wisperte er kaum hörbar vor sich hin und wischte sich die schweißnassen Handflächen an seinem Oberhemd ab. »Gerate ich an den Falschen, ist mein Leben verwirkt. Wer kümmert sich dann um meine liebe Merit, unseren kleinen Ken und das ungeborene Leben, welches meine Frau unter ihrem Herzen trägt? Lieber warte ich geduldig ab, bis Paser von allein die Schuldigen ermittelt. Und wenn ich Glück habe, kann ich schon bald meine neue Stellung als Oberaufseher genießen.«

Kurz entschlossen packte er sein halb verzehrtes Mittagsmahl wieder in den Binsenkorb und erhob sich. Er reckte die Glieder und strich sich die Falten aus seinem Schurz. Dann schlüpfte er in seine Sandalen und nahm den Korb auf, um sich zurück zum im Bau befindlichen Säulensaal zu begeben. Dabei achtete er darauf, dass ihn niemand sah, als er durch die Pforte auf die andere Seite der Mauer trat. Auch die folgenden Tage ging er dem Oberbaumeister tunlichst aus dem Weg, weil er fürchtete, dieser könne ihm an der Nasenspitze ansehen, dass er um sein dunkles Geheimnis wusste.

7. Kapitel

GÖTTERRAUSCH

Es war der erste Tag im Monat *Thot*. Überall in den Beiden Ländern bevölkerten festlich gekleidete Menschen die Straßen. Alle waren bester Stimmung. Sie lachten fröhlich, sangen ausgelassen und schwatzten durcheinander. Das neue Jahr hatte begonnen, und die feierlichen Prozessionen aus Anlass des Neujahrstages standen überall in den Ortschaften und Städten entlang des Nils kurz bevor. So auch in Memphis, wo sich der Großteil der Feiernden entlang des Weges drängte, der vom Palast des Pharaos zum Tempel des Schutzgottes der Stadt führte. Alle waren fein herausgeputzt und warteten gespannt auf das Erscheinen des Königs und seines Gefolges.

Auch Ramses war nervös und aufgeregt. Heute sollte er zum ersten Mal an der Seite seines Vaters vor Ptah hintreten, um an den Zeremonien zu Ehren der Gottheit teilzunehmen. Irgendwie fühlte er sich an den Tag erinnert, als sein Vater vor sechseinhalb Jahren gekrönt worden war. Auch an jenem Morgen hatte er vor Aufregung kaum stillstehen können, sodass sein Leibdiener – damals war es noch Nebsumenu gewesen – alle Mühe gehabt hatte, ihn anzukleiden. Nun traf es Pentawer, der sich aufgrund des Größenunterschiedes zwischen ihm und seinem Herrn redlich abmühte, ihm den Kragen aus Karneol und Jaspis um den Hals zu legen. Das wiederum amüsierte Setau, der wie damals so auch heute in den prinzlichen Gemächern zugegen war.

»Stillstehen ist nicht gerade deine Stärke«, merkte Setau grinsend an. Er lehnte am Pfosten der Tür, die in den Empfangssaal führte, die Arme vor der Brust verschränkt, die Beine lässig gekreuzt.

»Du hast gut Reden«, knurrte Ramses gut gelaunt. »Du wirst auch nicht zum ersten Mal dem Gott gegenübertreten.«

»Bitte, Hoheit«, erlaubte sich nun auch Pentawer das Wort

an ihn zu richten. »Wenn du nicht ruhig stehst, wird es mir sicher niemals gelingen, dir den Schmuck ordentlich anzulegen«, beklagte er sich.

»Ja, ja, Pentawer«, erwiderte Ramses, nun klang er gereizt, »doch spute dich! Ich will nicht zu spät auf dem Vorhof erscheinen.«

Ergeben neigte Pentawer den Kopf und griff nach den Armreifen.

»Was meinst du, Setau«, wandte sich Ramses wieder seinem Freund zu, der zusammen mit Wesir Paser nach Memphis gekommen war, »ob Sethos mir in diesem Jahr erlaubt, neben ihm im Thronsaal zu stehen?«

»Ich denke, schon?«, erwiderte Setau. Ein schelmisches Grinsen huschte über sein Gesicht. »Immerhin bist du nun das Falkenjunge und das in diesem Jahr ohne gestutzte Flügel.« Er schmunzelte, und auch Ramses musste lachen. »Stelle dir das aber nicht so einfach vor«, fuhr Setau fort. »Es wird dir sicherlich schwerfallen, stundenlang unbeweglich neben dem Thron deines Vaters auszuharren. Du kannst ja noch nicht einmal jetzt stillstehen.«

»Ich werde dir schon das Gegenteil beweisen«, lautete Ramses' Antwort. Er neigte den Kopf, denn Pentawer war im Begriff, ihm ein golddurchwirktes, dunkelblaues Tuch aufzusetzen. Anschließend drapierte sein Leibdiener die Enden korrekt auf seinen Schultern und richtete die auf dem Rücken mit einer goldenen Schließe zusammengehaltene Breite des Stoffes, sodass sie genau zwischen Ramses' Schulterblättern lag. Dann eilte Pentawer zur gegenüberliegenden Wand, an welcher das polierte, große Kupferblech stand, und hievte es vor den Prinzen.

Kritisch betrachtete sich Ramses von allen Seiten im Spiegel. »Na, Setau, wie sehe ich aus?«

»Prächtig, Ramses, du siehst einfach prächtig aus«, antwortete Setau. Er stieß sich vom Türpfosten ab und trat auf den Prinzen zu. »Etwas anderes fällt mir dazu nicht ein. Immerhin bewahre ich von deinem Aussehen noch ganz andere Bilder in meiner Erinnerung.«

Erneut wurden er und Ramses von einem Lachanfall geschüttelt.

»O ja, wie könnte ich sie je vergessen«, meinte Ramses und wischte sich vorsichtig die Tränen aus den Augenwinkeln, um die ordentlich aufgetragene Schminke nicht zu verwischen. »Mehr als einmal habe ich mir deshalb einen gehörigen Tadel von meinem Vater eingehandelt, weil ich ihm verdreckt wie ein Bauernkind unter die Augen getreten bin, wie er sich auszudrücken pflegte.«

Setau nickte und schwelgte ebenfalls kurzzeitig in Erinnerungen. »Ja, Prügel haben wir für unsere Dummejungenstreiche mehr als einmal bezogen. Ich entsinne mich an jenen Vorfall mit Anat am Ufer des Nils ...« Er kicherte vergnügt.

»Das stimmt«, fiel Ramses ihm ins Wort, »doch bitte nenne sie nicht mehr Anat. Sie heißt seit einem Vierteljahr Isisnofret und ist meine Zweite Gemahlin«, erinnerte er seinen Freund und betrachtete sich in dem blank polierten Metall. »Wie dumm ich doch damals war. Heute weiß ich, dass Frauen wunderbare Geschöpfe sind, die von den Göttern geschaffen wurden, um uns Männern zur Seite zu stehen. Sie sind etwas Besonderes, auch wenn sie manchmal eine recht eigenartige Denkweise haben. Das aber war von den Göttern sicher so gewollt.«

Bestätigend nickte Setau.

Auch er war in der Zwischenzeit zum Mann gereift und verdrehte sich neuerdings den Hals nach den jungen Dingern, die am Hofe des Pharaos dienten. Als angehendem Schreiber des Wesirs und persönlichem Freund des Thronfolgers stand ihm eine glänzende Zukunft bevor. Allein dieser Umstand machte ihn nicht nur bei der weiblichen Dienerschaft, sondern auch bei den Töchtern hoher Beamter sehr beliebt. Niemanden interessierte mehr, dass er ein Waisenjunge aus den Gassen Thebens war. Es zählte nur noch seine atemberaubende Karriere, die gerade erst begonnen hatte.

Setau scherte sich nicht um derlei Getratsche. Er war überglücklich, dass die Götter es so gut mit ihm meinten, und er war sowohl dem Pharao als auch dem Wesir dafür dankbar, dass sie es ihm ermöglichten, ein gut ausgebildeter Beamter zu werden. Trotzdem fühlte er sich von den Blicken der jungen Frauen geschmeichelt, von denen es bisher noch keiner geglückt war, ihm das Herz zu stehlen. Dafür war es ihm einfach noch zu früh. Er war noch nicht einmal vierzehn Jahre alt – für einen Mann, der keine königlichen oder adligen Wurzeln besaß, viel zu früh, um sich fest zu binden. Er musste erst einmal älter werden und in der Lage sein, eine Familie zu ernähren. Einem gewöhnlichen Mann in seinem Alter fehlten dazu noch die entsprechenden Mittel. Er besaß noch nicht einmal eine eigene Bleibe. Zurzeit bewohnte er eine bescheidene Kammer im Haushalt des Wesirs, die dieser ihm kostenfrei zur Verfügung stellte. In ein paar Jahren, wenn er genug Deben zur Seite hatte legen können, würde er sich ein eigenes Haus bauen lassen. Dann erst wäre die Zeit gekommen, um sich nach einer Gemahlin umzusehen.

»So, nun lass uns endlich gehen; anderenfalls erscheine ich wirklich noch zu spät.« Ramses haute Setau freundschaftlich auf die Schulter.

Als die beiden Freunde hinaus auf den Vorhof des Palastes traten, hatte sich das Gefolge des Pharaos bereits unter den wachsamen Augen königlicher Beamter formiert. Ramses und Setau wurden von zwei festlich gekleideten Dienern in Empfang genommen und an ihre Plätze geführt. Der Pharao selbst und seine Große Königsgemahlin waren noch nicht erschienen.

Ramses' Platz befand sich in diesem Jahr an der Spitze des Zuges. Es wurde ihm erlaubt, den prunkvollen Paradewagen seines Vaters zu lenken. Hinter sich erblickte er die Sänfte von Nefertari, die ihm ein freundliches Lächeln schenkte. Wie immer sah sie blendend aus. Neben ihr war eine Lücke, die vom Tragstuhl seiner Mutter gefüllt werden sollte. Isisnofret fehlte. Sie war auf Anraten der Heilkundigen im Palast geblieben. Ihre Schwangerschaft befand sich auf dem Höhepunkt. Jede Stunde konnten ihre Wehen einsetzen, und das sollte nicht unbedingt während einer Prozession geschehen.

Als Sethos und Tuja erschienen, schwangen die Palasttore auf. Trommelwirbel setzte ein, Flöten, Tamburine und Sistren erklangen und eröffneten den Festzug, der von Sethos' Leibgarde flankiert wurde, um das Volk in respektvollem Abstand zu halten. Augenblicklich brandete Jubel auf. Die Menschen lobpreisten den König und seine Königin. Sie riefen den Namen des Thronfolgers und den seiner wunderschönen Gemahlin. Blumen wurden auf den Weg geworfen, und fröhliche Lieder erschollen aus Hunderten Kehlen.

Ramses wandte sich erneut kurz um und warf Nefertari einen liebevollen Blick zu, die in ihrer Sänfte hoch über den Köpfen der Menge schwebte. Sie war ebenfalls seit Kurzem schwanger. Das Kind würde aber erst in sechs oder sieben Monaten das Licht erblicken. Ramses bedauerte zwar, dass seine Zweite Gemahlin an der Prozession nicht teilnehmen konnte. Er wusste aber auch, dass Isisnofret das nicht störte. Sie war an seiner Seite glücklich, legte allerdings keinen großen Wert darauf, in der Öffentlichkeit neben ihm zu erscheinen. Das überließ sie getrost Nefertari, mit der sie sich, zu Ramses' Freude, außerordentlich gut verstand.

Ramses' Gedanken schweiften zu den anderen Frauen in seinem Harim. Bisher hatte er sich nur gelegentlich die eine oder andere in sein Bett geholt. Es waren hübsche, junge Frauen, doch sie erregten ihn nur für den Augenblick. Kaum hatten sie sein Bett verlassen, hatte er sie schon fast wieder vergessen. Tawit war der einzige Name, der ihm in Erinnerung geblieben war. Wahrscheinlich lag es an ihrer Erscheinung und ihrem Auftreten, das sich deutlich von denen der anderen Frauen unterschied. Hormin hatte sie ihm öfter als jede andere in sein Schlafgemach geführt, doch ihre Verführungskünste hatten nicht dauerhaft gewirkt. Sein Herz gehörte einzig und allein Nefertari und Isisnofret, die er beide leidenschaftlich liebte. Zudem schien diese Tawit unfruchtbar zu sein. Noch immer war sie nicht schwanger von ihm.

»Wie geht es Isisnofret?«, hörte er die Stimme seines Vaters neben sich, die ihn aus seinen Grübeleien riss.

Überrascht blickte Ramses ihn an. »Hast du meine Gedanken erraten?«

Unmerklich schüttelte Sethos den Kopf. »Hast du gerade an sie gedacht?«

»Nicht nur an sie«, gab Ramses zurück. »Die Hitze der letzten Wochen macht ihr zu schaffen. Nun wird es bald milder, wenn die Flut einsetzt. Zudem sollte ihr Kind bald geboren sein.«

Zufrieden nickte Sethos. »Hoffen wir, dass es gesund sein wird und deine Gemahlin die Geburt gut übersteht.«

»Ja, Majestät, das hoffe ich ebenfalls. Isisnofret und ich sind schon froh, dass das Kind nicht in den vergangenen fünf Tagen zur Welt gekommen ist. Ich werde heute für sie und das ungeborene Leben in ihrem Schoß beten. Natürlich auch für das Kind von Nefertari und für meine beiden Nebenfrauen, in deren Leibern ebenfalls mein Samen reift.«

Sie hatten den Tempel erreicht. Ramses brachte das Gespann zum Stehen und warf einem herbeieilenden Diener die Zügel zu. Dann stiegen Sethos und er vom Wagen und schritten durch das von zwei gewaltigen Pylonen flankierte Tor. Ein Schauer rann Ramses den Rücken hinab, als er in das Halbdunkel des Torbaus trat. Es war nicht das erste Mal, dass er den Eingangsbereich eines Tempelkomplexes durchschritt. Er hatte in Theben den Vorhof von Opet-sut anlässlich der Krönungsfeierlichkeiten seines Großvaters und der seines Vaters betreten dürfen. Die Neujahrsfeierlichkeiten führten ihn alljährlich auf genau diesen Vorplatz hier in Memphis. Dennoch waren die vorausgegangenen Besuche etwas völlig anderes gewesen. Jedes Mal hatte er den Tempelvorhof als gewöhnlicher Prinz betreten. Heute galt er offiziell als Nachfolger des Pharaos und sollte Ptah in seiner Wohnstatt gegenübertreten.

Sie überquerten den Hof und strebten auf den nächsten Pylon zu, der in das Innere des Heiligtums führte. Auf ein Zeichen seines Vaters folgten ihnen der Hohepriester und die anderen drei Propheten des Gottes. Die restlichen Teilnehmer des Festzuges reihten sich in die Menge der Wartenden ein. Ihnen blieb der Zugang zum Tempelinneren verwehrt.

Als sie die leicht ansteigende Rampe zum Torbau erklommen hatten, wurden sie von niederen Priestern in Empfang genommen. Diese wuschen ihnen Hände und Füße mit dem Wasser des Heiligen Sees und baten sie, in die bereitgestellten weißen Sandalen zu schlüpfen. Dann endlich schwangen die mit Elektrum und Kupfer beschlagenen Zedernholztore auf und verschluckten den Herrn der Beiden Länder, dessen Sohn und die oberste Priesterschaft.

Als sich die Tore hinter den sechs Männern wieder schlossen, sah Ramses sich neugierig um. Ein weiterer Vorhof mit umlaufenden Kolonnaden, in der Mitte eine Statue des Ptah aus Rosengranit. Zwischen den Säulen standen Pflanzkübel, überall grünte und blühte es. Beeindruckt hielt Ramses die Luft an und stieß sie kurz darauf wieder aus.

Er war noch nie im Inneren eines Heiligtums gewesen, das zu betreten, normalerweise nur dem Pharao und den Priestern gestattet war. Heute wollte ihn sein Vater dem Gott als seinen Nachfolger präsentieren. Pentawer hatte ihn für diesen besonderen Anlass am Morgen von Kopf bis Fuß kahl geschoren. Selbst sein dichtes, rotbraunes Haar hatte er sich abrasieren müssen, um völlig rein zu sein und dem großen Schöpfergott von Memphis und Schutzpatron der Handwerker gegenüberstehen zu dürfen.

Plötzlich kam Bewegung in das Halbdunkel der Kolonnaden. Ramses gewahrte Priester, die aus dem Schatten des umlaufenden Säulengangs in das gleißende Licht des Tages traten und hinter ihnen Aufstellung bezogen. Sie stimmten ein Lied zu Ehren ihres Gottes an, während die Prozession bedächtigen Schrittes auf die nächste Rampe zuhielt. Hinter deren Pylontoren schloss sich dieses Mal ein Saal an, der Ramses fast den Atem nahm.

Beeindruckt schweifte sein Blick durch die riesige Halle, deren Dach auf gewaltigen Säulen ruhte. Die Wandflächen waren zum Teil mit blank polierten, dünnen Gold- und Silberblechen verkleidet, in denen sich das Licht der vielen Öllampen brach. Andere Flächen erstrahlten in leuchtenden Farben oder waren mit Einlagen aus Edelsteinen, Fayence und Glaspaste verziert.

Was für eine Pracht!, staunte er.

Wohin er auch blickte; überall blitzte und funkelte es. Vor Bewunderung stand ihm der Mund offen. Er hatte zwar gewusst, dass die Heiligtümer prachtvoll ausgeschmückt waren, kannte er doch den Palast seines Vaters, des lebenden Gottes. Was er hier aber erblickte, übertraf seine kühnsten Erwartungen. Er musste zugeben, dass sich die Handwerker die größte Mühe gegeben hatten, das Heiligtum so prächtig wie möglich auszugestalten. Überall erblickte er in den Darstellungen den Großen Gott Ptah in Begleitung des Königs, dem irdischen

Sohn des Amun-Re. Aber auch andere Ewigwährende waren an den Wänden, Säulen und Decken verewigt.

Ein ehrfürchtiges Kribbeln durchfuhr Ramses' Körper und überzog seine Arme mit einer Gänsehaut. Zu all dieser Pracht gesellte sich das weiche Licht Hunderter Öllampen. Es tauchte den Saal in ein faszinierendes Spiel aus Licht und Schatten und ließ ihn die Erhabenheit des Ortes und die Nähe des Gottes spüren.

Ergriffen schritt Ramses hinter seinem Vater her, der die Prozession anführte. Als sie aus dem Saal hinaus auf einen weiteren Innenhof traten, erblickte er rechter Hand den Zugang zum noch unvollendeten Säulensaal. Es würde sicher noch Jahre dauern, bis dieses Vorhaben beendet wäre, doch nun besaß er eine ungefähre Vorstellung davon, wie dieser erhabene Bau einmal aussehen würde. Und er war an seiner Fertigstellung beteiligt.

Sie hielten auf den nächsten Durchgang zu, der sie in einen weiteren Teil des Tempels brachte. Ramses nahm die Pracht der Ausschmückung, aber auch die Genialität der Architektur des Heiligtums gefangen. Er musste sich regelrecht beherrschen, um nicht einfach stehen zu bleiben oder womöglich aus der Prozession auszuscheren, um sich alles in Ruhe anschauen zu können. Unauffällig bemühte er sich, so viel wie möglich in sich aufzunehmen, um es für alle Zeiten in seinem Herzen zu bewahren.

Der Weg führte von nun an immer tiefer in den Tempel hinein. Offene Höfe gab es nicht mehr; dafür nahm die Dunkelheit beständig zu. Die Räume und Flure wurden flacher, und dann erreichten sie den Opferraum, in dessen Mitte sich das Allerheiligste befand.

Ramses schluckte tief bewegt und verharrte in geziemten Abstand hinter seinem Vater. Die Präsenz des Gottes war hier beinahe greifbar.

Der Raum, der sich normalerweise in tiefstem Dunkel befand – zumindest konnte Ramses keine Öffnung in den Wänden oder in der Decke erspähen, durch welche Tageslicht in das Innere drang – wurde durch die Flammen der Lampen in ein warmes Licht gehüllt. Der Schrein bestand aus schwarzem

Granit, seine Tür aus vergoldetem Holz. Religiöse Szenen schmückten die Oberfläche, und der Boden des Raumes erstrahlte in purem Gold. Unwillkürlich kniff Ramses die Augen zusammen, denn das reflektierende Metall blendete ihn. Zudem merkte er, dass seine Lider immer schwerer wurden.

Als der Hohepriester und die Propheten des Gottes einen heiligen Gesang anstimmten und der Vorlesepriester die vorgeschriebenen Texte zu rezitieren begann, wurde er wieder in die Realität zurückgerufen. Verstört rieb er sich die Augen. Niedere Priester traten aus den hinteren Reihen vor und brachten die Geschenke für den Gott. Unmengen an duftenden Blumen verteilten sie im Raum. Krüge mit Wein sowie Schüsseln und Platten mit Speisen und Obst wurden auf die Opfertische gestellt.

Ramses konzentrierte sich wieder auf das Geschehen und atmete dabei den aromatischen Duft des Weihrauchs ein, der in Kupferkesseln im Allerheiligsten verteilt auf dem Boden stand und die Luft mit den Gerüchen des Landes Punt versüßte. Doch irgendwie roch das Brennwerk heute anders als sonst.

Sein Vater trat auf den Schrein zu und erbrach dessen Siegel. Dann öffnete er die Tür. Augenblicklich fielen alle auf die Knie und pressten die Stirn auf den kühlen, goldenen Boden. Einzig der Vorlesepriester verneigte sich nur kurz und richtete sich anschließend gleich wieder auf, weil er die geweihten Texte von einem Papyrus ablas. Ramses ging davon aus, dass der Mann den Inhalt auswendig kannte, doch die heiligen Riten schrieben es eben so vor.

Nachdem auch die anderen sich wieder aufgerichtet hatten, dabei aber auf den Knien liegen blieben, reckte Ramses kurz den Hals, um einen Blick auf die Statue des Gottes zu werfen. Da stand er, Ptah, der große Schöpfergott von Memphis, der Schutzpatron der Handwerksleute, welcher das Land am Anbeginn der Zeiten urbar gemacht und aus den Fluten des Nun, des Urozean, gezogen hatte. Das weiche Licht der Lampen wurde vom Glanz des schwarzen Granits und dem Gold reflektiert.

Ein Räuspern ließ Ramses zusammenfahren. Er sah zum Ersten Propheten, der im Begriff war, Sethos eine langstielige Pfanne zu reichen, in welcher Kohle glomm, und seinen neugierigen Blick missbilligte. Gehorsam konzentrierte sich Ramses wieder auf das Geschehen.

Sethos nahm die Räucherpfanne aus den Händen des Priesters und warf Weihrauchkügelchen in die Glut. Sofort stiegen kleine Rauchfähnchen zur Decke empor und verteilten sich im Opferraum. Dabei sprach er die vorgeschriebenen Gebete.

Ramses betete nun ebenfalls, jedoch stumm. Er bat den Gott um Schutz und Leben für seine beiden Gemahlinnen, seine Eltern und für sich selbst. Zudem gedachte er seines toten Bruders und seiner kleinen Sati, um die sich Nebu nun in Osiris' Gefilden kümmerte. Er erinnerte sich seines Großvaters, dem es zu verdanken war, dass sein Vater und er hier vor dem Allerheiligsten Ptah gegenübertreten durften, und er vergaß dabei nicht, ein kurzes Gebet für Osiris Haremhab zu sprechen, ohne den Ramesse nie den Horusthron hätte besteigen können.

Die Atmosphäre war sehr feierlich. Der Gesang der Priester, die monotone Stimme des Cheri-hebet, der intensive Geruch des verbrennenden Weihrauchs – all das lullte Ramses ein und benebelte seine Sinne. Irgendwann begann alles vor seinen Augen zu tanzen, dann zu verschwimmen. Mit aller Macht konzentrierte er sich auf seine Gebete, doch gegen den Rausch der Götter war er machtlos. Der Hinterkopf seines Vaters wurde immer breiter und länger. Ein mächtiges Maul mit gefährlich scharfen Zähnen und riesigen Nasenlöchern formte sich aus der unförmigen Masse heraus und wurde zum Gesicht eines Nilpferds, das ihn aufmerksam fixierte, während sich die Nasenlöcher blähten und die Ohren zuckten. Als sich das Wesen zu seiner vollen Größe erhob, gewahrte Ramses den massigen Körper mit dem schwangeren Bauch, darüber volle, hängende Brüste. Die kräftigen Beine allerdings waren nicht die einer Nilpferdkuh, sondern die einer Löwin.

Taweret, die Nilpferdgöttin!, durchzuckte es ihn. Hatte das eine Bedeutung? Immerhin stand sie den Schwangeren und Gebärenden schützend zur Seite.

Viel Zeit verblieb ihm nicht, sich darüber Gedanken zu machen. Das Furcht einflößende Gesicht der Göttin verzerrte sich und wurde zur lachenden Fratze des Gottes Bes. Die muskulösen Löwenbeine krümmten sich und bildeten einen Kreis, durch welchen man einen Ball hätte hindurchwerfen können. Der Torso hingegen blieb der einer trächtigen Nilpferdkuh.

Wie grotesk!, durchfuhr es Ramses. Die zwergenhafte Gestalt des Gottes war bereits absonderlich. Durch den aufgeworfenen Leib mit den hängenden Brüsten gestaltete er sich nur noch absurder.

Plötzlich kam Leben in die Statue des Ptah. Der mumiengestaltige Gott trat aus seinem Schrein heraus und legte Bes den Arm um die Schulter, worauf sich dessen grinsendes Gesicht in das einer Löwin verwandelte, doch nur für einen kurzen Moment. Dann zog sich die Schnauze in das Gesicht zurück und machte Platz für eine leicht gebogene Nase und einen Mund mit vollen roten Lippen.

Isisnofret! – Verwirrt starrte Ramses das Mischwesen an. Dessen Beine verformten sich erneut zu denen einer Löwin, sodass die Göttin Taweret nun das Antlitz seiner Zweiten Gemahlin trug.

Vor Entsetzen schrie Ramses auf.

»Ramses!«, hörte er die Göttin seinen Namen rufen, eine bedrohliche, dunkle Stimme, die ihm einen kalten Schauer über den Rücken jagte. »Ramses!« Das liebliche Antlitz Isisnofrets näherte sich seinem Gesicht. Besorgt sah es auf ihn hinab. »Ramses, Junge, was ist mit dir los?«

Er wollte antworten, doch aus seinem Mund drang kein Laut.

Als er wieder zur Besinnung kam, lag er auf dem Rücken vor dem offenen Schrein. Sein Vater hatte sich über ihn gebeugt und schüttelte ihn heftig an der Schulter. »Ramses, es ist nur ein Traum. Wach auf! – Es ist wohl etwas zu viel Götterrausch dem Harz beigemengt«, raunte er dem Ersten Propheten zu, der ihm über die Schulter sah. »Er ist daran noch nicht gewöhnt.«

Verlegen zog der Hohepriester den Kopf ein. »Wie üblich, Majestät, Weihrauchharz, etwas vom blauen Lotos, ein wenig Schlafmohn und eine kleine Prise *Dja-dja*«, antwortete er.

»Was ... was ist passier?«, stammelte Ramses verwirrt. Sein Mund fühlte sich ganz trocken an. Sein Schädel dröhnte.

»Das wollte ich dich gerade fragen«, antwortete sein Vater und strich ihm über die schweißnasse Stirn.

Hilflos öffnete Ramses den Mund und schloss ihn gleich wieder.

»Ist schon gut«, meinte Sethos. »Lass dir Zeit. Überanstrenge dich nicht. Du warst für kurze Zeit nicht ansprechbar.«

»Der göttliche Duft ...« Ramses war noch ganz benommen. »Ich ... ich habe Taweret gesehen. Sie wurde zu Bes. Dann kam Ptah aus seinem Schrein, und plötzlich stand Isisnofret vor mir in Gestalt der Nilpferdgöttin.«

Ein Raunen entrang sich den Kehlen der näher stehenden Gottesdiener, die seine Worte vernommen hatten. Auch sein Vater sah erstaunt auf ihn herab.

»Du hattest eine göttliche Vision«, sagte er und half ihm, sich aufzusetzen. »Kannst du aufstehen, mein Sohn?«

Ramses nickte. Sein Vater half ihm und passte auf, dass er nicht taumelte und fiel.

»Vielleicht sollte Seine Hoheit einen Traumdeuter befragen«, erlaubte sich der Erste Prophet anzumerken.

»Eine gute Idee«, befand Sethos und übergab Ramses einem Priester, denn die Zeremonie war noch nicht ganz beendet.

Während dieser Ramses aus dem Allerheiligsten in den Vorraum führte, in dem die Luft nicht so stark vom göttlichen Duft geschwängert war, sah er aus dem Augenwinkel, wie sein Vater sich dem Naos näherte, um die Tür zu schließen. Im Anschluss legte Sethos eine Kordel um den Riegel, sicherte die beiden Enden mit einem Tonpfropfen und drückte sein königliches Siegel in die frische Masse. Bis zum kommenden Morgen, so wusste Ramses, würde die Statue des Gottes nun vor den Blicken der Menschen geschützt in ihrem Schrein verweilen. Nichtsdestotrotz war Ptahs Anwesenheit im gesamten Tempel zu spüren.

»Und, alles wieder in Ordnung?«, raunte Sethos ihm zu, als sich die Prozession erneut formierte.

Ramses bejahte. »Mir ist nur noch ein wenig übel. Zudem schmerzt mir der Schädel.« Verlegen senkte er den Blick. Hatte es sich wirklich um einen Traum gehandelt, der ihm von den Götter gesandt worden war, oder war ihm einfach nur durch die zu hohe Dosis der im Rauch befindlichen Substanzen schwindelig geworden?

Er wusste es nicht. Es war ihm jedoch bekannt, dass sowohl Schlafmohn als auch Alraunen und blauer Lotos verschiedene Reaktionen bei einem Menschen hervorrufen konnten, unter anderem auch Trugbilder erzeugten. Das hatte man ihn während seiner weiterführenden Studien im Lebenshaus und in der Palastschule gelehrt. Mohn konnte zudem schmerzhemmend sein. Er wirkte beruhigend und einschläfernd, hatte aber auch die Eigenschaft, die Sinne zu berauschen und seltsame Wachträume hervorzurufen. Das galt ebenfalls für den blauen Lotos und die *Dja-dja*, die Alraune. Allerdings, so erinnerte sich Ramses schwach, hatte der Priester der Sechmet vor der enormen Giftigkeit der *Dja-dja* gewarnt. Vielleicht ging es ihm gerade deshalb so schlecht.

Die Prozession setzte sich in Bewegung und folgte dem Weg, den sie genommen hatte, in entgegengesetzter Richtung, bis sich schließlich die Pylontore öffneten, die hinaus auf den Vorhof führten. Re war in seiner Sonnenbarke bereits über den Zenit gefahren, als sie das vor Hitze glühende Pflaster betraten. Sofort brandete Jubel auf, der in Unterhaltungen, Lachen und gerufene Anweisungen mündete, als sich der Festzug erneut formierte.

»Wie hat Taweret ausgesehen?«, fragte plötzlich eine Stimme neben Ramses.

Überrascht wandte sich Ramses dem Fragenden zu und erblickte die hagere Gestalt des Ersten Propheten hinter sich.

»Hatte sie den Kopf eines Nilpferdes, eines Krokodils oder den einer Löwin?«, präzisierte er seine Frage auf Ramses' verständnislosen Gesichtsausdruck hin.

»Zuerst war es der eines Nilpferdes, später der einer Löwin, und dann sah ich das Gesicht meiner Zweiten Gemahlin vor mir.«

»Interessant«, murmelte der Priester vor sich hin und wollte sich abwenden und gehen, aber Ramses hielt ihn zurück.

»Interessant? Ist das alles, was du dazu zu sagen hast? Warum fragst du überhaupt danach?«

»Verzeih, Hoheit!« Verlegen senkte der Mann den Blick. »Ich bin kein Traumdeuter. In Anbetracht der Tatsache aber, dass deine Zweite Gemahlin bald niederkommt, ist es hochinteressant, dass dir Taweret erst als Nilpferd, später mit Löwenhaupt erscheint, das sich in jenes Ihrer Hoheit Isisnofret wandelt. Ich hatte bisher noch nicht das Vergnügen, deine Zweite Gemahlin kennenzulernen, mein Prinz. Wie man aber so hört, besitzt sie einen starken Willen. Somit erklärt sich für mich das Löwenhaupt. Ihr Kind wird ebenfalls kraftvoll sein und die hervorstechenden Eigenschaften dieser Raubkatze in sich vereinen.« Der Erste Prophet deutete eine Verneigung an und begab sich zu seinem Platz in der Prozession.

Nachdenklich blickte Ramses ihm hinterher. Isisnofret mit einer Löwin zu vergleichen, war nicht abwegig. Es passte zu ihrem stürmischen Charakter, und wenn das Kind den Mut und die Kraft eines Löwen besitzen sollte, sollte ihm das recht sein. Starke Nachkommen waren immer gut. Er schmunzelte verstohlen. Dann trat er auf den Wagen seines Vaters zu, um die Prozession hinunter zum Ufer des Nils anzuführen.

Es war Neujahr, und damit stand die Flut kurz bevor. Theben hatte sie bereits erreicht. In ungefähr einem halben Monat sollte auch der Norden in den Genuss ihrer Wassermassen und der damit einsetzenden milderen Temperaturen kommen. Damit die Schwelle nicht zu niedrig oder zu hoch ausfiel, musste Hapi, der Gott des Stroms, besänftigt werden. Deshalb war es seit alters her Sitte, dass der Pharao Hapi am Neujahrstag Opfergaben darbrachte, und genau das hatten Sethos und sein Thronerbe vor.

Das Volk jubelte begeistert und pries seinen Herrscher und den Horus-im-Nest. Auch des Pharaos Untertanen opferten dem Gott des Leben spendenden Stroms. Sie vertrauten dem in den vergangenen Monaten zu einem schmalen Band gewordenen Nil Blumen, Amulette und Götterfigürchen an. Im Anschluss kehrte die königliche Familie in den Palastbezirk zurück. Ein großes Bankett stand am Abend bevor, zu dem ausgewählte Würdenträger aus den Beiden Ländern und den Nachbarstaaten eingeladen waren. Zuvor gedachte Sethos, den traditionellen Neujahrsempfang im Thronsaal zu Memphis zu geben, bei dem er sich von den Würdenträgern, den Vasallen und Fremdländern ehren ließ und deren Geschenke in Empfang nahm. Und in diesem Jahr sollte auch Ramses an seiner Seite stehen.

***

Der Wagen, der den Pharao und dessen Nachfolger beförderte, hatte kaum den Innenhof des Palastes erreicht, als Ramses von einem aufgeregten Nebsumenu empfangen wurde. Ohne auf die Aufforderung zum Sprechen zu warten, teilte ihm sein Hausverweser freudestrahlend mit, dass Isisnofret soeben einer Tochter das Leben geschenkt habe.

»Und?« Etwas ängstlich ruhte Ramses' Blick auf dem jungen Mann. »Geht es beiden gut?«

»Ja, Hoheit. Mutter und Kind sind wohlauf.«

Ein überglückliches Strahlen malte sich auf Ramses' Gesicht. Auch Sethos, der im Hintergrund stand und Nebsumenus Worte vernommen hatte, sah zufrieden drein.

»Eine Tochter, Majestät«, rief der Prinz beglückt und drehte sich zu seinem Vater um. »Einst schenkten mir die Götter ein Töchterlein und nahmen es mir dann wieder. Nun gewähren sie mir erneut ein kleines Mädchen, und ich bin froh und dankbar dafür.« Bittend sah Ramses seinem Vater in die Augen, und dieser verstand.

»Du hast die Erlaubnis, zu gehen, mein Sohn. Eile zu deiner Gemahlin und deiner Tochter und bestelle ihnen meine besten Wünsche. Doch verweile nicht zu lange. Ich will, dass du heute an meiner Seite stehst.«

Ramses verneigte sich.

Mit Nebsumenu im Schlepptau, überquerte er im Laufschritt den gepflasterten Hof, sodass sein Haushofmeister Mühe hatte, ihm zu folgen. Ramses eilte so schnell dem Gebäudekomplex entgegen, dass selbst der Oberst seiner Leibwache sein Verschwinden erst dann wahrnahm, als er bereits im Inneren des Palastes verschwunden war. Ramses interessierte es nicht. Wer sollte ihm hier schon etwas Böses tun? Er stürmte durch die Flure und Gänge. Dabei rempelte er einige Beamte an, die sich nicht trauten, ihren Unmut darüber laut kundzutun. Schließlich erreichte er den Flügel, in welchem sich der Harim befand.

Die wachhabenden Soldaten nahmen sofort Habachtstellung ein und ließen ihn passieren. Als Ramses in den Hauptgang stürmte, stieß er mit einer Dienerin zusammen, fast noch ein Kind, die ein voll beladenes Tablett in den Händen balancierte. Polternd fiel es zu Boden. Ramses interessierte es nicht. Geschickt wich er den Äpfeln, Trauben und Gebäckstücken aus, sprang über die Lache des ausgelaufenen Weins und eilte wieter. Durch den Lärm wurden natürlich die Damen auf ihn aufmerksam, die im Flur und in den Seitengängen herumlungerten. Er ignorierte auch sie und ihre verzückten Ausrufe. Er wollte nur zu seiner Zweiten Gemahlin. Sie erwartete ihn bereits! So manchen Haken musste er schlagen, um nicht in den Armen einer seiner Nebenfrauen zu landen, die lange Gesichter zogen, wenn er wortlos an ihnen vorüberrauschte. Hatten sie es denn nicht mitbekommen? Er war Vater geworden, und das zum ersten Mal! Dahinten im Garten warteten Isisnofret und seine Tochter auf ihn!

Endlich kamen die Türen zu Isisnofrets Räumlichkeiten in Sicht. Ihr Anblick verlieh ihm beinahe Flügel. Das Schnaufen Nebsumenus wurde leiser. Wahrscheinlich vermochte sein Haushofmeister nicht mehr mit seinen weit ausholenden Schritten mitzuhalten. Er stürmte an den Wachhabenden vorbei in den Empfangssaal, durchquerte ihn und bog an dessen Ende in den Garten ab. Dort war in den vergangenen Wochen in einer ruhigen Ecke im Schatten einer Baumgruppe eine luftige Laube aus Binsengeflecht errichtet worden, die Isisnofret fortan als Geburtshaus dienen sollte, und sie hatte zum ersten Mal ihren Zweck erfüllt. Isisnofret hatte seine Tochter zur Welt gebracht.

Schon von Weitem vernahm er das Geschnatter der Dienerschaft, das vom Krähen eines Neugeborenen übertönt wurde. Vor Freude machte sein Herz einen Riesenhüpfer. Das war seine Tochter, sein eigenes Kind, das dort schrie!

Er stürzte auf den Eingang zu, holte Luft und trat ein.

Gedämpftes Licht umfing ihn und der Geruch nach Weihrauch und Myrrhe. Augenblicklich kehrte das flaue Gefühl im Magen zurück. Er griff nach dem Türrahmen und musste sich kurz abstützen, denn das Innere der Laube begann, sich vor seinen Augen zu drehen. Das waren wohl die Nachwirkungen vom göttlichen Duft des Allerheiligsten, vermutete er.

»Verflixtes *Dja-dja*!«, grummelte Ramses. Dann erblickte er Isisnofret, die erschöpft auf ihrer Bettstatt lag und ihm glücklich entgegenlächelte. Sie hatte gerade ein Kind aus ihrem Leib herausgepresst, und es ging ihr augenscheinlich gut. Also sollte auch er sich etwas zusammennehmen.

Er straffte den Rücken, ließ den Türpfosten los und trat auf sie zu. »Isisnofret!«

Ihr langes, schwarzes Haar klebte ihr verschwitzt im Gesicht und bedeckte ihre nackten Brüste, doch voller Stolz hielt sie das schreiende Bündel in ihrer Armbeuge und tätschelte ihm den Bauch.

»Es ist eine Tochter, Hoheit«, sagte sie. Ihre Stimme klang erschöpft und matt.

Ramses setzte sich auf die Kante des Bettgestells und strich ihr liebevoll eine Haarsträhne von der Wange. »Ich weiß, und ich freue mich, als wäre es ein Sohn.« Er beugte sich zu ihr herunter und gab ihr einen zärtlichen Kuss. »Welchen Namen hast du ihr gegeben?«

»Bintanat.«

»Bintanat?« Ramses klang erstaunt und runzelte die Stirn. »Warum gerade Bintanat?«

»Weil sie meine Tochter ist, Ramses, die *Tochter der Anat.*«

»Das stimmt, doch dein Name lautet nun Isisnofret, schon vergessen?« Er zwinkerte ihr zu, und die Unmutsfalten glätteten sich auf seiner Stirn.

Betrübt senkte Isisnofret den Blick. »Habe ich mir mit meiner Namenswahl deinen Unmut zugezogen?«

»Aber nein, liebe Schwester.« Keine Spur eines Tadels klang in seiner Stimme. Er lächelte sie liebevoll an. »Du bist aber meine Frau, die Zweite Gemahlin des Thronfolgers von Kemi. Bintanat ist ein schöner Name – kraftvoll und stark.« Unwillkürlich wurde er an die Worte des Ptah-Hohepriesters erinnert, seine Tochter würde die Eigenschaften einer Löwin in sich vereinen. »Ich würde mich allerdings freuen, wenn unsere nächsten Kinder kemitische Namen tragen. Nichtsdestotrotz werde ich dieses kleine Mädchen über alles lieben. Sie ist das erste Kind von meinem Leib. Sie wird immer etwas Besonderes für mich sein.«

Er beugte sich zu Isisnofret hinab und küsste sie erneut. Dann nahm er ihr Bintanat aus dem Arm und drückte das schniefende Bündel sacht an seine Brust. Die Kleine, die sich gerade erst beruhigt hatte, fing erneut an, jämmerlich zu schreien. Lächelnd drückte Ramses ihr seine Lippen auf die Stirn.

»Es scheint ihr bei mir noch nicht zu gefallen.« Er grinste breit und legte Isisnofret das Kind zurück in den Arm. »Erhole dich gut von der Niederkunft. Ich bin so glücklich, dass ihr beide die Geburt gesund überstanden habt, doch leider muss ich schon wieder gehen.«

»Du musst schon wieder fort?« Betrübt hob Isisnofret den Blick.

Ramses bejahte. »Mich ruft die Pflicht. Der Neujahrsempfang steht kurz bevor. Sethos wünscht, dass ich ihm in diesem Jahr zur Seite stehe.« Er nahm das Kopftuch ab und strich sich über seinen kahl rasierten Schädel.

Verwundert weiteten sich Isisnofrets Augen. »Dein Haar? Was ist mit ihm geschehen?«

»Es musste weichen«, gab Ramses lachend zurück. »Ich war heute im Tempel des Ptah, und du weißt, dass keine Laus zwischen mir und dem Gott stehen darf.«

»Als ob du jemals Läuse hattest«, prustete Isisnofret und stöhnte sofort auf. »Aua, es tut noch weh.« Ihre Hand glitt über ihren Unterleib. »Bringe mich bloß nicht zum Lachen.«

»Dann gehe ich jetzt lieber.« Ramses erhob sich von der Kante des Bettes. »Schone dich und ruhe dich aus, damit du bald wieder bei Kräften bist.« Ein letztes Mal beugte er sich zu ihr hinab und tätschelte ihr die Wange. Dann ließ er sie und seine Tochter allein.

8. Kapitel

Ein genialer Streich

Zwei Stunden später betrat Ramses hinter Sethos die Empore des Festsaals. Begleitet wurden sie von seiner Mutter, seiner Ersten Gemahlin sowie seiner Schwester und deren Gemahl. Gebeugte Rücken und auf Kniehöhe nach vorn gestreckte Arme empfingen die königliche Familie. Ramses nahm neben Sethos, seinem Schwager, den beiden Wesiren sowie dem Hohepriesters des Ptah Platz. Tuja, Nefertari und seine Schwester gesellten sich zu den Gemahlinnen der drei hochrangigen Beamten, denen die Ehre zuteilwurde, den heutigen Abend im Glanz des Pharaos und der königlichen Familie genießen zu dürfen.

Nach dem Essen folgten die Darbietungen. Ramses lehnte sich bequem zurück und sah den Tänzerinnen zu. Sie trugen nichts weiter als eine Perücke und einen schmalen Perlengürtel. Hinzu kamen ein Halskragen sowie ein paar Fuß- und Armreife, die bei jeder Bewegung leise klirrten. Ansonsten waren sie eingeölt und nackt. Ihnen folgten Akrobaten und Feuerschlucker. Ramses' Interesse ließ nach. Stattdessen blickte er sehnsuchtsvoll zu Nefertari, die neben seiner Schwester saß und mit dieser plauderte.

»Ich werde nach Beendigung der Neujahrsfeierlichkeiten die Truppen zusammenziehen«, hörte er seinen Vater sagen und löste sich von Nefertaris Anblick. »Es ist inzwischen über sechs Jahre her, dass ich den Fremdländern im Osten einen Besuch abgestattet habe. Es wird allmählich Zeit, dass sie mich wieder zu Gesicht bekommen. Mein Anblick soll sie an meine Existenz und ihr Treuegelöbnis erinnern.« Er schmunzelte verschmitzt.

»In der Tat, Majestät«, bestätigte Paser die Worte des Pharaos. »Das scheint vonnöten zu sein. Wie mir dein Oberster Gesandte in den Fremdländern berichtete, fühlen sich die Provinzen am Großen Grün eher dem Elendigen aus Hatti verpflichtet als dir, Majestät. Sie müssen daran erinnert werden, wem sie ihre Loyalität schulden.«

»Ich weiß«, gab Sethos zerknirscht zurück. Das Schmunzeln war ihm vergangen. »Ich werde mich ihrer unbedingten Treue erneut versichern müssen, wenn nicht anders, mit Waffengewalt. Wir brauchen den Zugang zum Großen Grün. Ihre Häfen sind unerlässlich für unseren Handel mit den Ländern an den fremden Gestaden dieses Meers. Ohne sie bezögen wir auch auf Schlag kein Holz mehr in ausreichenden Mengen.« Er machte eine kurze Pause und fügte hinzu: »Zudem ist die Zeit reif, um die Kräfte mit Muwatalli zu messen.«

Ramses horchte auf. Hatte sein Vater tatsächlich vor, das Reich der Hethiter anzugreifen? Er spitzte die Ohren und rückte unmerklich näher an ihn heran. Dabei entging ihm nicht die besorgte Miene des Wesirs.

»Mir ist nicht ganz wohl, wenn ich daran denke«, gab Paser ehrlich zu. »Die hethitische Streitmacht ist groß. Sie sind ein kämpferisches Volk. Aufgrund ihrer vielen Verbündeten und Vasallen werden sie sicher ein Heer stellen, welchem unseres zahlenmäßig unterlegen ist.«

Ramses glaubte, sich verhört zu haben. Hatte Paser vor diesen Elendigen etwa Furcht?

»So weit werde ich es nicht kommen lassen«, raunte Sethos. »Ich will ihn nur ein wenig reizen und bete zu Amun-Re, dass er auf meine Provokation so reagiert, wie ich es mir erhoffe.« Der Schalk kehrte in sein Gesicht zurück. Er grinste und zwinkerte Paser zu, dessen Züge sich entspannten.

Nach Beendigung der Neujahrsfeierlichkeiten war es dann soweit. Sethos zog mit den Divisionen Amun, Re und Seth nach Amurru, um diese an der Küste des Großen Grün gelegene Provinz zu unterwerfen und sich erneut der Treue der phönizischen Städte zu versichern.

Zügig durchquerte das Heer Kanaan, ein an Kemi grenzendes Gebiet, das schon seit Ewigkeiten der Oberhoheit des Pharaos unterstand und als Pufferzone zwischen dem Land am Nil und den östlichen Fremdländern diente. Von dort wandte sich Sethos der Provinz Amurru zu, auf die sowohl Kemi als auch das elendige Hatti Anspruch erhoben. Sethos zwang den Provinzfürsten Benteschima, sich ihm gegenüber loyal zu verhalten, und ließ ihn Treue schwören. Anschließend richtete er sein Augenmerk auf Kadesch.

Kadesch war eine mächtige Stadt im Orontostal. Sie lag strategisch günstig wie auf einer Insel und wähnte sich in Sicherheit, als das Heer erschien. Es war ein sonniger Tag. Kleine weiße Wölkchen zierten das tiefblaue Firmament. Die Luft war warm und angenehm mild durch den nahen Fluss und den steten Wind, der über die fruchtbare Ebene wehte und sich in der üppigen Vegetation verfing.

»Sieh nur, Majestät, die Stadttore stehen sperrangelweit offen«, machte Ramses seinen Vater aufmerksam. Verwundert schüttelte er den Kopf und wies auf die wie eine Festung anmutenden Mauern der Stadt. Selbst aus der Ferne konnte er die ungläubigen Gesichter der wenigen Wachen erkennen, die noch eben gelangweilt auf den Wehrgängen patrouilliert hatten und ihnen nun verdattert entgegensahen. Allem Anschein nach hatten sie nicht mit dem Erscheinen einer kemitischen Streitmacht gerechnet, und auch ihre Späher hatten sie nicht bemerkt. »Das ist ja fast wie eine Einladung«, fügte er hinzu. Seine Miene hellte sich auf. Er begann zu grinsen und sah zu seinem Vater, der neben ihm auf seinem eigenen Streitwagen fuhr.

»Dann wollen wir nicht unhöflich sein und sie annehmen«, erwiderte Sethos und winkte General Aschahebu an seine Seite. »Befehlige die Streitwagenabteilung des Ptah und nimm die Stadt in meinem Namen ein. Ich glaube kaum, dass du auf große Gegenwehr stoßen wirst. Zum Verrammeln der Tore ist es inzwischen zu spät, und über eine ausgebildete Armee verfügen sie nicht. Vermeide Verletzte und Tote. Es wird weder gebrandschatzt noch geplündert oder den Frauen und Mädchen Gewalt angetan!«

»Natürlich, Majestät, wie du befiehlst!« Aschahebu neigte zackig den behelmten Kopf und gab seinem Wagenlenker ein Zeichen, ihn zur Streitwagenabteilung des Regimentes Ptah zu bringen.

»Zum Mittag werden wir bereits durch die Straßen Kadeschs

fahren«, prophezeite Sethos Ramses und blickte der sich entfernenden Streitwagenabteilung hinterher.

Und so kam es dann auch. Ohne jeglichen Widerstand übergab der Fürst von Kadesch seine Stadt in die Hände von Sethos. »Ich hoffe, Majestät, du hast nicht vor, die Mauern zu schleifen und ihre Bewohner zu versklaven«, sagte er bangend auf Akkadisch, der Sprache der Gesandten, als er vor dem Pharao im Staube lag.

»Ich hatte weder das eine noch das andere vor«, entgegnete Sethos. Zusammen mit Ramses an der Seite und von seiner Leibgarde umgeben, war er mit Teilen seiner Armee in Kadesch einmarschiert. Die Hauptstreitmacht schlug in der Zwischenzeit vor den Toren der Stadt ihr Lager auf.

»Das freut mich zu hören, o großer Pharao, Sohn der Sonne, Geliebter des Ptah. Mögen sich deine Pferde stets bester Gesundheit erfreuen, möge dein Vieh stets das fetteste auf den Weiden sein. Leben, Heil und Gesundheit, o größter aller Könige!«

Sethos schmunzelte ob dieser Anbiederung verstohlen und bedeutete dem Mann, dass er sich erheben durfte. Es war ihm bewusst, dass der Fürst auch jedem anderen den Speichel lecken würde, immer darauf bedacht, dass sein Eroberer ihm schnell den Rücken zuwandte, damit er zu Muwatalli zurückkriechen konnte.

Er seufzte leise. »Es gibt keinen Grund, deine Stadt dem Erdboden gleichzumachen, Fürst. Und das Wort *Sklave* ist meiner Sprache völlig fremd. Schwöre mir deine Treue und gewähre mir und meinen Soldaten Unterkunft und Nahrung für eine Woche sowie ausreichend Proviant und frisches Wasser für unsere Rückkehr an die Ufer des Nils, und ich lasse dich, deine Stadt und deren Bewohner ungeschoren.«

Verwundert riss Ramses die Augen auf und starrte seinen Vater verständnislos an, während der Stadtfürst erneut vor Sethos auf die Knie fiel und den gewünschten Treueschwur leistete. Im Anschluss führte er seinen Eroberer und dessen Gefolge in seinen Palast.

»Willst du einfach wieder in die Beiden Länder zurückkehren, nachdem du diesen wichtigen Handelsknotenpunkt zurückerobert hast«, raunte Ramses seinem Vater zu, als sie den Palast betraten. »Willst du nicht lieber dafür Sorge tragen, dass dieser Kerl nicht wieder abtrünnig oder die Stadt von unseren Feinden zurückerobert wird?«

Sethos schmunzelte geheimnisvoll. »Ja, mein Sohn, genau das habe ich vor. Ich werde eine Stele errichten lassen, die von meiner Einnahme Kadeschs zeugen soll, und wenn die Soldaten sich erholt und frische Kräfte gesammelt haben, kehren wir nach Kemi zurück.«

Ramses vernahm diesen Entschluss mit gerunzelter Stirn. »Aber Vater, damit überlässt du dem Elendigen aus Hatti kampflos das Feld. Glaubst du ernsthaft, der Fürst von Kadesch hält sich an sein Wort?« Als Antwort auf seine eigene Frage schüttelte er verneinend den Kopf. »Hattusa liegt näher an Kadesch als Memphis«, erinnerte er seinen Vater. »Er wird sogleich nach deinem Abzug bedenkenlos wieder zu seinem früheren Herrn zurücklaufen. Da bin ich mir sicher.«

»Ich mir auch, doch was sollte ich – deiner Meinung nach – dagegen tun?«

Über die Antwort musste Ramses nicht lange nachdenken. »Errichtete eine Garnison hier in der Stadt und bestücke sie mit einer schlagkräftigen Truppe.«

»Und wozu sollte das gut sein, Ramses? Glaubst du wirklich, das hielte den Fürsten von seinem Treuebruch ab?«

Verwirrt schüttelte Ramses den Kopf. »Das können deine Krieger sicher nicht verhindern, Majestät. Eine Botschaft ist schnell aus der Stadt herausgeschmuggelt. Sie werden aber Kadesch für die Doppelkrone schützen, sodass Muwatalli die Stadt nicht in seine Gewalt bekommt.«

Zweifelnd kräuselte sich Sethos' Stirn. »Glaubst du wirklich, eine Handvoll meiner Soldaten könnte einem Angriff der Hethiter standhalten?«

»Aber sicher doch!« Verächtlich zuckte Ramses mit den Schultern. »Kadesch ist eine große Stadt, Majestät. In ihren Mauern lagern genug Nahrungsmittel, und Wasser ist reichlich da, sodass sie problemlos monatelang einer Belagerung standhalten kann. Zudem wird sie von dicken, hohen Mauern beschützt und liegt auf einer künstlichen Insel. Es bedarf sicher eines klugen

Feldherrn, um sie zu erobern.« Überzeugt blickte er zu seinem Vater.

»Und du denkst, der Großkönig der Hethiter ist dieser nicht?« Fragend erwiderte Sethos den Blick seines Sohnes.

»Der Elendige aus Hatti«, erwiderte Ramses geringschätzig und rümpfte die Nase. »Wer sollte es schaffen, gegen die Soldaten Deiner Majestät siegreich zu sein? Kein Land der Welt hat je sie oder den Pharao besiegt!«

Sethos' Lippen umspielte ein Schmunzeln. »Und was ist mit den Hyksos, jenen fremdländischen Königen, die sich mit ihren elenden Hinterteilen über einhundert Jahre lang auf dem Doppelthron gelümmelt haben?«

»Sie haben uns nicht im Kampf geschlagen!«, brauste Ramses auf und senkte sogleich wieder die Stimme, da der Fürst von Kadesch sich aufgrund seines Gefühlsausbruches zu ihnen umsah, obwohl er kein Wort der auf Kemitisch geführten Unterhaltung verstanden haben konnte. »Sie kamen einfach in unser Land«, zischte Ramses seinem Vater zu, »und ernannten sich zu unseren Herrschern.« Seine Augen funkelten erbost. Sein Gesicht war erhitzt und rot angelaufen.

»Was meines Erachtens nach noch weitaus schlimmer und beschämender ist, als wenn sie uns im Kampf geschlagen hätten«, raunte Sethos zurück und musterte Ramses, wie dessen Reaktion ausfallen würde. Dieser Schlagabtausch machte ihm allmählich Spaß, zeigte er ihm doch, wie weit sein Erbe inzwischen gereift war. Vielleicht waren Zeitpunkt und Ort der Diskussion nicht ganz so glücklich gewählt, doch kaum ein Fremdländischer beherrschte die Sprache der Menschen vom Nil. Einzig vor Händlern und Gesandten war Vorsicht geboten. Ansonsten bestand kaum Gefahr, dass ihre Unterhaltung in die falschen Ohren gelangte. Dem Fürsten schien zwar aufgefallen zu sein, dass sich Vater und Sohn nicht ganz einig waren, aber das interessierte Sethos herzlich wenig.

»Gewiss, Vater, doch unsere tapferen Vorfahren haben sie verjagt«, ereifere sich Ramses. Er tat es nun leise, um nicht erneut die Aufmerksamkeit des Stadtfürsten auf sich zu lenken. »Ihr Heer hat jenes der Eindringlinge geschlagen, nicht umgekehrt.«

Bei diesen Worten umspielte Sethos' Lippen ein Lächeln, denn eigentlich waren auch Ramses und er nur Eindringlinge und keine eingeborenen Kemiter. Ihre Vorfahren stammten aus den kargen Regionen der östlichen Nachbarn, auf welche die Bewohner der Beiden Länder nur mitleidig hinabblickten. Irgendwann waren ihre Ahnen an den Nil gekommen, hatten sich im Delta niedergelassen und im Laufe der Zeit durch Heirat mit den Einheimischen vermischt. Dennoch verrieten noch immer sowohl seine als auch die Farbe von Ramses' Haaren die fremdländischen Wurzeln, denen ihre Familie entsprang. Das allerdings konnte nichts an ihren Gefühlen ändern. Ihr Herz schlug für die Beiden Länder und deren Bewohner beiderseits des Nils. Egal ob eingeboren oder nicht. Sie würden alles dafür geben, um sie zu beschützen, selbst wenn es sie ihr eigenes Leben kosten sollte.

»Trotzdem, Ramses«, antwortete er, während sie in einen langen, von wuchtigen Säulen gesäumten Gang einbogen, der sie auf zwei weit offen stehende Türen zuführte, hinter denen sich ein Saal anzuschließen schien, »unterschätze niemals deinen Gegner, und der Elendige aus Hatti ist der gefährlichste Gegner des Pharaos. Wenn seine Streitwagen über das Schlachtfeld donnern, ist schon so manchem tapferen Krieger das Herz in die Sandalen gerutscht, denn ihr Anblick flößt bei Weitem mehr Furcht ein als der unserer Gefährte. Unsere Wagen sind klein und daher leicht und wendig, doch die der Hethiter sind groß und schwer und richten unvorstellbares Unheil an, wenn sie in die Reihen des Gegners preschen.«

Betroffen schluckte Ramses. Er hatte davon in der Palastschule bereits gehört. »Hast du so etwas schon einmal erlebt?«

»Nein. Ihre Wagen habe ich aber gesehen, und ich weiß, dass die Hethiter im Gegensatz zu uns ein kriegerisches Volk sind, das vor Niemandem und Nichts zurückschrecken wird.«

»Also wirst du nach Kemi zurückkehren, ohne dich ihnen gestellt zu haben?«

Sethos bejahte.

Irgendwie konnte sich Ramses mit diesem Gedanken nicht abfinden. Er verstand die Beweggründe, sah auch ein, dass eine Handvoll Krieger nichts gegen die Überzahl einer Streitmacht auszurichten vermochte. Dennoch mutete ihm der Rückzug seines Vaters als feige und eines Pharaos unwürdig an.

Unbehaglich knetete er seine Handflächen, da er kaum wagte auszusprechen, was ihm auf dem Herzen lag. »Hast du Angst vor Muwatalli?«

Abrupt blieb Sethos stehen, sodass der hinter ihm gehende Aschahebu fast auf ihn prallte, und wandte sich Ramses zu. »Nein, aber der Kampfgeist meiner Soldaten ist fast erloschen, und ich bin nicht bereit, die Sicherheit der Beiden Länder für ein sinnloses Kräftemessen aufs Spiel zu setzen. Mir ist völlig bewusst, dass Kadesch sofort wieder von Kemi abfallen wird, kaum dass das Heer die Stadt verlassen hat. Muwatalli aber hat gesehen, dass ich ein ernst zu nehmender Gegner bin, und wird versuchen, die Angelegenheit friedlich zu beenden.« Er blickte Ramses fest in die Augen. »Und eine friedliche Einigung mit dem Feind ist ehrenhafter als eine Niederlage im Kampf, mein Sohn. Merke dir das, und nun komm. Der Fürst von Kadesch gibt zu meinen Ehren ein kleines Fest.«

***

Eine Woche später rückte das Heer wieder ab und begab sich auf seinen langen, beschwerlichen Weg in die Beiden Länder.

Wie Sethos es vorhergesehen hatte, geschah es auch. Er hatte die Divisionen gerade über die Grenze zu Kanaan geführt, als sich der Streitwagen Aschahebus seinem Gefährt näherte, bis er mit diesem auf gleicher Höhe fuhr.

»Was gibt's?«, erkundigte sich Sethos.

»Majestät, die Späher berichten, Kadesch ist wieder von Kemi abgefallen. Der Stadtfürst hat sein gegebenes Wort gebrochen und sich erneut unter den Oberbefehl der Hethiter gestellt.«

»Was nicht anders zu erwarten war«, gab Sethos zurück und sah zu Ramses, an dessen Gesichtsausdruck er ablesen konnte: *Siehste, habe ich dir doch gesagt!* »Nun müssen wir abwarten«, fuhr er an Aschahebu gewandt fort, »wie Muwatalli auf meinen Vorstoß in seine unterworfenen Gebiete reagiert.« Er hob die

Hand. Das Heer kam zum Stehen. »Wir rasten hier!« Er wies auf eine weite Ebene zu ihren Füßen, die genug Platz für alle drei Einheiten bot und gut zu verteidigen war.

»Wie du befiehlst, Majestät.« Aschahebu gab seinem Lenker ein Zeichen. Der Wagen setzte sich in Bewegung, um den anderen Befehlshabern die Instruktion des Pharaos mitzuteilen.

Als sich die Dunkelheit über das Land senkte, waren die Lagerfeuer entfacht, und schmackhafte Essensdüfte schwängerten die Luft. Nach dem Mahl kehrte sehr schnell Ruhe ein. Die Krieger waren müde und sehnten sich zurück an den Nil. Auch Sethos konnte es kaum noch erwarten, den Geschmack des Nilwassers an seinem Gaumen zu fühlen und den Geruch des austrocknenden Landes in seiner Nase zu spüren, welches schon bald unter der einsetzenden Dürre zu leiden hatte. Es war *Phamenoth*, der dritte Monat in der zweiten, der Jahreszeit der Aussaat. Der Strom war seit ein paar Monaten in sein Bett zurückgekehrt, und Res gleißende Barke ließ seine Wassermassen allmählich verdunsten. Sethos wäre lieber heute als morgen an die Ufer seines geliebten Flusses zurückgekehrt. Nun galt es jedoch abzuwarten, wie der Großkönig der Hethiter reagieren würde. Nach einem weiteren Gefecht stand auch Sethos nicht der Sinn. Er spekulierte darauf, dass Muwatalli die Sache friedlich regeln würde. Selbst das kriegerischste Volk sah sich irgendwann einem stärkeren Feind gegenüber. Im Falle der Hethiter waren es deren Nachbarn im Osten, das erstarkende Volk der Assyrer. Muwatalli durfte sich keinen unnötigen Krieg erlauben, nicht wegen einer solchen Geringfügigkeit. Immerhin lief er Gefahr, die Assyrer würden die Chance beim Schopf packen und ihn in einen Zweifrontenkrieg verwickeln, dem selbst die hethitische Streitmacht nicht gewachsen wäre. Und er behielt recht.

Eine Woche später erreichten Boten des Großkönigs das kemitische Heer und unterbreiteten Sethos einen Vertrag im gegenseitigen Einvernehmen. Nach diesem Dokument, das in Keilschrift verfasst worden war, sollten Kadesch und die Provinz Amurru wieder dem hethitischen Einflussbereich zugeordnet werden, wohingegen die phönizischen Häfen der Oberhoheit Kemis unterstellt blieben.

Sethos war mit diesem Angebot zufrieden, hatte er doch genau darauf spekuliert. Die Einnahme von Kadesch war nur eine Provokation gewesen, um Muwatalli aus der Reserve zu locken. Sethos hatte vermutet, dass der hethitische Großkönig das Geschrei seiner Generäle zugunsten der Sicherheit seines Landes ignorieren und sich bei der Wahl zwischen Kadesch und den phönizischen Häfen für den Handelsknotenpunkt entscheiden würde. Und er hatte sich nicht getäuscht. Er gelobte, dass er und seine Nachfolger sich an die Abmachungen halten würden, und kehrte im Triumph nach Memphis zurück.

9. Kapitel

Den Dieben auf der Spur

Paser hatte von seinem Vorgänger nicht nur das höchste Amt neben jenem des Vizekönigs von Kusch und dem seines Amtskollegen aus dem Norden geerbt. Auf seinen Schultern lastete auch die schwierige Aufgabe, denjenigen ausfindig zu machen, der für den dreisten Diebstahl acht Jahre zuvor im Tempel von Opet-sut verantwortlich war. Zusammen mit seinem Vater, der als Hohepriester des Amun-Re dem Tempel vorstand, hatte er jedes kleine Steinchen umgedreht, mehrfach sogar, doch bis zum heutigen Tag konnte er dem Pharao die Schuldigen nicht präsentieren. Deshalb hatte Sethos ihn auch beauftragt, in der Zeit, in welcher er den Feldzug durchführte, endlich Licht in das Dunkel zu bringen. Und das hatte Paser auch vor.

Nach dem Abzug der Truppen begab er sich umgehend nach Theben und richtete sich auf seinem Anwesen und in den dortigen Diensträumen für einen längeren Aufenthalt ein. Er beriet sich mit seinem Vater zur weiteren Vorgehensweise und ließ sich von ihm auf den neuesten Stand der Ermittlungen bringen, denn auch Nebnetjeru war seit Jahren den Tätern auf der Spur, ohne ihrer habhaft geworden zu sein.

»Wir müssen dem König endlich Ergebnisse bringen«, sagte Paser. Er nahm die Perücke ab und legte sie vor sich auf den Arbeitstisch. Anschließend zog er ein Tuch aus einer versteckten Tasche seines Wesirgewandes heraus und wischte sich damit über den kahl geschorenen Kopf. »Diese Wärme«, stöhnte er. »Ich bin das überhaupt nicht mehr gewöhnt, da ich mich nur noch im Norden aufhalte.« Er prustete und schüttelte den Kopf.

Sein Vater hingegen schmunzelte. »Möchtest du eine Erfrischung?« Er nickte in Richtung eines kleinen Tisches, auf dem zwei Krüge und mehrere saubere Becher standen.

»Ja, ein Schluck Bier wäre nicht schlecht.« Paser erhob sich und hielt auf das Tischchen zu. »Möchtest du auch?«

Nebnetjeru bejahte. »Für mich aber bitte nur etwas Wasser«, antwortete er. »Unser gestriger Willkommenstrunk vernebelt mir noch immer mein Herz.« Er kicherte. »Ich werde wohl allmählich alt. Früher hat mir eine durchzechte Nacht nichts ausgemacht. Und dabei war es gestern noch nicht einmal weit nach Mitternacht, als ich ins Bett gegangen bin.«

Paser kam mit den beiden Bechern in der Hand an den Arbeitstisch seines Vaters zurück. »Wir werden alle nicht jünger«, meinte er und reichte Nebnetjeru das Wasser. Er selbst trank noch im Stehen sein Bier bis zur Neige und setzte sich erst dann auf seinen Platz. »Es kann unmöglich sein, dass wir des dreisten Diebes nicht habhaft werden«, nahm er die Unterredung zerknirscht wieder auf.

»Ich fürchte, es wird sich nicht nur um einen Räuber handeln«, warf sein Vater ein und drehte den Becher in seiner beringten Rechten.

»Da stimme ich dir zu. Doch wie schaffen sie es, dass wir nicht herausfinden, wer sie sind?«

»Das ist mir ein Rätsel«, antwortete Nebnetjeru und seufzte leise. »Wir haben inzwischen alle, und ich meine wirklich alle Bediensteten des Tempels streng verhört, sowohl du als auch ich – angefangen beim niedersten Leibeigenen, der den heiligen Bezirk betreten darf, bis hoch zum Zweiten Propheten, welcher als Schatzmeister und Domänenverwalter über die Reichtümer des Gottes und seiner Ländereien wacht. Und was ist dabei herausgekommen? – Nichts! Vielleicht liegt die Tat schon zu lange zurück. Die Verantwortlichen hätten vor acht Jahren erfolgreich sein müssen.«

Paser kräuselte bedenklich die Stirn. »Dir ist bewusst, Vater, dass du gerade Sethos' Vater unterstellst, nicht alles daran gesetzt zu haben, um den oder die Schuldigen zu finden.« Er schmunzelte, als Nebnetjeru nach Luft rang und abwehrend die Hände hob. »Zumindest stehst jetzt du mir als Hohepriester hilfreich zur Seite, was man von deinem Vorgänger nicht gerade behaupten konnte, wie mir zu Ohren kam. Das wird sicher auch ein Grund gewesen sein, dass es zu keiner Aufklärung des Diebstahls kam.« Er griff nach seiner Perücke und setzte sie sich wieder auf. »Auch wenn es mühselig ist, Vater. Wir müssen einfach noch einmal von vorne beginnen. Dabei sollten wir uns die Frage stellen, wer Zutritt zum Schatzhaus des Gottes hat.«

»Der Zweite Prophet, dessen Gehilfen und Schreiber«, antwortete Nebnetjeru. »Auch sie wurden bereits unzählige Male verhört.«

»Dann verhören wir sie erneut. Ich werde dieses Mal nicht eher ruhen oder Theben verlassen, bis ich der Verantwortlichen habhaft geworden bin.« Entschlossen stand Paser auf und strich die Falten aus seinem langen Wesirgewand, das vom Ansatz der Brust bis zu den Knöcheln reichte und mit einem Träger um den Hals gehalten wurde. Dann griff er nach seinem Amtsstab und sah seinem Vater fest in die Augen. »Wir fangen mit den Verhören noch heute Nachmittag an.«

In den folgenden zwei Monaten tat sich nichts. Wie die Male zuvor, konnten weder Paser noch Nebnetjeru die Spur der Räuber aufnehmen. Den entscheidenden Hinweis erhielt Paser schließlich von einem der Unteraufseher der Steinmetze, die im Dienste des Gottes und Seiner Majestät ihre Arbeiten am prächtigen Säulensaal versahen. Der Name des Mannes war Nebnefer.

»Was hast du gehört?«, wollte Paser wissen. Sein Blick richtete sich fest auf Nebnefer.

Betroffen seufzte dieser und wich beschämt seinem Blick aus. »Es war wirklich nicht meine Absicht, die beiden Würdenträger zu belauschen, Tjati. Es war einfach nur ein dummer Zufall, dass ich mich genau auf der anderen Seite der Mauer befand. Ich bin weder neugierig noch spioniere ich anderen Leuten hinterher. Das darfst du mir glauben, Hoher Herr.«

»Das glaube ich dir auch, doch nun komm endlich zur Sache: Wer sind die beiden? Worüber haben sie geredet?« Erwartungsvoll ruhte nicht nur Pasers Blick auf dem Mann Mitte dreißig, der in einem staubigen Schurz und mit Kalkstaub auf dem Oberkörper und dem Gesicht vor ihnen stand. Auch Setau, der die Befragung protokollierte, sah Nebnefer neugierig an.

»Siptah, der Oberaufseher der Steinmetze, Tjati, und Sobekemhab, der Oberschreiber im Schatzhaus des Gottes.«

Paser riss bestürzt die Augen auf und schluckte schwer. Er hätte mit fast allem gerechnet, nicht aber, dass zwei so hochrangige Beamte in den Diebstahl verwickelt sind. »Wurden weitere Namen erwähnt?«

Nebnefer schüttelte den Kopf und wischte sich seine schweißnassen Hände an seinem Schurz ab, sodass sie eine Spur auf dem verstaubten Kleidungsstück hinterließen. »Nein, mein Herr.« Bildhaft ausgeschmückt und immer wieder betonend, dass es nicht seine Absicht gewesen sei, zwei Männer bei ihrer Unterhaltung zu belauschen, berichtete Nebnefer von jenem Tag, an dem er sein Mittagessen im Schatten jenes Mäuerchens zu sich nehmen wollte und dabei Ohrenzeuge der Unterhaltung geworden war.

Paser war entsetzt. »Heißt das, es gab mehr als nur diesen einen Diebstahl in Opet-sut?«

»Das weiß ich nicht, Tjati. Es hörte sich aber so an.«

In Paser kochte die blanke Wut hoch. »Und warum hast du so lange geschwiegen? Seit Monaten weißt du darüber Bescheid, im Gegenteil, du hattest sogar Kenntnis darüber, dass der Gott erneut bestohlen werden sollte, und hast nicht den Mund aufgemacht! Es wäre deine Pflicht gewesen, dein Wissen sofort an die entsprechenden Stellen weiterzugeben, doch was hast du getan? Du hast die Untersuchungen behindert.«

»Vergib mir, Tjati!«, winselte Nebnefer und fiel vor dem Wesir auf die Knie. »Meine liebe Frau war hochschwanger und erwartete unser zweites Kind. Was sollte ich denn tun? Hätte ich riskieren sollen, dass ich womöglich mein Leben verliere, wenn die Diebe davon erführen? Sollte ich riskieren, meine Frau, meinen Sohn und das ungeborene Kind in ihrem Leib einem ungewissen Schicksal zu überlassen?« Verzweifelt hob Nebnefer den Kopf und blickte flehend zu Paser auf. »Bitte, Tjati, du musst mich verstehen. Ich hatte furchtbare Angst! An wen hätte ich mich wenden sollen? Wenn so hochrangige Diener des Gottes in solch unredliche Geschäfte verwickelt sind, wem konnte ich noch trauen?«

»Genug lamentiert!«, unterbrach Paser barsch den Redefluss des Mannes. »Du hättest dich an mich, an den Hohepriester oder an den Nomarchen wenden können. Oder dachtest du ernsthaft, dass auch wir an einem solch schändlichen Verbrechen beteiligt sind?«

Rasch schüttelte Nebnefer den Kopf. »Natürlich nicht, Tjati, aber ...«

»Nichts aber!«, fuhr Paser aufgebracht dazwischen. »Ich werde die Tatsache nicht unter den Tisch kehren können, dass du nicht gemeldet hast, was du hörtest, dass du schweigend und tatenlos zugelassen hast, dass der Große Gott Amun-Re in seinem eigenen Hause wieder und wieder bestohlen wird. Auch du wirst dich zu verantworten haben. Du kannst jedoch die Konsequenzen für dein Handeln abmildern, indem du mir dabei behilflich bist, die Diebe dingfest zu machen. Also sage mir, wann genau hast du das Gespräch belauscht?«

Fahrig kratzte sich Nebnefer am Kinn und sann über den Zeitpunkt nach. »Das muss inzwischen drei oder vier Monate her sein, Tjati.« Seine Stimme zitterte. Die Androhung von Strafe machte ihm Angst. Dann zogen sich mit einem Mal seine Augenbrauen grübelnd zusammen. »Warte, Herr, jetzt fällt es mir wieder ein. Es war am vierzehnten Tag des *Mesori*, also vor zweieinhalb Monaten.« Er lächelte Paser erleichtert an. »Ich entsinne mich so genau an dieses Datum, weil meine liebe Merit an diesem Tag den Tag ihrer Geburt feiert. Ihre Mutter besuchte uns wie jedes Jahr, und es war für mich alles andere als angenehm.« Entschuldigend zuckte er mit den Schultern. »Du musst wissen, Tjati, ich war den gesamten Abend und auch noch die kommenden Tage ob des Vorfalls völlig zerstreut und unaufmerksam. Ich vergaß dieses, ich vergaß jenes. Zudem beteiligte ich mich nur einsilbig an den Unterhaltungen und brachte Merits Mutter nicht die nötige Aufmerksamkeit entgegen ... Nun ja, Tjati, auf jeden Fall hielt mir das ihre Mutter über die gesamte Dauer ihres Besuches vor.«

Paser nickte verstehend, und für einen kurzen Moment nahmen seine Gesichtszüge einen zugleich verständnisvollen als auch mitleidigen Ausdruck an. Dann wurde seine Miene wieder verschlossen und ernst. »Ist dir sonst noch etwas aufgefallen? Hast du im Nachhinein oder aufgrund deines Wissens Unregelmäßigkeiten beobachten können?«

Nebnefer verneinte sofort. »Ich habe mich in der Folgezeit

tunlichst von Siptah ferngehalten, weil ich fürchtete, er würde merken, dass ich von seinem Vergehen weiß. Mit Sobekemhab habe ich nichts zu tun. Ich habe den Oberschreiber seit jenem Tag weder gehört noch gesehen.« Er seufzte verzagt. »Hoher Herr, es tut mir aufrichtig leid, dass ich nicht schon eher den Mut aufbringen konnte, darüber zu reden«, versicherte er zum wiederholten Mal und senkte beschämt den Kopf.

Paser ging nicht darauf ein. »Wenn dir noch etwas einfällt, teile es mir mit.« Mit einer knappen Handbewegung entließ er ihn.

Nachdem Nebnefer das Arbeitszimmer verlassen hatte, sah Paser zu Setau, der ihm zu Füßen saß und zu ihm aufblickte. »Fertige mir sofort eine Abschrift von dem Verhör an und bringe sie mir! Das Original kommt zu den anderen ins Archiv.«

Setau nickte, sammelte seine Schreibutensilien zusammen und eilte aus dem Raum, um sich an die Arbeit zu machen.

Paser hingegen erhob sich von seinem Stuhl und wanderte nachdenklich im Zimmer auf und ab. Er hätte es nie für möglich gehalten, dass sich der Hauptverdächtige unter den Würdenträgern des Tempels befand und dass es sich nicht nur um den einen Raub, sondern um eine ganze Diebesserie handelte. In was für schlimmen Zeiten lebte er bloß, wenn sich selbst ein Oberschreiber und ein Oberaufseher an den Reichtümern des Gottes vergriffen, dem sie eigentlich ehrlich und aufrichtig dienen sollten? Bekümmert schüttelte er den Kopf.

Er selbst war der Spross einer einflussreichen Familie, die ursprünglich aus dem Norden stammte, seit Jahren aber in der südlichen Königsstadt lebte. Keiner von ihnen hatte sich jemals gegen die Götter oder den Pharao vergangen. Stets hatten sie dem Sohn des Re treu und ergeben gedient, und ihre Treue und Loyalität war belohnt worden. Nebnetjeru bekleidete bereits hohe Ämter, bevor ihn Sethos in das Amt des Hohepriesters von Theben und Ersten Propheten des Amun-Re berief, und Pasers Mutter zählte inzwischen zu den angesehensten Priesterinnen im Tempel der Göttin Mut.

Es klopfte, und Setau erschien wieder im Zimmer und reichte ihm die Abschrift des Verhörs.

»Veranlasse, dass sowohl Siptah als auch Sobekemhab umgehend festgenommen werden«, wies Paser ihn an. »Und lass Nebnefer überprüfen. Ich will nicht, dass er den Unschuldigen mimt und womöglich in die Diebstähle verwickelt ist. Anschließend kannst du Feierabend machen. Ich benötige deine Dienste am heutigen Tag nicht mehr.«

Damit war Setau entlassen. Der junge Mann verneigte und entfernte sich, während Paser zu seinem Vater ging, um ihm vom Verhör des Unteraufsehers zu berichten.

Am folgenden Morgen wurden beide Verdächtige verhaftet und unter Zuhilfenahme des Stockes verhört. Während Siptah recht schnell bereit war, seine Taten einzugestehen sowie seine Helfershelfer namentlich zu benennen, wies Sobekemhab jegliche Beteiligung entschieden von sich.

»Was fällt dir ein, mir ein solches Verbrechen zu unterstellen?«, empörte er sich. »Ich bin ein angesehener Beamter in den Diensten des Gottes. Ich habe alles, was ich benötige. Mir steht nicht der Sinn nach mehr. Welche Beweise liegen dir überhaupt für eine Schuld meinerseits vor?«

»Die Aussage eines Zeugen, der dich und Siptah bei der Planung eines weiteren Raubzuges Ende des vergangenen Jahres belauscht hat«, antwortete Paser. Er blieb völlig ruhig, obwohl Sobekemhabs Reden provokant klangen.

»Verleumdung!«, spie Sobekemhab ihm förmlich vor die Füße und erntete dafür einen Hieb mit der Gerte. »Solltest du irgendeinen Beweis finden, einen handgreiflichen, nicht die zwielichtige Aussage eines namenlosen Jemands, der angeblich irgendetwas gehört haben will, dann lege ihn mir vor. Anderenfalls kannst du mir keinerlei Beteiligung an solch verabscheuungswürdigen Dingen unterstellen, Tjati. Also setze bis dahin die Festnahme aus.«

»Du schreibst mir nicht vor, wann ich wen festnehme und ins Gefängnis werfe, Sobekemhab!«, zischte Paser erzürnt. Jetzt war das Maß voll. »Während wir hier reden, werden dein Anwesen sowie deine Amtsräume durchsucht. Sollte sich auch nur der kleinste Hinweis darauf finden, der mich an deiner Unschuld zweifeln lässt, stelle ich dich vor ein Gericht.« Er musterte den Schreiber mit finsterer Miene. Seine Androhung schien bei Sobekemhab keinerlei Wirkung zu zeigen. Also fügte er hinzu:

»Übrigens hat dein Kumpan Siptah deine Beteiligung bereits beschworen.«

»Infame Lüge!«, tobte Sobekemhab. »Wie sollte er, da ich an nichts beteiligt war.«

Der Medjai hob erneut seinen Stock, doch Paser schüttelte knapp den Kopf und erteilte den Befehl, Sobekemhab zurück in seine Zelle zu bringen. Er selbst begab sich in seine Amtsräume und wartete gespannt auf die Rückkehr der Medjai, die mit der Durchsuchung von sowohl Sobekemhabs als auch Siptahs Anwesen beauftragt worden waren. Er musste sich gedulden. Erst als Res Barke sich Nuts Rachen näherte und der Horizont sich glutrot verfärbte, kamen die Männer zurück.

»Hoher Herr, ehrenwerter Tjati«, begann der Medjaihauptmann seinen Bericht, »meine Männer haben sowohl in den Häuser und auf den dazugehörigen Grundstücken als auch in den Amtsräume beider Verhafteten das Unterste zuoberst gekehrt. Dabei fanden sie auf dem Anwesen des Siptah in einem der Lagerräume eine versteckte Falltür. Sie befand sich unter einer schweren Truhe und führte in ein weiteres Kellergeschoss. Bis unter die Decke stapelte sich dort Diebesgut: Ballen des edelsten Leinens, goldene und kupferne Vasen, Teller und Krüge, Gefäße mit Salben und Weihrauch, aber auch Götterstatuen aus dem Schatzhaus des Tempels waren dabei. Bei Sobekemhab verlief die Suche leider erfolglos, Tjati. Nichts konnte sichergestellt werden, das aus dem Schatzhaus des Tempels kommt. Es fand sich nur eine große Menge an Deben aus Kupfer, Silber und Gold.«

»Deren Herkunft genau geprüft werden muss, denn Sobekemhab ist kein armer Mann«, ergänzte Paser und rieb sich das Kinn.

Anscheinend gestaltete sich die Klärung der Schuldfrage des Oberschreibers als weitaus schwieriger, als er angenommen hatte. Sobekemhab war nicht so dumm gewesen und hatte in seinem Haus Diebesgut versteckt. Er seufzte, doch ein Anfang war gemacht. Zuversichtlich straffte er den Rücken und blickte dem Medjaihauptmann fest in die Augen.

»Dann bleibt mir wohl nichts anderes übrig, als Sobekemhabs Zunge durch Züchtigung zu lockern. Zudem müssen die

Komplizen verhört werden, deren Namen uns Siptah verraten hat. Wenn auch sie Sobekemhabs Beteiligung bestätigen, gilt sie für mich als erwiesen. Immerhin habe ich auch noch Nebnefers Aussage, der die beiden belauscht hat.« Er machte eine Pause und musterte den Medjai. »Wusstest du eigentlich, dass auch einer deiner Kameraden in die Diebstähle verwickelt ist?«

Der Mann nubischer Abstammung wurde trotz seiner dunklen Hautfarbe sichtlich blass. Betroffen schluckte er. »Nein, Tjati, das war mir nicht bekannt.«

Paser nickte wissend. »Von Siptah habe ich erfahren, dass neben Sobekemhab ein mit dem Oberaufseher verwandter Medjaihauptmann, dessen Namen ich vorerst unerwähnt lassen möchte, weil er noch nicht festgenommen werden konnte, zu den Übeltätern gehört. Du siehst, niemanden schützt sein ehrenvolles Amt davor, eine Torheit, nein ein Verbrechen zu begehen.« Er gab dem Mann zu verstehen, dass die Unterredung beendet war.

Nachdem der Medjai das Amtszimmer verlassen hatte, lehnte Paser sich zufrieden zurück und verschränkte die Hände hinter dem Kopf. Es war geschafft. Selbst wenn Sobekemhab noch nicht geständig war und die restlichen Übeltäter noch nicht alle verhaftet; er verbuchte für sich einen großen Erfolg. Endlich konnte er dem Pharao berichten, dass der Diebstahl im Tempel des Amun-Re von vor acht Jahren, aus dem nun mehrere geworden waren, aufgeklärt werden konnte.

10. Kapitel

Die folgenden zwei Jahre

Regierungsjahr sieben und acht

Das siegreiche Heer erreichte Mitte *Phamenoth*, dem dritten Monat in der Jahreszeit der Aussaat, Memphis. Sethos hatte kaum seine Regierungsgeschäfte wieder aufgenommen, als ihm auch schon Wesir Paser gemeldet wurde.

»Was kann ich für dich tun, Tjati?«, begrüßte er ihn und sah ihn mit in die Höhe gezogenen Augenbrauen kritisch an. Es musste etwas vorgefallen sein, wenn der Wesir sich vorfristig bei ihm sehen ließ. Immerhin hatte er für den kommenden Morgen eine Berichterstattung seiner höchsten Beamten anberaumt. Was war geschehen, das nicht noch eine Nacht warten konnte?

Paser verneigte sich ergeben. »Majestät, bevor ich zu meinem eigentlichen Anliegen komme, möchte ich dir zu deinen Erfolgen während des Feldzuges gratulieren. Ein genialer Streich, den du dem Hethiterkönig gespielt hast.« Er schmunzelte verschmitzt. »Ihn zu reizen und ihm dann die Wahl zwischen Kadesch und den Hafenstädten zu überlassen, war zwar gewagt, doch das Risiko hat sich gelohnt.«

Sethos erwiderte das Grinsen. »Ganz unter uns, Tjati. Ich habe darauf vertraut, dass Muwatalli nicht auf das Kriegsgeschrei seiner Generäle hört. Er ist ein umsichtiger Herrscher. Das Wohl Hattis liegt ihm am Herzen. Zudem hat er wahrscheinlich geahnt, dass mein Vorstoß nur eine Finte war, und er hat sich auf sie eingelassen. Weder er noch ich haben das Gesicht verloren; wir beide haben aber gewonnen – er durch den Vertrag das Recht auf Kadesch, ich hingegen behalte den Zugang zum Großen Grün.«

Er sah hinab auf seinen Schreiber, der teilnahmslos auf seinen Papyrus starrte. Viel stand noch nicht drauf. Das Eingeständnis des Pharaos, welches er seinem Wesir soeben im Vertrauen gemacht hatte, gehörte nicht unbedingt zu den Dingen, die für die Ewigkeit festgehalten werden mussten. In den Augen seiner Untertanen war und blieb Sethos ein Held.

»Was kann ich nun für dich tun, Paser, oder gibt es Dinge, die nicht für die Ohren meines Schreibers geeignet sind?«

Paser schüttelte den Kopf und setzte eine feierliche Miene auf. »Majestät, ich bin überglücklich, dir mitteilen zu dürfen, dass der Diebstahl von Götterfiguren im Tempel von Opet-sut aufgeklärt wurde. Die Verantwortlichen sind ermittelt und verurteilt.« Er sah kurz zu Sethos, dessen Miene sich zufrieden erhellte, bei seinen folgenden Worten aber bedrohlich verdüsterte. »Mit Betrübnis erfüllt mich allerdings«, fuhr Paser fort, »dich darüber in Kenntnis setzen zu müssen, es ist nicht bei dem einen Raubzug geblieben. Der Gott wurde in regelmäßigen Abständen um seine Schätze erleichtert.«

»Was sagst du da?« Sethos' Gesichtszüge erstarrten förmlich, während sich zwischen seinen Augenbrauen eine Falte bildete, deren Tiefe Paser noch nie zuvor bei ihm gesehen hatte. »Wer sind die dreisten Diebe, die es gewagt haben, den König der Götter zu bestehlen?«, presste er zwischen zusammengebissenen Zähnen hervor und beugte sich Paser zu, als ob er dann schneller die Namen der Missetäter erführe.

Unmerklich duckte sich der Wesir. »Es handelt sich um die beiden Haupttäter Sobekemhab und Siptah. Siptah ist oder besser war Oberaufseher der Steinmetze und arbeitete für Amun am entstehenden Säulensaal. Sobekemhab bekleidete das Amt des Oberschreibers im Schatzhaus des Gottes. Ihnen geholfen haben ein Medjaihauptmann der Stadt Theben sowie ein weiterer Tempelschreiber und ein paar der am Bau beteiligten Handwerker. Sie alle wurden verhaftet und verhört, gestanden ihre Missetaten und wurden vor ein Gericht gestellt, bei dem ich den Vorsitz führte. Ihr Urteil lautet Strafarbeit in den Minen der östlichen Wüste. Ich hoffe, dass du mit diesem Urteil zufrieden bist, Majestät.« Fragend sah Paser zu Sethos, der keine Miene verzog. »Ich dachte mir«, fuhr er fort, »dass die Räuber bis an ihr Lebensende jenes Metall aus dem harten Gestein schlagen sollten, welches sie zuvor in Versuchung brachte, zu stehlen. Ich schätze, jedem Verurteilten wird bewusst sein, dass dieses Urteil sein Todesurteil bedeutet. Sie werden die Minen nie wieder lebend verlassen, Majestät.« Er hatte geendet und erwartete Sethos' Urteil.

Schweigend musterte Sethos ihn. Dabei war sein Körper angespannt, beinahe wie zum Sprung bereit. Zorn und Zufriedenheit hielten sich die Waage.

»Gut gemacht, Tjati. Dennoch bin ich geschockt und erzürnt, dass es sich nicht nur um einen Raubzug gehandelt haben soll. Und das ist in all den Jahren niemandem aufgefallen?« Sethos' Stimme klang wie das Brüllen eines Löwen. Die Wut stand ihm deutlich ins Gesicht geschrieben und hielt sein Herz in ehernem Griff. Automatisch fuhr er sich mit der rechten Hand über die Brust und massierte sie.

»Nein, Majestät«, versuchte Paser ihn zu besänftigen, »doch wenn der Oberschreiber des Schatzhauses darin verwickelt war, sollte das auch nicht verwunderlich sein. Sobekemhab hat dafür gesorgt, dass in den Unterlagen alles seine Richtigkeit hat. Immerhin gibt es niemanden, der ihn und seine Arbeit überprüft.«

»Weiß dein Vater über alles Bescheid?«

»Ja, Majestät. Er ist über alles informiert und hat noch während meiner Anwesenheit eine Prüfung durchführen lassen.«

»Mit welchem Ergebnis?«

Verlegen zog Paser den Kopf ein und errötete. »Die Bestandslisten waren von hinten bis vorn gefälscht. Nachdem die geraubten Schätze wieder dem Gott zurückgegeben wurden, sah es schon bedeutend besser aus. Dennoch fehlt noch sehr viel. Sobekemhab hat entweder alles Gold und Silber einschmelzen lassen oder er hat ein Versteck, welches wir noch nicht ausfindig machen konnten. Bei allen anderen wurde die Beute aus den Raubzügen sichergestellt und dem Gott wieder zugeführt. Das trifft auch auf die sonstigen Besitztümer der Verurteilten zu. Ihren Familien wurde so viel überlassen, dass sie nicht Hungers sterben. Sie wurden von den Anwesen und aus ihren Häusern gejagt und der Stadt Theben auf Lebenszeit verwiesen.«

Sethos atmete zwar noch immer schwer; er schien sich aber allmählich zu beruhigen. Nachdenklich kräuselte er seine Stirn. »Ich entsinne mich gerade, dass vor acht oder neun Jahren in einer verlassenen Gegend im Stadtgebiet von Theben diverse

Statuen, Halsketten und Kragen gefunden wurden. Sie befanden sich im Obergeschoss eines baufälligen Hauses. Wenn ich mich recht erinnere, wurde sogar dein Schreiberlehrling mit einer dieser Statuetten auf dem Markt von einem Medjai festgenommen. Nur meinem Vater hat Setau es zu verdanken, dass er nicht wie ein gemeiner Dieb im Gefängnis gelandet ist.«

»Das war mir nicht bekannt«, gestand Paser ehrlich ein. »Du meinst also, ich sollte die Medjai in verlassenen Hausruinen nach dem Diebesgut suchen lassen?«

»Einen Versuch wäre es schon wert. Es gibt in der südlichen Königsstadt so einige Viertel, die unbewohnt und inzwischen auch unbewohnbar sind.«

Zustimmend nickte Paser. »Wie du wünschst, Majestät.« Er deutete eine Verneigung an. »Allerdings hege ich die Befürchtung, dass Sobekemhab alle metallischen Wertgegenstände einschmelzen ließ oder sie vor seiner Festnahme gegen andere Güter eingetauscht hat. Da er sehr wohlhabend war, lässt sich das schwer überprüfen. Dennoch, einen Versuch ist es wert.«

»Das denke ich auch.« Sethos lehnte sich wieder entspannt zurück und faltete die Hände im Schoß. »Wie ist es dir eigentlich geglückt, endlich Licht in diese verzwickte Sache zu bringen? Immerhin haben sich vor dir andere die Zähne daran ausgebissen. Mein verehrter Vater übrigens auch.« Er bedeutete Paser, der noch immer wie ein Bittsteller vor seinem Schreibtisch stand, sich zu setzen. Es handelte sich nicht um eine öffentliche Audienz.

»Während meiner Befragungen ...«, begann Paser und zog sich einen Stuhl heran, auf dem er sich niederließ. Dann berichtete er von seinem Zusammentreffen mit dem Unteraufseher Nebnefer und von dessen Geständnis, zwei der Diebe belauscht zu haben. »Aufgrund seines Fehlverhaltens und weil er wissentlich Verbrecher nicht gemeldet hat«, schloss er seine Ausführungen, »wurde er durch mich degradiert. Er darf sich jetzt wieder zu seinen früheren Untergebenen gesellen und fleißig den Hammer schwingen.«

»Gut gemacht, Paser. Ich danke dir.« Mit einer Handbewegung war der Wesir entlassen.

***

Ramses war froh, seine beiden Gemahlinnen gesund in die Arme schließen zu dürfen. Nefertaris Bauch war so angeschwollen, dass sie regelrecht unförmig aussah, als sie ihm entgegentrat. Es war unschwer zu übersehen, dass sich der Tag ihrer Niederkunft näherte. Auch Isisnofret freute sich, ihn wiederzusehen. Auf dem Arm trug sie ihre gemeinsame Tochter, die ihn neugierig musterte, sich aber in den Haaren ihrer Mutter vergrub, als er die Hand nach ihr ausstreckte, um ihr die Wange zu tätscheln.

»Wie sie gewachsen ist«, stellte er staunend fest. »Kann sie schon laufen und sprechen?«

Isisnofret lachte auf. »Man merkt, dass du ein Mann bist, Ramses. Bintanat ist noch nicht einmal ein halbes Jahr alt. Wie sollte sie da sprechen und laufen können. Ich bin schon glücklich, dass sie inzwischen zu sitzen beginnt. Alles andere wird noch eine ganze Weile dauern.«

»Gib sie mir, ich möchte sie halten.« Ramses streckte verlangend die Arme nach seiner Erstgeborenen aus und drückte sie sanft an seine Brust. Bintanat gefiel das überhaupt nicht. Sie riss ihren Mund weit auf und begann, jämmerlich zu weinen. Dabei präsentierte sie ihrem stolzen Vater ihr erstes Zähnchen.

Ende des Monats war es dann auch bei Nefertari soweit. Die Geburtswehen setzten ein, und sie gebar Ramses einen gesunden Sohn, den sie Amuni nannte. Auch zwei seiner Nebenfrauen brachten kurz hintereinander gesunde Kinder zur Welt; eine von ihnen sogar einen Tag früher als Nefertari. Die überaus stolze Mutter war Tetischeri. Ihr Sohn kam einen Monat zu früh zur Welt, sodass er damit sogar der erste männliche Nachkomme war, der Ramses' Lenden entstammte.

Fortan bildete Tetischeri sich ein, ihrem Ra stände auch die entsprechende Aufmerksamkeit zu, und natürlich ihr, seiner Mutter. Ramses sah es anders. Er hatte weder vor, Tetischeris Sohn irgendwann zu seinem Nachfolger zu ernennen noch Tetischeri in den Stand einer Hauptfrau zu erheben. Für ihn war und blieb der Sohn seiner geliebten Nefertari der erste männliche Spross. Er war gesund und kräftig, was Ramses nicht unbedingt von Tetischeris Nachwuchs behaupten konnte. Nach seinem Dafürhalten schien irgendetwas mit dem Jungen nicht zu stimmen. Ra erinnerte ihn mehr an ein Äffchen denn an ein Menschenkind. Isisnofret bestätigte ihm das, nachdem sie, auf Ramses' Bitte hin, Tetischeri einen Höflichkeitsbesuch abgestattet hatte. Ramses wusste, dass er auch dieses Kind, egal ob gesund oder nicht, gernhaben würde, mehr aber nicht. Einzig den Söhnen von Nefertari und Isisnofret stand eine Rangfolge zum späteren Thronerben zu – eine Entscheidung, die Tetischeri verbitterte und ihr zusätzlich den Hohn von Naunachte und Tawit einbrachte.

Als Isisnofret schließlich zweieinhalb Monate nach Ramses' Rückkehr verkündete, sie sei erneut von ihm schwanger, schwoll Ramses vor Stolz die Brust. Immerhin bestand die Möglichkeit, dass sie den nächsten männlichen Stammhalter unter ihrem Herzen trug.

Viel Zeit verblieb Ramses nicht, sich seiner beständig wachsenden Familie zu widmen. Sethos kümmerte sich in der Folgezeit wieder verstärkt um seine Bauvorhaben und ließ ihn tatkräftig daran teilhaben. Er sandte Ramses nach Sunu, um das Herausschlagen zweier Sitzstatuen zu überwachen. Sie waren für Sethos' Heimatstadt Hut-waret bestimmt, wo seine Familie einen bescheidenen Sommerpalast besaß. Es gab allerdings noch einen weiteren Grund, die verfemte Stadt der Hyksos zu verschönern. Über diesen schwieg Sethos sich aber noch aus. Sein Vater hatte bereits mit diesem Gedanken gespielt. Er hingegen sah bisher keinen Grund, Ramses oder jemanden anderen in diese visionären Pläne einzuweihen. Die Stadt des Seth sollte zu einer prachtvollen Residenz im Delta ausgebaut werden; irgendwann sollte sie einmal das Kronjuwel, die neue Hauptstadt der Beiden Länder sein.

Leider musste dieses Vorhaben erst einmal ruhen, denn Sethos erhielt beunruhigende Meldungen aus dem Land Kusch, einem Gebiet jenseits des dritten Katarakts. Sofort begab er sich mit seinen Truppen nach Süden, und innerhalb von nur einem Monat hatte er das Aufbegehren der Stammeshäuptlinge im Keim erstickt und Hunderte von Gefangenen gemacht.

Während dieser Strafmission erschien Sethos eines Nachts der Gott Osiris im Traum. Er befahl ihm, neben seinem in Abydos im Bau befindlichen Tempel der Millionen Jahre ein Grab zu seinen Ehren zu errichten. Es war ein erhebender Traum. Immerhin kam es recht selten vor, dass sich ein Gott dazu herabließ, einem Sterblichen zu erscheinen und zu ihm zu sprechen. Am darauffolgenden Morgen diktierte Sethos deshalb seinem Schreiber dieses Vorkommnis sowie die genauen Anweisungen, die Osiris ihm in seinem Traum gegeben hatte. Sie sollten an Ort und Stelle in Stein gemeißelt werden, damit sie niemals in Vergessenheit gerieten.

»Wenn du mir erlaubst, anzumerken, Majestät: Welche Ehre wurde dir zuteil!« Zutiefst ergriffen neigte sein Oberschreiber den Kopf, nachdem er Sethos' Worte aufgezeichnet hatte. »Osiris selbst zeichnet dich aus, indem du ihm zu Ehren ein Bauwerk errichten darfst, und er gibt dir sogar die genauen Anweisungen dafür.«

»In der Tat, ich fühle mich geehrt«, erwiderte Sethos. »Trotzdem muss alles genau durchdacht und geplant werden. Ich will nichts dem Zufall überlassen, denn Abydos ist ein altehrwürdiger Flecken Erde.«

Sein Oberschreiber stimmte ihm zu.

Abydos war schon unter den allerersten Pharaonen zu einem der bedeutendsten Kultplätze aufgestiegen. Sie hatten das westliche Ufer zu ihrer königlichen Begräbnisstätte gemacht, denn dort ruhte der Kopf des Osiris. Der Boden galt somit als heilig. Nachdem die späteren Könige sich an anderen Plätzen beisetzen ließen, wurde es üblich, sich auf dem abydonischen Westufer ein Scheingrab anlegen zu lassen. Sethos tat es ebenfalls. Der Grundstein zu seinem Tempel der Millionen Jahre war bereits vor Jahren gelegt worden, und nun hatte Osiris ihm die Bauanweisungen für eine Anbetungsstätte zu seinen Ehren erteilt. Sethos durfte sich keinen Fehler erlauben.

Auf dem Weg zurück nach Kemi machte er sich Gedanken, wie er die gestellte Aufgabe umsetzen sollte. Es gab so viel zu beachten. Es war ein Unterfangen, das er nicht allein bewerkstelligen konnte, und so beschloss er, seinen baubegeisterten Sohn sowie seinen Baumeister in die Planung einzubeziehen.

Als er schließlich die Insel Abu erreichte, neigte sich der erste Monat in der Jahreszeit der Ernte gerade seinem Ende zu. Sethos schickte die Regimenter in ihre Kasernen zurück und blieb mit einer Handvoll seiner Getreuen und engsten Diener am ersten Katarakt, wo sich zu dieser Zeit sowohl Ramses als auch sein Oberbaumeister aufhielten.

»Osiris beauftragte mich«, erklärte Sethos den beiden Männern, »in Abydos ein Bauwerk zu seinen Ehren zu errichten. Es soll sich gleich neben meinem Haus der Millionen Jahre befinden. Es wird etwas ganz Besonderes sein, etwas, das seinesgleichen auf dieser Welt noch nicht hat.«

»Somit fällt eine Pyramide aus«, murmelte Ramses vor sich hin und errötete über seine Taktlosigkeit, seinem Vater ins Wort gefallen zu sein. Zudem gehörte der Pyramidenbau seit Jahrhunderten der Vergangenheit an.

Wortlos überging Sethos seinen Fehltritt und fuhr fort: »Wie ihr beide wisst, sollen in meinem Millionenjahrhaus nicht nur Osiris, Isis und Horus verehrt werden, das göttliche Dreigestirn, sondern auch die anderen drei bedeutenden Reichsgötter Amun-Re, Ptah und Re-Harachte sowie mein vergöttlichtes Ich. Osiris sprach nun vom Bau eines vom Urwasser umspülten Grabes. Er nannte es *Ach-men-maat-Re-en-Usir*. Nennen wir es kurz Osireion oder Osirisgrab.« Er sah von seinen gepflegten Händen auf und blickte in zwei verblüffte Gesichter. »Ich habe mir gedacht«, fuhr er fort, »da Osiris der Gott der Unterwelt und des Jenseits ist und es sich um ein Grab handelt, sollte dieses Bauwerk unterirdisch angelegt werden. Mir schwebt ein majestätischer Säulensaal vor, in seinem Mittelpunkt eine wie zum Anbeginn aller Zeiten vom Wasser des Nils umspülte Insel, auf welcher der Sarkophag des Gottes stehen wird und nach meinem Tod auch meiner für die Dauer einer Woche. So lautet Osiris' Wunsch.«

Aufmerksam blickte Sethos von seinem Sohn zu seinem Baumeister. Ramses konnte er anmerken, wie sich dieser bereits die Erhabenheit des Ortes vorzustellen versuchte, während die Miene des Architekten eher Nachdenklichkeit verriet als Begeisterung. Wahrscheinlich machte er sich Gedanken darüber, wie alles in der Praxis umzusetzen war.

»Ein kühnes Bauwerk, welches du dem Gotte weihen möchtest«, brach Ramses das Schweigen. Seine Augen leuchteten begeistert. »Ich denke, Osiris wird damit zufrieden sein.«

»Es muss nur genau geplant werden«, merkte der Oberbaumeister verhalten an. Die Skepsis in seiner Stimme war nicht zu überhören. »Ein unterirdischer Säulensaal stellt an die Beschaffenheit des Gebäudes eine Herausforderung dar. Immerhin lastet nicht nur die Decke auf den Säulen und Wänden, sondern auch noch das Erdreich, welches oberhalb aufgeschüttet werden muss.«

»Muss denn unbedingt Erde das Dach bedecken?«, fragte Ramses und kräuselte unwillig die Stirn. »Würde es nicht auch genügen, einfach die Deckenplatten ebenerdig abschließen zu lassen?«

»Das hängt davon ab, ob der Ort im Geheimen bleiben soll oder nicht«, antwortete der Architekt und sah fragend zu Sethos.

»Dazu hat sich Osiris nicht geäußert«, entgegnete dieser. »Ich merke aber, dass euch mein Vorschlag gefällt. Also werden wir auch eine Lösung finden, und damit beauftrage ich dich.« Sethos blickte seinem Obersten Architekten fest in die Augen. »Erstelle unverzüglich die Pläne für das Osirisgrab und lege sie mir schnellstmöglich vor, damit schon bald mit dem Bau in Abydos begonnen werden kann. Ich will, dass Tempel und Grab gleichzeitig fertig sind.«

Ergeben neigte der Oberste Baumeister den Rücken. »Wie du befiehlst, o großer Pharao.«

»Und wir«, richtete Sethos das Wort an seinen Sohn, »reisen in der Zwischenzeit nach Theben. Das Schöne Fest vom Wüstental steht kurz bevor.«

***

Mitte des zweiten Monats in der Jahreszeit *Schemu* war es dann so weit. Ramses und Sethos erreichten Theben, um an dem jährlich wiederkehrenden Fest zu Ehren der Verstorbenen mit der dazugehörigen Prozession teilzunehmen, die im Tempel von Opet-sut ihren Anfang nahm.

Die Statuen der göttlichen Triade – dem Götterkönig Amun-Re, dessen Gemahlin Mut und deren gemeinsamer Sohn Chons – wurden aus ihren Schreinen geholt, in tragbare Barkenschreine gestellt und hinunter zum Nil gebracht, wo bereits Schiffe auf sie warteten. Diese waren mit Gold und Edelsteinen kunstvoll verziert, die des Amun-Re zusätzlich mit Widderköpfen am Bug und am Heck geschmückt. Sethos schritt der Prozession voraus, junge Priester hinter ihm, die Barken des Gottes und seiner Familie auf Traggestellen geschultert. Ihnen folgten die vier Propheten. Begleitet wurde der Festzug von einer wie stets ausgelassen jubelnden Menschenmenge. Für das Volk stellte das Talfest neben dem Fest von Opet eines der Höhepunkte in Thebens gesellschaftlichem und religiösem Leben dar, wenn auch das Opetfest einen höheren Stellenwert genoss.

Nachdem die Barkenschreine den Anlegeplatz erreicht und auf den Schiffen platziert waren, löste sich die Menschenmenge auf. Die Leute ließen sich nun ebenfalls auf das westliche Ufer übersetzen, um den Verstorbenen zu huldigen. Die Götterbarken hingegen steuerten die Häuser der Millionen Jahre an und statteten den Heiligtümern und Schreinen anderer Gottheiten und der vergöttlichten Pharaonen auf dem Westufer Thebens einen kurzen Besuch ab.

Auch Sethos nutzte die Gelegenheit, seinem zu Osiris gegangenem Vater zu gedenken. Nachdem die Barken seinen zur Hälfte fertiggestellten Totentempel erreicht hatten und die Götterschreine in das Innere getragen worden waren, wo sie die folgende Nacht verbringen sollten, begab er sich mit seinem Sohn zum Verborgenen Platz, um das Andenken seines verstorbenen Vaters zu ehren.

Für Ramses war es das erste Mal, dass er sich an diesem geheimen Ort befand, der unter dem Schutz der kuhgestaltigen Göttin Hathor und der schlangenköpfigen Göttin Meretseger stand. Ehrfurchtsvoll glitt sein Blick die schroffen Felswände empor und blieb an dem pyramidenähnlichen Gipfel hängen, wo die Göttin Meretseger wohnte. Er wusste, sie wachte über die Ruhe der Verstorbenen und strafte jeden Verbrecher mit Blindheit oder Tod, der es wagte, in ihre Gräber einzudringen und sie zu bestehlen. Ein kalter Schauer lief ihm bei diesem Gedanken den Rücken hinab, denn irgendwie fühlte er sich wie ein Eindringling. Verstohlen glitt sein Blick zu seinem Vater, der stehen geblieben war und sich ihm zuwandte.

»Dies hier ist der geheime Ort, wo unsere ruhmreichen Vorgänger in ihren Gräbern zur letzten Ruhe gebettet wurden«, erklärte Sethos ihm. »Hier, an diesem Ort der Stille, warten sie auf den göttlichen Fährmann, der sie zu den Ewigwährenden bringen soll. Der Platz wurde von den Göttern geschaffen und ist heilig, mein Sohn. Wenn du auf dem Ostufer stehst und nach Westen schaust, wirst du sehen, dass das Bergmassiv in Form des heiligen Zeichens für das Gebiet der untergehenden Sonnenbarke von ihnen geformt wurde, denn hinter den Felsen wird Re täglich von Nut verschluckt. Nun aber richte deinen Blick nach dort oben!« Sethos' Hand wies hoch zu dem pyramidenförmigen Gipfel der Meretseger. »Siehst du diese Bergspitze da? Sie ist für jeden Pharao die Leiter in den Himmel an die Seite der Ewigwährenden. Sie weist ihm den Weg an jenem Tag, wenn Mahaefs Barke erscheint, um ihn aufzunehmen.«

Tief beeindruckt hatte Ramses den Worten seines Vaters gelauscht und verinnerlichte sie in seinem Herzen. Kurz hatte er schmunzeln müssen, als dieser vom Ort der Stille sprach, denn er fürchtete, dass die Hammerschläge der fleißigen Handwerker vom Platz der Wahrheit diese unter der Woche störten. Es war nur ein flüchtiger Moment der Erheiterung; dann durchströmte ihn wieder die Magie dieses Ortes. Er war dankbar dafür, dass sein Vater ihn hierher mitgenommen hatte. Es war ein erhebendes Gefühl, in dem zerklüfteten Tal zu stehen, wo sich in den Bäuchen der Felsen die prachtvollen Grabkammern mächtiger Könige befanden. Ein respektvoller Schauer rann Ramses den Rücken hinab und ließ ihn vor Ehrfurcht erstarren.

Sethos drehte sich wieder um und schritt weiter bis zu einem Eingang im Berg, der mit einer reich verzierten Tür aus kostbarem Zedernholz verschlossen war. »Hier nun ruht dein Großvater, Osiris Menpehtire Ramses. Lass uns ihm zu Ehren ein Opfer darbringen und feiern, mein Sohn, auf dass sein Ka sich daran erfreut.«

Sethos kniete nieder und nahm Ramses die Räucherpfanne aus den Händen, die dieser neben einem Binsenkorb mit Essen und Wein getragen hatte. Er streute Weihrauch in die Glut und verbrannte ihn am Zugang zum Grab seines Vaters, und Ramses tat es ihm nach. Im Anschluss breiteten sie im Schatten eines Felsvorsprungs ein paar Matten aus, nahmen auf ihnen Platz und verzehrten die mitgebrachten Speisen. Sie tranken Wein, der ihre Sinne berauschte, labten sich an den köstlichen Speisen, welche die Dienerschaft ihnen eingepackt hatte, und wussten, der Ka des Verstorbenen nahm an ihrem kleinen Festmahl teil. Sethos erzählte Ramses Geschichten über seinen Vater, die dieser nicht kannte. Er berichtete ihm von Dingen, die weit vor Ramses' Geburt geschehen waren, und gebannt lauschte der junge Mann, denn es gab so vieles, das er über seinen Großvater Ramesse nicht wusste.

Erst als die Sonne hinter den Felsen des Verborgenen Orts versank und die Dunkelheit sich über den Platz der Stille legte, begaben sich Vater und Sohn im Schein zweier Fackeln zum Ausgang des Tals zurück, wo sie von der Leibgarde erwartet und in den Palast begleitet wurden. Am morgigen Tag gedachte Sethos, zusammen mit Ramses den Ort der Schönheit zu besuchen, in welchem Sethos' Mutter und sein Erstgeborener, Ramses' Bruder, bestatten waren.

Eine Woche später verließen sie Theben, um nach Memphis zurückzukehren.

***

Auch in der Folgezeit kümmerte sich Sethos verstärkt um seine Bauvorhaben, die überall im Land in vollem Gange waren, und Ramses ging ihm dabei fleißig zur Hand. Die Begeisterung des jungen Mannes kannte keine Grenzen, wenn es darum ging, Tempel zu erbauen, diese zu erweitern oder einfach nur zu verschönern – alles zum Ruhme der Götter und zu dem seines Vaters, des Herrn der Beiden Länder. Ramses sprudelte vor Ideen fast über, und selbst sein Vater und dessen Oberster Architekt sahen sich oftmals verwundert an, wenn er ihnen seine Vorstellungen mit leuchtenden Augen präsentierte.

Ramses war in dieser Zeit sehr viel auf Reisen. Auf der einen Seite erfüllte ihn das mit Freude und Stolz; auf der anderen vermisste er seine beiden Frauen und die allmählich anwachsende Kinderschar. Nach Bintanat gebar Isisnofret einen gesunden Sohn, den sie im Andenken an Ramses' Großvater und zu Ehren ihres Gemahls Ramesse nannte. Nefertari brachte im darauffolgenden Jahr ihren zweiten Sohn Prehi zur Welt. Die Kinder gediehen prächtig, und als sich Sethos' achtes Regierungsjahr dem Ende zuneigte, war Ramses bereits viermal Vater geworden – die Kinder seiner Harimsdamen nicht mitgerechnet –, und Isisnofret war erneut guter Hoffnung und sollte in einem Vierteljahr gebären.

Neidvoll blickten die Nebenfrauen zu den beiden Hauptgemahlinnen des Thronfolgers auf. Keiner von ihnen war es vergönnt, Ramses so oft für sich allein zu haben. Dieser nutzte die spärliche Freizeit lieber, um sie mit seinen Lieblingsfrauen zu verbringen. Nur gelegentlich ließ er sich in seinem Harim blicken, doch wenn er erschien, erwies er sich stets als guter und vor allem großzügiger Ehemann. Die meisten Frauen sehnten sich aber nach mehr, und so brach ein regelrechter Kampf unter den Damen aus, wer sich mit ihm beim nächsten Besuch das Bett teilen durfte.

Mit der Zeit schafften es einige von ihnen, dass Ramses sie den anderen vorzog. Zur Perfektion brachte es allerdings nur die Dame Tawit, die mit der Dame Naunachte inzwischen eine enge Freundschaft verband. All ihre Hoffnungen auf ein prunkvolles Leben an der Seite des zukünftigen Pharaos schienen dahin. Trotz ihrer hochgewachsenen Gestalt, ihrer hellen Haut und der außergewöhnlichen Farbe ihres Haars hatte es nur zur Stellung einer unbedeutenden Nebenfrau gereicht. Naunachte erging es nicht anders und auch nicht ihrer beiden Feindin, der fetten Tetischeri, wie die pummlige Nebenfrau gehässig nannten. Im Gegensatz zu diesen beiden und ihren restlichen Nebenbuhlerinnen war es Tawit aber geglückt, den Vorsteher des Harims um den Finger zu wickeln, sodass Hormin sie häufiger dem Prinzen zuführte als eine der anderen Damen. Sie hatte Ramses sogar zweimal auf einer seiner kurzen Inspektionsreisen zu irgendwelchen Bauprojekten seines Vaters begleiten dürfen. Das allerdings auch nur, weil Nefertari und Isisnofret aufgrund ihrer Schwangerschaften nicht abkömmlich gewesen waren. Tawit wusste, sie reizte Ramses im Bett, doch auch sie sah allmählich ein, dass er sie niemals zu einer seiner Hauptgemahlinnen ernennen würde. Sein Herz zu gewinnen, blieb ihr somit verwehrt. Also beschloss sie, das Beste aus der Situation zu machen, wenn es da nicht das Problem gegeben hätte, dass sie einfach nicht von ihm schwanger wurde.

»Was soll ich noch machen?«, jammerte sie und war der Verzweiflung nahe. Hilfe suchend sah sie zu ihrer Freundin. »Bisher mag Ramses mich noch. Was aber wird sein, wenn ich nicht über kurz oder lang endlich schwanger werde? Werde ich mir dann nicht seine Zuneigung verspielen? So oft habe ich schon das Bett mit ihm geteilt, und mein Schoß ist noch immer leer.« Sie schniefte und blinzelte ein paar Tränen fort, die ihren Blick zu trüben begannen. »Alle haben Ramses bereits Kinder geboren, manche sogar schon zwei.« Sie ballte die Fäuste. »Ich könnte vor Wut und Verzweiflung lauthals heulen und schreien!«

Besänftigend legte Naunachte ihr den Arm um die Schulter. »Sei nicht so traurig, liebe Freundin«, bat sie mit sanfter Stimme. »Auch du wirst irgendwann die Mutterfreuden erfahren.«

»Ja, wenn ich alt und hässlich bin«, stieß Tawit heraus und barg schluchzend ihr Gesicht in den Händen. Das war alles zu viel für sie. »Wenn ich daran denke, dass diese fette Kuh Tetischeri sogar einem Sohn das Leben gegeben hat«, giftete sie, »könnte ich mich vor Wut übergeben.«

Damit hatte sie ins Schwarze getroffen, musste Naunachte zugeben. Tetischeri hatte sogar den ersten männlichen Nachkommen geboren, aber nur, weil das Kind fast einen Monat vor dem vermuteten Termin gekommen war. »Trotzdem«, sprach sie ihre Gedanken laut aus, »wird ihr Balg niemals Ramses' Erbe antreten. Dafür gibt es bereits genug andere männliche Nachkommen von Nefertari und Isisnofret. Zudem glaube ich fast, dass sich ihr Bengel in der Hand eines Gottes befindet. Schau ihn dir doch an, er sieht wie ein Affe aus!«

»Alle erdenklichen Möglichkeiten habe ich schon ausgeschöpft«, jammerte Tawit derweil weiter, als hätte sie Naunachtes Worte nicht gehört. »Nichts hat geholfen, um den Samen unseres Gemahls in mir reifen zu lassen. Ich habe den Rat der königlichen

Ärzte eingeholt, es mit Räucherungen und Zaubersprüchen versucht; dennoch war alles vergebens.« Sie weinte nun richtig, und die verlaufende Schminke verunstaltete ihr hübsches Gesicht.

Hilflos stand Naunachte daneben. Ihre Hände ruhten auf ihrem schwangeren Leib, in dem ihr erstes Kind heranwuchs.

Ein paar Monate später, es war Mitte des achten Regierungsjahrs, stellten sich dann endlich auch bei Tawit die eindeutigen Zeichen einer Schwangerschaft ein.

»Du musst unbedingt den Test mit den Getreidekörnern machen, um das Geschlecht des Kindes festzustellen«, riet ihr Naunachte, die bereits gute Erfahrungen damit gesammelt hatte. Der Emmer war zuerst gesprossen, und sie hatte einer Tochter das Leben geschenkt.

Tawit stimmte ihr zu, denn auch sie wollte unbedingt wissen, welches Geschlecht das Kind hatte, das sie unter ihrem Herzen trug. Fortan bewässerte sie täglich einen Topf mit Emmersamen und einen, in dem sie Gerste ausgesät hatte, und beobachtete in der Folgezeit voller Ungeduld die beiden Töpfe. Inständig betete sie zu Isis, dass es ein Knabe sei, denn nur ein Sohn konnte sie dem Thronfolger näher bringen und in seiner Gunst steigen lassen. Als schließlich der Topf mit der Gerste zuerst zu sprießen begann, konnte sie ihr Glück kaum fassen.

»Nun steht es fest«, verkündete sie voller Stolz Naunachte. »Es wird ein Sohn.«

Freudestrahlend erzählte sie es auch sogleich Ramses, als er sie das nächste Mal in sein Bett holen ließ, und der Horus-im-Nest war zufrieden.

»Das freut mich zu hören«, sagte er und tätschelte ihr liebevoll die Wange. »Ehrlich gestanden hatte ich die Hoffnung bei dir bereits aufgegeben.« Verschmitzt zwinkerte er ihr zu. »Umso mehr gönne ich es dir, dass dir endlich die Freuden einer Mutter zuteilwerden, weil ich weiß, wie unglücklich du bisher warst, noch immer kinderlos zu sein.«

Mitte des zweiten Monats der Ernte brachte Tawit schließlich einen gesunden Jungen zur Welt, den sie zu Ehren von Ramses' Vater Sethi nannte. Es war eine komplizierte Geburt. Das Kind lag verkehrt im Mutterleib und wollte sich einfach nicht drehen. Dank des mutigen Eingreifens einer der Hebammen und der aufopferungsvollen Nachversorgung durch den Leibarzt der Großen Königlichen Gemahlin überlebten sowohl sie als auch ihr Sohn. Tawit erfuhr allerdings aus dem Mund des Heilkundigen, dass es ihre erste und zugleich auch letzte Geburt gewesen sei.

Ein herber Schlag, dachte sie, doch die Enttäuschung hielt nicht lange an, denn sie war nun die glücklichste Frau auf der Welt. Endlich hielt sie das lang ersehnte Kind in den Armen, und es war sogar ein gesunder Sohn, dem von nun an ihre gesamte Aufmerksamkeit galt.

Sie stillte ihn selbst, obwohl es für diese Aufgabe Ammen gab, und kümmerte sich Tag und Nacht um ihren kleinen Golddeben, wie sie ihn liebevoll nannte. Sie war sich vom ersten Moment an sicher, dass ihrem Sethi eine glänzende Zukunft bevorstand, und wollte auf keinen Fall riskieren, dass ihm diese durch einen Fremden verbaut oder gestohlen wurde. Alles wollte sie daranzusetzen, um ihren Sohn eines Tages als Ramses' Nachfolger auf dem Thron der Beiden Länder zu sehen. Dieses Vorhaben behielt sie natürlich für sich, denn ihr war bewusst, dass jede andere, die einen Knaben geboren hatte, ebenfalls diesen Wunsch hegte. Es würde nicht leicht sein, ihrem Sethi den beschwerlichen Weg auf den Horusthron zu ebnen. Das war ihr klar. Tetischeris Bemühungen, ihren Ra in Ramses' Gunst ganz oben zu sehen, waren bereits gescheitert. Zudem hatte Isisnofret erst vor Kurzem mit ihrem jüngsten Spross Chaemwaset Ramses' den vierten männlichen Nachkommen seiner beiden Hauptgemahlinnen geschenkt, und es stand außer Frage, dass sich deren Zahl in Zukunft noch erhöhen würde. Dennoch glaubte Tawit fest daran, dass die Götter ihrem Kind wohlgesonnen waren.

11. Kapitel

Inspektionsreise in den Süden

Ich werde in den Süden reisen und sowohl die Goldminen in der östlichen Wüste als auch die Steinbrüche in Sunu inspizieren«, teilte Sethos Ramses mit und fügte hinzu: »Und ich will, dass du mich dabei begleitest.« Das lange Gesicht seines Sohnes entging ihm nicht. Ja, er hatte Ramses die vergangenen zwei Jahre fortwährend durch die Beiden Länder gescheucht, ihm kaum noch Freizeit gegönnt, doch daran sollte er sich schleunigst gewöhnen. Als Pharao würde ihm kaum noch Zeit für Familie oder Freunde bleiben. Das war nun einmal so. Er seufzte leise. »Es ist immer gut«, fuhr er fort, »wenn sich der Herr der Beiden Länder ab und an dort sehen lässt. Die Arbeit in diesen öden Landstrichen ist hart und eintönig. Die Arbeiter sollen wieder neuen Mut schöpfen, wenn sie mich erblicken, und meine Beamten werden daran erinnert, dass ich über ihr Tun stets wache, auch wenn ich körperlich nicht anwesend bin.« Verschmitzt zwinkerte er Ramses zu.

»Ich gehorche und folge dir, Majestät.« Ramses schluckte seine Enttäuschung hinunter, schon wieder seiner Familie entrissen zu werden, und ergab sich seinem Schicksal. Es wurde von den Göttern bestimmt, und er hatte es sich gewünscht. »Dennoch, glaubst du, dass es jemand wagen würde, sich auf unredliche Art und Weise zu bereichern?«

Sethos zuckte mit den Schultern und rupfte einen Grashalm aus. »Man kann nie wissen, Ramses. Denke an den Vorfall im Tempel des Amun von Theben. Selbst Paser hätte es nicht für möglich gehalten, dass sich zwei hohe Beamte am Schatz des Gottes bereichern, und das sogar mehr als einmal.«

Nachdenklich starrte Sethos auf den kleinen Teich zu seinen Füßen. Sie hatten sich in eine ruhige Ecke des Gartens zurückgezogen, wo sie ungestört miteinander plaudern konnten. Einzig ein paar Soldaten seiner Leibgarde standen außer Hörweite und wachten aufmerksam über seine und die Sicherheit seines Sohns.

Es war Ende *Payni,* dem zweiten Monat in der Jahreszeit der Ernte in seinem neunten Regierungsjahr. Die Luft flimmerte vor Hitze, wie es eigentlich erst kurz vor dem Einsetzen der Nilschwemme der Fall war. Dieses Jahr schien alles anders zu sein. Selbst hier in Memphis war es inzwischen unerträglich warm.

Versonnen strich er sich den Schweiß von der Stirn. Wie heiß mochte es erst in den südlichen Landesteilen, in Theben und den Wüstengebieten, sein? Schon der Gedanken daran, trieb Sethos den Schweiß aus allen Poren.

Ein kleiner Frosch, der auf einem Lotosblatt gedöst hatte, wurde munter und sprang platschend ins kühle Nass. Wassertropfen stiegen empor und funkelten bunt wie ein Regenbogen in den Strahlen von Res Barke. Libellen, Fliegen und anderes Getier schwirrten über die spiegelblanke Oberfläche des kleinen Teichs, die nun von zarten Wellen gekräuselt wurde. Ab und an tauchte ein Fischmaul an der Oberfläche auf und schnappte nach einem Insekt.

»Wann gedenkt Deine Majestät seine Reise anzutreten?«, erkundigte sich Ramses.

Sethos wischte sich erneut den Schweiß von der Stirn und konzentrierte sich wieder auf die Unterhaltung. »Schon bald. Ich will noch vor Beginn der Überschwemmung Abu erreichen, denn die Fahrt auf dem Fluss ist angenehmer als die Reise zu Land.« Er griff nach seinem kunstvoll gearbeiteten Kelch aus durchscheinendem Alabaster und trank einen Schluck des gut gekühlten roten Weins. »In Sunu werden in diesem Jahr die beiden Obelisken für den Tempel des Seth in Hut-waret gebrochen, außerdem jene für meinen Tempel der Millionen Jahre in Abydos. Ich will zugegen sein, wenn dieses geschieht, damit alles mit der Maat im Einklang steht.«

Unwillkürlich wurde Ramses an jenen schicksalhaften Tag im Jahr vier der Regentschaft seines Vaters erinnert, als er sich durch sein Misstrauen erneut den Unmut seines königlichen Vaters aufgeladen hatte. Seitdem war viel Zeit vergangen. Er war erwachsen geworden, hatte selbst eine Familie gegründet und war glücklicher und zufriedener als je zuvor. Er hatte seine Lektionen gelernt, hatte begriffen, dass man seine Ziele nicht durch unüberlegtes und trotziges Handeln erreichen kann, und nun war er da, wo er schon mit knapp zehn Jahren hatte sein wollen: Er stand neben dem Doppelthron seines Vaters, dem Starken Stier der Maat, in dem Wissen, eines Tages, so die Götter es wünschten, Sethos' Nachfolge anzutreten.

»Wirst du auch in der heiligen Stadt des Großen Gottes Osiris haltmachen?«, setzte Ramses die Fragerei wie ein neugieriger Junge fort.

Unschlüssig kräuselte Sethos die Stirn. »Vielleicht. Warum fragst du danach?«

»Nur so. Immerhin entsteht dort dein Tempel der Millionen Jahre und das *Ach-men-maat-Re-en-Usir*.«

Sethos nickte zur Bestätigung. »Ja, das Osireion.« Er lächelte versonnen. »Ich bin gespannt, wie es aussehen wird, wenn es einmal fertig ist.« Er blickte zu seinem Sohn. »Wenn es meine Zeit erlaubt, werde ich sowohl Abydos als auch Theben mit einem Besuch beehren. In erster Linie gilt aber mein Augenmerk den Goldminen und den Steinbrüchen am ersten Katarakt.«

»Wird Maj dabei sein oder Setau und Amuneminet?«, erkundigte sich Ramses.

Sethos musterte ihn mit einem forschenden Blick und wollte erneut von ihm wissen, wieso er danach fragen würde. Ein paar Falten des Unmuts zierten dabei seine königliche Stirn. »Das wird kein Vergnügungsausflug, sondern eine Inspektionsreise«, erinnerte er ihn. »Weder Setau noch Maj, Amuneminet oder einen deiner anderen Freunde werde ich mitnehmen. Setau hat als Pasers Schreiber genug um die Ohren, Maj kümmert sich zusammen mit seinem Vater um den Palast im Delta, und Amuneminet hat im Heer Meiner Majestät ebenfalls alle Hände voll zu tun. Einzig Meriptah wird zugegen sein, denn er hat sich zu einem hervorragenden Schreiber entwickelt, der nicht nur von meinen Beamten, sondern auch von mir hoch geschätzt wird.«

Ramses zog ein langes Gesicht. Meriptah gehörte nicht unbedingt zu seinem Freundeskreis. Als Knaben hatten er und die anderen aus der Palastschule den beleibten Sohn des Obersten Schreibers verspottet. Nichtsdestotrotz hatte sich Meriptah, der anfangs über diese Schmähungen gekränkt und traurig gewesen war, im Laufe der Jahre daraus nichts mehr gemacht. Unbeirrt war er seinen, ihm durch seinen Vater vorgezeichneten Weg gegangen. Insgeheim musste auch Ramses eingestehen, dass aus Meriptah ein ausgezeichneter Beamter geworden war, der in absehbarer Zeit bedenkenlos die Nachfolge des Obersten königlichen Schreibers antreten konnte.

»Du hast recht, Majestät«, bestätigte er und seufzte. »Es war nur so eine Frage.«

Sethos warf den Grashalm fort, erhob und reckte sich. »Komm, Ramses, lass uns hinunter an den Fluss gehen. Es ist heute unerträglich heiß. Vielleicht weht am Ufer des Nils der Atem Amuns und spendet uns ein wenig Erfrischung.« Er gab seinem Hauptmann ein Zeichen, worauf dieser ihnen mit seinen Soldaten im geziemten Abstand folgte.

Als Vater und Sohn durch die Gänge des Palastes schritten, fragte Sethos: »Wie geht es deinen Gemahlinnen und den Kindern?«

»Danke, Vater, sehr gut. Der kleine Chaemwaset entwickelt sich prächtig, und auch meine anderen Söhne und Töchter erfreuen sich bester Gesundheit. Das gilt ebenso für meine Frauen. Und selbst die scheinbar unfruchtbare Tawit hat vor Kurzem einem Sohn das Leben geschenkt.«

»Ich hörte davon«, bestätigte Sethos. »Es handelte sich wohl um eine sehr schwierige Geburt, wie man mir sagte. Nur dank des Leibarztes deiner Mutter hat deine Nebenfrau sie überlebt. Stimmt doch, oder?« Er sah zu Ramses auf und bemerkte wieder einmal, wie groß dieser war. Inzwischen war er gezwungen, zu ihm aufzuschauen.

»Ja«, bestätigte Ramses seine Frage. »Ihr Sohn verdankt sein Leben einer mutigen Hebamme, die beherzt den Kleinen in Tawits Unterleib gedreht hat, damit er herauskommen kann. Sie wurde von mir für ihre Dienste fürstlich belohnt.«

»Es freut mich zu hören, dass sich alles zum Guten gewendet hat.«

Sie traten wieder hinaus in das grelle Licht des Tages und überquerten einen weitläufigen Hof, der die privaten Gemächer der Königsfamilie vom öffentlichen Bereich trennte. Anschließend strebten sie einer unscheinbaren Pforte zu, welche von einem Getreuen bewacht wurde und hinunter an das Flussufer führte. Der Mann verneigte sich zackig, als Sethos und Ramses sich ihm näherten. Dann riss er den hölzernen Riegel zurück, mit dem die Tür verschlossen war, und öffnete sie. Im Anschluss nahm er wieder Haltung an und verharrte mit demütig gesenktem Kopf.

Kurz bevor Vater und Sohn durch die Pforte traten, drehte Ramses sich um und warf einen sehnsüchtigen Blick in Richtung seiner Frauengemächer, der Sethos nicht entging.

»Ich erkenne dich kaum wieder.« Ein schelmisches Grinsen huschte über Sethos' Gesicht. »Einst warst du der größte Frauenfeind, den man sich vorstellen kann. Niemals wolltest du heiraten. Mädchen waren für dich einfach nur doof! Und nun bist du bis über beide Ohren in sie verliebt ... sogar in jenes, welches du als kleiner Junge nicht ausstehen konntest.«

»Ja, Vater, doch damals war ich zehn Jahre alt; heute bin ich achtzehn und habe meine Meinung grundlegend geändert.« Spitzbübisch grinste nun auch Ramses, bis seine Aufmerksamkeit auf das schrille Zetern einer Frau gelenkt wurde, deren Stimme er kannte. Es war die von Tiji, der Kinderfrau von Bintanat, die sich zuvor schon liebevoll um seine kleine Sati gekümmert hatte. Er wandte sich ihr zu und sah, wie sie seiner Tochter hinterhereilte, was ihr aufgrund ihres eng geschnittenen, langen Kleides nicht gerade leichtfiel. Bintanat hingegen war nackt und rannte wie ein Wirbelwind vor ihr davon.

»Wirst du wohl stehen bleiben!«, rief die Kinderfrau empört und versuchte, das Mädchen einzuholen, welches geschwind auf seinen Vater und Großvater zusteuerte, nachdem es die beiden bemerkt hatte. »Warum nur musst du immer weglaufen?«, schimpfte Tiji, vor Anstrengung keuchend.

Unbeeindruckt rannte Bintanat weiter. Kurz bevor sie Sethos und Ramses erreicht hatte, stolperte sie und landete auf dem Bauch im Gras, Arme und Beine von sich gestreckt.

Wie sie so dalag, erinnerte sie Sethos an einen Frosch. Unwillkürlich hoben sich seine Mundwinkel zu einem amüsierten Grinsen. Und da sie keine Anstalten machte, aufzustehen, sagte er: »Ich freue mich, Bintanat, dass du mir deine Ehrerbietung bekunden willst, doch nun darfst du dich wieder erheben.«

Als wäre es das Stichwort zum Jammern gewesen, fing Bintanat fürchterlich an zu heulen. Tiji hatte sie in der Zwischenzeit erreicht und verneigte sich ehrfürchtig vor ihm und Ramses. Dann wandte sie sich mit verdrießlichem Gesicht ihrem Schützling zu, doch Ramses kam ihr zuvor.

Er stellte seine Tochter auf die Beine, die sofort die Ärmchen um seinen Hals schlang und sich an seiner Brust auszuweinen begann. »Warum läuft meine Tochter hier draußen ganz allein umher?«, fragte er und hob Bintanat auf seinen Arm. Der bedrohlich leise Unterton in seiner Stimme war nicht zu überhören.

Die Kinderfrau begann, am ganzen Leib zu zittern. »Bitte, verzeih, Hoheit«, stammelte sie und knetete die Hände. »Ich weiß nicht, wie, aber es gelingt ihr immer wieder, mir und den Wachen zu entwischen.« Beschämt senkte sie den Kopf in Erwartung von Ramses' Donnerwetter.

Diesem war zwar bekannt, dass Bintanat schon mehrmals einen Ausflug allein durch den Garten des Harims unternommen hatte. Bis heute war es ihr allerdings noch nie geglückt, aus der wohlbehüteten Umgebung des Kinderflügels abzuhauen. Seine Stirn legte sich in Zornesfalten. »*Zu entwischen*, Tiji?«, donnerte er. »Habe ich das richtig gehört? Bist du nicht imstande, ein zweieinhalbjähriges Kind daran zu hindern?«

»Doch, Hoheit, schon«, stammelte Tiji verlegen und setzte im selben Atemzug zu ihrer eigenen Verteidigung an: »Prinzessin Bintanat mag noch nicht einmal drei Nilschwemmen erlebt haben, Hoheit. Sie hat dennoch ihren eigenen Kopf und erteilt den Wachen und mir Befehle, als wäre sie bereits sieben oder acht Jahre alt. Die Soldaten wissen nicht mehr, wie sie sich verhalten sollen. Sie droht ihnen Strafen an, wenn sie nicht tun, was sie ihnen befiehlt. Die Männer haben Angst, dass sie ihren Posten verlieren, wenn sie sich gegen ihre Befehle stellen ...«

»*Gegen ihre Befehle?*«, schnauzte Ramses aufgebracht dazwischen. »Ich habe mich wohl erneut verhört!« Er schnaubte vor Zorn. »Sie werden ihren Posten verlieren, wenn sie nicht ihre

Pflicht tun und auf meine Tochter und meine anderen Kinder aufpassen! Das gilt auch für dich! Sollte das noch einmal vorkommen, Tiji, wirst du dich nach einer neuen Arbeit umsehen müssen. Das trifft ebenfalls für die Soldaten zu, die über die Sicherheit meiner Nachkommenschaft wachen. Richte ihnen das aus, und nun geh und bringe Bintanat zurück in ihr Zimmer! Ihr Knie ist abgeschürft und blutet. Lass sofort einen Heilkundigen kommen, der sich darum kümmert!«

Die Frau verneigte sich rasch, ergriff die sich wehrende Prinzessin am Arm und zog sie hinter sich her zum Eingang des Harims.

Missmutig sah Ramses ihnen hinterher. Als er sich seinem Vater zuwandte, bemerkte er dessen spöttisches Lächeln.

»Bintanat kommt ganz nach dir, mein Sohn. Sollte bisher jemand daran gezweifelt haben, dass sie deine Tochter ist, so hat er nun die Bestätigung dafür.« Sethos' Lächeln wurde zu einem breiten Grinsen. »Sie ist genauso dickköpfig, wie du es warst, und hat deinen starken Willen geerbt. Auch du bist als Kind nicht gerade leicht zu bändigen gewesen. Deine Kinderfrau hat sich so manches Mal bei mir oder deiner Mutter über dich beschwert, und auch dein Erzieher und deine Lehrer sahen es mehr als Strafe denn als Belohnung an, dich unterrichten zu dürfen. Frage Nachtamun, er kann sicher ein Lied davon singen, wie oft er wegen deiner Dickköpfigkeit einen Tadel einstecken musste.« Sethos lachte nun schallend, drehte sich um und setzte seinen Weg froh gelaunt in Richtung Nilufer fort.

Ramses folgte ihm mit verdrießlichem Gesicht.

***

Am Abend begab sich Ramses in den Kinderflügel des Harims, um mit Bintanat zu reden. Er fand seine Tochter zusammen mit ihrer Kinderfrau in Chaemwasets Zimmer. Sie stand auf Zehenspitzen vor dem kleinen Körbchen, in dem ihr jüngster Bruder mit dem Daumen im Mund friedlich schlief, und verrenkte sich den Hals, um hineinzuschauen. Dabei zog sie eine Schnute, weil sie noch so klein war. Gleichzeitig strahlten ihre Augen vor Glück, als sie Chaemwaset endlich sah.

Ramses konnte nicht anders, er musste schmunzeln. Dann wurde er wieder ernst und trat auf seine Tochter zu. »Bintanat!«

Als Bintanat seine Stimme hörte, ließ sie von dem Körbchen ab und rannte jauchzend auf ihn zu. Sie schlang die Arme um seine Beine, und er beugte sich zu ihr herunter, gab ihr einen Kuss auf die Stirn und nahm sie an die Hand.

»Bist du gekommen, um meinen neuen Bruder zu besuchen, Vater?« Neugierig blickte sie zu ihm auf.

»Nein, eigentlich war ich auf der Suche nach dir. Ich will mit dir reden.« Ramses gab der Kinderfrau ein Zeichen, seine Tochter und ihn allein zu lassen, und schweigend zog sich Tiji zurück. Ramses trat an den Korb, betrachtete seinen Sohn und wandte sich anschließend seiner Tochter zu. »Komm, Bintanat, setzen wir uns.«

Er ließ sich auf einem der bunten Kissen nieder, die im Zimmer verstreut auf dem Boden lagen, kreuzte die Beine und wies mit dem Finger vor sich auf ein Polster. Gehorsam nahm seine Tochter Platz, faltete brav die Hände im Schoß und hob unschuldig den Blick zu ihm.

Als könnte sie kein Wässerchen trüben!, durchfuhr es ihn. Er räusperte sich. »Es hat mir nicht gefallen, was heute passiert ist«, begann er und musterte sie. »Du bist noch nicht einmal drei Nilschwemmen alt; trotzdem versuchst du ständig, deinen Willen durchzusetzen. Du bist zwar eine Prinzessin; es steht dir aber noch lange nicht zu, eigene Befehle zu erteilen und deine Stellung auszunutzen, um der Dienerschaft Strafen anzudrohen. Deine Kinderfrau und die Wachmänner erhalten ihre Befehle von mir, deinem Vater, und sie müssen ihnen gehorchen. Wenn du ihnen nun Befehle erteilst, die zuwider meinen stehen, wissen sie anscheinend nicht, wie sie sich verhalten sollen. Das ist mir zwar unbegreiflich, und ich werde auch mit ihnen reden, Bintanat. Ich wünsche allerdings nicht noch einmal zu erfahren, dass du ihren Anweisungen nicht gehorchst! Du bist ein kleines Kind! Wenn du älter bist, erwachsen, kannst du deiner Dienerschaft befehlen, was immer dir beliebt. Solange du aber noch die Locke der Jugend auf deinem Schädel trägst, wirst du dich meinen Weisungen, denen deiner Kinderfrau und jenen der Wachen unterordnen. Hast du das verstanden, Bintanat? Anderenfalls sehe ich mich gezwungen, lehrreichere Maßnahmen zu ergreifen, als dich nur zu ermahnen.«

Bintanat saß vor ihm und schmollte. »Aber, Vater, Tiji ist immer so streng zu mir. Nichts darf ich machen; immer schimpft sie mit mir«, verteidigte sie sich mit beleidigter Miene. »Und die Soldaten erlauben mir nicht, zu Mutter zu gehen, wann immer ich es will. Ich darf auch nicht allein hinunter an den Fluss oder im Garten spielen. Immer ist jemand dabei.«

»Das ist auch richtig so, Bintanat. Tiji hat die Verantwortung für dich. Wenn dir etwas zustößt, wird sie dafür von mir bestraft. Das gilt auch für die Soldaten, die über deine Sicherheit wachen. Und wenn deine Mutter dich nicht zu sehen wünscht, hast auch du nicht das Recht, in ihre Gemächer einzudringen.«

»Aber ich bin doch ihre Tochter!« hielt Bintanat trotzig dagegen, und irgendwie fühlte sich Ramses in diesem Moment an seine eigene kindliche Starrköpfigkeit erinnert.

»Ja«, seufzte er, »das stimmt, doch die Gemächer eines anderen darf niemand betreten, wenn der Besitzer es nicht wünscht. So lautet das Gesetz in Kemi, und jeder hält sich daran. Selbst der Pharao würde niemals in die Räume deiner Mutter spazieren, wenn sie ihn nicht sehen will.«

»Meinst du, Mutter würde es wagen, es Großvater zu verbieten?«, platzte Bintanat dazwischen. Mit großen Augen sah sie fragend zu ihm auf. »Immerhin ist er doch der Pharao.«

Kurz musste Ramses schmunzeln. Gleichzeitig war er über Bintanats kindliche Logik erstaunt. Wer würde es wagen, dem Herrn der Beiden Länder die Stirn zu bieten und ihm etwas zu verwehren? Er seufzte leise. Seine Erstgeborene sicher schon. Sie barg in der Tat die Stärke einer Löwin in sich. Er blickte sie wieder an. »Das gehört jetzt nicht hierher«, wich er aus. »Hast du verstanden, was ich dir gesagt habe, Bintanat? Du machst, was Tiji dir sagt, und läufst nicht einfach weg.«

Betreten nickte seine Tochter. Dann stand sie auf und trat auf ihn zu. »Bitte, Vater, verzeih. Ich verspreche, dass ich mich ab heute bessere und eine gehorsame Prinzessin sein will.« Sie schlang die Arme um seinen Hals und schmiegte sich an seine Brust. »Bist du sehr böse auf mich?«

»Nein, Bintanat. Es wirft nur kein gutes Licht auf die königliche Familie, wenn die älteste Tochter des Thronfolgers störrisch und eigensinnig ist.« O Amun, wie habe ich wohl meine Eltern so manches Mal blamiert! Ramses gab Bintanat einen Kuss auf den kahl rasierten Kopf und drückte sie sanft an seinen Körper. Sofort schmiegte sie sich an ihn, und er konnte ihr nicht mehr böse sein. »Und nun komm.« Er erhob sich und nahm sie an die Hand. »Ich bringe dich jetzt in dein Zimmer, und wenn du willst, lese ich dir vor dem Einschlafen noch eine Geschichte vor.«

Die Augen des Mädchens begannen zu leuchten. Entzückt jauchzte es auf. »Au fein, das wäre schön.«

Ramses lächelte, und zusammen gingen sie in Bintanats kleines Reich, welches sich ein paar Räume neben dem ihres Bruders befand. Dort befahl er Tiji, die Schriftrolle mit den Tiermärchen aus der Truhe zu holen. Bintanat schlüpfte in der Zwischenzeit in ihr Bett, und er setzte sich zu ihr, während sie sich in seinen Schoß kuschelte. Eine halbe Stunde lang las er ihr eine Geschichte nach der anderen vor. Dann fielen seiner Großen die Augen vor Müdigkeit fast von allein zu. Sie gähnte.

»So, nun wird geschlafen.« Ramses rollte den Papyrus zusammen und legte ihn auf den Tisch neben Bintanats Bett. Dann gab er ihr einen Kuss und erhob er sich von der Kante. Als er nach dem Laken griff, um es über ihren kleinen Körper zu decken, wurde er an seine Sati erinnert. Schnell schluckte er den aufkommenden Schmerz hinunter und wartete, bis Bintanat im Reich der Träume war. Anschließend sah er nach seinen anderen Kindern und wollte sich in seine eigenen Gemächer begeben, als er auf dem Hauptgang mit einer jungen Dienerin zusammenstieß. Sie kam aus einem der Zimmer gestürzt und hätte ihm um Haaresbreite die Tür gegen den Kopf geknallt.

»Du meine Güte, Vorsicht!«, rief Ramses und wich im letzten Moment dem Türblatt aus. »Was ist geschehen?«

»Oh, verzeih mir, Hoheit, nichts«, stammelte die Frau und verneigte sich vor ihm. »Ich habe dich nicht gesehen und hatte es eilig, nach Hause zu kommen.«

Ramses lachte auf. »Wie solltest du auch, es sei, du kannst

durch Wände und Türen sehen.« Er grinste breit, während die Dienerin errötend den Kopf senkte. Dennoch entging Ramses nicht, dass sie dabei verstohlen zu ihm auflugte. Freches Ding!, dachte er, aber hübsch! »Schönen Abend! Und sei demnächst ein wenig langsamer beim Aufreißen einer Tür.« Er schmunzelte und schritt an ihr vorbei dem Ausgang zu.

***

Endlich!, dachte Heket zufrieden, als sie aus dem Palastbereich trat und sich auf den Heimweg begab. Endlich war sie Ramses aufgefallen. Natürlich war es nur ein Zufall gewesen, doch gab es Zufälle überhaupt? War nicht alles Schicksal, Ereignisse, welche vor der Geburt bereits festgelegt und durch die Götter gelenkt wurden?

Ihr erstes Zusammentreffen mit dem Königssohn war ebenfalls ein Zusammenstoß gewesen. Damals war er an das Bett seiner Zweiten Gemahlin geeilt, um seine Tochter in Augenschein zu nehmen. Allerdings hatte er sie gar nicht wahrgenommen, im Gegensatz zu heute. Heute hatte er sogar ein paar Worte an sie gerichtet, dieser arrogante Kerl.

Heket konnte ihn nicht ausstehen. Wegen dieses aufgeblasenen Prinzen waren ihre Eltern verurteilt worden und hatten sich selbst richten müssen. Er verdiente den Tod! Sie trug zwar den Namen der froschgestaltigen Göttin der Geburt; sie aber würde eine Todesgöttin sein! Wie Sechmet-Hathor in ihrem Blutrausch wollte sie den Horus-im-Nest vernichten, und am liebsten seine gesamte Brut dazu.

Als ihr Intef gesagt hatte, sie müsse fortan zum Familienunterhalt beitragen, war sie nicht gerade begeistert gewesen, bis ihr dämmerte, dass es eine gute Möglichkeit sei, dem Thronfolger näherzukommen. Das war inzwischen drei Jahre her. Hormin hatte sie in seine Dienste gestellt, und sie war von den Damen, die kaum älter als sie selbst waren, gut angenommen worden. Sie hatte die Ohren gespitzt und ihre Augen offen gehalten, und nachdem sie bemerkt hatte, dass Tawit Ramses näherzustehen schien, hatte sie sich bei ihr angebiedert. Deren Freundin Naunachte aber war ihr nicht wohlgesonnen und hatte ständig gegen sie gestichelt, sodass Heket es schließlich aufgegeben hatte, der Blonden Honig ums Maul zu schmieren. Kurz darauf war sie Tetischeri aufgefallen und stand nun seit gut einem Jahr in deren Diensten.

Tetischeri war freundlich zu ihr und gerade einmal vier Jahre älter als sie. Irgendwie fühlte sich Heket von ihr angezogen. Ihre neue Herrin war für sie die Schwester, die sie nie besessen hatte, nur einen treulosen Bruder! Sie knirschte mit den Zähnen, wenn sie an Intef dachte und was er getan hatte. Inzwischen wusste sie alles über ihre Gebieterin, die sich nichts sehnlicher wünschte, als ihren zurückgebliebenen Sohn als späteren Thronfolger zu sehen.

Bei dieser Überlegung konnte Heket nicht anders, sie kicherte vor sich hin, sodass sie ein entgegenkommender Priester mit hochgezogenen Augenbrauen fragend musterte. Sie ignorierte seinen Blick und eilte die Straße zügig hinauf.

Die frühzeitige Geburt schien dem Jungen nicht gutgetan zu haben. Ra war inzwischen zweieinhalb Nilschwemmen alt, einen Tag älter als Nefertaris Erstgeborener. Von seiner Entwicklung her befand er sich allerdings auf dem Niveau eines Einjährigen. Er konnte nicht einmal zusammenhängend und verständlich sprechen, auch das Laufen gelang ihm noch nicht so recht. Wenn Heket ihn sah, wurde sie stets an das kleine Affenkind erinnert, das sie einmal zusammen mit ihren Eltern in Osiris Haremhabs Tierpark gesehen hatte. Damals war sie vier Jahre alt, doch das süße Äffchen hatte sich ihr für alle Zeiten ins Gedächtnis gegraben.

Egal, dachte sie, während sie in die Straße einbog, in der sich das Haus ihres Bruders befand, sollte es mir nicht gelingen, dem Thronfolger zu gefallen, um ihn im Schlaf zu ermorden, werde ich sie auch weiterhin in ihrem Wahn bestärken, nur ihrem Sohn stände einmal die Thronfolge zu. Tetischeri ist so beeinflussbar. Es wird nicht schwerfallen, ihren Zorn zu schüren. Ich werde sie zu meinem Werkzeug machen, zum Dolch, der Ramses ins Herz treffen wird.

***

Als Sethos und Ramses zweieinhalb Monate später die Insel Abu erreichten, hatte die Überschwemmung im Süden bereits eingesetzt, und sie versprach, optimal zu werden.

Gleich am Folgetag begab sich Sethos in Begleitung seines Sohnes und der obersten Beamten zu den Arbeitern in den Steinbruch. Er sprach mit ihnen, befragte sie nach ihren Sorgen und Wünschen und stellte mit Genugtuung fest, dass alles zu seiner und ihrer Zufriedenheit war. Dieses Mal gab es keinerlei Schwierigkeiten oder bösen Überraschungen. Die beiden Obelisken für den Seth-Tempel in Hut-waret lagen schnurgerade und ohne jeden Makel auf den Lastkähnen und warteten nur darauf, dass sie nach Norden ins Delta gebracht wurden. Das galt auch für die steinernen Nadeln, die vor Sethos' Totentempel in der heiligen Stadt des Osiris aufgerichtet werden sollten. Allerdings befanden sich diese noch in den Schächten und waren gerade einmal zur Hälfte vom Untergrund getrennt. Es würde noch gut ein halbes Jahr lang dauern, bis auch sie verschifft werden konnten.

»Ich glaube, sie haben ihre Lektion gelernt«, murmelte Sethos zufrieden vor sich hin, als er mit Ramses an der Seite den Steinbruch wieder verließ. Er gönnte seinem Gefolge ein paar weitere Tage Ruhe und verließ eine Woche nach ihrer Ankunft auf dem Landweg den ersten Katarakt.

Der lange Expeditionszug begab sich am Ufer des immer höher steigenden Nils in Richtung Norden zurück, um schließlich auf halbem Weg in die östlichen Wüstengebiete abzuzweigen. Irgendwo in der Trostlosigkeit eines schier unendlichen Sandmeeres, das mit zerklüfteten Felsen gespickt war, befanden sich die Goldminen.

»Die Hitze ist nicht auszuhalten«, hörte Ramses hinter sich den dicken Meriptah stöhnen und warf ihm einen spöttischen Blick über die Schulter zu. Schnaufend wischte sich der junge Beamte den Schweiß von Stirn und Hals, obwohl er das Privileg genoss, auf einem Wagen mitfahren zu dürfen.

Ramses sah wieder nach vorn auf die Hinterteile seiner Pferde und grinste in sich hinein. Er musste Meriptah aber recht geben. Re meinte es einfach zu gut. Schon kurz nach dessen Aufstieg aus der Unterwelt war es unerträglich heiß.

Sethos sah das ebenso. Noch am selben Abend entschied er, nur noch vom Anbruch der Nacht bis zum Morgengrauen den Tross aus Schreibern, Beamten, Dienern und Soldaten ziehen zu lassen und dafür am Tage zu ruhen.

»Nur während der Nachtstunden ist ein Vorankommen möglich«, erklärte er seinen obersten Beamten.

»Die Nächte sind aber eisig in der Wüste«, wagte einer von ihnen anzumerken. »Es ist so kalt, dass die Zähne aufeinanderschlagen.«

»Dagegen hilft Bewegung«, warf Ramses ein und erntete ein zustimmendes Grinsen seines Vaters.

»Mein Sohn hat recht«, pflichtete Sethos ihm bei. »Zwar ist es in den Nächten bitterkalt; es ist jedoch erträglicher als am Tag, wo die Hitze jeden Schritt zur Qual macht.« Er sah in die Runde. Dagegen gab es keine Einwände mehr. »Wir rasten bis morgen Abend hier; dann ziehen wir weiter.«

***

Als sich die Expedition schließlich nur noch drei Tagereisen von ihrem Ziel entfernt befand, trat Sethos während der Mittagszeit vor den Eingang seines Zelts. Es war so stickig im Innern, dass er nicht mehr ruhen konnte. Der Schweiß perlte auf seiner Stirn, das Leinen klebte an seinem Körper. Die den Eingang bewachenden Soldaten nahmen sofort Habachtstellung an und salutierten, als er aus dem Inneren trat. Er nickte ihnen freundlich zu, wechselte ein paar Worte mit ihnen, und ihm entging nicht, dass auch seinen Getreuen die Hitze zu schaffen machte. Anschließend schlenderte er durch das schlafende Lager. Hier draußen wehte zumindest ein bisschen Wind, selbst wenn dieser nur aus heißer Luft bestand.

Gemächlich spazierte Sethos an den Sonnensegeln und Zelten vorbei, aus denen leise und laute Schnarchgeräusche an seine Ohren drangen. Den meisten Männern machte es nichts aus, bei dieser Hitze zu ruhen. Sethos vermutete, dass sie von den langen Märschen in der Kälte und Dunkelheit der Wüstennächte so erledigt waren, dass sie gar nicht anders konnten, als zu schlafen und neue Kraft zu schöpfen. Nur vereinzelt sah er ein paar Menschen, die ziellos durch das Lager trotteten, erschöpft im Schatten dösten oder sich leise miteinander unterhielten.

Irgendwann sah sich Sethos einer Sanddüne gegenüber. Überrascht stellte er fest, dass er sich bereits außerhalb des Lagers befand. Das war ihm gar nicht aufgefallen. Seine Füße hatten ihn einfach hinaus in die Wüste getragen.

Kopfschüttelnd drehte er sich um und blickte hinüber zum Rastplatz, wo sich die Zelte wie weiße Flecke mit bunten Mustern vom rötlichen Sand der Wüste abhoben. In geziemten Abstand nahm er zwei seiner Getreuen wahr, denen ebenfalls die Müdigkeit deutlich in den schweißnassen Gesichtern geschrieben stand. Pflichtgetreu wachten sie dennoch über seine Sicherheit.

Er wandte sich wieder der Anhöhe zu und blickte hinauf zum Kamm. Von dort hatte er sicher eine gute Sicht.

Mühselig erklomm er die Düne. Als er die Kuppe erreicht hatte, blieb er pustend stehen und beschattete seine Augen mit der Hand, um den Blick über die weite Unendlichkeit schweifen zu lassen. Wohin er auch sah, überall konnte er nur kahle, schroffe Felsen erspähen, die in der Mittagshitze glühten, dazu der feinkörnige, rötliche Sand der Wüste, der, von einem heißen Wind getrieben, in kleinen Wölkchen durch die Luft wirbelte und sich in seinen Nasenlöchern, Augen und Ohren festzusetzen begann..

Das hier war das Reich des Seth, und Sethos hatte sich weit in sein Herrschaftsgebiet hineingewagt. Seth herrschte über die Wüste, das Rote Land. In seinem Reich lebten nur giftige Schlangen und Skorpione, aber auch geflügelte Ungeheuer und Dämonen, die dem arglos Reisenden auflauerten, um ihn in ihren Klauen fortzutragen. Sethos empfand jedoch keine Furcht in seinem Herzen. Er selbst trug den Namen der gefürchteten Gottheit. Zudem wusste er, der größte Feind des Menschen war in dieser Ödnis der Durst. Nirgends gab es einen Wasserlauf; Brunnen waren selten. Selbst Oasen kamen nur vereinzelt vor – fruchtbare Flecken, wo ein kristallklarer See, entsprungen aus dem Leib der Göttin Nut, dem Dürstenden Erquickung spendete.

»Wie trostlos es hier doch ist«, sinnierte er laut vor sich hin.

»Kein Wasser und kein Grün. Wie elend muss sich ein Reisender fühlen, den es hierher verschlägt ohne kühles, frisches Wasser in seinem Schlauch? Wie er sich fühlen muss?« Er seufzte und wollte sich das lieber nicht vorstellen. Sein Blick fiel auf ein einzelnes Felsfragment, das in der Hitze am Fuß der Düne glühte. Hitze, Trockenheit und Sand, dazu ein strahlend blauer Himmel mit ein paar vereinzelten Wölkchen, die keinen Schatten spendeten, und Res gleißende Pracht. Versonnen fuhr er sich über die Stirn, über der sich Geier und Schlange aufbäumten, und wischte seine Hand an seinem Leibrock ab. »Hunger ist schlimm, am schlimmsten ist aber der Durst. Nun denn!« Entschlossen stemmte er die Fäuste in die Seiten. »Ich bin der Herr der Beiden Länder, ich bin der Gute Gott aller Kreaturen unter der Barke des Re. Ich werde dafür sorgen, dass Niemandem ein solches Schicksal widerfährt. Ich werde für all jene, die hier dürstend verweilen, einen Brunnen graben, auf dass sie ihren Durst stillen können und sich meines Namens dankbar entsinnen. Sie sollen ihn preisen bis in alle Ewigkeit.«

»Ein edles Vorhaben, Vater.«

Erschrocken wirbelte Sethos herum und sah sich seinem Sohn gegenüber. Ramses hatte sich ihm unbemerkt von hinten genähert.

»Führst du Selbstgespräche?« Er grinste breit. »Wo willst du hier einen Brunnen graben?« Mit einer ausladenden Geste schloss Ramses all den Sand der Wüste ein. »Woher willst du wissen, an welcher Stelle sich Wasser befindet?«

Sethos schmunzelte. »Ich werde es wissen, wenn die Rute es weiß.« Seine Stimme klang geheimnisvoll. Dann zuckte es um seine Mundwinkel, als er den verständnislosen Blick seines Sohnes sah. Erklärend fügte er hinzu: »Dein Großvater gab sie mir kurz vor seinem Tod. Sie wird mir zeigen, wo sich das kostbare Nass unter dem heißen Sand versteckt.«

Noch immer nicht begreifend, wovon er sprach, sah Ramses ihn an. »Ich glaube, ich verstehe nicht, was du meinst.«

»Warte hier, ich werde es dir zeigen.«

Zügig stieg Sethos die Düne hinab, eilte zum Lager und verschwand in seinem Zelt. Als er wieder herauskam, hielt er einen dünnen, länglichen Gegenstand in seinen Händen, der in ein Tuch gewickelt war. Damit kehrte er zu Ramses zurück, nahm den Gegenstand aus dem Futteral, und sein Sohn schaute noch verständnisloser drein.

»Das ist eine gewöhnliche Astgabel, Vater.« Ramses war äußerst verwirrt. »Und damit willst du eine Stelle finden, an der Wasser sprudelt?« Die ungläubig gehobenen Augenbrauen sprachen für sich.

Sethos nickte. »Du wirst es mit eigenen Augen sehen, denn diese Astgabel ist nicht so gewöhnlich, wie du glaubst. Osiris Menpehtire Ramses bekam sie vom Ersten Propheten des Re in Heliopolis geschenkt. Sie stammt vom heiligen Isched-Baum. Eines Tages wurde sie durch Amuns etwas zu stürmischen Atem abgebrochen und fiel zu Boden. Der Hohepriester fand sie, nahm sie an sich und überreichte sie meinem Vater als Geschenk.« Sethos schmunzelte, als er Ramses' verblüffte Miene gewahrte. Damit hatte sein Sohn wohl nicht gerechnet. »Sie hat magische Kräfte«, fügte er hinzu.

Ramses stand der Mund vor Überraschung offen. »Vom heiligen Isched aus Heliopolis«, staunte er, »jenem Baum, auf dessen Blätter der Große Gott Thot und die Göttin Seschat die Namen der Könige und ihre Regierungszeit verzeichnen?«

»Ja, genau von diesem«, bestätigte Sethos. Beinahe zärtlich strich er mit den Fingerspitzen über das verwitterte Holz. »Der heilige Isched ist ein Baum des Lebens und wird mir somit helfen, in dieser menschenfeindlichen Umgebung Wasser zu finden, denn Wasser ist zum Leben unabdingbar.«

»Jetzt verstehe ich, Majestät.« Ramses war tief bewegt.

»Dann folge mir.« Sethos stieg die Düne auf der anderen Seite hinab. Als er an ihrem Fuße stand, streckte er die Rute aus und begann, mit geschlossenen Augen langsam voranzuschreiten. Seine Lippen formten währenddessen Zaubersprüche.

Ramses spitzte die Ohren, konnte aber kein Wort verstehen. Gebannt folgte er seinem Vater, den Mund fest geschlossen, den Atem vor Anspannung angehalten. Seine Augen wanderten zwischen Sethos' Gesicht und der Astgabel hin und her. Was würde wohl geschehen?

Sie hatten sich bereits ein gutes Stück vom Lager entfernt, als Ramses sich umdrehte und zur Düne zurückblickte, hinter der sich der Rastplatz verbarg. Neben den beiden Getreuen hatten sich in der Zwischenzeit auch einige Beamte und Diener eingefunden, die von der Anhöhe aus ihren Herrscher neugierig beobachteten. Ramses wandte sich wieder um, denn sein Vater blieb stehen.

Die knapp zwei Ellen lange Astgabel begann mit einem Mal, in Sethos' Händen zu zittern. Gebannt ließ Ramses sie nicht aus den Augen. Er hätte es nie für möglich gehalten, dass eine Astgabel einen Wasserlauf unter dem Sand der Wüste aufspüren könne, aber diese hier war etwas Besonderes. Trotzdem stand ihm vor Verblüffung der Mund jetzt offen, und er hätte fast einen überraschten Schrei ausgestoßen, als das Zittern immer stärker wurde und anzeigte, dass das kühle Nass gefunden war. Rechtzeitig besann er sich, machte den Mund wieder zu und blickte seinem Vater gebannt ins Gesicht.

Sethos hielt die Augen noch immer geschlossen, während seine Lippen unverständliche Dinge murmelten. Ramses war so tief beeindruckt, dass er kaum wagte, Luft zu holen und diese wieder auszustoßen, aus Furcht, schon das Atmen könnte zu laut sein und die Magie des Moments zerstören.

»Hier wird ein Brunnen gegraben«, erklärte Sethos plötzlich. Seine Worte zerrissen die Stille. Er öffnete die Augen und lächelte Ramses an. »Die Rute hat mir den Weg gewiesen. Hier gibt es kühles, frisches Wasser unter dem Sand.«

Er drehte sich um und winkte einen der Getreuen herbei, dem er befahl, die Stelle gut zu markieren. Dann schritt er zur Düne zurück, während er die Astgabel wieder sorgsam in das Tuch einwickelte.

Kurze Zeit später machten sich ein paar Männer mit Schaufeln ans Graben, und als sich die Dunkelheit über das Land senkte, stießen sie tatsächlich auf Wasser. Jubelrufe und Lobpreisungen auf den Pharao wehten durch das Lager. Ausgelassen wurde an diesem Abend bis weit in die Nacht hinein gefeiert. Das Weitermarschieren fiel heute aus.

Sethos rastete noch einen weiteren Tag, und bei Anbruch des folgenden Abends zog er schließlich weiter, um im Morgenrot des übernächsten Tages die Goldminen zu erreichen. Dort erteilte er sofort den Befehl, den gegrabenen Brunnen ordnungsgemäß zu befestigen und Sorge dafür zu tragen, dass er nicht wieder versandete. Zudem befahl er den sofortigen Bau eines Schreins, um den Göttern für ihre Gnade zu danken, die ihm bei seiner Suche nach einem Wasserlauf hilfreich zur Seite gestanden hatten.

»Eine Inschrift soll daran erinnern, wie ich das Wasser fand und dass ich einen Brunnen graben ließ«, verfügte er, und Meriptahs Binse, der in Vertretung seines erkrankten Vaters zu Sethos' Füßen saß, flog über den Papyrus auf seinen Knien.

Sethos blieb einen ganzen Monat in der kleinen Siedlung, die einsam und verlassen im Nirgendwo des unendlichen Sandmeeres erbaut worden war. Ihr Zentrum bildete ein kleiner See, an dessen Ufer Gräser, Büsche und Palmen wuchsen. Die Behausungen der Arbeiter und deren Aufseher waren um das Gewässer herum errichtet. Neben ein paar Schreinen, gab es vier Tempel – einen für Ptah, den Schutzgott der Handwerksleute, einen für Amun-Re, den Götterkönig, einen weiteren für die Göttin Hathor, und natürlich durfte auch ein Heiligtum für Seth nicht fehlen, um die Gottheit der Wüstengebiete gnädig zu stimmen. Dem Amun-Tempel war sogar ein Haus des Lebens mit einer Schule sowie Krankenstation angegliedert. Die dortigen Heilkundigen hatten immer gut zu tun, denn breitgeklopfte Daumen oder verletzte Schienbeine gehörten zum Alltag in einem Minenbetrieb. Natürlich existierte auch ein Festplatz vor dem Heiligtum des Ptah, auf welchem im regelmäßigen Abstand Feste gefeiert wurden. Es gab zwei Bierhäuser mit jungen Mädchen, die nicht nur die vollen Krüge an die Tische schleppten, sondern sich auch um das Wohlbefinden der männlichen Bevölkerung kümmerten. Natürlich durften Lagerhäuser und Getreidespeicher nicht fehlen sowie eine Militärbasis, die für die Sicherheit der Bewohner und des gewonnenen Goldes sorgte. Mitten in der Wüste war hier im Laufe der Jahre eine kleine Ansiedlung entstanden, die erst dann wieder aufgegeben wurde, wenn die Goldvorräte des Berges erschöpft wären. Sie stellte den Lebensmittelpunkt für viele Arbeiter dar, die unter Mühe und Schweiß das Fleisch der Götter dem harten Gestein entrissen. Sie war aber auch Verbannungsort einiger Verbrecher, die von einem Gericht zu lebenslanger

Zwangsarbeit in den Minen Seiner Majestät verurteilt worden waren und mit Fußfesseln ihre Tätigkeit im Innern der Felsen versahen.

Während sich Sethos um administrative Dinge kümmerte und mit den Handwerkern sprach, lernte Ramses viel über die Arbeiten in einer Goldmine. Er erhielt Unterweisungen von den Aufsehern und Vorarbeitern. Sethos selbst nahm sich die Zeit und zeigte ihm, wie er es anstellen musste, um eine ertragreiche Ader aufzuspüren. Er stand an den Schmelzöfen und sah den Männern bei ihrer schweißtreibenden Arbeit zu, das Gold vom Gestein zu lösen. Und natürlich griff er auch dieses Mal, wie schon vor Jahren im Steinbruch von Sunu, zu Hammer und Meißel und arbeitete Seite an Seite mit den Minenarbeitern, was ihm deren Respekt und Achtung einbrachte.

»Ich merke immer wieder, wie mir diese simple Arbeit gefällt«, gestand er seinem Vater am letzten Abend ihres Aufenthaltes. Es war Ende der Überschwemmungszeit, und Sethos gedachte, am folgenden Morgen den Minen den Rücken zu kehren. »Allerdings muss ich sagen, dass mir die Arbeit im Steinbruch bei Weitem besser gefallen hat, vor allem, wenn es sich um das Bearbeiten einer Statue handelt. Da konnte ich sehen, was ich vollbringe.«

»Und das kannst du hier nicht?« Fragend hob Sethos die königlichen Brauen.

Unschlüssig zuckte Ramses mit den Schultern. »Ich weiß nicht so recht, Vater. Ich schätze, man kann beide Arbeiten nicht miteinander vergleichen. Dennoch bin ich froh, dass es wieder nach Memphis geht.« Ein sehnsüchtiger Anflug umflorte seine Augen.

Sethos schmunzelte. »Zuvor geht es erst einmal zurück in den Süden. Ich will Amun-Re beschenken und natürlich auch die anderen thebanischen Tempel. Ich bin auf der Hinfahrt einfach an Theben vorbeigesegelt. Das hat mir mein Volk sicher verübelt.«

»Wer würde es wagen, dir etwas zu verübeln, Majestät?« Ramses' Miene wurde hart. Er schnaubte erzürnt. Unwillkürlich erinnerte er sich an Bintanats Frage, ob ihre Mutter es wagen würde, Sethos den Zutritt zu ihren Gemächern zu verwehren.

Bei diesem Gedanken seufzte er leise. Ach, wie vermisste er seine Familie, die sanftmütige Nefertari und deren beiden Söhne, Isisnofret und ihren Nachwuchs. Seiner Zweiten Gemahlin hatte die Vermählung mit ihm etwas von ihrer Kratzbürstigkeit genommen. Er betete, dass sie diese nicht an ihre Kinder weitergegeben hatte. Zumindest Bintanat schien schon seinen störrischen Charakter geerbt zu haben. Käme dazu noch das kecke Mundwerk ihrer Mutter hinzu ... Er seufzte erneut. Unvorstellbar, dass er weitere Wochen auf seine Familie verzichten sollte. Er musste seinem Vater aber gehorchen, und er freute sich natürlich, dass er endlich von ihm unterwiesen wurde, dass sein Vater ihn auf seine künftigen Aufgaben vorbereitete. Wer, wenn nicht er, der Pharao, konnte ihm alles Notwendige lehren?

»... und im Anschluss kehre ich nach Memphis zurück«, hörte er Sethos sagen und konzentrierte sich wieder auf das Gespräch. »Dabei werde ich auf jeden Fall in Abydos haltmachen, um mich über den Stand der Arbeiten an meinem Totentempel und dem Osireion zu informieren. Inzwischen sollten die ersten Fortschritte zu sehen sein.«

Ergeben neigte Ramses den Kopf. »Deine Untertanen wird es freuen, dich zu sehen.«

Am folgenden Morgen brach das königliche Gefolge auf und kehrte den beschwerlichen Weg durch die Wüste zurück an den Nil. Ihre Schiffe erwarteten sie dort bereits. Den Großteil des Gefolges schickte Sethos zurück nach Memphis, während er mit seinem Sohn, seiner Leibgarde und einer handverlesenen Zahl persönlicher Beamter sowie Bediensteter nach Theben fuhr.

Sein Eintreffen wurde in der Stadt des Amun-Re von deren Bewohnern frenetisch gefeiert. In Opet-sut waren die insgesamt einhundertvierunddreißig Säulen errichtet, und schwere Steinplatten bedeckten inzwischen den Saal. Nun waren die Steinmetze dabei, die Pfeiler und Wände kunstvoll zu dekorieren, während die Maler und Schmiede diese in leuchtenden Farben bemalten oder mit dünnen Blechen aus Gold, Silber, Kupfer und Elektrum verkleideten.

»Was für eine Pracht«, staunte Ramses, als er mit seinem Vater und in Begleitung des Wesirs und dessen Vater den Säulensaal inspizierte. Ihm fielen beinahe die Augen aus dem Kopf. Die gewaltigen Sockel, aus denen die beeindruckenden Pfeiler aufragten. Ramses schätzte die Säulenhöhe im Mittelgang auf gute fünfunddreißig Ellen, wenn nicht sogar mehr.

»Es sind genau zweiundvierzig Ellen, mein Prinz«, hörte er Paser sagen, der seinen abschätzenden Blick richtig gedeutet hatte.

»Beeindruckend«, gab Ramses ehrlich zu. »Wie groß genau ist der Saal? Wie Seine Majestät mir sagte, gibt es nichts Vergleichbares entlang des Nils.«

Paser bestätigte das und kniff nachdenklich die Augen zusammen, um aus seiner Erinnerung die wichtigsten Details herauszukramen. »Die Länge beträgt einhundertsechsundneunzig Ellen und die Breite einhundertundeine. Die zwölf Säulen im Hauptgang sind, wie ich gerade anmerkte, zweiundvierzig Ellen hoch und haben einen Umfang von neunzehn Ellen. Die restlichen Säulen ...« Er schloss die Augen und rechnete kurz nach, doch sein Vater kam ihm zuvor.

»Es sind einhundertzweiundzwanzig an der Zahl.« Nebnetjeru schenkte seinem Sohn ein verschmitztes Lächeln. Dann wandte er sich Ramses zu. »Diese Säulen, Hoheit, besitzen einen Durchmesser von vier und eine Höhe von achtundzwanzig Ellen.«

»Und die Steingitter, wie hoch sind die?«, fragte Sethos und grinste schelmisch vor sich hin. Er hatte zwar mit Ramesse diesen Bau geplant und mit dessen Baumeister die Pläne durchgesehen und erarbeitet. Dennoch hätte er niemals so genau alle Zahlen wiedergeben können.

Paser entging nicht der Schalk in den Augen des Pharaos. »Ich reise in regelmäßigen Abständen nach Theben, um mich über den Baufortschritt zu informieren, Majestät. Mein Vater ist ständig vor Ort. Da bleibt es nicht aus, dass wir uns solche beeindruckenden Dinge merken.« Nun malte sich auch in sein Gesicht ein Schmunzeln. »Zu meiner Schande muss ich allerdings gestehen, dass ich die Höhe der Steingitter nicht weiß.« Er schenkte seinem Vater einen Hilfe suchenden Blick, doch Nebnetjeru zuckte nur mit den Schultern. Also winkte Paser einen der Aufseher heran. »Du hast die Frage Seiner Majestät vernommen?«

»Ja, Tjati.« Der Mann neigte tief den Rücken vor Sethos und streckte die Arme auf Kniehöhe vor. »Sie beträgt genau zehn Ellen, Majestät.«

Ein Wink Pasers bedeutete ihm, dass er sich wieder an seinen Platz zurückbegeben durfte.

»Es erfreut mein Auge, was ich hier erblicke«, hob nun Sethos an und sah anerkennend zu Paser und Nebnetjeru. Dann ließ er seinen Blick über die Handwerker und deren Vorgesetzten schweifen, die zu Boden starrten, wie es sich gehörte. »Ihr habt bisher ausgezeichnete Arbeit geleistet, sodass ich diese belohnen möchte. Ich erhöhe vom heutigen Tage an eure wöchentlichen Rationen um ein Viertel.« Erfreutes Gemurmel erfüllte die Reihen der Handwerker. Zufrieden blickten sie drein. »Doch nun frisch ans Werk, Männer! Ich vertraue darauf, dass ihr auch weiterhin alles unternehmen werdet, um diese Halle zum Ruhme des Amun-Re fertigzustellen Ich hingegen werde in ein paar Tagen diesen wunderschönen Bau dem Gotte weihen. Er soll fortan den Namen tragen *Ruhmreich-ist-Menmaatre-im-Hause-des-Amun*.«

Jubelrufe und Beifall erschollen und wurden von der hohen Decke zurückgeworfen.

***

Eine Woche später traten der Pharao und sein Gefolge ihre Rückreise gen Norden an. Nächster Stopp war Dendera, die Heimstadt der Göttin Hathor. Sethos gedachte, zwei Tage zu verweilen, um in dieser Zeit dem Heiligtum der Goldenen einen Besuch abzustatten und mit den Tempelobersten zu sprechen.

Hathor war die Göttin der Liebe, der Frauen und der weiblichen Sexualität. In ihrer Gestalt als Kuh, säugte sie den Pharao und wurde neben Isis von fast jeder Frau verehrt. Sie barg aber auch düstere Seiten in sich, war sie doch in ihrer Verschmelzung mit Sechmet in einen Blutrausch verfallen und hätte beinahe die gesamte Menschheit ausgerottet, wenn die anderen Götter ihr keine Falle gestellt hätten. Dennoch zählte sie zu den bedeutendsten Göttinnen seit Anbeginn aller Zeiten.

Ihr Oberpriester war entzückt, den Herrn der Beiden Länder in seinem Heiligtum willkommen zu heißen, und beugte gehorsam vor Sethos das Knie. »Es ist mir eine Ehre, Deine Majestät im Tempel der Göttin Hathor begrüßen zu dürfen«, sagte er salbungsvoll, nachdem ihm der König das Wort erteilt hatte.

Sethos nickte leicht und antwortete: »Es ist schon lange her, dass ich hier weilte.« Er faltete die Hände vor sich auf dem Arbeitstisch des Ersten Propheten, der ihm seinen Schreibtisch bereitwillig überlassen hatte. »Wie ich bei meinem Eintreffen im Tempelbezirk feststellen konnte, hat sich hier viel verändert; du aber, du bist noch immer der alte. Du herrscht mit starker Hand über das Heiligtum der Goldenen, und es gedeiht unter deiner straffen Führung wie die Saat im Frühjahr nach einer guten Schwemme.«

Geschmeichelt neigte der Hohepriester das kahl geschorene, mit heiligem Öl gesalbte Haupt. »Danke, Majestät, ich tue nur meine Pflicht, die ich demütig in deinem Auftrag verrichte.«

Sethos hob erstaunt die Augenbrauen und schmunzelte. Was für ein interessanter Mann! Es kam leider nicht mehr allzu häufig vor, dass sich einer der Ersten Propheten noch daran erinnerte, dass eigentlich er, der Pharao, der alleinige Hohepriester aller tausend Götter Kemis war. Er war es, der sie zu seinen Vertretern ernannte, während sie nur in seinem Namen handelten. Auch wenn er mit seiner Krönung göttlich geworden war, konnte er unmöglich in allen Heiligtümern gleichzeitig anwesend sein, um die Riten zu vollziehen. Darum war es erforderlich, vertrauenswürdige Vertreter dafür zu berufen.

»Aus deinem Mund spricht die Weisheit eines von Gehorsam und Frömmigkeit erfüllten Lebens«, bestätigte er Nebwenenefs Worte, und erneut senkte der Oberpriester das gesalbte Haupt. »Du hast stets treu den Göttern und dem Pharao gedient. Das soll nicht unbelohnt bleiben.«

»Aber, Majestät«, erwiderte Nebwenenef verlegen und hob abwehrend die Hände, »ich tat dies nie, um meinen Vorteil daraus zu ziehen.«

»Das glaube ich dir aufs Wort.« Sethos schmunzelte wissend. »Ich will jedoch nicht dir, sondern dem Heiligtum der Göttin Hathor ein Geschenk machen, welches du nicht zurückweisen solltest.«

»Verzeih bitte, Majestät, aber wer bin ich, dass ich mir anmaßen würde, das zu tun?«

Sethos Schmunzeln wurde breiter. In der Tat, dieser Mann gefiel ihm immer besser. Er war ein strenger und gerechter Herr. Er achtete die Götter und den Pharao, und er besaß die gewandte Zunge eines Diplomaten. Dennoch war er nicht kriecherisch wie so manch anderer von seinen Beamten. Viele von ihnen waren nur noch auf ihren persönlichen Vorteil bedacht, als ihrem Amt und damit der Allgemeinheit und den Göttern zu dienen.

»Ich möchte dem Tempel eine neue Götterbarke schenken«, fuhr Sethos fort. »Die Goldene soll in diesem Jahr ihre Reise nach Edfu zu ihrem Gemahl Horus bequemer, vor allem jedoch schöner antreten. Das Schiff soll mit Gold und Edelsteinen verziert sein. Der göttliche Glanz ihres Vaters Re soll sich in ihnen brechen und sie zum Blitzen bringen. Schon aus der Ferne soll jeder das Schiff funkeln sehen, so wie die Sterne am nächtlichen Himmel.«

Nebwenenef war sprachlos und starrte Sethos dankbar an. Mehrmals schluckte er, öffnete den Mund, doch brachte er kein Wort heraus. »Danke!«, krächzte er schließlich und neigte entschuldigend den Kopf.

Sethos nickte ihm freundlich zu. »Gehe nun und berichte den Priestern, welche Opfergabe ich Hathor bringe. Zudem bereite alles für morgen vor.«

Nebwenenef machte seinen Kniefall und zog sich zurück, von der unverhofft großzügigen Gabe des Pharaos noch immer beeindruckt.

»Mir gefällt dieser Mann«, sagte Sethos zu Ramses, als sich beide zum Abendessen in den Saal des kleinen Palasts von Dendera begaben. »Männer wie dieser Nebwenenef sind viel zu selten in der heutigen Zeit. In seinem Herzen leben noch immer die alten Traditionen fort, die unser Land einst groß und stark werden ließen. Ihm kann ich bedenkenlos vertrauen.«

Ramses pflichtete ihm bei, und der Name des Oberpriesters der Hathor grub sich ihm tief ins Herz.

Am nächsten Morgen zelebrierte Sethos zusammen mit seinem Sohn und inmitten der gesamten Priesterschaft das erste Ritual des Tages für die Goldene, doch schon am Mittag bestieg er wieder seine Barke und fuhr weiter nach Abydos. In der heiligen Stadt des Osiris wollte er sich über den Fortschritt an seinem Tempel der Millionen Jahre sowie am entstehenden *Achmen-maat-Re-en-Usir*, dem Osirisgrab, informieren. Seine Vorfreude war groß, wurde aber bereits beim Empfang in Abydos getrübt.

Dieser verlief nicht ganz so herzlich wie in Dendera und Theben. Der Erste Prophet des Osiris war bereits ein alter Mann, der sich mehr um seine eigenen Gebrechen zu kümmern schien als um die Aufgaben, die er vom Pharao übertragen bekam. Sethos' Stirn umwölkte sich bedrohlich, als er sah, dass die Bauarbeiten an seinem Heiligtum noch keine nennenswerten Fortschritte zeigten. Seit acht Jahren wurde an ihm gewerkelt, doch noch immer war ein Ende nicht abzusehen. Und auch das Osirisgrab ließ zu wünschen übrig. Zwar war mit den Ausschachtungsarbeiten begonnen worden. Nach inzwischen zwei Jahren Bauzeit hatte Sethos allerdings mehr erwartet als nur eine staubige Baugrube.

Umgehend befahl er seinen Obersten Schreiber zu sich und formulierte genaue Anweisungen, die dieser niederschrieb und an die entsprechenden Beamten weiterleitete. Sethos hingegen führte mit dem Oberpriester eine Unterredung unter vier Augen und ermahnte ihn, die Versäumnisse rasch aufzuholen.

»Wenn ich das nächste Mal meinen Fuß auf den geheiligten Boden von Abydos setze, will ich richtige Fortschritte sehen!«, schloss er mit ernster Miene seine Ermahnungen.

Ergeben neigte der alte Mann das Haupt und gelobte, seine Bemühungen in Zukunft zu verstärken.

Es blieb bei einem kurzen Besuch in der Stadt des Osiris. Schon am folgenden Tag begab sich das königliche Gefolge erneut auf die Barken, um ohne weiteren Zwischenstopp endlich nach Memphis zurückzukehren.

12. Kapitel

Neue Besen kehren gut

Missmutig saß Meriptah vor seinem Teller und knabberte an einem Stück Entenbrust vom Abend zuvor. Beim morgendlichen Ankleiden hatte er feststellen müssen, dass sein Leib an Umfang zugenommen hatte. Seine Schurze waren um die Hüften schon wieder zu eng.

Warum nur wurde er immer dicker, während die anderen jungen Männer in seinem Alter schlanke, muskulöse Körper besaßen? War nicht auch er monatelang mit dem Gefolge des Pharaos in den Steinbrüchen von Sunu unterwegs gewesen? Hatte nicht auch er im Anschluss die östliche Wüste bezwungen, zwar nicht ständig zu Fuß, manchmal auch auf der Plattform eines Wagens stehend? Und es waren entbehrungsvolle Märsche gewesen, erst Hitze, später Kälte, zudem wenig Schlaf und wunde Füße. Doch anstatt etwas an Gewicht zu verlieren, war sein Körper nur noch fetter geworden!

Griesgrämig blickte er an sich herab. Sein massiger Leib ekelte ihn regelrecht an. Als er den fragenden Blick seiner Frau auf sich ruhen spürte, sah er auf und hob entschuldigend die Augenbrauen.

»Was ist heute los mit dir?«, fragte sie und musterte ihn kritisch. »Schmeckt es dir nicht?«

»Doch, doch«, erwiderte Meriptah mürrisch. »Ich fürchte allerdings, ich sollte etwas weniger essen, denn schon wieder passen mir meine Gewänder nicht mehr.«

Verständnislos musterte ihn Ahhotep. Unmut kräuselte ihre Stirn. »Ich dachte, es wäre sonst etwas passiert«, entgegnete sie vorwurfsvoll. »Wenn es aber weiter nichts ist als das?« Sie rollte mit den Augen. »Dann werden dir die Dienerinnen eben neue Schurze und Hemden nähen, mein Lieber. Was ist daran so schlimm? Das ist doch kein Grund, ein so miesepetriges Gesicht zu ziehen«, fügte sie in tadelndem Ton hinzu.

»Doch … nein …« Meriptah wirkte zerknirscht. Er faltete die Hände vor dem Bauch und drehte Däumchen. »Wenn ich mir andere Männer in meinem Alter ansehe … Keiner ist so beleibt wie ich.«

Seine Frau stand auf und trat auf ihn zu. »Warum machst du dir darüber überhaupt Gedanken, lieber Bruder? Du gefällst mir so, wie du bist. Warum willst du nicht zeigen, dass du im Wohlstand lebst? Wenn ich mir dagegen Seine Hoheit, Prinz Ramses, ansehe …« Abwertend zuckte sie die Schultern. »Wenn nicht der königliche Uräus an seiner Stirn prangen würde, könnte man meinen, er sei einer dieser armen, halb verhungerten Bettler aus den Gassen von Memphis.«

Meriptah musste über ihren Vergleich schallend lachen und sah zu ihr auf. Seine liebe Ahhotep – mit ihr meinten es die Götter ebenfalls gut. Jedes Honigküchlein, das sie im Verlaufe eines Tages in sich hineinstopfte, ließen sie auf ihren Hüften sich niederschlagen. Liebevoll tätschelte er mit der einen Hand ihr breites Gesäß, während die andere sanft über ihren schwangeren Bauch strich. Seitdem sie ein Kind unter dem Herzen trug, war nicht nur ihr Bauch immer dicker geworden.

»Ganz so schlimm ist es nun auch nicht, meine Liebe. Ramses ist schlank und muskulös, aber nicht verhungert«, meinte er, noch immer amüsiert, wurde aber gleich darauf wieder ernst. »Trotzdem würde ich lieber wie er aussehen als so, wie ich jetzt bin.« Angewidert starrte er auf seinen mächtigen Leib. Selbst die ersten Ansätze von Brüsten zeichneten sich bereits unter dem edlen Leinen ab. »Ich werde einfach versuchen, nicht mehr ganz so viel zu essen, denn anscheinend brauche ich nur etwas Essbares zu sehen und werde schon dick.«

Verständnislos rollte Ahhotep erneut mit den Augen und machte sich aus seinen Armen frei. »Wenn du meinst, Meriptah.« Ihre Stimme klang schnippisch. Sie drehte sich um und watschelte zurück zu ihrem Platz. »Doch werde mir nicht so ein dürrer, klappriger Mann. Ich glaube, dann liebe ich dich nicht mehr.« Sie ließ sich auf ihrem Stuhl wieder nieder.

Schweigend setzten beide ihr Morgenmahl fort.

»Mein Vater will Seine Majestät bitten, mich nach Theben zu entsenden«, nahm Meriptah nach einer Weile die Unterhaltung wieder auf. »Ich soll dort im Auftrag des Wesirs arbeiten.« Vorsichtig lugte er zu Ahhotep, wie sie diese Nachricht aufnehmen würde. Ihre Schwangerschaft zeigte mit jeder Woche mehr Auswirkungen auf ihre Stimmung.

Überrascht sah sie von ihrem Essen auf und hielt in der Bewegung inne, sich einen Happen in den Mund zu schieben. Langsam sank ihre Hand mit dem eingetunkten Brot zurück auf den Tisch. »Nach *Theben*?« Sie zog den Namen der südlichen Königsstadt in die Länge. »Aber warum? Hat Paser nicht schon einen persönlichen Schreiber? Was will er da noch mit dir?« Missmutig ruhte ihr Blick auf ihm.

»Schon, doch mein Vater meint, nachdem ich mich während der Expedition so gut bewährt habe, wäre es für mich von Vorteil, mich mit den Verwaltungsaufgaben einer Metropole vertraut zu machen ...«

»Und das muss unbedingt am anderen Ende der Beiden Länder sein?«, fiel sie ihm gereizt ins Wort. Ihre Augen füllten sich mit Tränen. »Ist Memphis dafür etwa zu klein? In zwei Monaten bekomme ich unser Kind, und du willst mich jetzt verlassen?«

»*Verlassen?*« Meriptah war baff.

»Ja, verlassen!«, blaffte sie mit tränenerstickter Stimme zurück. »Kann dein Vater nicht jemanden anderes dem Pharao empfehlen? Musst ausgerechnet du es sein? Du bist sein Sohn. Er weiß genau, dass ich schon bald niederkomme und dich deshalb hier an meiner Seite brauche! Warum also will er ausgerechnet dich nach Theben senden?«

Lasch zuckte Meriptah mit den Schultern. »Ich weiß es nicht. Er meint es sicher nur gut. Du musst mir aber glauben, Liebste, auch ich will dich jetzt nicht verlassen, eigentlich will ich das nie. Dafür liebe ich dich zu sehr.« Seine Augen leuchteten plötzlich auf. »Warum begleitest du mich nicht einfach in den Süden?«

»Doch nicht mit diesem dicken Bauch!«, brauste Ahhotep auf und schenkte ihm einen vernichtenden Blick. »Was, wenn das Kind während unserer Reise auf dem Nil das Licht erblicken will? Soll ich mich irgendwo am Ufer auf ein paar Steine kauern?«

Schnell schüttelte Meriptah den Kopf und beließ es dabei. Es wäre sinnlos, mit ihr darüber zu diskutieren, zumindest in ihrem derzeitigen Zustand. Ahhotep war nicht mehr sie selbst, seit das neue Leben in ihr wuchs. Sicher würde sich das wieder ändern, wenn das Kind erst geboren war.

Er seufzte leise. »Es lässt sich nicht verhindern, dass ich ab und an, einem Befehl gehorchend, außerhalb von Memphis weilen werde«, verteidigte er sich lahm. »Ich bin nicht irgendein niederer Schreiber, der irgendwo in der Verwaltung einen unbedeutenden Posten bekleidet, wo niemand an ihn denkt.« Gedankenverloren zupfte er an seinem Schurz herum und wich ihrem Blick aus. »Ich habe mich während der letzten Monate mit Ramses ... *angefreundet*.« Das Wort kam ihm widerwillig über die Lippen. Er machte eine unschlüssige Geste. »Na ja, vielleicht ist das nicht das rechte Wort. Wir sind uns nähergekommen, und ich glaube, dass er in mir nicht mehr den dicken Jungen von damals sieht, der von morgens bis abends nur Süßigkeiten in sich hineingestopft hat. Ich denke, Seine Hoheit hat erkannt, dass ich ein erfahrener Schreiber geworden bin, so wie das auch mein Vater ist.«

Verständnislosigkeit malte sich in Ahhoteps Gesicht, als er zu ihr aufsah.

»Und was hat das damit zu tun, dass dein Vater dich nach Theben schicken will?«

»Nun«, erklärte er und lächelte sie zuversichtlich an, »ich habe beschlossen, zu ihm zu gehen und ihn zu bitten, mich in seine Dienste zu stellen. Ramses hat zwar schon einen Schreiber. Es ist aber, im Vergleich zu uns, ein alter Mann, der nur noch ein paar Jahre seine Tätigkeit ausüben wird. Vielleicht kann ich Ramses davon überzeugen, dass ...« Er schüttelte den Kopf und machte eine wegwerfende Handbewegung. »Nein. Es ist mir egal, welchen Posten ich bekleide. Hauptsache, ich kann bei dir in Memphis bleiben. Ich spekuliere nämlich darauf, dass Sethos mir nicht befehlen wird, nach Theben zu gehen, wenn ich in Ramses' Diensten stehe. Was sagst du dazu?«

»Glaubst du wirklich, er stimmt zu?« Zweifelnd hoben sich Ahhoteps Brauen.

»Wer, Ramses? – Ich bete zu meinem Schutzgott Ptah, dass

er es tut. Anderenfalls werde ich wohl oder übel meinen Dienern befehlen müssen, meine Truhen zu packen.«

***

Als Meriptah am Abend in den Empfangssaal des Thronfolgers trat, sah er sich Der-seine-Feinde-zerfleischt gegenüber. Der inzwischen ausgewachsene Löwe war zwar angekettet; dennoch blieb Meriptah bei seinem Anblick vor Schreck wie angewurzelt stehen und starrte das Tier angstvoll an, das sich nur knapp zwei Ellen von ihm befand.

»Kannst du bitte diese Bestie zurückrufen, Hoheit«, rief er entsetzt und presste verängstigt sein Hinterteil gegen den Pfosten der Tür. Der-seine-Feinde-zerfleischt hatte sich bei seinem Eintreten erhoben und war so dicht auf ihn zugetreten, wie es ihm die Kette ermöglichte.

Ramses lag schon die passende Erwiderung auf der Zunge, dass Der-seine-Feinde-zerfleischt mageres Fleisch bevorzugte, doch er schluckte die Gehässigkeit hinunter. Sie waren keine dummen Knaben mehr. Er räusperte sich und befahl den Löwen zurück auf seinen Platz.

Gelassen musterte das Tier sein Gegenüber, machte kehrt und legte sich gehorsam in der Ecke nieder, die für ihn hergerichtet war.

»Was kann ich für dich tun?«, erkundigte sich Ramses. Er stand auf, trat auf den Löwen zu und kraulte ihm die dichte Mähne. Er wusste, das machte Eindruck auf seine Besucher. Bis auf ihn selbst, Nachtamun und Intef wagten sich nur noch die beiden Pfleger an die inzwischen vierjährige Raubkatze heran.

Der-seine-Feinde-zerfleischt war ein prächtiges Tier geworden. Er blieb aber trotz seiner Zuneigung zu diesen fünf Männern ein wildes und vor allem gefährliches Tier. Tuja sah es überhaupt nicht gern, dass Ramses diesen Löwen wie ein Haustier verwöhnte. Mit ihm spielen war schon seit Langem nicht mehr drin. Der-seine-Feinde-zerfleischt war einfach zu stark und zu schwer geworden. Selbst Nebsumenu und Pentawer verspürten ungeheuren Respekt vor der großen Katze mit der dichten, beinahe schwarzen Mähne, selbst wenn sie angekettet in ihrer Ecke lag und keinerlei Notiz von ihnen nahm. Jeder Fremde hingegen erstarrte förmlich vor Furcht bei ihrem Anblick. Hatte Ramses den Löwen im ersten Jahr noch mit auf seine Reisen genommen, verzichtete er inzwischen darauf.

»Bitte verzeih, Hoheit, dass ich dich störe«, hob Meriptah an. Er klang noch immer leicht verstört. Vorsichtig setzte er einen Fuß vor und versuchte, so geräuschlos wie möglich sich Ramses zu nähern. Dabei behielt er den Löwen fest im Blick, der sich nicht weiter um ihn scherte und stattdessen die Streicheleinheiten seines Herrn genoss. »Ich bin gekommen, um dir meine Dienste als Schreiber anzubieten.«

Ramses' Hand verharrte in ihrer Bewegung. Überrascht blickte er zu seinem Gast auf, die Augenbrauen fragend in die Höhe gezogen. »Du willst für mich arbeiten, Meriptah? Warum?« Er erhob sich und begab sich zu seinem Platz zurück. Dabei entging ihm nicht das Aufatmen Meriptahs, der froh war, aus dem Dunstkreis von Der-seine-Feinde-zerfleischt zu gelangen.

»Weil ich ein ausgezeichneter Schreiber bin, mein Prinz, wie du sicher bemerkt haben wirst. Und weil du der Nestfalke bist, der einen persönlichen Schreiber braucht, auf den er sich verlassen und dem er blindlings vertrauen kann, so wie Seine Majestät meinen Vater sein Vertrauen schenkt.«

»Ich habe bereits einen Schreiber, nein, mehrere sogar«, antwortete Ramses. Nachdenklich zog er sich einen Armreif vom Handgelenk und betrachtete ihn ausgiebig.

Ani war nicht seine Wahl, sondern die seines Vaters gewesen. Sicher, der ältere Mann hatte ihm stets gute Dienste geleistet. Er wurde aber auch nicht jünger, und die anderen Schreiber, die Ani unterstellt waren, kannte er nicht gut genug, um einem von ihnen seine geheimsten Gedanken anzuvertrauen. Wollte er diese aber mit Meriptah teilen?

Er räusperte sich. »Du hast recht, Meriptah. Auch ich brauche jemanden, auf den ich mich verlassen und dem ich voll und ganz mein Vertrauen schenken kann. Aber solltest das wirklich du sein?« Er musterte den beleibten Beamten, der nervös von einem Bein auf das andere trat, und fügte hinzu: »Dennoch, ich will nicht hartherzig sein. Ich werde über deine Bitte nachdenken und dich meine Entscheidung wissen lassen. Also übe dich ein wenig in Geduld.« Er musterte ihn. »Kann ich sonst noch etwas für dich tun?«

»Nein, Hoheit, das war mein einziges Anliegen.«

Verlegen verlagerte Meriptah das Gewicht auf den anderen Fuß. Ramses entging nicht, dass ihm noch etwas auf dem Herzen lag.

»Nun sprich schon«, forderte er ihn schmunzelnd auf.

»Vergib mir, Hoheit!«, rückte Meriptah zögerlich mit der Sprache heraus und wagte nicht, den Blick zu heben. »Ich möchte dich darum bitten, überlege nicht zu lange. Mein Vater will Sethos empfehlen, mich nach Theben in die Dienste von Paser zu geben.«

»Aha, Meriptah, daher also weht der Wind.« Amüsiert pfiff Ramses durch die Zähne. »Und du hast keine Lust, Memphis und deine Frau zu verlassen, also kommst du zu mir.« Er grinste breit.

Meriptah schoss die Hitze in die Wangen. Beschämt sank sein Kopf noch tiefer auf seine Brust. »Ja, Hoheit, es stimmt, was du sagst«, gestand er ertappt. »Ahhotep, meine Gemahlin, erwartet schon bald unser erstes Kind. Ich würde in der Tat lieber bei ihr sein als weit entfernt in Theben. Dennoch kannst du mir glauben, dass es mein aufrichtiger Wunsch ist, dir treu zu dienen. Mir ist bewusst, dass ich nie zu deinem Freundeskreis gezählt habe, genau genommen war ich überhaupt nicht mit dir befreundet. Doch ich denke, das ist lange her. Wir beide sind inzwischen Männer geworden und sehen die Welt mit anderem Blick.« Verzagt seufzte er und sah Ramses offen ins Gesicht. »Ich bitte dich, Hoheit, verstehe mein Anliegen und die Beweggründe dafür nicht falsch.«

Ramses grinste noch immer, doch er war nicht herzlos. »Also gut, Meriptah. Bezüglich der früheren Zeiten hast du recht. Ich habe dich verspottet, doch das war Kinderei. Auch mir ist nicht entgangen, dass aus dir ein ausgezeichneter Schreiber geworden ist. Das hast du mir während der Expedition meines Vaters deutlich vor Augen geführt und dir damit meinen Respekt gesichert. Kehre zu deiner Frau zurück und sage ihr, dass du mir ab heute als Oberster Schreiber dienen wirst.«

»Ramses ... Hoheit ...«, stotterte Meriptah überwältigt vor

Glück und starrte ihn dankbar an. »Danke, mein Prinz. Die Götter mögen dich und deine Familie beschützen.«

***

Am nächsten Tag begann Meriptah froh gelaunt und voller Tatendrang seine Arbeit in Ramses' Diensten.

Sein Vater hatte ihn gelehrt, nie den Aufzeichnungen seines Vorgängers blind zu vertrauen; stattdessen sollte er sich selbst über alles ein Bild machen, um gegebenenfalls Änderungen vornehmen zu können oder versteckte Fehler aufzudecken. Und so begann er, das gesamte Archiv des Thronfolgers durchzuarbeiten und neu zu ordnen, was nicht gerade auf die Gegenliebe der anderen Schreiber stieß, die schon länger in den Diensten des Nestfalken standen. Vor allem Meriptahs Vorgänger war äußerst erbost.

»Was bildet sich dieser Fettwanst bloß ein!«, knurrte Ani und warf einen wütenden Blick in Richtung des neuen Oberschreibers. »Nur weil er der Sohn von Sethos' persönlichem Schreiber ist, gibt ihm das noch lange nicht das Recht, alles von mir infrage zu stellen und die Ordnung im Archiv durcheinanderzubringen.«

»Da gebe ich dir völlig recht«, erwiderte Hori, nahm sich jedoch gehorsam einen neuen Stapel Schriftrollen vor, um sie gemäß den Anweisungen seines neuen Vorgesetzten in die längs der Wand stehenden Truhen einzusortieren. »Doch was willst du dagegen tun? Seine Hoheit hat ihn zu deinem Nachfolger ernannt. Wir müssen ihm gehorchen. Das gilt auch für dich.«

»Es passt mir aber nicht!«, murrte Ani. »Seit neun Jahren habe ich mich um alles gekümmert, habe alles überwacht und für Ramses seine vertraulichen Botschaften erstellt. Und nun kommt dieser Fettwanst daher und rekelt sich mit seinem fetten Arsch auf meinem Stuhl, vor meinem Arbeitstisch, und ich soll vor ihm den Rücken beugen? – Niemals!«, schnaubte er wutentbrannt.

Entsetzt hielt der jüngere Schreiber die Luft an und warf einen raschen Blick in Richtung des neuen Vorgesetzten, der zum Glück Anis Gefühlsausbruch nicht mitbekommen hatte. »Was willst du dagegen tun?«, flüsterte er und wandte verängstigt seinen Blick dem älteren Mann wieder zu. »Willst du dich etwa gegen ihn auflehnen?«

»Das habe ich nicht gesagt«, blaffte Ani, senkte nun aber auch wieder die Stimme, um keine Aufmerksamkeit zu erregen. »Ich glaube aber, es wird mir nicht schwerfallen, mit meinem Erfahrungsschatz dieses junge Bürschlein vor Seiner Hoheit lächerlich zu machen.« Er rümpfte die Nase. »Meriptah hat doch noch keinerlei Erfahrungen in seinem neuen Amt. Nur weil er der Expedition des Pharaos folgen durfte, ist er noch lange kein erfahrener Beamter. Die Unterlagen eines so großen Haushalts zu führen, wird ihn schlicht überfordern, und wenn das passiert, werde ich wie selbstverständlich als Retter in der Not zur Verfügung stehen.« Er grinste selbstgefällig.

»Aber er ist der Sohn des Obersten Schreibers des Herrn der Beiden Länder«, wagte Hori seinen früheren Vorgesetzten zu erinnern.

»Na und?«, schnappte Ani erzürnt. »Deshalb hat er noch lange nicht die Weisheit und die Erfahrungen seines Vaters mit der Muttermilch aufgenommen. Ich war bereits Schreiber, als dieser Fettwanst noch in die Windeln geschissen hat.«

Hori schluckte und war zutiefst bestürzt über Anis Wut, die sich in einer für ihn untypischen vulgären Ausdrucksweise äußerte. Ihm war nicht wohl zumute, wenn er ihm lauschte. Nicht dass ihn noch jemand bezichtigte, mit Ani und dessen Ansichten zu sympathisieren. Dennoch konnte er nicht anders; bevor er sich wieder seiner Tätigkeit widmete, warf er Ani einen mitleidigen Seitenblick zu. Es war unschwer zu erkennen, dass diesem seine Absetzung wie ein giftiger Skorpionstachel tief im Herzen saß. Und irgendwie konnte er das auch verstehen.

Ani war durch Sethos zum Oberschreiber des Prinzen berufen worden, und Ramses hatte die Entscheidung seines Vaters bis heute wortlos akzeptiert. Spätestens seit Ramses ein Mann geworden war, hatte er jedoch begonnen, sich selbst nach fähigen Männern umzusehen, die ihm persönlich nahe standen und ihm dienen sollten – und Ani zählte nun einmal nicht dazu. Er war zwar mit seinen sechsundvierzig Jahren der Älteste und Erfahrenste unter den Schreibern des Thronfolgers, doch das hatte ihm nichts genutzt. Nun saß Meriptah, ein weitaus jüngerer Mann, auf seinem Platz. Doch auch wenn er Anis Wut verstehen konnte, wollte er nichts damit zu tun haben, sollte dieser versuchen, irgendwelche Intrigen gegen Meriptah zu spinnen. Und ihn beschlich das Gefühl, dass Ani das vorhatte.

»Du bist mit einem Mal so still!«, riss Ani ihn aus seinen Gedanken.

Unwillkürlich zuckte Hori erschrocken zusammen und schüttelte den Kopf.

»Was ist los mit dir? Willst du dich ihm etwa unterordnen?«

Bedächtig hob Hori den Blick von den Rollen in seinen Händen und sah Ani verunsichert ins wutverzerrte Gesicht. »Ich diene Seiner Hoheit, Ani«, erwiderte er vorsichtig. Er wollte seinen enttäuschten Kollegen nicht noch mehr erzürnen. »Wenn er ab sofort Meriptah als seinen Obersten Schreiber sehen will, werde ich mich nicht dagegen auflehnen, sondern diese Entscheidung akzeptieren und Meriptah gehorchen. So verlangt es die Maat. Wer bin ich, dass ich das Recht hätte, Ramses' Entscheidungen zu bemäkeln?« Entschuldigend versuchte er es mit einem Lächeln, aber Ani verzog nur verächtlich das Gesicht.

»Du kleiner Kriecher, du widerlicher Speichellecker!«, schnaubte er, ohnmächtig vor Zorn. »Mach, was du willst. Ich rate dir aber, komme mir nicht in die Quere! Das würde dir nicht gut bekommen!« Achtlos ließ er die Rollen, die er sich gerade genommen hatte, auf den Boden fallen. Dann drehte er sich um und stapfte wütend aus dem Archiv.

***

Eine Woche war vergangen. Meriptah saß noch immer über den Aufzeichnungen seines Vorgängers und konnte den Fehler nicht finden. Dennoch stand für ihn fest, dass irgendetwas in Anis Unterlagen nicht stimmen konnte.

Er wollte gerade gewohnheitsmäßig nach einem Gebäckstück greifen und es sich genüsslich in den Mund schieben, als ihm sein Vorsatz einfiel, ab sofort weniger zu essen. Enttäuscht ließ er die Hand wieder sinken und widmete sich seiner Arbeit.

Mühselig prüfte er zum wiederholten Mal alle wöchentlichen und monatlichen Einkünfte und Ausgaben. Wie zuvor, die Summen stimmten. Wenn er sich allerdings die Gesamtausgaben der letzten vier Jahre betrachtete, stockte ihm der Atem. Nach seinem Dafürhalten waren die Ausgaben für den Haushalt eines Prinzen viel zu hoch, und sie nahmen von Jahr zu Jahr beständig zu. Da er es sich nicht erklären konnte, schickte er nach dem ehemaligen Obersten Schreiber, aber Ani zuckte nur mit den Schultern und erwidert spitz, dass alles seine Richtigkeit hätte.

Doch nicht für Meriptah!

Er schlussfolgerte, dass die Ausgaben nicht im Einklang mit der Anzahl der Bediensteten und ihrem Lohn stehen konnten. Nochmals überprüfte er alle Zahlen, und noch immer machte er das allein und teilte sich die Arbeit nicht mit einem seiner Untergebenen. Und auch dieses Mal ergab sich eine exakte Deckung mit den Ergebnissen von Ani. Was hatte er auch erwartet?

»Ich fasse es nicht!«, schimpfte Meriptah und riss sich die Perücke vom Kopf. »Verflixt, wo liegt nur der verdammte Fehler?« Grübelnd stützte er den Kopf in die Hände und die Ellenbogen auf die Platte des Arbeitstisches. »Mir bleibt wohl nichts anderes übrig, als die Ansprüche jedes einzelnen Bediensteten zu überprüfen«, murmelte er vor sich hin und stöhnte gequält auf, als ihm bewusst wurde, welche Aufgabe ihn erwartete. Dennoch ging er sofort ans Werk, und bereits einen Tag später hatte er auch das erledigt, mit dem Ergebnis, dass alles seine Richtigkeit hatte.

Er war der Verzweiflung nahe.

Zu guter Letzt bat er Nebsumenu um eine Liste aller Angestellten, die im Haushalt des Thronfolgers arbeiteten.

»Du willst eine Aufstellung sämtlicher Diener und Dienerinnen?«, fragte der Hausverweser verwundert.

Entschuldigend hob Meriptah die Hände. »Ja, ich weiß, Nebsumenu, das macht eine Menge Arbeit, doch irgendetwas stimmt nicht mit Ramses' Ausgaben. Ich habe alles nachgerechnet, mehrfach sogar; dennoch kann ich den Fehler nicht finden. Scheinbar ist alles richtig, aber die Ausgaben sind definitiv zu hoch.«

»Wenn du alles nachgerechnet hast und die Ergebnisse stimmen ... Wieso zweifelst du dann an ihnen?«

»Weil es nicht sein kann, dass der Haushalt unseres Gebieters mehr Ausgaben hat als jeder andere seiner Größe. Ramses ist zwar der Nestfalke, und er ist kein geiziger Mensch; er wirft aber auch seinen Besitz nicht mit vollen Händen zum Fenster hinaus.«

Diese Begründung leuchtete Nebsumenu zwar ein. Trotzdem legte er fragend die Stirn in Falten und musterte Meriptah kritisch. »Und warum benötigst du nun von mir eine Namensliste aller Angestellten?«

»Weil ich prüfen will, ob Seine Hoheit nicht an jemanden Lohn zahlt, der gar nicht für ihn tätig ist.«

Entsetzt riss Nebsumenu die Augen weit auf. Ihm blieb fast die Spucke weg, so ungeheuerlich war Meriptahs Verdacht. »Du glaubst, Ramses wurde über all die Jahre betrogen?«

»Das habe ich nicht gesagt«, wies Meriptah diese Annahme von sich. »Es ist aber die letzte Möglichkeit, die bleibt. Nur so kann ich mir erklären, warum die Ausgaben so schwindelerregend hoch sind.«

Ohne Umschweife versprach Nebsumenu, diese Liste zu erstellen. Zwei Tage später landete sie bei Meriptah auf dem Tisch.

Sofort machte sich der junge Mann an die Arbeit, doch die Namen waren völlig identisch mit denen, die in Anis Unterlagen verzeichnet standen. Anis Auflistung enthielt ein paar Bedienstete, die inzwischen nicht mehr in Ramses' Haushalt dienten. Dafür waren in der Zwischenzeit neue Namen hinzugekommen.

Eine weitere halbe Woche verstrich, und Meriptah kam nicht einen Schritt voran.

»Bei Seth,«, fluchte er, »verdammt noch mal! Das kann doch nicht sein! Was mache ich nur falsch?« Er schnaubte erzürnt und ließ sich hinter seinen Arbeitstisch auf den Stuhl fallen, der unter seinem Gewicht bedrohlich ächzte. »Ich kann doch unmöglich mit der Liste in der Hand losgehen und jeden einzelnen Diener persönlich aufsuchen, um mich von seiner Existenz zu überzeugen?«, murrte er vor sich hin und stützte entmutigt das erhitze Gesicht in seine Hände. »Aber vielleicht ist das die einzige Möglichkeit, um den Fehler aufzuspüren«, schlussfolgerte er, und ihm wurde bei dem Gedanken speiübel, welche Arbeit ihm bevorstände. »Ich werde zu Ramses gehen«, führte er seinen Monolog fort und erhob sich wieder von seinem Platz. »Ich werde ihm alles berichten und ihn bitten, mir Unterstützung zu gewähren.«

Zwei Tage später bot sich ihm die Gelegenheit, den Thronfolger von seinem Problem in Kenntnis zu setzen, und dieser runzelte die Stirn.

»Du glaubst, jemand hat in all den Jahren versucht, mich zu betrügen?«

»Ja, Hoheit. Es hat zumindest den Anschein danach.«

»Und wer, glaubst du, steckt dahinter? – Ani?«

»Das weiß ich noch nicht«, gestand Meriptah ehrlich ein. »Der Verdacht liegt nahe. Er hätte die Möglichkeit gehabt, die Listen zu fälschen, obwohl ich ihm zum jetzigen Zeitpunkt keine Schuld nachweisen kann. Es könnte auch jeder andere gewesen sein.«

»Jeder andere? Sogar Nebsumenu?«

Meriptah seufzte und wischte sich den Schweiß von der Stirn. »Ja, Hoheit, sogar Nebsumenu. Auch er hätte genug Einfluss und Macht, um andere für einen Betrug zu dingen. Ich glaube aber nicht, dass dein Hausverweser schuldig ist. Trotzdem sollten zum jetzigen Zeitpunkt alle als verdächtig gelten, ausgenommen vielleicht Pentawer, Intef und Nachtamun.«

Ramses schnaubte. »Dann finde den oder die Schuldigen, und zwar schnell. Ich stelle dir Nachtamun zur Seite, der allein durch seine Erscheinung einige verstockte Herzen zum Reden bringen wird, aber finde mir den Übeltäter!«

Wortlos verneigte sich Meriptah und begab sich sofort in seine Amtsstube zurück, um alles vorzubereiten.

Er blieb auch weiterhin dabei, mit keinem seiner Schreiber diese Aufgabe zu teilen. Wie er dem Thronfolger gesagt hatte, konnte jeder darin verwickelt sein. Ihm grauste zwar vor dieser arbeitsintensiven Aufgabe; er war aber dankbar, dass Ramses ihm Nachtamun zur Seite stellte. Unverzüglich stellte er eine neue Liste zusammen, in der er systematisch die Diener ihren Tätigkeiten zuordnete, um die Sucherei zu erleichtern.

Es war schon spät, als er schließlich mit dieser Arbeit fertig war, und ihm knurrte der Magen. Gerade wollte er sich hinter seinem Schreibtisch erheben, um nach Hause zu Ahhotep zu gehen, als ihm Nachtamun gemeldet wurde. Leicht verärgert nickte er und bat ihn herein.

»Seine Hoheit hat mich über alles in Kenntnis gesetzt«, kam der hochgewachsene Leibwächter sofort zur Sache, nachdem sich hinter ihm die Tür geschlossen hatte. »Wie wollen wir vorgehen?«

»Nimm erst einmal Platz.« Meriptah wies auf den Stuhl, der vor seinem Arbeitstisch stand. Was sollte diese Hektik? Es war schon spät! »Ich will die Namen aller überprüfen, die hier auf dieser Liste stehen.« Er hielt Nachtamun die Schriftrolle unter die Nase, die er gerade fertiggestellt hatte. »Wir müssen all die Leute aufsuchen, die hier verzeichnet stehen, und prüfen, ob sie wirklich Ramses dienstverpflichtet sind. Das wird viel Zeit in Anspruch nehmen.«

»Dann lass uns nicht herumtrödeln«, schlug Nachtamun vor. »Fangen wir noch heute an!«

»Was, noch heute Abend?«, rutschte es Meriptah heraus. Ungläubig starrte er den muskulösen, jungen Mann Mitte zwanzig an, der in seiner Uniform eine elegante und zugleich Respekt einflößende Figur machte.

Ja, einen solchen Körper hätte er auch gern gehabt, durchfuhr es ihn. Vielleicht sollte er nicht ständig auf seinen Magen hören!

Unauffällig musterte er Nachtamun.

Er trug ein modisch gefälteltes Hemd und einen wadenlangen Schurz. Das strahlende Weiß des kostbaren Leinens hob sich deutlich von seiner dunkel gebräunten Haut ab. Meriptah besaß einen helleren Teint. Immerhin saß er ständig in irgendwelchen Schreibzimmern oder Archiven herum, wo kein einziger Sonnenstrahl ihn traf. Nachtamuns Arme waren muskulös und bestanden nicht nur aus wabbeligem Fleisch. Der goldene Schmuck lag elegant um seinen Hals und versank nicht im Speck des Doppelkinns. Der lederne Brustpanzer, der von breiten Riemen über Nachtamuns Schultern gehalten wurde und in einem vorn offenen Schurz endete, hätte um das Doppelte verbreitert werden müssen, damit er hineinpassen würde, wenn das überhaupt reichte.

Meriptahs Laune verdüsterte sich immer mehr. Dann fiel sein Blick auf die kostbar verzierte Scheide, in welcher Nachtamun sein Kurzschwert trug. Daneben steckte ein spitzer Dolch.

Ja, dachte er, diesen Waffen ist es egal, wie fett oder schlank der Körper ihres Trägers ist. Einzig der Gürtel, an denen ihre Scheiden hängen, wäre für meinen Umfang eindeutig zu kurz.

Nun war seine Laune gänzlich auf dem Tiefpunkt angekommen. Warum quälte er sich überhaupt mit solchen Belanglosigkeiten, wo es doch weitaus wichtigere Dinge zu erledigen gab? Immerhin zeugte seine Figur von großem Wohlstand.

»Ja, sofort«, hörte er Nachtamun verärgert antworten und konzentrierte sich wieder auf den Hauptmann der Getreuen. »Um diese Zeit treffen wir die meisten der Diener in ihren Unterkünften an. Und all jene, die außerhalb wohnen, suchen wir morgen auf.«

Hungrig und müde nickte Meriptah. »Meinetwegen, Nachtamun, du hast ja recht. Fangen wir sofort mit der Arbeit an.« Ächzend erhob er sich. Er griff nach seinem Schreibzeug und hängte es sich über die Schulter.

Die Unterkünfte befanden sich im hinteren Teil des Palastbezirks. Sie wurden überwiegend von unverheirateten Männern und Frauen bewohnt oder von jenen, die sich noch kein eigenes Heim leisten konnten. Da es bereits recht spät war, waren die meisten Quartiere hell erleuchtet. Gedämpfte Stimmen drangen aus dem Innern der kleinen Kammern oder von den Fluren. Geschirr klapperte, es wurde gelacht. Essensdüfte und menschliche Ausdünstungen schwängerten die Luft, die vom Tag noch immer warm und stickig war.

Angewidert rümpfte Meriptah die Nase und tupfte sich mit einem Tuch den Schweiß von Stirn und Hals.

Sie meldeten sich beim Oberaufseher und trugen ihm ihr Ansinnen vor. Dieser schien etwas verwundert, zeigte ihnen aber ohne Umschweife den Bereich, in dem die Dienerschaft des Thronfolgers untergebracht war.

Die erste Kammer, die sie betraten, war leer.

»Wer wohnt hier?«, fragte Nachtamun militärisch zackig.

Entschuldigend senkte der Aufseher den Blick. »Verzeih, Herr, ich kann nicht alle Unterkünfte ihren Bewohnern zuordnen. Es sind zu viele. Wenn du dich einen Moment gedulden willst, schicke ich einen Diener, der meine Aufzeichnungen holt.«

Nachtamun zog ein mürrisches Gesicht. »Dann aber schnell, Mann. Wir wollen nicht die ganze Nacht vertrödeln!«

Geschwind verließ der Aufseher das Quartier und schrie nach einem Untergebenen, dem er in barschem Ton befahl, die gewünschte Schriftrolle aus seinem Amtsbereich zu holen.

Als der Mann mit den Unterlagen zurückkehrte, setzten Meriptah und Nachtamun ihre Suche fort. Es war mühselig, doch sie wurden für ihren Fleiß belohnt. Als allmählich Ruhe in den Unterkünften einkehrte, hatten sie bereits ein Drittel der Namen von der Liste abstreichen können.

Müde verabschiedeten sich die beiden ungleichen Männer voneinander.

»Morgen früh machen wir weiter«, sagte Nachtamun und verkniff sich ein Gähnen. »Wenn es so gut wie heute läuft, sind wir vielleicht schon morgen Abend fertig.« Er hob die Hand zum Gruß und eilte zielstrebig über den weitläufigen Hof, um sich nach Hause zu begeben.

Am nächsten Morgen setzten sie ihre Arbeit fort, doch zu Meriptahs Verdruss hatten alle verzeichneten Namen ihre Richtigkeit.

»Ich verstehe das einfach nicht«, meinte er verzweifelt, als sie wieder in seinem Arbeitszimmer angekommen waren. »Wie kann es nur möglich sein?« Erschöpft ließ er sich hinter dem Arbeitstisch auf seinen Stuhl fallen und nahm die Perücke vom Kopf. Anschließend rief er nach einem Diener und befahl ihm, Wein und Früchte zu bringen.

Nachtamun hatte es sich in der Zwischenzeit ihm gegenüber ebenfalls bequem gemacht. »Wir konnten alle Namen einem von Ramses' Dienern zuweisen«, stellte er stirnrunzelnd fest. »Vielleicht hast du dich getäuscht«, gab er zu bedenken.

Energisch schüttelte Meriptah den kahl geschorenen Kopf. »Das glaube ich nicht.« Grübelnd strich er sich über die Glatze, auf der sich ein paar Schweißtröpfchen gebildet hatten. Dann wischte er die Handfläche an einem Tuch trocken und sah gedankenverloren hinauf zu den Fensteröffnungen, die unterhalb der Decke angeordnet waren und für eine gute Durchlüftung seiner Amtsstube sorgten. »Ich muss irgendetwas übersehen haben, Nachtamun. Ich weiß nur nicht, was.«

Es klopfte, und der Diener kam mit einem Krug Wein, zwei Bechern und einer Schale mit Obst zurück, die er auf dem Arbeitstisch abstellte, sich verneigte und wieder verschwand.

»Wenn ich Seine Hoheit und dich recht verstanden habe«, hob Nachtamun an, »dann glaubst du, dass Ramses zu hohe Ausgaben hat, weil er Leute bezahlt, die gar nicht für ihn arbeiten. Doch wie wir festgestellt haben, stehen alle, die Lohn von ihm beziehen, in seinem Dienst.«

»Das stimmt ...« Abrupt hielt Meriptah inne und starrte mit gerunzelter Stirn zu Nachtamun.

Der Hauptmann konnte ihm förmlich ansehen, dass er intensiv nachzudenken begann. Mit einem Mal hellte sich Meriptahs Gesicht auf, und er schlug sich mit der flachen Hand an die Stirn.

»Bei Seth!« Er strahlte erleichtert übers ganze Gesicht. »Das muss es sein! Wie konnte ich nur so dumm sein, es zu übersehen!« Er griff nach dem Krug und schenkte fahrig die beiden Becher voll, während ihm Nachtamun verständnislos dabei zusah und nicht wusste, wovon er gerade gesprochen hatte. »Wir haben die Namen den Dienern zugeordnet«, erklärte Meriptah und reichte dem Hauptmann einen Becher, »wir haben uns aber nicht bei ihnen danach erkundigt, was sie wöchentlich für ihre Dienste erhalten. Da liegt der Fehler.«

»Ich glaube, ich kann dir nicht so recht folgen«, erwiderte Nachtamun und runzelte die Stirn. Noch immer verstand er nicht, worauf Meriptah hinauswollte.

»Dann höre mir gut zu.« Aufgeregt griff Meriptah nach seinem Becher und trank, bevor er zu reden begann. »Wir wissen, wer wer ist und was er macht. Wir haben jedoch keine Ahnung, was er dafür von Seiner Hoheit als Lohn erhält. Wenn nun ein gerissener Schreiber als Lohn mehr aufschreibt, als mit dem Diener vereinbart wurde, kann er sich den Überschuss selbst einverleiben. Es kann sich dabei natürlich immer nur um eine geringe Menge handeln, damit es niemandem auffällt. Wie dir aber sicher bekannt sein dürfte, ergeben hier und da ein paar Sandkörnchen früher oder später ein Stückchen Wüste.«

Verstehend hellte sich Nachtamuns Miene auf, gleichzeitig kräuselte er zweifelnd die Stirn. »Würde das nicht irgendwann jemandem auffallen?«

»Nicht wenn die entsprechenden Beamten unter einer Decke stecken und es nicht übertreiben«, entgegnete Meriptah. »Selbst ich habe den Betrug erst bemerkt, als ich die Ausgaben im gesamten Jahr ermittelt hatte. Wöchentlich, ja selbst monatlich gesehen, fällt es überhaupt nicht auf.« Er räusperte sich. »Du musst wissen: Nebsumenu stellt als Haushofmeister nur die oberen Verwalter und Aufseher ein, während diese sich um die niederen und zum Teil auch um die niedersten Diener kümmern. Ich, als Oberster Schreiber, erhalte von meinen Schreibern die Listen mit den Namen aller Diener und was sie für ihren Dienst bekommen. Ich weiß nicht, ob es stimmt, dass der eine Gärtner ein Brot am Tag mehr erhält als der andere Gärtner, oder ob überhaupt alle Personen in Ramses' Diensten stehen. Ich muss darauf vertrauen, dass die Listen von meinen Beamten ordentlich und richtig geführt werden. Ich unterschreibe und siegele sie. Ich werfe höchstens einen Blick auf die Gesamtsumme, doch nie auf die einzelnen Beträge. Ich könnte mir so oder so nicht merken, was jeder Einzelne als Lohn erhält. Dafür ist Ramses' Dienerschaft zu groß. Stimmt aber die Gesamtsumme mit jener der vorhergehenden Wochen überein, hege ich keinerlei Verdacht. In diesem Punkt kann man mir sicherlich Nachlässigkeit vorwerfen, doch die Fülle meiner Aufgaben erlaubt es mir nicht, mich um alles persönlich zu kümmern.«

»Würde es nicht bei der Verteilung der Nahrungsmittel auffallen?« Noch immer zweifelte Nachtamun.

Erneut verneinte Meriptah. »Jeder Diener erhält genau das, was ihm bei seiner Einstellung zugesichert wurde, und zeichnet mit seinem Namen oder mit dem Abdruck seines rechten Daumens dagegen. Wenn ich nun jemanden betrügen wollte, würde ich natürlich nur denjenigen auswählen, der des Lesens nicht mächtig ist und nicht zählen kann. Diesem wird niemals auffallen, dass auf der Liste zwei Säcke Korn verzeichnet stehen, er aber nur den einen erhält, der ihm rechtmäßig zugesichert wurde.« Vielsagend sah Meriptah den Hauptmann an.

»Jetzt verstehe ich«, meinte dieser grimmig und ballte die Fäuste. »Also sollten wir als Erstes all jene befragen, die des Lesens und Schreibens unkundig sind und mit ihrem Daumenabdruck unterzeichnen.«

»Genau, Nachtamun. Es wird ihrer die Mehrzahl sein, doch damit kommen wir der Sache näher.« Erfreut strahlte Meriptah übers ganze Gesicht. »Zudem engen wir den Kreis der Verdächtigen ein, denn wenn es stimmt, was ich glaube, so sind auf jeden Fall die für die Verteilung zuständigen Schreiber über den Betrug informiert und profitieren davon. Wie weit sich dieser Kreis ausdehnt und ob er bis zu Ani reicht, das lässt sich zum jetzigen Zeitpunkt nicht sagen. Ich denke aber, nun bringen wir langsam Licht in diese verzwickte Angelegenheit.«

»Dann lass uns beginnen.«

»Ja«, erwiderte Meriptah fröhlich und grinste, »aber erst morgen früh. Denn nun bin ich hungrig und müde und habe noch ein paar andere Dinge zu erledigen.« Er nickte dem Hauptmann aufmunternd zu. »Wir sehen uns dann morgen früh, Nachtamun.«

Nachtamun verstand. Er erhob sich von seinem Stuhl und wünschte Meriptah noch einen angenehmen Abend.

13. Kapitel

Die aufreizende Tänzerin

Ohne sein Spiegelbild richtig wahrzunehmen, starrte Intef auf das polierte Kupferblech, das in einer Halterung befestigt war und die Form eines Anch-Zeichens aufwies. Ramses hatte ihm nach dem schändlichen Verrat seiner Eltern auch weiterhin das Vertrauen geschenkt. Dennoch spürte Intef, dass sich seit damals eine unsichtbare Mauer zwischen ihm und dem Königssohn befand, die er einfach nicht zum Einsturz bringen konnte. Ramses achtete ihn zwar und vertraute ihm auch weiterhin seine und die Sicherheit seiner Familie an; trotzdem war es nicht mehr so wie vor dem missglückten Attentat.

Ein leises Poltern vom Flur holte ihn in die Gegenwart zurück. Wahrscheinlich war seinem Diener etwas aus der Hand gefallen. Einen Wimpernschlag später, versank er erneut in seinen Grübeleien.

Er hatte erst siebenundzwanzig Nilschwemmen erlebt. Die tiefen Falten, die seine Augenwinkel zierten und die Stirn zerfurchten, ließen ihn bei Weitem älter erscheinen, als er eigentlich war. Er sah in seine Augen, die von dicken Koholstrichen umrandet und zur Schläfe hin verlängert waren, und fuhr sich anschließend mit den Fingern durch den Pony der Perücke. Dann befeuchtete er seinen Zeigefinger mit etwas Spucke und zog die dichten Brauen nach, um sie zu glätten.

Mit dem Tod seiner Eltern hatte für ihn ein neuer Lebensabschnitt begonnen. Nach deren Verurteilung war ihm und seiner Gemahlin das Sorgerecht für Heket übertragen worden, die damals noch minderjährig war. Seine Frau war zu diesem Zeitpunkt schwanger und trennte sich bereits einen Monat später von ihm. Sie meinte, sie könne weder mit einem Mann und dessen Schwester unter einem Dach leben, deren Eltern Schwerverbrecher seien, noch in einer solchen Bruchbude ihr erstes Kind aufziehen, in welcher sie nun wohnten. Doch was hätte er denn tun sollen? Das gesamte Vermögen seiner Familie war dem Schatzhaus des Pharaos zugesprochen worden. So war es ab einem gewissen Grad der Schwere des Vergehens bei verurteilten Verbrechern üblich. Man hatte ihnen gerade so viel gelassen, dass sie sich eine neue Bleibe suchen konnten und nicht Hungers starben. Diese Gefahr bestand natürlich nicht, denn er durfte auch weiterhin Ramses dienen. Eine Ehre ohnegleichen, wie er selber fand, denn normalerweise wurden die verbliebenen Familienmitglieder der Stadt auf Lebenszeit verwiesen. Ramses hatte jedoch seine Dienste schätzen gelernt und zürnte ihm nicht. Er ahnte allerdings auch nicht, dass er seine Finger bei dem missglückten Attentat mit im Spiel gehabt hatte, genauso wenig wie seine damalige Frau oder Heket davon wussten. Auf der anderen Seite, so redete sich Intef stets ein, war es nur ihm zu verdanken, dass Sethos' Sohn überhaupt noch lebte. Kurz entschlossen hatte er sich dafür entschieden, lieber dem Thronfolger zu dienen, als für die Machtgier seiner Eltern sein Leben zu riskieren.

Er legte den Spiegel auf den Tisch und sah an sich hinab. Das Leinen, das er trug, war von erlesener Güte. Als zweiter Hauptmann von Ramses' Leibwache wurde er gut genug entlohnt, um sich vier Jahre nach der Verurteilung seiner Eltern wieder etwas Luxus leisten zu können. Hatte er sich in der Anfangszeit mit einem sehr bescheidenen Heim begnügen und seine Schwester zum Arbeiten in den Harim schicken müssen, so bewohnten er und Heket nun wieder ein Häuschen, das sich in einer besseren Gegend befand. Zudem reichte es, um neben einem persönlichen Diener für sich und seine Schwester auch noch eine Köchin, einen Gärtner sowie eine Putzfrau zu beschäftigen. Dennoch war der Abstieg gigantisch gewesen, und es würde noch Jahre dauern, bis er es wieder zu dem Wohlstand gebracht hätte, den er von früher her kannte.

»Doch leider bin ich nicht mehr verheiratet oder habe jemanden, der mich liebt, und werde es wohl auch niemals mehr sein«, murmelte er verdrießlich vor sich hin. Wer wollte schon jemanden, dessen Eltern sich an der Familie des Gottes vergangen hatten, selbst wenn ihm verziehen worden war?

Ob auch meine Schwester diese Schwierigkeiten kennt?, grübelte er. Wahrscheinlich ja. Immerhin ist sie schon fünfzehn, und noch immer hat keiner um ihre Hand angehalten.

Die Tür flog auf und krachte mit voller Wucht gegen die Wand.

Erschrocken fuhr Intef zusammen und wirbelte auf dem Hacken herum. »Wer, bei Seths fauligem Atem …« Ihm blieben die Worte im Hals stecken. Dafür weiteten sich seine Augen. »Wo willst du denn hin?«

»Gefalle ich dir, Bruderherz?« Heket stand im Türrahmen und lächelte ihm forsch entgegen. Sie breitete die Arme aus und vollführte eine Drehung, sodass er sie sich von allen Seiten betrachten konnte. Und was er sah, entlockte ihm ein anerkennendes Keuchen.

Heket trug ihre beste Perücke. Sie wurde von einem Stirnreif gehalten, dessen gläserner Perlenbesatz in leuchtenden Farben funkelte, als Res Strahlen sich in ihm brachen. Unter dem beigefarbenen Obergewand konnte er ein enges Kleid aus hauchdünnem Leinen erkennen, das ihre Reize mehr unterstrich als verbarg. Das war modern; das wusste er. Jede Frau von Stand, die etwas auf sich hielt und sich solche Stoffe leisten konnte, trug sie. Heket natürlich auch. Überall klimperte und blitzte es – an ihren Armen, am Hals und an den schlanken Fesseln. Intef mutmaßte, dass sie ihr Kästchen mit dem wenigen Geschmeide komplett geplündert hatte. Als sein Blick auf ihre Füße fiel, stutzte er. Die Sandalen hatte er noch nie an ihr gesehen. Sie waren wohl neu.

Er riss sich zusammen und setzte eine strenge Miene auf. »Ich habe dich was gefragt.«

»Wohin sollte ich heute Abend wohl gehen, lieber Bruder, vor allem in dieser Aufmachung?« Sie grinste ihn vorwitzig an und trat auf ihn zu. »Zum Fest des Thronfolgers natürlich. Du gehst doch auch dort hin.« Zwei Schritte von ihm entfernt, blieb sie stehen und nahm ihn mit kritischem Blick von oben bis unten Maß.

»Ich kann mich nicht entsinnen, dass du eingeladen wurdest«, gab er mürrisch zurück.

»Für schöne Frauen ist bei jedem Fest ein Plätzchen reserviert.« Sie runzelte die Stirn und trat an ihm vorbei an seinen

Kosmetiktisch und betrachtete mit hochgezogenen Augenbrauen die wenigen Töpfchen und Tiegel. »Nicht sehr beeindruckend«, meinte sie als Fazit ihrer Begutachtung und griff nach einem Gefäß, das ein Duftmittel enthielt.

»Ich kann mir eben nicht mehr leisten«, entgegnete Intef verstimmt. Er nahm ihr das tönerne Gefäß aus der Hand und stellte es zurück auf den Tisch. »Meine Schwester treibt mich nämlich mit ihrem Schönheitswahn an den Rand des Ruins.«

Heket lachte auf und zupfte an seinem mehrreihigen Halskragen herum, bis er nach ihrer Meinung richtig lag. »Und ich dachte immer, ich trage zum Einkommen bei.« Sie grinste schief. »Wahrscheinlich reicht es noch immer nicht.« Sie zuckte mit den Schultern. »Deshalb will ich auch heute zu Ramses' Fest. Es werden dort eine ganze Reihe unverheirateter Männer anwesend sein. Vielleicht finde ich meinen zukünftigen Gemahl und liege dir fortan nicht mehr auf der Tasche herum.«

»Nur das Beste vom Besten«, grummelte er und wandte sich von ihr ab. »Hoffe nicht auf meine Hilfe, wenn du nicht hereingelassen wirst.« Mit diesen Worten stapfte er aus seinem Gemach.

***

Die Reise nach Sunu und in die östliche Wüste hatte Ramses die Möglichkeit verschafft, wochenlang an der Seite seines Vaters zu verbringen und von ihm zu lernen. Nun sehnte er sich nach ein wenig Entspannung, und erstaunlicherweise ließ Sethos ihn gewähren.

Nach seiner Rückkehr hatte er zuallererst Nefertari und Isisnofret in die Arme geschlossen und mit seinen Kindern gespielt. Anschließend hatte er seinen Harim besucht und sich davon überzeugt, dass es allen Bewohner gut erging. Er hatte sich mit Amuneminet und Setau getroffen und war mit ihnen angeln gefahren. Maj stand noch immer nicht zur Verfügung, da er seit Monaten mit seinem Vater die Bauarbeiten am Sommerpalast des Pharaos in Hut-waret überwachte. Erst gestern war er wieder nach Memphis zurückgekehrt und lümmelte nun ihm gegenüber auf einem bequemen Stuhl herum.

»Was lässt mein Vater alles an dieser Residenz verändern?«, fragte Ramses neugierig. Es erschien ihm eigenartig, dass der Oberste Baumeister und dessen begabter Sohn sich seit Monaten um nichts anderes kümmerten als um die Renovierung eines leicht in die Jahre gekommenen Gemäuers.

»Sehr viel«, antwortete Maj und zuckte mit den Schultern.

»Nun bin ich wahrlich schlauer«, grummelte Ramses und schenkte dem Freund einen beleidigten Blick.

»Der Palast ist alt«, erklärte Maj. »Er bekommt einen komplett neuen Anstrich. Zum Teil müssen die Wände neu verputzt werden, der Garten ist ziemlich verwildert. Es gibt eine alte verwitterte Mauer, die das Areal vor fremden Blicken schützen soll. Neben den üblichen Zugängen gibt es allerdings genug eingestürzte Abschnitte, sodass jeder auf dem Privatbesitz des Pharaos herumspazieren kann, wie es ihm gefällt.«

»Was natürlich unhaltbar ist«, beteiligte sich Setau an der Unterhaltung. Er hielt eine junge Dame im Arm, die sich an seine Seite schmiegte und wie eine Katze zufrieden schnurrte, wenn er ihr den Arm tätschelte.

»Und wegen dieser paar Renovierungsarbeiten sitzen dein Vater und du seit Monaten im Delta fest?« Ramses sah ungläubig drein.

»Das sind nicht nur ein paar Renovierungsarbeiten, mein Prinz. Es wird auch noch einige Erweiterungen am Gebäudekomplex geben – eigentlich eine ganz Reihe«, fügte Maj hinzu und zuckte mit den Schultern. »Ich weiß zwar nicht, was, aber irgendetwas hat dein Vater geplant.«

»Ach so?« Ramses lehnte sich interessiert in die Kissen zurück. Er hatte es sich am Boden auf den vielen weichen Polstern und Matten gemütlich gemacht. Im linken Arm hielt er Nefertari, im rechten Isisnofret. Es ging ihm gut. Er hatte hervorragend gespeist und labte sich nun an dem köstlichen Wein aus den Vorräten der königlichen Küchen. Zwischendurch naschte er eine kandierte Feige oder stahl sich einen Kuss von den verführerischen Lippen seiner Gemahlinnen. »Weiß dein Vater darüber Bescheid?«

Unschlüssig hob Maj die Augenbrauen. »Wenn ja, dann hat er es mir noch nicht verraten«, gab er ehrlich zu.

Ramses fiel mit einem Mal auf, dass Maj der Einzige der vier Freunde war, der keine Frau an seiner Seite hatte. Ein Schmunzeln zeigte sich auf seinem Gesicht. Immerhin hatten Amuneminet, Setau und er dem Sohn des Obersten Baumeisters doch so viele Erkenntnisse über das weibliche Geschlecht zu verdanken, und nun saß er hier so ganz allein herum? Selbst der dicke Meriptah hielt seine Frau im Arm.

Amuneminet war seinem Blick gefolgt. »Was macht er eigentlich hier?«, erkundigte er sich und nickte in die Richtung des jungen Schreibers. »Bisher gehörte er nicht unbedingt zu deinem Freundeskreis.«

»Nun gehört er dazu«, antwortete Ramses knapp. »Seit einem Monat steht er als Oberschreiber in meinen Diensten.« Er verspeiste die Feige, die Nefertari ihm in den Mund schob. »Danke, meine Liebe«, meinte er schmatzend. Er beugte sich ihr zu und gab ihr einen leidenschaftlichen Kuss. Seine Freunde johlten.

»Ich auch!«, beschwerte sich Isisnofret und knuffte ihn in die Seite.

Lachend wandte Ramses sich ihr zu. Seine Lippen näherten sich ihren, als er aus dem Augenwinkel eine Frau bemerkte, die sich vor die Tänzerinnen schob, welche im Innenbereich für die Unterhaltung seiner Gäste sorgten. Sie sah umwerfend aus.

Neugierig verharrte er in seiner Bewegung und drehte den Kopf in ihre Richtung. Es verschlug ihm die Sprache. Was für eine Frau, so wunderschön und dazu noch recht jung!

Als sie seinen Blick bemerkte, fuhren ihre Hände zum Knoten der Schärpe, die das Überkleid zusammenhielt. Mit geschickten Fingern öffnete sie ihn, und im nächsten Moment glitt das gestärkte Leinen von ihren Schultern und fiel raschelnd zu Boden.

Isisnofret war vergessen. Gebannt starrte Ramses die junge Schönheit an. Irgendwoher kannte er sie. Hatte er sie nicht schon mal in seinem Harim gesehen? Egal. Sie sah umwerfend aus. Mit offenem Mund starrte er sie an, als sie beide Arme über ihren Kopf in die Höhe hob und die Handflächen aneinanderführte. Dann begann sich ihr schlanker Körper, wie der einer Schlange im Rhythmus der Musik zu bewegen.

Inzwischen waren auch andere Gäste auf sie aufmerksam geworden. Die Tänzerinnen vollführten zwar noch immer ihre Abfolge von Sprüngen und Verrenkungen; sie waren aber nicht mehr im Gleichtakt, da auch sie von diesem Mädchen irritiert waren und ihr neugierige Blicke schenkten.

»Wer ist das?«, raunte Maj Ramses zu und beugte sich vor, um besser sehen zu können.

»Ich weiß es nicht«, erwiderte Ramses und kam ebenfalls aus den weichen Kissen heraus. »Ich kenne sie, glaube ich, aus meinem Harim.« Er zog die Beine an den Oberkörper und umschloss sie mit den Armen, ohne dabei die Schönheit aus den Augen zu verlieren.

»Du weißt nicht, wer alles deinen Harim bewohnt?«, antwortete Maj und lachte auf.

»Doch, ich kenne nur nicht alle Dienerinnen dort.«

Plötzlich stürzte Intef aus der Menge der Gäste heraus und hielt auf das freche Ding zu, das sich dem Thronfolger so unverhohlen anzubieten schien. Er hatte schon den Mund geöffnet, sein Gesicht war vor Empörung verzerrt, doch gebieterisch hob Ramses die Hand und gebot ihm damit Einhalt. Intef blieb wie angewurzelt stehen und senkte zähneknirschend den Kopf, während die junge Frau unbeirrt ihre schlangenförmigen Bewegungen fortsetzte.

Ihr Körper war biegsam. Fast schien es, als hätte sie keine Knochen. Das einzig Hinderliche war das eng geschnittene Kleid, das ihr bis zu den Knöcheln reichte. Also zögerte sie nicht lange und begann, sich mit grazilen Bewegungen seiner zu entledigen. Als es zu ihren Füßen lag, stieg sie mit katzenhafter Geschmeidigkeit aus dem Berg gestärkten Leinens heraus und stellte sich mit leicht geöffneten Beinen vor ihren Zuschauern auf. Dabei umfasste sie mit dem linken Arm ihre rechte Hüfte, während sie die andere Hand an ihren Mund führte und verschüchtert einen Finger an die Lippen legte. Ihre Augen sprachen allerdings eine andere Sprache. Nichts von Schüchternheit oder Scheu, einzig Schalk und pures Verlangen glitzerten in ihnen.

Die Tänzerinnen hatten inzwischen ihren Tanz aufgegeben und starrten zum Teil beleidigt, zum Teil verständnislos zu ihrer Konkurrentin, die ihnen mit ihren aufreizenden Bewegungen innerhalb kürzester Zeit die Aufmerksamkeit des Gastgebers und seiner Gäste gestohlen hatte.

Kurz genoss die junge Frau diesen Moment. Dann hob sie erneut beide Arme über den Kopf und bog ihren Oberkörper nach hinten, bis ihre Handflächen den Boden berührten. Bis auf ihre Perücke und ihren Schmuck war sie nackt. Einzig eine kleine bläuliche Tätowierung des zwergengestaltigen Gottes Bes zierte die Innenseite ihres linken Oberschenkels.

Ramses' Hals fühlte sich staubtrocken an, als wäre er gerade durch die östliche Wüste marschiert. Ohne hinzuschauen, tastete er nach seinem Kelch, stieß gegen ihn und verschüttete den roten Wein über den Boden. Nefertari schrie auf, da die dunkle Flüssigkeit ihr Kleid mit unschönen Flecken verunstaltete, aber Ramses nahm es nur von Fernen wahr. Gebannt hing sein Blick an dieser aufreizenden jungen Frau.

»Das genügt!« Intefs Worte zerrissen die Stille im Saal. Egal, ob der Thronfolger ihm Einhalt geboten hatte oder nicht. Wütend stapfte er auf die Tänzerin zu. Er packte sie am Handgelenk und zerrte sie hoch.

»Was fällt dir ein!«, schrie sie und versuchte, sich aus seinem Griff zu befreien.

»Bitte verzeih meiner Schwester ihre Aufdringlichkeit, mein Prinz!« Intef deutete eine Verneigung in Ramses' Richtung an. »Sie ist noch recht jung. Ihr muss der Wein das Herz und den Verstand umnebelt haben, sollte sie Letzteres überhaupt besitzen.« Er schnaubte und schenkte ihr einen bitterbösen Blick, während er ihr Handgelenk fest umklammert hielt.

»Sie ist deine Schwester?« Ramses klang ernüchtert. Sie hatte ihn gereizt. Das stand außer Frage. Selbst sein kleiner Prinz war erwacht und baute frech ein Zelt unter seinem Schurz. Dass sie aber Intefs Schwester war, änderte die Lage. Das Zelt fiel in sich zusammen. Er hatte seinem Leibwächter das Verbrechen seiner Eltern zwar verziehen; mit dessen Schwester wollte er sich dennoch nicht vereinen. Mit einer Handbewegung gab er Intef zu verstehen, dass er sie aus seinen Augen schaffen sollte.

Maj konnte sich ein Grinsen nicht verkneifen. »Ich hätte nie gedacht, dass Intefs kleine Schwester so ... gut tanzen kann.« Er lachte schallend.

Ramses war klar, was Maj eigentlich hatte sagen wollen. Er ignorierte die versteckte Anzüglichkeit. »Macht weiter mit den Darbietungen!« Gebieterisch klatschte er in die Hände und lehnte sich wieder in die Kissen. Als er den Arm um Isisnofret legen wollte, stieß diese ihn fort.

»Jetzt musst du dich auch nicht mehr um mich kümmern, Hoheit. Ich bin erschöpft und ziehe mich in meine Gemächer zurück.« Sie erhob sich flink und trat aus der Reichweite seines Armes heraus.

»Und ich bin vom Wein besudelt«, merkte Nefertari beleidigt an. »Du willst sicher nicht, dass deine Erste Gemahlin so beschmutzt neben dir sitzt.« Auch sie erhob sich und ignorierte sein Gemurre. Mit Isisnofret an der Seite schritt sie hocherhobenen Hauptes aus dem Saal.

»Frauen!«, krächzte Ramses und sah sich nach einem Diener um, den er beauftragte, den Boden zu reinigen und ihm einen neuen Becher mit Wein zu füllen. Wenn seine Gemahlinnen ihn allein ließen, würde er sich eben mit einer anderen amüsieren. Er reckte den Hals und blickte sich suchend nach Tawit um.

***

»Bist du von einem Dämon besessen?«, schimpfte Intef, als er seine sich wehrende Schwester durch die Gänge des Palastes zerrte. Das Getuschel und die neugierigen Blicke der Leute ließen ihn vor Scham fast im Boden versinken. »Du hast mich bis auf die Knochen blamiert.«

»Und wieso?«, schrie Heket und bohrte ihm ihre Fingernägel in den Handrücken. »Ich habe nur getanzt! Übrigens liegen meine Kleider noch auf dem Boden im Saal«, machte sie ihn darauf aufmerksam, dass sie unbekleidet war. »Danke, dass ich wenigstens in meine Sandalen schlüpfen durfte!«

Intef interessierte es nicht. »Nacktheit ist nichts Ungewöhnliches«, erinnerte er sie barsch. »Zudem hast du dich gerade wie ein Bierhausmädchen benommen, das es den besoffenen Kerlen besorgt!« Er schnaubte erzürnt. »Woher hast du eigentlich diese Tätowierung? Du bist meine Schwester, Heket. Ich bin der Hauptmann der Getreuen Seiner Hoheit! Was sollen die Leute von mir denken, wenn du dich wie eine Liebesdienerin gebärdest und auch noch solche Tätowierungen trägst?«

»Mach dich nicht lächerlich«, keifte Heket zurück und trat nach ihm. »Und lass mich vor allem endlich los. Ich kann allein gehen. Ich hatte dir doch gesagt, dass ich auf der Suche nach einem Ehemann bin.« Beinahe hysterisch lachte sie auf.

»Ich ahnte nicht, dass es gleich nach ganz oben gehen soll«, stieß Intef heraus, behielt ihr Handgelenk aber fest umpackt. »Denkst du wirklich, Ramses macht dich zu seiner Gemahlin, wenn du dich ihm wie ein ... ein ...« Ihm wollte nicht der passende Ausdruck einfallen. Also beließ er es dabei.

Sie hatten den Hof erreicht. Intef sah sich nach einer Sänfte um, die ihn und Heket nach Hause bringen sollte. Viele Gäste erschienen mit ihren eigenen Trägern. Wer sich das nicht leisten konnte, wurde durch königliche Sänftenträger von zu Hause abgeholt und später auch wieder zurückgebracht. Oftmals war das auch vonnöten, da viele Gäste am folgenden Tag sich kaum noch erinnern konnten, wie sie überhaupt in ihr Bett gekommen waren.

Er würde fündig. Am anderen Ende des Hofes erspähte er mehrere kräftige Nubier, die plaudernd um ein Kohlenbecken saßen. »He, ihr da!« Er winkte die Männer heran.

»Willst du nach Hause, Herr?« Neugierig musterte einer der Träger, die auf ihn und Heket zugetreten waren, seine Schwester, die sich noch immer verzweifelt gegen ihn zur Wehr setzte.

Intef nickte. »Sie ist meine Schwester und gehört ins Bett«, erklärte er.

»Bist du von Sinnen?«, empörte sich Heket. Ihr Gesicht hatte die Farbe eines überreifen Granatapfels angenommen. »Ich bin fünfzehn Jahre alt und kein Kind mehr!« Sie wollte ihn ins Handgelenk beißen, doch er wehrte sie rechtzeitig ab.

»Du benimmst dich aber so.« Er nickte den Männern aufmunternd zu. Dann drückte er seine Schwester in die Polster eines Tragstuhls. »Und jetzt reiß dich zusammen, Heket!« Er nahm in einer anderen Sänfte Platz.

»Also gut«, lenkte Heket ein. »Ich komme mit nach Hause,

aber dort reden wir. Verlass dich drauf!« Sie massierte sich das schmerzende Handgelenk und starrte beleidigt nach vorn.

Eine halbe Stunde später erreichten sie ihr Heim. Als sie sich schließlich im Hauptraum gegenüberstanden, fragte sie: »Sind wir allein?«

Verdutzt sah er sie an. »Warum willst du das wissen?«

»Weil es unser beider Gesundheit nicht zuträglich wäre, wenn uns jemand belauscht.«

Intef stellten sich unwillkürlich die Nackenhaare auf. Was wollte sie ihm sagen? Er nickte langsam. »Ja, die Diener sind schon lange fort.«

»Also gut, Intef, dann höre mir jetzt ganz genau zu.« Heket fixierte ihn aus kalt blickenden Augen. »Wage es nie wieder, mich so vor Ramses oder einem anderen zu blamieren! Ich warne dich! Ich bin erwachsen und mache, was mir gefällt. Und es gefällt mir, vor dem Prinzen zu tanzen, damit ich seine Aufmerksamkeit errege. Ich will in seiner Nähe sein, denn nur so wird es mir gelingen, den Tod unserer Eltern zu sühnen.«

Intef brach der Boden unter den Füßen weg. »Du machst das alles, um Rache zu nehmen?«, keuchte er entsetzt. »Bist du von Sinnen, Heket? Reicht es nicht, dass Vater und Mutter bereits gestorben sind? Willst du auch noch dein und mein Leben riskieren?«

»Nicht, wenn du mir dabei hilfst.« Heket schlüpfte aus ihren Sandalen und setzte sich an den Tisch. »Ich war zwar noch ein Kind damals. Dennoch weiß ich, dass du an dem Komplott beteiligt warst. Später hast du den Schwanz eingekniffen und Vater und Mutter ans Messer geliefert, um deine eigene Haut zu retten.«

»Das ist eine Lüge!«, empörte sich Intef, doch seine Gedanken überschlugen sich. Konnte es wirklich möglich sein, dass Heket von seinem Verrat etwas mitbekommen, dass sie überhaupt von dem Komplott gegen Ramses erfahren hatte?

Es war ihm bekannt, dass sein Vater nur ihm und Tachat von der Vereinbarung zwischen Sethos und ihm berichtet hatte. Heket war damals noch zu jung gewesen, um es zu erfahren. Sie hätte es nicht verstanden und womöglich ausgeplaudert. Als das Attentat stattfand, zählte sie elf Nilschwemmen. Gut möglich, dass sie irgendetwas belauscht oder aufgeschnappt und sich später alles Weitere zusammengereimt hatte. Dumm war sie nämlich nicht.

»Was genau glaubst du denn zu wissen?«, forschte er vorsichtig nach und trug eine undurchdringliche Miene zur Schau.

Heket lächelte verschlagen. »Ich mag damals noch ein Kind gewesen sein, lieber Bruder«, hob sie an zu erzählen und schlug die Beine bequem übereinander. Noch immer war sie bis auf den Schmuck und die Perücke nackt. Es war jedoch warm, sowohl draußen als auch hier im Haus. »Ich habe jedoch Augen und Ohren, und so habe ich gehört, wie Mutter Vater ständig angestachelt hat, etwas zu unternehmen, damit er Thronerbe bleibt. Später kam ich dahinter, dass Mutter diese stumme Dienerin als Mörderin abzurichten begann. Anfangs wollte ich nicht glauben, dass unsere Eltern zu einer solchen Tat fähig seien.« Sie zuckte mit den Schultern. »Als Prinzessin Sati dann ermordet wurde, wusste ich, dass ich mich in ihnen getäuscht hatte.« Sie zog ein Bein an den Oberkörper und stellte den Fuß auf die Sitzfläche des Stuhls, während sie ihre Hände vor dem Schienbein verschränkte. »Als du dann Vater und Mutter mit deiner Aussage schwer belastet hast, wurde mir klar, dass du auch mit in der Sache steckst und deine Haut retten willst. Immerhin wäre Vaters stumme Dienerin nie imstande gewesen, einen Wachmann zu überwältigen. Das wurde mir allerdings erst später bewusst.«

Belustigt zog Intef die Augenbrauen in die Höhe. »Und du meinst, Pharaos Ordnungshüter wären nicht zum selben Schluss gekommen?« Er lachte auf. »Wenn die Lösung so einfach gewesen wäre, hätten sie auch mich angeklagt.«

Heket erwiderte sein Lachen mit einem wissenden Lächeln. »Paser war nicht bekannt, was ich wusste und zudem beobachtet habe, selbst wenn mir in jenem Moment noch nicht klar war, was du tatest.« Ihr Lächeln wurde zu einem hämischen Grinsen, das Intef irritierte.

»Und was genau sollte das sein?« Er spürte, wie seine Selbstsicherheit verflog. Irgendetwas war seiner Schwester bekannt. Sie flunkerte nicht. Und wie er sie kannte, würde sie sicher nicht zögern, ihr Wissen gegen ihn zu verwenden, wenn er nicht tat, was sie verlangte. In dieser Hinsicht hatte sie die Charakterzüge ihrer Mutter geerbt – Unnachgiebigkeit und Machtbesessenheit bis zum Schluss! Er spürte, wie sich sein Magen zusammenzog.

»Ich konnte mich entsinnen«, fuhr sie fort, »dass du ständig tuschelnd mit unseren Eltern die Köpfe zusammengesteckt hast und ihr schuldbewusst verstummtet, wenn ich plötzlich im Zimmer stand. Und dann, am Tag des Mordes, war ich in der Speisekammer, als du kamst. Ich hatte mich heimlich hineingeschlichen, um aus dem Honigtopf zu naschen.« Sie grinste mit schiefem Mund bei der Erinnerung an ihren Streich. »Plötzlich hörte ich Schritte und versteckte mich hinter den großen Körben, in denen Gemüse und Obst gelagert waren. Und dann standest du in der Tür.«

Intef sog scharf die Luft ein und stieß sie wieder aus. Und ich dachte, ich hätte das Rascheln einer Maus gehört, dachte er bestürzt, hielt jedoch den Mund.

»Gibst du es zu?«

Verwirrt schüttelte er den Kopf. »Was sollte ich zugeben? Dass ich ebenfalls in der Kammer war?« Betont ahnungslos hob er die Schultern. Immerhin war seine Anwesenheit in der Speisekammer noch lange kein Beweis für seine Schuld. »Das kann gut möglich sein, dass ich auch an jenem Tag dort war, als Henut versucht hat, Ramses umzubringen. Immerhin bin ich öfter mal in der Speisekammer gewesen. Ich konnte nicht ahnen, dass mir das eines Tages durch dich zur Last gelegt werden wird.« Er tat beleidigt.

»Ich meinte, dass du genau an jenem Tag Wein in einen Krug gefüllt und vergiftet hast, lieber Bruder«, antwortete Heket triumphierend. »Anschließend hast du ihn mit einem Pfropfen verschlossen, sodass es aussah, als sei er versiegelt.« Ein schadenfrohes Lachen malte sich in ihre anmutigen Gesichtszüge. »Damals habe ich mir noch nichts dabei gedacht. Mir war noch nicht einmal bewusst, dass es Gift war, das sich in der Phiole befand. Heute reime ich es mir so zusammen: Du hast den Wachmann während deiner täglichen Inspektion vergiftet, damit Henut in aller Ruhe in Ramses' Schlafgemach eindringen konnte, um den Prinzen zu erdolchen.«

Intef saß in der Falle. Was sollte er nun tun? Weiterhin alles leugnen, dass es so nicht gewesen sei? Was sollte es ihm bringen? Heket wusste über alles Bescheid und hatte ihn in der Hand. Ginge sie mit ihrem Wissen zu Paser, würde dieser nicht lange zögern und ihn verhaften und erneut verhören. Dann begänne die Untersuchung von vorn. Vor vier Jahren hatte der Wesir gegen ihn nichts in der Hand gehabt. Hekets Aussage würde die Lage grundlegend ändern.

Er ballte die Fäuste und machte sie wieder auf. Seine Kinnladen mahlten. »Es war kein Gift, nur etwas Mohn zum Schlafen. Henut führte den tödlichen Stoß.«

»Warum, Intef?«

»Was, warum?«

Heket stand auf und trat vor ihn hin. Nun hatte sie die Hände zu Fäusten geballt. Ihre Stirn war von Unmutsfalten gekräuselt. »Warum hast du überhaupt zugelassen, dass Henut Gelegenheit erhält, sowohl den Wachposten als auch Ramses zu töten, wenn du im Anschluss unsere Eltern bei Paser verpfeifst? Wieso der plötzliche Sinneswandel?«

Intef öffnete den Mund. Ihm lag bereits auf der Zunge, dass Ramses gar nicht in Gefahr gewesen sei. Das verkniff er sich. Heket wusste es anscheinend nicht. Niemand wusste, dass Paheri ihm gesagt hatte, dass der Königssohn gar nicht in seinen Gemächern weilte. Zudem bezweifelte er, dass es seiner Schwester mit ihrer Frage um das Wohl des Prinzen ging. Warum sollte er es ihr dann erzählen oder ihr sagen, dass erst in jenem Moment der Entschluss in ihm gereift war, Ramses nicht nach dem Leben zu trachten?

»Was ist los, Intef, hast du keine Antwort darauf?«

»Doch, Heket. An diesem Tag war ich fest entschlossen, Vater auf den Horusthron zu verhelfen. Ich wusste jedoch nicht, dass Ramses überhaupt nicht in seinem Bett liegt und schläft. Woher auch?« Er vollführte eine hilflose Geste. »Erst später ...« Er beendete nicht seinen Satz.

Seine Schwester tat es für ihn. »... hast du es mit der Angst zu tun bekommen und unseren Eltern durch deinen Verrat den Tod gebracht!«, kreischte sie. Ihr Gesicht war vor Wut verzerrt. Klatschend landete ihre Hand in seinem Gesicht. »Ich verabscheue dich seit jenem Tag. Du bist ein Ungeheuer, Intef! Doch nun wirst du mir helfen, Rache zu nehmen, oder ich liefere dich an Paser aus.«

Hinterhältiges Miststück!, durchzuckte es ihn. Verärgert massierte er sich die schmerzende Wange. »Glaubst du wirklich, du kannst den Tod unserer Eltern rächen? Warum überhaupt? Sie wollten sich gegen den Sohn des Königs vergehen. Sie wussten, welche Strafe darauf steht, wenn man sie dabei ertappt.«

»Das ist mir egal!«, giftete Heket. »Ramses wird dafür bezahlen.«

»Warum er? Nicht Ramses hat die Todesurteile unterzeichnet. Es war Sethos. Sethos war es auch, der den Ball erst ins Rollen brachte, als er Vater eine solche List vorschlug. Ihn musst du bestrafen, nicht seinen Sohn.«

»An den Pharao komme ich nicht heran«, erwiderte Heket kühl. Sie wirkte mit einem Mal ernüchtert und setzte sich wieder auf ihren Platz. »Selbst wenn ich es schaffen sollte, dass er sich für mich interessiert. Wie man so hört, sucht er seinen Harim so gut wie überhaupt nicht auf. Ramses scheint da etwas anders veranlagt zu sein.« Sie grinste anzüglich.

Angewidert verzog Intef das Gesicht. »Ramses hat nur Augen für seine beiden Hauptgemahlinnen«, antwortete er. »Und ich hoffe, du gibst dich dem Wahn nicht hin, anzunehmen, dass er dich an seine Seite holt.«

»Er schien an mir recht interessiert zu sein«, sagte sie und strich sich eine Haarsträhne aus dem Gesicht. »Ihm sind beinahe die Augen aus dem Kopf gefallen ...«

»... bis er wusste, wessen Tochter du bist«, höhnte Intef. Ihm war Ramses' Miene nicht entgangen, als er ihm enthüllt hatte, dass Heket seine Schwester sei.

»Was soll das heißen, Intef? Er hat dir verziehen. Warum sollte er mir das Vergehen unserer Eltern zur Last legen wollen?«

»Das hat er sicher nicht vor, Heket. Tatsache ist jedoch, dass seit dem Attentat das Verhältnis zwischen Ramses und mir nicht mehr dasselbe ist wie zuvor. Als damals Nebu noch lebte, Ramses' älterer Bruder, spürte ich ständig, dass Ramses mich nicht ausstehen kann. Das blieb auch so nach Nebus Tod. Erst mit der Zeit fasste er Vertrauen zu mir. Sicher, ich genieße es noch immer. Anderenfalls dürfte ich nicht seine Leibwache in Vertretung Nachtamuns kommandieren. Er ist aber auf Distanz zu mir gegangen.«

Nachdenklich knabberte Heket auf ihrer Unterlippe herum und starrte vor sich auf den Boden. »Egal, mir wird schon etwas einfallen. Wenn Ramses sich nicht für mich interessiert, dann fädele ich etwas über Tetischeri ein. Sie vertraut mir komplett, zeigt jede Menge Mitgefühl, dass ich ein solch schweres Schicksal erdulden muss. Zudem ist sie von dem Gedanken besessen, dass ihrem Ra zu gegebener Zeit das Recht auf die Doppelkrone zustände, da er einen Tag vor Amuni geboren wurde.«

Intef glaubte, sich verhört zu haben, und hob die dichten Augenbrauen. »Du willst eine Harimsverschwörung anzetteln?« Er war belustigt und gleichzeitig entsetzt. Heket schien in ihrem Zorn zu allem fähig zu sein. Er sollte gut auf sie aufpassen, nur verbieten durfte er es ihr nicht. Sie hatte ihn in der Hand. »Sicher der bessere Weg, als dich an den Thronfolger ranzumachen. Wolltest du ihn ermorden, während er schläft?« Er lachte auf. »So listig scheinst du mir dann doch nicht zu sein, liebes Schwesterchen. Es sei denn, du möchtest unseren Eltern schon bald in die ewige Verdammnis folgen.«

Ernüchtert sah Heket ihn an. »Vielleicht hast du recht«, sinnierte sie, ohne zuzugeben, dass sie diesen Punkt bei ihrem Racheplan außer Acht gelassen hatte. »Es ist unverfänglicher, wenn ein anderer sich die Hände für mich schmutzig macht, und ich dafür im Hintergrund bleibe. Der Verrat unserer Eltern hat uns bereits ein unsichtbares Mal eingebrannt. Ich sollte vorsichtiger sein.«

Ja, dachte Intef erleichtert, das solltest du. Er hielt den Mund.

Entschlossen reckte Heket ihr Kinn in die Höhe. »Entschuldige vor Ramses mein heutiges Auftreten, Bruder. Sage ihm, dass ich betrunken war. Ab jetzt nehme ich mich zurück und versuche nicht mehr, seine Aufmerksamkeit zu gewinnen.« Sie schmunzelte verschlagen.

Intef verzog keine Miene. »Ich denke, das ist auch besser so.«

14. Kapitel

Auf dem Drillplatz

Es war noch dunkel, als Ramses in den Armen von Tawit erwachte. Er hatte die blondhaarige Frau gestern Abend an seine Seite geholt, nachdem Nefertari und Isisnofret beleidigt aus dem Saal gerauscht waren. Tawit hatte es sichtlich gefreut.

Sanft machte er sich aus ihren Armen frei und rollte sich auf den Rücken. Dabei glitt sein Blick hoch zu den schmalen Schlitzen unterhalb der Decke, die für Licht sorgten, vorwiegend aber der Belüftung dienten. Kühle Luft drang von draußen herein und das diffuse Licht des anbrechenden Morgens, welches die Umrisse der Möbelstücke unscharf gegen die Wände abhob.

Ramses lauschte.

Bis auf die gleichmäßigen Atemzüge neben sich war kein Laut zu hören, weder vom Flur noch vom angrenzenden Garten. Selbst die Vögel schlummerten noch mit dem Kopf im Gefieder. Er gähnte und reckte die Arme. Dann setzte er sich auf und schwang die Beine aus dem Bett. Tawit murmelte etwas im Schlaf und drehte sich auf die andere Seite.

Leise stand Ramses auf und reckte sich erneut. Der Boden unter seinen nackten Füßen war angenehm kühl. Er fuhr sich mit den Handflächen über seinen Schädel, auf dem die Haare wieder nachgewachsen waren, und rollte mit den Schultern. Es war noch sehr früh. Wahrscheinlich lagen die meisten seiner Gäste noch in ihren Betten und schliefen ihren Rausch aus. Er hatte noch nie zu den Langschläfern gehört. Schon als Kind war er stets früh erwacht und aufgestanden, zum mühsam verborgenen Unmut seiner Dienerschaft und Freunde.

Auf Zehenspitzen schlich er sich aus dem Gemach und griff sich beim Gehen seinen Schurz, der achtlos auf einer Stuhllehne hing. Er wich Tawits und seinen Sandalen aus, die im Raum verstreut neben anderen Kleidungsstücken auf dem Boden herumlagen. Sie hatten nach dem Betreten seines Schlafraums nicht lange gefackelt, sondern waren liebeshungrig übereinander hergefallen und hatten sich die Kleider vom Leib gerissen. Bei dieser Erinnerung schmunzelte er.

Für gewöhnlich empfing er seine Nebenfrauen in seinem Gemach im Harim. Sein privates Schlafzimmer gehörte einzig nur ihm. Er teilte es sich höchstens mit seinen Hauptfrauen. Dieses Mal hatten er und seine Gespielin der Nacht die Frauengemächer nicht mehr erreicht. Sie waren vorher bereits in seinen Wohntrakt abgezweigt.

Er band sich das zerknitterte und von einigen Weinflecken verunzierte Kleidungsstück um die Mitte und trat hinaus in den Vorraum. »Die Dame Tawit ruht noch«, wandte er sich an den müde dreinblickenden Krieger aus seiner Leibgarde, der von seinem Hauptmann verdonnert worden war, während der Nacht über seine Sicherheit zu wachen. »Sie soll sich ruhig ausschlafen. Ich begebe mich derweil in die Küchen. Anschließend bin ich außer Haus.«

»Soll ich dich begleiten, Hoheit?«

Ramses verneinte. »Warte auf deine Ablösung. Ich finde den Weg schon allein.«

»Aber, mein Prinz ...«, wagte der Mann einzuwenden.

Ramses gebot ihm mit einer Handbewegung, zu schweigen. »Ich weiß schon, was du sagen willst. Ich schicke einen Diener zu Nacht..., nein, heute will ich Intef an meiner Seite haben.« Er schmunzelte verstohlen, wandte sich um und strebte dem Flur zu, der zum Empfangssaal führte.

Als er aus seinen Gemächern trat, nahmen die beiden Wachposten am Zugang sofort Habachtstellung ein. Ramses beauftragte einen von ihnen, einen Diener zum Haus von Intef zu schicken, um seinen zweiten Hauptmann unverzüglich in die Palastküchen zu befehlen. Eine gute Stunde später stand Intef vor ihm.

Ramses hatte sich in der Zwischenzeit gebadet und militärisch gekleidet. Anschließend hatte er sich von den Köchen etwas Essbares auftischen lassen. Nun fühlte er sich gestärkt und sah seinem zweiten Hauptmann aufmerksam ins Gesicht.

Intef schaute etwas verschlafen drein und wich seinem Blick

verlegen aus. Ramses vermutete, dass ihm der Vorfall vom gestrigen Abend ziemlich unangenehm war. Immerhin hatte sich seine Schwester unaufgefordert in den Vordergrund gedrängt und sich ihm wie ein liebestolles Bierhausmädchen angeboten.

»Was ist los?«, fragte er ihn. »Noch müde?«

Intef nickte. »Ein wenig schon, Hoheit. Ich war zwar sicher bedeutend früher im Bett als du; dennoch hat mich das stürmische Klopfen des Dieners aus meinen Träumen gerissen.«

»Und deine Schwester, wovon träumt sie?«

Sein Leibwächter hob den Blick. »Vergib ihr ihren gestrigen Auftritt, Hoheit.« Entschuldigend blickte Intef drein. »Sie ist erst fünfzehn und hatte etwas zu viel von deinem köstlichen Wein getrunken, was ihr nicht sehr gut bekommen ist.«

»Sie schien mir nicht betrunken zu sein. Vielmehr hatte ich den Eindruck, sie weiß, was sie tut.« Nachdenklich kratzte Ramses sich an der Augenbraue. »Allerdings kann ich mich überhaupt nicht entsinnen, sie eingeladen zu haben«, meinte er und musterte Intef aufmerksam.

»Das hast du auch nicht«, gab dieser offen zu. »Ich weiß nicht, wie sie in den Saal gekommen ist, Hoheit. Heket ist allerdings eine schöne Frau, wie du sicher feststellen konntest ...« Den Rest ließ er ungesagt.

»Ich weiß, was du meinst.« Ramses grinste breit. »Die Wachen dachten sicher, ein hübsches Mädchen mehr dürfte sicher nicht schaden.«

Intefs Gesicht hellte sich auf. Er grinste zurück. »Wahrscheinlich. Dennoch möchte sich mich für ihr Auftreten entschuldigen, Hoheit. Sie hat sich benommen wie eine ... eine ...«

»Eine Tänzerin?« Ramses schmunzelte verschmitzt.

Intef schüttelte den Kopf und seufzte. »Nein, Hoheit, eher wie eine billige Liebesdienerin, die in einem heruntergekommenen Bierhaus auf Männerjagd ist. Ich hoffe, sie verliert deshalb nicht ihre Stellung in den Diensten deiner Nebenfrau.«

Ramses war erstaunt, dass Intef so hart über das Verhalten seiner Schwester urteilte. Er selbst hatte es als willkommene, vor allem überraschende Abwechslung angesehen. Eine Frau, die sich ihm unverhohlen anbot, und dazu auch noch so aufreizend und schön. »Wem dient sie denn?«, erkundigte er sich.

»Der Herrin Tetischeri«, antwortete Intef. »Ich fürchte, es könnte ein schlechtes Bild auf Heket werfen, wie sie sich benommen hat. Ich habe sie zur Rede gestellt. Sie sagt, sie habe nur auf sich aufmerksam machen wollen, da sie doch bereits fünfzehn Nilschwemmen zählt und noch immer keinen Ehemann gefunden hat.« Er seufzte verzagt. »Das Verbrechen unserer Eltern stellt auch für sie ein Hindernis dar, einen Gemahl zu finden ...«

Ach, dachte Ramses, hatte sie es mit ihrem gestrigen Auftritt etwa auf mich abgesehen? Diese Vermutung behielt er für sich. »Und du erzählst mir das alles, weshalb?«, fragte er vorsichtig nach. Ihm schwante nichts Gutes. »Soll ich für deine Schwester einen standesgemäßen Ehemann finden, oder bittest du mich, bei Tetischeri ein gutes Wort für sie einzulegen?«

Intef lachte auf. Es klang verzagt. »Ein Gemahl, der sie zu bändigen versteht, wäre sicher nicht schlecht, mein Prinz. Den werde ich aber für sie finden müssen, wenn sich nicht in absehbarer Zeit einer von allein finden sollte. Ich will sie natürlich nicht gegen ihren Willen vermählen. Sie ist aber alt genug, um einen eigenen Haushalt zu führen.« Er fuhr sich mit der Hand über das Gesicht, um die Müdigkeit zu vertreiben, die es noch immer zeichnete. »Es gab keinen Hintergedanken, als ich dir das erzählte. Ich wollte nur Hekets gestrige Verfehlung entschuldigen.« Lächelnd sah er zu Ramses, aus dessen Gesichtszügen nicht abzulesen war, was er gerade dachte.

»Also gut«, beendete Ramses das Thema, »belassen wir es einfach dabei. Ihre Entschuldigung ist angenommen.« Er erhob sich von seinem Platz. »Doch nun komm. Ich will los. Res Barke lugt inzwischen mit ihrem Bug über den Horizont.«

Sie eilten zügigen Schritts aus dem Küchentrakt und begaben sich auf den Vorhof, wo zwei Sänften auf sie warteten.

Die Straßen waren um diese Zeit fast menschenleer. Res strahlender Glanz verbarg sich noch im morgendlichen Dunst, der vom Fluss her über das Land waberte. Aus den Häusern kamen keinerlei Geräusche. Nur manchmal drang das Schnarchen eines seiner Bewohner an Ramses' Ohren. Es war Wochenende. Hin und wieder kam ihnen ein Betrunkener entgegengetorkelt. Eine vornehme Sänfte, um diese frühe Stunde natürlich verhängt, kreuzte ihren Weg. Ramses vermutete, dass sich in ihrem Inneren der müde Gast eines Festes befand, das bis in die Morgenstunden gedauert hatte. Verstohlen schmunzelte er und fragte sich, wie lange wohl seine Gäste gefeiert hatten. Immerhin war er schon recht früh mit Tawit im Arm aus dem Festsaal verschwunden.

Kurz vor den Kasernen passierten sie einen Hauseingang, vor dem ein braunschwarzer Hund und ein grau getigertes Kätzchen eng aneinandergeschmiegt lagen und schliefen. Der Hund hob nur kurz den Kopf und blinzelte den frühen Störenfrieden entgegen, während sich das Kätzchen nicht weiter stören ließ.

Ein Lächeln huschte über Ramses' Gesicht, als er diese ungewöhnliche Tierfreundschaft sah. Zudem erinnerte ihn die Katze an das kleine Fellknäuel, welches er Sati zum Geschenk gemacht hatte. Trauer umwölkte mit einem Mal seine Stirn. Sein geliebtes Töchterlein wäre jetzt zehn Jahre alt.

Schnell verdrängte er diese traurige Erinnerung. Er wusste, sie war nun an einem besseren Ort. Sie befand sich in den Gefilden des Osiris, wo es ihr gut erging und sie an der Seite seines Bruders auf ihn warten würde. Vielleicht hatte sie auch ihre leiblichen Eltern wiedergefunden, die einem brutalen Überfall in der Wüste zum Opfer gefallen waren. Bei dieser Aussicht hellten sich seine Gesichtszüge wieder auf.

Er sah zu Intef. Auch er hatte seine Eltern verloren, doch er war bereits erwachsen gewesen, als es geschah, und hatte selbst für sich sorgen können. Trotzdem waren er und seine Schwester nun Waisen. Waisen allerdings, die ihre Eltern im Schönen Westen vergeblich suchen würden, denn Mehi und Tachat waren verurteilte Verbrecher. Ihr Andenken war für immer zerstört worden, sodass sie dem Vergessen anheimfielen, ihre Leiber vernichtet, auf dass die Götter sie nicht finden konnten.

Und trotzdem schenke ich ihm mein Vertrauen, dachte Ramses. Er darf sich um meine und die Sicherheit meiner Familie sorgen, und er tut es auch weiterhin ohne Fehl und Tadel. Dennoch hängt ihm der Makel seiner Eltern auch nach Jahren noch an, und auch seiner Schwester.

Ramses wurde warm, und das nicht nur ums Herz, als er an Hekets aufreizende Darbietung dachte. Aber auch er hatte ernüchtert reagiert, nachdem er erfahren hatte, wessen Tochter sie war.

Ich bin kein Stück besser, schalt er sich. Und er wusste, dass er damit recht hatte. Seit dem Attentat hielt er seinen zweiten Hauptmann auf Distanz, obwohl dafür absolut kein Grund bestand. Der Verdacht gegen Intef hatte sich nicht bestätigt. Im Gegenteil, er war es gewesen, der den entscheidenden Hinweis zur Bestätigung der Schuld seiner Eltern gegeben hatte.

Er blickte wieder nach vorn. Der von einer hohen Mauer umgebene Kasernenkomplex tauchte in seinem Blickfeld auf. Ramses konnte sich des Eindrucks nicht erwehren, dass auch er noch recht verschlafen in der Dämmerung des anbrechenden Tages wirkte. Vor den beiden Pylonen gab er seinen Trägern ein Zeichen, den Tragstuhl abzusetzen. Er wollte den Hof zu Fuß betreten.

Der Anschein, den die Militärbasis von außen auf ihn gemacht hatte, bestätigte sich in ihrem Innern. Vereinzelt liefen ein paar müde Diener und Soldaten umher, doch von den Offizieren und Beamten war noch keiner zu sehen. Auch wenn der zweite der beiden arbeitsfreien Tage angebrochen war, für die Rekruten galt er nicht. Auch an den Wochenenden wurden sie gedrillt, nur nicht ganz so früh und auch nicht ganz so lang. Die Offiziere allerdings zogen lange Gesichter, wenn sie an diesen Tagen ihren Dienst versehen mussten.

Ramses schlenderte mit Intef an der Seite über den verlassenen Kasernenhof und schlug den Weg zu den Pferdeställen ein. Sie befanden sich in einem der hinteren Höfe gegenüber den Diensträumen des Oberaufsehers der Pferde. Als er sich dem Stall näherte, in welchem seine beiden Lieblingspferde an großen, in den Steinboden eingelassenen Halterungen festgebunden waren, hatten ihn die Tiere bereits gewittert und wieherten leise.

Lächelnd trat er an sie heran und strich ihnen über die Hälse. Die Stute legte ihm sofort ihr weiches, warmes Maul an die Wange, und Ramses fühlte ihren Atem auf seiner Haut. Der Hengst hingegen scharrte ungeduldig mit dem Vorderhuf und stupste ihn sacht an der Schulter. Beruhigend klopfte Ramses ihm den Hals. »Noch ein wenig Geduld, mein Lieber. Ich werde mit euch hinaus in die Wüste fahren, doch zuvor will ich noch ein wenig mit Pfeil und Bogen üben.«

Ein Stalljunge schlurfte am Eingang vorbei. Er hielt zwei Eimer in den Händen, die mit Mist aus den benachbarten Boxen gefüllt waren. Als er die beiden Männer gewahrte, verhielt er in seiner Bewegung und lugte neugierig in den Stall hinein. Seine Augen wurden groß, als er den Thronfolger erkannte. Schnell verneigte er sich tief und eilte weiter.

Eine Weile blieb Ramses noch bei seinen Pferden. Er tätschelte ihnen Hals und Kuppe und schlenderte im Anschluss hinaus auf den Hof. Dieser lag inzwischen im ersten Licht von Res Strahlen. Die Sonnenbarke hatte sich erfolgreich durch den morgendlichen Dunst gekämpft und trat ihre Fahrt über das Himmelszelt an. Mit ihrem Erscheinen setzte die tägliche Geschäftigkeit ein.

Soldaten, Stallburschen und Diener eilten dienstbeflissen umher und nahmen kaum von ihm oder Intef Notiz. Hauptleute brüllten Befehle, und müde Rekruten stoben verstört auseinander, um diesen eiligst nachzukommen. Vom Küchentrakt zog ein appetitlicher Geruch nach frisch gebackenem Brot und heißer Linsensuppe herüber, und obwohl Ramses gerade gegessen hatte, bekam er Appetit. Intef hingegen schien noch überhaupt nichts zu sich genommen zu haben. Der würzige Geruch ließ seinen Magen lautstark knurren.

»Hunger?«

Intef nickte verlegen. »Ich bin sofort in meine Sachen gesprungen und losgeeilt, ohne etwas zu essen«, gab er ehrlich zu.

»Dann geh und hole dir was, damit du mir nicht verhungerst.« Ramses lachte. »Du findest mich später auf dem Übungsplatz.« Dem Einwand, der Intef auf der Zunge lag, gebot er mit einer Geste Einhalt. »Ich bin in einer Kaserne. Wer sollte mir hier nach dem Leben trachten?«

»Das weiß ich nicht, Hoheit. Waffen gäbe es aber genug. Ein verirrter Pfeil, ein in die verkehrte Richtung geworfener Speer ...«

»Nichts für ungut, mein Freund«, beschwichtigte Ramses seinen Leibwächter. »Gehorche einfach meinem Befehl. Wir treffen uns später auf dem Übungsplatz.« Damit drehte er sich um und ließ Intef stehen.

Während Intef in Richtung der Küchengebäude trabte, genoss Ramses das morgendliche Durcheinander auf dem Kasernenhof. Es tat gut, inmitten der Soldaten zu sein. Hier konnte er seine Männlichkeit trainieren. In tiefen Zügen atmete er den typischen Geruch einer Militärbasis ein. Es roch nach Küchendünsten und menschlichem Schweiß, nach gefettetem Leder und frischem Pferdemist, und alles vermischte sich mit der noch kühlen Luft des anbrechenden Tages. Das Wiehern der Pferde drang an seine Ohren und wurde vom Geschrei der vielen Menschen übertönt. Hinzu gesellte sich das lautstarke Bellen der Hunde, die im hinteren Teil der Kaserne von ihren Ausbildern für Kriegszüge abgerichtet wurden.

Seine Aufmerksamkeit richtete sich auf einen ungefähr sechsjährigen Jungen, der gerade eine schallende Ohrfeige bekam. Der Schimpftirade seines Herrn nach zu urteilen, hatte der Knirps nicht schnell genug den Helm gebracht, den sein Gebieter in der Eile in der Unterkunft vergessen hatte. Ein anderer Offizier schalt lautstark einen Stallburschen, weil die Pferde nach seiner Meinung nicht ordentlich gestriegelt waren.

Ramses schmunzelte vor sich hin und wollte weitergehen, als er Amuneminet zwischen den vielen Menschen entdeckte. Zielstrebig hielt er auf eines der Verwaltungsgebäude zu. Ramses war erstaunt. Seinen Freund hätte er zu dieser Tageszeit hier noch nicht erwartet. Amuneminet gehörte nicht unbedingt zu den Frühaufstehern. Zügig eilte er ihm hinterher.

»Amuneminet!«, rief er, kurz bevor der junge Mann in dem weiß getünchten Gebäude verschwand.

Überrascht drehte sich der junge Offizier zu ihm um. »Ramses? Du? Was machst du denn schon so früh hier?«

»Das könnte ich dich ebenfalls fragen«, antwortete Ramses lachend. »Ich brauche dringend ein wenig körperliche Ertüchtigung.«

Ein anzügliches Grinsen malte sich in Amuneminets Gesicht. »Hat Tawit dich im Bett enttäuscht?« Er konnte nicht an sich halten und lachte schallend.

»Sei bloß vorsichtig, was du sagst«, drohte Ramses. Es war nicht ernst gemeint. Auch um seine Mundwinkel zuckte es. »Und bevor du weiterfragst: Bei mir hat sich noch nie eine Frau beschwert.« Nun lachte auch er. Dann wurde er wieder ernst. »Nein, selbst der monatelange Ausflug in den Süden hat mich nicht richtig gefordert. Es war zwar schön, an der Seite des Pharaos zu den Steinbrüchen und den Goldminen zu ziehen; es war aber mehr als eintönig, immer nur auf dem Wagen zu stehen und den von den Hufen der Pferde und den Füßen der Männer aufgewirbelten Sand im Mund zu spüren. Die Knochen wurden durchgeschüttelt, der Schweiß lief in Strömen den Rücken hinab. Sonst nichts. Kein Gefecht, kein Wettkampf, nicht einmal ein ausgelassenes Fest mit schönen Frauen ... Einfach unbefriedigend!« Gespielt resigniert zuckte er mit den Schultern, während Amuneminet amüsiert grinste.

»Dann gedulde dich noch ein wenig. Ich habe ein paar wichtige Dinge zu erledigen, die nicht bis morgen warten können. Im Anschluss stehe ich dir voll und ganz zur Verfügung. Eigentlich wollte ich heute entspannen. Der gestrige Abend war lang.« Er zwinkerte Ramses vielsagend zu. »Trotzdem, wir können zusammen in die Wüste hinausfahren, mit Schwert und Axt kämpfen, oder aber wir gehen auf den Drillplatz, lümmeln uns faul in den Schatten und sehen den Rekruten zu.« Er machte ein geheimnisvolles Gesicht und beugte sich Ramses zu. »Aschahebu selbst will sie sich heute vornehmen. Er meint, sie sind verweichlicht und müssen erst einmal richtig von ihm geschliffen werden, bevor man sie als ordentliche Soldaten bezeichnen kann.« Wissend schmunzelte er.

Auch Ramses musste lächeln.

Aschahebu war General des Regimentes Ptah, ein mustergültiger Krieger, und er hielt absolut nichts von weinerlichen Soldaten. Aus diesem Grund war er sich selbst an den freien Tagen nicht zu schade dafür, sie eigenhändig zu drillen. Die Männer fürchteten sich vor ihm und seinem Schliff, der ihm den Namen *Schinder* eingebracht hatte. Besonders gern nahm er sich die jungen Rekruten vor, die gerade erst zum Militär gekommen waren. Es handelte sich vorwiegend um Bauernsöhne, die hofften, in der Armee des Pharaos Karriere zu machen. Es waren aber auch Söhne von hohen Beamten und Offizieren darunter, die ihrerseits glaubten, dass allein der Name ihres Vaters sie schnell und unkompliziert in hohe Ämter befördern würde. Aschahebu teilte diese Ansicht nicht. Es war ihm egal, welchen Lenden sie entstammten. Als dumme, unerfahrene Bauernlümmel betitelte er sie, egal ob adlig oder nicht. Für ihn stand fest, dass sie alle erst durch seine harte Schule wandern mussten, bevor sie es zu etwas bringen konnten. Selbst Ramses und seine Freunde hatten das oft genug am eigenen Leib zu spüren bekommen.

»Dann sehen wir uns später«, entgegnete Ramses, noch immer grinsend. »Ich werde in der Zwischenzeit ein paar Pfeile schießen.« Er klopfte Amuneminet freundschaftlich auf die Schulter. Die beiden Männer trennten sich.

Nachdem Amuneminet ihm den Rücken gekehrt hatte, überquerte Ramses den Hof und betrat den Exerzierplatz, wo sich bereits die ersten Soldaten fleißig im Nahkampf übten. Die Ausbilder grüßten ihn freundlich. Er nickte ihnen zu, ging aber weiter und strebte zielstrebig der Waffenkammer zu. Dort holte er sich einen Bogen und einen Köcher mit Pfeilen; damit kehrte er auf den Innenhof zurück und begann, auf eine gut zweihundert Ellen entfernte Scheibe zu schießen, bis Intef aus dem Küchengebäude zurückkehrte. Auch sein Leibwächter nutzte die Gelegenheit, seinen Körper zu stählen. Allerdings suchte er sich einen Partner und maß sich mit ihm erst im Ringkampf, später im Zweikampf mit Kurzschwert und Dolch.

Obwohl mit der immer höher steigenden Sonnenbarke auch die Temperaturen zunahmen, schonte sich Ramses nicht. Unentwegt legte er Pfeil um Pfeil auf die Sehne, spannte den Bogen, und surrend schwirrte das spitze, dünne Geschoss durch die Luft, um wenig später das hölzerne Ziel zu durchbohren. Als ihm das Hemd unter seinem Harnisch am Körper klebte und seine Muskeln zu schmerzen begannen, erschien endlich Amuneminet. Ramses tauschte Pfeile und Bogen gegen ein kurzes Schwert, um sich mit seinem Freund im Zweikampf zu messen.

Als die Sonnenbarke ihren höchsten Punkt erreichte, meinte Amuneminet erschöpft: »Ich denke, es wird Zeit, die Waffen zu strecken.« Schnaufend wischte er sich den Schweiß aus dem Gesicht. »Wir sollten uns erfrischen. Anschließend gehen wir etwas essen. Mir knurrt der Magen.«

Ramses war einverstanden. Auch er war inzwischen recht kurzatmig. Der Schweiß rann ihm in Strömen den Körper hinab. Sein rotbrauner Haarschopf glänzte nass. Er hatte keinen trockenen Fetzen mehr am Leib. Selbst das Leder seines Brustpanzers war von innen feucht.

Er gab Intef ein Zeichen, der seit geraumer Zeit mit seinen Übungen fertig war und im Schatten einer Mauer auf dem Boden saß, ohne ihn dabei aus den Augen zu lassen. Gemeinsam begaben sie sich in das große Badehaus der Kaserne und wuschen sich den Schweiß vom Körper. Anschließend schlüpften sie in frische Gewänder, die ihnen ein Diener brachte, und strebten erfrischt und hungrig dem Küchentrakt zu, um zusammen mit den Soldaten im Schutz riesiger Sonnensegel zu Mittag zu essen.

»Was hältst du davon, wenn wir nachher hinaus in die Wüste fahren?«, fragte Ramses und fügte hinzu: »Ich denke, meinen Pferden tut ein wenig Auslauf ebenfalls gut. Aschahebus Schleiferei kennen wir zur Genüge aus eigener Erfahrung. Zudem wird es nicht das letzte Mal sein, dass der alte Schinder die Rekruten scheucht.«

»Ich habe nichts dagegen«, entgegnete Amuneminet. »Wir nehmen Speer und Bogen mit. Vielleicht finden wir etwas zum Jagen.« Er winkte einen Diener heran, dem er befahl, seinen und den Streitwagen des Thronfolgers einspannen zu lassen.

Eine halbe Stunde später standen diese bereit. Amuneminet fuhr und lenkte seinen Wagen allein, während Ramses sich sein Gefährt mit Intef teilte.

Sieg-in-Theben und Mut-ist-zufrieden konnten es kaum erwarten, über den heißen Sand zu laufen. Unruhig scharrten sie mit den Hufen und warfen ihre mit blauroten Federbüschen geschmückten Köpfe auf und ab. Ihre Nüstern blähten sich in Vorfreude auf die Ausfahrt. Sie wieherten, und Ramses, der es sich nicht nehmen ließ, seinen Wagen ebenfalls selbst zu lenken, hatte alle Mühe, sie im Zaum zu halten. Nachdem sie den Kasernenhof hinter sich gelassen hatten und sich außerhalb bewohnter Gebiete befanden, erlaubte er ihnen, zu galoppieren.

Der Hengst und die Stute waren kaum noch zu halten. Sie preschten los, sodass Ramses sich mit beiden Füßen kraftvoll gegen den Boden des Wagenkorbes stemmen musste, während Intef sich mit der einen Hand am Korb und mit der anderen an einer eigens dafür angebrachten Lederschlaufe festhielt. Es dauerte nicht lange, und das Gespann des Prinzen hatte das von Amuneminet abgehängt.

»Man merkt, dass deine beiden Pferdchen lange nicht mehr gelaufen sind«, stellte der junge Offizier beeindruckt fest, als die Wagen nebeneinander wieder zum Stehen gekommen waren.

»Das sagte ich doch«, erwiderte Ramses. »Ich war zwar ein gutes Vierteljahr unterwegs, doch weder ich noch meine Pferde haben sich in dieser Zeit groß verausgabt.« Er zuckte mit den Schultern. »Sicher, es war anstrengend, die Hitze und die langen Märsche zu ertragen, es ging aber immer gemächlich voran, denn es gab genug Fußvolk an unserer Seite. Einzig die Zeit in den Goldminen hat mich ein wenig gefordert.«

»Armer Prinz!«, frotzelte Amuneminet.

Ramses haute mit der Peitsche nach ihm.

Geschickt wich Amuneminet dem nicht ernst gemeinten Rutenhieb aus. »Und wie sah es mit Frauen aus?«

Ramses kräuselte bekümmert die Stirn. »Weit und breit war keine in Sicht«, ging er auf die Stichelei seines Freundes ein. »Keine annehmbare, bei der ich mich hätte austoben können.«

»Auch nicht im Dorf der Goldminenarbeiter? Keine unvermählten Töchter, die sich nach einem Manne sehnten?« Amuneminet konnte nur noch mit Mühe seine Betroffenheitsmiene aufrechterhalten. Es zuckte bereits bedrohlich um seine Mundwinkel. »Aber jetzt mal ehrlich, Hoheit: Letzteres aus deinem Mund zu hören, du hättest die Frauen vermisst, ist einfach nur unglaublich«, stellte er fest und grinste. »Ramses, der größte Frauenfeind unter Res goldener Barke. Niemals wolltest du heiraten und eine Familie gründen. Ständig hast du Maj zurechtgewiesen, wenn dieser mit seinen Liebesabenteuern zu prahlen begann.«

»Hüte deine Zunge!«, warnte Ramses und drohte dem Freund mit dem Zeigefinger. »Anderenfalls werde ich sie dir nehmen müssen, wenn ich erst mal auf dem Horusthron sitze.« Er übergab die Zügel an Intef. »Nach Jagen steht mir heute nicht mehr der Sinn. Lass uns Schluss machen. Kehren wir in die Zivilisation zurück.«

»Wie du meinst«, antwortete Amuneminet und folgte Ramses bis zur Kaserne.

***

Am späten Nachmittag stattete Ramses seinem Harim einen Besuch ab. Er wollte nach seinen Kindern schauen und bei Tetischeri ein gutes Wort für Intefs Schwester einlegen. Tawit lief ihm als Erste über den Weg. Als sie ihn sah, eilte sie auf ihn zu und fiel ihm sofort um den Hals.

»Hast du gut geschlafen?«, erkundigte er sich.

»Ja, Hoheit.« Sie zog einen Schmollmund, während sie ihre Hände in seinem Nacken verschränkte. »Ich war nur traurig, als ich das Lager neben mir leer vorfand.«

Er gab ihr einen Kuss auf die Nasenspitze. »Ich war noch nie ein Langschläfer, Tawit. Mich zog es auf den Exerzierplatz. Ich brauchte ein wenig körperliche Betätigung.«

Verwundert legte sie den Kopf schräg. »Hattest du die nicht zur Genüge?« Sie quietschte förmlich vor Zufriedenheit bei der Erinnerung an die vergangene Nacht. Dann fuhr sie ihm mit den Fingern durch sein Haar. »Hat es dir so gefallen wie mir?«

Er grinste breit. »Was willst du jetzt von mir hören? Dass du beim Liebesspiel wie ein Ferkel quiekst und beim Höhepunkt den ganzen Palast zusammenschreist?« Er lachte schallend über ihr beleidigtes Gesicht. Dann küsste er sie erneut, diesmal auf den Mund.

In der Zwischenzeit waren auch andere Bewohnerinnen auf seine Anwesenheit aufmerksam geworden und standen im Halbkreis um ihn und Tawit herum. Er wurde mit schmachtenden Blicken bedacht, Tawit mit neidischen bis vernichtenden.

Demonstrativ legte er ihr die Hände um die Hüften. »Es war schön. Zufrieden?«

Sie grinste breit und schmiegte sich an seine Brust, weil sie wusste, die anderen Frauen würden vor Eifersucht platzen. »Ja«, gurrte sie zufrieden.

Einen Moment lang gönnte er ihr den Triumph den anderen

Frauen gegenüber. Dann löste er sich sanft aus ihrer Umklammerung und suchte Tetischeri unter seinen Harimsdamen.

»Tetischeri, meine Liebe, ich muss mit dir reden.« Er trat auf sie zu und nahm sie am Arm, um mit ihr in ihr Zimmer zu gehen, wo sie ungestört miteinander reden konnten. Das enttäuschte Getuschel der anderen Frauen ignorierte er.

»Was gibt es denn, mein Gemahl?«, fragte sie neugierig, als sie sich in ihren Räumlichkeiten befanden. Hoffnungsvoll zog sie ihn zu ihrer Bettstatt, die am anderen Ende des angrenzenden Raumes stand.

Ramses ließ es geschehen. »Es geht um deine Dienerin«, sagte er und setzte sich neben sie auf die Kante des Bettes.

»Ich weiß«, gab Tetischeri zerknirscht zurück. »Sie hat sich wie eine billige Liebesdienerin benommen. Ich habe sie dafür bereits scharf gerügt und überlege, sie aus meinen Diensten zu scheuchen.«

»Und genau deshalb bin ich hier, meine Liebe. Ich wollte dich bitten, es nicht zu tun. Ihr Bruder hat sich heute bei mir in aller Form für ihr Auftreten entschuldigt. Sie sei betrunken gewesen, meinte er, obwohl ich das nicht recht glaube. Egal. Wenn ich ehrlich sein soll, mir hat's gefallen.« Er lachte über Tetischeris empörtes Gesicht. »Sie ist noch jung, meine Liebe ...«

»Trotzdem«, viel ihm Tetischeri beleidigt ins Wort, »sie hat sich wie ein billiges Bierhausmädchen benommen und damit die Aufmerksamkeit aller Gäste auf sich gezogen, selbst wenn sie wirklich betrunken war. Das gab sie nämlich auch mir gegenüber als Entschuldigung an. Wie stehe ich denn da? Hast du diese Tätowierung gesehen? Unerhört!«

Ramses verkniff sich einen Kommentar. Stattdessen sagte er: »Versuche einfach, ihr diesen Auftritt zu verzeihen. Sie sehnt sich nach Liebe, will einen guten und freundlichen Mann finden, der mit ihr unter ein Dach zieht, um eine Familie zu gründen«, erklärte er und gab damit die Aufgabe, einen standesgemäßen Gemahl für Heket zu finden, an Tetischeri weiter. »Meinst du, du kannst das?«

»Was, ihr verzeihen oder für sie einen Gemahl finden?«, grummelte Tetischeri.

Ramses lächelte und hauchte ihr einen Kuss auf die Stirn. »Vielleicht sogar beides.« Das zeigte Wirkung. Tetischeri war mit einem Mal weich und geschmeidig wie Honig in der prallen Sonne.

»Ja, mein Gemahl, ich denke, das schaffe ich.« Sie zupfte an ihrem Obergewand herum, bis es ihr von den Schultern glitt. Dann entledigte sie sich des engen Kleides, wobei Ramses ihr half. Schließlich entkleidete sie ihn, denn er schien gewillt, mit ihr das Lager zu teilen.

Als Ramses zwei Stunden später Tetischeris Gemächer verließ, war er sofort wieder von den übrigen Damen seines Harims umringt. Da er nicht herzlos sein wollte, ließ er sich von ihnen in den Garten entführen, um mit ihnen in den Strahlen der untergehenden Sonnenbarke zu plaudern und sich seinen Nachwuchs vorführen zu lassen. Eine gute Stunde hielt er das Geschnatter aus; dann entschuldigte er sich, dass Nefertari auf ihn warten würde. Die langen Gesichter der Frauen entgingen ihm natürlich nicht. Es war ihm egal. Sie hatten ihn lange genug in Beschlag genommen.

In den folgenden zwei Wochen nutzte Ramses jede sich bietende Gelegenheit, um den Verpflichtungen am Hof seines Vaters zu entfliehen. Zusammen mit Amuneminet und Maj fuhr er hinaus in die Wüste zur Jagd. Hatte Setau Zeit, kam er ebenfalls mit. Wollten sie ein wenig Erfrischung, bestiegen sie ein paar einfache Boote aus Papyrusstängeln, fuhren hinaus auf den Nil und warfen die Angelschnüre aus. Oftmals trafen sie sich auch auf dem Exerzierplatz und stählte ihre Körper bis zur Erschöpfung. Selbst die Abende verbrachte er zusammen mit seinen Freunden, doch die Nächte gehörten einzig und allein Nefertari oder Isisnofret, manchmal auch der blonden Tawit.

Manchmal nahm Ramses seinen ältesten Sohn mit in die Kasernen. Mit staunenden Augen hockte der Junge am Rand des Drillplatzes und sah den Soldaten und seinem Vater zu, wie diese geschickt mit Schwert und Bogen, Speer und Streitaxt umzugehen verstanden. Trotz seiner erst drei Nilschwemmen war Amuni schon nach kurzer Zeit vom Soldatenleben ganz begeistert und verkündete, dass er später unbedingt einmal ein tapferer Krieger werden wolle. Diese Aussage erfreute Ramses ungemein, während sie bei Nefertari nicht gerade Begeisterungsstürme auslöste.

Ende *Tybi*, dem ersten Monat in der Jahreszeit der Aussaat, rief Sethos schließlich nach seinem Sohn und beendete dessen Faulenzerei. Er befand, dass Ramses sich in den vergangenen Wochen genug ausgetobt habe. Nun sei es an der Zeit, sich wieder seinen Verpflichtungen als Ältester Königssohn und Horus-im-Nest zu stellen.

Ergeben neigte Ramses das Haupt. »Natürlich, Majestät. Ich höre und gehorche. Zudem danke ich dir, dass du mir diese unbeschwerte Zeit gewährt hast, Vater.«

Sethos schmunzelte verständnisvoll. Er wusste, was er seinem Sohn seit dessen Ernennung zum Thronerben abverlangt hatte. Ramses hatte auf fast alles verzichten müssen, das er bis dahin lieb gewonnen hatte. Sethos war nicht entgangen, wie schwer es ihm so manches Mal gefallen war, seinen Befehlen zu gehorchen. Ohne Murren hatte Ramses sich dennoch den neuen Verpflichtungen gestellt.

»Wenn du auf dem Horusthron sitzt, wird es solche Zeiten nicht mehr geben«, erklärte er ihm. »Schon ein halber, vielleicht sogar einen ganzen Tag zusammen mit deinen Lieben fernab deiner Pflichten wirst du dann wie ein gnädiges Geschenk empfinden.«

»Das ist mir bewusst«, entgegnete Ramses ernst. »Umso mehr weiß ich es zu schätzen, dass du mir diese Zeit gewährt hast.« Er blickte ihm dankbar in die Augen. »Welche Aufgabe hältst du jetzt für mich bereit?«

Sethos faltete die Hände im Schoß. »Ich schickte dich für die kommenden vier Monate in die Obhut des Ersten Propheten des Ptah. Ich habe ihm dem Befehl erteilt, den zukünftigen Herrn der Beiden Länder in die Geheimnisse des Tempels einzuweihen. Du wirst dieses Jahr neunzehn Jahre alt, Ramses. Das ist alt genug, um sie zu erfahren.«

15. Kapitel

Von Betrügern und Göttern

Einen Tag, bevor der Thronfolger sich in den Tempel des Ptah begeben sollte, bat Meriptah um eine Audienz. Sein Anliegen war wichtig. Nachdem Ramses ihm gelauscht hatte, stimmte er dem zu.

»Es sei so, wie du es wünschst. Wir treffen uns eine Stunde, bevor Re in Nuts Rachen versinkt. Der Schreiber Hori wird anwesend sein.«

Nun war dieser Zeitpunkt gekommen, und Meriptah strebte den Amtsräumen des Prinzen zu, ein fröhliches Lied auf den Lippen. Heute war er besonders gut gelaunt. Zum einen konnte er dem Thronfolger endlich das Ergebnis seiner Untersuchungen präsentieren, zum anderen hatte er beim Ankleiden freudig festgestellt, dass die anstrengende Arbeit der letzten Wochen seinen Bauchumfang ein wenig geschmälert hatte. Stolz sah er an sich herunter. Endlich passten ihm wieder seine alten Schurze. Ahhotep hatte zwar gemeint, dass man ihm das nicht ansehen würde, doch er fühlte sich besser als zuvor.

Die Sonnenbarke berührte bereits die Wipfel der Palmen am westlichen Ufer, als er in das Gebäude trat, in dem sich die Arbeitsräume des Prinzen befanden. Freundlich erwiderte er den Gruß der Soldaten, die am Zugang Wache hielten, und eilte zielstrebig weiter, unter dem Arm die Rollen, in denen er und Nachtamun ihre Ergebnisse niedergeschrieben hatten.

Als er das Arbeitszimmer des Prinzen betrat, saß Ramses in einen einfachen Schurz gekleidet und mit einem gestärkten Tuch dem Haupt an seinem Schreibtisch und blickte ihm erwartungsvoll entgegen. Zu seinen Füßen kauerte der Schreiber Hori, um dessen Anwesenheit Meriptah gebeten hatte. Auf dessen gekreuzten Beinen ruhte ein Blatt Papyrus und wartete darauf, mit dem Wichtigsten der Unterredung gefüllt zu werden. Meriptah sah dem jungen Mann aufmerksam ins Gesicht. Unschwer konnte er ihm ansehen, dass er sich etwas unwohl fühlte. Wahrscheinlich hatte er auch allen Grund dafür.

Meriptah war aufgefallen, dass Hori und Ani häufig die Köpfe zusammensteckten und tuschelten, wobei sie ihn mit flüchtigen Blicken bedachten. Anis Augen verrieten dabei stets Zorn und Hass, während Horis Blick meist betreten und ängstlich in seine Richtung glitt. Zudem war ihm nicht verborgen geblieben, dass sich der junge Mann in letzter Zeit verzweifelt bemühte, sich von seinem älteren Kollegen fernzuhalten. Meriptah war sich sicher, Hori wusste etwas, und aus diesem Grund hatte er Ramses gebeten, ihn die Beratung aufzeichnen zu lassen.

Sein Blick glitt weiter zu Nachtamun, der vor dem Arbeitstisch des Prinzen auf einem Hocker Platz genommen hatte. Er hielt einen Becher in der Hand und sah ihm mit verschlossener Miene entgegen.

Auf Ramses' Aufforderung hin, setzte sich Meriptah auf den anderen Schemel und begann mit seinem Bericht. »Wir haben die gesamte Dienerschaft Deiner Hoheit überprüft. Alle auf den Listen von meinem Vorgänger und deinem Haushofmeister verzeichneten Personen stehen in deinen Diensten. Es stellte sich allerdings heraus, dass einige von ihnen weniger Lohn erhalten, als du ihnen angeblich zahlst.«

»Wie soll ich das verstehen?«, fragte Ramses und runzelte die Stirn.

»Es gibt Diener und Dienerinnen«, erklärte Meriptah, »die den ihnen zugesicherten Lohn erhalten. Laut Anis Listen bekommen sie allerdings mehr.« Er öffnete eine der beiden Rollen und überflog sie kurz. »Hier haben wir zum Beispiel einen deiner Soldaten. Er bekommt täglich die ihm zustehende Ration an Brot, Gemüse und Fisch, wöchentlich Rindfleisch und einen halben Sack Gerste sowie einen drei viertel Sack Weizen. Einmal im Monat stehen ihm ein Gewand aus Leinen, Öl sowie dreimal im Jahr Sandalen zu. Das entspricht genau dem, was ihm bei seiner Einstellung durch Nachtamun zugesichert wurde. Bei der täglichen Besoldung ist kein Fehler zu verzeichnen. Anstelle des wöchentlichen halben Sacks Gerste ist jedoch ein drei viertel Sack verzeichnet. Der Mann hingegen schwört, dass er immer nur die vereinbarte Menge von einem halben Sack erhalten hat.«

»Und das ist ihm beim Unterzeichnen nicht aufgefallen?«, polterte Ramses dazwischen.

»Nein, Hoheit. Wie sollte es ihm? Er kann weder lesen noch schreiben. Selbst wenn der Mann des Lesens mächtig wäre, hätten die Verantwortlichen nach der Verteilung und dem Gegenzeichnen für den Erhalt der Besoldung die Mengenangabe ändern können. Niemandem würde es auffallen, wenn die entsprechenden Beamten unter einer Decke stecken. Ich schätze aber, das war nicht nötig. Nur bei den Lese- und Schreibunkundigen wurde fleißig betrogen.« Er räusperte sich. »Auch dieser Wachmann hier ...«, sein wulstiger Zeigefinger wies auf einen der vielen Namen, »... ist der heiligen Zeichen nicht kundig. Bei ihm allerdings stimmt die Menge an Getreide, dafür werden ihm laut der Listen zwei Gewänder im Monat zugestanden, obwohl er nur eins davon erhält – so wie mit Nachtamun vereinbart.« Meriptahs Blick ging kurz zu Nachtamun, der zustimmend nickte. »Es sind immer nur kleine Veränderungen, die normalerweise niemandem auffallen, doch über die Dauer der Zeit haben sie in deinen Besitz Löcher gerissen, Hoheit, die mir bei der Überprüfung der Unterlagen nicht entgangen sind.«

»Verständlich«, grummelte Ramses. »Allein diese beiden Männer erleichtern mich jährlich um neun Sack Gerste und zwölf Gewänder«, schnaubte er. »Das bedeutet also, dass ich seit Jahren bestohlen werde?«

»Ja, Hoheit, doch den Hauptschuldigen zu ermitteln, fällt schwer. Verantwortlich sind in jedem Fall die für die Verteilung zuständigen Schreiber. Sie haben bewusst deinen Besitz unterschlagen, denn anhand der Listen waren zwei Leinengewänder verzeichnet, selbst wenn das falsch ist. Trotzdem händigten sie dem Mann stets nur ein Stück aus. Sie konnten von mir und Nachtamun ermittelt werden und wurden den Medjai übergeben. Derzeit werden sie zu den Anschuldigungen verhört. Egal ob sie leugnen oder nicht – ihre Taten sprechen sie schuldig.. Wer allerdings die Fäden in den Händen hält, das kann ich nicht sagen.«

Ramses' Blick verfinsterte sich und wanderte zu Nachtamun, der stumm zugehört hatte. »Ist das auch deine Einschätzung?«

»Ja, Hoheit«, antwortete der Hauptmann der Getreuen. »Meriptah hat recht. Auch ich kann nicht mit Bestimmtheit sagen, ob Ani oder einer der höheren Beamten in diese Sache verwickelt ist. Es fehlen mir stichhaltige Beweise für ihre Beteiligung an den Unterschlagungen, doch ich schwöre, ich werde sie finden und die Übeltäter zur Strecke bringen.« Nachtamuns Gesicht hatte sich ebenfalls verfinstert. Seine letzten Worte verrieten grimmige Entschlossenheit.

»Hast du Ani genau überprüft?«, erkundigte sich Ramses.

»Aber sicher, Hoheit. Er lebt auf einem ziemlich verfallenden Anwesen am Ufer des Flusses. Es muss einmal recht hübsch gewesen sein, aber er kümmert sich nicht darum. Es hat den Anschein, als hätte er nicht die Mittel dazu, und gerade das macht mich stutzig.« Nachtamun schnaubte. »Er steht in deinen Diensten, mein Herr, und wird doch wohl genug Lohn bekommen, um eine kleine, aber fleißige Dienerschaft zu unterhalten.« Zustimmung heischend wanderte sein Blick von Ramses zu Meriptah, die ihm beide aufmerksam an den Lippen hingen. »Ich habe mich in der Nachbarschaft umgehört. Die Leute sind nicht gerade gut auf ihn zu sprechen. Sie sagen, Ani wäre ein Einzelgänger und mit keinem gut Freund. Zudem passt ihnen ein solch verwahrlostes Anwesen nicht. Es wirft kein gutes Licht auf die Gegend, in der sie wohnen. Allerdings erzählten sie mir auch, dass Ani erst so geworden sei, nachdem ihm im vergangenen Jahr die Frau verstarb.«

»Ach?« Ramses war verdutzt und hob erstaunt die Augenbrauen. »Ich wusste gar nicht, dass er verheiratet war. Hat er Kinder.«

»Ja, mein Prinz. Kinder hat beziehungsweise hatte er«, antwortete Nachtamun. »Seine beiden Söhne fielen im Krieg, und seine Tochter zog vor Jahren nach Theben, wo sie sich unter ihrem Stand verheiratete und sich damit den Zorn ihres Vaters auflud. Seither ist Ani ein verbitterter, alter Mann, sagen die Nachbarn, und zwar übereinstimmend. Der Tod seiner Frau und seine Absetzung als dein Oberster Schreiber haben ihn noch unzufriedener gemacht.«

»Ich habe ihn nie zu meinem Obersten Schreiber ernannt«, stellte Ramses in beinahe entschuldigendem Ton fest. »Mein Vater machte ihn dazu, und ich nahm diese Entscheidung hin.«

»Auf jeden Fall ist seither mit Ani kein Auskommen mehr«, schloss Nachtamun und setzte den Becher an den Mund, um seine Kehle zu befeuchten.

»Seit wann geht das schon so mit diesen Unterschlagungen?«, wandte sich Ramses wieder Meriptah zu.

»Ungefähr ein halbes Jahr, nachdem du deinen eigenen Haushalt begründet hast, fangen die Unregelmäßigkeiten an.«

»Hätte Ani es auffallen müssen, wenn er nicht selbst daran beteiligt ist?«

Unschlüssig hob Meriptah die massigen Schultern. »Schwer zu sagen, Hoheit. Ich weiß nicht, ob es mir aufgefallen wäre, hätte ich nicht alles nachgeprüft.«

»Eine verzwickte Lage«, stellte Nachtamun stirnrunzelnd fest und drehte den Becher in seinen Händen. »Wir können nicht mit Bestimmtheit Ani die Schuld geben, obwohl ich fest davon überzeugt bin, dass er davon wusste.«

Nachdenklich kratzte sich Ramses an der Stirn, über der sich der königliche Uräus aufbäumte. »Ist dir darüber etwas bekannt, Hori?«, richtete er völlig unerwartet die Frage an den Schreiber zu seinen Füßen.

Der Mann erstarrte in seiner Bewegung und wagte nicht, sich zu rühren.

»Ich habe dich etwas gefragt?«

»Damit habe ich nichts zu tun, Hoheit«, stammelte Hori. Seine Stimme klang kläglich. »Ich bin unschuldig. Ehrlich!«

»Das will ich nicht bestreiten«, erwiderte Ramses. »Ich bin mir allerdings sicher, dass du etwas darüber weißt. Also heraus mit der Sprache, oder ich gebe dich zur Befragung in die Hände meines Hauptmanns!«, drohte er.

Vor Schreck begann der junge Mann, am ganzen Leib zu zittern, sodass die Tinte von seiner Schreibbinse auf die Schriftrolle tropfte und diese verunstaltete. »Ich ... ich ...«, stammelte er.

»Nichts ich, rede, Mann!«

Verängstigt starrte Hori auf das verschandelte Blatt auf seinen Knien. »A...A...Ani«, krächzte er und räusperte sich, weil seine Kehle plötzlich so trocken war, dass ihm die Stimme versagte.

»Hier!« Nachtamun reichte ihm seinen Becher, in dem sich noch etwas Bier befand. »Feuchte deinen Hals an und dann los!«

Mit zitternder Hand griff Hori nach dem Becher und schüttete den Inhalt mit Schwung die Kehle hinunter. Dabei verschluckte er sich und musste so heftig husten, dass sein Gesicht feuerrot wurde und ihm die Tränen in die Augen traten. Als er wieder richtig atmen konnte, wischte er sich die Tränen aus dem Gesicht und gab den Becher an Nachtamun zurück.

»Ani war völlig gekränkt«, sprudelte er an Ramses gerichtet los, »als du Meriptah zum Obersten Schreiber ernanntest. Seitdem lässt er keine Gelegenheit ungenutzt verstreichen, um über seinen Nachfolger zu schimpfen. Vor allem ist er sehr ungehalten darüber, dass du, Herr«, nun blickte er kurz zu Meriptah, »alle Unterlagen überprüft hast. Ich habe mir nichts dabei gedacht, denn ich ging davon aus, dass du dir einen Überblick verschaffen wolltest, doch nun mache auch ich mir so meine Gedanken.« Er schluckte und räusperte sich erneut. Dann starrte er wieder auf den beschmutzten Papyrus.

»Dann lass mal hören!«, blaffte Ramses ungehalten. »Teile uns deine Gedanken mit!«

»Ich weiß nicht so recht, Hoheit. Ani ist nicht nur beleidigt, er ist schwer gekränkt, weil Meriptah seinen Aufzeichnungen keinen Glauben schenkt. Mir erschien es, dass er sich in seiner Ehre als Schreiber verletzt fühlt, weil es so aussähe, als könne man seiner Arbeit nicht blindlings vertrauen. Irgendwie kann ich das sogar verstehen«, gestand er kleinlaut, und die Röte schoss ihm in die Wangen. »Ob er nun tatsächlich etwas mit den Veruntreuungen zu tun hat, wage ich nicht zu beurteilen. Darüber ist mir nie etwas zu Ohren gekommen, und ehrlich gestanden, ich traue es ihm nicht zu.« Resigniert zuckte Hori mit den Schultern. »Ani meinte nur immer, dass Meriptah keinerlei Erfahrungen besäße, um einen Haushalt dieser Größe zu führen, und ihm seine Abstammung noch lange nicht das Recht einräume, alles von ihm und uns anderen Schreibern infrage zu stellen. Wie gesagt, Hoheit, er ist beleidigt und wütend und schimpft immerfort auf Meriptah. Einmal sagte er sogar, dass es ihm schon gelänge, ihn vor dir lächerlich zu machen.« Verängstigt lugte er zu Ramses auf.

»Hat er gesagt, wie er das anstellen will?«, erkundigte sich Ramses und stützte interessiert die Ellenbogen auf den Tisch, faltete die Hände und legte sein Kinn darauf.

»Nein, das hat er nicht. Er meinte nur, dass er bereitstände, um im rechten Moment einzuspringen, wenn der neue Oberschreiber nicht mehr weiterwüsste. Ich bin nicht weiter in ihn gedrungen, denn ich wollte darüber weder etwas erfahren noch damit zu tun haben. Ein ums andere Mal riet ich aber Ani, Meriptah gehorsam zu dienen. Meriptah ist unser neuer Vorgesetzter. Ani aber drohte mir, ihm nicht in die Quere zu kommen. Daraufhin war ich in der Folgezeit redlich bemüht, mich von ihm fernzuhalten ...«

»... was dir nicht wirklich gelungen ist«, fügte Meriptah hinzu. Er musterte seinen Untergebenen mit gerunzelter Stirn. »Und dir ist nichts über die Veruntreuungen bekannt?«

»Nein, wirklich nicht, Gebieter.« Verzweifelt rang Hori die Hände. »Ani war einst Oberschreiber seiner Hoheit. Es stand mir nicht zu, ihn zu überwachen oder seine Arbeit infrage zu stellen. Das wäre anmaßend von mir gewesen.«

»Und was ist mit den von Meriptah und Nachtamun ermittelten Männern, die nun im Gefängnis sitzen und auf ihre Verurteilung warten?«, erkundigte sich Ramses.

»Ich weiß nicht einmal mit Bestimmtheit, um wen es sich dabei handelt, Hoheit.« Mit offenem, wenn auch ängstlichem Blick sah Hori zu Ramses auf. Er war ganz bleich, und Schweißtröpfchen zierten seine Stirn. »Ich bin nur ein einfacher Schreiber. Normalerweise kopiere ich Schriftstücke, die in deinem Archiv abgelegt werden. Mit den Schreibern, die für die Vorräte zuständig sind oder diese verteilen, habe ich nichts zu tun. Manchmal darf ich auch unbedeutende Mitschriften führen – allerdings heute ...« Er schluckte betroffen und fügte leise hinzu: »Ich hätte es mir denken können, dass es nicht mit rechten Dingen zugeht, dass du meiner Dienste bedarfst.«

»Quält dich dein schlechtes Gewissen?«, knurrte Nachtamun.

Er hegte noch immer Zweifel, dass Hori so ahnungslos war, wie er tat. Also beugte er sich vor und behielt den Schreiber fest im Blick.

Empört hob Hori den Kopf und starrte dem Hauptmann entrüstet ins Gesicht. »Meine Verfehlung besteht einzig und allein darin, dass ich Anis schändlichen Reden gelauscht habe, ohne sie zu melden, Herr. Ansonsten habe ich mit den Veruntreuungen nichts zu tun. Das schwöre ich bei meinem Schutzgott Horus.«

Unschlüssig sahen Ramses, Nachtamun und Meriptah sich an.

»Hilft uns das weiter?«, wagte Meriptah zu fragen. Irgendwie war seine gute Laune verflogen. Er hatte sich von Horis Befragung mehr erhofft.

»Vielleicht«, beantwortete Nachtamun die Frage. Es klang recht zuversichtlich. »Zumindest weiß ich nun, dass Ani nicht gerade erfreut darüber war, dass du seine Unterlagen geprüft hast, und ich frage mich, warum. Vielleicht fühlte er sich wirklich nur in seiner Ehre als ehemaliger Oberschreiber verletzt, vielleicht steckt aber auch mehr dahinter.«

»Dann überprüfe ihn erneut«, befahl Ramses streng. »Ich will wissen, ob er schuldig ist oder nicht.« Er warf einen Seitenblick auf Hori. »Und du, du wirst meinem Hauptmann dabei hilfreich zur Seite stehen. Dann vergesse ich, dass du Anis Reden gelauscht hast, ohne sie zu melden.«

»Was ich?« Der Schreiber zuckte zusammen und schnappte nach Luft, wagte aber nicht, zu widersprechen.

Mit einer Handbewegung entließ Ramses ihn. Dann wandte er sich seinen beiden höheren Beamten zu. »Bringt Licht in das Dunkel. Wenn ich aus dem Tempel zurückgekehrt bin, will ich, dass der Hauptschuldige entlarvt worden ist!« Damit war auch für Nachtamun und Meriptah die Unterredung zu Ende.

Ramses begab sich in seine Gemächer und kleidete sich für den Abend um. Anschließend eilte er in den Harim, um den letzten Abend zusammen mit Nefertari und Isisnofret zu verbringen. Für die kommenden vier Monate würde es das letzte Mal sein, dass er sie zu Gesicht bekam. Er wusste jetzt schon, er würde sie vermissen. Sein Vater hatte jedoch verfügt, dass er die gesamte Zeit über in der Abgeschiedenheit des Heiligtums verbringen sollte.

Freudig begrüßten ihn seine beiden Frauen. Auch ihnen fiel es schwer, wieder einmal monatelang auf ihn verzichten zu müssen. Das aber war das Los einer Gemahlin des Thronerben von Kemi.

»Ach, wie schön wäre es doch, wärest du nicht der Horus-im-Nest, sondern einfach nur ein gewöhnlicher Mann, der morgens sein Heim verlässt, um zur Arbeit zu gehen, und es abends müde wieder erreicht«, meinte Nefertari und schmiegte sich an ihn.

»Ja, das ist eine verlockende Vorstellung«, stimmte ihr Isisnofret zu und kuschelte sich in Ramses' anderen Arm.

Ramses lachte. »Das wäre dann aber nur für eine von euch beiden schön. Immerhin hat ein gewöhnlicher Mann stets nur eine Frau an seiner Seite.«

»Och«, entgegnete Isisnofret und schenkte ihm einen verschmitzten Blick, »um meinetwillen würden dir die Götter sicher eine Ausnahme gewähren.« Sie kicherte vergnügt, obwohl ihr bewusst war, dass sie das Nachsehen hätte, müsste Ramses zwischen ihr und Nefertari wählen.

Ramses schmunzelte. »Glücklicherweise brauchen wir das nicht herausfinden.« Er gab beiden Frauen einen zärtlichen Kuss. »Und nun kommt, liebe Schwestern. Meine Barke erwartet uns bereits im Palasthafen. Den letzten Abend in *Freiheit*«, er betonte das Wort bewusst und grinste breit, »will ich mit euch in den Strahlen der untergehenden Sonnenbarke auf dem Nil verbringen, bis die Nacht ihre Schwingen über uns ausbreitet.«

Als sie gegen Mitternacht in den Palast zurückkehrten, wollte sich Ramses von Isisnofret verabschieden, um die verbleibenden Stunden mit Nefertari zu verbringen, aber sie wehrte ab.

»Bitte, geliebter Bruder, teile das Lager mit Isisnofret. Ich möchte es so. Ich weiß deine Liebe und Gunst zu schätzen, Ramses, doch ich bin inzwischen schon wieder schwanger und fühle mich heute nicht so gut. Der Abend war wunderschön. Nun bin ich müde und möchte ruhen. Verbringe diese Nacht mit meiner Schwester. Vielleicht sind die Götter euch ebenfalls hold und pflanzen ihr deinen Samen in den Leib.«

Einigermaßen überrascht nahm Ramses Nefertari in die Arme. »Willst du das wirklich?«

Die junge Frau nickte lächelnd. »Ja, Ramses. Ich gönne Isisnofret diese Stunden von ganzem Herzen. Sie liebt dich innig wie ich und hat dich in der letzten Zeit sehr vermisst. Ich bin matt und möchte nur noch in mein Bett.«

Kritisch musterte Ramses sie. »Du bist aber nicht krank, oder?«, fragte er besorgt.

Nefertari lächelte. »Nein, Ramses, schwanger zu sein, ist keine gefährlich Krankheit.« Sie stellte sich auf die Zehenspitzen und hauchte ihm einen Kuss auf die vollen Lippen. »Man ist nur manchmal etwas erschöpfter als sonst.«

Ramses war überwältigt von Nefertaris edler Geste. Er liebte zwar auch Isisnofret abgöttisch, doch hatte er beschlossen, dass diese letzten Stunden ganz allein ihm und Nefertari gehören sollten. Dennoch rührte es ihn zutiefst, welche Zuneigung seine beiden Lieblingsfrauen füreinander empfanden. Eine war der anderen kein Dorn im Auge; sie waren Schwestern geworden und gönnten einander das gemeinsame Glück, mit ihm vermählt zu sein. Leider herrschte eine solche Harmonie nicht unter seinen Nebenfrauen.

Er beugte sich zu Nefertari herab und erwiderte ihren zärtlichen Kuss mit einem leidenschaftlichen. Dann nahm er die Hand Isisnofrets, um mit ihr in seine Gemächer zu gehen.

***

Am nächsten Tag begab sich Ramses in den Tempel des Ptah. Der Hohepriester erwartete ihn bereits und hieß ihn willkommen. Im Anschluss führte ihn ein Wabpriester zu den Unterkünften der niederen Priesterschaft, wo bereits eine kleine Kammer ihn erwartete.

Die Unterkünfte befanden sich in lang gestreckten Flachbauten und wurden vorwiegend von unverheirateten Gottesdienern bewohnt, die sich noch keine eigene Unterkunft leisten konnten. Der Großteil der Priesterschaft, zu denen all jene gehörten, die nur zeitbegrenzt ihren Dienst an der Gottheit versahen, lebte in und um Memphis. Nur den höchsten Priestergraden stand ein Häuschen in der Nähe des Heiligen Sees zu, wenn sie nicht außerhalb des Tempels auf ihren Anwesen residierten.

Gleich am ersten Abend führte der Oberpriester, ein hagerer Mann, Ramses in den geheimsten Teil des Heiligtums, in welcher die Statue des Gottes der Handwerker in ihrem Schrein verweilte. Zuvor war Ramses die steinernen Stufen hinab in den Heiligen See gestiegen, um sich zu reinigen. Bereits am Morgen hatte Pentawer ihn von Kopf bis Fuß glatt rasiert, sodass kein Haar mehr an ihm verblieben war. Keine Laus durfte zwischen ihm und der Gottheit stehen. Ramses wusste, das war ein Gebot der Ewigwährenden, und jeder, der ihnen dienen wollte, hatte sich daran zu halten. So auch er. Fortan musste er sich nun aller drei Tage dieser Ganzkörperrasur unterziehen.

Als sie das Allerheiligste betraten, wurde Ramses ein wenig mulmig im Magen, denn er erinnerte sich an den peinlichen Vorfall beim ersten und bis dahin auch letzten Mal, als er Ptahs Wohnstatt betreten hatte: seine Bewusstlosigkeit!

Der Hohepriester trat vor den Schrein und erbrach das tönerne Siegel, das am Morgen an der Tür angebracht worden war. Dann öffnete er den Schrein, und Ramses stand dem Gott gegenüber, dieses Mal Auge in Auge – kein Pharao und auch keine obere Priesterschaft, die sich vor ihn drängte. Nur er und Ptah in dessen irdischem Haus.

Augenblicklich fiel Ramses auf die Knie und beugte in tiefer Demut den Rücken, bis seine Stirn den kühlen goldenen Boden des Allerheiligsten berührte. Hinter sich hörte er den alten Priester leise herumhantieren. Kurz darauf zog der Geruch von Weihrauch, Myrrhe und all den anderen Ingredienzien, die dem göttlichen Duft beigemengt waren, durch den nur schwach beleuchteten Raum.

Hoffentlich wurde die Dosis des *Dja-dja* dieses Mal verringert, dachte Ramses sofort. Dann vernahm er das leise Klatschen von Ledersohlen auf dem steinernen Boden, das sich zügig entfernte. Der Hohepriester zog sich zurück und überließ ihn, den Horus-im-Nest, der dem Samen des Amun-Re entsprungen war, dem Zwiegespräch mit dem göttlichen Wesen.

Ramses wusste nicht, wie viel Zeit bereits vergangen war, als er es endlich wagte, den Blick zu der Statue zu heben. Durch die ungewohnte Haltung schmerzten ihm alle Knochen. Die Knie brannten wie Feuer. Dennoch empfand er einen tiefen inneren Frieden. Er richtete sich auf, blieb aber vor dem Schrein auf dem Boden liegen und winkelte die Arme an, die Handflächen zur Gottheit gewandt, das Zeichen der Anbetung.

Gleichmütig lächelnd stand der goldene Gott in seinem ebenfalls vergoldeten Schrein, das makellos weiße Leinen, das der Oberpriester für ihn heute Morgen bereitgehalten hatte, ordentlich auf seinem kühlen Körper drapiert. Das flackernde Licht der beiden Öllampen, die links und rechts neben dem Zugang zum Naos auf mannshohen Säulen standen, spendete kaum genügend Licht, um die Gottheit richtig erkennen zu können, doch das brauchte Ramses nicht. Er wusste auch so, wie Ptah gestaltet war. In seinen eng am Körper anliegenden Mumienbinden, mit der seiner Kopfform angepassten Kappe auf dem Haupt, dem geflochtenen Götterbart am Kinn und den vor der Brust gefalteten Händen, die den Stab seiner Würde hielten, war der Gott der Handwerker ihm wohlvertraut. So wie Amun-Re die Schutzgottheit von Theben war, so war es Ptah für die nördliche Residenzstadt Memphis.

Ramses versank erneut in seinen Gedanken und erinnerte sich der Worte des alten Ptah-Priesters aus der Palastschule. Dieser hatte ihn und seine Mitschüler gelehrt, dass Ptah es gewesen war, der am Anfang allen Lebens das Land urbar gemacht und durch den Bau von Kanälen und Dämmen von den Fluten des Nun, des Urozeans, getrennt hatte. Zu diesem gewaltigen Werk hatte er allein die Macht seiner Gedanken benötigt. Sie befahlen seiner Zunge, diese in Worte zu fassen, und es war geschehen. Ramses empfand Ehrfurcht vor dieser grandiosen Tat, denn Ptah hatte das Land förmlich am Schopf gepackt und aus dem Chaos der Wassermassen gezogen. So waren das Obere und das Untere Reich entstanden. In Theben waren die Amun-Priester zwar der festen Überzeugung, dass ihre Gottheit die Welt erschaffen habe, so wie die Priesterschaft von Heliopolis es ihrer Gottheit Re zuschrieb, doch wie Sethos teilte Ramses diese Meinung nicht. Er wollte nicht behaupten, dass Amun nicht die Ehre zustand, der König der Götter zu sein, doch glaubte er fest daran, dass Ptah der Schöpfer der Welt war, so wie sie nun existierte. Allein Ptah war es nach Ramses' Dafürhalten zu verdanken, dass die Menschen Kemis ihre Hände zu gebrauchen lernten. Er brachte ihnen die Fähigkeit bei, Schönes und Großes, doch vor allem Dauerhaftes zu erschaffen und sich damit über die anderen Völker der Erde aufzuschwingen. Welches Bauwerk der Fremdländer konnte schon mit den Pyramiden konkurrieren?

Ramses spürte, wie der tiefe innere Friede immer mehr von ihm Besitz ergriff und seinen ganzen Körper durchflutete. Er genoss dieses Gefühl und blieb im stillen Gebet auf den Knien liegen, bis der Morgen zu dämmern begann und der Erste Prophet wieder erschien, um ihn aus dem Allerheiligsten zu führen. Den restlichen Tag ließ der Priester ihn in seiner winzigen Wohnstatt in Ruhe. Erst am Folgetag begannen die vom Pharao befohlenen Unterweisungen.

Schon nach wenigen Tagen hatte Ramses jegliches Gefühl für Raum und Zeit verloren. Es gab für ihn nur noch den Tempel und den Dienst an seinem Gott. Er freute sich auf die täglichen vier Rituale und den Unterricht, den er durch seinen Lehrmeister, den Oberpriester des Ptah, erhielt, manchmal auch durch einen anderen Gottesdiener. Er führte ein Leben wie ein niederer Wab, dem allerdings die höchsten Weihen zuteilwurden. Wenn er nicht unterrichtet wurde, übernahm er die täglichen Pflichten eines niederen Priesters, obwohl er eigentlich ein Prinz und der Thronerbe Kemis war. Es störte ihn nicht. Warum denn auch? Jeder Mensch wurde einzig dazu geboren, um einem anderen treu und ergeben zu dienen. Selbst sein Vater, der mächtige Pharao, der Herr über alles Leben in den Beiden Ländern, war nichts weiter als ein Diener, ein *Hem-netjer*, ein gehorsamer Diener aller tausend Götter Kemis und seines Volkes. Von Sethos hing die Zukunft des Schwarzen und des Roten Landes ab. Er war der Mittler zwischen den Ewigwährenden und seinem Volk. Nur wenn Sethos den Dienst an den Göttern täglich nach den vorgeschriebenen Riten vollzog, konnten die Beiden Länder weiterexistieren, und die Ewigwährenden wandten sich nicht von Kemi ab.

Nur einmal gelang es dem Chaos, gänzlich über die Maat zu

triumphieren, fielen ihm die Worte des Hohepriesters ein, welche dieser in der heutigen Unterweisung an ihn gerichtet hatte. Sie waren für Ramses nicht neu gewesen. Es ging um den verfemten Pharao, dessen Name nie wieder ausgesprochen werden durfte, um ihn nicht erneut in der Erinnerung der Menschen aufleben zu lassen. Immerhin bedeutete das Bewahren und laute Aussprechen des Namens eines Verstorbenen, das dieser nicht dem Vergessen anheimfiel und von den Göttern gefunden werden konnte. Dieser Mann jedoch hatte es nicht verdient! Er wurde nur noch der König genannt, der die Maat in den Beiden Ländern zum Wanken gebracht hatte. Jeder sprach diese Worte leise und ängstlich aus, denn keiner wollte, dass erneut geschah, was damals vorgefallen war.

»Verflucht soll er sein bis in alle Ewigkeiten!«, murmelte Ramses und rollte sich auf die Seite seiner unbequemen, harten Bettstatt aus gemauerten Nilschlammziegeln. Glücklicherweise war der ganze Spuk nach noch nicht einmal zwei Jahrzehnten wieder vorbei gewesen, doch gänzlich vergessen durfte er niemals sein, um solche Fehler nicht erneut zu begehen oder einem anderen Frevler nicht rechtzeitig das Handwerk zu legen. »Ich werde einmal ein gerechter Pharao sein, ein König, welcher die Götter ehrt und seinem Volk nur Gutes tut. Meines Namens sollen die Menschen sich auch noch in tausendmal tausend Jahren voller Respekt und Achtung erinnern«, murmelte er vor sich hin und schloss die Augen.

Jeden Abend gingen ihm seit seiner Ankunft im Heiligtum all diese Gedanken und Überlegungen durch den Sinn, wenn er allein in seiner Kammer lag. Manchmal boten sie ausreichend Stoff, um sich am Folgetag mit seinem Lehrmeister darüber auszutauschen. Manchmal allerdings überkam ihn auch die Sehnsucht nach seiner Familie. Dann wurde sein Blick verträumt, während seine Gedanken zum Großen Haus hinüberwanderten, dem *Per-aa,* wie der Palast seines Vaters in aller Munde war.

Wie mochte es wohl Nefertari gehen, Isisnofret und seinen Kindern? Vermissten sie ihn genauso sehr wie er sie? Was taten sein Vater, der Mächtige Horus, und seine Mutter, die Große Königsgemahlin, just in diesem Moment? Dachten sie womöglich gerade an ihn und hätten ihn auch gern wieder an ihrer Seite gehabt? Und seine Pferde und sein Löwe? Mut-ist-zufrieden und Sieg-in-Theben scharten sicher unruhig in ihren Boxen mit den Hufen und freuten sich darauf, wieder seinen Wagen zu ziehen und durch die Wüste galoppieren zu dürfen, während Der-seine-Feinde-zerfleischt wohlverwahrt in seinem Käfig lag und tagein, tagaus mit traurigen gelben Augen Sethos' schattigen Tierpark absuchte in der Hoffnung, seinen Herrn zu erspähen.

»Ich vermisse euch so sehr«, murmelte er schlaftrunken vor sich hin. Kurz darauf fiel er stets in einen tiefen, erholsamen Schlaf.

***

Während Ramses im Tempelbezirk weilte, liefen die Untersuchungen zu den Veruntreuungen auf Hochtouren.

Meriptah ließ überall verbreiten, dass er sich wohl getäuscht haben musste, als er annahm, Ani hätte etwas damit zu tun, und Hori bestätigte es eifrig, wann immer er danach gefragt wurde. Auf Anweisung Nachtamuns erzählte der junge Schreiber überall herum, dass Ramses Meriptah tüchtig gerügt habe, weil dieser seinen unbescholtenen Vorgänger ohne jeglichen Beweis der Veruntreuung bezichtigt hatte. Alle glaubten ihm. Selbst Anis Gesicht hellte sich kurzzeitig auf.

»Habe ich dir doch gesagt«, schloss Hori seine Ausführungen von den Vorkommnissen, während er die Mitschrift hatte führen dürfen. »Ramses weiß, was er an dir hat.«

»Hatte«, berichtigte ihn Ani, und seine Miene verfinsterte sich erneut. »Immerhin hat er mich zugunsten dieses Fettwanstes degradiert«, erinnerte er ihn. »Das genügt mir aber nicht. Meriptah soll sich gefälligst vor allen Schreibern bei mir persönlich entschuldigen! Wie stehe ich denn da? Jeder hat inzwischen geglaubt, dass ich an den Unterschlagungen beteiligt bin. Einige nahmen sogar an, dass ich deshalb mein hohes Amt an dieses Jüngelchen verloren habe. Hinter vorgehaltener Hand wurde ich als Dieb und unfähiger Beamter bezeichnet, und das lasse ich mir nicht gefallen!«

»Lass es einfach gut sein, Ani«, mahnte Hori und blickte beschwichtigend zu seinem älteren Kollegen. »Du hast doch nichts damit zu tun. Stimmt doch, oder?« Er setzte eine Unschuldsmiene auf.

»Was soll diese scheinheilige Frage?«, donnerte Ani, der sich davon nicht täuschen ließ. Er maß Hori mit einem Blick, der selbst einen Dämon der Unterwelt in die Flucht geschlagen hätte. Dem jungen Schreiber gefror vor Schreck das Blut in den Adern. »Hast du den Verstand verloren?«, zischte Ani derweil, ohne sich vom verängstigten Gesichtsausdruck Horis ablenken zu lassen. »Denkst auch du, ich hätte Seine Hoheit bestohlen?«

Rasch schüttelte Hori den Kopf. »Nein, nein, natürlich nicht. Das ist mir nur so herausgerutscht.« Er heuchelte Verlegenheit. »Warum sollte ich das denken? Meriptah hat selbst zugegeben, dass er sich in dir getäuscht hat, und unser Gebieter ist ebenfalls von deiner Unschuld überzeugt.«

»Schön für die beiden«, murrte Ani. »Dennoch wird es Leute geben, die noch immer zweifeln, so wie du gerade.« Beleidigt starrte er Hori an. »Ich will, dass Meriptah sich bei mir entschuldigt! Erst dann bin ich entlastet.«

Hori seufzte resigniert. »Ich glaube kaum, dass er das machen wird. Er steht über dir. Er musste schon die Schmach über sich ergehen lassen, von Seiner Hoheit vor meinen und Nachtamuns Augen gerügt zu werden. Da wird er nicht noch vor all seine untergeordneten Beamten hintreten und sich bei dir entschuldigen. Das glaube ich kaum, dass er das macht.«

»Dann werde ich meine Konsequenzen ziehen.«

»Dann wirst du deine Konsequenzen ziehen?« Verständnislos zog Hori die Augenbrauen in die Höhe. »Wie meinst du das?«

»Ich werde meinen Dienst quittieren!«

»Du willst Ramses nicht mehr dienen?« Mit dieser Reaktion hätte Hori nicht im Traum gerechnet. Ungläubig riss er die Augen auf. Anis Nicken bestätigten dessen Worte.

»Ich werde nach Theben ziehen«, fügte Ani hinzu. »Dort beginne ich ein neues Leben. Wenn Seine Hoheit aus dem Tempel zurückkehrt, werde ich ihm meine Entscheidung wissen lassen.«

Unbehaglich trat Hori von einem Bein auf das andere. »Meinst du nicht, dass erst recht viele an deiner Unschuld zweifeln, wenn du plötzlich deinen Dienst quittierst?«

»Ist mir egal«, blubberte Ani. »Meinetwegen sollen sie glauben, was sie wollen. Ich weiß, dass ich unschuldig bin! Das kann ich getrost bei allen Göttern schwören. Hier in Memphis ist mein Ruf zerstört. Also werde ich meine Konsequenzen ziehen und mir am anderen Ende Kemis ein neues Leben aufbauen.« Mit diesen Worten ließ er Hori stehen.

***

Die Festgenommenen waren inzwischen alle geständig, und alle entlasteten Ani. Zumindest konnte keiner von ihnen mit Gewissheit sagen, dass er der Kopf der Räuberbande war. Es konnte sich auch niemand vorstellen. Immerhin hatte es immer geheißen, sich vor ihm und seinen Zuträgern in Acht zu nehmen.

Das kann aber auch nur eine Finte sein, um von seiner Beteiligung abzulenken, dachte Nachtamun. Kurz entschlossen begab er sich noch einmal in das Stadtviertel, in dem der ehemalige Oberschreiber wohnte, und hörte sich unter der Nachbarschaft um. Mehr, als er bereits wusste, brachte er allerdings nicht in Erfahrung. Als er seine Befragungen schon abbrechen wollte, geriet er an eine gesprächige Nachbarsfrau, die etwas über Anis Tochter zu berichten wusste.

»Sie heißt Merit«, erzählte sie. Sie war eine dralle Mittdreißigerin, die sich freute, jemandem zum Tratschen gefunden zu haben.

Nachtamun setzte eine begierige Miene auf und lauschte ihr geduldig. Immerhin schien sie über einiges Wissen zu verfügen, welches Ani sicher gern unter Verschluss gehalten hätte. »Ach, das wusste ich nicht«, antwortete er. »Und wie ist diese Merit gewesen?«

»Ein ganz hübsches Ding. Für ihr damaliges Alter ziemlich erwachsen und vorlaut. Hatte stets das letzte Wort.« Sie lächelte wissend und forderte Nachtamun auf, sich zu setzen. Anscheinend bedurften ihre Ausführungen etwas Zeit. »Als damals Seine Majestät in Theben gekrönt wurde, fuhr Anis gesamte Familie in die südliche Königsstadt. Zurück kamen allerdings nur die Eltern. Mein Mann und ich fürchteten bereits Schlimmes, dass Merit vielleicht etwas zugestoßen sei. Ich wollte nicht unbedingt als neugierig gelten ...«

Sie erhob sich von ihrem Platz, und Nachtamun musste sich ein Schmunzeln verkneifen. Als ob irgendjemand das von ihr annehmen könnte!

»Möchtest du etwas Bier? Es ist so warm heute«, plapperte sie, fast ohne Luft zu holen. Fragend sah sie auf ihn herab. Er nickte. Sie ging zum anderen Ende des Raums und holte einen Krug, der in feuchte Tücher gehüllt und dadurch kühl gehalten wurde, und zwei Becher, die auf einem Beistelltischchen in der Ecke standen.

»Und warum war sie nicht aus Theben zurückgekehrt?«, stachelte Nachtamun ihr Mitteilungsbedürfnis an.

»Du wirst es nicht glauben, Herr«, antwortete die Dralle und setzte eine geheimnisvolle Miene auf. Um die Spannung zu erhöhen, behielt sie ihr Wissen vorerst für sich und füllte stattdessen die beiden Becher. »Merit hatte in Theben einen Mann kennengelernt und sich unsterblich in ihn verliebt«, fuhr sie schließlich fort und reichte einen der Becher Nachtamun. Dann setzte sie sich wieder. »Das hat mir ihre Mutter – die Götter mögen sie selig haben – später anvertraut. Ani war darüber sehr erbost, denn der junge Mann entsprach nicht seinen Vorstellungen. Er ist nur ein einfacher Handwerker, also weit unter Anis Stand, doch Merit bewies ihren typischen Starrsinn und hat nicht auf ihn gehört.«

Da haben wir doch schon einen Ansatzpunkt!, durchfuhr es Nachtamun. Er trank einen Schluck von seinem Bier. Nachdem er den Becher wieder abgesetzt hatte, fragte er: »Weißt du, welche Tätigkeit er genau ausübt und wo?«

Bedauernd schüttelte die Frau den Kopf, sodass die in ihre Perücke eingeflochtenen Metall- und Tonkügelchen leise Geräusche von sich gaben. Plötzlich zogen sich ihre Augenbrauen nachdenklich zusammen. »Jetzt fällt es mir wieder ein, Herr.« Ein zufriedenes Lächeln malte sich auf ihre Lippen. »Er ist im Dorf der königlichen Grabarbeiter beschäftigt, ein Maler, wenn ich mich recht entsinne.«

»Und Merit ist nie wieder nach Memphis zurückgekehrt?«

»Nicht, dass ich wüsste. Wie mir Anis Frau erzählte, haben die beiden sich komplett überworfen. Kein Wunder, dass das Kind keine Sehnsucht nach ihrem Vater verspürt.«

»War sie nicht einmal zur Beisetzung ihrer Mutter hier?« Ungläubig runzelte Nachtamun die Stirn.

»Doch, natürlich«, entschuldigte sich die Dralle. »Das vergaß ich. Ja, das war das erste und letzte Mal, dass ich sie seit damals zu Gesicht bekommen habe.«

»War ihr Gemahl an ihrer Seite?«, erkundigte sich Nachtamun. Hoffnung schwang in seiner Stimme. Vielleicht hatte die gute Frau auch diesen Aspekt verdrängt.

»Leider nicht. Ich hätte ihn auch gern kennengelernt.« Verschmitzt zwinkerte sie Nachtamun zu. »Auch ihre Kinder sind in Theben geblieben.« Sie zuckte mit den Schultern. »Irgendwie verständlich. Die Reise ist lang und weit. Außerdem haben sie ihre Großmutter niemals kennengelernt.«

Leicht resigniert massierte sich Nachtamun das Kinn. »Wie alt war Merit, als sie Theben verließ?«

»Bereits sechzehn, Herr« Die Frau machte eine vielsagende Geste. »Kein Mann schien ihr gut genug, bis sie auf einen gewöhnlichen Handwerker traf.« Sie kicherte vor sich hin.

Mit diesen Informationen begab sich Nachtamun umgehend in den Palastbezirk zurück und teilte sie Meriptah mit. Dieser war in der Zwischenzeit durch Hori von Anis Absicht unterrichtet worden, den Dienst zu quittieren und nach Theben zu ziehen, was die ganze Angelegenheit in einem völlig neuen Licht erscheinen ließ.

»Vielleicht sollte ich mich ebenfalls nach Theben begeben und diese Merit ausfindig machen«, sinnierte Nachtamun vor sich hin.

»Du kennst nur ihren Namen«, erinnerte ihn Meriptah, »und dieser ist nicht gerade selten. Und die Aussage, ihr Gemahl sei ein Maler vom Platz der Wahrheit, scheint ebenfalls recht vage zu sein.«

Nachtamun schlug Meriptahs Bedenken in den Wind. Schon am Folgetag bestieg er einen Schnellsegler, der wichtige Botschaften nach Theben beförderte. Der Hauptmann von Ramses' Garde hegte die Hoffnung, durch diese Merit etwas mehr über Ani in Erfahrung zu bringen. Immerhin schienen die beiden nach den Jahren der Entfremdung durch den Tod der Mutter und Frau wieder etwas zueinandergefunden zu haben. Warum sonst plante Ani, in die südliche Königsstadt umzusiedeln? Womöglich hatte Ani sich sogar während der Zeit der Trauer und dem nachfolgenden Begräbnis in seinem Schmerz um den Verlust der Gemahlin verplappert. Nachtamun wollte nichts unversucht lassen, dem Hauptverantwortlichen auf die Schliche zu kommen.

In Theben eilte er sofort zur Handwerkersiedlung auf dem westlichen Ufer, um mit dem dortigen Oberschreiber zu sprechen.

Nachdenklich runzelte dieser die Stirn und schüttelte schließlich den Kopf. »Es tut mir leid, Herr. Keiner meiner Maler ist mit einer Frau namens Merit vermählt.«

»Und wenn es nun ein Vorzeichner ist?«, hakte Nachtamun nach, doch wiederum verneinte der Dorfoberste. Nachtamuns Hoffnung sank. »Gibt es zumindest Frauen Mitte zwanzig, die Merit heißen und aus dem Norden, aus Memphis, stammen?«

»Nicht, dass ich wüsste, Herr.« Bedauernd hob der Oberschreiber die gepflegten Hände. »Zugegebenermaßen gibt es natürlich ein paar Merits im Dorf, der Name ist nicht gerade selten.« Er schmunzelte. »Zwei von ihnen sind auch von außerhalb, wurden also weder im Dorf noch in oder in der Nähe von Theben geboren. Keine aber kommt aus Memphis. Das wäre mir sicher bekannt.«

Nachtamun zog ein langes Gesicht. Er gab sich jedoch nicht so schnell geschlagen. »Ich will mit diesen Frauen reden«, sagte er bestimmt, und der Oberschreiber zuckte ergeben mit den Schultern.

»Wenn du glaubst, dass es etwas bringt, mein Herr, dann tue es. Ich kann dir allerdings versichern, keine von ihnen wird die Merit sein, nach der du suchst. Eine ist Mitte vierzig, kommt aus einem kleinen Dorf in der Nähe von Abydos und ist mit einem Steinhauer vermählt. Die andere wird im nächsten Monat sechzehn und lebt seit zwei Jahren mit unserem Medjaihauptmann unter einem Dach. Sie stammt aus Heliopolis und kam mit ihrer Familie vor vier Jahren in die südliche Königsstadt.«

Nachtamuns Gesicht wurde immer länger. Wenn es stimmte, was der Dorfoberste ihm gerade gesagt hatte – und es bestand kein Grund, an seinen Worten zu zweifeln –, dann konnte keine dieser Frauen die gesuchte Tochter von Ani sein.

»Und bevor du mich weiter befragst«, fügte der Schreiber gelassen hinzu, »die anderen sechs Merits wurden alle im Dorf geboren und sind Töchter von unseren Handwerkern.«

»Da kann man wohl nichts machen«, gab Nachtamun entmutigt zurück und scheuchte eine Fliege fort, die sich auf seiner Wange niedergelassen hatte. »Dennoch danke ich dir für deine Hilfe.«

»Heißt das, dass du nicht mehr mit den beiden anderen Frauen reden willst?«

Nachtamun dachte kurz nach. Er wusste von Anis Nachbarin, dass die Tochter sechzehn Jahre alt war, als sie sich in Theben vermählte; also musste sie heute fünfundzwanzig sein.

Er schüttelte den Kopf. »Nein, das ist wohl nicht mehr erforderlich.« Er bedankte sich und verließ das Haus des Oberschreibers.

Neugierige Blicke folgten ihm, als er die schmale Dorfstraße entlangging, die mit Stoffbahnen überspannt war, die Schatten spendeten. Als er durch das Tor hinaustrat, empfing ihn glühende Hitze. Der Platz der Wahrheit lag fernab des fruchtbaren Landes inmitten zerklüfteter Felsen und sandiger Höhen. In der Ferne erblickte er das Grün des Uferstreifens und das dunkle Braun der Felder, die von den Bauern bestellt wurden. Dahinter schimmerte das kühle Blau des Nils, in dessen Fluten sich Res Strahlen brachen.

Nachtamun sah sich nach seinem Wagen um. Er entdeckte ihn auf der Nordseite des Dorfes, wo sich Mann und Pferde in den Schatten der hohen Mauer drängten, welche die Siedlung umgab. Zwei leere Tröge, in denen noch ein paar Wassertropfen glitzerten, sowie ein winziger Rest Heu zeugten davon, dass sich die Dorfbewohner um sein Gespann rührend gekümmert hatten. Auch seinen Wagenlenker hatten sie nicht vergessen. Er hielt in der einen Hand einen Krug, in der anderen ein halb verzehrtes Stück Brot. Die Schüssel zu seinen Füßen war leer geputzt.

»Zurück zum Palast«, befahl er dem Mann, der sofort auf die Beine kam, als er ihn erblickte.

Und wenn sie nun doch nicht im Grabarbeiterdorf lebt?, durchfuhr es Nachtamun, während das Gefährt sich in Bewegung setzte und über den steinharten, ausgedörrten Boden ratterte. Schnell verscheuchte er diesen Gedanken. Anis Nachbarin war sich zumindest sicher gewesen, dass die beiden am Platz der Wahrheit lebten. Einzig bei der ausgeübten Tätigkeit war sie unschlüssig gewesen.

Sie muss sich getäuscht haben, gingen seine Überlegungen weiter. Sonst hätte ich sie im Dorf gefunden. Und in Theben?

»Dann wäre es ein mühseliges Unterfangen, sich alle Maler dort vorzunehmen«, murmelte er vor sich hin, während er sich am rüttelnden Wagenkorb festhielt, um nicht zu fallen.

Überrascht sah ihn sein Lenker an.

Nachtamun ignorierte den fragenden Blick.

Wer weiß, beendete er seinen Monolog still, vielleicht wohnen sie schon gar nicht mehr in Theben. Vielleicht sind sie bereits in Pharaos Auftrag in eine andere Stadt umgezogen.

***

Anfang des zweiten Monats der Ernte kehrte Ramses aus der Abgeschiedenheit des Tempels wieder in sein normales Leben zurück. Er fühlte sich zufriedener als je zuvor. Einzig die Sehnsucht nach seiner Familie und seinen Freunden hatte ab und an seinem Herzen zugesetzt. Zudem dürstete es ihn nach körperlicher Ertüchtigung. Bevor er Letzteres genießen konnte, musste er sich seinen Verpflichtungen stellen und alles aufarbeiten, das in den letzten Monaten liegen geblieben war. Und so erfuhr er gleich am ersten Tag, dass Ani seinen Dienst quittieren wollte.

»Ist irgendetwas während meiner Abwesenheit vorgefallen?«, fragte er mit strenger Miene.

Nachtamun und Meriptah verneinten.

»Nichts, was Ani veranlassen könnte, dir nicht mehr dienen zu wollen«, fügte Nachtamun grimmig hinzu. Es ärgerte ihn maßlos, dass der schmächtige Schreiberling noch immer so beleidigt tat.

»Und warum will er dann meine Dienste verlassen?«

»Das wissen wir nicht«, antwortete nun Meriptah und hob an, von den Untersuchungsergebnissen zu berichten. »Es tut uns leid, Hoheit, weder Nachtamun noch ich konnten einen entscheidenden Hinweis auf eine Mitschuld Anis finden.«

»Der ist so unschuldig wie ein Neugeborenes«, setzte Nachtamun zerknirscht hinzu. »Zumindest hat es so den Anschein.«

»Was hat die Befragung der anderen Verdächtigen ergeben?«

»Dass sie schuldig sind, mein Prinz. Alle haben ihre Beteiligung gestanden«, antwortete Meriptah.

»Hat einer von ihnen Ani belastet?«

»Nein, Hoheit. Alle meinten übereinstimmend, dass sie nicht wissen, wer hinter alledem steckt. Sie bestätigten, dass sie immer nur durch Mittelsmänner über den nächsten Diebeszug unterrichtet worden wären. Sie wurden ermittelt und ebenfalls verhört. Allerdings sind sie unschuldig. Sie haben einzig und allein versiegelte Botschaften an ihre Empfänger befördert, ohne deren Inhalt zu kennen. Es sind Bettler und verwaiste Kinder, die für ihre Dienste einen Krug Bier oder auch eine Schüssel Linsen erhielten ...«

»Wurden sie denn nicht nach dem befragt, der ihnen die Botschaften ausgehändigt hat?«, schimpfte Ramses dazwischen.

»Natürlich, Hoheit«, übernahm nun Nachtamun das Wort. »Sie beschrieben einen dunkel gekleideten Mann, der ihnen im *Brüllenden Stier*, einem Bierhaus im Hafenviertel, die Nachrichten übergab und sie für ihre Dienste auch sogleich entlohnte. Ihre Beschreibungen sind vage, könnten allerdings auf Ani zutreffen ...«

»Wie auch auf Tausende andere Männer«, fiel nun Meriptah dem Hauptmann ins Wort.

Ramses ignorierte den Einwand seines Oberschreibers. »Du glaubst also nicht an seine Unschuld, Nachtamun?«

»Nein, Hoheit. Eine Nachbarin von Ani glaubt sich zu erinnern, dass Merits Mann ein Maler vom Platz der Wahrheit ist. Also bin ich nach Theben gereist und habe mich dort umgehört. Ich habe mit dem dortigen Oberschreiber gesprochen, aber ihm ist keine Merit bekannt, die mit einem Zeichner oder Maler verheiratet ist.« Resigniert hob Nachtamun die muskulösen Schultern. »Vielleicht hat sich die Nachbarin getäuscht und Anis Tochter lebt irgendwo in Theben mit einem Maler zusammen. Womöglich ist er gar kein Maler. Ich weiß es nicht, Hoheit. Eine Suche wäre hoffnungslos. Es gibt zu viele Frauen, die Merit heißen.«

Ramses' Blick verfinsterte sich, doch Meriptah sprang Nachtamun unterstützend zur Seite.

»Verzeih, Hoheit, Nachtamun hat recht. Es wäre eine nicht zu bewältigende Aufgabe, alle Merits ausfindig zu machen, die mit einem Maler oder auch nur mit einem Handwerker verheiratet sind. Immerhin wissen wir nicht mit Bestimmtheit, ob ihr Gemahl Maler oder Vorzeichner ist. Es stimmte auch nicht, dass die beiden im Dorf der Grabarbeiter wohnen. Vielleicht hat sich Anis Nachbarin auch darin getäuscht. Zudem scheint mir die Wahrscheinlichkeit ziemlich gering, dass die Tochter über die Machenschaften ihres Vaters unterrichtet ist. Zum einen wohnt sie seit Jahren weit entfernt in Theben, zum anderen ist Ani nicht gut auf sie und die Wahl ihres Gemahls zu sprechen. Warum also sollte er sie in seine Veruntreuungen eingeweiht haben?«

»Dieser Einwand ist natürlich nicht von der Hand zu wiesen«, gab Ramses besänftigt zu. Sein Gesicht hellte sich wieder auf. »Doch warum will Ani jetzt alles hinwerfen und nach Theben übersiedeln?«

»Das weiß ich nicht, habe es mich allerdings auch gefragt«, entgegnete Meriptah. »Vielleicht ist der Grund, dass Theben sehr weit von Memphis entfernt liegt und niemand ihn dort kennt. Möglich, dass er hofft, dort wieder eine angesehene Stellung zu erhalten.«

»Ist es, in meinen Diensten zu stehen, nicht Ehre genug für ihn?« Unwillig runzelte Ramses die Stirn. »Egal. Das wäre natürlich eine Erklärung.« Er spielte mit dem goldenen Ring, der seinen linken Ringfinger zierte.

Es entstand eine Pause.

»Willst du, dass ich ihn auch weiterhin überwachen lasse?«, erkundigte sich Nachtamun und brach damit das Schweigen.

»Darüber denke ich gerade nach.« Ramses hob den Blick und sah zu seinem Hauptmann. »Vielleicht tun wir ihm Unrecht. Was meinst du, Meriptah?« Seine Augen glitten zu dem beleibten jungen Mann.

Unschlüssig hob dieser die Schultern. »Wir haben die beiden Schreiber ermittelt, die für die Verteilung zuständig sind, und jenen, der die Listen fälschte. Möglicherweise ist Ani tatsächlich nicht an diesen Unterschlagungen beteiligt gewesen. Alle drei gaben an, sich stets vor ihm in Acht genommen zu haben. Auch Hori meint, dass er inzwischen an Anis Unschuld glaubt, und ich bin gewillt, dem zuzustimmen.«

»Dann sei es so«, sagte Ramses und erhob sich hinter seinem Arbeitstisch. »Ich sehe keinen Grund, warum die angeklagten Männer ihn in Schutz nehmen sollten, wenn sie seine Komplizen wären. Ich werde es dabei belassen, denn ich will niemandem Unrecht tun. Die Untersuchungen zu Anis Schuld oder Unschuld sind beendet. Jetzt muss nur noch dieser Unbekannten aus dem Bierhaus festgenommen werden. Ich bin mir sicher, dass es jemand ist, den wir kennen.«

16. Kapitel

Die folgenden drei Jahre

Regierungsjahr elf bis dreizehn

Es war ein milder Tag im Monat *Paophi*, dem zweiten Monat im gerade erst beginnenden neuen Jahr. Kleine weiße Wölkchen schwebten wie Gischt auf dem Wasser am tiefblauen Himmel dahin. Re zeigte sich in seiner ganzen Pracht, nachdem er sich am Morgen hinter einer dicken Wand aus grauen Wolken verborgen hatte. Ein angenehm kühler Wind zog vom Delta herauf in die Stadt. Eine Stunde zuvor hatte es noch geregnet; ein Ereignis, welches nicht sehr häufig geschah, dennoch öfter als in der südlichen Landeshälfte. Die Natur labte sich an der unerwarteten Feuchtigkeit und stand im Wettstreit mit Re, dessen Strahlen die Wassertropfen zum Glitzern brachten, sie dabei aber verdunsteten.

Ramses nahm sich den ganzen Tag frei, um Nefertari zu besuchen. Ein paar Tage zuvor hatte sie einer Tochter das Leben geschenkt, der sie den Namen Baketmut gegeben hatte. Er war stolz auf sie. Isisnofret und sie hatten ihm nun schon vier Söhne und zwei Töchter geboren, und seine Kinder gediehen prächtig.

Bintanat war inzwischen vier Jahre alt und konnte es kaum erwarten, dass er sie in die Obhut der Lehrer der königlichen Palastschule gab. Ein wenig musste sie sich noch gedulden. Genau wie Amuni sollte sie erst ihre fünfte Nilschwemme erleben, bevor er erlauben würde, sie zu unterrichten.

Das hielt die Prinzessin nicht davon ab, ihrer Kinderfrau und jedem, der in ihre Nähe kam, ständig Löcher in den Bauch zu fragen. Selbst Ramses musste ihr ein ums andere Mal eine Antwort schuldig bleiben, weil er einfach nicht wusste, wie er es einer Vierjährigen kindgerecht erklären sollte. Bintanat zog daraufhin stets ein beleidigtes Gesicht und wandte sich von ihm ab. Dieser Zustand hielt aber nicht lange an. Wenig später hing sie ihm erneut am Hals oder umschlang mit ihren Armen seine Beine. Sie wollte auf den Schoß genommen werden und mit ihm schmusen oder die Antwort auf eine weitere Frage von ihm erhalten. Ihre Wissbegier schien unerschöpflich zu sein.

Amuni, Nefertaris Ältester, war nicht ganz so wissensdurstig wie seine ältere Halbschwester. Er sehnte sich nach den Unterweisungen auf dem Truppenübungsplatz und maß am liebsten seine Kräfte mit Ramesse, der aufgrund des Altersunterschiedes stets verlor. Aber genau das war es, was Amuni so erfreute. Er hänselte und verhöhnte seinen jüngeren Halbbruder, und wenn sein Schlachtruf ertönte: *»Ramesse, Ramesse, kriegt jetzt was auf die Fresse!«*, trieb es Ramesse jedes Mal die Zornesröte ins Gesicht. Tapfer setzte er sich gegen seinen Bruder zur Wehr, doch stets endeten diese Zweikämpfe in einem Heulkonzert des kleineren Jungen. Ramses hatte seinen Ältesten wegen dieser Vorkommnisse schon mehrfach ins Gebet genommen – und natürlich auch wegen der ungebührlichen Ausdrucksweise –, er hatte ihn mit Stockhieben bestrafen lassen, doch nichts hatte bisher geholfen. Immer wieder kam ihm zu Ohren, dass sich die beiden gerauft hatten.

Glücklicherweise waren Ramses' anderen Kinder noch zu klein, um ihm solche Scherereien zu machen. Es war ihm aber klar, dass es nur eine Frage der Zeit sei, bis auch über sie Klagen bei ihm eingehen würden.

Was soll's?, dachte er, als er sich auf dem Weg in seinen Harim befand. Kinder sind eben so. Sie benötigen nur die richtige Führung, damit sie sich zu pflichtbewussten Menschen entwickeln. Und verbieten kann und möchte ich ihnen nicht alles, weil es eben Kinder sind. Zudem war ich auch nicht gerade ein Musterbeispiel, wenn es um Gehorsam und Anstand ging. Heute schäme ich mich dafür.

Er verdrängte diese Gedanken und summte in Vorfreude auf Nefertari und seine jüngste Tochter fröhlich vor sich hin. Die wachhabenden Soldaten nahmen sofort Habachtstellung ein, als sie seiner ansichtig wurden, und salutierten. Er nickte ihnen flüchtig zu und betrat den Hauptgang, von dem beiderseits Türen zu den Zimmern seiner Nebenfrauen und Konkubinen abzweigten. Vereinzelt traf er einige von ihnen. Er begrüßte sie höflich, ließ sich aber nicht von ihnen in Beschlag nehmen, denn er wollte zu Nefertari. Als er dann endlich die Geburtslaube betrat, strahlte sie ihn freudig an.

»Schön, dass du mich besuchen kommst.« Sie lächelte, und er eilte an ihre Seite.

»Ich freue mich auch, dich zu sehen, liebste Schwester.« Er setzte sich auf den Hocker, den eine Dienerin für ihn an das Bett stellte. Dann beugte er sich Nefertari zu und gab ihr einen hingebungsvollen Kuss. Nefertari umschlang seinen Hals mit ihren Armen, und als er ihre Lippen wieder freigab, setzte sie sich auf und schmiegte sich an seinen Arm. Zärtlich strich er ihr über ihr tiefschwarzes Haar und spielte verliebt an dem goldenen Anch, das ihr Ohrläppchen zierte. »Meine Zeit ist wie stets arg begrenzt«, sagte er. »Heute aber habe ich Meriptah, Nebsumenu und allen anderen gesagt, dass ich für niemanden Zeit haben werde außer für dich. Kannst du aufstehen, meine Liebe?«

Nefertari nickte.

Er nahm sie bei der Hand und half ihr vom Bett. Ihre Leibdienerin eilte an ihre Seite und legte ihr ein dünnes Obergewand über die Schultern. Dann zog Nefertari Ramses zur gegenüberliegenden Seite der Geburtslaube, aus der das leise Weinen eines Neugeborenen zu vernehmen war.

»Das ist sie, deine jüngste Tochter.«

Ramses beugte sich über das Körbchen und betrachtete entzückt das winzige Geschöpf. Baketmut lag in eine frische weiße Windel gehüllt auf dem Rücken, hatte den Daumen im Mund und sah ihn aus großen Augen neugierig an. Ihr Weinen verstummte.

»Na, meine Kleine«, sagte er sanft und lächelte auf das Mädchen herab, »weißt du, wer ich bin?« Verständnislos blickte die Kleine zu ihm auf. Vorsichtig nahm Ramses sie aus dem Korb und wiegte sie in seinen Armen. »Meine kleine Prinzessin«, flüsterte er und gab seiner Tochter einen Kuss auf ihr Köpfchen. »Sie ist wunderschön, unsere kleine Baketmut«, wandte er sich Nefertari zu. »So zart und zerbrechlich. Sie wird mal eine ganz Liebreizende werden.« Er zwinkerte seiner Frau verschmitzt zu, doch erstaunlicherweise reagierte sie nicht so, wie er es erwartet hätte. Statt einer schelmischen Geste, senkte sie betroffen den Blick.

»Ich mache mir Sorgen um sie«, gestand Nefertari ihm leise. Ihre Freude war verflogen. »Wie du schon sagst, sie ist sehr zart, beinahe zerbrechlich. Zudem ist sie so ruhig.« Hilflos hob sie die Arme und ließ sie wieder sinken. »Baketmut ist ganz anders, als unsere anderen Kinder es nach der Geburt waren.«

»Aber Nefertari!«, versuchte Ramses, sie zu beruhigen. »Sie ist gerade einmal sechs Tage alt. Ich mag zwar als Mann von kleinen Kindern nicht ganz so viel Ahnung haben wie eine Frau. Trotzdem, ich bin schon mehrfach Vater geworden und kenne die kleinen Racker ziemlich genau.« Es sollte zuversichtlich klingen, erzielte aber nicht die gewünschte Wirkung bei seiner Frau.

»Nein, das ist es nicht.« Nefertari schüttelte den Kopf. »Sie schreit nie, liegt immer nur unbeteiligt in ihrem Körbchen. Wenn ich da an Amuni und Prehi denke. Beide haben lautstark gebrüllt, wenn sie Hunger hatten, ihre Windeln voll waren oder ihnen etwas anderes missfiel.«

»Das sind eben Jungs«, meinte Ramses grinsend. Noch immer hielt er das winzige Bündel in seinem Arm. Er wollte Nefertari den anderen Arm um die Schultern legen, doch sie entzog sich ihm.

»Das ist es nicht, Ramses. Baketmut hat noch nie geschrien, sodass ihr Gesichtchen rot angelaufen ist. Sie wimmert höchstens. Nur einmal habe ich ihr Stimmchen richtig laut gehört. Das war, nachdem sie geboren war und einen Klaps auf den Po bekam.« Tränen traten ihr in die Augen, und sie barg das Gesicht in ihren Händen und begann zu schluchzen. »Ich habe so ein ungutes Gefühl bei ihr. Ich fürchte, sie wird nicht lange am Leben sein.«

»Aber, aber, Nefertari!« Ramses war bestürzt. Er legte seine Tochter zurück in ihr Körbchen und nahm seine Frau in die Arme, die es dieses Mal geschehen ließ. »Wie kannst du nur so etwas sagen!«, schalt er sie. »Baketmut ist zwar ein kleines, zerbrechliches Ding. Das heißt doch aber nicht, die Götter werden ihr kein langes Leben gewähren.«

»Doch, Ramses«, schluchzte Nefertari und vergrub ihr Gesicht an seiner Brust. »Ich fühle es in meinem Herzen, dass irgendetwas mit der Kleinen nicht stimmt. Seit ihrer Geburt bete ich täglich zu Taweret und Bes und bitte sie, mir meine Tochter nicht wieder zu nehmen, aber ehrlich gestanden habe ich große Angst um sie.«

Ramses war zutiefst bestürzt. Er hatte Nefertari gleich nach der Geburt besucht, und der Heilkundige hatte ihm gesagt, dass die Geburt problemlos verlaufen sei. Warum also sollte mit seiner Tochter irgendetwas nicht stimmen? Sie sah völlig normal aus, so wie auch ihre älteren Brüder.

»Es wird alles gut werden«, versuchte er sie zu beruhigen. »Baketmut wird eines Tages eine wunderschöne Frau sein, so wie du.« Er nahm Nefertaris tränennasses Gesicht in seine Hände und küsste es. »Also mache dir keine Sorgen, liebe Schwester. Die Götter wachen über unser Töchterlein.«

Ramses' Hoffnungen gingen nicht in Erfüllung. Ende desselben Jahres fand die Amme Baketmut friedlich in ihrem Bettchen liegend, doch die junge Frau erkannte sofort an der fahlen, grauen Gesichtsfarbe des Kindes, dass sich der Ka des Mädchens mit seinem Körper wieder vereinigt hatte. Nefertari war völlig gebrochen und zog sich in der Folgezeit in ihre Gemächer zurück. Selbst Ramses schaffte es nicht, ihren Schmerz zu lindern und sie aus ihrer Abgeschiedenheit herauszuholen. Erst als sie erneut von ihm schwanger wurde, begann sie, die Trauer zu verdrängen, und konzentrierte sich völlig auf das ungeborene Leben in ihrem Leib. Täglich ging sie in das Heiligtum der Göttin Hathor und bat diese, ihr und ihrem Kind ihren Segen zu geben. Sie flehte Taweret an, das Leben in ihrem Leib zu beschützen, und allmählich überwand sie den Verlust Baketmuts und fand ihre natürliche Lebensfreude zurück.

Isisnofret stand ihr während dieser schweren Zeit und der darauffolgenden Schwangerschaft hilfreich zur Seite. Ramses freute es, denn ihm verblieb nicht die Zeit, um sich ständig um sie kümmern zu können. Die Gewissheit aber, dass weder Nefertari noch Isisnofret die andere als Rivalin betrachtete, war für ihn beruhigend. Beide Frauen waren Freundinnen, Schwestern geworden, die denselben Mann liebten und ihn sich neidlos teilten. Die Kinder der einen waren die Söhne und Töchter der anderen. Und so freute sich auch Nefertari, als Isisnofret Anfang des zwölften Regierungsjahres Seiner Majestät Menmaatre Sethos ihre zweite Tochter gebar, die sie Isis nannte. Im Gegenzug war Isisnofret erleichtert und froh, nachdem Nefertari die Geburt von Neferet problemlos überstanden hatte.

Isisnofret wusste zwar, dass Nefertari in Ramses' Herzen den ersten Platz einnahm, das störte sie aber nicht. Ramses vernachlässigte weder sie noch ihre Kinder. Regelmäßig kam er sie im Harim besuchen, und Bintanat genoss ein besonderes Ansehen bei ihm. Oftmals lud Ramses beide Frauen ein, gemeinsam mit ihm Fahrten auf dem abendlichen Nil zu unternehmen. Ab und an gingen sie zusammen am Ufer des Flusses spazieren oder lagen im weichen Gras und unterhielten sich. Ramses war froh, dass sich seine Hauptgemahlinnen so ausgezeichnet verstanden, denn in seinem Harim war die Stimmung unter den dort lebenden Frauen bei Weitem nicht so harmonisch, wie er es sich wünschte. Immer wieder kamen ihm Klagen zu Ohren, dass es Zwistigkeiten und gehässiges Gerede gab.

»Bringe ihnen Gehorsam bei oder beachte sie eine Zeit lang nicht«, empfahl ihm Sethos. »Nichtbeachtung ist für sie heilsamer, als wenn du sie bestrafst. Sie kommen von ganz allein wieder zur Vernunft.«

Ramses lächelte über den Rat seines Vaters, befolgte ihn, und kurze Zeit später kehrte wieder Ruhe in seinen Frauengemächern ein.

***

Zu Beginn des Jahres zwölf Seiner Majestät Menmaatre Sethos war dann endlich auch für Bintanat und Amuni der große Tag gekommen. Frisch gebadet, in sauberes Leinen gekleidet und mit ordentlich geflochtener Jugendlocke betraten sie in Begleitung ihres Soldaten und ihrer Kinderfrau den Schulgarten. Es handelte sich um einen abgetrennten Bereich der weitläufigen Parklandschaft, der im Schatten großer Sykomoren und Akazien lag. Das kleine Grüppchen, das sich dort zum ersten Unterrichtstag versammelt hatte, erhob sich bei ihrem Erscheinen. Ehrfürchtig verneigten sich sowohl der ältere Priester des

Gottes Ptah als auch die fünf Knaben vor den Kindern des Horus-im-Nest.

»Ihr dürft euch wieder setzen«, ertönte Amunis Stimme hoheitsvoll. Lässig ließ er sich mit gekreuzten Beinen auf eine bunte Matte plumpsen, die im Schatten der Bäume lag, während Bintanat ihm einen ungläubigen Blick zuwarf und sich ebenfalls auf einer der Matten niederließ.

Was ist denn gerade in meinen Bruder gefahren?, fragte sie sich und musterte ihn kritisch. Soeben hatte er klargestellt, welchen Rang er besaß und welchen die anderen Kinder. Tadelnd schüttelte sie den Kopf. Amuni war eben ein eingebildeter Pinsel!

»Nun denn«, hob der Lehrer an, nachdem alle im Gras auf ihren Matten Platz genommen hatten, »da wir nun vollzählig sind, können wir mit dem ersten Unterrichtstag beginnen.« Lächelnd ließ er den Blick über die ihm anvertrauten Kinder schweifen, die neugierig zu ihm aufschauten.

Zu seinen neuen Schützlingen gehörten neben den beiden Kindern des Thronfolgers der jüngste Sohn des Wesirs des Nordens, zwei Söhne eines kuschitischen Fürsten, die Sethos zur Erziehung mit an den Königshof von Memphis gebracht hatte, sowie die beiden Söhne Nebsumenus. Erwartungsvoll blickten ihn diese sieben Kinder aus großen Augen an. Dem alten Priester des Gottes Ptah entging dabei nicht, wie aufgeregt sie alle waren.

»Als Erstes sollte sich jeder von euch kurz vorstellen«, empfahl er schmunzelnd. »Sagt einfach euren Namen, damit die anderen wissen, wer ihr seid.« Aufmunternd nickte er Amuni zu.

»Ich bin Prinz Amuni, der älteste Sohn des Horus-im-Nest. Ich denke aber, das haben die anderen Kinder bereits gewusst.« Amuni sah zu Bintanat, die entsetzt die Luft ausstieß. »Und das hier ist meine Schwester, Prinzessin Bintanat. Sie ist aber nicht meine richtige Schwester. Ihre Mutter ist nur die Zweite Gemahlin meines Vaters.«

Bintanat spürte, wie ihr vor Zorn die Hitze in die Wangen stieg. Sie ballte die Fäuste. »Ich kann alleine sagen, wie ich heiße«, fuhr sie ihren Bruder an. Aus ihren Augen schossen wütende Blitze. »Du hast vergessen zu erwähnen, dass du zwar der älteste Sohn bist, Amuni, ich aber bin das erstgeborene Kind!«

»Na und?«, konterte Amuni frech. »Wen interessiert das schon. Es zählen einzig und allein die Söhne, die einmal das Amt des Vaters übernehmen werden. Und deshalb hat mich Vater auch mehr lieb als dich.«

Bintanat wollte zu einer empörten Erwiderung ansetzen, sie kochte vor Wut, aber der alte Priester sah sich gezwungen, der Streitigkeit schnell ein Ende zu bereiten.

»Wir in Kemi sind nicht nur auf unsere Söhne stolz«, erklärte er beschwichtigend. »Anders als die Menschen in den Fremdländern ehren wir auch unsere Töchter und Frauen, denn nur Mann und Frau können zusammen eine Familie bilden. Denkt dabei immer an die Götter. Auch ihre Familien bestehen aus einem Mann, einer Frau und ihrem gemeinsamen Kind. Kann mir einer von euch die Namen einer göttlichen Familie nennen?« Sein Blick glitt fragend über seine Schützlinge, von denen sich, bis auf Amuni und Bintanat, alle eifrig meldeten. »Was ist mit dir, Prinz Amuni? Kannst du eine benennen?«

»Natürlich«, erwiderte Amuni gereizt. »Amun-Re, seine Gemahlin Mut und der Gott Chons.«

»Sehr schön, Hoheit«, lobte der Priester und lächelte. »Und kann mir die Prinzessin ebenfalls eine Götterfamilie aufzählen?«

Bintanat bejahte. »Der Große Gott Ptah, seine Gemahlin, die Göttin Sechmet, und ihr gemeinsamer Sohn, der Gott Nefertem.«

»Sehr gut, Prinzessin, und nun wollen wir den anderen Kindern die Möglichkeit gewähren, sich ebenfalls kurz vorzustellen, bevor wir mit dem Unterricht beginnen.«

Ohne weitere Zwischenfälle nannte jeder der fünf Knaben seinen Namen. Dann griff der Priester nach der Schriftrolle, die neben ihm im Gras lag, entrollte sie und wollte anfangen, als sich Amuni erneut zu Wort meldete.

»Dennoch bleibe ich dabei, dass Jungs mehr wert sind als Mädchen.« Er klang beleidigt. »Es stimmt zwar, dass die Familien der Ewigwährenden aus Vater, Mutter und Kind bestehen, doch ...« Er setzte eine triumphierende Miene auf und blickte dem Priester aufmüpfig ins Gesicht. »Es ist mir aufgefallen«, fügte er altklug hinzu, »dass die Kinder der Götter stets Knaben sind!«

Der Priester seufzte kaum hörbar. »So hat es den Anschein, Hoheit. Dennoch, auch die Göttinnen wurden einst gezeugt. Die Göttin Tefnut stammt von Atum ab, dem großen Schöpfergott. Aus der Vereinigung mit ihrem Bruder Schu ging die Himmelsgöttin Nut hervor. Diese wiederum gebar Isis und Nephthys. Die Göttin Hathor hingegen ist die leibliche Tochter des Re.« Er machte eine Pause und ließ den Inhalt seiner Worte auf die Kinder wirken, die ihm gebannt lauschten. Dann fügte er hinzu: »Fast alle Göttinnen stammen von den großen Urgottheiten ab oder sind deren Gemahlinnen.«

»Siehst du, Amuni«, rief Bintanat spöttisch und wandte sich grinsend ihrem Halbbruder zu, »Jungs sind eben doch nicht mehr wert als Mädchen!«

»So ist es, Prinzessin«, bestätigte der alte Priester völlig ernst ihre Worte. »Mädchen und Knaben sind gleichwertig. Keiner ist mehr oder weniger wert als der andere. Nur zusammen geht das Leben weiter, kann die Menschheit existieren. Keiner kann ohne den anderen sein. Wenn ihr das begreift, wird euer Zusammenleben in Harmonie verlaufen.«

Die Kinder nickten, und der Priester konnte nun endlich mit dem Unterricht beginnen.

Am Abend ließ Ramses es sich natürlich nicht nehmen, seine beiden ältesten Kinder nach ihrem ersten Schultag zu befragen. Dass von seiner Tochter nur Gutes kommen würde, davon war er überzeugt. Immerhin hatte sie diesem Tag schon lange entgegengefiebert. Bei seinem Ältesten war er sich nicht ganz so sicher, wie dessen Urteil ausfallen würde.

»Na, wie hat es euch in der Schule gefallen?«, wollte er wissen, nachdem Pentawer die beiden zu ihm gebracht hatte.

»Es war schön, Vater«, zwitscherte Bintanat und strahlte ihn begeistert an. »Wir haben heute gelernt, dass Thot den Menschen Kemis die heiligen Schriftzeichen lehrte, damit sie die Worte der Götter und Weisen niederschreiben können.«

Ramses schmunzelte, als er ihre vor Aufregung geröteten Wangen sah. Dann wandte er sich an seinen Sohn. »Und wie hat es dir gefallen, Amuni?«

Erstaunlicherweise begannen die Augen seines Sohns ebenfalls zu leuchten. »Ich bin stolz, dass auch ich bald lesen und schreiben kann, Vater, doch vor allem freue ich mich auf meinen Unterricht in der Kaserne. Ich will nämlich einmal ein großer, tapferer Krieger werden, der die Fremdländer unter seinen Sohlen zermalmt.«

»Aha«, stellte Ramses nachdenklich fest und musterte ihn. Was hatte er auch für eine Antwort von seinem Ältesten erwartet? Schon von klein auf interessierte sich der Junge für das Militär. Woran natürlich nur er selbst dran schuld war, wenn er den tadelnden Worte Nefertaris Glauben schenken wollte, und das nur, weil er den Knaben oftmals mit auf den Exerzierplatz genommen hatte. Warum denn auch nicht? Immerhin war Amuni ein Junge, sein Erstgeborener, der später einmal der Horus-im-Nest sein würde, wenn er auf dem Doppelthron säße. Es gehörte nun einmal dazu, dass sich ein Königssohn auch als Krieger bewähren musste! Trotzdem gab ihm Amunis Antwort zu denken. Das Leben eines Prinzen bestand nämlich nicht nur aus dem Exerzierplatz und Kampfübungen. Er räusperte sich. »Bevor es so weit ist, musst du noch sehr viel lernen, Amuni. Es reicht nicht nur aus, ein guter Krieger zu sein. Du musst auch lesen, schreiben und rechnen können, damit du die Soldaten führen kannst.«

»Das weiß ich, Vater, und ich verspreche deshalb, ein guter Schüler zu sein.«

Diese Antwort besänftigte Ramses. Liebevoll strich er Amuni über den kahl rasierten Kopf. »Das freut mich zu hören, doch nun geht. Ich habe noch einiges zu erledigen.« Er erhob sich von seinem Stuhl und wartete, dass seine Kinder sich zurückzogen. Amuni hatte sich bereits umgedreht und eilte dem Ausgang zu, während Bintanat vor ihn hintrat und zu ihm aus großen unschuldigen Augen aufsah.

»Darf ich dir noch eine Frage stellen, Vater?« Bittend ruhte ihr Blick auf ihm.

Er nickte. »Du darfst.«

»Hast du Amuni lieber als mich?«

Verständnislos ging Ramses vor ihr in die Hocke und musterte sie. »Wie kommst du denn darauf, Bintanat?«

»Der Lehrer wollte, dass wir uns vorstellen«, erklärte sie mit ernster Miene, »und da hat Amuni gesagt, dass er dein ältester Sohn ist und ich nur die Tochter deiner Zweiten Gemahlin und dass du deine Söhne lieber hast als deine Töchter.«

Ramses' Stirn umwölkte sich. Er sah zu Amuni, der stehen geblieben war und sich zu ihnen umgedreht hatte. »Hast du das gesagt?« Verlegen senkte sein Sohn den Kopf und wagte nicht, sich zu rühren. Ramses bemerkte, wie seinem Ältesten die Hitze in die Wangen schoss und diese rötete. »Ich habe dich etwas gefragt, Amuni? Komm her zu mir!«

Gehorsam trat sein Sohn auf ihn zu, schwieg aber weiterhin und starrte zu Boden.

Ramses nahm ihn in den einen und Bintanat in den anderen Arm. »Es stimmt, dass Nefertari in meinem Herzen den ersten Platz einnimmt«, erklärte er seinen Kindern, »aber Isisnofret liebe ich ebenso. Ich mache keinen Unterschied zwischen den Söhnen von ihr oder von deiner Mutter, Amuni, und genauso wenig mache ich es bei meinen Töchtern. Ihr seid mir alle gleich lieb, egal, wer eure Mutter ist. Ihr seid von meinem Leib. Einzig und alleine das zählt. Ich nehme auch keinen Unterschied zwischen meinen Söhnen und meinen Töchtern vor. Ich bin dankbar für jedes Kind, welches die Götter mir schenken. Es ist mir egal, ob es sich dabei um einen Jungen oder um ein Mädchen handelt. Hast du das verstandenAmuni?«

»Ja, Vater«, brachte Amuni kleinlaut heraus. Sein Gesicht leuchtete wie ein Granatapfel.

»Gut, dann möchte ich nicht noch einmal solch eine Diskussion hören – weder von dir, Amuni, und auch nicht von dir, Bintanat.« Er gab die beiden Kinder aus seinen Armen wieder frei und erhob sich. »Und nun geht. Es ist spät. Morgen früh müsst ihr ausgeschlafen sein, wenn der Unterricht beginnt.«

Ich muss auf meinen Sohn ein Auge haben, dachte Ramses, als er den beiden Kindern hinterhersah. Amuni ist mit seinen fünf Nilschwemmen recht überheblich und bildet sich zu viel auf seine Stellung ein. Er kommt da nach mir. Ich will nicht, dass er dieselben Fehler begeht wie ich.

***

In den darauffolgenden Monaten sandte Sethos seinen Sohn wieder einmal in die Steinbrüche von Sunu, um die dortigen Arbeiten zu überwachen. Im Anschluss nahm er ihn mit auf eine Reise durch die Beiden Länder, bei der er Ramses die bedeutendsten Tempel des Landes sowie die geheiligten Stätten seiner Vorfahren zeigte. Ramses genoss die Wochen in Begleitung seines königlichen Vaters, selbst wenn sie ihn erneut seiner Familie entrissen. Begierig nahm er all das Wissen und die Ratschläge in sich auf, welche ihm Sethos für seine spätere Herrschaft ans Herz legte. Selten genug kam es vor, dass sein viel beschäftigter Vater so viel Zeit für ihn hatte.

Kurz bevor Sethos' dreizehntes Regierungsjahr begann, kehrten sie wieder nach Memphis zurück, doch nur zwei Monate später erteilte Sethos Ramses den Befehl, zusammen mit Maj ins Delta zu reisen, damit sich beide über den Fortgang der Arbeiten in Sethos' Heimatstadt Hut-waret informierten.

Nefertari fühlte sich zu diesem Zeitpunkt nicht wohl. Ramses hingegen wollte nicht allein reisen. Er war so schon kaum mit seiner Familie zusammen. Also begleitete ihn Isisnofret. Auch Amuni durfte seine Truhen packen und war unheimlich stolz, dass ihn sein Vater mit ins Delta nahm. Nur Bintanat, die ebenfalls die Hoffnung hegte, ihrem Vater folgen zu dürfen, wurde schwer enttäuscht.

»Warum darf Amuni dich begleiten, und warum ich nicht?«, fragte sie ihn. Ihre Stirn war unwillig gekräuselt.

»Weil ich nicht beabsichtigte, einen Familienausflug zu unternehmen«, antwortete er. »Eine Prinzessin hat auf einer dienstlichen Reise nichts verloren.«

»Und warum ein Prinz?«

Ramses verspürte keine Lust, sich mit seiner Tochter über seine Entscheidungen zu streiten oder ihr seine Beweggründe zu erklären. Am Tag der Abfahrt verkroch Bintanat sich daraufhin beleidigt in ihrem Zimmer, ohne sich von ihm oder ihrer Mutter zu verabschieden.

»Sie ist verstimmt und traurig, weil sie in Memphis bleiben muss«, merkte Isisnofret an, als sie feststellen musste, dass ihre

Älteste zum Abschied nicht im königlichen Palasthafen erschienen war.

»Soll sie nur«, erwiderte Ramses grimmig. Jetzt war er verstimmt. Das Benehmen seiner Tochter ließ zu wünschen übrig. Er würde sie sich vornehmen, wenn sie wieder in Memphis waren. Ständig versuchte sie, ihren Willen durchzusetzen. »Bintanat muss lernen, dass es nicht immer nur nach ihren Wünschen geht.« Damit war das Thema für ihn erledigt. Er schluckte seinen Groll hinunter und bestieg das Schiff. Kurz darauf legte sein kleines Gefolge ab.

Es war eine angenehme Fahrt, denn Hut-waret lag im östlichen Delta. Das Klima war feuchter, da es weit und breit keine Wüste gab, nur fruchtbares Land und Wasser. Hut-waret war die Stadt des Gottes Seth. Einst hatten sich die fremdländischen Herrscher hier niedergelassen und sie zu ihrer Residenz gemacht. Das Städtchen lag an einem Seitenarm des Nils, dem Wasser-des-Re, der die Stadt im Westen und Norden umfloss. Im Süden und Osten hingegen waren künstliche Kanäle angelegt worden, die Wasser-von-Hut-waret.

Fasziniert starrte Ramses auf die Stadt, als sie in Sichtweite kam. Sie war vom Wasser umspült und erhob sich wie der Urhügel am Anbeginn aller Zeiten aus dem Nun, dem Urozean. War das nicht ein göttlicher Ort, einzig dafür erschaffen, einem Gott als Residenz zu dienen?

Beeindruckt ließ Ramses den Blick über die fruchtbaren Felder und das saftige Grün der Wiesen und Weiden schweifen, die selbst in der Jahreszeit der größten Wassernot, dem *Schemu*, nicht verdorrten. Obstbäume standen wie gut gedrillte Soldaten in Reih und Glied. Ihre Äste bogen sich unter der Last süßer, reifer Früchte. Das Vieh war fett und gesund und die Luft erfüllt vom lieblichen Geruch unzähliger Blumen und Gräser. Das hier war die Heimat seiner Vorfahren, ein wahres Paradies. Als kleiner Junge war er hier schon einmal gewesen; heute nahm er sie zum ersten Mal wahr.

Seine Gedanken schweiften zu seinem Großvater, der dank seiner Fähigkeiten und seiner Loyalität sich die Freundschaft und das Vertrauen von Osiris Haremhab gesichert und damit für Ramses' Familie den Weg auf den Thron der Beiden Länder geebnet hatte. Unweigerlich musste er an seinen Bruder denken, auf welchen er manche Nacht neidisch gewesen war, weil dieser einmal Sethos nachfolgen sollte.

»Wie dumm und egoistisch von mir.« Betrübt schloss Ramses bei dieser Erinnerung die Augen und seufzte. »Nebu«, flüsterte er, »mein geliebter Bruder, bitte vergib mir meinen Groll an deinem Todestag. Es war nicht so gemeint. Ich habe dich immer geliebt, und ich werde dich niemals vergessen. Nie hätte ich dir den Horusthron geneidet oder ihn dir streitig gemacht. Ich war ein dummer, dummer Junge. Bitte verzeihe mir. Ich hoffe und bete, dass es dir im Schönen Westen gut ergeht. Wie gern hätte ich dich noch an meiner Seite.« Verstohlen wischte er sich über die Augen und kehrte vom Bug der Barke zu Isisnofret zurück, die unter einem Sonnensegel lag und döste. Bis auf die Mannschaft und zwei Dienerinnen waren sie allein. Amuni befand sich auf dem Schiff von Maj.

»Sind wir bald da?«, fragte Isisnofret und gähnte, nachdem er sich neben ihr auf einem Kissen niedergelassen hatte.

»Ja, meine Liebe.« Zärtlich strich er ihr durchs Haar. »Hutwaret liegt direkt vor uns. In knapp einer Stunde werden wir die Residenz erreichen.«

»Es wird auch allmählich Zeit«, erwiderte sie und rekelte sich träge neben ihm. »Ich sehne mich nach einem erfrischenden Bad und will massiert werden. Wie es wohl Nefertari geht?«

»Ich hoffe doch, gut. Die drückende Hitze der beginnenden Erntezeit hat sie ziemlich geschwächt. Beten wir, dass es ihr bald wieder besser geht.« Ramses streckte sich neben Isisnofret aus und nahm sie in den Arm. »Es ist schön, mit dir hier zusammen auf dem Schiff faul herumzuliegen und nichts zu tun. Viel zu selten sind solche Augenblicke. Wie einfach war es doch, als ich noch ein kleiner Junge war und Nebu den Titel Horus-im-Nest getragen hat.«

Isisnofret schlug die Augen auf und lächelte ihn schelmisch an. »Wirklich?« Sie grinste breit. »Wenn ich mich recht erinnere, hast du schon damals davon geträumt, einmal der Herr der Beiden Länder zu sein.« Sie gab ihm einen Kuss auf seine Nasenspitze. »Und nun bist du der Thronerbe Kemis und wirst irgendwann die beiden Kronen tragen.«

Ramses seufzte. »Hoffentlich wird mir ihr Gewicht nicht zu schwer.«

Verwundert sah Isisnofret ihn an. »Wie darf ich das verstehen?«

»Manchmal habe ich davor Angst«, antwortete er. »Was ist, wenn ich versage? Die Menschen vertrauen auf mich. Ich bin dann der lebende Gott, der für sie zu sorgen hat. Ich bin jener, der die Verantwortung trägt, dass die Maat in den Beiden Ländern aufrechterhalten bleibt und nicht das Chaos siegt. Werde ich dieser großen Aufgabe gewachsen sein?«

»Ja, Ramses, das wirst du, wenn die Zeit gekommen ist«, erwiderte Isisnofret. Sie war völlig ernst. »Du bist ein kluger und willensstarker Mann, und Sethos ist ein guter Lehrmeister. Er bringt dir alles bei, was du wissen musst. Lerne von ihm, so viel du kannst. Vertraue auf dich, deine Fähigkeiten und dein Herz, und vergiss niemals, dass Nefertari dir stets zur Seite stehen wird, so wie Tuja deinem Vater zur Seite steht.«

Ramses lächelte. »Und was ist mit dir?«

»Ich werde immer für dich da sein, wenn du mich brauchst, doch Nefertari wirst du zu deiner Großen Königsgemahlin ernennen. Ihr kommt es zu, dich mit ihrer Kraft und Magie vor jedem bösen Zauber zu beschützen.«

»Wie klug du doch bist.« Ramses drückte sie sanft an seinen Körper, und sie schmiegte sich an ihn. »Es war eine weise Entscheidung des Guten Gottes, als er dich mir zur Gemahlin gab.«

Isisnofret prustete los. »Hättest du es dir denn von ihm verbieten lassen?«

Unschlüssig zuckte Ramses mit den Schultern. »Ich weiß es nicht. Ich glaube aber, ich hätte meinen Vater solange bestürmt, bis er zugestimmt hätte.«

»Und ich hätte dich bedrängt, es zu tun, denn ich liebe dich von ganzem Herzen«, hauchte sie ihm ins Ohr und strich ihm zärtlich über die glatt rasierte Brust. »Wie schön dein Körper doch ist«, murmelte sie und schmiegte sich abermals an ihn. »Und das sogar ohne Narben, du tapferer Soldat.« Sie kicherte vergnügt und stupste ihn sanft in die Seite.

Verständnislos sah Ramses sie an. »Was meinst du damit?«

»Erinnerst du dich nicht mehr?« Sie schmunzelte. »Es war

im Festsaal, damals, als dein Bruder von seinem ersten Feldzug an der Seite deines Vaters zurückgekehrt ist?« Sie sah das Bild deutlich vor ihrem inneren Auge und grinste breit. »Nebu hatte eine Verwundung am linken Oberarm, und neidvoll hast du sie angestarrt. Du wolltest auch solch eine Verletzung, aus der später einmal eine Narbe wird, damit jeder sehen könne, was für ein tapferer Krieger du bist. Ganz viele Narben sollten deinen Körper zieren, meintest du. Ich bin froh, dass es dazu nicht gekommen ist, und dein Körper noch immer so schön ist wie an jenem Abend, als wir uns im Garten das erste Mal liebten.«

Nun kehrten auch bei Ramses die Erinnerungen zurück, und er begann, lauthals zu lachen. »Wie dumm ich doch damals war. *Mädchen sind doo-oof! Mädchen sind doo-oof!*«, intonierte er seinen damaligen Schlachtruf, nachdem er und Setau Isisnofret ins Wasser geworfen hatten. Dann gab er ihr einen leidenschaftlichen Kuss.

»Das war richtig gemein von euch«, gestand sie ihm, nachdem er ihre Lippen wieder freigegeben hatte. »Ich habe mich im ersten Moment fast zu Tode erschreckt.« Sie lächelte.

»So war das auch gemeint«, antwortete er und strich ihr über die Perücke. »Ich habe mich oftmals gefragt, ob du für Setau etwas empfunden hast. Er gestand mir nämlich, dass du seine Freundin seist und er dich mag.«

Überrascht hob Isisnofret die fein geschwungenen Brauen. »Wir lernten uns im Haushalt deines Großvaters kennen«, erinnerte sie sich. »Es gab dort niemandem in meinem Alter. Setau war somit ein willkommener Spielkamerad für mich, der mich und meine Wünsche verstand.« Sie dachte kurz nach. »Ja, ich habe ihn gemocht, doch nur als Freund oder Bruder. Mehr war es nicht. Vielleicht hätte sich mehr daraus entwickelt, wenn er nicht in deine Dienste gewechselt hätte. Zudem war ich auch auf ihn bitterböse wegen des Vorfalls am Nil.« Sie löste sich aus seiner Umarmung und setzte sich auf, zog die Beine an den Oberkörper und umschlang sie mit ihren Armen. »Also sei unbesorgt, du hast Setau nicht die Freundin weggenommen.« Sie zwinkerte ihm zu.

»Dann bin ich ja beruhigt.« Grinsend rollte Ramses sich auf den Rücken und verschränkte die Hände im Nacken. Was für eine schöne Reise! Wenn es nach ihm gegangen wäre, hätte Hut-waret sich am anderen Ende Kemis befinden können.

So war es aber nicht. Eine halbe Stunde später bogen die Barken in einen kleinen Kanal ein, der sie bis in die Nähe des Palastes bringen sollte. Ramses stand auf und trat wieder an den Bug, doch was er sah, ließ ihn verächtlich die Nase rümpfen.

»Soll das etwa die spätere Zufahrt zur Residenz des Herrn der Beiden Länder sein?«, fragte er Isisnofret, die neben ihn getreten war. Er richtete den Blick vom schmalen Kanal auf den in Sicht kommenden winzigen Anlegesteg. »Und was ist das dort? Ein Anlegeplatz?« Kopfschüttelnd hob er die Brauen. »Jeder Edelmann in Memphis, Heliopolis oder Theben besitzt einen majestätischeren.« Er drehte sich nach den anderen Barken um und suchte nach seinem Freund Maj. Da er ihn nicht entdecken konnte, geduldete er sich, bis sie angelegt hatten.

»Dazu hat sich Seine Majestät noch nicht geäußert«, sagte Maj, nachdem Ramses ihm seinen Unmut kundgetan hatte. »Vielleicht ist es ihm gar nicht bewusst.«

»Das wird sich ändern«, gab Ramses entschlossen zurück. »Schon morgen werde ich meinem Vater eine Botschaft senden. Wenn seine Barke hier anlegen soll, bleibt kein Platz für eine weitere. Das Hafenbecken muss immens vergrößert werden. Der Kai ist viel zu kurz. Auch der Kanal ist viel zu schmal. Gegenverkehr darf es nicht geben, wenn Pharaos Barke ihn passiert, vor allem wenn Niedrigwasser herrscht.«

Entschlossen legte Ramses den Arm um die Schulter seiner Gemahlin und schritt mit ihr und seinem Sohn in Richtung der Sommerresidenz, die in der Ferne zwischen den Wipfeln der Bäume durchschimmerte. Maj und Nachtamun folgten ihm auf dem Fuß. Schon von Weitem konnte Ramses erkennen, dass die Arbeiten an der Fassade kurz vor dem Abschluss standen. Maj hatte ihm gesagt, dass der Palast durch Sethos um einiges erweitert worden war. Trotzdem reichte er in Größe und Erhabenheit nicht an die Residenzen in Memphis oder Theben heran.

Wenn ich einmal Pharao bin, werde ich diesen Palast zu einem Verwaltungsbezirk ausbauen lassen, sinnierte er, während er den gepflasterten Weg zur Pforte schritt. Ich werde diese

Stadt zu meiner Stadt machen, zum *Haus-des-Ramses.* Sie soll das Juwel der Beiden Länder sein und die Vorzüge von Memphis, Theben und Heliopolis in ihren Mauern vereinen; all deren Nachteile jedoch sollen vor den Stadttoren verbleiben. Die Götter haben mir ein Zeichen gegeben, das ich nicht ignorieren darf! Sie schufen diesen Flecken Erde nach dem ersten Stück Land, welches sich einst aus dem Chaos erhob, auch wenn der Mensch durch den Bau der Kanäle etwas nachgeholfen hat. Dennoch, dieser Flecken Erde gefällt mir ungemein. Irgendwann lasse ich mich hier nieder.

Sie traten durch die schmale Pforte, die ebenfalls in keiner Weise einem Pharao gerecht wurde, von der hässlichen Begrenzungsmauer ganz zu schweigen, und befanden sich in einem wunderschönen, schattigen Park. Ramses war einigermaßen überrascht. Die alte, schäbige Mauer und das winzige Eingangsportal hatten nicht den Eindruck gemacht, dass sich hinter ihnen ein wahres Paradies befand. Bewundernd glitt sein Blick über die sorgfältig geharkten Wege und säuberlich geschnittenen Hecken und Büsche. Das Gras war saftig grün und lud zum Verweilen ein, die Obstbäume brachen fast unter der Last der reifen Früchte. Wohin das Auge auch blickte, überall grünte und blühte es. Die Luft war erfüllt vom betörenden Duft der Rosen, Lilien und Oleanderbüsche. Das sanfte Rauschen der Blätter mischte sich mit dem geschäftigen Summen der Insekten und wurde wiederum durch das Gezwitscher der Vögel übertönt, die überall in den Wipfeln der Bäume saßen und sangen.

Diese Idylle wurde durch das Kreischen eines Äffchens gestört, das sich irgendwo in einem Baum versteckt hielt. Ramses suchte die Wipfel ab, doch Amuni hatte das Tier bereits entdeckt.

»Da, Vater!« Er wies in die luftigen Höhen einer Dattelpalme.

Ramses folgte dem Fingerzeig seines Sohns und erspähte das Tier, welches ihn und sein Gefolge argwöhnisch musterte und dabei einen Krawall machte, der ohrenbetäubend war. »Das Kerlchen scheint einer Harimsdame entwischt zu sein«, mutmaßte er, denn der Affe trug ein bunt gemustertes Halsband. Er streckte den Arm aus und wollte das Äffchen anlocken, doch es tat ihm nicht den Gefallen. »Frechdachs!«, meinte er grinsend und setzte seinen Weg fort.

Einige von Sethos' Nebenfrauen hatten sich nach Hut-waret zurückgezogen, weil ihnen das Klima im Delta besser bekam als jenes in Memphis. Hier lebten und arbeiteten sie, webten edles königliches Leinen oder gingen ihren privaten Geschäften nach und warteten darauf, dass Seine Majestät sie besuchen kam. Ramses konnte die Wahl ihres Wohnortes gut verstehen. Dieser Platz war ein Paradies. So ungefähr stellte er sich die Gefilde des Osiris vor. Hier ließ es sich gut leben.

Als er mit seinem kleinen Gefolge den halben Park passiert hatte, kam ihnen ein aufgeregter Mann entgegengeeilt, der sich ehrfürchtig vor ihm und Isisnofret verneigte..

»Bitte verzeih, Hoheit«, stotterte er, die Furcht in seiner Stimme war nicht zu überhören, »wir haben mit dir am heutigen Tag noch gar nicht gerechnet. Die Boten sagten, dass du erst morgen Hut-waret erreichst.«

»Dann haben sich die Boten getäuscht«, entgegnete Ramses gut gelaunt, »denn wie du selbst siehst, bin ich da. Ist alles für mich und mein Gefolge vorbereitet?«

»Aber natürlich, Hoheit. Es tut mir aufrichtig leid, dass wir dich nicht gebührend empfangen haben.« Verlegen trat der Mann von einem Bein auf das andere und starrte beschämt auf seine Sandalen.

»Du kannst dein Versagen wieder gutmachen, indem du meine Gemahlin, meinen Sohn und mich in unsere Gemächer führst. Wir wollen uns erfrischen und anschließend speisen.«

Der Mann verbeugte sich und bat die königlichen Gäste, ihm zu folgen.

Als sie den Palast betraten, fanden sich noch überall Überreste der kürzlich stattgefundenen Sanierungs- und Umbaumaßnahmen: leere Tröge zum Anmischen des Mörtels, Farbbehälter und sogar ein paar Nilschlammziegel standen und lagen in den Ecken herum, von Farbspritzern und Bauschutt auf dem Boden ganz zu schweigen.

Isisnofret schüttelte tadelnd den Kopf und zupfte Ramses an seinem Hemd. »Hier sollte mal gründlich aufgeräumt und geputzt werden«, meine sie.

Der Diener, der sie durch die Gänge und Flure führte, zog betroffen den Kopf ein, als hätte er das zu verantworten.

»Das wird sicher noch passieren«, meinte Ramses. »Wenn ich mich so umsehe, kann ich sagen, dass die Handwerker sich alle Mühe gegeben haben, das alte Gemäuer wieder ordentlich herzurichten. Ich weiß zwar nicht, wie es vorher ausgesehen hat, es soll aber schon recht alt gewesen sein.« Er blickte zu Isisnofret. »Wie gefällt es dir?«

»Es ist wunderschön. Diese leuchtenden Farben, so frisch und neu. Wenn alles gesäubert ist, Tröge mit Pflanzen und Vasen mit duftenden Blumen vor hauchzarten Vorhängen stehen, wird es sicher auch Sethos und Tuja gefallen.«

Ramses konnte sich ein Schmunzeln nicht verkneifen. Typisch Frau!, dachte er. Ihm gefiel es auch so schon, von der Unordnung mal abgesehen.

***

Am nächsten Morgen überraschte Ramses den Hauptmann seiner Leibwache mit dem Wunsch, einen Spaziergang durch die Straßen der Stadt machen zu wollen.

»Du willst zu Fuß durch die Stadt streifen?« Nachtamuns Verwunderung war nicht zu überhören. Besorgt kräuselte er die Stirn.

»Ja«, erwiderte Ramses. »Ich könnte mich natürlich auch im Wagen durch die Straßen fahren lassen. Ich schätze allerdings, dass ich dann sicher nicht alle Flecken der Stadt kennenlernen werde.«

»Willst du das denn?«, fragte Maj und runzelte ebenfalls die Stirn.

Ramses bejahte. »Nur so kann ich mir ein Bild von Hut-waret machen und was geändert werden muss, damit diese Stadt würdig wird, die Residenzstadt des Herrn der Beiden Länder zu sein. Ich entsinne mich an jenen Tag, an welchem mir Setau sein Theben zeigte. Wohlgemerkt sein Theben, nicht jenes, welches ein Besucher zu sehen bekommt, der auf seinem Wagen die Stadt erkundet.«

»Ich war nicht dabei«, murmelte Maj.

»Ich aber«, entgegnete Ramses und sah zu Nachtamun, der ergeben nickte.

»Wie du befiehlst, Hoheit. Ich schicke die Wagen wieder fort.« Er verneigte sich zackig und verließ den Raum, um den Befehl auszuführen.

»Hat Sethos vor, sich in Hut-waret niederzulassen?«, forschte Maj neugierig nach, als er und Ramses allein waren.

»Nein, aber vielleicht werde ich einmal diese Stadt zu meiner Stadt machen – zum *Haus-des-Ramses* –, und nun komm. Es ist schon spät. Bis zum Abend will ich so viel wie möglich gesehen haben.« Er beugte sich seinem Freund zu. »Und höre genau zu, was ich sage, Maj, denn eines Tages wirst du die Pläne für meine Stadt auf Papyrus zeichnen, damit die Handwerker sie danach errichten können.« Er drehte sich um und eilte aus dem Gemach, gefolgt von einem völlig überraschten Maj.

Auf dem Platz vor der Sommerresidenz hatten sich in der Zwischenzeit die Krieger aus Ramses' Leibgarde sowie Meriptah, der Bürgermeister von Hut-waret und einige hohe Beamte eingefunden. Unschwer war ihnen anzusehen, dass Ramses' Entscheidung, die Stadt zu Fuß zu erkunden, sie nicht gerade erfreute. Ramses ließ sich davon nicht irritieren. Er setzte sich an die Spitze seines kleinen Gefolges und schritt mit Maj an der Seite zügig los.

Hut-waret war einstmals eine große und mächtige Stadt gewesen, die von hohen, schier unbezwingbaren Mauern umgeben gewesen war. Vor rund dreihundertfünfzig Jahren hatten sich die elendigen Hyksos in ihr niedergelassen und sie zu ihrer Hauptstadt gemacht. Aufgrund der natürlichen und künstlichen Wasserläufe war Hut-waret beinahe uneinnehmbar gewesen; trotzdem hatten es die thebanischen Fürsten geschafft, die Fremdländer aus Kemi zu verjagen und die Mauern ihrer Stadt bis auf die Grundfesten zu schleifen.

Nach der Einnahme Hut-warets hatten die Bewohner ihre Stadt langsam aber sicher verfallen lassen, und auch die thebanischen Könige hatten sich herzlich wenig um die verfemte Residenz der Hirtenkönige geschert. Die Häuser wirkten alt und morsch; neuen Putz und frische Farbe hatten sie seit Jahrzehnten, wenn nicht gar Jahrhunderten nicht mehr gesehen. An einigen Stellen waren die Gassen so eng, dass Ramses bequem mit ausgestreckten Armen die Häuser beiderseits der Straße berühren konnte. Und selbst das Viertel, in welchem sich der Sommerpalast seines Vaters befand, wirkte alt und schmuddelig, von einigen vornehmeren Grundstücken abgesehen, die in ihrer Bausubstanz dennoch zu wünschen übrig ließen.

Verächtlich rümpfte Ramses die Nase. Hut-waret war ein verträumter Marktflecken, nichts weiter. Trotzdem bezeichneten seine Bewohner diesen heruntergekommenen Ort auch weiterhin stolz als Stadt. Seth, die lokale Gottheit, musste sich tagaus, tagein in einem ziemlich heruntergekommenen Tempel zu Tode langweilen, wie Ramses mutmaßte, denn auch das Heiligtum war alles andere als in Schuss. Sethos hatte zwar begonnen, sowohl den Tempel als auch den Ort wieder zu verschönern. Trotzdem war diese Stadt in Ramses' Augen durch und durch gewöhnlich. Es musste noch viel getan werden, um sie eines Pharaos würdig zu machen.

»Ich werde ihr den Reiz und den Glanz einer königlichen Residenz zurückgeben«, murmelte er entschlossen vor sich hin und warf Maj einen aufmunternden Blick zu, den dieser mit einem leichten Nicken beantwortete. Der junge Baumeister hatte ihm die ganze Zeit an den Lippen gehangen und eifrig alles mitgeschrieben, was ihm den verdrießlichen Blick von Meriptah eingebracht hatte. Ramses konnte seinem Oberschreiber ansehen, dass dieser nicht verstand, warum er eigentlich an dem schweißtreibenden Erkundungsgang durch die Straßen und Gassen Hut-warets teilnehmen musste, wenn auch Maj alles akribisch mitschrieb, was gesprochen wurde.

Ramses schmunzelte und trat auf Meriptah zu, um ihm die Hand auf die Schulter zu legen. »Sei unbesorgt, deine Dienste werden auch weiterhin benötigt. Maj aber ist Baumeister und Architekt. Er wird es sein, der meine Befehle umzusetzen hat. Es ist also in Ordnung, wenn er sich Notizen macht.«

Die Unmutsfalten glätteten sich auf Meriptahs Stirn. Noch ein beruhigendes Klopfen auf dessen breite Schultern, und ergeben fügte sich der beleibte Schreiber in sein ihm auferlegtes Schicksal.

Der Streifzug ging weiter und dauerte den gesamten Tag.

Erst bei Anbruch der Dunkelheit beendete Ramses seinen Erkundungsgang durch die Straßen der Stadt, der ihn tatsächlich in Gegenden gebracht hatte, die er mit dem Wagen niemals zu Gesicht bekommen hätte. Müde und verschwitzt kehrten alle in das Palastviertel zurück, doch vor Ramses' geistigem Auge erstrahlte Hut-waret bereits in neuem, königlichem Glanz. Gleich nach seiner Rückkehr nach Memphis, so schwor er sich, wollte er mit seinem Vater über seine Ideen und Vorstellung reden. Bis dahin musste er sich aber noch ein Weilchen gedulden, denn Sethos antwortete auf sein Schreiben. Er befahl, dass sowohl der Kanal verbreitert als auch das Hafenbecken vergrößert werden sollte. Bis auf wenige Änderungen fand der Vorschlag seines Sohnes seine volle Zustimmung.

Somit blieben Ramses und Isisnofret weitere zwei Monate in Hut-waret. Ramses überwachte in dieser Zeit die beginnenden Ausschachtungsarbeiten zur Vergrößerung des Hafenbeckens. *Hafenbecken* schien nicht mehr der rechte Ausdruck für das zu sein, was sein Vater befohlen hatte. Vielmehr handelte es sich um einen großen See mit einer weitläufigen Anlegestelle. Zukünftig sollte der angrenzende Kanal das gesamte Areal vor den noch zu errichtenden Zugangspylonen der Sommerresidenz mit Wasser speisen. Ramses sah schon jetzt vor seinem inneren Auge, wie sowohl er als auch sein Vater auf ihren Barken mit den geliebten Damen im Arm eine Bootsfahrt unternahmen, während der Rest der königlichen Familie um den See flanierte oder sich im Schatten der Bäume erholte.

Als sich die Erntezeit ihrem Ende näherte, waren die majestätischen Ausmaße des zukünftigen Vergnügungssees bereits zu erahnen. Zufrieden bestiegen Ramses und sein Gefolge die Barken, um nach Memphis zurückzukehren.

17. Kapitel

Eine ungleiche Rauferei

Es war Mitte des dreizehnten Regentschaftsjahrs, und der Zyklus der Jahreszeiten neigte sich seinem Ende zu. Für Bintanat bedeutete es, dass sie mit dem Neujahrstag ihre siebente Nilschwemme erleben würde. Sie freute sich darauf, denn neben den Feierlichkeiten zum Jahresbeginn gab es auch immer Geschenke und ein Fest für sie, ihre Geschwister und Freundinnen. Bis dahin war aber noch gut eine Woche Zeit, und ihre Hausaufgaben duldeten keinen weiteren Aufschub.

Seufzend verscheuchte sie die Vorfreude und widmete sich voller Eifer ihrer Aufgabe.

Sie hatte sich einen ruhigen Fleck im Garten der königlichen Nachkommenschaft gesucht und ließ ihre Beine in einen kleinen Teich baumeln, der sich im Schatten alter knorriger Laubbäume und zweier Palmen befand. Auf ihren Knien ruhte eine mit einer dünnen weichen Stuckschicht überzogene Tafel, die bereits mit zwei Reihen heiliger Schriftzeichen gefüllt worden war. Sie bot ihre gesamte Konzentration auf, um sich wieder in ihre Übungen zu vertiefen, sodass sie kurze Zeit später sogar die Gegenwart ihres Bruders vergaß, der zu ihren Füßen kauerte und sie neugierig beobachtete. Die Zungenspitze zwischen die Schneidezähne geklemmt, versuchte sie, das heilige Zeichen für *Sohn* ordentlich auf ihre Schreibtafel zu bannen. Sie wusste nicht, das wievielte Mal es nun war, doch noch immer sah die Ente eher wie eine dicke, fette Gans aus. Sie war dem Verzweifeln nahe.

»Darf ich es auch einmal versuchen?«, wagte Chaemwaset sie zu stören.

Überrascht blickte Bintanat von ihrer Arbeit hoch. »Aber du kannst doch noch gar nicht schreiben«, erwiderte sie und lächelte sanft. »Dafür bist du noch zu klein. Ich kann es ja kaum.«

Sie schenkte ihren missglückten Versuchen einen verärgerten Blick.

»Nein, das bin ich nicht!«, hielt ihr Bruder dagegen. Es klang beleidigt.

»Du Wicht!«, ertönte eine Stimme aus dem angrenzenden Gebüsch.

Chaemwaset wirbelte erschrocken herum. Bintanat hingegen musste sich nicht umsehen, um zu wissen, wem sie gehörte. Es war der eingebildete Pinsel Amuni, der sich ihr und ihrem Bruder unbemerkt genähert hatte.

»Du trägst ja noch Windeln und hängst deiner Amme an der Brust«, stieß Nefertaris Ältester gehässig heraus und lachte höhnisch.

»Das stimmt überhaupt nicht!«, verteidigte sich Chaemwaset. Das Rot der Empörung schoss in seine Wangen. Er stand auf. »Sieh, ich habe keine Windeln mehr um.« Er hielt Amuni sein nacktes Hinterteil entgegen. »Und an der Brust meiner Amme hänge ich auch nicht mehr. Ich bin nämlich schon ein großer Junge«, fügte er hinzu und wandte seinem Halbbruder anstelle seines Gesäßes seine Vorderseite wieder zu. »Bald schon wird Vater mich auch in die Schule schicken. Du wirst es erleben!«

»Haha, das glaubst auch nur du!« Amuni grinste amüsiert und baute sich vor seinem jüngeren Bruder auf.

Das war für Bintanat zu viel. Sie legte die Schreibtafel neben sich ins Gras und erhob sich, die Hände zu Fäusten geballt. Wütend musterte sie Amuni. »Lass Chaemwaset in Ruhe!«, zischte sie ihm zu.

»Und wenn ich es nicht tue, Bintanat, was machst du dann?« Amunis Lachen wurde höhnisch. »Wirst du mich dann verprügeln?« Grinsend schielte er auf ihre zu Fäusten geballten Hände.

»Wenn ich ein Junge wäre, dann würde ich es tatsächlich tun«, schrie Bintanat und funkelte ihn herausfordernd an. »Für ein Mädchen aber, eine Prinzessin, ziemt es sich nicht, sich zu hauen. Anderenfalls würde ich dir jetzt eine Lektion erteilen, du arroganter Pinsel!«

Mit dieser Antwort schien Amuni nicht gerechnet zu haben.

Vor Überraschung stand ihm kurz der Mund offen. Schnell fasste er sich wieder und ging in Angriffsposition. »Versuche es doch, Bintanat«, verhöhnte er sie weiter. Er ballte ebenfalls seine Hände zu Fäusten und hob sie, zum Schlag bereit, vor sein Gesicht.

Herablassend lächelte Bintanat ihn an, während ihr Körper sich wieder entspannte. »Diesen Gefallen tue ich dir ganz bestimmt nicht, Amuni. Dann hätte ich ja angefangen. So dumm bin ich nicht!« Sie streckte ihm grinsend die Zunge heraus, und mit Amunis Geduld war es vorbei.

Mit wüstem Geheul stürzte er sich auf sie und begann, auf sie einzuschlagen. Überrascht wich Bintanat einen Schritt zurück, sodass sie nicht die ganze Wucht seines Angriffs traf, doch seinen Fausthieben konnte sie nicht entgehen. Schützend hob sie die Arme vor ihr Gesicht, welches unentwegt von seinen Schlägen getroffen wurde. Ohnmächtige Wut und brennender Schmerz bemächtigten sich ihrer. Verzweifelt nahm sie all ihren Mut zusammen und wehrte sich. Sie kratzte, biss und traktierte ihren Bruder mit Tritten und Schlägen. Als sie seine Jugendlocke zu fassen bekam, zog sie mit aller Kraft an ihr, bis Amuni vor Schmerz laut aufheulte und von ihr abließ. Diesen Moment nutzte Bintanat, ballte die rechte Faust und schlug sie ihrem Bruder mit voller Wucht ins Gesicht. Mit einem überraschten Aufschrei wankte Amuni ein paar Schritte rückwärts, stolperte und fiel rücklings ins Gras, wo er benommen liegen blieb.

Bintanat schnaufte und sah verwundert auf ihren Bruder hinab, während sie sich die schmerzende Rechte rieb. Das hatte gesessen! Amuni hatte sie aber auch verletzt. Vorsichtig tastete sie ihr Gesicht ab, das ziemlich schmerzte.

In der Zwischenzeit erholte sich Amuni wieder und setzte sich schwankend auf. Sternchen tanzten vor seinen Augen. Seine Nase tat weh, und er schmeckte Blut. Als er wieder Herr seiner Sinne war, siegte die Wut wegen der ihm zugefügten Schmach über den Schmerz. Flink sprang er auf die Beine und stürzte sich erneut auf Bintanat. Bevor er sie jedoch erreichte, wurde er derb im Genick gepackt und von ihr weggezogen.

»Was fällt dir ein?«, schrie er rasend vor Wut und trat nach dem Soldaten, der ihn fest im Griff seiner Rechten hielt. »Weißt du nicht, wer ich bin? Ich werde dich auspeitschen lassen, wenn du mich nicht auf der Stelle wieder loslässt!«, brüllte er und schlug und trat mit Armen und Beinen nach dem Mann.

Die Miene des Kriegers blieb undurchdringlich. Sein Arm war lang genug, sodass ihn weder die Tritte noch die Schläge trafen.

»Was geht hier vor?« Wesir Paser tauchte hinter der massigen Gestalt seines Leibwächters auf. »Prügeln sich jetzt schon die Prinzen mit den Prinzessinnen?«

»Amuni hat angefangen!«, kreischte Bintanat und wies mit dem ausgestreckten Arm auf ihren Bruder, der sich verzweifelt, aber fruchtlos gegen den Griff des Soldaten zur Wehr setzte. »Er hat meinen kleinen Bruder beleidigt und sich dann auf mich gestürzt, um mich zu verhauen. Ich habe mich nur verteidigt.«

»Und wie man sieht, ziemlich erfolgreich«, erwiderte Paser mit einem Seitenblick auf Amunis blutende Nase. »Lass ihn los«, wies er seinen Leibwächter an. »Pass aber auf, dass er sich nicht erneut auf die Prinzessin stürzt.« Gehorsam kam der Mann dem Befehl seines Gebieters nach, während sich der Wesir an die beiden Streithähne wandte: »Was glaubt ihr, was euer Vater dazu sagt, wenn er von eurer Rauferei erfährt?«

»Du musst es ihm ja nicht erzählen!«, grummelte Amuni und bedachte Paser mit einem vernichtenden Blick.

»Das wird sich nicht verhindern lassen«, erwiderte dieser ruhig und nahm sowohl Amuni als auch Bintanat von oben bis unten Maß. »Geht jetzt in eure Zimmer, wascht euch und verhaltet euch ruhig! Ich könnte mir vorstellen, dass diese Prügelei ein Nachspiel haben wird.« Mit einer gebieterischen Geste gab er den beiden Kindern zu verstehen, dass sie sich entfernen durften.

Murrend trabten Bintanat und Amuni los, ohne sich oder jemanden sonst eines weiteren Blickes zu würdigen.

Nachdenklich sah Paser ihnen hinterher. Dann blickte er sich suchend um, doch weit und breit war weder ein Wächter noch eine Kinderfrau zu sehen.

»Unglaublich!«, murmelte er vor sich hin. Ihm war allerdings bekannt, dass die Prinzessin es hervorragend verstand, sich der

Aufsicht ihrer Kinderfrau oder der Soldaten zu entziehen. Und dieses Mal hatte sie auch ihren kleinen Bruder mitgenommen.

Kopfschüttelnd wandte er sich Chaemwaset zu, der sich still hinter einem Baum verkrochen hatte, die Schreibtafel seiner Schwester auf den Knien.

»Was tust du da?« Paser trat zu dem Jungen und hockte sich vor ihm ins Gras.

»Ich möchte auch schreiben lernen«, erwiderte Chaemwaset. »Bintanat meint, ich wäre dafür noch zu klein, und Amuni hat mich sogar verspottet, doch ich kann es schon ein bisschen. Sieh, Tjati!« Er reichte Paser die Tafel, auf der in mehreren Reihen von ungeschickter Kinderhand unablässig Enten gezeichnet worden waren.

»Hast du die alle gemacht?« Überrascht sah Paser auf Chaemwaset herab.

»Nein, Tjati, nur die letzten zwei. Die anderen sind von meiner Schwester.«

»Nicht schlecht!«, murmelte der Wesir mehr zu sich selbst. Der Knabe besaß Talent. Die beiden letzten Schriftzeichen standen den anderen in nichts nach. Zwar waren auch sie ziemlich ungelenk, doch Paser musste zugeben, dass sie für einen kleinen Jungen, der noch nicht einmal die Schulreife erlangt hatte, sehr beachtlich waren. »Wie alt bist du jetzt?«, fragte er ihn.

»Vier Jahre, Tjati, aber in sieben Monaten werde ich schon fünf.«

Paser musste schmunzeln. »Woher weißt du so genau, dass du in sieben Monaten Geburtstag hast?«

»Weil ich schon zählen kann«, erwiderte Chaemwaset und rollte gekränkt mit den Augen. »Ich kann bereits bis zwanzig zählen, und ich kenne alle Monatsnamen auswendig. Und ich weiß auch, dass ein Jahr zwölf Monate mit jeweils drei Wochen hat. Jede Woche hat zehn Tage, und an jedem Jahresende werden fünf Tage angehängt – die Geburtstage der Götter nämlich –, damit wieder alles richtig ist.«

Paser kam aus dem Staunen nicht heraus. Was für ein kluges Kerlchen! »Und woher weißt du das alles?«, wollte er amüsiert wissen und strich Chaemwaset freundlich über seinen kahl geschorenen Kopf.

»Bintanat hat es mir erzählt. Das hat sie in der Schule gelernt.« Unwirsch entzog Chaemwaset sich Pasers Hand. Er war beleidigt. Alle sahen in ihm nur einen kleinen Jungen, der gerade einmal der Brust seiner Amme entwöhnt worden war.

»Und du möchtest auch zur Schule gehen, habe ich recht?«, stellte Paser schmunzelnd fest. Ihm entging nicht, dass Chaemwaset sich gekränkt fühlte.

Augenblicklich hellte sich das Gesicht des Prinzen wieder auf, und seine Augen begannen, sehnsüchtig zu leuchten. »Ja, Tjati, das ist mein größter Wunsch.«

***

Am Abend stattete Ramses dem Kinderflügel einen Besuch ab, um sich seine ältesten Kinder vorzunehmen. Seinem Sohn wollte er eine Standpauke halten, weil er seine Schwester verprügelt und seinen jüngeren Bruder verhöhnt hatte, während Bintanat sich ein paar Ermahnungen aufgrund ihres Benehmens bei der Abreise ihrer Eltern anhören durfte und weil sie schon wieder ohne Begleitung im Garten gewesen war und auch noch ihren Bruder mitgenommen hatte.

»Es missfällt mir, dass du noch immer deinen Kopf durchzusetzen versuchst und, wie heute geschehen, noch immer durchsetzt, indem du wieder ohne Begleitung im Garten warst. Erhältst du hingegen nicht deinen Willen, bist du beleidigt. Du missachtest die Regeln des Anstands, nur weil es nicht so für dich läuft, wie du es dir erhofft hast. So geht das nicht, Bintanat. Wenn du glaubst, dass du mit einem solchen Verhalten bei mir durchkommst, liegst du falsch. Ein so ungehöriges Benehmen verhärtet mein Herz, wenn es darum geht, dich irgendwann einmal irgendwohin mitnehmen zu wollen. Merke dir das.« Er musterte sie streng. Sie zog ihre ihm wohlbekannte Schnute, wenn sie beleidigt und eingeschnappt war, und schmollte vor sich hin. Ihr linkes Auge war bläulich verfärbt, die Wange leicht angeschwollen.

Amuni!, grummelte Ramses still. Das würde eine gehörige Tracht Prügel nach sich ziehen, schwor er sich.

Bintanat hielt ausnahmsweise den Mund und versuchte nicht,

sich herauszureden. Erstaunlich! Ramses wurde wachsam. Ging es ihr etwa nicht gut? Hatten die Schläge ihres Bruders sie womöglich schlimmer verletzt als angenommen? Er musterte sie genau, konnte aber nichts erkennen.

»Hast du mir nichts darauf zu antworten?«, fragte er.

Bintanat schüttelte nur störrisch den Kopf und blickte zu Boden.

»Dann eben nicht«, meinte er. »Dann habe auch ich nichts mehr dazu zu sagen, außer, dass ich nicht ein weiteres Mal ein solches Verhalten toleriere.« Er musterte sie erneut. »Geht es dir ansonsten gut, oder hat dich Amuni bis auf dein Auge und die Wange auch an anderer Stelle verletzt?«

Erneut schüttelte seine Tochter nur stumm den Kopf, hob dann zögernd den Blick. »Ich habe mich verteidigt«, sagte sie, nicht ohne Stolz. »Amuni kann froh sein, dass Wesir Paser erschien; sonst hätte ich ihm eine Lektion erteilt. Aber angefangen hat er«, fügte sie schnell hinzu. »Er ist eingebildet und doof!«

Ja, ja, dachte Ramses, woher kenne ich das nur? Es schien wohl ein allgemeines Problem in diesem Alter zwischen Jungen und Mädchen zu sein.

Er räusperte sich und unterdrückte den Wunsch, über Bintanats Bemerkung zu schmunzeln. »Ich weiß, dass du nicht angefangen hast, Bintanat. Mir ist auch bekannt, dass Amuni auf dich eingeschlagen hat, nachdem du deinen Bruder verteidigen wolltest. Dennoch möchte ich nicht noch einmal so etwas hören.«

»Ja, Vater.« Es kam gepresst. Erneut starrte Bintanat zu Boden.

Ramses beließ es dabei. Seine Erstgeborene war ein Sturkopf. Würde sie sich nicht ändern, musste er auch bei ihr härtere Maßnahmen ergreifen. Wenn das Ohr eines Knaben zu hören begann, wenn man ihn schlug, dann sollte das auch bei einer ungezogenen Prinzessin geschehen.

Er verließ seine Tochter und begab sich in das Zimmer seines Ältesten.

Nachdem er Amuni zur Rede gestellt hatte, durfte er sich von ihm erst einmal eine Menge Ausflüchte anhören, die ihn nicht sonderlich interessierten. Von Chaemwaset wusste er, dass nicht

Bintanat mit der Prügelei begonnen hatte. Das hätte er auch nicht vermutet. Sie war ein Mädchen, und Mädchen rauften sich nicht freiwillig, obwohl er es seiner Erstgeborenen zutrauen würde. Also befahl er, seinen Sohn mit fünfzehn Stockhieben bestrafen zu lassen. Da diese Stockhiebe nicht schmerzhaft waren und er ihm nicht zwei oder drei besonders hart ausgeführte Schläge zumuten wollte, die Wunden hinterließen, ordnete er an, dass alle königlichen Kinder ab dem dritten Lebensjahr der Maßregelung beiwohnen sollten. Ramses gedachte, seinem Sohn keine körperliche, sondern eine seelische Schmach zuzufügen, die für Amuni auf Dauer heilsamer wäre als eine ordentliche Tracht Prügel.

Im Anschluss begab er sich zu seinem Vater, der ihm hatte ausrichten lassen, dass er ihn in der vorletzten Stunde des Tages zu sprechen wünschte.

***

Als Ramses in das Arbeitszimmer des Mächtigen Horus trat, saß Sethos abgearbeitet und müde hinter dem wuchtigen Tisch aus kostbarer Zeder, zu seinen Füßen sein Oberster Schreiber. Sonst war niemand da.

»Nimm Platz!«, forderte Sethos ihn auf und wies auf den Stuhl, der vor dem Schreibtisch stand. »Möchtest du etwas Bier oder Wein?«

Ramses bejahte und schenkte sich einen Becher mit Bier ein. Dann nahm er Platz.

»Ich habe dich rufen lassen«, hob Sethos an, »weil ich wissen will, wie es um den Stand der Arbeiten im Delta steht.«

Ausführlich berichtete Ramses von der Zeit in Hut-waret. Er schilderte den Eindruck, den die renovierte und zum Teil erweiterte Residenz auf ihn gemacht hatte, und vergaß dabei nicht, seinem Vater seine Vorschläge zur Verschönerung der Stadt mitzuteilen.

»Warum willst du das alles tun?«, unterbrach Sethos ihn nach einer Weile. Aufmerksam musterte er ihn. Ramses Wangen glühten förmlich vor Begeisterung, und seine Augen hatten einen feurigen Glanz angenommen.

Seit jenem Tag im Steinbruch von Sunu hatte sich sein Sohn verstärkt mit allen Dingen befasst, die das Bauhandwerk betrafen, und er ging völlig darin auf. Wäre er nicht dazu bestimmt, die Doppelkrone zu tragen und die Geschicke der Beiden Länder zu lenken, wäre aus ihm sicher ein ausgezeichneter Baumeister oder Oberaufseher geworden. Doch auch als Pharao stand es ihm gut zu Gesicht, wenn er von diesen Dingen genauso viel verstand wie seine Beamten.

»Weil ich denke, dass Hut-waret sich hervorragend als Residenzstadt eignen würde, wenn man ihr den Glanz früherer Zeiten wiedergibt«, antwortete derweil sein Sohn. »Die Stadt liegt in wunderschöner Umgebung; die Landschaft ist fruchtbar. Sie grünt und blüht das ganze Jahr hindurch, und es ist nicht so stickig wie hier in Memphis. Zudem liegt Hut-waret sowohl strategisch als auch handelsseitig äußerst günstig. Wenn du dort einen großen Hafen bauen und Werften und Lagerhäuser errichten lässt, werden die Kaufleute des Großen Grün die Stadt ansteuern, und der Handel floriert.«

»Das tut er auch hier in Memphis«, hielt Sethos dagegen. Gespannt blickte er Ramses an.

»Das stimmt, Vater. Hut-waret liegt jedoch näher am Großen Grün und ebenfalls dichter an der Grenze zu den östlichen Fremdländern.« Ramses hielt seinem Blick unbeirrt stand. »Der Elendige aus Hatti hat sich all die Jahre ruhig verhalten, doch du selbst hast mich gelehrt, dass ich ihn nicht unterschätzen soll. Ich bin nicht in der Position, dir gute Ratschläge zu erteilen, Vater, doch ich an deiner Stelle würde in Hut-waret Kasernen und Waffenschmieden errichten, damit du schneller eingreifen kannst, wenn dich die Fremdländer im Osten bedrohen.«

Interessiert hatte Sethos ihm gelauscht. Ja, sein Sohn war zu einem verantwortungsbewussten und weitsichtigen Mann gereift, dem er dereinst getrost die Beiden Länder anvertrauen konnte. Trotzdem erwiderte er: »Und was ist mit den Libyern im Westen und den Kuschiten und Nubiern im Süden?«

»Hut-waret ist nicht viel weiter als Memphis von unserer südlichen Grenze entfernt«, antwortete Ramses. »Zudem besitzt der Vizekönig ein großes Kontingent an wehrfähigen Männern, die unsere südliche Grenze schützen. Und die Libyer haben wir noch immer in den Staub getreten. Sorge bereitet mir einzig Hatti. Es ist so mächtig wie Kemi, doch im Gegensatz zu uns sind die Hethiter ein kriegerisches Volk. Das hast auch du mich gelehrt.« Ein Schmunzeln huschte über Ramses' Gesicht. Dann wurde er wieder ernst. »Ich bin nicht befugt, dir zu sagen, wo du residieren sollst, Majestät. Ich hielt es für meine Pflicht, dir meine Überlegungen mitzuteilen.«

»Wofür ich dir dankbar bin, Ramses, doch zurzeit gibt es andere Dinge, die wichtiger sind. Deine Worte werden aber nicht in Vergessenheit geraten. Das garantiere ich dir. Es sei so viel verraten, dass es bereits zu Zeiten deines Großvaters Pläne gab, Hut-waret zur Residenz auszubauen.« Sethos schmunzelte, über den erstaunten Gesichtsausdruck seines Sohns. Dann griff er nach einer Schriftrolle, die neben ihm auf dem Arbeitstisch lag, und reichte sie ihm. »Lies selbst. Diese Nachricht erreichte mich gestern vom Königssohn von Kusch.«

Ramses nahm den Papyrus entgegen und entrollte ihn. Schnell überflog er die Zeilen, in denen von einem Aufruhr unter der nubischen Bevölkerung die Rede war.

»Was gedenkst du zu tun?«, erkundigte Ramses sich und gab ihm die Rolle zurück.

»Das, was jeder Pharao an meiner Stelle tun würde«, entgegnete er und lehnte sich zurück. »Ich werde sie an ihre Pflichten und ihre Treue mir gegenüber gemahnen und übertrage dir die Aufgabe, dieses für mich zu tun. Du wirst als Oberbefehlshaber Meiner Majestät mit der Division des Ptah nach Süden ziehen und diese Revolte niederschlagen. Ich glaube kaum, dass du auf großen Widerstand stoßen wirst.« Er seufzte resigniert. »Von jeher haben sich die Nubier mit steter Regelmäßigkeit gegen Kemi aufgelehnt, und mit steter Regelmäßigkeit wurden sie wieder in ihre Schranken verwiesen. Das wird dieses Mal nicht anders sein. Auch wenn es nur drei unbelehrbare Dörfer sind, sei nicht leichtsinnig, Ramses.«

»Das werde ich nicht, Majestät. Ich danke dir für dein Vertrauen.« Ergeben neigte Ramses den Kopf vor ihm. »Erteilst du mir die Erlaubnis, meine ältesten Söhne mitzunehmen, damit sie mit dem Kriegshandwerk vertraut gemacht werden?«

»Du sprichst von Amuni und Ramesse?« Sethos zuckte mit den Schultern. »Das musst du entscheiden. Es sind deine Kinder.«

»Ja, Vater, doch ich hatte auch an Chaemwaset gedacht.« Verlegen rutschte Ramses auf seinem Stuhl hin und her. »Paser berichtete mir, dass der Junge unsagbar talentiert ist. Er ist noch nicht einmal fünf Jahre alt und hat noch keine einzige Schulstunde hinter sich; dennoch soll er schon sehr gut die heiligen Zeichen schreiben können. Sicher wird er sich dann auch im Kriegshandwerk bewähren.«

Sethos konnte sich ein amüsiertes Grinsen nicht verkneifen und blickte auf den Schreiber zu seinen Füßen hinab, der mit gesenktem Kopf dasaß und alles notierte, was wichtig war. »Es freut mich, dass du stolz auf deine Kinder bist, Ramses.« Er sah wieder zu ihm auf. »So viel ich allerdings weiß, hat Chaemwaset gerade einmal das Zeichen für *Sohn* mit mäßigem Erfolg von der Schreibtafel seiner großen Schwester abgemalt. Ich glaube kaum, dass er deshalb schon ein talentierter Schreiber ist, doch nimm ihn meinetwegen mit. Es wird keine gefährliche Mission in Nubien werden. Vielleicht bewährt er sich ja tatsächlich auch noch im Krieg.« Sethos' Grinsen wurde immer breiter, bis er sich das Lachen kaum noch verkneifen konnte.

Erstaunt sah Ramses ihn an. »Du weißt bereits über den Vorfall im Garten Bescheid?«

»Aber natürlich, Ramses. Der Wesir ist das Auge und Ohr des Pharaos. Paser hat mich bereits unterrichtet. Und so ist mir auch bekannt, dass sich Amuni und Bintanat geprügelt haben, zugegeben, eine ungleiche Rauferei. Dennoch hat sich dein Sohn eine blutige Nase zugezogen.« Nun konnte er nicht mehr an sich halten und lachte schallend. »Prinzessin Bintanat hat sich wacker geschlagen, Ramses. Vielleicht solltest du auch sie mit nach Nubien nehmen. Sie scheint ebenfalls für das Kriegshandwerk talentiert zu sein.«

Ramses schluckte verlegen und wurde rot. »Ich weiß, was im Garten vorgefallen ist«, gestand er beschämt. »Amuni wurde von mir bestraft. Ich bin nur froh, dass Paser rechtzeitig dazugekommen ist und die beiden Streithähne getrennt hat. Anderenfalls wäre es für Bintanat recht schmerzhaft ausgegangen.

Amuni hat mit den Fäusten auf sie eingedroschen. Ihr Gesicht ist geschwollen.«

»Und sie hat erfolgreich zurückgeschlagen«, prustete Sethos und wischte sich die Tränen aus den Augen.

»Stimmt, Vater. Dennoch ziemt es sich für eine Prinzessin nicht, Faustschläge zu verteilen, so wie es sich für einen Prinzen nicht gehört, seine Schwester zu verhauen.« Ramses strich sich durch sein Haar und kehrte wieder zum eigentlichen Thema zurück. »Wurden die Truppen bereits in Alarmbereitschaft versetzt?«

Sethos bejahte. »Aschahebu ist unterrichtet. Du könntest bereits in einer halben Woche in den Süden ziehen. Ich will jedoch, dass du noch bis zum Neujahrstag in Memphis bleibst. Auf diese paar Tage kommt es jetzt auch nicht mehr an. Die Nubier werden in der Zwischenzeit das Obere Königreich sicher nicht überrennen.« Er grinste über seinen Scherz, denn der Königssohn von Kusch und die ihm unterstellten Soldaten der Festung Buhen würde jeden Eindringling abzuwehren wissen.

»Wie du befiehlst, Majestät, auch wenn ich nicht verstehe, warum ich nicht sofort losmarschieren soll.« Ramses klang verwirrt.

»Du wirst es gleich verstehen, mein Sohn.« Sethos gab seinem Schreiber ein Zeichen, ihn und den Prinzen allein zu lassen. Dann griff er nach seinem Becher, um einen Schluck zu trinken, und blickte Ramses anschließend prüfend ins Gesicht. »Ich habe in der vergangenen Zeit gesehen, dass du zu einem verantwortungsvollen Mann gereift bist. Auch deine Sorge um die Sicherheit der Beiden Länder und die Schlussfolgerungen, die du daraus gezogen hast, bestätigen mir, dass du würdig bist, mein Nachfolger zu sein. So wie schon Osiris Haremhab meinen Vater und dieser dann mich zu seinen Lebzeiten zum Mitregenten ernannte, so will auch ich dich am Neujahrstag an meine Seite holen, damit du zusammen mit mir über die Beiden Länder herrschst. Ich will mich noch zu meinen Lebzeiten an dir erfreuen. Ich möchte erleben, wie wir gemeinsam die Maat in Kemi aufrechterhalten. Ich gestatte dir und Nefertari, eure Namen in die heilige Kartusche zu schreiben, und erteile dir weiterhin die Erlaubnis, mit dem Bau eines Totentempels in Abydos zu beginnen. Dies soll der Ausdruck meines Vertrauens sein, welches ich in dich und deine Fähigkeiten setze. Und nicht nur ich. Auch Tuja stimmt mit mir überein, dass es an der Zeit ist, dich an der Herrschaft teilhaben zu lassen.«

Ramses war wie benommen. Bestürzt starrte er seinem Vater in die Augen und brachte kein Wort heraus. Seine Kehle war wie zugeschnürt. Er musste erst einen Schluck trinken und sich mehrmals räuspern, bevor er den Kloß in seinem Hals loswurde. »Aber warum so plötzlich«, fragte er besorgt. »Osiris Haremhab und Osiris Ramses taten es, weil sie schon alt waren. Du aber, du hast noch nicht einmal fünfzig Nilschwemmen gesehen.«

»Genau genommen fünfundvierzig«, erwiderte Sethos schmunzelnd. »Es ist mein Wille, Ramses, dass du neben mir auf dem Horusthron sitzt, denn niemand weiß, wann ihn Anubis an die Hand nehmen wird, um ihn vor das Gericht der Götter zu führen. Dir ist bekannt, die Gesundheit des Herrn der Beiden Länder ist ein streng gehütetes Geheimnis. Trotzdem will ich dir nicht verheimlichen, dass mich immer häufiger Schmerzen in der Brust plagen. Und deshalb will ich, dass du mit allem vertraut bist, das du wissen musst, um Kemi ein gerechter Herr zu sein, wenn meine Zeit kommt, in den Schoß der Götter zurückzukehren.«

Betroffen schluckte Ramses und nickte. »Ja, Majestät, ich höre und gehorche, und ich bin dir dankbar für dein Vertrauen Dennoch: Leben, Heil und Gesundheit, Majestät! Mögest du tausendmal tausend Hebsed feiern.«

Sethos lachte, denn er hatte noch nicht einmal sein erstes Erneuerungsfest hinter sich. Dafür saß er noch nicht lange genug auf dem Horusthron. »Dann gehe jetzt. Bereite dich auf deinen Abmarsch und auf deine Ernennung zum Mitregenten vor. Über Letzteres behalte allerdings noch Stillschweigen, Ramses. Bis auf deine Mutter und Wesir Paser weiß niemand davon.«

18. Kapitel

Strafexpedition nach Nubien

Als der frisch ernannte Mitregent zusammen mit der Division des Ptah Theben erreichte, befand sich der Nil fast auf seinem Höchststand. Ramses gönnte sich und den Soldaten drei Tage lang Ruhe und befahl am letzten Abend seinen Freund Setau zu sich. Dieser war mit Wesir Paser gleich nach den Neujahrsfeierlichkeiten und seiner Ernennung zum Mitregenten auf einem Schnellsegler in den Süden abgereist. Freudig fielen sich die beiden Männer in die Arme.

»Es ist schön, dich wiederzusehen«, begrüßte Ramses den jungen Schreiber.

Erstaunt löste sich Setau aus der Umarmung. »Du tust, als hätten wir uns monatelang nicht gesehen.«

»So kommt es mir auch vor.« Ramses bot seinem Freund einen Stuhl an, der auf Sitz- und Rückenfläche mit einem weichen Kissen gepolstert war. »Wir sehen uns viel zu selten, seitdem wir erwachsen geworden sind. Wie ist es dir ergangen?«

»Viel, viel Arbeit, seit ich wieder in Theben bin, dafür kaum freie Zeit.« Fröhlich zwinkerte Setau ihm zu. »Natürlich sollte ich mich nicht beklagen. Ich bekleide ein von vielen Schreibern be- und geneidetes Amt. Doch glaube mir, mein Prinz, keiner von ihnen ahnt, was es heißt, der Schreiber des Wesirs zu sein. Wenn Paser in Theben weilt, ist schon viel zu tun, doch ist er in Memphis, muss ich mich hier um alles selbst kümmern – und dir ist bekannt, dass Paser sich mehr im Norden aufhält als in der südlichen Königsstadt.« Zustimmung heischend sah er zu Ramses, um dessen Mundwinkel es belustigt zuckte. »Du schmunzelst, aber ich weiß manchmal nicht, was ich zuerst tun soll«, jammerte Setau. Sein Klagen war nicht ernst gemeint. Auch um seine Mundwinkel zuckte es. Also setzte er noch einen drauf. »Und der vergangene Monat war so mit Aufgaben vollgepackt, dass ich kaum zum Schlafen gekommen bin.«

»Oho, Setau! Beschwerst du dich nun doch über dein Amt?« Ramses konnte nicht mehr an sich halten und prustete los. Er griff nach dem Krug, um sich und Setau die Schale zu füllen.

Auch Setau grinste. »Nein, Ramses, denn die Götter haben es mit mir gut gemeint. Niemals hätte ich es mir als kleiner Junge träumen lassen, dass ich einmal in edles Leinen gekleidet werde, kostbaren Schmuck auf dem Körper trage und mir die jungen Mädchen nachstellen, die früher für mich unerreichbar gewesen wären. Doch viel Zeit bleibt mir leider nicht, mich ihnen zu widmen.« Er zuckte mit den Achseln.

»Armer Setau«, witzelte Ramses. Er war bester Stimmung. »Dann hast du also noch immer keine Familie gegründet, und schuld daran ist der Wesir.«

Jetzt lachte Setau richtig. »Ganz so schlimm ist es nun auch nicht. Ich finde nur wenig Zeit, mich um die zu kümmern, der mein Herz gehört.«

Ramses glaubte, sich verhört zu haben. »Der dein Herz gehört? – Davon hast du in Memphis gar nichts erzählt«, hielt er ihm tadelnd vor und beugte sich ihm neugierig zu. »Da hast du dich also verliebt und verheimlichst es deinen Freunden? Wer ist sie denn? Kenne ich die Beneidenswerte?«

»Schon möglich, Ramses ...« Bestürzt hielt Setau inne. »Bitte verzeih, Majestät. Du sitzt nun neben Sethos auf dem Horusthron, und es ziemt sich nicht mehr, dich mit deinem Namen anzusprechen.« Entschuldigend neigte er den Kopf.

»Jetzt höre aber mit dem Unsinn auf«, entrüstete sich Ramses. »Wir kennen uns schon so lange. Ich habe dir erlaubt, mich mit meinem Namen anzureden, als du noch mein Diener warst, und ich erlaube es dir heute und auch in Zukunft. Du bist mein Freund, Setau, genau wie Amuneminet und Maj. Keiner von euch muss mich mit meinem Titel anreden, natürlich nur, wenn wir unter uns sind, in der Öffentlichkeit schon. Und das ist ein Befehl!«

Setau bejahte grinsend und hob seine Schale in die Höhe. »Auf Seine Majestät Menmaatre Sethos und auf dich, Usermaatre Ramses, seinen Erben – Leben Heil und Gesundheit!« Er trank Ramses zu.

»Du hast mir noch nicht meine Frage bezüglich des jungen

Mädchens beantwortet«, nahm Ramses den Gesprächsfaden wieder auf.

»Sie ist die Tochter eines Priesters und einer Sängerin des Amun. Ihr Name ist Mutnofret.«

Nachdenklich kräuselte Ramses die Stirn. »Mutnofret? Mutnofret? Ich glaube, die kenne ich nicht, aber das ist auch nicht verwunderlich. Ich konnte den jungen Dingern nie etwas abgewinnen, und als ich mich für sie zu interessieren begann, traten Nefertari und Isisnofret in mein Leben.«

»Isisnofret trat meines Erachtens nach schon sehr viel früher in dein Leben«, erinnerte Setau ihn. »Immerhin seid ihr beinahe zusammen aufgewachsen, und du konntest sie damals nicht ausstehen.«

»Da hieß sie auch noch Anat«, stellte Ramses spitzfindig fest und grinste breit. »Wann, wo und wie hast du deine Mutnofret denn kennengelernt?« Seine Neugier war noch lange nicht befriedigt.

»Bekannt ist sie mir schon gut ein Jahr. Kennengelernt habe ich sie aber erst auf dem Schnellsegler Richtung Theben. Deshalb konnte ich es dir in Memphis auch noch nicht erzählen, da zu dem Zeitpunkt noch gar nichts war.« Er grinste entschuldigend. »Mutis Vater hatte es ebenfalls eilig, nach Theben zu gelangen. Über mehr als ein paar höfliche Gespräche sind wir zwar noch nicht herausgekommen, doch ich bin unsagbar in sie verliebt und würde sie vom Fleck weg heiraten. Ich möchte aber auch nichts überstürzen. Sie ist noch recht jung, Ende des Jahres gerade dreizehn geworden und etwas schüchtern. Ich schätze, ich bin ihr erster Mann.«

»Dann überstürze nur nichts«, empfahl Ramses schlicht. »Ich bestehe allerdings darauf, dass du sie mir vorstellst, wenn wir wieder in Theben sind. Ich muss mir doch die Frau anschauen, der ist geglückt ist, meinem Freund das Herz zu stehlen.«

»Aber sicher doch.« Verlegen wich Setau Ramses' Blick aus. »Wärest du sehr enttäuscht, wenn ich mich jetzt zurückziehe? Ich würde den letzten Abend gern zusammen mit ihr verbringen. Wir beide sehen uns die nächste Zeit täglich; auf Mutis Anblick hingegen muss ich wohl oder übel die kommenden Monate verzichten. Und das wird mir sicher sehr schwerfallen.« Bittend hob Setaus wieder den Blick und sah in Ramses' schmunzelndes Gesicht.

»Schönen Abend noch, du verliebter Kerl!«

***

Am nächsten Morgen setzte sich die Ptah-Division mit Ramses, Setau und Aschahebu an der Spitze in Bewegung und folgte dem Nil flussaufwärts nach Nubien.

Chaemwaset durfte neben seinem Vater im Streitwagen fahren, während Amuni sich mit einem Platz neben General Aschahebu zufriedengeben musste. Trotzdem konnte Ramses seinem Ältesten unschwer ansehen, dass dieser hocherfreut war, weil er ihn mitgenommen hatte. Prehi, obwohl sogar noch etwas älter als Chaemwaset, durfte an dieser Strafexpedition nicht teilnehmen, und Ramesse war am Neujahrstag erkrankt und hatte in Memphis bleiben müssen, um das Bett zu hüten.

»Gefällt es dir?«, wollte er von seinem jüngeren Sohn wissen. Liebevoll legte er den Arm um Chaemwasets schmächtige Schultern, während er in der anderen Hand die Zügel hielt.

»Ja, Vater«, entgegnete der Knabe und sah zu ihm auf.

Ramses nickte zufrieden und wandte sich Amuni zu, der neidvoll zu ihm und seinem Bruder herüberblickte. »Und dir?«

»Mir auch, Majestät. Allerdings muss ich gestehen, dass es allmählich langweilig wird, den ganzen Tag den Pferden auf den Hintern zu starren.« Amuni zog eine Grimasse und wurde wieder ernst. »Wenn es zum Gefecht kommt, Vater, darf ich dann mitkämpfen?«

»Nein.« Ramses' Antwort war kurz und knapp. »Du bist noch zu jung. Es wäre überaus verantwortungslos von mir, wenn ich es dir gestatten würde.«

»Warum hast du mich dann mitgenommen?«, krächzte Amuni beleidigt. Sein Gesicht verdüsterte sich.

»Damit du deine ersten Erfahrungen sammelst und mit dem Kriegshandwerk vertraut gemacht wirst.«

Verstimmt wandte Amuni den Blick wieder auf die Hinterteile der vor ihm trabenden Pferdchen.

Ramses entging nicht, dass er seinen Ältesten soeben enttäuscht hatte, doch was hatte Amuni erwartet? Dass er mitkämpfen durfte? Er war noch nicht einmal sieben Nilschwemmen alt, von Chaemwaset ganz zu schweigen. Auf einen richtigen Kriegszug hätte Ramses keinen seiner Söhne mitgenommen, vielleicht in ein paar Jahren, wenn sie älter wären, doch nicht jetzt. Dies hier war aber kein Krieg, sondern nur eine gewöhnlich Strafexpedition, um einen unbelehrbaren Stamm zur Vernunft zu bringen. Keine blutigen Gemetzel, keine bedrohliche Übermacht des Feindes. Seinen Kindern drohte keinerlei Gefahr. Trotzdem hatte er sich von Isisnofret vorhalten lassen müssen, wie selbstsüchtig und verantwortungslos er als Vater sei, einen erst viereinhalbjährigen Jungen mitzunehmen.

Frauen!, dachte er bei dieser Erinnerung verstimmt. Letztendlich hatte er seinen Willen durchgesetzt.

Ramses blickte wieder nach vorn. Ihr Weg führte sie entlang des noch immer steigenden Nils, der sich wie ein riesiger See immer weiter ausbreitete und die verdorrte Landschaft mit seinem lebenswichtigen Nass labte. Seine schnell dahinströmenden Fluten spendeten zusammen mit dem aus dem Norden kommenden Wind etwas Kühlung. Das Wasser glitzerte in Res Strahlen. Es funkelte wie Tausende von Edelsteinen, und seine Fluten versprachen Erfrischung in der Hitze der südlichen Welt.

Kurz schloss Ramses die Augen und sog den Geruch des Flusses ein, der während der Zeit der Flut nach Erde roch. Ach, wie gern würde er sich die Kleider vom Leib reißen und mit Setau um die Wette schwimmen, doch es wäre ein Spiel mit dem Tod. Die Strömung war so stark, dass selbst der kräftigste Mann gegen sie keine Chance hatte und elend abtreiben und ertrinken oder gegen einen der scharfkantigen Felsbrocken geschleudert werden würde, die vereinzelt aus dem Wasser ragten.

Als er die Augen wieder öffnete, nahm ihn der Anblick der Landschaft gefangen. Sie war faszinierend und unbeschreiblich schön. Auch wenn die Gegend wild und rau war; sie zog ihn in ihren Bann. Das Braun des Flusses, hin und wieder spärliche Vegetation, dahinter das Rot der schier endlosen Wüste. Dünen, Felsfragmente und zerklüftete Bergketten am Horizont, darüber ein tiefblauer Himmel mit zarten Wölkchen. Der Wind trieb den feinen Sand vor sich her. Die Wüste veränderte ständig ihr Aussehen. Sie erinnerte Ramses an das im Wind gekräuselte Wasser eines riesigen Sees.

»Unbeschreiblich schön!«, murmelte er und drehte den Kopf, um nach den hinter ihm marschierenden Männern zu schauen. Die Hitze nahm immer mehr zu, je höher Res Barke stieg. Er konnte den Kriegern, Beamten und Dienern ansehen, sie waren allmählich erschöpft. Einige Soldaten waren bereits aus dem Tross ausgeschert, hielten ihre Sandalen in den Händen und kühlten ihre erhitzten Füße im Nil.

Ramses blickte wieder nach vorn. Das Rauschen des Wassers und die Wärme machten auch ihn langsam müde. Selbst seine Pferde ließen die Köpfe hängen und trotten nur noch vor sich hin. In der Ferne kamen ein paar Siedlungen in Sicht; kleine Dörfer, die sich normalerweise an das Ufer des Flusses schmiegten, nun aber wie Inseln aus den Fluten des Nils herausragten, da sie auf erhöhtem Untergrund erbaut worden waren.

»Da vorn rasten wir«, sagte er und wies mit ausgestrecktem Arm in die Ferne, wo die Hütten der Eingeborenen sich erhoben.

Aschahebu nickte und gab die entsprechenden Anweisungen an seine Untergebenen weiter. Sofort lösten sich drei mit jeweils zwei bewaffneten Kriegern bemannte Streitwagen aus dem Heerwurm, um die Lage zu sondieren und die Gegend nach eventuellen Gefahren abzusuchen.

Ramses war sich ziemlich sicher, dass bis auf die Anwohner, die sie mit ängstlichen und scheuen Blicken mustern würden, alles in Ordnung war. Vorsicht war dennoch geboten. Nubiens Bewohner gehörten zwar seit Jahrhunderten zu den Untertanen des Pharaos; dennoch lehnten sie sich in regelmäßigen Zeitabständen gegen seine Herrschaft auf. Es gab immer ein paar Unbelehrbare unter ihnen, die mit starker Hand daran erinnert werden mussten, wem sie Gehorsam schuldeten. Meist endeten diese Zwergenaufstände damit, dass allein die Zurschaustellung der kemitischen Streitmacht, oder auch nur eines Teils von ihr, diese Sturköpfe kleinbeigeben ließ.

Zum Nachmittag, als sich Res Barke bereits im Sinken befand, zog die Division weiter und erreichte bei Anbruch der Dämmerung ihren Schlafplatz. Der Horizont stand im Westen in Flammen. Davor erhoben sich zwei imposante Felsmassive, die Ramses' Blick magisch anzogen. Die Diener waren im Begriff, sein Zelt und das seiner Kinder aufzubauen, während andere Bedienstete Kochstellen aushoben und mit der Zubereitung des Essens begannen. Die Krieger sicherten in der Zwischenzeit das Lager mit einem Schutzwall aus Schilden und richteten ihre Schlafplätze ein.

Ramses saß derweil auf einem Faltstuhl, hatte das Kinn in die Handfläche gestützt und starrte fasziniert auf diese beiden dunklen Felsen vor dem glutroten Horizont, über dem sich die Nacht auszubreiten begann. Vor allem das linke Massiv schien wie geschaffen, um unter den Hämmern und Meißeln der Steinmetze zu einem Heiligtum für die Götter ausgebaut zu werden.

»Es muss aber etwas Besonderes sein«, murmelte er vor sich hin und schenkte seinen Söhnen einen tadelnden Blick. Amuni hielt sein kleines Holzschwert in der Rechten, bereit zum Angriff, doch Chaemwaset schrie, dass er ihn endlich zufriedenlassen sollte.

Kinder!, dachte Ramses und konzentrierte sich wieder auf den gigantischen Felsbrocken. Ein Tempel, nein, das geht nicht. Es ist ein Felsblock, höchstens Material für Statuetten und Obelisken.

Das wäre ein Frevel, ihn für Statuen zu zerstückeln!, meldete sich sein Herz zu Wort. *Pure Verschwendung. Dieser Felsblock und sein Gegenstück müssen den Göttern zum Geschenk gemacht werden.*

Ramses wurde in diesem Moment bewusst, dass ihm die beiden Massive nicht eher aus dem Sinn gehen würden, bis ihm etwas eingefallen war, mit denen er die Ewigwährenden ehren konnte. Sein Herz hatte recht. Diese Felsen waren den Göttern würdig!

Schweigend betrachtete er sie noch einen kurzen Moment; dann erhob er sich, um seinen Ältesten zur Räson zu bringen. Das Geschrei und Gezanke nahm überhand.

Er trat auf die beiden Streithähne zu. Amuni fuchtelte mit seinem Holzschwert vor Chaemwasets Nase herum, der sich vehement weigerte, gegen ihn anzutreten. Verständlich. Er war erst viereinhalb, Amuni bereits sieben Nilschwemmen alt.

»Es reicht, Amuni!« Ramses griff nach dem Spielzeugschwert und entwand es Amunis Hand. »Lass deinen Bruder in Ruhe. Er ist noch zu klein, um gegen dich zu kämpfen, oder willst du ihm wehtun?«

Verunsichert sah Amuni zu ihm auf. »Es ist doch nur Spaß«, verteidigte er sich.

»Aus Spaß wird oftmals Ernst. Höre auf, deine jüngeren Geschwister zu verhauen!« Ramses sah sich nach Amunis Erzieher um, einem Mann Mitte zwanzig, der sich während der Zeit der Strafexpedition auch um Chaemwaset zu kümmern hatte. Er winkte ihn heran. »Sorge dafür, dass sich mein Sohn benimmt und bis zum Essen gewaschen und frisch gekleidet ist.«

Der Mann verneigte sich und eilte an Amunis Seite.

»Und nimm auch Chaemwaset mit. Er hat ebenfalls eine Waschung nötig.«

Während seine Kinder in Begleitung des Erziehers davontrabten, wedelte Ramses Pentawer an seine Seite. Auch er musste sich dringend erfrischen und neu kleiden.

»Wie du befiehlst, Majestät.« Sein Leibdiener verneigte sich. »Ich werde sofort Wasser anwärmen lassen.«

Ramses winkte ab. »Lass es gut sein, Pentawer. Etwas kaltes Wasser wird mich sicher erfrischen und wieder etwas munterer machen. Ich schlafe sonst schon beim Essen ein.« Er schmunzelte verschmitzt.

Eine halbe Stunde später waren dann auch die Zelte aufgestellt. Ramses streckte sich für einen Moment auf seinem Bett aus, welches in Einzelteilen mitgeführt und jeden Abend zusammengebaut wurde, damit er bequem schlafen konnte. Auch er war von der Hitze des Tages müde. Aus dem Nachbarzelt drangen die Stimmen seiner Söhne an seine Ohren, die sich wieder stritten. Er schloss die Augen und ignorierte ihr Geschrei.

Erst als leckere Düfte seine Nase kitzelten, erhob er sich wieder. Pentawer erschien im Zelteingang und machte ihn höflich aufmerksam, dass das Essen fertig sei. Ramses speiste zusammen mit seinen Kindern abseits der Männer, die sich um die Kochstellen einfanden. Thots silberne Sichel ging inmitten Tausender Sterne am nächtlichen Himmel auf und sandte ihr Licht auf die Erde hinab, das sich im Wasser des Flusses spiegelte.

Nach dem Essen dauerte es nicht lange; es kehrte Ruhe im Lager ein. Männer und Tiere sehnten sich nach dem anstrengenden Marsch nach Schlaf.

***

Zwei Tage später erreichte die Division des Ptah die Festung Buhen, wo Ramses vom Vizekönig begrüßt wurde. Noch am selben Abend setzte der Königssohn von Kusch ihn und die obersten Heerführer über die Lage in seinem Verwaltungsgebiet in Kenntnis.

»Es handelt sich bei den Aufständischen um drei benachbarte Dörfer in der Nähe des dritten Katarakts. Sie haben sich unter der Führung ihres Stammesältesten zusammengeschlossen und weigern sich, den fälligen Tribut zu zahlen. Ihre Krieger greifen jeden an, der wie ein Kemiter aussieht und es wagt, sich ihren Dörfern zu nähern. Unbarmherzig fallen sie über meine Soldaten her und nehmen ihnen das Leben. Im Anschluss feiern sie überschwänglich ihren Sieg. Ich bin dankbar, dass du erschienen bist, Majestät, um wieder die Ordnung herzustellen.«

Schweigend hatte Ramses dem Bericht des hohen Beamten gelauscht, der in der Rangfolge mit den beiden Wesiren auf einer Stufe stand. Nun blickte er überrascht auf. Es war für ihn noch immer recht ungewohnt, dass er nicht mehr mit *Hoheit*, sondern fortan mit *Majestät* angeredet wurde. Schnell fasste er sich wieder. »Ich werde mich des Problems annehmen. Deshalb hat mich Seine Majestät – er lebe, sei heil und gesund! – hierher geschickt, auf dass ich die Maat wieder über das Chaos setze. In drei Tagen werde ich das Regiment des Ptah zu jenen Dörfern führen. Bis dahin sollen die Männer sich ausruhen und frische Kräfte sammeln.«

Ergeben neigte der Vizekönig den Kopf. »Es soll den Kriegern an nichts fehlen, Majestät. Ich stelle dir einen Führer zur Seite, der dir den Weg weisen wird.«

Damit war die Besprechung beendet.

Am Morgen des vierten Tages formierte sich die Division und erreichte zwei Wochen später in den Strahlen der sinkenden Sonnenbarke das Gebiet, in dem der aufsässige Stamm siedelte.

»Da vorn, Majestät.« Der ausgestreckte Arm des Führers wies auf eine Hügelkette, die sich genau vor ihnen befand. »Die Dörfer liegen außer Sichtweite hinter diesen Dünen.«

»Späher sollen die Lage sondieren!«, befahl Ramses knapp. Schützend legte er die Hand über die Augen und betrachtete die Umgebung. Zu seiner Rechten schossen die Wassermassen des Nils dahin. Der Weg auf das andere Ufer war somit versperrt, denn die Strömung war noch immer reißend. Da der Fluss weit über seine Ufer getreten war, grenzte der schmale grünende Streifen schon nach wenigen Ellen an sandige Hügel, hinter denen sich die Dörfer verbargen. Ansonsten war weit und breit nur endlose Wüste zu sehen.

»Soll ich das Lager errichten lassen?« Aschahebu zügelte neben dem Streitwagen des Thronfolgers seine Pferde.

Ramses schüttelte den Kopf. »Nein, General. Lass nur ein provisorisches Lager aufbauen, und sage den Truppen, dass sie sich für den Angriff bereithalten sollen. Die Diener können in der Zwischenzeit mit der Zubereitung des Essens beginnen. Ich habe nicht vor, hier lange zu lagern. Schon morgen kehre ich nach Kemi zurück.«

Verständnislos riss Aschahebu die Augen weit auf, sodass das Weiße darin sich deutlich von seiner dunkel gebräunten Haut abhob. »Willst du noch heute den Feind angreifen, Majestät?«

»Ja, General, warum nicht?« Ramses wies in den Himmel. »Es ist noch hell. Zudem vertraue ich auf das Überraschungsmoment. Mir ist bewusst, dass unsere Ankunft nicht unentdeckt geblieben ist, aber genau wie du werden auch die Nubier nicht mit einem Angriff heute Abend rechnen. Nutzen wir diesen Umstand aus und beenden diese Angelegenheit kurz und unblutig. Gewähren wir diesen Aufmüpfigen nicht die Gelegenheit, mit den Waffen zu rasseln und Unheil zu stiften.«

Aschahebu nickte zwar. Ramses entging aber nicht, dass er noch immer leicht verwirrt war. Gehorsam neigte er jedoch den Kopf, dass er verstanden habe. Er wollte losfahren, um die Befehle weiterzugeben, aber Ramses hielt ihn zurück.

»Rufe sofort die Hauptleute zusammen. Ich will mit ihnen die Angriffsstrategie besprechen.«

Aschahebu nickte erneut und gab seinem Lenker ein Zeichen.

Dieser schnalzte mit der Zunge. Das Gefährt entfernte sich in einer Wolke aus Staub und Sand.

Eine halbe Stunde später fanden sich Aschahebu, Setau und die Hauptleute unter einem Baldachin ein, den die Diener in Windeseile als provisorischen Befehlsstand errichtet hatten. Ramses saß auf einem Falthocker an einem Tisch, auf dem Becher und zwei Krüge Wasser standen, während sich die Offiziere untertänigst vor ihm verneigten.

»Tretet näher und nehmt euch was zu trinken.« Einladend wies Ramses auf die Krüge und Becher und wartete, bis sich der Letzte bedient hatte. Dann fuhr er fort: »Ich werde noch heute gegen die Aufständischen ziehen.« Aufmerksam blickte er in die Runde. Überraschung konnte er in beinahe jedem Mienenspiel erkennen. Er hatte nichts anderes erwartet. »Ich denke, dass es bereits genügen wird, wenn sich die Krieger Seiner Majestät auf den Hügeln dort verteilen.« Er wies auf die Hügelkette, hinter der sich die Dörfer befanden. »Die Späher haben mir inzwischen berichtet, dass die Aufständischen sich ruhig verhalten und mit keinem Angriff heute Abend mehr rechnen. Es sind nach ihren Schätzungen ungefähr anderthalbtausend Menschen, wovon gut die Hälfte bis zwei Drittel Frauen und Kinder sind. Das stimmt mit den Angaben des Vizekönigs überein.«

Ramses setzte seinen Becher an die Lippen und trank einen Schluck, während er die Befehlshaber nicht aus den Augen ließ. Teilten sie seinen Entschluss? Die meisten trugen verschlossene Mienen zur Schau, einzig Aschahebu nickte. Er hatte von seinem Vorhaben aber auch schon gewusst. Die übrigen Männer mussten sich wohl erst noch mit seinen Absichten anfreunden. Ramses schmunzelte verstohlen und stellte den Becher wieder vor sich auf den Tisch.

»Wir werden sie umzingeln«, fuhr er fort. »Ich werde mich an die Spitze der Streitwagen setzen und von der gegenüberliegenden Seite, ihrem einzigen Fluchtweg, in ihr Dorf einfallen, noch bevor Re von Nut verschluckt worden ist. Ich denke, das wird genügen, dass sie vor Schreck erstarren und sich kampflos ergeben.« Er griff erneut nach seinem Wasser und trank. Der Tag und die Hitze hatten ihn durstig gemacht. Dann wischte er sich mit dem Handrücken über den Mund. »Ich will kein unnötiges Blut vergießen«, erklärte er, denn noch immer waren die Mienen der Hauptleute verschlossen und zeigten ihm nicht ihre Zustimmung zu seinen Plänen an. »Heute rechnet niemand mit einem Angriff. Morgen hingegen werden sie gewappnet sein und sich mit allem verteidigen, was sie aufbringen können, obwohl sie wissen, dass es sinnlos ist. Es wird blutig werden, wenn ich nicht heute handele. Ich werde den Rädelsführer gefangen nehmen, um ihn nach Memphis vor den Pharao zu bringen. Seine Söhne nehme ich ebenfalls mit, damit sie in Kemi unsere Lebensweise erlernen. Dort werden sie zu treu ergebenen Untertanen Seiner Majestät erzogen.« Er blickte in die Runde. »Gibt es irgendwelche Anmerkungen oder Einwände von euch?«

Keiner wagte, zu widersprechen.

»Gut, dann hört jetzt genau zu.« Ramses räusperte sich und winkte die Männer näher an den Tisch heran, auf dem ein grob skizzierter Lageplan lag, den er aufbauend auf den Angaben der Späher erstellt hatte. »Die Dörfer liegen aus strategischer Sicht völlig ungeeignet für ihre Bewohner. Im Norden und Osten werden sie durch Hügelketten begrenzt, und im Westen versperrt ihnen der Fluss den Weg. Einzig im Süden gibt es flaches Land, welches die Bewohner als Zugang zu ihren Dörfern nutzen. Die Streitwagen werden unter meiner Führung genau dort einfallen und ihnen jegliche Fluchtmöglichkeit nehmen. Die Späher haben berichtet, dass sich einige der Männer hier zusammengefunden haben.« Er wies auf einen Punkt im Zentrum des von den Hügeln umschlossenen Geländes. »Es scheint sich um ihre Befehlshaber zu handeln, die sich mit ihrem Anführer für den morgigen Tag beraten. Zumindest sieht es aus der Ferne so aus.« Er räusperte sich. »Das Fußvolk schwärmt derweil aus und besetzt die Hügelketten. Die elendigen Aufrührer erwarten uns heute nicht mehr. Deshalb werden wir auch nicht auf großen Widerstand treffen. Sie haben ein paar Wachen postiert, mit denen wir problemlos fertig werden. Selbst wenn diese ihren Leuten rechtzeitig melden sollten, dass wir angreifen, wird es kaum Schwierigkeiten bereiten, sie zur Aufgabe zu zwingen. Allein der Anblick der Soldaten und das Donnern der heranstürmenden Streitwagen wird sie in Angst und Schrecken versetzen.«

Ramses blickte jedem der Hauptleute fest in die Augen. »Wird diese Strategie aufgehen, Männer?« Zustimmendes Gemurmel erscholl als Bestätigung. »Gut, dann geht jetzt und bereitet euch und eure Männer auf den Angriff vor. In einer halben Stunde ist es soweit.«

Die Offiziere zogen sich zurück.

Ramses wartete, bis sie sich entfernt hatten. Dann rief er nach Nachtamun, der unweit des Sonnensegels stand und über seine Sicherheit wachte. »Ich vertraue dir meine Söhne an. Passe gut auf sie auf. Ich lege ihre Sicherheit in deine Hände. Fahre mit ihnen auf einen der benachbarten Hügel, damit sie bei der Einnahme der Dörfer zusehen können. Doch halte dich weit genug vom Geschehen entfernt, damit kein verirrter Pfeil oder Speer sie treffen kann. Du bist mir für ihre Sicherheit mit deinem eigenen Leben verantwortlich!«

Zackig neigte Nachtamun den Kopf und trabte los.

Ramses indes trank gemächlich seinen Becher bis zur Neige und schenkte sich noch einmal nach. Anschließend rief er nach Pentawer. Er sollte ihm beim Anlegen der Kriegerkluft behilflich sein.

Pentawer befestigte den ledernen Beinschutz an seinen Schienbeinen und half ihm beim Überziehen des knielangen Lederhemdes, das mit vergoldeten Plättchen verstärkt war und in der Mitte mit einem breiten Gürtel zusammengehalten wurde. Dann reichte er ihm seinen Helm und gab ihm sein Schwert sowie seinen Dolch. Zum Abschluss befestigte er mit geübter Hand den Uräus an Ramses' Helm, der den Mitregenten vor feindlichen Angriffen beschützen sollte, und fügte ihm den heiligen Geier dazu..

Als Ramses vor den Zelteingang trat, war die Sonnenbarke bereits im Sinken begriffen und färbte die Landschaft in einen warmen orangefarbenen Ton. Die Hitze war noch immer kaum zu ertragen, vor allem in der kriegerischen Tracht. Schon nach kurzer Zeit spürte er, wie ihm der Schweiß den Rücken und die Schläfen herunterlief und das Leinengewand tränkte. Dagegen war es in Memphis kühl.

Sein Streitwagen stand bereit und neben ihm Menna, sein Schildträger und Lenker, der die Pferde am Halfter hielt und ihnen beruhigend den Hals klopfte. Munter scharrten Mut-ist-zufrieden und Sieg-in-Theben mit den Hufen und blähten die Nüstern, als freuten sie sich auf den bevorstehenden Kampf. Unweit von ihnen lag Anat, die noch junge Kriegshündin, im Schatten und sprang auf die Pfoten, um ihn mit einem freudigen Schwanzwedeln zu begrüßen. Ramses hatte ihr den Geburtsnamen von Isisnofret gegeben, denn Anat war eine kriegerische Gottheit. Eigentlich hatte er sich nach seiner Ernennung zum Horus-im-Nest vorgestellt, dass Der-seine-Feinde-zerfleischt bei seinen Kriegszügen an seiner Seite wäre, doch diese Hoffnung musste er schnell begraben. Je älter und damit auch kräftiger die Raubkatze geworden war, umso gefährlicher war sie geworden. Sie stellte nicht nur für Ramses' Feinde eine Bedrohung dar, sondern auch für die eigenen Krieger. Schon die Pferde scheuten, wenn sie den Löwen witterten.

Ramses trat zu den Pferden. Er strich ihnen über die Kruppe, tätschelte ihren Hals und streichelte ihr weiches Maul, was beide Tiere mit einem leisen Wiehern quittierten. Im Anschluss kraulte er der Hündin das Genick.

»Es geht los«, wandte er sich Menna zu.

Sein Schildträger hatte wie er zweiundzwanzig Nilschwemmen erlebt und stand seit einem Jahr in seinen Diensten. Er verneigte sich vor ihm, sprang auf die Plattform des Wagens und ergriff die Zügel. Aufmunternd warf Ramses der Hündin einen Blick zu und stieg dann ebenfalls auf das wendige und schnelle Gefährt.

***

Die Dunkelheit senkte sich im Talkessel über die drei dicht beieinanderliegenden Dörfer. Res sinkende Barke ließ den Himmel über der westlichen Hügelkette erglühen. Fast sah es aus, als stände der Nil in Flammen, der sich hinter dem Sand verbarg. Der Abend brach herein. Nur noch vereinzelt tobten ein paar lachende Kinder zwischen den Hütten umher. Jedem war bekannt, dass die Truppen des Pharaos erschienen waren und auf der gegenüberliegenden Seite der nördlichen Hügel lagerten. Trotzdem saßen die Menschen vor ihren Hütten, so wie sie es jeden Abend taten. Keiner von ihnen ahnte, was ihnen noch bevorstehen sollte. Sie aßen und tranken, lachten und unterhielten sich, ohne sich um die Anwesenheit der Krieger zu scheren.

In der Mitte der größten Ansiedlung stand die Hütte des Stammesoberhaupts. Dieser hatte sich zusammen mit einigen Kriegern und seinen beiden Söhnen getroffen. Heftig wurde über den am folgenden Tag bevorstehenden Kampf debattiert.

»Morgen werden wir dem Pharao zeigen, dass wir uns nicht von ihm unterdrücken lassen!«, fauchte der Stammesführer. Zustimmung heischend blickte er in die Runde. Er war ein Mann Anfang fünfzig. Seine markanten Gesichtszüge wurden durch eine große dunkelrote Narbe dominiert, die er einem feindlichen Krieger zu verdanken hatte. »Wir werden ihm zeigen, dass dieses Land uns gehört.«

Zustimmende Rufe folgten seinen Worten. Geballte Fäuste reckten sich in den immer dunkler werdenden Himmel. Einzig Golo war nicht der Ansicht, die sein Vater propagierte.

»Es ist Wahnsinn, was du vorhast«, versuchte er ihn zu beschwichtigen. »Sethos hat seine halbe Armee geschickt.«

»Hast du Angst, Golo?« Verärgert stand sein Vater auf und blickte auf ihn herab. »Es ist nur eine Division, und nicht Sethos, sondern Ramses führt sie an. Er ist noch jung, völlig unerfahren im Kampf.«

Auch seine Hände ballten sich nun zu Fäusten. Golo vermutete allerdings, dass sie ihn am liebsten zu Boden geschlagen hätten, anstatt siegessicher in den Himmel zu weisen, weil er sich ihm und seinem Wahnwitz widersetze.

»Wir werden ihn besiegen«, schimpfte sein Vater derweil, »und dann ist dieser Land wieder unser. Keiner fordert mehr Tribut von uns. Keiner sagt, wie wir zu leben haben. Keiner mischt sich mehr in unser Leben ein.«

»Das hat noch nie jemand gemacht«, merkte Golo an und erntete einen weiteren wütenden Blick.

»Besser noch«, fuhr sein Vater fort, ohne auf seinen Einwand zu reagieren, »wir nehmen Ramses samt seiner Brut gefangen und tauschen sie gegen das Versprechen des Pharaos ein, uns nie mehr zu behelligen.« Er lachte grimmig. Seine dunklen Augen glühten vor Zorn und Kampfeslust. Seine Hände waren siegessicher geballt.

Unauffällig schenkte Golo seinem älteren Bruder einen prüfenden Blick. Nach dessen Miene zu urteilen, brauchte er nicht auf Unterstützung zu hoffen. Nuj schien bereit zu sein, sich von ihrem Vater gehorsam zur Schlachtbank führen zu lassen. Er wandte sich wieder ihrem Vater zu. »Auch wenn Sethos' Sohn die Truppen befehligt, können wir nicht siegen. Sie sind uns hoch überlegen«, beharrte er. »Wir zählen noch nicht einmal siebenhundert Speere, sie aber sind zu Tausenden erschienen. Selbst Ramses' ältester Sohn wäre mit dieser Streitmacht imstande, uns in den Staub zu treten. Lass es bitte sein, Vater. Ergib dich ihm. Neige vor Sethos' Sohn das Knie und schwöre ihm und dem Pharao Gehorsam. Anderenfalls führst du alle Männer unseres Stammes in den sicheren Tod.«

Eine schallende Ohrfeige war seines Vaters Antwort. »Was bist du für ein Feigling, Golo! Du bist eine Schande! Du entehrst nicht nur dich, sondern auch mich vor den Kriegern meines Stammes. Nimm dir ein Beispiel an Nuj! Dein Bruder benimmt sich wie ein wahrer Mann. Ich will nie wieder solche Worte aus deinem Mund hören. Hast du mich verstanden?« Der pure Zorn loderte in seinen Augen. »Ich werde niemandem Gehorsam leisten, auch nicht diesem aufgeblasenen Herrschern aus dem Norden. Du aber, du bist mein Sohn und schuldest ihn mir! Und deshalb wirst du morgen früh zu den Waffen greifen und kämpfen, Golo! Ist das klar?« Er schnaubte vor Wut. »Sethos' Soldaten haben meinen Vater getötet«, ereiferte er sich, mit den Händen wild gestikulierend, »mein Sohn aber will sich ihnen kampflos ergeben. Ich fasse es nicht!«

Golo reichte es. Er erhob sich ebenfalls von seinem Platz und funkelte seinen Vater zornig an. »Ja, Vater, denn es ist Wahnsinn, was du gedenkst, zu tun! Dein Vater wurde getötet, weil auch er sich gegen den Herrn der Beiden Länder erhob. Und genauso wird es uns ergehen, wenn wir dir morgen folgen. Unsere Frauen und Kinder werden aufgrund deines Starrsinns noch als Gefangene enden, die Ramses ihrer Heimat entreißt, während unsere Leiber den Schakalen zum Fraß vorgeworfen werden.« Letzterer Einwand schien zumindest bei einigen Kriegern Wirkung zu zeigen. Verstört blickten sie zu ihm auf und schluckten bestürzt.

»Schweig und verschwinde mir aus den Augen«, zischte sein Vater, die Hand drohend zum Schlag erhoben. »Morgen wirst du an meiner Seite kämpfen, oder ich peitsche dich eigenhändig aus dem Dorf! Das schwöre ich dir.«

Nun schluckte Golo, hielt aber den Mund. Es war sinnlos. Sein Vater war blind vor Wut und jähzornig zugleich. Er wollte sich umdrehen und gehen, als die aufgeregte Stimme eines Jungen an seine und die Ohren der anderen Krieger drang.

»Sie kommen, sie kommen! Die Soldaten des Pharaos kommen. Sie greifen uns an«, schrie das Kerlchen aus Leibeskräften und wies mit dem ausgestreckten Arm auf die Hügelketten im Norden und Osten, wo in langer Reihe die unheildrohenden Gestalten der Soldaten Seiner Majestät in das Abendglühen der sinkenden Sonnenbarke getaucht waren.

Verstört blickten die Männer sich an.

»Was soll das bedeuten?«, fragte einer von ihnen und sprach aus, was alle anderen dachten. »Wollen sie uns heute noch angreifen? Es wird bald Nacht!«

Schon im nächsten Augenblick wurde Golos Aufmerksamkeit und die der Krieger auf das dumpfe Grollen gelenkt, welches aus Richtung Süden an ihre Ohren drang. Eine riesige Staubwolke näherte sich rasend schnell dem Dorf, aus der sich kurze Zeit später unscharf die Konturen von Streitwagen herauszuschälen begannen.

»Die Kemiter!«, brüllte nun auch Golos Vater. Ihm schien bewusst zu werden, dass sie gerade überrannt wurden und in der Falle saßen. Dennoch wollte er nicht kampflos das Feld räumen. »Sie greifen an! Zu den Waffen, Männer! Kämpft!«

Alle sprangen auf und stoben auseinander, um sich ihre Speere und Messer sowie Pfeile und Bogen zu holen. Nur Golo blieb zurück und starrte entsetzt auf die herannahende Streitwagenphalanx des Pharaos. Wie sollte diesen rollenden Kampfmaschinen mit gewöhnlichen Waffen Paroli geboten werden? Sie würden sie überrollen, und die Hufe ihrer Rösser würden jeden zertrampeln, der es wagte, sich ihnen in den Weg zu stellen. Sein Vater war verrückt, wenn er annahm, dieser Übermacht die Stirn bieten zu können, und er war nicht bereit, für den Wahnsinn seines Vaters sein Leben zu riskieren. Lieber wollte er wie ein Feigling dastehen, als sinnlos zu sterben.

Als seine Stammesbrüder bewaffnet wieder aus ihren Hütten stürzten, hatten die Kriegsgefährte bereits das Dorf erreicht. Golo erkannte in ihrem Anführer den jungen Prinzen. Geier und Schlange, die im Schein der bereits entzündeten Fackeln an dessen Stirn funkelten, ließen keinerlei Zweifel aufkommen. Ergeben fiel er auf die Knie.

***

Auf dem Dorfplatz zügelte Menna auf Ramses' Zeichen hin die Pferde und pfiff die Hündin an die Seite des Wagens. Der Rest der Streitwagenkompanie kam hinter und neben ihnen zum Stehen.

Als Ramses sich umsah, blickte er in hasserfüllte Gesichter. Gleichzeitig spürte er die Furcht der Dörfler vor seinen Soldaten. Nur einer von ihnen, ein hünenhafter Mann, hielt seinem Blick unbeirrt stand und hob angriffslustig den Speer.

»Kämpft für eure Freiheit, Männer! Nieder mit dem Pharao und seiner Brut!«, brüllte er und umfasste die Waffe fester. Er holte aus.

Bevor er den Speer auf Ramses schleudern konnte, preschte Anat auf ihn zu und sprang ihm an die Gurgel. Durch die Wucht des Aufpralls taumelte der Mann ein paar Schritte nach hinten, verlor das Gleichgewicht und fiel. Sofort war die Hündin über ihm. Ihre scharfen Zähne bohrten sich in seine Kehle. Blut schoss aus der Wunde. Der Mann schrie. Seine Finger krallten sich in das dichte Fell der Hündin, die sich in seinem Hals verbissen hatte. Schließlich röchelte er nur noch. Erst als das Leben aus seinem Körper gewichen war, ließ Anat von ihm wieder ab.

Entsetzt starrten alle auf den toten Mann. Niemand hatte mit dem Angriff der großen Hündin gerechnet. Anat hingegen leckte sich das blutige Maul und trabte schwanzwedelnd wieder zu ihrem Herrn zurück, um sich ihr Lob abzuholen. Sie hatte Ramses das Leben gerettet.

»Gebt auf!«, ertönte Ramses' gebieterische Stimme. Er ließ

seinen Blick über die nubischen Krieger gleiten, die ihre Waffen sinken ließen und sich nicht mehr zu rühren wagten. »Ich bin Usermaatre Ramses, der Mitregent Seiner Majestät Menmaatre Sethos, dem Herrn der Beiden Länder, dem von der Biene und dem von der Binse, dem Leben gegeben wie Amun-Re ewiglich, dem Geliebten des Ptah – Leben, Heil und Gesundheit! Auf seinen Befehl hin kam ich her, um die Maat wieder über das Chaos zu setzen. Legt eure Waffen nieder, und es wird euch, euren Frauen und Kindern kein Unheil geschehen. Seine Majestät ist gnädig und lässt Milde walten bei denen, die ihm nicht den Gehorsam verweigern. Euer Anführer ist tot, weil er es wagte, die Hand gegen den Sohn der Sonne und gegen mich zu erheben. Es ist genug Blut geflossen. Ergebt euch, und der Pharao wird euch verzeihen.«

Unschlüssig sahen sich die Krieger an und wussten nicht, wie sie sich verhalten sollten. Ihr Anführer lag tot zu ihren Füßen. Niemand sagte ihnen mehr, was zu machen war.

Da trat ein ebenfalls hünenhafter junger Mann vor sie hin und fiel vor Ramses' Streitwagen auf die Knie. »Bitte vergib uns, Majestät. Mein Vater tat Unrecht, als er sich gegen Seine Majestät, unseren Herrn, erhob – Leben, Heil und Gesundheit dem Pharao und dir, seinem Mitregenten! Nun ist mein Vater tot, und wir haben unsere Lektion gelernt.«

Die werdet ihr wohl niemals lernen!, dachte Ramses und musterte den Mann interessiert. »Bist du sein ältester Sohn? Wie heißt du?«

»Golo, Majestät, doch nicht ich bin der älteste Sohn meines Vaters, sondern mein Bruder Nuj.«

»Dann tritt vor, Nuj, und beweise so viel Mut wie dein jüngerer Bruder«, gebot Ramses mit kraftvoller Stimme. Er sah in die Runde. Ein Mann, ein paar Jahre jünger als er, trat aus der dunklen Masse der nubischen Krieger heraus und fiel neben seinem Bruder auf die Knie.

»Ich bin Nuj, Majestät.«

»Wählst du wie dein Bruder den Frieden, oder entscheidest du dich wie dein Vater für den Krieg?«

Betroffen schluckte Nuj. »Nein, Majestät, auch ich habe meine Lektion gelernt und schwöre, von nun an den Stamm meines Vaters als getreuer Untertan Seiner und Deiner Majestät zu führen, wenn du mir erlaubst, das anstelle meines Vaters zu tun.«

Ramses überlegte nicht lange. Was hätte er auch für Alternativen gehabt? Er kannte niemanden aus diesem Stamm, und das Geschwisterpaar machte einen ehrlichen Eindruck auf ihn. Zumindest der jüngere Bruder hatte bereits reumütig auf den Knien gelegen und keine Waffe getragen, als er in das Dorf eingefallen war. Sein Bruder hingegen war dem Befehl des Vaters blindlings gefolgt. Nun war der aufrührerische Vater tot. Seine Männer kamen Ramses wie eine Herde Schafe vor, welcher er den Leithammel genommen hatte. Mit einem redlichen Mann an der Spitze, stellten sie sicher keine Gefahr mehr für Kemi dar, und mit einem Pfand, welches sie zur Treue verpflichtete, wären sie gehorsame Untertanen.

»Das werde ich, wenn du versprichst, den fälligen Tribut rechtzeitig zu entsenden und dich nicht mehr an Überfällen gegen die Soldaten des Vizekönigs zu beteiligen.«

»Ja, Majestät, das schwöre ich bei meinem Leben. Nie wieder wird ein solches Verhalten unter meiner Führung geschehen.«

»Hast du noch weitere Brüder oder eigene Söhne, Nuj?«

»Nein. Majestät. Golo ist mein einziger Bruder. Ich habe noch drei Schwestern; sie sind älter als ich. Ich selbst bin noch kinderlos.«

»Dann wirst du ab heute das neue Stammesoberhaupt deiner Sippe sein«, verfügte Ramses und ließ seinen Blick über die verängstigten Menschen schweifen. Der Einfall der Streitwagen hatte bei ihnen einen bleibenden Eindruck hinterlassen. Anschließend konzentrierte er sich wieder auf Nuj, ließ dabei auch Golo nicht aus den Augen, um ihre Reaktion zu sehen. »Da du selbst noch keine Kinder hast, werde ich deinen Bruder als Pfand für deine Treue mit nach Memphis an den Hof des Königs nehmen. Dort wird er mit der Lebensweise meines Volkes vertraut gemacht, um sie später in eure Dörfer zu bringen.«

Betroffen wechselten die beiden Brüder einen kurzen Blick, den Ramses wohlwollend zur Kenntnis nahm.

»Es wird ihm gut ergehen,«, versicherte er Nuj, »solange du dich an dein Treuegelöbnis hältst.«

Ramses gab ein Zeichen, woraufhin zwei Soldaten Golo bei den Oberarmen packten und ihn zu ihrem Streitwagen zerrten, wo er sich zwischen sie stellen musste. Dann hob Ramses die Hand. Die Wagen machten kehrt und fuhren zum Lagerplatz zurück.

***

»Was für ein genialer Streich!«, meinte Setau, als er sich mit Ramses in dessen Zelt befand. »Wirklich unglaublich, wie schnell und unblutig du diesen kleinen Aufruhr im Keim erstickt hast.« Anerkennung schwang in seiner Stimme. »Auch ich wäre niemals auf die Idee gekommen, noch heute die Aufständischen anzugreifen«, gestand er neidlos ein. »Sethos wird dein umsichtiges Verhalten freuen. Wärst du erst morgen in die Dörfer eingefallen, wäre sicher mehr Blut geflossen. Und auch mehr Tote hätte es gegeben.«

»Das denke ich ebenfalls«, bestätigte Ramses und wies auf den freien Stuhl ihm gegenüber. »Doch nun setze dich und lass uns essen und trinken.«

Sofort erschienen Diener mit Platten, auf denen sich frisch zubereiteter Barsch befand, der kurz zuvor im Fluss gefangen worden war. Dazu servierten sie Schüsseln mit Soßen sowie Gemüseragout und frisches Brot.

»Bier gefällig?«, fragte Ramses und nickte einem Diener zu, ihm und seinem Gast die Becher zu füllen.

Setau bedankte sich. Er griff nach einem Stück Fisch und tunkte es in eine mit Knoblauch und Zwiebeln gewürzte Soße ein. Dazu brach er sich ein Stück Brot ab und schob es sich ebenfalls in den Mund.

»Hm, lecker«, meinte er kauend und leckte sich den Saft und das Bratenfett von den Fingern. »Es muss nicht immer ein reich gedeckter Tisch sein wie zu Hause«, schmatzte er und schaufelte sich eine Handvoll Linsen in den Mund, sodass Ramses Schwierigkeiten hatte, seine folgenden Worte zu verstehen. »Frischer Fisch, warmes Brot, Gemüse und eine gut gewürzte Soße reichen auch.« Setau merkte, dass sein Mund zum Sprechen wohl zu voll gewesen war. Entschuldigend schluckte er und spülte den Bissen mit einem kräftigen Schluck Bier hinunter. »Entschuldige, Ramses. Es ist aber schön, wieder einmal ungezwungen in den Tag zu leben.«

»Ungezwungen?« Verwundert kräuselte Ramses die Stirn. »Das hier ist kein Ausflug, Setau.«

»Das ist mir bewusst.« Fröhlich zwinkerte Setau ihm zu. »Wir hatten natürlich auch hier dem Befehl Seiner Majestät zu gehorchen. Es ist aber anders als sonst. In meiner Amtsstube ist jeder Moment genau verplant, während ich auf dieser Strafexpedition meine Zeit ungezwungen auf dem Streitwagen verbringen durfte, die fantastische Landschaft im Blick. Es gab keine weiteren Pflichten, als dir zu folgen, mein Herr. Ich musste keine schwerwiegenden Entscheidungen treffen. Das hast alles du für mich getan. Ich habe ihnen nur gehorcht.« Grinsend neigte er den Kopf.

»Du wirst doch nicht zum Müßiggänger?«, neckte Ramses ihn.

»Nein, das sicher nicht. Ich habe mich aber in der Tat auf diesen kleinen Feldzug gefreut. Endlich mal wieder ein paar Wochen zusammen mit dir verbringen und den Pflichten in den Diensten des Wesirs entfliehen.« Er zögerte kurz. »Allerdings freue ich mich auch schon wieder auf Theben.«

»Und das liegt sicher an Muti.«

»Natürlich, Ramses. Woran wohl sonst?« Setaus Blick wurde mit einem Mal verträumt. »Sie war völlig in Sorge um mich, als wir Theben verließen. Ich musste ihr versprechen, mich nicht in Gefahr zu begeben. Ich bin mit ihr zwar erst seit Kurzem zusammen; trotzdem werde ich nach meiner Rückkehr bei ihrem Vater um ihre Hand anhalten. Es wird Zeit. In den vergangenen Wochen habe ich gemerkt, wie sie mir fehlt. Ich schätze, auch für mich ist nun der Zeitpunkt gekommen, dass ich mich binden und eine Familie gründen will.«

Ramses lächelte. »Das freut mich zu hören, Setau. Es wird auch Zeit, dass du dich endlich vermählst und Kinder zeugst. Kinder sind etwas Schönes; allerdings machen sie einem auch reichlich Ärger.« Er erzählte Setau von der Prügelei zwischen Amuni und Bintanat und dass seine Tochter sich wacker zur Wehr gesetzt hatte, und dieser lachte schallend, während er anerkennend die Augenbrauen in die Höhe zog, als Ramses ihm von Chaemwasets erstem Schreibversuch berichtete.

»Es ist mir nicht entgangen, dass der Junge für sein Alter äußerst klug und wissbegierig ist«, bescheinigte Setau ihm. »Sein Verständnis und seine Auffassungsgabe müssen ausgeprägter sein als die seiner Altersgenossen. Allerdings hatte ich den Eindruck, dass er sich für das Leben der Soldaten nicht sonderlich interessiert – im Gegensatz zu deinem Ältesten. Wo stecken die beiden überhaupt?«

»In ihren Betten, wo sonst«, brummte Ramses. »Wie kommst du eigentlich darauf, dass Chaemwaset sich nicht für das Leben der Soldaten interessiert?« Er klang verstimmt. »Als ich ihn fragte, ob es ihm auf der Strafexpedition gefällt, hat er bejaht.«

»Sicher, Ramses, doch ich fürchte, er meinte damit vielmehr die Reise durch die Beiden Länder und durch Nubien«, hielt Setau überzeugt dagegen. »Der Junge ist zum ersten Mal in seinem Leben aus der wohlbehüteten Umgebung des Kinderflügels herausgekommen. Oder war er schon einmal mit dir auf Reisen?«

Ramses verneinte.

»Das dachte ich mir.« Setau schmunzelte. »Mir ist aufgefallen, dass er dir ständig Löcher in den Bauch fragt, bei denen es um bauliche Dinge oder die Götter geht, anstatt sich bei Aschahebu über die Soldaten und das Kriegshandwerk zu erkundigen, wie es Amuni tut. Ich möchte wetten, er hat auf der Reise von Memphis nach Theben mit verwunderten Augen die ihm unbekannte Welt jenseits der hohen Palastmauern bestaunt. Habe ich recht?«

Ramses war verblüfft, wie schnell Setau die Situation erkannt hatte. Für Chaemwaset war es in der Tat das erste Mal, dass er auf Reisen war, doch auch für Amuni. Seinen erstgeborenen Sohn hatte er zwar schon einmal mit nach Hut-waret genommen, doch die Beiden Länder hatte er noch nie zuvor gesehen. Dennoch hatte Setau recht: Chaemwasets Herz schlug nicht unbedingt fürs Militär.

Er spürte den fragenden Blick seines Freundes auf sich ruhen und konzentrierte sich wieder auf ihn.

»Was ist los, Ramses, liege ich mit meiner Vermutung richtig?«

Nachdenklich massierte Ramses sich das Genick. »Du hast nicht unrecht«, gab er zu. »Die Pyramiden haben beide Jungen begeistert, aber das war es dann für Amuni auch schon gewesen. Chaemwaset hingegen saß oftmals am Bug des Schiffes und hat mit staunenden Augen die Städte und Dörfer entlang des Nils mit ihren kleinen und großen Heiligtümern bewundert. Stets wollte er wissen, welchem Gott sie geweiht seien und was es über diesen Gott zu berichten gibt. Oder: ›*Vater, wie haben die Arbeiter es geschafft, die Pyramiden so hoch und mit glatten Seiten zu bauen?*‹«, äffte er Chaemwaset nach. »Ab und an sah ich mich wahrlich gezwungen, ihn in die Obhut seines Erziehers, von Nachtamun oder Aschahebu zu geben, um wenigsten einen kurzen Moment vor seinen Fragen verschont zu sein.« Bei dieser Erinnerung musste Ramses schmunzeln. Auch Setau grinste. »Fasziniert hat er die Silhouetten von Memphis, Heliopolis und Theben bestaunt. Ungläubig ist sein Blick zu den riesigen Pylonen des Tempels von Opet-sut gewandert. Amuni hingegen interessierte sich mehr für das Kriegshandwerk. Wenn er etwas wissen wollte, ging es nur ums Kämpfen. Ständig hat er Aschahebu in den Ohren gelegen und ihn nach vielen militärischen Dingen befragt. Er wollte sogar mitkämpfen, stell dir das mal vor, Setau. Ein noch nicht mal Siebenjähriger fiebert dem Kampf gegen aufsässige Nubier entgegen. Das finde ich tapfer. Nefertari würde das natürlich anders sehen.« Er zwinkerte Setau zu.

»Also stimmst du mir zu, dass Chaemwasets Herz mehr für das Bauen und die Götter schlägt als fürs Militär?«

»Zum Teil, ja.« Ramses griff nach seinem Becher und drehte ihn in der Hand. »Trotzdem bin ich überzeugt, dass Chaemwaset kein Feigling ist. Seine Wissbegier hielt sich zwar in Grenzen, was militärische Dinge betrifft. Er ist aber noch recht jung. Das ändert sich sicher, wenn er erst mal in der Kaserne unterrichtet wird.«

»Geht er denn schon zur Schule?«

»Nein, er erlebt in diesem Jahr seine fünfte Nilschwemme. Bisher war er noch zu jung. Zudem wusste ich nichts von seinen Fähigkeiten, doch nun ist es soweit: Wenn wir wieder in Memphis sind, darf er die Schule besuchen.« Nachdenklich starrte Ramses in sein Bier. »Was hältst du von diesem Golo?«, wechselte er das Thema. »Er war der Einzige, der mich nicht mit der Waffe in der Hand empfangen hat.«

»In meinen Augen hat er damit viel Mut und Weitsicht bewiesen«, antwortete Setau, »auch als er sich vor die Krieger seines Stammes stellte und den Fehler seines Vaters eingestand. Selbst sein Bruder brachte das nicht von alleine fertig.«

»Du nennst es Mut, Setau, Golos Vater hätte es wahrscheinlich Feigheit genannt, wenn er noch am Leben wäre.« Ramses trank einen Schluck und stellte den Becher auf den Tisch. »Ich halte Golo ebenfalls für einen mutigen jungen Mann. Ich stimme dir auch zu, dass er anscheinend klug und weitsichtig ist, obwohl noch nicht so alt. Ich schätze ihn auf sechzehn, siebzehn. Trotzdem erkannte er sofort, dass es sinnlos ist, gegen mich zu kämpfen. Die anderen werden das spätestens beim Herannahen der Streitwagen sicher auch gewusst haben, waren aber nicht imstande, die richtigen Schlüsse daraus zu ziehen ...«

»Oder sie wollten sie nicht ziehen«, fiel Setau ihm ins Wort. »Beim Militär gibt es ein Wort dafür: Gehorsam. Alles andere wäre Befehlsverweigerung.«

»Richtig, Setau. Die anderen waren reine Befehlsempfänger, nicht in der Lage, eigene Entscheidungen zu treffen. Nachdem meine Hündin ihren Anführer getötet hatte, standen sie da wie eine Herde Schafe, dem der Leithammel genommen wurde, und glotzten sich blöde an. Golo hingegen trat vor und tat das einzig Richtige, um seinem Stamm zu helfen.«

»Was hast du mit ihm vor? Er ist kein Knabe mehr, den man in die Schule schickt, damit er etwas über uns und unsere Sitten lernt.«

»Das weiß ich, Setau.« Ramses griff nach einem Stück Nilbarsch und schob es sich in den Mund.« Ich habe mir gedacht«, meinte er kauend und schluckte den Bissen herunter, »ich gebe ihn in die Obhut der Medjai. Sie sind seine Landsleute. Dort wird er sich heimischer fühlen, als wenn ich ihn als Gärtner oder Hirten arbeiten lasse. Vor allem werden seine Fähigkeiten bei den Ordnungshütern besser genutzt. Sein Hauptmann wird aus ihm einen guten und verlässlichen Wachmann machen. Nebenbei werden ihm die Gesetze unseres Landes nahegebracht. Wie denkst du darüber?«

»Eine gute Idee«, bestätigte Setau. »Zumindest nutzt er dir mit seiner Körpergröße als Medjai mehr, als wenn du ihn Ziegen oder Schafe hüten lässt.«

Ramses schmunzelte. Er selbst war für einen Mann des Schwarzen Landes ungewöhnlich hochgewachsen und überragte die meisten seine Landsleute um beinahe einen ganzen Kopf. Dieser Golo war sogar noch ein Stückchen größer als er. »Vielleicht sollte ich ihn in meine Leibwache eingliedern«, meinte er nachdenklich und brach ein Stück Brot ab, um es in eine der Soßen zu tunken.

»Ich denke, letztlich wird Sethos entscheiden, was mit ihm geschieht.« Setau schielte nach dem Essen, das verführerisch duftete. Anscheinend wagte er nicht ein weiteres Mal, mit vollem Mund zu reden.

»Nun greif schon zu«, forderte Ramses ihn lachend auf. »Wenn du dir nicht den ganzen Mund vollstopfst, werde ich dich sicher verstehen.« Er angelte nach einem weiteren Stück Fisch. Auch Setau bediente sich. »Da hast du natürlich recht«, ging er auf Setaus letzte Anmerkung ein. »Ich werde Seiner Majestät allerdings nahelegen, dass die Medjai das Richtige für ihn sind.« Er verputzte den Barsch und spülte ihn mit einem kräftigen Schluck Bier die Kehle hinab.

»Glaubst du, dass Golos Gefangennahme die Männer seines Stammes davon abhalten wird, sich erneut gegen Sethos aufzulehnen?«

»Davon bin ich überzeugt«, erwiderte Ramses. »Ich habe den betroffenen Blick der beiden Brüder gesehen. Ich denke, dass niemand es wagen wird, Pharao erneut den Gehorsam zu verweigern, solange Nuj die Befehlsgewalt innehat. Nuj wird das aus Liebe zu seinem Bruder unterbinden.« Ramses blickte zu seinem Freund. »Doch nun lass uns in aller Ruhe essen und etwas trinken, und morgen früh kehren wir in die Beiden Länder zurück.«

19. Kapitel

Väterliche Ratschläge und das Bestreben einer Nebenfrau

Schweigend hörte Sethos dem Bericht seines Sohnes zu. Er hatte Ramses nach dessen Rückkehr in seine privaten Gemächer bestellt, weil er mit ihm ungestört über Dinge zu reden hatte, die niemanden außer ihn und seinen Sohn etwas angingen. In knappen Worten schilderte Ramses den Einsatz in Nubiens Sandwüste. Nachdem er mit seinem Bericht fertig war, lobte Sethos sein überlegtes Handeln, das zu einem schnellen und fast völlig unblutigen Ende dieses kleinen Aufstandes geführt hatte.

»Gut gemacht, Ramses.« Er lächelte zufrieden und schüttelte gleich darauf resigniert den Kopf. »Sie werden es nie lernen, diese Nubier. Jedes Mal fallen sie vor mir in den Staub und schwören mir ihren Gehorsam. Irgendwann versuchen sie es dann erneut, und das Ganze beginnt von vorn.« Er lehnte sich bequem zurück und faltete die Hände vor dem Bauch. »Sei ihnen dennoch ein gerechter Herr und benachteilige sie nicht, doch vergiss nicht meine Worte: Wache stets gut über sie. Lass ihnen nichts durchgehen, Ramses – keine Aufsässigkeit, keinen Ungehorsam –, denn sie werden es als Schwäche des Pharaos werten und aufmüpfiger werden.«

»Ja, Vater, das werde ich beherzigen.«

»Vergiss niemals«, fuhr Sethos fort, »dass du nach meinem Tod der Gute Gott sein wirst, der sich die Schwächen und Stärken seiner Untertanen zunutze machen muss. Fördere den Starken, doch verleihe ihm nicht mehr Macht, als nötig ist, damit er sie nicht gegen dich einsetzen kann. Beschütze den Schwachen, doch übervorteile ihn nie gegenüber dem Starken. Beurteile die Menschen nicht nach ihrem Stand, mein Sohn. Ein Bauer ist genauso viel wert wie ein Wesir. Jeder deiner Untertanen dient dir auf seine Art und gemäß seinen Fähigkeiten. Du bist der Hirte, sie sind die Herde. Du bist es, der mit den

Göttern verkehrt und ihren Beistand erfleht. Setze nur vertrauenswürdige Männer als Vertreter Deiner Majestät in die höchsten Ämter der Tempel ein. Sie sollen in deinem Auftrag einzig den Ewigwährenden dienen und sich nicht an ihrer Macht berauschen oder sie für ihre privaten Zwecke nutzen. Halte das Gleichgewicht zwischen allen Göttern und ziehe nicht einen Gott dem anderen vor. Nur mit allen tausend Göttern und Göttinnen des Schwarzen und des Roten Landes kann die Maat in den Beiden Ländern fortbestehen.« Er sah zu Ramses, der ihm gebannt an den Lippen hing. »Denke immer an meine Worte, mein Sohn, wenn du dereinst die Doppelkrone trägst. In jenem Moment, da man sie dir aufs Haupt setzen wird, bist du nicht mehr der Mann, der du noch am Morgen warst. Von diesem Moment an hast du nur noch dich selbst. Es gibt weder Verwandte noch Freunde mehr. Folge nur deinem Herzen, gehorche der Maat und beherzige den Rat der Weisen. Diene ehrlich und aufrichtig den Göttern, dann werden sie dir stets zur Seite sein. Wenn du diese Ratschläge befolgst, Ramses, wird Kemi auch weiterhin erblühen, und der Pharao wird über die Neun Bogen triumphieren.«

Nachdem Sethos geendet hatte, schluckte Ramses hörbar. Er war tief bewegt und ließ die Worte einen kurzen Moment im Raum verhallen. Er wollte sie sich merken, sich diese wertvollen Ratschläge seines weisen Vaters verinnerlichen. Nach einer Weile sagte er: »Danke für deine Unterweisungen, Majestät. Ich werde sie niemals vergessen. Allerdings fühle ich mich immer etwas komisch, wenn du mir deine Lehren erteilst, weil mir bewusst wird, wie vergänglich wir alle sind. Auch wenn ich als Knabe bereits nach dem Thron geschielt habe, so ist es mein größter Wunsch, dass du, den Göttern gleich, ewig leben mögest.«

Sethos lächelte. »Niemand lebt ewig, zumindest nicht in dieser Welt. Sie stellt nur die Vorstufe für unser ewiges Leben in den Gefilden des Osiris dar. Erst dort wird uns Unsterblichkeit zuteil, wenn wir uns zu Lebzeiten nicht gegen die Maat vergingen.« Er beugte sich wieder vor und stützte die Ellenbogen auf dem Arbeitstisch ab. »Doch nun will ich mit dir über etwas anderes sprechen, Ramses. Du hast mir vor deinem Aufbruch nach Nubien deine Gedanken bezüglich des Ausbaus von Hut-waret dargelegt, und ich habe während deiner Abwesenheit über sie nachgedacht.« Er machte eine Pause und musterte seinen Sohn, der ihm erwartungsvoll an den Lippen hing. »Deine Ideen sind gut, Ramses. Ich habe mit meinem Baumeister gesprochen und ihm und seinem Sohn befohlen, die ersten Entwürfe für meine neue Residenzstadt zu Papyrus zu bringen. Sie sind in der Zwischenzeit fertig und finden meine volle Zustimmung. Nun sind Vater und Sohn damit beschäftigt, Detailzeichnungen zu erstellen.«

»Also hast du tatsächlich vor, in Hut-waret zu residieren?«, fragte Ramses überrascht.

»Warum nicht? Es ist die Heimat unserer Vorfahren, und es ist ein fruchtbarer Landstrich.«

Sethos stand auf und ging zu einer der Truhen, die längs der Wände aufgereiht waren, um ihr zwei Rollen zu entnehmen. Dann kam er zum Arbeitstisch zurück und breitete den ersten Papyrus darauf aus, der einen Bebauungsplan der zukünftigen Stadt beinhaltete.

»Sieh selbst, Ramses.« Er winkte seinen Sohn näher an den Tisch heran. »Das hier ist der erweiterte Palast Meiner Majestät. Er ist von wunderschönen Gärten umgeben, wie du weißt. Wenn der See ausgehoben und die Anlegeplätze fertig sind, wird auch genug Platz vorhanden sein, um alle Barken meiner Beamten und Gäste unterzubringen. Die Residenz soll zentral in meiner neuen Stadt liegen, denn ich werde die Stadt um sie herumbauen lassen. Kanäle und Parkanlagen werden die Wohnviertel unter- und voneinander abteilen.« Seine Hand wies auf den vor ihm ausgerollten Plan. »Im südlichen Areal wird ein großes Hafengelände mit Speichern, Vorratshäusern und Werkstätten entstehen. Es ist das Gebiet, in welchem sich das Heiligtum des Schutzgottes befindet. Deshalb soll dieser Bezirk ihm, dem Großen Gott Seth, geweiht sein. Hier werden die Wohnviertel der Hafenarbeiter und einfachen Handwerker gebaut. Ich werde sie freundlich und hell errichten lassen, sodass sich meine Untertanen in ihnen wohlfühlen werden. Es sollen überall Bäume und Büsche, Sträucher und Blumenrabatten angepflanzt sowie kleine Wasserläufe angelegt werden, damit jeder nach seinem Arbeitstag Ruhe und Erholung findet. Was hältst du davon?«

Ramses hatte seinem Vater gebannt gelauscht. Nun betrachtete er schweigend die Zeichnung. Er ging um den Tisch herum, um sich den Plan von allen Seiten anzusehen und sich alles in Gedanken vorzustellen.

Im Norden hatte sein Vater für Ptah und Uadjet-Sechmet ein Heiligtum geplant, während im Westen den Göttern Amun und Re-Harachte gehuldigt werden sollte. Letzterer Bezirk war mit weitläufigen Palastanlagen für Sethos' oberste Beamte verplant, während die niederen Schreiber sich zusammen mit den Aufsehern der Handwerker im Bezirk des Ptah ansiedeln sollten. Der östliche Bezirk sollte der fremdländischen Göttin Astarte geweiht sein, die als Göttin der Liebe, aber auch als Schutzherrin der Pferde galt. Dieser Bezirk war als Hort der fremdländischen Kaufleute gedacht. Aber auch die Angehörigen des Militärs sollten hier wohnen, denn an den Astarte-Bereich stießen die mit einer dicken, hohen Mauer umgrenzten Kasernen, Ställe und Drillplätze der zukünftigen Königsstadt mit ihren Waffenschmieden.

Aufmerksam schweifte Ramses' Blick über den ausgerollten Papyrus. Mit Freude stellte er fest, dass Maj viele seiner Ideen in die Planungen einbringen konnte, die er ihm während ihres Rundgangs durch Hut-waret mitgeteilt hatte.

»Es gefällt mir, Vater«, sagte Ramses nach einer Weile, »obwohl ich denke, dass man den Palast zu einem richtigen Verwaltungsbezirk ausbauen sollte, wenn Deine Majestät dort ständig residiert. Die vorhandenen Gebäude werden nicht ausreichen, um alle deine Beamten dort unterzubringen. Und du solltest auch ein großes Amt für die Belange der Fremdländer einrichten, denn ich glaube, dass sich in deiner neuen Stadt viele fremdländische Händler niederlassen werden. Hut-waret liegt bedeutend dichter am Großen Grün und an den östlichen Ländern als Memphis.«

»Gut beobachtet, mein Sohn.« Sethos schmunzelte zufrieden. »Auch daran wurde bereits gedacht.« Er entrollte den zweiten Papyrus und breitete ihn vor Ramses auf dem Arbeitstisch aus. »Das hier ist der Erweiterungsplan für Aa-nachtu.«

»Aa-nachtu?« Fragend runzelte Ramses die Stirn und sah zu Sethos.

»Ja, Ramses. Meine neue Residenzstadt wird den Namen tragen Per-Sethos – Aa-nachtu, *Haus-des-Sethos – Groß-an-Siegen*, und den Palast Meiner Majestät wird man fortan nur noch unter dem Namen Aa-nachtu kennen.«

»Ah!« Verstehend nickte Ramses.

Interessiert betrachtete er die zweite Zeichnung, die eindeutig die Handschrift von Majs Vater trug. Es gefiel ihm, was er sah, obwohl er einige Änderungen vornehmen ließe, wäre er der Bauherr. Zögernd tat er diese seinem Vater kund, doch Sethos meinte, dass er den Grundriss so bestätigt habe, wie er hier vor ihnen läge, und er nicht gedachte, grundlegende Änderungen daran vorzunehmen. Ergeben zuckte Ramses mit den Schultern, neigte das Haupt und beließ es dabei.

»Wann werden die Arbeiter mit dem Bau deiner neuen Stadt beginnen?«, erkundigte er sich stattdessen.

»Sobald die wichtigsten Zeichnungen und Pläne erstellt sind. Es ist mein Wunsch, dass du zusammen mit Maj die Arbeiten überwachst. Majs Vater wird in Memphis bleiben und in der Zwischenzeit an den anderen Unterlagen weiterarbeiten. Nebenbei hat er sich auch noch um meine sonstigen Bauvorhaben zu kümmern.«

Ramses' Gesicht hellte sich auf. »Ich danke dir für dein Vertrauen«, sagte er, nicht ohne Stolz, »Und ich freue mich darauf. Ich habe bei meinen Aufenthalten in Sunu festgestellt, dass mir neben dem Leben der Soldaten auch das der Handwerker sehr gut gefällt«, gestand er Sethos und errötet leicht.

»Ach, und was ist mit dem des zukünftigen Herrn der Beiden Länder?«, fragte Sethos verschmitzt. Seine Augen sprühten lustige Fünkchen.

»Bis jetzt bin ich das noch nicht, und ich bete zu Amun-Re, dass er dir noch tausendmal tausend Erneuerungsfeste schenken soll, damit ich das auch in der nächsten Zeit nicht werde.«

»Dann werde ich wohl beten müssen, dass der König der Götter dich auch erhört.« Sethos lachte. Er trat neben Ramses und legte ihm väterlich den Arm um die Schulter, was ihm aufgrund des Größenunterschieds zwischen ihnen schwerfiel. »Doch nun komm. Gehen wir speisen. Deine Mutter wartet bereits auf uns. Sie freut sich darauf, dich wieder in die Arme zu schließen.« Er lächelte und beugte sich ihm zu. »Deine beiden Gemahlinnen und deine ältesten Kinder werden auch anwesend sein.«

Ramses war sichtlich erfreut.

Zusammen begaben sie sich hinaus in den Garten, wo sie von der Königin, deren beiden Schwiegertöchtern und ihren fünf ältesten Enkeln erwartet wurden. Tuja und die zwei jungen Frauen standen auf, als sie den König und den Mitregenten kommen sahen, und verneigten sich ehrfürchtig. Bintanat eilte sofort auf ihren Vater und Großvater zu, um beide zu umarmen und sich einen Kuss abzuholen. Zögernd folgte ihr Chaemwaset, während Amuni, Ramesse und Prehi erst von ihren Müttern daran erinnert werden mussten, sich zu erheben und zu verneigen.

»Ich freue mich, dich gesund wiederzusehen«, begrüßte Ramses seine Mutter. Er trat auf sie zu und nahm die kleine, zierliche Person in die Arme, um ihr einen Kuss auf die Stirn zu geben.

»Ach, Ramses, wie schön, dass du gesund und heil wieder zurückgekehrt bist«, erwiderte Tuja. Sie schob ihn auf Armeslänge von sich und musterte ihn genau. »Du siehst dünn aus. Hast du zu wenig gegessen?« Ohne sein Augenrollen zur Kenntnis zu nehmen oder eine Antwort abzuwarten, setzte sie hinzu. »Wie ich hörte, hast du schnell und unblutig den Aufruhr der Nubier im Keim erstickt.«

Ramses war erstaunt, woher seine Mutter das schon wusste. Immerhin hatte er eben erst seinem Vater über den Verlauf der Strafexpedition Bericht erstattet, und keiner der beiden Wesire war an seiner Seite gewesen. »Ja, Mutter, das habe ich. Wer hat dich darüber informiert?«

Tuja schmunzelte wissend, antwortete aber nicht auf seine Frage. Stattdessen sagte sie. »Wie genau ist das Gefecht verlaufen?«

»Verzeih, Mutter. Ich habe schon Seiner Majestät darüber Bericht erstattet. Wenn du erlaubst, möchte ich nun speisen. Ich bin sehr hungrig – und zu dünn«, fügte er mit einem Schmunzeln hinzu. Dabei warf er einen verliebten Blick zu Isisnofret und Nefertari, die es kaum erwarten konnten, dass er sich zu ihnen gesellte.

Tuja lächelte. »Wenn du Hunger hast, dann setz dich einfach zu mir und berichte mir beim Essen über alles.« Sie ergriff seine Hand und zog ihn neben sich auf eine der gemusterten Matten.

Etwas widerwillig ließ Ramses es geschehen.

Als nach über einer Stunde die Essenreste von der Dienerschaft abgeräumt wurden, unterhielten sich die Erwachsenen noch eine Weile bei einem Becher Wein, während die Jungs sich abseits balgten. Nur Chaemwaset blieb brav auf seiner Matte sitzen und lauschte den Unterhaltungen. Bintanat eilte zu ihrem Vater und wich ihm nicht mehr von der Seite, bis alle die mittägliche Müdigkeit überkam. Sethos zeigte Einsicht. Auch er fühlte sich schlapp und erlaubte ihnen, sich in ihre Gemächer zurückzuziehen.

»Bin ich ebenfalls entlassen, oder willst du noch etwas mit mir bereden, Majestät?«, wandte sich Ramses an ihn.

Sethos verneinte. »Ich übergebe dich nun in die Gesellschaft deiner Gemahlinnen und deiner Kindern.« Schmunzelnd blickte er zu Nefertari, Isisnofret und der Kinderschar. Die beiden Frauen waren sichtlich erfreut darüber, dass sie Ramses endlich für sich haben würden. Auch Bintanat und Chaemwaset blickten erwartungsvoll zu ihrem Vater auf, während es Ramesse, Amuni und Prehi kaum noch auf ihren Plätzen hielt. Gemeinsame Mahlzeiten waren nur kurzfristig für die drei ältesten Prinzen interessant. Wenn es länger dauerte, wurde es für sie zur lästigen Pflicht.

***

Als Ramses mit seinen Hauptgemahlinnen im Arm durch den breiten Hauptflur seines Harims schlenderte, versetzte es Tetischeri einen Stich ins Herz. Ja, Nefertari und Isisnofret waren Begünstigte der Götter, obwohl sie beide niederer Herkunft waren und nicht wie sie die Tochter eines angesehenen Priesters des Amun-Re. Selbst ihre Kinder waren privilegierter als ihr Sohn. Nefertaris Ältester würde nach Ramses' Thronbesteigung der Nestfalke werden, obwohl er einen Tag nach Ra geboren worden war. Dieses Wissen saß Tetischeri wie ein giftiger Stachel im Herzen. Was wohl ihr Vater dazu zu sagen hätte, wenn es so weit war?

»Der Sohn der Vettel ist doch zurückgeblieben«, klangen ihr die gehässigen Worte Tawits in den Ohren. »Sieh ihn dir nur an. Genauso alt wie Amuni, sieht aber aus, als wäre er jünger als mein Sohn.«

Natürlich hatte ihr dieses dumme Miststück Naunachte sofort zugestimmt.

Tetischeri ballte die Fäuste. Immerhin hatte sie einem Kannben und einem Mädchen das Leben geschenkt. Tawit war seit ihrer Niederkunft unfruchtbar, und Naunachte konnte anscheinend nur Töchter gebären. Inzwischen hatte sie von denen bereits zwei.

Neidisch blickte sie Ramses und seinen Hauptgemahlinnen hinterher. Nefertaris Bauch begann, sich allmählich zu wölben. Sie erwartete ihr fünftes Kind. Der Tod ihrer Tochter hatte sie zwar kurzzeitig in die Dunkelheit geschickt, doch dank Isisnofret hatte sie schnell den Weg wieder zurück ins Licht gefunden.

»Schade eigentlich«, murmelte Tetischeri vor sich hin. Vielleicht wäre dann für sie ein Plätzchen in Ramses' Herzen frei--geworden.

Heket trat an ihre Seite. »Sei nicht traurig, Herrin«, flüsterte sie und berührte sie sacht am Arm.

Tetischeri wollte ihre Dienerin schon anschnauzen, was ihr einfiele, als sie sich besann. Heket war ein gutes Mädchen. Sie stand zu ihr und verstand ihren Gram darüber, dass Ramses ihren Sohn nicht so würdigte, wie er es als dessen Erstgeborener verdiente.

»Wenn dein Gemahl die Augen vor der Wahrheit verschließt, solltest du sie ihm öffnen«, wisperte Heket ihr zu. »Behutsam natürlich, meine Herrin. Es ist nicht recht, dass er deinem Sohn die Bildung verwehrt, dass Seine Majestät einfach ignoriert, dass Ra vor Nefertaris Spross das Licht der Götter erblickte.«

Wie recht sie doch hat!, dachte Tetischeri bekümmert. Wie aber sollte sie Ramses davon überzeugen? Er war wie vernarrt in die Kinder seiner Hauptgemahlinnen. Niemals würde er den Spross einer Nebenfrau oder Konkubine als seinen Nachfolger akzeptieren. Allerdings wurde es wirklich Zeit, dass Ra in der Palastschule unterrichtet wurde! Er mochte zwar etwas schmächtiger als seine gleichaltrigen Brüder sein, vielleicht auch nicht ganz so klug, gestand sie sich insgeheim ein; dennoch stand ihm als Prinzen dasselbe Recht wie den anderen königlichen Kindern zu!

Sie wandte sich um. »Komm, Heket, gehen wir in den Garten. Mein Gemahl hat am heutigen Tag sicher weder Zeit für mich noch Interesse an mir.«

Doch das traf nicht zu.

Zwei Stunden später drang lautes Geschnatter an Tetischeris Ohren. »Was geht dort vor?«, fragte sie und sah zu Heket, die ihr ein Lied vorsang.

Heket legte die Laute zur Seite und spitzte die Ohren. »Ich weiß nicht, Herrin. Die anderen Damen scheinen völlig aufgeregt. Soll ich nachsehen gehen?«

Tetischeri bejahte.

Heket erhob sich, zog ihr Kleid zurecht und eilte los. Kurze Zeit später kam sie im Laufschritt zurück. »Dein Gemahl ist im östlichen Garten.«

»Was, Ramses ist da?«

Heket nickte. »Natürlich dicht von den anderen Damen umlagert. Wenn du ihn sehen möchtest, meine Herrin, kann ich dir nur empfehlen, dich zu beeilen, bevor es ihm zu bunt wird und er den Harim verlässt.« Sie kicherte und zwinkerte Tetischeri verschwörerisch zu.

Das ließ sich Tetischeri nicht zweimal sagen. Sie sprang auf die Füße und schlüpfte in ihre Sandalen. »Geh, Heket, und bringe mir Ra. Eile dich, bevor Ramses wieder verschwunden ist.«

Heket stürzte los.

Tetischeri hingegen richtete ihr Kleid und sah prüfend an sich herunter, ob sie Ramses so unter die Augen treten konnte. Das Leinen war ein wenig zerknittert, aber es musste auch so einmal gehen. Zum Umkleiden verblieb keine Zeit. Auch ihre Rivalinnen waren sicher nicht auf den königlichen Besuch eingestellt und dementsprechend herausgeputzt.

Schnellen Schrittes begab sie sich in den anderen Teil des Gartens. Als sie den Hauptflur kreuzte, stieß sie mit ihren Todfeindinnen zusammen. Sowohl Naunachte als auch Tawit sahen nicht gerade aus, als wären sie auf Ramses' Erscheinen eingestellt. Tawit blickte sie aus verquollenen Augen an. Wahrscheinlich war sie aus dem Schlaf gerissen worden oder hatte mal wieder zu tief in den Weinkrug geschaut, während Naunachtes Schminke durch die Wärme des Nachmittages verlaufen war und sie aussah wie ein Dämon.

Verächtlich rümpfte Tetischeri die Nase. Dann straffte sie den Rücken und eilte hocherhobenen Hauptes den beiden Weibern voraus in den angrenzenden Garten, um vor ihnen bei Ramses zu sein.

Ramses ragte aufgrund seiner Körpergröße aus einer Traube von schnatternden Frauen heraus. Einige hatten ebenfalls die Gelegenheit genutzt, um dem Mitregenten seine Nachkommenschaft zu präsentieren. Etwas unsanft setzte Tetischeri ihre Ellenbogen ein, um in seine Nähe zu gelangen, doch so einfach war das nicht. Der Widerstand war groß. Als sie ihren Namen hörte, gab sie es vorerst auf und drehte sich um. Heket kam mit Ra an der Hand auf sie zugestürzt.

»Schneller ging es nicht, Gebieterin«, entschuldigte sich Heket, obwohl Tetischeri ihr nicht mal einen tadelnden Blick geschenkt hatte.

Wortlos ergriff sie die Hand ihres Sohnes, um sich mit Ra zu Ramses durchzukämpfen.

Genau in diesem Moment hörte sie ihn sagen: »Es tut mir leid. Ich muss jetzt gehen.«

Ein allgemeines Jammern und Seufzen setzte ein. Ramses hielt es nicht davon ab, sanft aus dem Kreis seiner Damen herauszutreten. Dabei stieß er mit Tetischeri zusammen, die ihre Chance gekommen sah, ihm ihren Sohn zu präsentieren, der sich hinter ihr verbarg und schüchtern zu seinem Vater auflugte.

»Ich habe jetzt keine Zeit mehr für dich«, brummte Ramses und wollte an ihr vorbeitreten, aber Tetischeri stellte sich ihm in den Weg.

»Das hier ist Ra«, sagte sie und schob den Knaben vor ihn hin. »Er ist dein erstgeborener Sohn, Ramses.«

»Ich weiß, wer der Junge ist. Doch wer hat dir erlaubt, mich bei meinem Namen zu nennen?«, zischte er erbost. Seine Stirn zierten Falten des Zorns, während seine Falkenaugen sich in Tetischeri bohrten, die von seiner Wut unbeeindruckt war. »Für dich bin ich noch immer Majestät! Und nun zu deinem Sohn. Er mag zwar vor Amuni auf die Welt gekommen sein; ich aber bestimme, wer mein Erstgeborener ist, und das wird nur ein Sohn Nefertaris oder Isisnofrets sein. Also nimm deinen Sohn und verschwinde mir aus den Augen, Tetischeri, und zwar schnell! Vielleicht kann ich dann vergessen, welche Frechheit du dir soeben herausgenommen hast!«

Tetischeri schluckte und wollte zu einer passenden Erwiderung ansetzen. Dann besann sie sich und ließ es bleiben. Schlagartig wurde ihr bewusst, dass sie mit einer ungebührlichen Antwort die Zukunftsaussichten Ras zunichtemachen konnte. Also senkte sie demutsvoll die Augen und sagte beinahe im Flüsterton: »Bitte, verzeih, Majestät. Ich weiß nicht, welcher Dämon von meiner Zunge Besitz ergriffen hat. Ich wollte dich eigentlich nur bitten, meinen Sohn endlich in die Palastschule zu schicken, damit er etwas lernt.« Sie verneigte sich tief vor Ramses und ignorierte das gehässige Auflachen hinter sich. Der Stimme nach zu urteilen, musste es Naunachte gewesen sein. Tetischeri kochte innerlich vor Wut. Dieser dämlichen Bäuerin würde sie es auch noch heimzahlen.

»Ich denke darüber nach«, hörte sie Ramses sagen. Er trat an ihr vorbei und ließ sie und die anderen Harimsbewohner allein.

Nachdem er gegangen war, winkte Tetischeri Heket an ihre Seite und übergab ihr Ra. »Bring ihn zurück in den Kinderflügel«, wies sie ihre Dienerin an. »Du findest mich in meinem Gemach.« Damit verließ auch sie den Garten und entzog sich damit den Blicken der anderen Frauen, die sie noch immer anstarrten. Zwar war es nicht ganz so gelaufen, wie sie es sich erhofft hatte. Zumindest aber hatte sie Ramses gezeigt, dass es noch andere Söhne gab, nicht nur die, welche ihm Isisnofret und Nefertari geboren hatten.

20. Kapitel

Eine Lektion für Prinzen und Piraten

Stolz stand Amuni inmitten der anderen Knaben auf dem Exerzierplatz und berichtete von dem Feldzug gegen die aufsässigen Nubier, den er an der Seite seines Vaters miterleben durfte. Prehi und Ramesse wichen ihm nicht von der Seite. Sie hingen ihm förmlich an den Lippen und sahen neidvoll zu ihm auf, denn es war ihnen nicht vergönnt gewesen, mit in den Süden zu ziehen.

»Es waren tausendmal tausend feindliche Krieger, die Gesichter von Angriffslust gezeichnet«, prahlte Amuni ungeniert, obwohl Chaemwaset in der Nähe war, der seine Geschichte hätte widerlegen können. »Sie starrten mich grimmig an und rasselten mit ihren Waffen.« Wichtigtuerisch blickte er in die Runde und stellte zufrieden fest, dass ihm die Jungen mit offenen Mündern gebannt lauschten. »Ich fühlte mich dennoch stark, keine Angst war in meinem Herzen. Sie stürmten auf mich zu, die Waffen erhoben. Ich aber wich nicht von der Stelle. Es war ein großer Kampf«, schwärmte er. Seine Augen leuchteten. »Ich zog mein Schwert und haute sie alle entzwei.« Zum Beweis für seine Worte, hob Amuni das kleine hölzerne Schwert, welches er in der rechten Hand hielt, und fuchtelte damit wild in der Luft umher.

»Und das hast du wirklich erlebt?«, wagte einer der Söhne Nebsumenus zu fragen und erntete dafür von Amuni einen erbosten Blick.

»Natürlich, oder zweifelst du etwa am Wahrheitsgehalt meiner Worte?«, fauchte er.

Rasch schüttelte der Junge den Kopf.

Aschahebu, der schon eine ganze Weile im Schutz des Pylons gestanden hatte, hatte genug gehört und gesehen. Es wurde Zeit für eine Lektion, die Amuni nicht so schnell vergessen würde. Der älteste Prinz war ihm schon des Öfteren aufgefallen, und das nicht immer unbedingt positiv. Er trat aus dem Schatten des Torbaus heraus und kam auf die Gruppe zu. Sein Adjutant, ein junger, dunkelhäutiger Soldat namens Mahu, der zugleich sein Vertrauter war, folgte ihm.

»Wie ich sehe, berichtest du den Knaben gerade von deinen Heldentaten in der Schlacht, Hoheit.« Belustigt nahm er Amuni von Kopf bis Fuß Maß. Im Anschluss glitt sein Blick zu Chaemwaset, der abseits der anderen hockte und mit dem Zeigefinger Schriftzeichen in den Sand des Drillplatzes malte. »Was tust du dort, Chaemwaset? Komm her und geselle dich zu uns!«

Gehorsam erhob sich der Prinz und trabte zu ihnen zurück.

Aschahebu wusste, dass es für Chaemwaset heute das erste Mal war, dass er als Schüler auf dem Übungsplatz war. Allem Anschein nach hatte er keine Lust verspürt, der Prahlerei seines älteren Bruders zu lauschen. Schriftzeichen zu üben, schien ihm bei Weitem interessanter zu sein. Aschahebu schmunzelte. Der Mitregent hatte ihm im Vertrauen gesagt, dass Chaemwasets Liebe fürs Militär wohl erst noch geweckt werden musste, aber sanft.

»Also gut, Prinz Amuni«, wandte er sich wieder Ramses' Ältesten zu. Dabei entging ihm nicht, dass Amunis Gesicht seine Farbe leicht verändert hatte. Um Aschahebus Mundwinkel zuckte es. Er war sich sicher: Schon bald würde Amunis Kopf wie ein Granatapfel leuchten. »Dann zeige mal deinen Mitschülern, wie du die elendigen Nubier *entzweigehauen* hast. – Mahu!« Der dunkelhäutige Soldat trat vor und verneigte sich vor ihm. »Hier hast du ein Prachtexemplar dieser Elendigen.« Aschahebu trat neben den hochgewachsenen nubischen Krieger und klopfte ihm auf die breiten Schultern. »Sicher wird es dir keine Schwierigkeiten bereiten, ihn zu besiegen.« Aus dem Zucken der Mundwinkel wurde ein leichtes Grinsen. »Mahu, nimm dein Schwert und verteidige dich gegen Seine Hoheit, damit er dich nicht *in Stücke haut*. Aber füge ihm keinen Kratzer zu«, raunte er dem Nubier grinsend zu. Es war gedämpft und dennoch in einer Lautstärke, sodass alle es hören konnten. »Ich muss es sonst seinem Vater erklären.«

Amunis Kopf wurde feuerrot. Seine Backenknochen mahlten, und seine Augen schossen wütende Pfeile in Aschahebus

Richtung. »Wie sollte ich ihn besiegen, General«, beschwerte er sich. »Dieser Mann hat ein richtiges Schwert, ich dagegen nur eines aus Holz!«

Gelassen grinste Aschahebu. »Mahu, lege dein Schwert fort und verteidige dich mit bloßen Händen gegen Prinz Amuni! Anscheinend hat es Seine Hoheit nun doch mit der Angst zu tun bekommen.«

»Was fällt dir ein, so etwas zu behaupten!«, schrie Amuni mit hochrotem Kopf. Speicheltröpfchen schossen aus seinem Mund. Es war ihm unschwer anzusehen, dass er vor Wut kochte. »Ich bin ein Prinz! Ich bin des Mitregenten ältester Sohn! Ich kenne keine Angst!« Er hob sein hölzernes Schwert und stürzte auf den nubischen Krieger zu, der geschmeidig seinem Hieb auswich, stattdessen ihn am rechten Arm packte und ihm diesen auf dem Rücken verdrehte. Vor Schmerz heulte Amuni auf.

Aschahebu gab Mahu ein Zeichen, den Arm des Prinzen wieder loszulassen. »Das dann dazu, Hoheit. Du hast uns eine sehr anschauliche Darbietung deines Einsatzes bei der Bezwingung der Nubier geboten. Ich denke, du solltest noch etwas üben, bevor du große Reden schwingst.« Mit einer Handbewegung forderte er die Gruppe auf, ihm zu folgen.

Er führte sie in den Schatten der Umfassungsmauer. Der Unterricht musste nicht unbedingt in der prallen Sonne stattfinden, zumindest nicht bei diesen Schülern. Wenn sie etwas älter geworden waren, würde er auch sie zu schleifen wissen. Mit einem Wink gebot er ihnen, sich auf den schmalen Streifen Gras zu setzen, der den Drillplatz säumte.

»Beginnen wir mit dem Unterricht. Soeben haben wir gesehen, was passiert, wenn man seine eigenen Fähigkeiten überschätzt. Das sollte nicht nur Seiner Hoheit, sondern auch allen anderen eine Lehre sein. Wägt immer gut ab, ob ihr eine Chance seht, den Feind zu bezwingen. Es ist keine Schande, wenn ihr einem aussichtslosen Kampf aus dem Wege geht. Wartet, bis ihr bereit seid, zu siegen. Es ist ehrenhafter, auf einen Kampf zu verzichten, als sich aus falschem Ehrgefühl ins eigene Verderben zu stürzen und womöglich andere auch.«

Einer der Knaben hob die Hand, und Aschahebu erteilte ihm das Wort. »Wenn der Soldat nun aber in der Schlacht ist, General, kann er doch nicht sagen: ›Nein, diesen Kampf kann ich nicht gewinnen, also kämpfe ich nicht.‹«

Aschahebu schmunzelte. »Da hast du recht. Natürlich kann und darf er das nicht tun, denn das wäre Befehlsverweigerung und würde strengstens bestraft werden. Doch ihr werdet später einmal nicht nur Krieger sein, ihr werdet die Soldaten führen.« Sein Blick glitt über die kleine Gruppe und suchte die vier Prinzen, die ihm anvertraut waren. Amuni rupfte zutiefst beleidigt Grasbüschel heraus und würdigte ihn keines Blickes, während Chaemwaset, Prehi und Ramesse ihm interessiert lauschten. »Prinz Amuni wird einmal, genau wie seine Brüder, die Soldaten Seiner Majestät in den Kampf führen. Aber auch die anderen von euch werden höhere Ämter bekleiden, in denen ihr Befehlen zu gehorchen habt, aber auch selbst Entscheidungen treffen müsst.«

»Warum müssen wir überhaupt immer in den Krieg ziehen?«, platzte Chaemwaset heraus. Überrascht sahen ihn der General und seine Mitschüler an. »Warum kann nicht einfach immer nur Frieden sein?«

»Ich denke, Hoheit, diese Frage kannst du dir allein beantworten.«

»Ja, ich weiß, General. Wir müssen in den Krieg ziehen, weil die Fremdländer immer wieder versuchen werden, sich gegen uns aufzulehnen und unser schönes Land erobern wollen. Es gefällt mir aber nicht.«

»Halt den Mund, Chaemwaset!«, zischte Amuni, der aus seiner beleidigten Haltung schlagartig erwacht war. »Was führst du für Reden? Du entehrst nicht nur dich, sondern auch deine Geschwister, unseren Vater, den Pharao und all jene, die vor unserem Großvater auf dem Horusthron saßen, wenn du so ängstlich sprichst. Sie haben für die Beiden Länder tapfer gekämpft, manche sogar ihr Leben gelassen. Ihnen gebührt Ehre und nicht solche Schmach, wie du sie ihnen mit deinen Worten gerade angetan hast.«

»Ich habe keine Angst«, verteidigte sich Chaemwaset ruhig. »Es muss mir aber doch nicht gefallen, in den Krieg zu ziehen.«

»Das ist richtig, Hoheit«, ergriff nun wieder Aschahebu das Wort. »Doch wenn die Beiden Länder bedroht sind, hat man leider keine andere Wahl, oder wie siehst du das, Prinz Chaemwaset?«

»Das verstehe ich, General.« Chaemwaset seufzte und senkte den Blick. »Ich wollte damit nur sagen, dass ich es schöner fände, wenn wir alle friedlich zusammenleben würden.«

»Feigling!«, knurrte Amuni. »Du sprichst wie ein Mädchen!«

»Dein Bruder ist weder feige noch ein Mädchen«, wurde Amuni von Aschahebu für seine Bemerkung getadelt. »Im Gegenteil. Er beweist damit nur, dass er weiterdenkt. Prinz Chaemwaset sieht die Notwendigkeit ein, Kriege zu führen. Er würde allerdings lieber darauf verzichten, wenn dafür alle Menschen in Frieden leben könnten. Und daran ist nichts auszusetzen, oder?« Er sah in die Runde.

»Das klappt sowieso niemals«, mischte sich nun Ramesse ein. »Die Nubier und Kuschiten im Süden, die Libyer im Westen und die Hethiter im Nordosten Niemals werden sie aufhören, unser Land anzugreifen. Mein Bruder ist ein Träumer.« Verächtlich spie er aus.

»Träumen ist nicht verboten, Prinz Ramesse«, hielt Aschahebu dagegen. »Träume sind Botschaften der Götter. Wir dürfen sie nicht ignorieren, doch nun wollen wir mit dem Unterricht beginnen. Ich habe Mahu mitgebracht, damit er euch den richtigen Gebrauch des Schwertes heute lehrt.«

Aschahebu gab dem Nubier ein Zeichen, und dieser begann mit den Übungen. Er selbst zog sich in eine schattige Ecke zurück und ließ die Knaben nicht aus den Augen. Amuni und Ramesse waren ziemlich geschickt beim Umgang mit dem Kurzschwert, Prehi aufgrund seines Alters noch etwas tollpatschig. Das traf natürlich auch auf Chaemwaset zu, der heute seine erste Unterrichtsstunde genoss. Eifrig waren aber alle bei der Sache, bis sie zwei Stunden später erschöpft dem Drillplatz den Rücken kehrten.

***

Erstaunt richtete Ramses seinen Blick auf Meriptah, als dieser sein Arbeitszimmer betrat. Es entging ihm nicht, dass irgendetwas den korpulenten Beamten ins Schwitzen gebracht hatte.

Es musste sich um etwas äußerst Wichtiges handeln, mutmaßte er.

Bedauernd ließ Ramses seinen Blick über die Vielzahl an Rollen gleiten, die vor ihm auf dem Arbeitstisch lag, eine von ihnen ausgebreitet. Sie enthielt den Plan des neu zu erbauenden Palastbereichs in Hut-waret. Meriptahs Gesichtsausdruck sagte ihm jedoch, dass ihm nicht die Zeit verbliebe, sich mit den Plänen der neuen Residenzstadt zu beschäftigen oder dem Befehl seines Vaters nachzukommen, sich um die dortigen Bauarbeiten zu kümmern.

»Was bringst du für Nachrichten?«, begrüßte er seinen Oberschreiber, nachdem dieser sich vor ihm verneigt hatte.

»Bitte verzeih, Majestät!« Meriptah schnappte nach Luft. Er fischte ein Tuch aus den Falten seines Schurzes heraus und wischte sich damit die dicken Schweißperlen von Stirn, Hals und Wangen. Dann stopfte er das Leinen wieder in seinen Schurz und ordnete die Schärpe, die sich über seinem Bauch bedrohlich spannte.

»Willst du was trinken? Bediene dich!« Schmunzelnd wies Ramses auf den Krug, der auf seinem Arbeitstisch stand. »Becher findest du dahinten auf dem Tisch.«

»Danke, Majestät! Das muss warten.« Meriptah räusperte sich. »Dem Pharao wurden beunruhigende Nachrichten aus dem Mündungsgebiet des Deltas überbracht. Piraten sind in das untere Königreich eingefallen. Raubend und brandschatzend ziehen sie ungestraft von Dorf zu Dorf. Seine Majestät befiehlt dir, sofort einen Verteidigungsangriff gegen die Fremdländer zu organisieren. Die Bootstruppen sollen augenblicklich zu den Waffen gerufen werden. Das Regiment des Ptah wird sie zu Fuß unterstützen. Unverzüglich soll den Plünderern das Handwerk gelegt werden.« Meriptah schnappte nach Luft. »Aschahebu ist bereits über alles informiert und kümmert sich um die Mobilmachung und Aushebung der Schiffe. Ich selbst habe auf dem Weg zu dir Nachtamun über alles in Kenntnis gesetzt und ihm befohlen, die Gefolgsmänner Deiner Majestät zusammenzurufen. Sethos verlangt, dass du bereits in zwei Tagen abmarschbereit bist.«

Ramses fiel aus allen Wolken. Er hätte mit allem gerechnet,

nur nicht mit plündernden Horden. »Gibt es nähere Informationen über die Truppenstärke des Feindes?«

»Darüber ist mir nichts bekannt, Majestät. Ich erhielt meine Anweisungen direkt von meinem Vater. Ich weiß nur, dass es zu einer Zusammenkunft zwischen dem Pharao, den beiden Wesiren sowie dem Obersten Kundschafter gekommen ist. Was dort genau besprochen wurde, entzieht sich meiner Kenntnis.«

»Dann richte Paser und dem Obersten Kundschafter aus, dass ich sie in einer Stunde im kleinen Audienzsaal zu sprechen wünsche. Und bitte auch General Aschahebu hinzu. Seine Meinung ist mir wichtig.«

Gehorsam verbeugte sich Meriptah und eilte aus dem Raum.

Schon wieder Krieg!, durchfuhr es Ramses. War er nicht gerade vom anderen Ende der Beiden Länder zurückgekehrt, wo er die Maat über das Chaos gesetzt hatte? Nachdenklich starrte er auf die vor ihm ausgerollte Zeichnung. Wann endlich würden diese Fremdlinge begreifen, dass sich Kemi nicht so einfach erobern ließ? Warum nur musste es immer wieder zu Auseinandersetzungen kommen? Die Antwort auf diese Fragen war ihm bekannt.

Die Beiden Länder waren von den Göttern geliebt. Sie hatten den Menschen des Schwarzen Landes den Leben spendenden Fluss geschenkt, der alljährlich über seine Ufer trat und Kemi zu dem gemacht hatte, was es heute war. Beiderseits des Nils gab es fruchtbares Land, im Delta und im Faijum sogar soweit das Auge reichte. Von alledem konnten die Bewohner der Sandwüsten und kargen Felslandschaften nur träumen. Und in ihren Träumen stellten sie sich vor, wie schön es doch wäre, die Beiden Länder ihr Eigen zu nennen. Das aber würden Kemis Herrscher niemals gestatten!

Dieses Mal handelte es sich um Piraten, Halunken von den Küsten und Inseln am nördlichen Rand des Großen Grün. Anstatt sich mit redlicher Arbeit eine zivilisierte Gemeinschaft aufzubauen, bereicherten sie sich durch Raubzüge auf dem Meer. Von ihnen ging nicht die Gefahr einer feindlichen Übernahme der beiden Reiche aus. Wenn sie genug geplündert hatten, würden sie sich erneut in ihren Schlupfwinkel verkriechen. Doch da hatte Ramses auch noch ein Wörtchen mitzureden.

»Ich werde ihnen schon zeigen, dass auch mit mir nicht zu spaßen ist! Ungeschoren kommen sie mir nicht davon!«

Fest entschlossen, die Eindringlinge nicht nur aus seinem Land zu vertreiben, sondern sie für ihre Verbrechen zu bestrafen, rollte er den Papyrus zusammen und erhob sich von seinem Stuhl. Er würde nicht erlauben, dass das Chaos über die Maat siegte. Sein Vater, der Pharao, schenkte ihm sein Vertrauen, und die Bewohner Kemis setzten nun all ihre Hoffnung in ihn, den Mitregenten. Er hatte nicht vor, sie zu enttäuschen.

***

»Was ist uns über den Feind bekannt?«, wandte sich Ramses eine Stunde später an den Obersten Kundschafter und Gesandten in fremden Ländern.

»Leider noch nicht allzu viel«, gestand dieser ehrlich ein und senkte verlegen den Blick. »Ich wurde selbst von dieser Nachricht überrascht.« Ungläubig schüttelte er den Kopf. »Tss, tss, tss! Mordende und plündernde Piraten im Mündungsgebiet des Deltas! – Ich konnte es kaum glauben und habe sofort meine besten Späher losgeschickt, um Näheres in Erfahrung zu bringen. Auf unserem Weg nach Norden werden wir auf sie treffen.«

Missmutig wanderte Ramses' Blick zum Wesir. »Weißt du vielleicht ein wenig mehr, Tjati?«

Paser machte eine nicht zu deutende Geste. »Nicht über den Feind, Majestät. Mir liegen die Hilfsgesuche der drei betroffenen Nomarchen vor, die Seine Majestät Menmaatre Sethos um ein schnelles Eingreifen gebeten haben. Sie fürchten um ihre Gaue und berichten, dass täglich Menschen zu ihnen in die schützenden Mauern der Städte fliehen, um den Überfällen zu entkommen. Die Leute sind völlig verängstigt. Leider gibt es keine genauen Angaben darüber, um wie viele feindliche Schiffe und Krieger es sich handelt. Die Menschen haben nur gehört, dass Feinde vom Großen Grün ins Delta eingefallen sind, und verlassen in Panik ihre Dörfer. Und jene, die überfallen wurden, können nichts mehr berichten. Sie sind tot.«

Betroffen runzelte Ramses die Stirn. »Welche Verwaltungsbezirke haben um unsere Hilfe gebeten?«

»Die Piraten sind in den Gau *Neith-mehit*, den Nördlichen Neith-Gau, eingedrungen«, beantwortete Paser die Frage, »doch sie bewegen sich unkontrolliert mal hierhin und mal dorthin. Sie waren in *Hat-mehit*, dem Verwaltungsdistrikt Spitze-der-Fische, scheinen aber auch schon das Gebiet von *Imet-pehti*, Hinterer-Königskind-Gau, gestreift zu haben. Alle drei Nomarchen haben um schnelles Eingreifen vonseiten der Armee gebeten.«

»Die sei ihnen zugesichert«, versprach Ramses und wandte sich Aschahebu zu. »Wie weit ist die Mobilmachung der Boots- und Fußtruppen vorangeschritten?«

»Wie befohlen werden sie in zwei Tagen abmarschbereit vor den Toren von Memphis stehen. Derzeit werden alle verfügbaren Transport- und Handelsschiffe konfisziert, um sie für den Truppentransport umzufunktionieren.«

»Glaubst du, dass die Bootstruppen und das Regiment des Ptah genügen, oder sollte nicht auch noch die Re-Division in Alarmbereitschaft versetzt werden?«

Nachdenklich zuckte Aschahebu mit den Schultern. »In Anbetracht der Tatsache, dass wir keinerlei Informationen über die Stärke des Feindes haben ...«, bei diesen Worten glitt sein Blick tadelnd zum Obersten Kundschafter, »... lässt sich auf diese Frage nur schwer eine Antwort geben, Majestät. Ich denke allerdings, dass es sich nur um ein paar dreiste Piraten handelt, so wie es uns berichtet wurde. Ihre Zahl wird nicht so erschreckend hoch sein, als dass wir sie nicht mit den uns zur Verfügung stehenden Truppen des Ptah-Regiments und den Bootstruppen bezwingen können. Wahrscheinlich genügen bereits die acht Schiffe, die übermorgen bereitstehen werden«, fügte er mehr für sich hinzu. »Zudem glaube ich«, sagte er wieder lauter und mit einem sarkastischen Unterton, »dass das Herannahen einer gewaltigen Streitmacht auf dem Großen Grün den wachsamen Augen unserer Kundschafter dann doch nicht entgangen wäre.«

Ramses warf einen kurzen Seitenblick auf den Oberkundschafter, der vor Empörung schnaubte, sich aber eine Bemerkung verkniff. Stattdessen ergriff Paser erneut das Wort.

»Verzeih bitte, Majestät, aber darüber haben wir mit Seiner

Majestät, dem Pharao, schon beraten. Auch Sethos ist der Überzeugung, dass es sich nur um ein paar Banditen handeln wird, die normalerweise Handelsschiffe auf dem Großen Grün ausrauben, sich dieses Mal allerdings bis ins Delta vorwagen, weil sie fette Beute wittern.«

»Gut, dann werde ich diese Unbelehrbaren zur Vernunft bringen!«, sagte Ramses entschlossen und erhob sich von seinem Platz. »Nachdem ich die Bedrohung vom Unteren Königreich genommen habe, werden die Soldaten den Handwerkern beim Wiederaufbau der zerstörten Dörfer zur Hand gehen, damit es schneller geht.« Er wandte sich an den Wesir. »Paser, leite alles dafür Erforderliche während meiner Abwesenheit in die Wege.«

***

Am Morgen des zweiten Tages bestieg Ramses eines der zu einem Kriegsschiff umfunktionierten Handelsboote, denn es gab keine stehenden Bootstruppen in den Beiden Ländern. Die Kemiter waren kein Volk von Seefahrern. Sie hatten zwar ihren Nil, der das Land von Süd nach Nord durchfloss und die Hauptverkehrsader der Beiden Länder darstellte; sie wagten sich aber nicht hinaus aufs Meer. Stürme und riesige Wellen erwarteten sie dort, ganz zu schweigen von den zahllosen Ungeheuern, die in den Tiefen des Großen Grün auf sie lauerten. Kein vernünftiger Kemiter würde freiwillig das Meer befahren, wo es weit und breit nur Wasser gab. Deshalb lag der Handel über das Meer in den Händen der Fremdländer. Nur wenn es sich nicht vermeiden ließ, trauten sich kemitische Schiffe auf das Große Grün hinaus; dann aber nur in Ufernähe, immer in Sichtweite des rettenden Lands.

Ramses positionierte sich unter dem weißen Baldachin, der mit blauen und goldenen Troddeln verziert war, und versuchte, eine Respekt einflößende Figur abzugeben. Es war das erste Mal, dass er die Bootstruppen auf dem Nil anführte. Er trug den blauen Helm, an dessen Vorderseite der königliche Uräus und der heilige Geier prangten, und fühlte sich in diesem Moment wirklich wie der Mitregent der Beiden Länder, der er seit einem halben Jahr war. Kurz warf er einen Blick zurück zum Kai, wo er seinen Vater und seine Mutter erblickte, neben ihnen seine beiden Hauptgemahlinnen und deren Kinder. Dann sah er wieder nach vorn.

Wie immer hatten sich die Bewohner von Memphis eingefunden, um den Truppen alles Gute zu wünschen, auf dass sie die Gefahr zu bannen verstanden und heil wieder zurückkehrten. Blumen wurden in den Fluss geworfen, auf dem sich allmählich ein bunter, duftender Teppich bildete. Der Hohepriester des Ptah und seine Priester weihten die Schiffe und reinigten die Waffen mit Milch und dem Wasser aus dem Heiligen See. Ein Stier wurde geopfert, und im Anschluss setzte sich das Flaggschiff in Bewegung. Die übrigen Schiffe folgten ihm. Gleichzeitig marschierte die Division des Ptah an Land Richtung Norden los.

»Was wird uns erwarten?«, fragte Ramses Aschahebu, der sich zusammen mit Amuneminet nach der Mittagsrast zu ihm auf die Barke begeben hatte.

»Ein Haufen unkultivierter Wilder, Majestät, die nur eines kennen: Morden, brandschatzen, vergewaltigen und stehlen.«

Ramses war einigermaßen bestürzt über Aschahebus Antwort. Auch Amuneminet starrte dem General verstört ins wettergegerbte Gesicht.

»Schockiere ich dich und deinen Freund?« Aschahebu hob fragend die Brauen. »Mit diesen Piraten ist kein friedvolles Auskommen, Majestät. Sie kennen keine Sesshaftigkeit. Gesetze sind ihnen fremd. Für sie gelten weder Anstand noch Menschlichkeit, also sollten wir sie auch nicht erwarten, wenn wir auf sie treffen.«

»Und was empfiehlst du mir?«, fragte Ramses. »Soll ich Gleiches mit Gleichem vergelten, sie gnadenlos abschlachten, wenn ich ihrer habhaft werde?«

»Woran hattest du gedacht, Majestät?«

»Mir ist bewusst, dass sie sicher nicht vor Furcht erstarren werden wie kürzlich die Nubier«, hob Ramses nachdenklich an. »Sie werden sich nicht kampflos ergeben, fürchte ich, selbst wenn ich sie überrasche. Ein Blutvergießen wird sich somit nicht vermeiden lassen. Trotzdem will ich es in Grenzen halten, wenn es machbar ist. Habe ich sie besiegt, stelle ich die Überlebenden vor die Wahl: Entweder sie werden hingerichtet oder sie schwören mir und meinem Vater die Treue und dienen uns fortan ergeben im Heer.« Zustimmung heischend blickte Ramses in die Runde.

Amuneminet sah etwas unschlüssig drein, während Aschahebu nachdenklich die Stirn kräuselte.

»Und ihre Befehlshaber?«, fragte er.

»Sie lasse ich töten.«

Zufrieden nickte Aschahebu. »Ein weiser Entschluss«, lobte er. »Bitte sehe meine Wortwahl nicht als arrogant oder überheblich Deiner Majestät gegenüber an«, fügte er hinzu. »Du bist noch jung und im Kampf unerfahren. Deshalb hat mich Seine Majestät Menmaatre Sethos dazu verpflichtet, dir mit meinem Erfahrungsschatz hilfreich zur Seite zu stehen. Deine Rede war weise, mein Herr!«

Der Konvoi drang in das dichte Grün des Deltas ein. Das Zwitschern der Vögel, die sich in der üppigen Vegetation versteckten, nahm augenblicklich zu. Insekten schwirrten durch die Luft und über die Oberfläche des Wassers. Allerdings auch Mücken, die sich auf die unverhofften Blutquellen stürzten.

Ramses und Amuneminet schlugen um sich, um sich ihrer zu erwehren. Nur Aschahebu blieb gelassen.

»Ihr müsst euch einreiben«, mahnte er. »Sonst fressen euch diese blutsaugenden Biester auf.« Er reichte Ramses und Amuneminet einen Tiegel, in dem sich eine ölhaltige Paste befand, die sehr stark roch.

Ramses erkannte den Duft von Granatäpfeln, doch die anderen Ingredienzien vermochte er nicht zu identifizieren. Aus dem Augenwinkel bemerkte er, dass auch die anderen Männer solche Tiegel hervorholten, um sich mit der Paste einzureiben. Anscheinend machte der Geruch sie unappetitlich für alles Summende, das nach Blut durstig war.

Die Fahrt verlief ruhig und ohne jegliche Zwischenfälle. Gegen Abend trafen sie auf die Kundschafter, die noch von Memphis aus losgeschickt worden waren.

»Es handelt sich um schardanische Räuber«, berichtete der Hauptmann der Späher. »Derzeit machen sie das Gebiet um die Stadt Per-Uadjet unsicher. Zum Glück haben sie sich noch nicht bis zur Stadt der Schlangengöttin vorgewagt.«

»Was sie sicher auch nicht tun werden«, knurrte Aschahebu dazwischen. »Sie sind auf leichte Beute aus und verspüren keine Lust, eine Stadt zu erobern.«

»Das stimmt, General«, stimmte der Späher ihm zu. »Aber die umliegenden Dörfer sind in Gefahr. Ohne Schwierigkeiten kann man ihrer Spur der Brandschatzung dem Geruch nach folgen.«

»Und sicher auch dem Wehklagen und Jammern der Verletzten und dem Weinen der geschändeten Mädchen und Frauen.« Wütend spuckte Aschahebu aus.

»In der Tat, General.«

»Um wie viele Schiffe handelt es sich?«, fragte Ramses den Mann. »Wie viele Feinde werden uns entgegentreten?«

»Es sind nur zwei Schiffsbesatzungen, Majestät. Meine Männer zählten pro Boot um die vierzig bis fünfzig Krieger.«

»Und wie weit sind wir von ihnen entfernt?« Ramses wirkte ehrlich besorgt, nicht wegen der Anzahl der Feinde. Mit denen würden seine Truppen fertig werden. Die Schilderungen des Leids und der Verwüstung, welche diese hinterhältigen Piraten verursachten, schmerzte sein Herz.

»Der Wasserstand ist im Delta noch recht hoch, sodass ein Vorankommen der Schiffe nicht nur auf die Arme des Deltas beschränkt werden muss, sondern zum Teil auch querfeldein gefahren werden kann. In spätestens zwei oder drei Tagen sollte Deine Majestät auf die Piraten treffen.«

»So lange noch?«, meinte Ramses und kratzte sich nachdenklich die Stirn. »Wenn das Delta zum Teil noch überflutet ist, werden die Fußtruppen es schwer haben, mit uns Schritt zu halten.«

»Willst du sie hier zurücklassen, Majestät?« Fragend blickte Amuneminet Ramses an.

»Erst einmal rasten wir für die Nacht. Morgen treffe ich meine Entscheidung.«

***

Der Stand der Sonnenbarke ließ sich nicht immer genau bestimmen. Zu dicht wurde an manchen Stellen die Vegetation, sodass vom Himmel kaum noch etwas zu erkennen war. Papyrusstauden standen bis zu fünfzehn Ellen hoch und wurden nur noch von Bäumen überragt. Manchmal war Res Barke überhaupt nicht mehr zu sehen, und seine wärmenden Strahlen erreichten kaum noch den Boden. Schlingpflanzen rankten die Stämme empor. Schilf wucherte am Ufer der Wasserläufe, die aufgrund der noch immer zurückgehenden Überschwemmung über ihre Gestade getreten waren. Hin und wieder tauchte der schuppige Rücken einer riesigen Echse aus dem Wasser auf und ließ die Bootsführer wachsam sein. Sicher brachte ein Krokodil keines der Schiffe zum Kentern. Dennoch war Vorsicht geboten, denn ein Zusammenstoß konnte einen Mann an Bord zum Straucheln und Fallen bringen. Und niemand verspürte Lust, sich das Wasser mit einem Geschöpf des Sobek zu teilen.

Späher fuhren auf wendigen kleinen Nachen den Booten voraus. Sie sollten rechtzeitig warnen, wenn der Feind in greifbare Nähe kam. Das Regiment des Ptah folgte derweil am Ufer. Ramses hatte sie am Morgen erst einmal weitermarschieren lassen, doch die Männer waren nicht zu beneiden. Der Boden war zum Teil so aufgeweicht, dass sie im Schlick und Schlamm bis zu den Knöcheln versanken. Gefahren lauerten in Form von Krokodilen und Schlangen überall. Zudem hatten sie Mühe, mit den langsam fahrenden Bootstruppen Schritt zu halten, die wiederum Umwege in Kauf nehmen oder rasten mussten, weil das Fußvolk nicht durch das tiefe Wasser waten sollte.

»Wir lassen die Truppen zurück!«, befahl Ramses zur Mittagszeit. »Sie sind zu langsam. Sie behindern unser Vorankommen. Meine Sorge gilt den wehrlosen Menschen, die der Willkür dieser Barbaren schutzlos ausgeliefert sind. Vor achtzig, neunzig, vielleicht auch hundert Piraten brauchen unsere Bootsmannschaften nicht zu erzittern. Wir sind in der Überzahl.«

Einen Tag später stellte Ramses die Eindringlinge in einem kleinen Seitenarm nahe der Stadt Per-Uadjet. Sie hatten ein Dorf überfallen, die Hütten in Brand gesetzt und die Bevölkerung brutal niedergemetzelt. Erbost über diese Niedertracht, ließ Ramses zum sofortigen Angriff blasen.

Wie eine Heuschreckenplage fielen die Soldaten Seiner Majestät über die völlig überraschten Seeräuber her. Diese schienen nicht im Traum daran gedacht zu haben, dass irgendjemand sie in ihrem Tun stoppen könnte. Sie hatten keine Wachen postiert, sondern lagen satt und müde auf ihren Schiffen und an Land herum, um sich vom letzten Überfall zu erholen.

Es wurde ein kurzes Gefecht mit nur wenigen Verletzten und kaum einem Toten, denn die Schardana wurden komplett überrumpelt. Zudem hatten sie gegen die erdrückende Übermacht, die unter Ramses' Führung stand, keinerlei Chancen. Selbst ihre Körpergröße, einige von ihnen brachten es auf beachtliche dreieinhalb Ellen, flößten den kemitischen Kriegern keine Angst ein. Entschlossen enterten sie die beiden feindlichen Schiffe und nahmen deren Befehlshaber gefangen, was augenblicklich die Kampfeslust der Piraten erlahmen ließ. Ergeben senkten sie ihre Waffen und fielen auf die Knie. Ramses' Krieger banden ihnen die Oberarme auf dem Rücken zusammen und trieben sie vor ihren Regenten.

Grimmig blickte dieser auf die vor ihm knienden Männer hinab.

So also sehen die gefürchteten Schardana aus. Nichts weiter als gewöhnliche Räuber, die von den Inseln des Großen Grün aus ihre Raubzüge starten. Ramses wusste aus dem Unterricht in der Kaserne, dass sie das Meer auf ihren seetüchtigen Schiffen kreuz und quer befuhren, um Handelsschiffe zu kapern und auszurauben. Sie bedrohten sowohl Kaufleute als auch gewöhnliche Reisende und bestahlen jeden, der unbedacht ihren Weg kreuzte. Manchmal nahmen sie die Reisenden auch gefangen, um sie auf den Märkten der phönizischen Hafenstädte zu verkaufen. Diese Männer kannten weder Furcht noch Skrupel, und das sah Ramses ihnen unschwer an. Selbst jetzt blitzte noch der Stolz in ihren Augen.

Er betrachtete sie sich genauer.

Einige von ihnen waren von hoher Gestalt. Sie hatten wettergegerbte Gesichter mit finster blickenden Augen. Ihre Haare trugen sie schulterlang und gelockt. Die Ohren blieben von ihrer Haarpracht unbedeckt, während sich ihre Koteletten in einem schmalen Bart um ihr Kinn herum verlängerten. Auch ihre Oberlippe zierte ein schmales Bärtchen, das bei einigen Kriegern eine beachtliche Länge aufwies.

Wie ungepflegt!, durchfuhr es Ramses. Es schüttelte ihn. In Kemi pflegten sich die Männer, das Gesicht glatt zu rasieren, und nicht nur das Gesicht. Viele bevorzugten auch an anderen Stellen eine glatt rasierte Haut, um dem Geruch und dem Schädlingsbefall entgegenzuwirken.

»Barbaren eben!«, murmelte er kaum hörbar vor sich hin. Was konnte man da schon erwarten!

Ihre Rüstungen bestanden aus festen Lederwämsen sowie Arm- und Beinschienen. Auf dem Kopf trugen sie bronzene Helme mit Hörnern und einer Sonnenscheibe in der Mitte, und ihre Bewaffnung bestand aus langen spitzen Schwertern, breiten Messern und runden Schilden.

Zumindest ist ihre Kriegsausrüstung respektabel!

Ramses winkte einen Übersetzer an seine Seite, welcher der Sprache der Schardana mächtig war.

»Ihr habt es gewagt, in das von den Göttern geliebte Land einzufallen«, hob Ramses mit kraftvoller Stimme an und ließ seinen Blick über die Gefangenen schweifen, bevor er sich auf die beiden Anführer konzentrierte und wartete, bis der Übersetzer seine Worte an die Schardana weitergegeben hatte. Dann fuhr er fort: »Es ist das Land meiner Vorväter, welches Seiner Majestät Menmaatre Sethos von den Ewigwährenden anvertraut wurde. Und ihr beiden ...« Drohend ruhten seine Augen nun auf den Rädelsführern. »Ohne auch nur ein Quäntchen Mitgefühl zu zeigen, habt ihr euren Männern befohlen, zu plündern und zu brandschatzen, zu vergewaltigen und zu morden. Das sind Vergehen, die Seine Majestät nicht ungesühnt lassen kann. Er hat mich, den Mitregenten der Beiden Länder Usermaatre Ramses, beauftragt, wieder die Maat an die Stelle des Chaos' zu setzen. Und so verurteile ich euch für eure Taten zum Tod.«

Erzürnt wartete er, bis seine Worte weitergegeben worden waren. Bei den zwei Todgeweihten lösten sie keinesfalls Entsetzen aus. Hocherhobenen Hauptes knieten sie vor ihm und verzogen nicht einmal eine Miene.

Sie spielen bei jedem Überfall mit ihrem Leben, und es ist

ihnen bewusst und egal!, durchfuhr es Ramses. In gewisser Weise beeindruckte es ihn, wie stolz diese Männer selbst ein Todesurteil entgegennahmen. Dann wandte er sich den anderen Gefangenen zu, die hinter ihren Anführern ebenfalls im Morast des Deltas auf den Knien lagen.

»Doch der Herr der Beiden Länder kennt nicht nur Strafe. Er ist auch ein gnädiger Herrscher. Euch gegenüber, die ihr in blindem Gehorsam euren Anführern gefolgt seid, wird der Mächtige Horus Gnade walten lassen. Wenn eure Hauptleute ihm Treue und Gehorsam schwören, verschone ich euer Leben. Eure Schiffe sind beschlagnahmt. Ihr seid gefangen und habt nun die Wahl.« Er legte eine Pause ein. »Wollt ihr dem Herrn der Beiden Länder dienen, so lautet mein Befehl, dass ihr in die Armee Seiner Majestät eingegliedert werdet, um für den Pharao und Kemi zu kämpfen. Ihr behaltet euer Leben und erlangt zudem die Möglichkeit, eure Schuld gegenüber meinem Volk abzutragen. Wenn ihr euch dagegen entscheidet, befehle ich meinen Männer, euch hier und jetzt zu töten.«

Die Piraten wechselten ratlose Blicke. Worte wurden geflüstert, Köpfe zusammengesteckt. Ramses ließ sie gewähren. Er verstand zwar nicht, was sie sprachen; dennoch merkte er, dass die Gefangenen recht unentschlossen, wenn nicht sogar von seinem Angebot überrumpelt waren. Er geduldete sich und gewährte ihnen ein wenig Bedenkzeit. Allem Anschein nach waren die Schardana es nicht gewöhnt, von ihren Besiegern Gnade zu erfahren.

Schließlich hob einer der Hauptleute zu sprechen an. Seine Worte wurden sofort von dem Mann an Ramses' Seite übersetzt. »Deine Rede zeugt von Weisheit, Majestät. Wir haben Schuld auf uns geladen und müssen dafür büßen.« Er neigte den Kopf, bis sein Kinn fast auf seiner Brust lag. »Ich leiste für mich und die Männer, die unter meinem Befehl kämpfen, den Schwur, fortan Seinen Majestäten, dem Pharao und dir, dem Mitregenten, treu und ergeben zu dienen. Ich stelle mich und meine Krieger unter deine Gnade und deinen Befehl – Leben Heil und Gesundheit!«

»Eine kluge und weise Entscheidung«, befand Ramses. »Wer gehört zu deinen Männern? Sie sollen sich erheben.«

Einundzwanzig Gefangene standen auf, den Kopf ehrfürchtig gesenkt.

Nach und nach leisteten auch die übrigen drei Unterbefehlshaber ihren Eid. Insgesamt siebenundachtzig fremdländische Krieger gehörten fortan zur Armee des Pharaos. Ramses stellte sie unter den Oberbefehl seiner verlässlichsten Offiziere, die ein wachsames Auge auf ihre neuen Soldaten haben würden. Er wusste allerdings, dass besiegte Krieger, die einen ehrenhaften Schwur geleistet hatten, fast niemals abtrünnig wurden. Dafür sorgte allein schon das Leben an den Ufern des Nils mit seinen Annehmlichkeiten.

Am Abend ließ Ramses die beiden Piratenanführer hinrichten. Die Exekution fand vor den Augen aller statt, um den Schardana zu beweisen, dass Ramses zu seinem gegebenen Wort stand, in beiderlei Hinsicht. Im Anschluss diktierte er Meriptah eine Botschaft an seinen Vater und eine weitere an Paser. Sethos teilte er mit, dass die Seeräuber in die Schranken gewiesen seien, während der Wesir darüber in Kenntnis gesetzt wurde, umgehend Nahrungsmittel, Baumaterial und Handwerker ins Delta zu schicken.

Am nächsten Morgen begannen die Aufräumungsarbeiten. Zusammen mit den neu rekrutierten schardanischen Kriegern beseitigten die Bootstruppen die gröbsten Schäden und versuchten, das Leid zu lindern. Viele Hütten waren niedergebrannt oder unbewohnbar geworden. Sehnsüchtig wurden das Baumaterial und die Handwerker erwartet, um die Behausungen wieder zu errichten. Der bescheidene Schrein, welcher der Kobragöttin Uadjet geweiht worden war, musste wieder instand gesetzt werden. Nahrung wurde benötigt, denn die Vorräte waren verbrannt. Das schwerste Los trugen jedoch all jene, die sich um die sterblichen Überreste derer kümmerten, die den Überfall nicht überlebt hatten.

Den gesamten Monat folgte Ramses der Spur der Verwüstung. Überall ließ er die Dörfer wieder aufbauen. Er füllte die Vorräte aus den Lagerbeständen seines Vaters und der Tempel auf und linderte weitestgehend das Leid. Die Toten erfuhren die nötigen Riten, und als sich die Zeit der Aussaat ihrem Ende näherte, kehrte die gewohnte Ruhe im nördlichen Delta wieder ein.

21. Kapitel

Blutige Nasen und ein ausgeschlagener Zahn

Die Dame Tawit saß zusammen mit ihrem Sohn auf dem Dach des Harims. Res Barke war im Sinken begriffen und tauchte die Totenstadt von Sakkara in einen rotgoldenen Schein. Mittendrin erhob sich der gestufte Koloss des Osiris' Djoser massig und dunkel vor dem scheinbar in Flammen stehenden Horizont. Der Wind, der vom Norden her wehte, war noch immer warm und brachte mit zunehmender Dunkelheit erfrischende Kühle vom Fluss herüber. Die Vögel sammelten sich in den Ästen der Bäume und zwitscherten ihr Abendlied. Gedämpfte Stimmen drangen aus dem Garten hinauf auf das Dach. Die Dienerschaft war im Begriff, die Matten und Sitzmöbel einzusammeln. Fackeln wurden entlang der Wege entfacht, und dazwischen das Lachen und Getuschel der Harimsdamen, das Greinen, Jauchzen und Kreischen der Kinder.

Seufzend rekelte sich Tawit auf ihren weichen Kissen. Ihr kleiner Golddeben saß mit gekreuzten Beinen ihr gegenüber und übte mit ungeschickter Hand die heiligen Zeichen, die er am heutigen Tag gelernt hatte. Stolz sah sie ihm dabei zu.

»Hat es dir in der Schule Spaß gemacht?«, erkundigte sie sich.

Sethi zuckte mit den Schultern. Ohne von seiner Schreibtafel aufzusehen, antwortete er, es klang gelangweilt: »Es war ein Tag wie jeder andere.«

Unwillig runzelte Tawit die Stirn. Sethi gehörte nicht unbedingt zu den begeisterten Schülern, das wusste sie. Er besuchte erst seit Kurzem die Palastschule, doch er war nicht dumm. Ihr kleiner Golddeben hasste es nur, so lange still zu sitzen und dem Lehrer aufmerksam zuzuhören. Viel lieber tobte er durch den Garten oder badete im Fluss. Deshalb freute er sich immer auf den Unterricht in der Kaserne, zu welchem auch Schwimmunterricht sowie Laufen und Springen gehörte. Doch das allein genügte nicht, wenn er es zu etwas bringen wollte, und Tawits

Ansprüche und Ziele waren in diesem Punkt äußerst hochgesteckt.

Aufmerksam betrachtete sie ihren Sohn. Sethi war hübsch. Schon jetzt war die Ähnlichkeit mit seinem Vater unverkennbar. Seine Augen hatten die gleiche hellbraune Farbe wie die von Ramses. Sie erinnerten sie stets an den wachsamen Blick eines Falken. Sethis Locke der Jugend war rotblond und damit noch etwas leuchtender als Ramses' Haar. Stolz überkam sie, wenn sie ihn betrachtete. Sie streckte ihm ihre Hand entgegen und forderte ihn auf, zu ihr zu kommen.

Widerwillig gehorchte Sethi. Er legte die Schreibtafel auf den Boden und setzte sich neben sie.

»Hast du schon mit den Söhnen von Nefertari und Isisnofret Freundschaft geschlossen?«, wollte sie wissen. Sie legte ihm den Arm um die schmächtigen Schultern und drückte ihn sanft an sich.

»Nö!« Sethi zog eine Schnute und schüttelte den Kopf, sodass seine Locke fröhlich hin- und herwippte. »Bintanat mag ich aber.«

»Bintanat? Sie ist ein Mädchen, Sethi!« Verständnislos blickte Tawit auf ihn hinab und strich ihm zärtlich über seinen kahl geschorenen Kopf. »Es wäre besser für dich, wenn du dich mit den Söhnen befreundest, nicht mit den Töchtern deines Vaters.«

Es lag ihr sehr viel daran, dass sich ihr Sohn mit den Kindern der beiden Hauptgemahlinnen gut verstand, vor allem mit den Jungen. Jetzt endlich war die Zeit gekommen, um an Sethis Zukunft zu arbeiten, doch dazu brauchte sie auch die Unterstützung ihres kleinen Golddebens.

»Ich mag sie nicht«, antwortete Sethi und zwirbelte seine Locke um den Zeigefinger seiner Hand. »Amuni und Ramesse sind viel älter als ich und prahlen immerzu. Und Prehi will auch nichts von mir wissen. Der ist immer nur mit seinen älteren Brüdern zusammen. Bintanat ist anders. Sie spielt mit mir und lacht mich nicht aus.«

»Aber, Sethi! Soviel älter sind sie nun auch nicht.« Tawit war verstimmt und überging die erneute Erwähnung von Bintanat. Aufmerksam blickte sie ihm ins Gesicht.

Seiner Miene nach zu urteilen, teilte er ihre Ansicht nicht. Amuni war zwei und Ramesse anderthalb Jahre älter als er. Für einen Fünfjährigen schienen das allerdings schier unüberwindbare Altersunterschiede zu sein.

»Und was ist mit Chaemwaset?«, gab sie sich geschlagen. »Er ist genauso alt wie du.«

»*Chaemwaset*!« Sethi rümpfte die Nase und schob unwillig die Unterlippe vor. »Der weiß immer alles besser. Ständig wird er von den Lehrern gelobt, nie macht er etwas falsch. Der hält nichts vom Spielen oder Herumtoben. Er hockt nur in seinem Zimmer und lernt. Ich mag ihn nicht.«

»Aber Sethi«, schalt Tawit ihn nun, »du musst nicht immer jeden mögen. Trotzdem ist es erforderlich, dass du mit den anderen Kindern auszukommen verstehst. Und Lernen ist keine schlechte Angewohnheit!«

»Warum soll ich mich denn mit ihnen anfreunden, wenn sie mich nicht mögen und ich sie nicht mag?«

Tawit rollte mit den Augen. »Es sind die Söhne von Ramses' Hauptfrauen, Sethi. Wenn du dich heute mit ihnen gut stellst, wirst du später einmal davon profitieren.«

Verständnislos hob Sethi den Kopf und sah zu ihr auf. »Ach ja, Mutter? Und warum sollte das gut für mich sein?«

»Weil es so nun einmal ist, mein kleiner Golddeben.« Sie rekelte ihr Hinterteil bequem auf dem weichen Kissen, auf dem sie saß, und schluckte ihren aufwallenden Ärger hinunter. Dann zog sie Sethi zu sich auf den Schoß. »Wenn dein Vater einmal Pharao ist«, erklärte sie ihm und nahm ihn liebevoll in den Arm, »wird er einen seiner Söhne zu seinem Thronerben ernennen. Wenn du dich nun mit seinen Lieblingssöhnen gut verstehst, wird er auch auf dich aufmerksam werden und ...« Sie machte eine vielsagende Geste. »Man kann ja nie wissen.«

»Du meinst, dann macht Vater mich zu seinem Nachfolger?«, platzte Sethi heraus und entwand sich ihrer Umarmung, um ihr ins Gesicht blicken zu können.

Unschwer konnte Tawit ihm seine Verblüffung ansehen. Sein Mund stand ihm offen, seine Augen hatte er weit aufgerissen. Sie war ebenfalls überrascht, allerdings über seine schnelle Auffassungsgabe, bis seine Verblüffung der Ernüchterung wich.

Er schluckte hörbar. »Das glaube ich kaum, Mutter. Amuni wird der Nestfalke sein, denn er ist meines Vaters ältester Sohn.«

Enttäuscht hob Tawit die fein geschwungenen Brauen. »Trotzdem«, meinte sie, »ich würde es sehr begrüßen, wenn du dich mit einem von ihnen anfreundest.« Sie nahm Sethis Kinn in ihre Hand und blickte ihm fest in die Augen. »Willst du mir das versprechen, mein kleiner Golddeben?«

Sethi verzog das Gesicht.

Tawit wusste, dass er es hasste, wenn sie ihn so nannte. Ihr hingegen gefiel dieser Kosename, drückte er doch aus, wie wertvoll er für sie war. Da er nicht antwortete, sah sie ihn traurig an. »Willst es deiner Mutter nicht versprechen, mein Schatz?«

Langsam nickte Sethi. »Ja, Mutter, wenn du es wünschst, werde ich es tun.«

Tawit strahlte und war einigermaßen zufrieden. Zwar klang die Antwort mehr unter Zwang als freiwillig gegeben. Trotzdem wusste sie, Sethi würde sein Versprechen halten.

»Danke, mein kleiner Golddeben!« Sie gab ihm einen Kuss und ließ sein Kinn wieder los.

***

»*Mein kleiner Golddeben!*«, wisperte Heket gehässig und zog sich auf Zehenspitzen zurück zur Treppe, die hinunter ins Gebäude führte.

Diese fette Nilpferdkuh glaubt tatsächlich, dass ihr Sohn einmal Ramses' Nachfolger wird, führte sie ihre Sticheleien in Gedanken fort. Ein gefundenes Fressen für Tetischeri!

Nachdem sie die Treppe erreicht hatte, bestand keinerlei Grund mehr dafür, leise zu sein. Sie eilte die Stufen hinab bis ins Erdgeschoss und lief zu ihrer Herrin, die sie in ihrem Gemach antraf.

»Was ist los?«, fragte Tetischeri und musterte sie aufmerksam.

In knappen Worten berichtete Heket, was sie gerade belauscht hatte, und der Kopf ihrer Gebieterin lief vor Zorn dunkelrot an.

»Dieses hinterhältige Miststück!«, schimpfte sie und ballte die Fäuste. »Macht sich über mich und meinen Sohn ständig lustig und streckt selbst ihre schmierigen Finger nach dem Doppelthron aus.«

Tetischeri kochte vor Wut, das konnte Heket ihr deutlich ansehen, und sie genoss diesen Schritt in die richtige Richtung. Zwar musste sie sich noch gedulden, doch ihre Rachepläne hatte sie nicht vergessen. Sie benötigten nur etwas mehr Zeit, als sie angenommen hatte. Bevor sie etwas unternehmen konnte, musste Ramses erst auf den Thron gelangen. Ohne Zweifel würde er Nefertaris Ältesten zum Horus-im-Nest ausrufen, was wiederum Tetischeri erzürnen würde, wenn sie ihr zuvor genug Gift ins Ohr geträufelt hatte. Und das tat sie ständig und traf dabei auf fruchtbaren Boden. Zudem hatte Heket ihre Fühler auch noch in eine andere Richtung ausgestreckt. Es war ihr bewusst geworden, dass, nur mit Tetischeri im Bund, es niemals gelingen würde, gegen Ramses eine Verschwörung anzuzetteln und erfolgreich auszuführen. Also hatte sie sich nach einem geeigneten Partner umgesehen, und das sogar in zweierlei Hinsicht.

Noch immer war sie unvermählt. Es lag nicht an ihr, eher an den hochwohlgeborenen Herren, die nichts von ihr wissen wollten, wenn sie erfuhren, wessen Kind sie war. Sie musste eben ihre Ansprüche senken und war dabei auf Paneb gestoßen, einen Harimswächter, mit dem sie seit einiger Zeit mehr als nur Freundschaft verband.

»Hörst du mir überhaupt zu?«, beschwerte sich ihre Herrin.

Erschrocken sah Heket sie an und verdrängte ihre Rachepläne. »Natürlich, Gebieterin, du hast recht. Weder Tawit noch eine der anderen Frauen geben sich damit zufrieden, nur einen Prinzen geboren zu haben.« Sie kicherte, um von ihrer Unaufmerksamkeit abzulenken. »Und Naunachte ist noch nicht einmal dazu imstande.«

Tetischeri prustete ebenfalls los, bis ihr die Tränen in die Augen traten. »Du sagst es, Heket. Sie alle streben nach der Macht, doch nur mein Ra wurde vor Nefertaris Sohn geboren. Und Weiber wie diese Naunachte sollten lieber ihr Schandmaul halten, wenn sie keinen Sohn gebären können.«

Heket legte den Kopf schräg und musterte ihre Herrin unauffällig. Tetischeri blühte förmlich auf, wenn sie auf ihren Rivalinnen herumhacken konnte. Wenn es hingegen darum ging, dass ihr Ra an einer unbenannten Stelle in der Rangfolge als Kronprinz stand, verwandelte sie sich in einen wütenden Dämon der Duat, und ihre langen Finger verformten sich zu dolchartigen Krallen.

Zufrieden schmunzelte Heket vor sich hin. Die Saat einer Harimsverschwörung war gelegt. Das erste zarte Grün lugte bereits aus dem Boden. Es wuchs und gedieh, wenn sie darauf achtete, es richtig zu pflegen.

***

Am nächsten Morgen trabte Chaemwaset zusammen mit seiner großen Schwester in den Garten jenseits der hohen Mauern des Kinderflügels, wo der tägliche Unterricht stattfand. Als sie den schattigen Bereich betraten, standen Amuni und Prehi zusammen mit Ramesse etwas abseits der anderen und grölten über einen Scherz, den ihr Bruder gerissen hatte. Unweit von ihnen lungerte Sethi herum. Chaemwaset blieb stehen, während Bintanat sich zu ihrem Platz unter der knorrigen Akazie begab, und sah zu seinem Halbbruder mit der leuchtend roten Haarlocke. Was trieb er da? Fast schien es, als wolle er sich den Jungen nähern. Hatte er den Verstand verloren? Chaemwaset ließ ihn nicht aus den Augen.

Tatsächlich nahm Sethi kurz darauf all seinen Mut zusammen und näherte sich schüchtern seinen drei Brüdern. Kurz vor ihnen blieb er unentschlossen stehen.

»Was glotzt du so!«, fauchte Amuni ihn an, der ihn als Erster bemerkte. Er schenkte Sethi einen drohenden Blick.

»Darf … darf ich mich zu euch gesellen?«, fragte Sethi zaghaft und starrte auf seine Füße.

Amuni trat einen Schritt auf ihn zu. »Warum?«

Chaemwaset konnte sehen, wie unbehaglich Sethi sich fühlte. Er schluckte ängstlich und wagte nicht, Amuni in die Augen zu schauen.

»Weil … weil ich euer Bruder bin.«

Amuni lachte rau und drehte sich grinsend zu Prehi und Ramesse um. »Nun höre sich einer den hier an. ›*Weil ich euer Bru-*

der bin«, äffte er Sethi nach. Er wandte sich wieder seinem jüngeren Halbbruder zu. Seine Stimme wurde hart. »Verschwinde und spiele mit den Jungen deines Alters, du Wicht!«

Betroffen ließ Sethi den Kopf hängen, und Chaemwaset ballte die Fäuste. Amuni war arrogant und blickte stets von oben auf seine Geschwister und alle anderen herab. Am liebsten hätte er ihm eine Lektion erteilt, aber er wusste, das würde seinen Vater erzürnen.

»Frage doch Chaemwaset, ob der mit dir spielen will!«, hörte er Ramesse sagen. Sein Bruder wies mit dem Kopf in seine Richtung. »Der ist zumindest in deinem Alter, und niemand kann ihn leiden – so wie dich!«

Und mein eigener Bruder ist ebenfalls ein Idiot!, durchfuhr es Chaemwaset. Vergessen war der Vorsatz, seinen Vater nicht zu erzürnen. Er wollte schon auf seine Brüder losstürzen, als er Bintanat gewahrte, die auf Sethi zutrat und ihm den Arm um die Schultern legte.

»Lasst ihn in Frieden!« zischte sie und warf ihren Geschwistern einen wütenden Blick zu. »Er hat euch nichts getan. Er hat dich nur höflich gefragt«, wandte sie sich direkt an Amuni, »ob er sich zu euch gesellen darf. Deshalb musst du ihn nicht gleich so anschnauzen!«

»Was mischt du dich da überhaupt ein?«, brüllte Amuni zurück. Unmutsfalten zierten seine Stirn. »Dich hat niemand nach deiner Meinung gefragt.« Ein hinterhältiges Grinsen malte sich in sein Gesicht. »Wenn dir Sethi so leidtut, Bintanat, kannst du dich ja gern um ihn kümmern! Immerhin bist du ein Mädchen.«

Chaemwaset sah, wie Amunis Spott seiner Schwester die Zornesröte ins Gesicht trieb, und er wusste, das würde böse enden.

»Du bist widerwärtig!«, hörte er sie schreien. »Ich frage mich, wie du der Sohn meines Vaters sein kannst! Und du, Ramesse«, blaffte sie in die Richtung ihres Bruders, »du gibst dich mit so einem aufgeblasenen Pinsel auch noch ab und nennst ihn deinen Freund. Ich verabscheue dich!« Sie drehte sich um und zog Sethi, den sie noch immer an der Schulter hielt, dabei mit sich fort. »Komm, Sethi«, sagte sie freundlich, »lass uns gehen. Du kannst auch ohne meine doofen Brüder auskommen.«

Gehorsam folgte Sethi ihr, während Chaemwaset erleichtert aufatmete. Er kannte Bintanat nur zu gut. Auch wenn sie ein Mädchen war, hielt sie dieser Umstand nicht davon ab, ihre Brüder auch mal zu vermöbeln. Das hatte zumindest Amuni schon am eigenen Leib erfahren dürfen.

»Ja, Sethi«, brüllte derweil Ramesse verächtlich, »geh nur mit meiner doofen Schwester mit und verstecke dich unter ihrem Kleid. Du bist ein feiger, armseliger Wicht! Deshalb hast du bei uns auch nichts verloren.«

Das war zu viel für Sethi. Unwirsch machte er sich aus Bintanats Umarmung frei, drehte sich um und stürzte sich auf seinen Halbbruder. Ramesse war gut einen halben Kopf größer als er; das aber hinderte ihn nicht daran, dem überraschten Jungen die Faust mit voller Wucht ans Kinn zu schlagen, sodass Ramesse ein paar Schritte rückwärts taumelte. Sethi wollte erneut ausholen, als Amuni und Prehi mit wüstem Geheul über ihn herfielen und mit den Fäusten auf ihn einhämmerten.

»Hört auf!«, schrie Bintanat. Sie sah zu den anderen Kindern, die keinerlei Anstalten machten, Sethi zu helfen.

Auch Chaemwaset war vor Überraschung wie gelähmt. Nie hätte er dem schmächtigen Kerlchen einen solchen Mut und einen so derben Faustschlag zugetraut, der seinen großen Bruder umgehauen hatte. Er hielt bestürzt den Atem an, denn nun ging alles sehr schnell. Verzweifelt griff Bintanat ebenfalls in das Handgemenge ein, und Chaemwaset stockte der Atem. Er war wie versteinert und noch immer nicht imstande, irgendetwas zu unternehmen oder seiner Schwester zu Hilfe zu eilen. Wie in einem schlechten Traum sah er, wie sie sich auf ihre Brüder stürzte, die ihrerseits sich Sethi vorgenommen hatten. Sie trat und biss, kratzte und zog an Schurzen und Haaren, wenn sie das eine oder andere zu fassen bekam, bis ein Faustschlag sie niederstreckte.

Sein Herz krampfte sich zusammen, als er den schmerzerfüllten Schrei Bintanats vernahm. Er riss ihn aus seiner Starre. Er sah, wie sie im Gras landete, wo sie sich heulend die Wange hielt. Selbst aus dieser Entfernung konnte er sehen, wie ihre linke Gesichtshälfte in Windeseile anzuschwellen begann.

Das war zu viel!

Während sich die anderen Kinder um die raufenden Jungs scharrten und niemand mehr Notiz von seiner Schwester nahm, rannte er zu ihr hin und hockte sich neben sie. Bintanat jammerte und hielt sich ihr Gesicht. Sacht berührte er ihren Arm.

»Hat Amuni dir wehgetan?« Bintanat nickte und sah ihn aus verweinten Augen an. Wütend ballte er die Fäuste. »Das wird er mir büßen!« Er sprang auf die Füße und drängelte sich durch die Schar der gaffenden Kinder. »Amuni!«, brüllte er. »Komm her und prügele dich mit mir! Oder traust du dich nur an wehrlose Mädchen heran?«

Schlagartig wurde es still. Alle starrten ihn an, auch seine Brüder. Sie hatten von dem am Boden liegenden Sethi abgelassen und glotzten verständnislos auf ihn hinab. Wie konnte er es auch wagen, mit zornigem Gesicht und zum Schlag geballten Fäusten sich vor ihnen aufzubauen?

»Was willst du denn, Chaemwaset?«, schnauzte Amuni zurück. Er machte sich gerade und stemmte herausfordernd die Hände in die Seiten. »Willst du ebenfalls eine Tracht Prügel? Also gut, die kannst du bekommen.« Mit wüstem Geheul stürzte er sich auf ihn.

Gewandt wich Chaemwaset seitlich aus, sodass Amunis Angriff ins Leere ging. Dann drehte er sich geschwind um seine eigene Achse und sprang seinem Bruder in den Rücken. Er war rasend vor Wut, weil Amuni es gewagt hatte, die Hand gegen Bintanat zu erheben. Mit dem linken Arm und beiden Beinen klammerte er sich an seinem Körper fest und drosch mit der rechten Faust auf ihn ein.

»Das ist für meine Schwester!«, schrie er und verpasste Amuni einen Schlag ins Genick, der schützend seine Arme hob. »Und das ist für Sethi und all die anderen Kinder, die du schon verprügelt hast!« Unaufhörlich trafen seine Schläge Amunis Nacken, der verzweifelt versuchte, ihn von seinem Rücken abzuschütteln. Chaemwaset ließ das nicht zu. Wie ein Äffchen klammerte er und verteilte Hieb um Hieb.

Während die anderen Kinder noch immer mit offenen Mündern dastanden und begannen, die Raufenden anzufeuern, reichte es Nebsumenus ältestem Sohn. Unauffällig machte er sich aus dem Staub. Er wollte Hilfe holen, denn Ramesse und Prehi machten Anstalten, Amuni zu helfen und über Chaemwaset herzufallen. Eile war geboten, sollte eine kleine Rauferei nicht in einer Massenschlägerei der Prinzen ausufern. Hilfe fand er am Zugang zum Garten, wo die zwei Wachmänner mit den Beschützern der königlichen Kinder plauschten.

»Schnell!«, rief er und zeigte in Richtung des Unterrichtsbereiches. »Amuni und Chaemwaset prügeln sich, eigentlich prügeln sich alle Prinzen, und auch Bintanat.«

Den Männern entgleisten sämtliche Gesichtszüge. Sie stürmten los und rannten dabei fast den Priester über den Haufen, der gut gelaunt und nichts ahnend, was seine Schützlinge gerade trieben, sich auf dem Weg zu seinen Schülern befand.

»Was ist denn geschehen?«, rief er ihnen verwundert hinterher, doch niemand nahm von ihm Notiz. Also schnappte er sich Nebsumenus Sohn am Arm. »Was ist passiert?«

»Die Prinzen prügeln sich und die Prinzessin auch!«, stieß der Junge japsend hervor. Er entwand sich seinem Griff und rannte den Soldaten hinterher.

Der Priester setzte ihm nach.

»Bei allen Götter!« Verzweifelt rang der Gottesdiener die Hände, als er den Schauplatz erreichte. Seine Schützlinge waren eine johlende Menge, die nun betreten zu Boden starrte, während Chaemwaset und Amuni im festen Griff der Wachleute hingen. Amuni schlug nach dem Mann und fluchte fürchterlich. Chaemwaset ließ seine Gefangennahme geduldig über sich ergehen. »Hoheiten, was habt ihr angestellt. Wie seht ihr aus?« Betroffen wanderte der Blick des Ptah-Priesters von einem Prinzen zum anderen.

Prehi und Ramesse standen mit zerzauster Jugendlocke neben Sethi, der zu ihren Füßen im Gras lag und schluchzte. Sein rechtes Auge war dick angeschwollen, und aus seinem linken Nasenloch und aus der Oberlippe tropfte Blut und beschmutzte seinen zerrissenen Schurz. Ramesses Kinn leuchtete ebenfalls himmelblau und war angeschwollen, während Amuni einen dicken blutigen Kratzer auf der Wange hatte und sich Rücken und Nacken rieb, nachdem ihn der Wächter aus seinem Griff freigab. Nur Chaemwaset und Prehi schienen unverletzt zu sein.

Dem Lehrer wurde speiübel, wenn er daran dachte, dieses Vorkommnis dem Mitregenten erklären zu müssen. Er hatte doch nicht einmal eine Vorstellung, wie es zu diesem Vorkommnis überhaupt gekommen war. Dann fiel ihm ein, dass auch die Prinzessin sich angeblich mitgeprügelt hatte. Er seufzte verzagt. »Und wo ist Prinzessin Bintanat?«

Die Kinder sahen sich um und gaben den Weg zu ihr frei. Bintanat kauerte am Boden und war einem Häufchen Unglück gleich.

Dem Priester stockte der Atem. »Hoheit«, stammelte er fassungslos und trat auf sie zu. Er hockte sich vor sie hin und nahm ihr Kinn in die Hand, um ihr ins Gesicht zu sehen. »Ptah, steh mir bei!« Er war zutiefst betroffen, als er die geschwollene Gesichtshälfte sah und der Geruch ihres Atems ihm sagte, dass ihr Zahnfleisch verletzt worden war. »Wer ist das gewesen?« Seine Stimme klang voller Zorn.

»Amuni!«, kam Chaemwaset seiner Schwester zuvor. »Er hat auf sie eingeprügelt, wie er es immer bei Schwächeren macht!«

»Ich habe mich nur verteidigt«, schrie Amuni zurück. »Meine Schwester ist wie ein rasender Dämon über mich hergefallen, und da ist das eben passiert. Zudem, sieh hier. Sie hat mich gekratzt.« Er wies auf den langen roten Striemen auf seiner Wange.

»Aber warum nur?«, fragte der Priester bestürzt. Er verstand die Welt nicht mehr, und sein Blick irrte zwischen Amuni und Bintanat hin und her. »Willst du mir erzählen, Hoheit, deine Schwester hätte dich angegriffen?« Er sah auf das im Gras kauernde Mädchen hinab.

»Er hat Sethi beschimpft«, verteidigte sich Bintanat und erzählte wahrheitsgetreu den Hergang der Prügelei, den die anderen Kinder bestätigen konnten. Dabei bereitete ihr die angeschwollene Gesichtshälfte, die auch ihre Lippe in Mitleidenschaft gezogen hatte, einige Schwierigkeiten.

Der alte Mann schüttelte nur noch mit dem Kopf und schickte die anderen Kinder nach Hause. Der Unterricht fiel heute aus. Entzückt stoben die Knaben davon und verließen in Windeseile den Garten.

»Ich werde euch jetzt in eure Zimmer bringen und einem

Arzt Bescheid sagen, damit er sich um eure Verletzungen kümmert.« Er strich sich über den kahl rasierten Schädel, denn er wusste, welcher Gang ihm im Anschluss bevorstände.

»O Großer Gott Ptah, wie soll ich das bloß Seiner Majestät erklären?«, murmelte er vor sich hin und blickte grimmig zu den Wachleuten. Warum hatten sie nicht eingegriffen? Dann fiel ihm ein, dass sie sich zum Schwatzen zu ihren Kameraden am Eingang zum Garten verdrückt hatten, anstatt ihren Pflichten nachzukommen.

Grimmig erhob er sich und half erst Bintanat und dann Sethi auf die Beine. Eigenhändig brachte er die Kinder zurück in den Kinderflügel und wartete, bis die königlichen Hofärzte erschienen, um sich der Verletzten anzunehmen. Glücklicherweise handelte es sich nur um Prellungen und Blutergüsse, die die Prinzen einander zugefügt hatten, und nachdem sie ordentlich gewaschen waren, sahen sie auch wieder manierlich aus, von ihren Blessuren abgesehen.

Bevor er ging, befragte er nochmals alle sechs Kinder nach dem Hergang der Prügelei und erhielt natürlich völlig unterschiedliche Antworten, aus denen er sich die Wahrheit zusammenreimte. Dann verließ er den Kinderflügel und begab sich mit einem unguten Gefühl in der Magengegend zu den Arbeitsräumen des Mitregenten und ließ sich bei ihm melden.

***

Ramses saß über wichtigen Depeschen, als ihm der Priester des Ptah gemeldet wurde, der um diese Zeit normalerweise seine Kinder unterrichtete. Verwundert kräuselte er die Stirn und sagte dem Diener, dass er dem Mann ausrichten sollte, sich noch ein wenig zu gedulden. Eine Stunde später empfing er ihn.

»Was kann ich für dich tun?«

Unbehaglich trat der von der Last des Alters gebeugte Mann von einem Fuß auf den anderen, den Blick auf seine Sandalen gesenkt. »Majestät«, hob er an und berichtete von dem Vorfall, der sich am Morgen im Unterrichtsgarten des Palastes zugetragen hatte.

»Wie konnte es zu einem solch ungeheuerlichen Vorfall kommen?«, schnauzte Ramses den Priester an, obwohl er aus dessen Bericht wusste, dass ihn keinerlei Schuld traf, sondern die Soldaten, welche sich nicht um seinen Nachwuchs gekümmert hatten. Das würde ein Nachspiel haben!

Verlegen sackte der Kopf des Priesters noch tiefer auf seine eingefallene Brust.

»Haben sich die Prinzen schwere Verletzungen zugefügt?«

Die Handbewegung des Lehrers war vage. In knappen Worten berichtete er von den Schwellungen, Kratzwunden und Blutergüssen, welche die fünf Prinzen für die kommende Zeit verunstalten würden.

»Und Bintanat?«

Betroffen seufzte der Mann. »Ihre linke Wange ist durch den Faustschlag ihres Bruders angeschwollen und blau verfärbt. Zudem musste ihr ein Backenzahn gezogen werden, der sich durch den Schlag so stark gelockert hatte, dass er sie beim Essen behindert hätte. Es war noch kein neuer Zahn, Majestät«, fügte der Priester rasch hinzu. »Er war wohl schon locker und wäre in den folgenden Tagen so oder so herausgefallen.«

»Das ist mir egal!«, blaffte Ramses dazwischen. »Sonst noch was?«

»Nein, Majestät. Ansonsten geht es ihr gut.«

»Du darfst dich zurückziehen«, grummelte Ramses und wartete, bis sich der Mann aus dem Raum begeben hatte. Dann rief er nach Intef.

»Du wirst fünf fähige Männer suchen, die fortan während des Tages neben den Erziehern und Kinderfrauen die Aufsichtspflicht über meine Kinder führen. Sie haften mir mit ihrem Leben für ihre Sicherheit. Zudem werde ich sie persönlich zur Verantwortung ziehen, wenn sie ihre Aufgaben vernachlässigen und ein weiteres Mal geschieht, was heute Morgen in der Palastschule vorgefallen ist. Hast du mich verstanden, Intef?«

»Ja, Majestät!« Der Getreue verneigte sich zackig. »Um welche deiner Kinder handelt es sich? Um alle?«

»Nein. Es betrifft die Prinzen Amuni, Ramesse, Prehi und Chaemwaset sowie Prinzessin Bintanat.«

Bei letzterem Namen hoben sich überrascht Intefs Augenbrauen. »Wie du befiehlst, Majestät.« Ergeben neigte er den

Kopf und wartete auf weitere Anweisungen oder auf seine Entlassung.

»Zudem erlaube ich dir«, fuhr Ramses fort, »in meinem Namen diejenigen Harimswachen zu maßregeln, die es heute Vormittag vorzogen, lieber zu tratschen, anstatt sich um meine Kinder zu sorgen. Wären sie ihren Pflichten nachgekommen, hätte es diesen ungeheuerlichen Vorfall von Ungehorsam nicht gegeben.«

Intef nickte zwar ergeben; Ramses entging aber nicht, wie er erneut die Augenbrauen hob, dieses Mal verständnislos. Also fasste er in knappen Worten zusammen, was der Priester des Ptah ihm soeben berichtet hatte. Dann war auch Intef entlassen, und Ramses konzentrierte sich wieder auf seine Arbeit.

Erst als es dunkel wurde, fand er die Zeit, sich in den Kinderflügel zu begeben, um nach seinen Raufbolden zu schauen.

Sethi, der am meisten Prügel bezogen hatte, stattete er den ersten Besuch ab, doch der Junge befand sich bereits im Reich der Träume. Sein linkes Auge war nur noch ein Schlitz. Die Augenbraue schien sich gleich an die Wange anzuschließen, die gesamte Gesichtshälfte schimmerte dunkelblau bis violett. Seine Oberlippe war aufgeplatzt und verkrustet.

»Armes Kind!«, murmelte Ramses und strich dem Jungen sanft über seinen kahl geschorenen Kopf. Dann erhob er sich und suchte auch die anderen Streithähne auf.

Chaemwaset und Bintanat wurden von ihm nicht bestraft, obwohl sich Bintanat eine kurze Strafpredigt anhören durfte, dass es für eine Prinzessin ungebührlich sei, sich zu prügeln. Sie hatte ihren Halbbruder verteidigen wollen, doch das musste nicht unbedingt mit dem Fäusten sein.

»Was hätte ich denn tun sollen?«, maulte Bintanat beleidigt. »Sethi lag am Boden, und Amuni, Ramesse und Prehi haben auf ihn eingehauen. Keiner der Kinder wollte helfen. Ich musste doch was tun!«

»Du hättest Hilfe holen können, wie es Nebsumenus Ältester tat.«

Entschieden schüttelte sie den Kopf. »Und in der Zwischenzeit wäre Sethi von meinen doofen Brüdern verhauen worden? – Nein!«

Ramses beließ es dabei. Er konnte ihre Entscheidung im Grunde nachvollziehen, selbst wenn er sie nicht gutheißen mochte.

Als Nächstes nahm er sich Prehi und Ramesse vor. Beide Knaben wurden von ihm scharf gerügt und mit einem halben Monat Arrest sowie zwanzig Stockhieben bestraft, und danach kam Amuni an die Reihe.

Sein Ältester lag bäuchlings auf seinem Bett und leckte sich seine Wunden, als er den Raum betrat. Wie bei Bintanat hatte auch bei ihm der Stolz einen harten Dämpfer erhalten, obwohl er über alle obsiegt hatte. Vielleicht nagte auch das schlechte Gewissen an ihm, als er sich flink von seiner Bettstatt erhob, um sich vor ihm untertänigst zu verneigen.

Ramses schwieg und musterte ihn eine kleine Ewigkeit, was den Jungen unruhig werden ließ. Nervös trat Amuni von einem Bein auf das andere und wischte sich seine Handflächen an seinem Leinenschurz ab.

»Hast du mir etwas zu sagen?«, hob Ramses an. Er klang beherrscht und ruhig.

»Sethi hat angefangen und auch Bintanat!«

»Und du bist völlig unschuldig daran?«

Amuni hüllte sich in Schweigen, doch sein Kopf nahm eine dunkelrote Farbe an, und seine Backenknochen mahlten.

»Ich bin entsetzt und fassungslos darüber, was heute vorgefallen ist«, entlud sich nun der seit dem Mittag angestaute Zorn über dem Haupt seines Ältesten. »Wie kannst du es wagen, die Hand gegen deine Schwester zu erheben und ständig nach Belieben deine Brüder zu verhauen?«

»Bintanat hat angefangen und Sethi auch!«, wiederholte Amuni bockig. »Sethi hat sich ohne Vorwarnung auf mich gestürzt ...«

»Weil du ihn beleidigt und gereizt hast!«, brüllte Ramses dazwischen. »Und ihr wart dann auch noch so feige, euch zu dritt auf ihn zu stürzen. Ich bin über euer Verhalten entsetzt.« Er schnappte nach Luft. »Ich hatte dich gewarnt, Amuni, doch nun hast du den Krug zum Überlaufen gebracht. Du erhältst für den kommenden Monat Stubenarrest. Du darfst zum Unterricht in den Schulgarten gehen und in die Kaserne, doch von dort aus wirst du dich auf dem kürzesten Weg in dein Zimmer begeben und es bis zum nächsten Schulbesuch nicht mehr verlassen. Und ich werde verlässliche Männer postieren, die darüber wachen, dass du meiner Anweisung nicht zuwiderhandelst.«

»Du behandelst mich wie einen Verbrecher, Vater, den man ins Gefängnis wirft!«, beschwerte sich Amuni und starrte ihm verbittert ins Gesicht.

Nun reichte es Ramses. Er trat auf seine Sohn zu und legte ihn übers Knie, um ihm mit bloßer Hand den Hintern zu versohlen. Das wollte er dieses Mal keinem Fremden überlassen. Wenn Stockhiebe es nicht schafften, das Ohr seinen Ältesten zu öffnen, dann musste es eben seine Handfläche tun.

Amuni strampelte und schrie, doch Ramses ließ sich davon nicht beeindrucken. Strafe musste sein, und dieses Mal sollte sie auch wehtun! Vielleicht prägte sie sich dann besser ein.

Als er befand, dass es genügte, ließ er von Amuni ab. Er zog seine Kleidung zurecht und verließ das Zimmer seines Sohnes, ohne ein weiteres Wort an ihn gerichtet zu haben. Um sich auf angenehmere Gedanken bringen zu lassen, begab er sich schnurstracks zu Nefertaris Gemächern.

Erstaunlicherweise gelang es ihm, den Flur seines Harims zu durchqueren, ohne in den Armen einer seiner Nebenfrauen zu landen. Er schob es auf seinen grimmigen Gesichtsausdruck.

Als er Nefertaris Räumlichkeiten betrat, vernahm er das aufgeregte Geschnatter der Dienerinnen, das aus dem angrenzenden Garten an seine Ohren drang. Was ging dort vor? Seine Laune war nicht gerade die beste. Er trat hinaus, um nachzusehen. Eine stattliche Anzahl von Frauen, sowohl Dienerinnen als auch Harimsdamen, lungerte vor der Geburtslaube herum und verneigte sich, als sie seiner ansichtig wurde. Seine unwillige Miene gebot ihnen, sich schleunigst zurückzuziehen.

»Was ist hier los?«, erkundigte er sich im scharfen Ton bei einer in die Jahre gekommenen Dienerin, die nur flüchtig einen Gruß murmelte und eilig an ihm vorbeihuschte.

Überrascht blieb die Frau stehen und verneigte sich. »Deine Gemahlin bekommt ihr Kind, Majestät.«

Bevor Ramses etwas erwidern konnte, war sie bereits in der luftigen Laube aus Binsengeflecht verschwunden.

»Sie bekommt ihr Kind?« Ungläubig sah Ramses der Frau hinterher. Warum hatte ihn niemand informiert?

Als sich die Tür hinter ihr schloss, erhaschte er einen kurzen Blick ins Innere. Dabei erspähte er Nefertari, die in einem Gebärstuhl hockte, um sie herum geschulte Frauen, die als die Geburtsgöttinnen Taweret, Isis, Nephthys und Heket für einen guten Verlauf der Niederkunft Sorge trugen. Natürlich war auch einer der obersten Palastärzte zugegen, die es verstanden, Kreißenden hilfreich zur Seite zu stehen. Nefertari befand sich in guten Händen. Jetzt hing es einzig von der Gunst der Götter ab, ob die Geburt problemlos verlief.

»Sie bekommt ihr Kind«, wisperte er abermals, und dieses Wissen vertrieb die Unmutsfalten auf seiner Stirn. Sein Gesicht hellte sich freudig auf.

Weil er vor Aufregung nicht stillstehen konnte, lief er vor der Laube auf und ab und spitzte dabei die Ohren. Leise drangen die beruhigenden Stimmen der Frauen aus dem Innern heraus. Manchmal vernahm er das unterdrückte Stöhnen seiner geliebten Frau. Es zählte für ihn zu den größten Wundern, welche die Ewigwährenden geschaffen hatten, dass ein neues Leben im Leib einer Frau neun Monate heranwuchs, um dann von ihr geboren zu werden. Und auch davor hatte er größten Respekt. Er hatte fast alle seine Kinder kurz nach der Geburt im Arm gehalten. Wenn er sich vorstellte, dass deren Mütter sie zuvor aus ihrem Leib herausgepresst hatten. Es schüttelte ihn. Nein, dann schwang er lieber das Schwert und trat gegen einen Stamm blutrünstiger Feinde an.

Ein Schrei zerriss die friedliche Stille der anbrechenden Nacht. Besorgt hielt Ramses in seinem Herumlaufen inne und lauschte angestrengt.

Was ging da drinnen vor? Warum nur dauerte es so lange? Müsste das Kind nicht schon längst geboren sein?

Es war inzwischen komplett dunkel geworden. Beflissene Diener brachten Fackeln und entzündeten sie, damit die Umgebung um die Laube herum erleuchtet war. Einer von ihnen näherte sich ihm und fragte höflich, ob er etwas wünschen würde.

Ja, dachte Ramses, dass nun endlich das Kind geboren wird!

Erwartungsvoll blickte der Mann zu ihm auf, doch Ramses schüttelte den Kopf.

»Ich rufe, wenn ich etwas benötige.«

Gehorsam zog der Diener sich wieder zurück.

Der Abend schritt immer weiter voran. Die Gespräche, die von der anderen Seite der Gartenmauer an seine Ohren drangen, verstummten allmählich und machten Platz für die Stimmen der nächtlichen Räuber, die in der Wüste erwachten, um auf die Jagd zu gehen. Und noch immer zeriss nicht das Geschrei eines Neugeborenen diese friedvolle Nacht. Endlose Stunden quälenden Wartens verrannen und nichts geschah. Allmählich wurden ihm die Augenlider schwer. Der vergangene Tag war anstrengend gewesen.

Nachdem er den Schriftverkehr erledigt und die Listen der ins Delta zu liefernden Baumaterialien kontrolliert hatte, war er zu seinem Vater befohlen worden, der zusammen mit seinem Oberbaumeister und dessen Sohn die weiteren Aktivitäten für die zukünftige Residenzstadt besprechen wollte. Eine seiner Anweisungen lautete, dass Ramses und Maj sich bereits übermorgen nach Hut-waret begeben sollten, um die Baumaßnahmen voranzutreiben.

»Schon wieder meiner Familie entrissen«, murmelte er vor sich hin, während er den Blick zum Himmel hob. Ein heller Schimmer zeigte sich im Osten. Es wurde allmählich wieder hell, und mit dem Aufgang von Res Barke stand ein neuer Tag kurz davor, geboren zu werden – nur nicht sein Kind!

Ramses war dem Verzweifeln nahe. Sein Magen knurrte ganz fürchterlich, denn er hatte seit dem Mittag nichts mehr gegessen. Der Krug Wasser, den ihm eine Dienerin gebracht hatte, bevor wohl auch sie in ihr Bett gegangen war, war inzwischen leer, und die Zunge klebte ihm fast am Gaumen. Das alles war aber nichts im Vergleich dazu, wie er sich fühlte: verzweifelt und immer nervöser. Fast die gesamte Nacht hatte er ruhelos vor der Geburtslaube seine Runden gedreht. Er fühlte sich fast wie ein Raubtier, das die Beute in ihrem Innern wittert, sie aber nicht erreichen kann. Doch im Innern der Laube befand sich keine Beute. Es waren Nefertari und ihr noch ungeborenes Kind, doch bis auf das qualvolle Jammern und Stöhnen seiner geliebten Frau, ihre Schreie, ausgelöst durch die Schmerzen der Geburt, hatte sich nichts weiter getan.

»Amun-Re, was passiert nur da drinnen?«, fragte er mit dem Blick zum sich erhellenden Firmament. »Warum dauert es so lange? Das Kind müsste doch schon längst geboren sein.«

Wie schön wäre es, wenn wenigstens Isisnofret jetzt an meiner Seite wäre. Sie würde es sicher schaffen, mich abzulenken, mir die Furcht zu nehmen, dass etwas Schlimmes passieren könnte. Sie befindet sich aber derzeit nicht im Palast. Ob ich Tawit zu mir bitten sollte?

Er verwarf diesen Gedanken.

Verzweifelt knetete er seine Hände. Am liebsten hätte er die Tür aufgerissen und wäre ins Innere gestürzt, doch bis auf den Heilkundigen hatte ein Mann nichts bei einer Geburt verloren. Das war Sache der Frauen.

Als das Handkneten nichts mehr nutzte und seine Nervosität und die Anspannung immer größer wurden, begann er, an seinen Fingernägeln zu kauen.

»Bitte, Amun, lass Nefertari nicht sterben!«, flehte er. »Ich verspreche dir, dass ich zu deinem Ruhme Tempel erbauen werde, schöner als alles, was bisher für dich errichtet wurde. Ich werde alles tun, dass du die Ehre erfährst, die dir gebührt, doch bitte beschütze meine Gemahlin und das Kind, das sie trägt.«

Als er schon fast wahnsinnig vor Angst und Sorge war, hörte er mit einem Mal den schrillen Klagelaut seiner Frau, der sein Herz fast zum Stillstand brachte, und kurz darauf den gellenden Schrei eines Neugeborenen.

Ein Stein fiel ihm vom Herzen.

»Danke, Amun-Re, mein Vater, ich danke dir.« Sichtlich erleichtert fiel er auf die Knie und neigte den Rücken vor der göttlichen Gnade des Gottes mit den beiden steil aufgerichteten Federn auf dem Kopf. Dieser befand sich im Begriff, am östlichen Horizont die Tiefen der Unterwelt hinter sich zu lassen, und schickte sich an, in seiner goldenen Barke das Himmelszelt zu überqueren. Zum Abschluss sandte Ramses noch ein kurzes Gebet an den König der Götter; dann erhob er sich und trat vor den Zugang zur Laube.

Eine weitere Unendlichkeit verstrich, bis sich die Tür endlich öffnete und die ältere Dienerin den Kopf zu ihm hinausstreckte.

»Wie geht es meiner Gemahlin?«, platzte er heraus. Er stellte sich auf die Zehenspitzen und verrenkte sich den Hals, um etwas zu sehen.

Freundlich lächelte die Dienerin ihn an. »Sieh selbst, Majestät!« Sie öffnete ihm vollständig die Tür und bat ihn herein.

Ramses stürzte förmlich in das Geburtshaus, in dem Nefertari in der Zwischenzeit auf weiche Kissen gebettet worden war. Ein hauchdünnes, makellos weißes Leinentuch bedeckte ihren Körper. Das tiefschwarze Haar fiel ihr verschwitzt auf die Schultern, aber überglücklich lächelte sie ihn an.

»Nefertari!«, flüsterte Ramses und ging neben ihrer Ruhestatt in die Knie. »Wie geht es dir?«

»Ich fühle mich schwach, doch sieh!« Ihr Blick glitt hinab in ihre Armbeuge, in der sie ein kleines, schreiendes Bündel hielt. »Das ist deine Tochter, Ramses. Es war dieses Mal eine äußerst schwere und vor allem schmerzhafte Geburt, schwerer als alle anderen zuvor. Fast glaubte ich, ich würde sie nicht überleben, doch Taweret wachte an meiner Seite. Sie hat mein Leben und das meines Kindes beschützt.« Sie lächelte matt.

Ramses konnte unschwer in ihren Gesichtszügen ablesen, dass ihr die vielen Stunden arg zugesetzt und sie geschwächt hatten. Es tat ihm so weh. Wenn er dann aber das kleine Wesen erblickte, welches greinend in ihrer Armbeuge lag, wurde ihm ganz warm ums Herz. Er beugte sich zu Nefertari hinab und gab ihr einen zärtlichen Kuss.

»Ich habe immerfort zu Amun gebetet, dass er dich und das Kind beschützen möge«, wisperte er und tätschelte ihre Wange. Dann nahm er ihr seine Tochter aus dem Arm und drückte sie sanft an seine Brust. »Hast du ihr schon einen Namen gegeben?«

»Noch nicht. Wenn du aber Amun angefleht hast, er möge mich und das Kind beschützen, und die Gebete wurden erhört, soll sie Meritamun heißen, denn dann ist sie *Geliebt-von-Amun*.«

»Ein schöner Name!« Ramses betrachtete voll grenzenloser Liebe seine Tochter, die aufhörte zu schreien, je länger sie die Wärme seines Körpers spürte.

»Es scheint ihr bei dir zu gefallen, sieh!« Nefertari lächelte erschöpft und konnte nur mühevoll ein Gähnen unterdrücken. »Sie weint gar nicht mehr.«

Ramses lächelte zurück und blickte auf sein Töchterlein. »Ja, meine kleine Prinzessin Meritamun.« Sanft strich er ihr über das Köpfchen. »Ich werde für dich da sein, wann immer du mich brauchst.« Er küsste die Kleine auf die Stirn und legte sie Nefertari zurück in den Arm. »Erhole dich gut von der Geburt, meine geliebte Schwester. Übermorgen muss ich nach Hutwaret aufbrechen. Sethos verlangt es von mir. Ich verspreche aber, dich vorher noch einmal zu besuchen.«

Zärtlich strich er ihr über die Wange. Dann ließ er sie und Meritamun allein. Beide benötigten dringend ihre Ruhe, und auch er konnte sich vor Müdigkeit kaum noch auf den Beinen halten. Die Beiden Länder mussten am heutigen Tag wohl oder übel ohne ihn auskommen.

22. Kapitel

Die folgenden neun Monate

Schweren Herzens kehrte Ramses der nördlichen Residenz den Rücken und begab sich zusammen mit Maj ins Delta, um die Bauarbeiten in Hut-waret zu überwachen.

Der Palasthafen war fertiggestellt. Nun waren die Arbeiter dabei, den weitläufigen See um den Palastbezirk auszuheben, auf dem einmal Pharao mit den Damen seines Harims Boot fahren würde. Die alte Mauer, die den Palastgarten begrenzte und nun an das Ufer des Sees stieß, hatten sie stehen lassen. Ramses missfiel das sehr.

»Diese alte, hässliche Mauer!«, beklagte er sich. »Sie war mir bereits bei meinem ersten Besuch ein Dorn im Auge. Sieh doch, Maj, es bröckelt ja schon der Putz an vielen Stellen ab.«

Der junge Baumeister zuckte mit den Schultern. »Ich weiß und sehe es. Ich habe nur Ausbesserungsarbeiten an jenen Stellen durchführen lassen, an denen es Durchschlupfmöglichkeiten gab. Es ist Sethos' ausdrücklicher Wunsch, dass sie erhalten bleibt. Sie stammt noch von Osiris Menpehtire Ramses. Wenn sie erst wieder ordentlich verputzt und getüncht ist, dann sieht sie sicher ganz manierlich aus.«

»Trotzdem gefällt sie mir nicht«, grollte Ramses wie ein beleidigtes Kind. »Wenn die Handwerker wenigstens in gewissen Abständen ein paar Pfeiler mauern würden; das würde sie auflockern. So sieht sie wie eine uralte Befestigungsmauer aus!«

Maj warf ihm einen überraschten Seitenblick zu. »Eine gute Idee, das mit den Pfeilern. Du wärest ebenfalls ein hervorragender Architekt geworden«, meinte er anerkennend. »Unterbreite diesen Vorschlag doch dem Pharao. Ich möchte wetten, er stimmt zu.«

»Oder er zürnt mir, weil ich schon wieder etwas an den Bauplänen seines Obersten Architekten auszusetzen habe.«

Maj schmunzelte. »Meinem Vater ist bewusst, dass er nicht

länger dieses Amt bekleiden wird, wenn erst du die Doppelkrone trägst.«

»So habe ich das nicht gemeint, doch sein Stil ist ...« Ramses suchte nach dem richtigen Wort und fand es nicht.

Maj half ihm dabei. »Veraltet?«

»Ja, genau, das ist er. Als mein Vater mir die Baupläne zeigte, wusste ich genau, welche von ihm sind und welche du gezeichnet hast.«

»Danke, Majestät!« Geschmeichelt neigte Maj das Haupt. »Ich habe nur das wiedergegeben, was du mir auf unserem Rundgang durch die Stadt aufgetragen hast. Es waren deine Ideen und Visionen, auch wenn Sethos wahrscheinlich denkt, dass es meine sind.« Er grinste bei diesem Gedanken.

»Stimmt, es ist mir nicht entgangen, doch dein Vater hätte es selbst mit diesen Anweisungen nicht fertiggebracht, sie so auf Papyrus zu bringen.« Entschuldigend sah Ramses zu seinem Freund. »Verzeih, Maj. Er ist dein Vater, aber das ist nun mal meine Meinung über ihn. Er ist ein begnadeter Architekt und Baumeister, seine Entwürfe sind überaus gut, doch in meinen Augen sie sind völlig veraltet und eingestaubt. Ich will in Hut-waret etwas Neues erschaffen, etwas Einzigartiges. Verstehst du, was ich meine?« Fragend blickte er Setau in die Augen. Dann machte er eine ausladende Geste und sagte: »Es bietet sich mir hier die Möglichkeit, eine völlig neue Königsstadt zu erschaffen, eine, der ich mein Siegel aufdrücken kann. Sie sollte deshalb nicht die schlechten Dinge der anderen großen Residenzen in sich vereinen, sondern einzig und allein deren Vorzüge.«

Ramses' Augen begannen, vor Eifer zu leuchten.

»Memphis ist wunderschön, doch viel zu hektisch. Theben ist grandios, aber für meinen Geschmack zu sehr durch Amuns Anwesenheit geprägt – obwohl ich dem Gott dankbar bin, dass er meine Gebete erhört und Nefertari bei ihrer schweren Geburt beigestanden hat.« Er zwinkerte Maj zu. »Mir schwebt eine Stadt vor, in der mehrere Götter gleichberechtigt nebeneinander verehrt werden können. Theben verehrt zwar auch mehrere Gottheiten, doch Amun-Re erdrückt sie alle durch seine Göttlichkeit. Ich sehe einen Ort der Ruhe und des Wohlstands in meinem Herzen, der alles Gute und Schöne von Memphis, Heliopolis und Theben in sich vereint. Hut-waret oder Per-Ramses, wie ich es nennen will, soll ein Platz sein, an den sich der Pharao, der lebende Horus, zurückziehen kann, um neue Kraft zu schöpfen. Es soll eine Residenz werden, die durch ihre Pracht in aller Munde ist. Die fremdländischen Gesandten sollen ihren Gebietern von ihr berichten und sagen: ›Majestät, so etwas haben meine Augen noch nie zuvor geschaut. Es gibt nichts Erhabeneres und Schöneres auf der ganzen Welt.‹ Verstehst du, was ich meine, Maj?«

»Ja, Ramses, ich denke, das tue ich, doch noch bist nicht du der lebende Horus. Wenn du es aber eines Tages sein wirst, werde ich dir die Pläne für deine Königsstadt zeichnen, so wie du sie dir wünschst.«

Das folgende halbe Jahr verbrachten Ramses und Maj im Delta, bis Sethos seinen Sohn nach Memphis zurückbefahl, allerdings nur, um ihn auf eine weitere Reise, dieses Mal in den Süden, zu schicken.

»Ich will, dass du dich in Abydos um die Bauarbeiten an meinem Tempel der Millionen Jahre kümmerst. Nebenbei kannst du auch über die an deinem eigenen Heiligtum wachen«, empfahl Sethos schmunzelnd, als Ramses leicht verstimmt auf diesen Befehl reagierte. »Ich weiß, dass ich dich deiner Familie in letzter Zeit sehr viel entrissen habe, doch das wird später einmal nicht anders sein. Also gewöhne dich daran. Nimm von mir aus deine Gemahlinnen mit und deine Kinder, doch ich will, dass du in die Stadt des Großen Gottes Osiris reist, um dich um die dortigen Arbeiten zu kümmern.«

Irgendwie kamen Ramses diese ermahnenden und aufmunternden Worte bekannt vor. Jedes Mal hatte er sie sich anhören dürfen, wenn sein Vater einen Auftrag für ihn bereithielt, der ihn seiner Lieben entriss. Allmählich hingen sie ihm zum Hals heraus. Ihm blieb allerdings nichts weiter übrig, als zu gehorchen. Zähneknirschend neigte er den Kopf.

Nachdem ihn Sethos entließ, begab er sich in seinen Harim. Die paar Stunden, die ihm noch bis zur Abreise blieben, wollte er nicht vergeuden.

Meritamun hatte sich in den zurückliegenden Monaten zu

einem kräftigen Mädchen entwickelt, gesund und munter. Sie begann zu krabbeln und tat es munter im Zimmer ihrer älteren Schwester Neferet. Die Kindergemächer reichten inzwischen nicht mehr aus. Sie waren nicht sehr groß, besaßen zu wenige Zimmer, sodass mit Meritamun und Neferet zum ersten Mal eine Doppelbelegung stattgefunden hatte.

»Bitte, Vater!«, bettelte seine Tochter, als er sie besuchen kam. »Bin ich nicht schon alt genug, um ein eigenes Zimmer zu besitzen? Alle meine Geschwister müssen sich das ihre mit keinem anderen teilen, nur ich. Bis Meritamun geboren wurde, hatte ich auch mein eigenes Reich, aber nun ...« Sie blickte zu ihm auf und machte ein verzweifeltes Gesicht. »Ständig krabbelt mir dieses kleine sabbernde Würmchen zwischen den Beinen umher. Sie weint und lässt mich nicht schlafen. Ich habe sie lieb, sie ist meine Schwester, trotzdem will ich mein Zimmer nicht mit ihr teilen müssen.«

Beleidigt zog Neferet einen Schmollmund, und Ramses versprach ihr, ein paar Zimmer an den Kinderflügel anbauen zu lassen. Immerhin kämen sicher noch weitere Prinzen und Prinzessinnen zur Welt.

Entzückt fiel Neferet ihm um den Hals, als er sie auf den Arm nahm, um sie zu herzen. Dann begab er sich mit einem unguten Gefühl in der Magengegend zu seinen anderen Kindern. Wer wusste schon, was sie in seiner Abwesenheit ausgefressen hatten, worüber er nicht in Kenntnis gesetzt worden war. Zu seinem Erstaunen gab es keinerlei schwerwiegenden Beschwerden über sie. Die Maßnahme, seinen fünf ältesten Kindern persönliche Leibwächter zur Seite zu stellen, schien gefruchtet zu haben. Selbst Amuni und Bintanat hatten sich als äußerst gehorsam erwiesen, was auch nicht zur Normalität gehörte. Zufrieden stellte Ramses fest, dass seine Maßregelungen erfolgreich waren.

Als er seine Älteste besuchen ging, begrüßte sie ihn freudestrahlend und zeigte ihm stolz ihren neuen Backenzahn.

»Schau, Vater, er ist nachgewachsen.« Bintanat riss den Mund weit auf und wies mit dem Zeigefinger auf ihren neuen Zahn.

Er musste lachen. »Und wo hast du die anderen gelassen?« Insgesamt fehlten ihr fünf Zähne, drei oben und zwei unten.

Beleidigt sah sie zu ihm auf. »Aber, Vater«, meinte sie vorwurfsvoll, »sie sind mir einfach so ausgefallen, aber Mutter hat gesagt, dass sie auch wieder nachwachsen werden.«

»Das stimmt«, bestätigte Ramses. »Dann kommen allerdings keine neuen mehr, falls du sie dir wieder von einem deiner Brüder ausschlagen lässt.«

»Das nächste Mal passe ich besser auf«, versprach seine Tochter mit altkluger Miene.

Nur mühsam konnte sich Ramses ein Lachen verkneifen. Er räusperte sich, um seiner Stimme Festigkeit zu verleihen. »Es wird kein nächstes Mal geben, Bintanat!«, ermahnte er sie streng. »Hast du mich verstanden? Beim nächsten Mal werde ich dir nämlich beweisen, dass sich das Ohr eines Mädchens ebenfalls auf dem Rücken befindet, genau wie bei einem Knaben. Auch dein Ohr wird lernen zu hören, wenn es durch den Stock geöffnet wird. Habe ich mich klar ausgedrückt, Bintanat?«

Beleidigt senkte seine Tochter den Blick und nickte. »Ja, Vater, ich werde gehorsam sein.«

Meine Tochter!, dachte Ramses amüsiert, als er sich zu den Gemächern von Nefertari und Isisnofret begab. Warum ist sie eigentlich kein Junge geworden? Ich hätte sicher meine helle Freude an ihr.

Eine Woche später bestieg er erneut seine Barke, die ihn nach Süden bringen sollte. Die Überschwemmung ging zurück, sodass ein Vorankommen flussaufwärts wieder möglich war. Er nahm auf diese Reise sowohl Nefertari als auch Isisnofret mit, doch seine Kinder beließ er in Memphis in der Obhut ihrer Ammen, Kinderfrauen und Erzieher.

Bintanat war völlig verzweifelt, als sie von dieser Entscheidung erfuhr. Sie hatte gehofft, endlich mit ihrem Vater auf Reisen gehen zu dürfen. Immerhin war sie die Älteste, bereits acht Nilschwemmen alt. Trotzdem wurde dieser Zustand ständig ignoriert. Zumindest durfte auch keiner ihrer Brüder mitfahren. Das besänftigte sie ein wenig. Dennoch begann dasselbe Spiel wie immer, wenn ihre Eltern auf Reisen gingen und sie in Memphis bleiben musste. Sie verkroch sich in ihrem Zimmer und sprach kein Wort mehr mit ihnen. Ramses kannte das inzwischen und machte sich daraus nichts mehr, Isisnofret hingegen war verzweifelt. Ramses beschwichtigte sie, es nicht so schwer zu nehmen. Spätestens bei ihrer Rückkehr würde Bintanat es kaum erwarten können, sie zu begrüßen.

Abydos war für Ramses ernüchternd. Die Bauarbeiten ruhten förmlich. Die Statuen seines Vaters waren noch nicht aufgerichtet und lagen, vom Sand der nahen Wüste schon halb bedeckt, in den Höfen auf den Transportschlitten herum. Die Hallen und Säle waren nicht fertiggestellt, vom Grab des Osiris ganz zu schweigen.

Als er den Hohepriester daraufhin zur Rede stellte, stieß er mehr auf Ablehnung und Ausreden denn auf Einsicht und den Willen, seinen Nachlässigkeiten schnellstmöglich Taten folgen zu lassen. Ramses war sprachlos über dieses Verhalten und drohte, dass er den Pharao darüber in Kenntnis setzen würde, was den Hohepriester keinesfalls zum Einlenken brachte.

Wieder in Memphis zurück, legte Sethos die Stirn in Falten, als Ramses ihm vom Starrsinn des Ersten Propheten berichtete. »Ich fürchte, der Hohepriester kümmert sich einfach zu wenig bis überhaupt nicht um die Arbeiten«, schloss Ramses seinen Bericht.

»Ich weiß, mein Sohn.« Sethos seufzte und massierte sich die Brust. »Der Erste Prophet ist nicht mehr der Jüngste. Dennoch bin ich einigermaßen erstaunt und zugleich erbost, dass er seine Aufgaben so stark vernachlässigt. Wenn er sich nicht mehr imstande fühlt, sie zu bewältigen, soll er mir das mitteilen und um seinen Ruhestand bitten! Das ist völlig normal. Er hat das Alter dafür inzwischen erreicht. Doch einfach die Aufgaben schleifen lassen, ohne mich oder Paser darüber zu informieren ... Nein, nun reicht es mir! Ich hatte ihm bei meinem Besuch vor fünf Jahren eine letzte Chance eingeräumt. Damals sagte ich ihm, dass er mein Vertrauen besäße, weil bereits sein Vater und der Vater seines Vaters dem Pharao treu gedient haben, doch das war anscheinend falsch. Keine einzige Botschaft erreichte mich in all den Jahren, in der er mir von Schwierigkeiten berichtet hätte. Immer hieß es nur, dass alles nach Plan verliefe. Ich war einfach zu vertrauensselig«, stellte Sethos zähneknirschend fest, »und nun habe ich den Dank dafür. Noch heute werde ich meinen Schreiber beauftragen, einen königlichen

Boten nach Abydos zu senden, der den Hohepriester seines Amtes enthebt.«

Ramses hatte mit keiner anderen Entscheidung gerechnet. Hätte ihn sein Vater zu einem solchen Vorgehen berechtigt, wäre der Erste Prophet sein Amt schon los. »Wen wirst du zu seinem Nachfolger ernennen?«

»Seinen Sohn«, erwiderte Sethos ohne Zögern. »Wenennefer ist ein guter und fähiger Mann, der es bereits weit gebracht hat und auf den ich mich verlassen kann. Paser spricht immer nur gut über ihn, und du weißt, dass ich Pasers Urteil vertraue.«

»Weil du gerade Paser erwähnst. Wann ernennst du eigentlich in Opet-sut einen neuen Hohepriester?«

Sethos zuckte mit den Schultern und starrte auf seine gepflegten Hände.

Ramses fiel auf, dass das Gesicht seines Vater heute eingefallen und grau aussah. Die Augen lagen tief in ihren Höhlen und wurden von dunklen Schatten umflort. Seine Hände zitterten leicht. Wahrscheinlich forderte die viele Arbeit der vergangenen Monate ihren Tribut.

»Vater?«, rief er ihn an, weil dieser keine Anstalten machte, eine Antwort zu geben. Er wirkte abwesend. »Geht es dir gut?«

»Aber sicher doch.« Sethos lächelte und sah ihn an. »Ich weiß, Pasers Vater verstarb bereits vor gut einem halben Jahr, doch das hat noch Zeit, Ramses. Der Zweite Prophet macht seine Sache gut, ohne dass ich ihm die Macht verleihe, die er erhalten würde, wenn ich ihn oder jemanden anderes zum Hohepriester ernenne.«

Ramses schmunzelte. »Ich habe noch sehr viel von dir zu lernen, Majestät.«

»Das stimmt.« Sethos erwiderte das Lächeln und lud Ramses ein, mit ihm zusammen im Garten zu speisen.

Im Anschluss war Ramses satt und träge. Auch ihn hatten die letzten Monate gefordert. Er sehnte sich nach ein wenig Erholung und guter Unterhaltung. Da sein Vater seine Dienste nicht mehr benötigte, beschloss er, sich mit den Damen seines Harims zu amüsieren. Kurz entschlossen begab er sich nach dem Mittagessen in seine Frauengemächer.

Es war Ende des *Peret*, der Jahrszeit der Aussaat. Die Luft war inzwischen nicht mehr so mild. Es lag am Nil. Er wurde von Woche zu Woche schmaler, und seine Fluten kühlten nicht mehr die Luft. Auf den Feldern entlang des Flusses standen die Bauern und sorgten sich um das Korn, das auf den Anbauflächen sanft im Wind wogte. In den vergangenen Monaten war es hervorragend gewachsen und gereift. Seine Ähren waren dick und versprachen eine gute Ernte. Schon bald würde sie beginnen und die Speicher des Königs und der Tempel füllen. Ein weiteres Jahr ohne Hunger und Not stand bevor.

Ramses betrat seinen Harim und ging in den östlichen Garten, der nun im Schatten lag. Dort machte er es sich unter einer knorrigen Akazie bequem. Seine Anwesenheit verbreitete sich wie ein Lauffeuer in seinem Frauenhaus. Schon kurze Zeit später war er von seinen Damen umringt. Dienerinnen kredenzten gut gekühlten Wein. Es gab ein paar süße Leckereien, die von allen zu einer belanglose Unterhaltung genascht wurden. Einige Frauen sangen Ramses ein Lied vor oder tanzten für ihn. Jede versuchte, sich ins rechte Licht zu setzen. Ramses genoss die Aufmerksamkeit und die zwanglose Zeit.

Seine Nebenfrauen bemühten sich sehr um ihn, denn es kam nicht ganz so oft vor, dass er sich bei ihnen blicken ließ. Es lag nicht daran, dass er nicht wollte. Ihm fehlte die Zeit. Trotzdem versuchte er, regelmäßig das Bett mit ihnen zu teilen und ihnen ein guter Ehemann zu sein.

Einige der Frauen standen auf und holten ihre Kinder, um ihm ihren Nachwuchs zu zeigen. Geduldig widmete er sich seiner Nachkommenschaft, die beständig wuchs. Leider erweckte keines der Mädchen oder Jungen den Stolz und die Vatergefühle in seinem Herzen, wie sie durch die Kinder von Isisnofret und Nefertari hervorgerufen wurden. Vielleicht lag es daran, dass er sie seltener sah und am heutigen Tag von ihren Müttern wie etwas ganz Besonderes angepriesen bekam. Ihm schwirrte schon der Kopf von den Lobeshymnen, die sie auf sie sangen.

»Sieh doch nur, Majestät«, flötete gerade eine der jungen Damen, die nach der Geburt ihrer Tochter ziemlich dick geworden war, sodass sich Ramses fragte, was er eigentlich an ihr gefunden hatte, »das hier ist deine Tochter.« Stolz präsentierte sie ihm ihr Kind.

Teilnahmslos betrachtete Ramses die unscheinbare Kleine, die wie ihre Mutter bereits zu dickleibig war.

»Ist sie nicht liebreizend, Majestät?«, säuselte die Mutter. »Sie wird von mir und ihrer Kinderfrau gut erzogen, sodass sie später einmal alle Voraussetzungen besitzen wird, um eine treue Gemahlin eines deiner Söhne, vielleicht sogar deines Thronerben zu sein.« Sie kicherte albern, und Ramses verlor das Interesse an ihr und ihrer Tochter.

Sein Blick schweifte gelangweilt an der fülligen Gestalt der Mutter vorbei zu zwei anderen Kindern, die Hand in Hand zielstrebig auf ihn zusteuerten. Verwundert kniff er die Augen zusammen. »Bintanat?« Seine Miene hellte sich auf, als er das strahlende Lachen seiner Tochter sah, die ihren jüngeren Bruder an der Hand hielt. »Was machst du denn mit Chaemwaset hier?«

Die beiden hatten ihn erreicht und fielen ihm um den Hals, um ihn zu drücken und ihm einen Kuss zu geben.

»Es war so langweilig, Vater«, antwortete seine Älteste und machte es sich auf seinem Schoß bequem. »Mutter ist nicht da, und da habe ich von Tiji gehört, dass du im Frauenflügel bist. Ich erzählte es Chaemwaset, und wir beschlossen, dich zu besuchen«, plapperte sie aufgeregt und strahlte ihn dabei fröhlich an.

Argwöhnisch legte Ramses den Kopf schräg. »Bist du wieder weggelaufen und den Wachen entwischt?«

»Die Wachen sind da.« Bintanat drehte sich halb um und wies auf die beiden Männer, die sich diskret im Hintergrund aufhielten, sodass Ramses sie nicht wahrgenommen hatte.

»Und Tiji und Chaemwasets Erzieher, wissen sie, dass ihr bei mir seid?«, fragte er streng. Immerhin kannte er seine Tochter nur zu gut.

Verlegen senkte Bintanat den Blick. »Tiji hätte weder mir noch Chaemwaset erlaubt, dass wir dich hier besuchen.«

»Also bist du doch wieder weggelaufen!« Traurig schüttelte Ramses den Kopf.

»Na ja.« Bintanat zog eine Schnute. »Bitte, Vater, bestrafe sie nicht. Ich habe beide beschwindelt, als ich ihnen sagte, dass du uns die Erlaubnis gegeben hast.«

Ramses stand der Mund vor Verblüffung offen. »Du hast ihnen gesagt, dass ich euch erlaubt habe, hierher zu kommen, und sie haben es geglaubt?« Er war sprachlos und verstand die Welt nicht mehr. Waren die Männer und Frauen, die über seine Tochter wachten, einfach nur einfältig, oder war Bintanat so gerissen und konnte so überzeugend sein, dass sie immer wieder auf sie hereinfielen? Er wusste es nicht.

Misstrauisch kräuselte er die Stirn. »Sei ehrlich zu mir, Bintanat. Hast du Tiji wieder gedroht, sie zu bestrafen, wenn sie nicht macht, was du willst?«

Beschämt nickte seine Tochter und begann zu weinen. »Bitte, Vater. Ich weiß, dass ich dir einmal versprochen habe, eine gehorsame Prinzessin zu sein, aber manchmal fällt mir das wirklich schwer.« Sie schlang die Arme um seinen Hals und schluchzte so herzergreifend, dass Ramses ihr gar nicht mehr böse sein konnte, obwohl er wusste, dass er ihr zürnen sollte. »Bitte verzeih«, setzte sie mit tränenerstickter Stimme hinzu. »Chaemwaset und ich haben zusammen gespielt, als wir mitbekamen, dass du im Frauenhaus bist. Chaemwaset wollte dich auch besuchen, und da konnte ich ihm seine Bitte einfach nicht abschlagen.« Sie senkte unschuldig den Blick.

Ramses' Anflug, ihr ihren Ungehorsam zu verzeihen, verflog. »Schiebe jetzt nicht die Schuld auf deinen Bruder!«, gebot er streng, strich ihr aber beruhigend über den Rücken. »Ich verzeihe dir noch dieses eine Mal, Bintanat, aber dann ist meine Geduld wirklich erschöpft. Ich habe es dir bereits mehrfach angedroht, dass es beim nächsten Mal Stockhiebe setzt.«

»Ja, Vater, ich werde versuchen, mir das zu merken.«

Bintanats Schluchzen war verstummt. Sie strahlte ihn wieder an. Ihr fröhliches Gesicht verscheuchte seinen Groll.

»Was wollen wir den Rest des Tages machen?«, fragte er. Sein Blick wanderte von seiner Tochter zu seinem Sohn, der neben ihm auf einem Kissen Platz genommen und das Gespräch schweigend verfolgt hatte. Liebevoll legte er den Arm um ihn und zog ihn dichter zu sich heran. »Wollen wir uns ein Boot nehmen und auf den Fluss hinausfahren, oder wollt ihr euch lieber die wilden Tiere in Pharaos Gehegen ansehen?"

»Die Tiere, die Tiere!«, riefen Chaemwaset und Bintanat im Chor.

Ramses musste lachen, denn sein Sohn und seine Tochter waren abrupt aufgesprungen und hüpften aufgeregt von einem Bein auf das andere und klatschten in die Hände, während seine Harimsdamen lange Gesichter zogen. Sie erkannten, dass sie ihn für heute an seine Kinder verloren hatten – außer Tawit, die sich mit ihrem Sohn im Schlepptau vor ihm aufbaute.

»Ich habe jetzt keine Zeit mehr für dich«, brummte er und erhob sich von seinem Platz.

»Hallo, Sethi!«, rief Bintanat freudig und winkte dem Jungen zu, der kaum wagte, den Blick zu heben.

»Genau, sein Name ist Sethi«, bestätigte Tawit. Weiter kam sie nicht, denn Ramses baute sich in seiner vollen Größe vor ihr auf.

»Ich kenne deinen Sohn, Tawit, und ich weiß auch, wie er heißt. Trotzdem habe ich jetzt nur noch für Bintanat und Chaemwaset Zeit. Meine Zeit ist kostbar, wie dir sicher bekannt sein dürfte. Also stehle sie mir nicht.« Er schenkte ihr einen nachdrücklichen Blick.

Verlegen zog Tawit den Kopf ein.

Ramses hingegen spürte, wie Bintanat ihn an seinem Schurz zupfte. Er sah zu ihr herunter.

»Können wir Sethi nicht mitnehmen, Vater? Sicher mag er auch die wilden Tiere anschauen.«

Ein kurzer Blick auf Tawit zeigte ihm, wie deren Gesicht sich hoffnungsvoll erhellte. Ramses war sich bewusst, wenn er seiner Tochter ihre Bitte erfüllte und dem Jungen erlaubte, zusammen mit ihm und Isisnofrets Kindern Pharaos Tiergehege zu besuchen, würde der Status des Knaben in luftige Höhen gehoben. Er blickte auf seine Tochter hinab, die mit großen Augen zu ihm aufsah.

»Sag bitte Ja, Vater.«

»Warum nicht«, antwortete er. »Dann kommt ihr drei, gehen wir die wilden Tiere anschauen.« Er nahm Chaemwaset an die eine und Bintanat an die andere Hand, die wiederum sich die Rechte von Sethi schnappte, und gemeinsam verließen sie unter den erstaunten Ausrufen seiner Damen den Harimsbereich.

»Wo ist Ramesse?«, erkundigte er sich auf dem Weg zum Tierpark bei Bintanat.

Als Antwort zuckte sie gelangweilt mit den Schultern. »Das weiß ich nicht. Wahrscheinlich wird er wieder mit Amuni zusammen sein, und sie hecken irgendeine Dummheit aus.«

Ramses musste sich ein Grinsen verkneifen. Seit dem Vorfall im Schulgarten war Bintanat nicht mehr gut auf ihren Halbbruder, allerdings auch auf Ramesse, zu sprechen. Amuni hatte es aber nicht gewagt, noch einmal die Hand gegen sie zu erheben.

Die Gehege befanden sich im nördlichen Teil des Palastbezirks in einer hübschen, schattigen Parkanlage. Sethos hielt neben einem alten Löwen und Ramses' eigener Raubkatze ein paar Gazellen und Antilopen. Es gab auch einen stattlichen Elefanten und zwei Giraffen sowie einiges Kleingetier.

Staunend blieben die Kinder vor den Käfigen und Gehegen stehen und sahen sich die Tiere an. Bintanat gefielen vor allem die beiden Giraffen mit ihren langen Hälsen, wohingegen Chaemwaset fasziniert war von der Größe des Elefanten.

»So ein Elefant muss ja viel Fleisch bekommen, damit er satt wird«, meinte er und sah zu ihm auf.

»Nein, Chaemwaset«, erklärte Ramses, »dieses mächtige Tier ernährt sich von Früchten und Blättern. Es frisst kein Fleisch.«

Zweifelnd starrte Chaemwaset den Elefanten an und zog nachdenklich die Augenbrauen zusammen. »Und wie ist er dann so riesig geworden?«

Ramses musste über Chaemwasets kindliche Logik lächeln und antwortete: »Elefanten sind nun einmal so groß. Jedes Lebewesen hat eine von den Göttern festgelegte Größe. Sie erschufen sie alle unterschiedlich. Die einen sind klein, die anderen groß; die einen können schwimmen, andere hingegen fliegen, und Dritte wiederum bewegen sich auf vier Beinen daher. Das ist nun einmal so.«

Chaemwaset schwieg einen Moment und dachte über seine Worte nach. »Und warum haben die Götter das getan?«

»Weil sie die Abwechslung lieben. Wie eintönig wäre das Leben, wenn alle Menschen gleich aussehen würden oder es nur eine Art von Tieren, Blumen und Bäumen gäbe. Alles wäre gleich. Alle würden das Gleiche lieben, das Gleiche tun ...« Ramses zuckte mit den Schultern.

»Ich verstehe, was du meinst, Vater«, entgegnete sein Sohn. »Du hast recht. Das wäre in der Tat recht langweilig.«

Bintanat kam angelaufen und schmiegte sich an ihn. »Vater, kann Großvater nicht befehlen, dass ein paar Äffchen für seinen Tierpark eingefangen werden? Sie sind so lustig, und es sind keine da.«

»Das solltest du einfach den Großvater fragen, wenn du ihn das nächste Mal siehst«, empfahl Ramses ihr.

Seine Tochter strahlte übers ganze Gesicht. »Das werde ich tun.«

Ramses blickte sich nach Sethi um, der schüchtern abseits von ihnen stand. »Komm her, Sethi.« Er winkte ihn an seine Seite. »Welches Tier gefällt dir denn besonders gut?«

»Die Löwen«, antwortete sein Sohn. »Sie sind so mächtig.«

»Hast du denn keine Angst vor ihnen?«

Sethi schüttelte den Kopf. »Der eine ist schon ganz alt, und der andere ist noch jung, aber beide sitzen im Käfig und können mir nichts tun.«

»Woher weißt du denn, dass der eine Löwe alt ist?«, wollte Ramses erstaunt von Sethi wissen.

»Seine Mähne ist ganz grau, und ihm fehlen schon zwei Zähne.«

Kluges Bürschchen, dachte Ramses. »Würdest du dich denn trauen, in den Käfig des alten Löwen zu gehen?«

Entsetzt riss Sethi die Augen auf. »Niemals«, hauchte er.

Ramses schmunzelte und gab den Kindern zu verstehen, dass sie ihm folgen sollten. Sie schlenderten zu den beiden Gehegen, in welchen sich die Löwen befanden. Die jüngere der beiden Raubkatzen erhob sich und kam sofort ans Gitter.

»Ihr bleibt hier stehen«, wies er seine Kinder an. »Was ich jetzt mache, werdet ihr niemals tun. Versprecht ihr mir das?«

Bintanat, Chaemwaset und Sethi nickten eifrig.

Ramses trat daraufhin an den Käfige heran und kraulte die Mähne von Der-seine-Feinde-zerfleischt, was der Löwe mit einem wohligen Kehllaut quittierte.

Sethi stand vor Überraschung der Mund offen. Anscheinend konnte er nicht glauben, was er mit eigenen Augen sah. Ramses hörte ihn sagen, dass sein Vater die gefährliche Bestie zahm gemacht habe, und schmunzelte darüber. Sethi wusste natürlich nicht, dass er den Löwen bereits als Jungtier zum Geschenk erhalten hatte.

Bintanat erledigte das an seiner statt. »Der Löwe heißt Der-seine-Feinde-zerfleischt und war noch ganz klein, als Vater ihn geschenkt bekam. Deshalb ist er so zutraulich zu ihm, aber nicht zu uns, Sethi. Also lass die Finger von ihm.«

Braves Kind!, dachte Ramses und stimmte ihr zu.

Er verbrachte den gesamten Nachmittag mit seinen Kindern und aß mit ihnen zu Abend in seinen Gemächern. Nach dem Essen las er ihnen ein paar Märchen vor, als mit einem Mal aufgeregte Stimmen vom Flur zu vernehmen waren.

»Gehe nachsehen, was dort los ist!«, befahl er Pentawer, der geduldig in einer Ecke des Zimmers auf seinen Fersen hockte und auf seine Anweisungen wartete.

Gehorsam erhob sich Pentawer und eilte hinaus auf den Flur. Als er wieder hereintrat, war sein Gesicht leichenblass, und er zitterte am ganzen Leib. Neben ihm trat Nebsumenu ins Gemach. Auch ihm war anzusehen, dass er zu Tode erschrocken war.

»Was ist passiert?« Ramses fühlte sich verunsichert und musterte seine beiden Diener, die eigentlich nichts aus der Fassung zu bringen vermochte. Pentawer stand mit hängendem Kopf vor ihm und schluckte, während seinem Haushofmeister die Tränen in den Augen standen. Eine rann ihm bereits die Wange hinab. »Ich will wissen, was los ist!«, herrschte er die beiden an. Jetzt schwang Furcht in seiner Stimme.

23. Kapitel

Der königliche Falke ist gen Himmel geflogen!

Paser drängte sich an Pentawer und Nebsumenu vorbei und verneigte sich vor Ramses, der noch immer auf dem Boden saß, von seinen Kindern umringt. »Majestät, der königliche Falke ist gen Himmel geflogen!« Betrübt blickte er auf Ramses herab, der verständnislos zu ihm aufstarrte.

»Was sagst du da, Tjati?« Ramses stockte der Atem. Mühselig kam er auf die Füße.

»Es ist so, Majestät. Der Pharao ist zu seinem göttlichen Vater gegangen.« Paser seufzte. Dann fiel er vor Ramses auf die Knie und beugte den Rücken, bis seine Stirn den Boden berührte, um seinem neuen Herrn zu huldigen. Nebsumenu und Pentawer taten es ihm gleich.

Mit ausdruckslosem Gesicht stand Ramses vor den drei gebeugten Rücken und starrte hinaus in den Flur, wo die Menschen vor ihm in den Staub sanken. Er weigerte sich, den Worten des Wesirs Glauben zu schenken. Das konnte doch unmöglich sein!

»Aber ich habe doch noch heute Vormittag mit ihm gesprochen?«, sagte er fast tonlos und räusperte sich, um den Kloß in seinem Hals loszuwerden, der ihn fast zu ersticken drohte.

»Ja, Majestät, ich ebenfalls.« Paser erhob sich auf die Knie. Ramses gab ihm und den anderen zu verstehen, dass sie aufstehen sollten. »Er befahl mir nach dem Mittag, den Osiris-Hohepriester seines Amtes zu entheben und dafür dessen Sohn in dieses zu berufen«, fuhr Paser fort. »Dann legte er sich schlafen. Als es immer später wurde, sah sein Diener nach ihm. Da hatte sich der Ka bereits mit dem Körper des Pharaos wieder vereint.«

»Vater ist tot«, flüsterte Ramses. Die Tränen traten ihm in die Augen und rannen ihm die Wangen hinab. Er schämte sich nicht dafür.

Paser gab Nebsumenu und Pentawer ein Zeichen, sich zurückzuziehen. Ramses brauchte ein wenig Ruhe. Schweigend verließen die beiden Diener das Gemach und schlossen leise die Tür hinter sich.

Ramses stand noch immer da, als wäre er zu Granit erstarrt. Er konnte sich nicht rühren. Diese Nachricht lähmte ihn. Plötzlich spürte er, wie sich zwei Ärmchen um seine Hüften legten und Bintanat den Kopf an seinen Bauch schmiegte.

»Ist Großvater tot?« Verstört blickte sie zu ihm auf.

Er nickte und strich ihr beruhigend über den Kopf. »Ja, Bintanat, doch bald sitzt er an der Seite der Götter. Wir dürfen nicht traurig sein.« Er merkte selbst, es klang alles andere als überzeugt.

»Ich bin aber traurig«, erwiderte Bintanat. Ihre Augen füllten sich mit Tränen. »Ich wollte ihn doch noch bitten, ein paar Äffchen für den Tierpark einzufangen.« Sie begann zu schluchzen, und Ramses nahm sie auf den Arm und drückte sie von unsagbarem Schmerz erfüllt an seine Brust.

»Du bekommst deine Äffchen, Bintanat, das verspreche ich dir, aber jetzt geh mit deinen Brüdern zu Nebsumenu. Er soll euch zurück in den Kinderflügel bringen.« Ramses gab ihr einen Kuss und setzte sie wieder auf ihre Füße. Dann blickte er zu seinen Söhnen. Chaemwaset war ebenfalls vom Schmerz wie gelähmt, während Sethi vor sich auf den Boden starrte. Er hatte seinen Großvater niemals kennengelernt.

Unschlüssig stand Bintanat vor ihm und sah zu ihm auf. Er schenkte ihr, so gut es ging, einen aufmunternden Blick. »Geh schon, meine Große.«

Sie seufzte bedrückt und schlurfte zu ihren Brüdern, um sie an die Hand zu nehmen. Als sie nach Chaemwasets Hand greifen wollte, entwand sich dieser ihrem Griff und lief weinend zu ihm.

»Bitte, Vater, sage, dass es nicht stimmt. Großvater darf nicht tot sein. Ich habe ihn doch so lieb!«

»Wir haben ihn alle lieb, Chaemwaset.« Er ging vor seinem Sohn in die Hocke. »Nun haben die Götter entschieden, dass seine Zeit hier auf Erden abgelaufen ist. Fortan sitzt er neben seinem göttlichen Vater in der Sonnenbarke.« Ramses strich Chaemwaset liebevoll über die Wange. »Sei jetzt gehorsam und gehe mit deinen Geschwistern in den Kinderflügel.« Er gab ihm ebenfalls einen Kuss, und Bintanat ergriff Chaemwasets Hand und verließ mit ihm und Sethi schluchzend den Raum.

Als sich die Tür hinter seinen Kindern geschlossen hatte, trottete Ramses zu einem Stuhl und ließ sich darauf fallen. »Was wird nun ohne Sethos geschehen?«

»Das Land fällt ins Chaos, Majestät, so wie das immer passiert, wenn ein Pharao zu den Göttern geht. Doch nach Ablauf der siebzigtägigen Trauerzeit wirst du als neuer strahlender Horus die Beiden Länder aus dem Chaos zurück zur Maat führen.«

»Ich bin mir nicht sicher, ob ich das kann«, gestand Ramses beinahe flüsternd. Unschlüssig blickte er zu Paser auf.

Paser trat auf ihn zu und legte ihm die Hand beruhigend auf die Schulter. »Du kannst es, Majestät, das weiß ich. Dein Vater, der große Menmaatre Sethos, hat großes Vertrauen in dich gesetzt. Er hat dich immer geliebt. Du darfst und du wirst ihn nicht enttäuschen, Majestät.«

»Wirst du mir genauso treu dienen, wie du meinem Vater gedient hast, Tjati?« Fast schon flehend ruhte Ramses' Blick auf dem Wesir.

»Wenn du es wünschst, werde ich es tun. Doch wenn du jemanden anderes in mein Amt berufen willst, werde ich mich gehorsam zurückziehen und die Aufgaben ohne Fehl und Tadel erledigen, die du dann für mich bereithalten wirst.«

»Ich will, dass du bleibst und mir mit deinem Wissen zur Seite stehst.« Ramses vergrub das Gesicht in den Händen und verharrte so einen Moment, bevor er wieder zu Paser aufblickte. »Ist das Haus für die Ewigkeit am Verborgenen Platz fertiggestellt?«

»Ich werde sofort nach Theben aufbrechen und alles für die Beisetzung vorbereiten, wenn du es wünschst.«

Ramses schüttelte den Kopf. »Nein, Paser, ich brauche dich hier an meiner Seite. Ich werde Maj schicken. Er soll sich zusammen mit Setau um alles kümmern. Vor allem will ich, dass neben dem Ewigen Haus auf dem thebanischen Westufer auch das in Abydos fertiggestellt wird, vor allem das *Ach-men-maat-Re-en-Usir*. Osiris selbst sprach einst zu meinem Vater und befahl ihm, das Osireion zu erbauen. Nun weiß ich allerdings, dass es noch weit von seiner Vollendung entfernt ist. Dennoch sollen alle Anstrengungen darauf gerichtet werden, in den kommenden drei Monaten die Arbeiten voranzutreiben. In Sethos' Traum verfügte nämlich Osiris, dass meines Vaters Mumie für die Dauer von zehn Tagen dort ruhen soll. Das ist der Wunsch des Gottes, und so wird es geschehen. Schon morgen soll Maj seine Barke besteigen.« Ramses hatte sich wieder unter Kontrolle. Er wischte sich die Tränen aus dem Gesicht und sah Paser entschlossen in die Augen. »Ist die Große Königliche Gemahlin schon über das Ableben des Mächtigen Horus informiert?«

»Ja, Majestät. Ich habe auch deiner Schwester, ihrem Mann sowie deinen beiden Gemahlinnen eine Nachricht zukommen lassen. Sie warten sicher schon am Sterbebett auf dich.«

»Gut, Tjati, dann komm. Erweisen wir dem Starken Stier die letzte Ehre, bevor ihn die Priester des Anubis holen.«

***

Weinend liefen Bintanat und Chaemwaset Hand in Hand durch die Gänge des Palasts. Selbst Nebsumenus tröstende Worte konnten sie nicht beruhigen. Einzig Sethi zeigte kaum eine Regung seiner Gefühle. Er kannte seinen Großvater nicht und empfand somit auch keine Trauer über dessen unerwarteten Tod.

Als Bintanat in ihr Zimmer kam, fand sie eine beleidigte Kinderfrau vor, die trotz des Tods von Pharao Sethos ihrem Unmut Luft machen musste und sie kräftig schalt. Bintanat ließ das Gezeter eine Weile über sich ergehen; dann reichte es ihr, und sie schnauzte Tiji an, sie endlich in Ruhe zu lassen.

»Halte endlich den Mund!«, befahl sie der jungen Frau. »Mein Großvater ist gestorben, und ich bin traurig. Du bist für mich verantwortlich; du bist aber nicht meine Mutter. Also tue deine Pflicht, aber höre auf, mich ständig auszuschimpfen!«

Empört schnappte Tiji nach Luft, hielt aber lieber den Mund und kämmte und flocht mit beleidigter Miene Bintanats Locke. Sie wollte sie zu Bett bringen, doch die Prinzessin befahl ihr, ihr ein sauberes Hemdkleid zu holen. Wortlos kam Tiji der Anweisung nach.

»Hat Hoheit sonst noch einen Wunsch?«, fragte sie schnippisch Bintanat.

»Nein, du darfst gehen. Ich brauche dich heute nicht mehr.« Bintanat nahm ihr das Kleid aus der Hand, zog es sich über und lief zur Tür. Als sie den Riegel bereits in der Hand hielt, drehte sie sich zu Tiji noch einmal um. »Ich werde heute Nacht bei Chaemwaset schlafen. Du musst mir nicht folgen. Es sind nur ein paar Zimmer von hier. Ich finde den Weg allein.« Sie öffnete die Tür und trat hinaus auf den Gang.

Vor der Tür befahl sie dem wachhabenden Soldaten, mitzukommen, und lief den Gang hinab zum Zimmer ihres Bruders. Als sie an der Tür ihrer jüngeren Schwester vorüberkam, blieb sie unschlüssig stehen und überlegte, ob sie hineingehen und nach Isis sehen sollte. Sie lauschte, aber kein Laut drang aus dem Inneren an ihre Ohren. Wahrscheinlich schlief das Mädchen schon tief und fest und hatte von dem Unglück, das Kemi getroffen hatte, noch nichts erfahren. Wahrscheinlich hätte sie es auch nicht verstanden, denn ihre kleine Schwester war noch nicht einmal vier Nilschwemmen alt.

Bintanat eilte weiter und stürzte unangemeldet in das Zimmer ihres Bruders, der schluchzend auf seinem Bettchen lag. Als Chaemwaset sie sah, sprang er auf und flog ihr förmlich in die Arme, um sich bei ihr auszuweinen. Sie drückte ihn ganz fest an ihren Körper und strich ihm liebevoll über den Kopf. Der überraschende Tod ihres Großvaters schmerzte auch sie so sehr.

»Ich möchte heute Nacht hier bei dir schlafen«, sagte sie zu Chaemwaset. »Erlaubst du es mir?«

Ihr Bruder nickte, während ihm die Tränen über das Gesicht kullerten. Bintanat schluchzte ebenfalls. Zusammen gingen sie zu Chaemwasets Bett und legten sich auf das inzwischen zerknautschte und tränenfeuchte Laken. Eng kuschelten sie sich aneinander. Bintanat versuchte, so gut, wie es ihr in ihrer eigenen bedrückten Gemütslage möglich war, ihren Bruder zu trösten, und durch seine Nähe fand auch sie ein wenig Linderung vom Schmerz.

»Vater hat recht«, sagte sie zu Chaemwaset und gähnte. Ihr Bruder hatte sich etwas beruhigt, und sein Atem wurde immer flacher. »Großvater ist nun an einem anderen Ort. Er ist ein Gefolgsmann der Götter. Wir sollten uns für ihn freuen.«

Chaemwaset murmelte etwas, das Bintanat nicht verstand. Dann schloss auch sie die Augen. Kurz darauf schliefen die Geschwister eng umschlungen ein.

***

Ramses war nun das Oberhaupt der Familie und versuchte, deren Leid mit tröstenden Worten zu mildern. Es fiel ihm nicht leicht, denn auch er war zutiefst geschockt über das plötzliche und unerwartete Ableben seines Vaters. Nachdem sie sich von der sterblichen Hülle des mächtigen Menmaatre Sethos verabschiedet hatten, erschienen die Anubis-Priester, um den Leichnam in die Balsamierungsstätte zu bringen. Die königliche Familie zog sich derweil in stiller Trauer in ihre Gemächer zurück. Ramses begleitete seine Mutter bis zu ihrer Zimmerflucht und begab sich anschließend in seinen eigenen Flügel. Heute Nacht wollte er allein sein. Er befahl Nebsumenu, ihn nicht zu stören. Dann ging er in sein Schlafgemach und schloss die Tür hinter sich.

Die Diener hatten auch in diesem Raum alle Lichter entzündet und die beiden Kohlenbecken entfacht. Diese anheimelnde Wärme und das sanfte Licht passten nicht zu seiner bedrückten Stimmung. Er löschte die Lampen und ließ nur zwei Nachtlichter brennen, damit es im Raum nicht stockfinster wurde. Dann öffnete er die Tür seines Schreins und kniete vor der Statue des Amun-Re nieder. Er beugte den Rücken, bis er demütig vor dem Gott auf den Knien lag, und betete.

Er bat Amun-Re, ihm die Kraft zu verleihen, den schmerzlichen Verlust zu überwinden und ihm bei seiner bevorstehenden Aufgabe, die Beiden Länder gerecht zu regieren, zur Seite zu stehen. Er bat den Gott, seinen Vater in seiner Barke freundlich aufzunehmen, damit der verstorbene König an der Seite der Ewigwährenden schritt. Dabei blitzte vor seinem inneren Auge immer wieder das Bild seines toten Vaters auf. Sethos' Gesicht hatte eine Ruhe und Zufriedenheit ausgestrahlt, dass Ramses sich beinahe schämte, über sein Ableben traurig zu sein.

Sein Vater schaute nun die Götter; sein Blick war der Ewigkeit zugewandt.

Obwohl ihn dieses Wissen glücklich stimmen sollte, füllten sich seine Augen mit Tränen, und ihm schmerzte das Herz.

Als der erste Schimmer des neuen Tages den nächtlichen Himmel erhellte, trat Ramses aus seinem Schlafgemach heraus. Der Hauptmann seiner Getreuen hatte in dieser Nacht persönlich vor dem Zugang über seine Sicherheit gewacht. Tief neigte Nachtamun den Kopf, als er in den Vorraum trat. Nun war er der Pharao von Kemi, selbst wenn er noch nicht offiziell gekrönt worden war. Es fühlte sich noch so unwirklich an. Schon gestern Abend, als Paser sich als Erster vor ihm auf die Knie begeben hatte, um ihm zu huldigen, gefolgt von Nebsumenu und Pentawer, später dann, als er das Gemach seines Vaters betrat und seine Familie vor ihm auf die Fliesen sank. Daran musste er sich erst noch gewöhnen, dass nun er der alleinige Herr der Beiden Länder war.

»Ich bin auf dem Dach des Palasts«, teilte er Nachtamun mit. »Nur für den Fall, dass meine Anwesenheit dringend benötigt wird.«

»Ich gebe den Wachen Bescheid«, erwiderte Nachtamun, »und folge dir, Majestät.«

Ramses winkte ab. »Nein, ich möchte allein sein.«

»Aber, Majestät«, antwortete sein Hauptmann in beinahe flehendem Ton. »Du bist nun der Herr der Beiden Länder. Wenn jemand versuchen sollte ...«

»Sei unbesorgt«, entgegnete Ramses und lächelte verkrampft, »ich glaube kaum, dass irgendjemand am heutigen Tag an so etwas denkt.«

»Vergib mir, Majestät«, widersetzte sich Nachtamun seinem Befehl und drückte den Rücken durch, »ich kann das nicht zulassen.« Verlegen wich er seinem überraschten Blick aus. »Der zu Osiris gegangene Pharao, dein verehrter Vater, ließ mich nach Satis Ermordung schwören, dass ich dich nie aus den Augen verliere. Er wusste um deine Sorglosigkeit, wenn es um deine Sicherheit geht. Deshalb musste ich ihm bei meinem Leben schwören, dir auch gegen deinen Befehl nicht von der Seite zu weichen.« Er sah ihn abbittend an. »Du wirst meine Anwesenheit überhaupt nicht wahrnehmen, Majestät. Ich sage jetzt den Wachen am Zugang Bescheid.«

Ramses gab sich geschlagen. Nachtamun hatte recht. Er ging in der Tat mit seiner Sicherheit ziemlich sorglos um, was einem fünfjährigen Mädchen das Leben gekostet hatte.

Als er und Nachtamun auf dem Dach ankamen, inspizierte sein Leibwächter alle Ecken und Winkel, ob sich nicht irgendein Bösewicht hinter einem der Windfänge verborgen hielt, und zog sich anschließend an den Treppenabsatz zurück. Ramses hingegen suchte sich ein Mäuerchen, das nach Osten wies. Dort ließ er sich nieder und richtete den Blick auf den Horizont, der sich allmählich zu verfärben begann.

Es war ein berauschend schöner Anblick. Über dem tiefschwarzen Land zeichnete sich bereits der schwache Schein des anbrechenden Tages ab. Er ging von einem dunklen Orange in ein Hell- und Zartorange über, wechselte zu gelb bis gelblich blau, um sich schließlich mit zunehmender Höhe in ein majestätisches Dunkelblau zu verfärben, das mit dem nachtschwarzen Himmel verschmolz. In einem riesigen Bogen lag die Dämmerung über dem schlafenden Land. Jetzt reichte sie nur knapp über den Horizont, gerade so weit, wie es Res aus der Unterwelt auftauchende Sonnenbarke zu diesem Zeitpunkt schaffte, den nächtlichen Himmel zu erhellen. Ramses wusste jedoch, dass in spätestens einer Stunde die Barke des Gottes aus der Unterwelt aufgetaucht wäre.

»Und bald schon sitzt mein Vater in ihr an der Seite der Götter!«

Als kleiner Junge hatte Ramses geglaubt, die Erde sei eine flache Scheibe, an deren Rand man in die Dunkelheit der Unterwelt fiele, wenn man unachtsam war. Dämonen sollten dort hausen mit dolchartigen Zähnen und scharfen Messern bewaffnet. Sie lauerten auf den Unvorsichtigen, der sich zu ihnen vorwagte, um ihn in den Abgrund zu stürzen. Vor Angst hatte er stets zu weinen begonnen, sodass seine Amme sich genötigt sah, ihn zu trösten. Sie hatte gemeint, dass der Herr der Beiden Länder das nicht zulassen würde. Sicher hätte er bereits eine Mauer vor das Ende der Welt bauen lassen, damit niemandem ein solches Schicksal widerfuhr.

Ramses musste bei dieser Erinnerung lächeln. Seine gute, alte Amme! Sie hatte, wie fast jeder Bewohner Kemis, nicht gewusst, dass die Erde eine Kugel war und es somit keinen Abgrund am Ende der Welt geben konnte. Doch auch er hatte das erst erfahren, nachdem ihn sein Vater in die Obhut des Ptah-Hohepriesters gegeben hatte, wo ihm das geheimste Wissen zuteilgeworden war.

Sein Blick verschleierte sich, und die Traurigkeit übermannte ihn erneut und mischte sich mit Furcht. War er tatsächlich bereit, den Thron der Beiden Länder zu erklimmen?

Ach, wie einfach wäre es doch, wenn sein Bruder noch leben würde? Nebu wäre nun das Oberhaupt der Familie und würde sich um alles kümmern. Er hingegen könnte sich in sich zurückziehen, bis die Zeit den Schmerz gelindert hat. Doch Nebu war tot, genau wie sein geliebter Vater, und nun musste er die gesamte Verantwortung allein auf seinen Schultern tragen, die sich mit einem Mal so schwach anfühlten. Nebu wäre das sicher leichtgefallen, doch ihm grauste davor, da er nicht wusste, ob er dieser großen Aufgabe gewachsen war.

Paser hatte gemeint, dass er es wäre. Ramses hingegen hegte in seinem Herzen beträchtliche Zweifel. Er war doch erst vierundzwanzig Nilschwemmen alt. Bisher hatte Sethos alle Entscheidungen getroffen und ihn damit jeglicher Verantwortung enthoben. Nun aber war Sethos nicht mehr da. Von jetzt an lastete die gesamte Verantwortung für die Beiden Länder ganz allein auf ihm, und er fürchtete, dass er unter dieser Last zusammenbrach.

Seufzend starrte er gen Osten.

Die Helligkeit nahm zu und verfärbte den Himmel in ein zartes Orange, bis dann endlich ein winziges Stück von Res gleißender Barke zu erkennen war. Und dann ging alles sehr schnell. Schon kurze Zeit später erhob sich die Sonnenbarke wie ein riesiger Feuerball über dem Horizont und tauchte das Land in ein goldenes Licht. Der Fluss glitzerte in ihrem göttlichen Schein. Die Tempelanlagen hoben sich wie dunkle Giganten ab, die sich mit ihren Obelisken dem Himmel entgegenreckten. Sanft strich der Wind durch die Wipfel der Bäume. Die Vögel begrüßten den anbrechenden Tag. Irgendwo in der Ferne bellte ein Hund, weitere fielen mit ein. Die ersten Diener traten aus ihren Unterkünften heraus und wandten sich ihren täglichen Pflichten zu. Es war ein Morgen wie jeder andere, und dennoch lag ein dunkler Schatten über ihm.

Mit Sethos' Tod fielen die Beiden Länder ins Chaos. Der Horusthron blieb die folgenden Wochen und Monate verwaist. Bis zu seiner offiziellen Krönung gab es niemanden mehr, der die Maat in Kemi aufrechterhielt und zwischen Göttern und Menschen vermittelte. Bis zu diesem Zeitpunkt waren die Beiden Länder nun schutzlos den Mächten der Finsternis ausgeliefert. Zu denen gehörten auch die Fremdländer, die wie stets versuchen würden, sich diese schwere Zeit zunutze zu machen, um das reiche Land am Nil zu erobern.

»Ich darf das nicht zulassen!«, murmelte er entschlossen vor sich hin und schirmte die Augen mit seiner Handfläche gegen Res göttliche Strahlen ab. »Mein Vater hat in mich großes Vertrauen gesetzt, als er mich zum Thronfolger und Mitregenten ernannte. Ich darf ihn und mein Volk nicht enttäuschen!«

Entschlossen erhob er sich und ließ den Blick über das erwachende Land – sein Land! – schweifen, bevor er sich zurück in seine Gemächer begab, um sich der Sicherung Kemis zuzuwenden.

Pentawer und Nebsumenu erwarteten ihn bereits, als er mit Nachtamun im Schlepptau in den Säulengang trat, der zu seinen Räumlichkeiten führte.

»Möchtest du baden und speisen?«, erkundigte sich Nebsumenu höflich, ohne auf eine Aufforderung zum Sprechen gewartet zu haben. Scheinbar befand er, dass sein Gebieter beides dringend nötig hatte.

Unauffällig blickte Ramses an sich herab. Sein Schurz war zerknittert und beschmutzt. Er fühlte sich verschwitzt vom Tag zuvor, und auch sein Mund und die Zähne hatten seit vierundzwanzig Stunden keine Reinigung mehr erlebt.

»Ja«, antwortete er, ohne eine Spur von Müdigkeit oder Trauer erkennen zu lassen, »das möchte ich in der Tat. Und ich bin hungrig, sehr hungrig sogar. Anschließend wünsche ich Paser, Aschahebu, Amuneminet, Maj und Meriptah sowie die obersten Beamten meines Vaters im Thronsaal zu sehen.« Er drehte sich auf dem Hacken um und begab sich ins Badehaus, um sich waschen und massieren zu lassen und den Mund mit Natron zu spülen.

Und das hatte er dringend nötig.

Nicht nur, dass ihm die Knochen schmerzten und sein Nacken verspannt war. Als er sich in seinem blank polierten Kupferspiegel betrachtete, wusste er, warum sein Haushofmeister befunden hatte, dass ein Bad dringend erforderlich sei. Sein Haar klebte ihm wirr am Kopf, seine Haut wirkte fahl, die Bartstoppeln sprossen wild in seinem Gesicht. Seine Augen lagen tief in ihren Höhlen und wurden von dunklen Schatten umflort. Er sah übermüdet und ungepflegt aus, obwohl es Sitte war, während der Zeit der Trauer sich nicht zu rasieren. Trotzdem wurde es Zeit, dass er sich den fachkundigen Händen seines Badedieners anvertraute.

Zwei Stunden später betrat er erfrischt und gesättigt den Thronsaal. Am Eingang verharrte er unschlüssig und ließ den Blick über die große, von wuchtigen Säulen begrenzte Halle gleiten. Als er den leeren Horusthron erblickte, wollte ihn erneut die Furcht übermannen. Er fühlte, wie ihm die Knie weich wurden wie das Ufer des Flusses nach dem Zurückgehen der Flut. Dann riss er sich zusammen. Er war der Sohn des zu Osiris gewordenen Pharaos! Er schüttelte all seine Bedenken und Ängste ab, atmete kurz durch und trat auf das Podest zu, um sich zu setzen.

Die Beamten verneigten sich tief vor ihm. Er sah ihnen an, dass auch sie über das überraschende Ableben seines Vaters entsetzt waren.

»Ich weiß, dass euch der Tod meines Vaters nahe geht«, hob er an und knetete vor Aufregung die feucht gewordenen Hände. »Deshalb dürfen wir aber nicht die Sicherung der Beiden Länder vernachlässigen. Es ist eine schwere Zeit. Die Mächte des Bösen werden ihre Horden aussenden, um Seuchen über das Land zu bringen und Kemi zu vernichten. Dem werden die Priester in den Tempeln entgegenwirken. Aber auch unsere Feinde werden versuchen, sich die Beiden Länder untertan zu machen. Das werde ich verhindern, zusammen mit euch.« Er blickte zu Aschahebu und Amuneminet. »Ihr werdet euch um die Sicherung der Landesgrenzen kümmern und mich ständig über die Berichte der Kundschafter auf dem Laufenden halten. Du, Maj«, wandte er sich seinem zukünftigen Baumeister zu, »wirst dich umgehend nach Abydos, Heliopolis und Theben begeben, um für Sethos' Beisetzung alles vorzubereiten. Setau wird dir in Theben dabei zur Hand gehen. Euer Augenmerk muss auf Abydos und Theben ruhen, damit alles bereit ist, wenn die Mumie meines Vaters diese Städte erreicht.« Er sah zu Paser und Meriptah. »Und wir werden uns zusammen mit euch«, mit einer ausladenden Geste schloss er die übrigen Berater seines Vaters ein, »um alle weiteren Fragen kümmern.«

Damit war alles gesagt. Die Beratung war beendet.

In den folgenden Wochen zog Ramses sich nicht zurück, sondern widmete sich den anstehenden Regierungsgeschäften. Dabei bezog er auch die Berater seines Vaters mit ein. Sie hatten Sethos ehrlich und aufrichtig gedient. Warum sollte er nun auf ihr Wissen und Können verzichten? Er war noch zu unerfahren und hatte noch viel zu lernen.

Er beauftragte Meriptah, die wichtigsten Informationen über jeden von Sethos' engsten Beratern zusammenzutragen. Er wusste, das Funktionieren des Landes hing nicht nur von ihm, dem Pharao, ab, sondern auch von seinen Beamten, und er wollte bei ihrer Wahl keinen Fehler begehen.

Wusste er nicht mehr weiter oder war er sich über eine Entscheidung nicht schlüssig, ging er zu Tuja und zog den Rat seiner Mutter ein. Sie hatte all die Jahre neben Sethos gesessen und die Geschicke Kemis mitbestimmt. Sie war ihm eine große Stütze und stand ihm in dieser schweren Zeit hilfreich zur Seite. Aber auch Nefertari und Isisnofret gaben ihm die Kraft, die er brauchte, um sich auf seine Zukunft als Herr der Beiden Länder vorzubereiten. Und als Mitte der Erntezeit die Mumie des zu Osiris gewordenen Pharaos Theben erreichte, fühlte er sich stark genug, um die Last der beiden Kronen auf seinem Haupt zu spüren. Nun war er bereit, den Horusthron zu besteigen.

Ende des zweiten Teils

… UND NUN NOCH EIN PAAR WORTE ZUM SCHLUSS

Ramses II. lebte zur Zeit des Neuen Reichs. Er war der dritte Pharao der 19. Dynastie und regierte von 1279 - 1213 v. Chr. Er zählt zu den schillerndsten Persönlichkeiten, die das alte Ägypten hervorbrachte. Als Sohn von Sethos I. und Enkel von Ramses I. war sein Lebensweg spätestens nach der Thronbesteigung seines Vaters vorgezeichnet.

Doch wie war sein Leben und das seiner Untertanen wirklich?

Ramses II. wurde wahrscheinlich 1303 v. Chr. als Sohn einer bürgerlichen Familie geboren und erlebte mit ungefähr sieben oder acht Jahren die Krönung seines Großvaters zum Pharao. Nicht einmal zwei Jahre später – die Wissenschaftler gehen davon aus, dass die Regierungszeit von Ramses I. gerade einmal sechzehn Monaten dauerte – nahm Sethos I. auf dem Doppelthron Platz. Zu diesem Zeitpunkt war Ramses gerade einmal zehn Jahre alt. Es gibt Quellen, die besagen, Ramses sei im Alter von zehn bereits zum Oberbefehlshaber der Divisionen ernannt worden, natürlich nur ein Ehrentitel. Andere behaupten, er sei erst mit vierzehn oder fünfzehn Jahren zum Nachfolger seines Vaters designiert. Somit bestände die Möglichkeit, dass kurzfristig ein anderer für das Amt des Horus-im-Nest vorgesehen war, wahrscheinlich Mehi.
Egal, wie es sich damals zugetragen hat; in den folgenden zehn Jahren bis zum Ableben seines Vaters zeigte Ramses sich bereits als umsichtiger Mann, der seinen Vater und seine Mutter ehrte, den Göttern den ihnen zustehenden Respekt entgegenbrachte und in Sethos' Auftrag das Land vor einfallenden Feinden bewahrte. Er führte zwei Strafexpeditionen an. Eine davon führte ihn nach Nubien, wo er einen sich anbahnenden Aufstand niederschmetterte, der andere ins Delta, in welches plündernde Seeräuber eingefallen waren. Sehr wahrscheinlich handelte es sich um Scherden (Schardana), denn bereits bei der

Schlacht von Kadesch nur sechs Jahre später ist diese Völkergruppe auf Wandbildern, welche die Schlacht wiedergeben, nachweisbar. Ramses begleitete seinen Vater auf einem Feldzug nach Palästina und überwachte in seinem Auftrag verschiedene Bauarbeiten, u.a. auch die ersten Aktivitäten zur Errichtung der neuen Hauptstadt in Auaris (Hut-waret/Per-Ramses/Piramesse).
Als Sethos im Jahr 1279 v. Chr. starb, war Ramses vierundzwanzig Jahre alt. Er hatte Nefertari und Isisnofret zu seinen Hauptgemahlinnen gemacht und konnte bereits zu diesem Zeitpunkt auf eine ansehnliche Kinderschar blicken. Zehn Jahre an der Seite seines Vaters dürften ihm genug Wissen vermittelt haben, um ein solch gewaltiges Land zusammen mit seinen Beamten zu regieren.

Die Herkunft seiner beiden Hauptgemahlinnen bleibt ein Geheimnis, die Existenz der Nebenfrauen Tawit, Naunachte und Tetischeri samt ihrem Nachwuchs hingegen ist eine Erfindung von mir. Es ist nur gewiss, dass Nefertari Ramses' Lieblingsfrau war und dass er neben Isisnofret keine andere Frau seines Harims zu seiner Großen Königlichen Gemahlin ernannte, wenn man von seinen Töchtern absieht und den Eheschließungen mit den Töchtern fremder Herrscher, die eher Zweckehen waren.
Es wird angenommen, dass sowohl Nefertari als auch Isisnofret aus höheren Beamtenkreisen stammten, also Bürgerliche waren. Doch warum nannte Isisnofret ihre erste Tochter Bintanat, was übersetzt *Tochter der Anat* lautet, einer kanaanitischen Gottheit?
Es gibt nirgendwo Hinweise darauf, dass Isisnofrets Mutter aus Kanaan stammte und eine Dienerin im königlichen Palast zu Memphis war, die zudem von Ramses I. geschwängert wurde und eine Tochter gebar. (Somit wäre Sethos I. Isisnofrets Halbbruder und Ramses II. ihr Neffe!) Die Vorstellung jedoch, es könnte so gewesen sein, war einfach zu verlockend, sodass ich sie meinem Roman zugrunde legte.
Das gilt ebenfalls für Nefertaris Vita zum Beginn des 4. Kapitels, die ein reines Fantasiegebilde ist und jeglicher historisch abgesicherten Korrektheit entbehrt. Es gibt zwar Hinweise da-

rauf, dass Nefertaris Wurzeln eventuell in der oberägyptischen Stadt Achmim (Chenmet-Min) liegen könnten, womöglich sogar in Theben, doch gesichert ist es nicht. Auch jener Knauf einer Truhe mit dem Namenszug von Pharao Eje, dem Vorgänger von Pharao Haremhab, der in ihrem Grab gefunden wurde und sofort Raum für Spekulationen bot, Nefertari könne eine Enkelin dieses durch die Pharaonen der 19. Dynastie verfemten Königs sein, ist bis heute nicht bewiesen.

Ich hatte es in meinem Vorwort zum ersten Band unerwähnt gelassen, doch es soll noch angemerkt werden, dass die historisch belegte Person des Setau keine Waise war. Es sind sogar die Namen seiner Eltern bekannt, die allerdings keine große Rolle im altägyptischen Beamten- und Priesterstaat gespielt zu haben scheinen. Setau selbst sah sich gern als Zögling des Palastes und ließ seine Eltern meist unerwähnt. Das war der Beweggrund, warum ich aus ihm einen armen Waisenjungen aus den Straßen Thebens machte, der zu Ruhm und Ehre kam.

In diesem Zusammenhang möchte ich gern ein paar Worte an all jene Leser richten, die sich mit dem Leben von Ramses II. auseinandergesetzt haben.
Ich habe in meinem Roman versucht, den bekannten historischen Fakten gerecht zu werden. Dennoch nahm auch ich mir ein paar der sogenannten künstlerischen Freiheiten heraus. Zum Teil vereinfachte ich die Namen der Personen, sodass auch all jene Leser, die nicht zwingend Ägyptenliebhaber sein müssen, sie ohne Schwierigkeiten lesen und behalten können. So heißt beispielsweise Amuni richtigerweise *Amunwenenef* bzw. *Amunherchepeschef* oder Prehi *Preherwenenef.* Ramesse, Isisnofrets ältester Sohn, trug denselben Namen wie sein Vater (Ramses II.) und sein Urgroßvater (Ramses I.), was wiederum zu Verwechslungen geführt hätte (nebenbei bemerkt sind Ramses, Ramesse oder auch Ramose alles dieselben Namen, nur verschiedene Schreibungen und Ausspracheformen). Und auch die Töchter Isis und Neferet wurden eigentlich nach ihren Müttern benannt und daher durch mich in eine Kurzform gebracht, um Verwechselungen zu vermeiden.

Wer sich nun wundert, dass in meinem Roman die Dienerin Anat einfach per Namensänderung zur Gemahlin Isisnofret wird, ohne dass sich daran jemand stört, dem sei gesagt, dass es im alten Ägypten nicht ungewöhnlich war, seinen Geburtsnamen zu ändern. Dafür war anscheinend noch nicht einmal ein großer bürokratischer Aufwand vonnöten, obwohl die alten Ägypter es ansonsten mit jeder modernen Bürokratie hätten aufnehmen können und diese locker in den Schatten gestellt hätten.
Dem einen oder anderen Leser wird zudem aufgefallen sein, dass ich manchmal die altägyptischen, dann wieder die griechischen Ortsnamen oder Bezeichnungen verwende und somit keine einheitliche Schiene fahre. Ich habe es getan, um auch hier den Neueinsteigern in die Welt des alten Ägyptens das Lesen, Verstehen und Behalten zu erleichtern. Ich hätte sicher On und Schedet anstelle von Heliopolis und Krokodilpolis schreiben können, glaube aber, dass sich mehr Leser etwas unter den Hyksos als unter den Heqa Chasut vorstellen können. Allerdings habe ich versucht, moderne Bezeichnungen wie Karnak, Assuan oder Auaris zu vermeiden.
Ramses scheint einen zahmen Löwen gehabt zu haben, zu dessen Namen ich *Mörder-seiner-Feinde* und *Töter-seiner-Feinde* fand. Da das Wort *Mörder* etwas Vorsätzliches in sich birgt und *Töter* nicht gerade geschmeidig klingt, nannte ich ihn einfach *Der-seine-Feinde-zerfleischt*. Zudem soll es auch eine Hündin namens Anat gegeben haben. Sie fand erst während der Überarbeitung des Originalmanuskriptes Einzug in die Geschichte, sodass die Namensgleichheit mit Anat/Isisnofret nicht beabsichtigt war.

Es gibt schriftliche Hinweise dafür, dass Sethos während einer Expedition zu den Goldminen der östlichen Wüste Wasser fand und einen Brunnen graben ließ. Natürlich nutzte er dazu so etwas wie eine Wünschelrute, über deren Wirksamkeit man natürlich geteilter Meinung sein kann. In meinem Roman hat sie ihren Zweck erfüllt. Immerhin stammte sie in meiner Version vom heiligen Isched-Baum aus dem Tempel des Re.
Im 11. Kapitel *Inspektionsreise in den Süden* lasse ich Wesir Pa-

ser und dessen Vater die Ausmaße des beeindruckenden Säulensaals im Tempel von Karnak, dem sogenannten Hypostyl, wiedergeben. Für den Interessierten hier noch einmal die Zahlen in unserem Maßsystem:
Die Gesamtlänge des Saals beträgt einhundertunddrei Meter, die Breite dreiundfünfzig Meter. Die mittleren zwei mal sechs Säulen haben eine Höhe von rund zweiundvierzig Metern, und ihr Umfang beträgt beachtliche zehn Meter. Die restlichen einhundertzweiundzwanzig Pfeiler erreichen eine Höhe von circa vierzehn Metern vierundsiebzig und besitzen einen Durchmesser von zwei Metern. Die unter der Decke angeordneten Steingitter sind fünf Meter hoch.

Bei meinen Recherchen konnte ich immer wieder feststellen, dass das Internet eine feine Sache ist, manchmal aber auch sehr verschiedene Antworten bereithalten kann, die mehr für Verwirrung denn für eine Klärung des Problems sorgen. Somit bleibt es mir als Autorin überlassen, entweder meiner Fantasie freien Lauf zu gewähren oder einfach meiner Intuition zu vertrauen.

Zum Schluss möchte ich noch erwähnen, dass das ursprüngliche Manuskript zum zweiten Band bereits 2004 geschrieben und 2016 für die Veröffentlichung überarbeitet wurde. Dabei habe ich fast keine neuen Recherchen mehr angestellt, sodass der Kenntnisstand über das Leben und Wirken von Ramses II. auf jenem vom 2004 beruht.

Anke Dietrich, 2004/2015

Literaturverweise
Leider ist es mir unmöglich, alle Literaturquellen, egal ob gedruckt oder digital, sowie jede TV-Sendung aufzuzählen, die ich einmal gelesen oder gesehen habe und die sich mit dem alten Ägypten und damit auch mit Ramses II. beschäftigt haben. Ich möchte aber die fünf Bücher dem interessierten Leser ans

Herz legen, welche ich im Vorfeld für meinen Roman zurate zog:

- James, T.G.H., Ramses II., Köln 2002
- Time-Life-Bücher, Untergegangene Kulturen, Ramses II. - Machtentfaltung am Nil, Köln 2001
- Tyldesley, J., Ramses, München 2002
- Jacq, C., Die Pharaonen - Große Herrscher des alten Ägyptens, Hamburg 1999
- Schneider, T., Lexikon der Pharaonen, Düsseldorf 2002

Verzeichnis der Personen

Die königliche Familie & ihre persönliche Dienerschaft

Das Königspaar

Sethos – Pharao Menmaatre Sethos
Tuja – Sethos' Große Königsgemahlin
Ramses – Sohn von Sethos und Tuja

Aschtara – Leibdienerin von Tuja, Mutter von Isisnofret

Der Familienzweig Ramses & Nefertari

Nefertari – Erste Gemahlin
Amuni – ihr erster Sohn
Prehi – ihr zweiter Sohn
Baketmut – ihre erste Tochter
Neferet – ihre zweite Tochter
Meritamun (*Merit-Amun*) – ihre dritte Tochter

Der Familienzweig Ramses & Isisnofret

Isisnofret – Zweite Gemahlin
Bintanat (*Bint-Anat*) – ihre erste Tochter
Ramesse – ihr erster Sohn
Chaemwaset (*Cha-em-waset)*– ihr zweiter Sohn
Isis – ihre zweite Tochter

Senehat – Leibdienerin von Isisnofret
Tiji – Bintanats Kinderfrau

Ramses' Frauenhaus

Tawit – Nebenfrau, Fremdländerin, Freundin von Naunachte
Sethi – ihr Sohn

Tetischeri – Nebenfrau, Tochter eines Amun-Re-Priesters in Theben
Ra – ihr Sohn
Heket – ihre Leibdienerin, Schwester von Intef
Naunachte – Nebenfrau, Freundin von Tawit

Hormin – Vorsteher des Harims

Ramses' Freunde & persönliche Dienerschaft

Amuneminet (*Amun-em-inet*)– Freund, angehender Beamter im Militärwesen
Maj – Freund, angehender Architekt und Baumeister
Setau – Freund, angehender Schreiber in Wesir Pasers Diensten
Meriptah (*Meri-Ptah*) – Oberster Schreiber, Sohn des Obersten Schreibers von Sethos
Nachtamun (*Nacht-Amun*) – Oberst der Leibwache
Intef – Leibwächter, Bruder von Heket
Nebsumenu –Haushofmeister
Pentawer – Leibdiener
Ani – Schreiber
Hori – Schreiber
Menna – Schildträger und Wagenlenker

Der Tempel des Amun-Re in Theben

Nebnetjeru (*Neb-netjeru* – Hohepriester, Vater von Wesir Paser
Sobekemhab (Sobek-em-hab) – Oberschreiber im Schatzhaus
Siptah (Si-Ptah) – Oberaufseher der Steinmetze
Nebnefer – Unteraufseher der Steinmetze

Sonstige Beamte, Diener und Personen

Paser – Wesir des Südens, Sohn des Amun-Hohepriesters Nebnetjeru
Nebwenenef (*Neb-wenen-ef*) – Oberpriester der Hathor im Tempel von Edfu
Aschahebu – General der Division Ptah
Mahu – Vertrauter von Aschahebu, Nubier

Ahhotep – Meriptahs Gemahlin
Nuj – nubisches Stammesoberhaupt, Bruder von Golo
Golo – nubische Geisel, Bruder von Nuj

Die königlichen Tiere

Der-seine-Feinde-zerfleischt – Ramses' Löwe
Mut-ist-zufrieden – Ramses' Lieblingsstute
Sieg-in-Theben - Ramses' Lieblingshengst
Anat – Ramses' Kriegshündin

Erwähnte Pharaonen und Fremdherrscher

Djoser – Pharao der 3. Dynastie
Sesostris II. – Pharao der 12. Dynastie
Sesostris III. – Pharao der 12. Dynastie
Amenemhet III. – Pharao der 12. Dynastie
der König, der die Maat in den Beiden Ländern zum Wanken gebracht hat – gemeint ist Echnaton, Pharao der 18. Dynastie
Haremhab – Pharao der 18. Dynastie
Ramesse – Pharao Menpehtire Ramses I., Vater von Sethos

Muwatalli – Großkönig von Hatti
Benteschima – Fürst von Amurru

Die wichtigsten Götter und Göttinnen

Amun/Amun-Re – Götterkönig; Schutzgottheit von Theben; dargestellt als Mann mit zwei steil aufgerichteten Federn auf dem Kopf
Anubis – Gott der Mumifizierung; Schutzgottheit von Cynopolis; dargestellt als Mann mit dem Kopf eines Schakals
Astarte – syrische Göttin der Liebe und der Fruchtbarkeit,

aber auch des Krieges; keiner ägyptischen Stadt als Schutzgottheit zugeordnet; Gegenstück der babylonischen Göttin Ischtar; dargestellt als nackte, waffenschwingende Frau zu Pferde mit einer Atef-Krone geschmückt

Bes – Gott der Familie, Beschützer des Heimes, der Schwangeren und Kinder; keiner Stadt als Schutzgottheit zugeordnet; Hauptkultort waren die Behausungen der Bewohner Ägyptens; dargestellt als bärtiger Zwerg mit fröhlicher Miene und krummen Beinen

Hathor – Göttin der Freude und Liebe; Schutzgottheit von Dendera; dargestellt als Frau mit dem Gehörn einer Kuh auf dem Kopf, zwischen dem eine Sonnenscheibe thront

Heket – Göttin der Geburt; Schutzgottheit von Herwer; dargestellt als Frau mit dem Kopf eines Frosches oder komplett in Froschgestalt

Horus – Schutzpatron der ägyptischen Könige; Vertreter der Götter auf Erden; Schutzgottheit von Edfu; dargestellt als Mann mit dem Kopf eines Falken

Isis – Universalgöttin der Lebenden und der Toten; keiner Stadt als Schutzgottheit zugeordnet; dargestellt als Frau mit einem Thron auf dem Kopf

Maat – Göttin des Rechts; keiner Stadt als Schutzgottheit zugeordnet; dargestellt als Frau mit einer Feder auf dem Kopf

Nut – Himmelsgöttin, die jeden Abend den Sonnengott Re verschluckt, um ihn morgens wieder neu zu gebären; keiner Stadt als Schutzgottheit zugeordnet; dargestellt als mit Sternen übersäte Frau, die sich über die Erde beugt

Osiris – Gott der Unterwelt; Schutzgottheit von Abydos; dargestellt als mumifizierter Mann mit der Atef-Krone auf dem Kopf und Krummstab und Geißel in den Händen

Ptah – Handwerks- und Schöpfergott; Schutzgottheit von Memphis; dargestellt als mumifizierter Mann mit einer blauen, eng am Kopf anliegenden Kappe

Re – Sonnen- und Schöpfergott; Schutzgottheit von Heliopolis; dargestellt als falkenköpfiger Mann mit einer Sonnenscheibe auf dem Kopf

Sechmet – Göttin mit zerstörerischen, aber auch heilkundigen Kräften; Hauptkultort ist Memphis; dargestellt als Frau mit

dem Kopf eines Löwen
Seth – Gott des Donners, des Chaos und der Fremdländer; Schutzgottheit von Per-Ramses; dargestellt als Mann mit gebogenem Kopf und hohen, rechteckig gestutzten Ohren
Taweret – Schutzgöttin der Frauen und Kinder und des Heimes; keiner Stadt als Schutzgottheit zugeordnet; Hauptkultort waren die Behausungen der Bewohner Ägyptens; dargestellt als Frau mit dem Körper eines Fabelwesens, halb Nilpferd und halb Krokodil, mit menschlichem Kopf und Händen, schweren Hängebrüsten und aufgeworfenem Leib sowie Löwentatzen
Thot – Schutzpatron der Schreiber; Schutzgottheit von Hermopolis; dargestellt als Mann mit dem Kopf eines Ibis' oder Pavians

Die wichtigsten Begriffserklärungen

Abu – die Insel Elephantine
Ach-men-maat-Re-en-Usir – *Gedeihlich ist Sethos für Osiris* – das Osireion in Abydos
Amurru – küstennahe Gebiete Syriens
Anch – Symbol des Lebens in Form eines Henkelkreuzes
Chenmet-Min – die heutige Stadt Achmim
Cheri-hebet – Vorlesepriester in einem Tempel; ihm oblag es, während der Zeremonie die heiligen Texte zu rezitieren
Deben – Gewichtseinheit, ca. 91 g
Dja-dja – altägyptisches Wort für die Alraunen, eine Pflanze aus der Gattung der Nachtschattengewächse, die im Kult ihren Einsatz fand und giftige Bestandteile enthält
Elektrum – Legierung aus Gold und Silber
Elle – Längenmaß, ca. 52,5 cm
Gau – altägyptische Verwaltungseinheit
Großes Grün – das Mittelmeer
Harim – Frauengemächer des Königs
Hatti – Hethiterreich, in der heutigen Türkei gelegen
Hattusa – Hauptstadt von Hatti
Hebsed – auch Sed-Fest genannt; das traditionelle

Erneuerungsfest der Pharaonen, welches in der Regel zum ersten Mal nach dreißigjähriger Regentschaft und danach in kürzeren Abständen gefeiert wurde; sollte dem Pharao neue Kraft verleihen

Hohepriester – oberster Tempelbeamter

Horus-im-Nest – Bezeichnung für den Thronfolger

Hut-waret – die Stadt Auaris im Delta, in der sich die Hyksos niedergelassen hatten

Hyksos – ein Geschlecht semitischer Pharaonen während der 2. Zwischenzeit

Ka – geistiger Doppelgänger eines Individuums

Kadesch – Stadtstaat in Syrien

Kanaan – das heutige Israel

Kemi – altägyptisch für das Schwarze Land (Ägypten)

Kohol – Augenschminke aus Bleiglanz (schwarz) und Malachit (grün)

Kuschiten/Kusch – Bewohner des Landes Kusch, einem Gebiet jenseits des dritten Nilkatarakts, im heutigen Zentralsudan gelegen

Medjai – nubische Polizeitruppen

Nemes-Tuch – das gestreifte Königskopftuch

Neun Bogen – die Feinde Ägyptens

Nomarch – oberster Provinzfürst

Nubien – Gebiete südlich des ersten Katarakts bis nach Kusch; im heutigen Sudan gelegen

Opet-resut – Tempel der Göttin Mut (Luxor)

Opet-sut – Tempel des Amun (Karnak)

Per-Uadjet – die antike Stadt Buto; Kultort der Kobragöttin Uadjet

Phönizien – Hafenstädte am östlichen Mittelmeer

Punt – das Weihrauchland; an der Küste des heutigen Somalia vermutet

Pylon – große Türme beiderseits des Eingangs zu einem Tempel

Pyramidion – oberer Abschluss einer Pyramide; mit einem Überzug aus Gold oder Elektrum versehen

Schardana – auch Scherden genannt; Volksgruppe, deren Herkunft noch nicht ganz geklärt ist; jüngere Untersuchungen

ordnen sie der Insel Sardinien zu
Senet – altägyptisches Brettspiel
Sothis – der Stern Sirius
Sunu – das heutige Assuan
Tjati – altägyptische Anredeform für den Wesir
Udjat-Auge – das Auge des Horus; beliebtes Motiv von Amuletten
Uräus – Symbol des Königtums in Form einer Kobra, die sich an der Stirn des Pharaos aufbäumte und mit ihren Blicken Feinde töten sollte
Wab / Wab-Priester – niedrigster Priesterrang
Wesir – höchster Beamter des Pharaos, dem die Verwaltung des Staates und die Rechtsprechung zukamen

14753160R00222

Printed in Poland
by Amazon Fulfillment
Poland Sp. z o.o., Wrocław